Darren Shan

MITTERNACHTSZIRKUS 3
Das Blut der Vampire

Drei Romane in einem Band
DIE PROPHEZEIUNGEN
DER DUNKELHEIT
DIE VERBÜNDETEN DER NACHT
DIE FLAMMEN
DER VERDAMMNIS

Aus dem Englischen von
Gerald Jung und Katharina Orgaß

Die englische Originalausgaben von
Die Prophezeiungen der Dunkelheit, Die Verbündeten der Nacht
und *Die Flammen der Verdammnis* erschienen 2002 und 2003
unter den Titeln *Hunters of the Dusk, Allies of the Night* und
Killers of the Dawn bei HarperCollins, London.
Die deutschen Erstausgaben erschienen unter den Titeln
Darren Shan und die Prophezeiungen der Dunkelheit,
Darren Shan und die Verbündeten der Nacht und
Darren Shan und die Flammen der Verdammnis
im Verlag der Vampire, München.

Besuchen Sie uns im Internet:
www.pan-verlag.de

Sonderausgabe Sammelband Juli 2010
Copyright © 2002 und 2003 by Darren Shan
Copyright © 2002 und 2003 der deutschsprachigen Ausgaben bei
Verlag der Vampire im Schneekluth Verlag GmbH, München.
Ein Unternehmen der Droemerschen Verlagsanstalt
Th. Knaur Nachf. GmbH & Co. KG, München
Alle Rechte vorbehalten. Das Werk darf – auch teilweise – nur mit
Genehmigung des Verlags wiedergegeben werden.
Umschlaggestaltung: ZERO Werbeagentur, München
Umschlagabbildung: Gettyimages / Keiji Iwai und Mike Kemp
Satz: Adobe InDesign im Verlag
Druck und Bindung: CPI – Ebner & Spiegel, Ulm
Printed in Germany
ISBN 978-3-426-28337-0

4 5 3

Die Prophezeiungen der Dunkelheit

Für:

*Shirley & Derek –
»Die Schöne und das Biest«*

*Meine Sparringspartner:
Gillie Russell & Zoë Clarke*

*Direkt am Ring:
Der Christopher-Little-Clan*

*OBEs (Orden der Blutigen Eingeweide)
werden verliehen an:
Kerri »Ich-schlitz-dir-den-Bauch-auf«
Goddard-Kinch
Christine Colinet »La Femme Fatale«*

1 Wieder einmal verbrachte ich eine lange, anstrengende Nacht in der Fürstenhalle. Ein Obervampir namens Staffen Irve erstattete mir und Paris Skyle Bericht. Paris war mit über achthundert Jahren auf dem Buckel der zurzeit älteste lebende Vampir. Er besaß wallendes, weißes Haar, einen langen, grauen Bart und hatte das rechte Ohr schon vor einer halben Ewigkeit im Kampf eingebüßt.

Staffen Irve war drei Jahre lang im Feld gewesen und lieferte uns nun eine kurze Zusammenfassung seiner Erlebnisse im Krieg der Narben, wie die Auseinandersetzung inzwischen allgemein genannt wurde. (Diese Bezeichnung spielte auf die vernarbten Fingerkuppen an, das Erkennungszeichen aller Vampire und Vampyre.) Es war ein seltsamer Krieg. Es gab keine großen Schlachten, und keine der beiden Parteien benutzte Schusswaffen. Vampire und Vampyre kämpfen ausschließlich Mann gegen Mann, und das mit Schwertern, Keulen, Speeren oder dergleichen. Daher beschränkten sich die Gefechte auf einzelne Geplänkel, bei denen drei oder vier Vampire gegen die gleiche Anzahl Vampyre antraten und den Kampf bis zum bitteren Ende ausfochten.

»Wir waren vier und sie nur drei«, schilderte uns Staffen Irve einen noch nicht lange zurückliegenden Zusammenstoß. »Aber meine Jungs waren noch ziemlich trocken hinter den Mandeln und die Vampyre ausgefuchste Haudegen. Einen von ihnen hab ich erledigt, die anderen sind abgehauen. Von meinen Leuten sind leider zwei auf der Strecke geblieben, und der dritte konnte seinen Arm nicht mehr gebrauchen.«

»Haben die Vampyre irgendetwas von ihrem Lord erwähnt?«, erkundigte sich Paris.

»Nein, Euer Gnaden. Wenn ich welche gefangen genommen

und verhört habe, haben sie mich nur ausgelacht, sogar als ich sie foltern ließ.«

Sechs Jahre lang fahndeten wir nun schon vergeblich nach dem sagenhaften Lord. Wir wussten lediglich, dass er noch nicht angezapft war (mehrere Vampyre hatten berichtet, er müsse sich erst mit ihrer Lebensweise vertraut machen, bevor er einer von ihnen werden könne). Die meisten Vampire vertraten übrigens die Ansicht, wir könnten Meister Schicks unheilvolle Prophezeiung nur abwenden, wenn wir den Lord rechtzeitig aufstöberten und töteten, bevor er sich zum Befehlshaber des Vampyrclans aufschwang.

Eine Gruppe anderer Obervampire wartete ebenfalls ungeduldig darauf, mit Paris zu sprechen. Als Staffen Irve fertig war, drängten sie näher, doch ich hob abwehrend die Hand. Dann ergriff ich einen Krug warmes Blut und reichte ihn dem einohrigen Fürsten. Paris lächelte mich dankbar an, nahm einen tiefen Zug und wischte sich mit dem Handrücken die roten Spritzer vom Mund. Seine Hand zitterte – die verantwortungsvolle Aufgabe, dem Kriegsrat vorzustehen, forderte ihren Tribut von dem greisen Vampir.

»Wollt Ihr nicht lieber für heute Nacht Schluss machen?«, fragte ich, um den Gesundheitszustand meines Mitfürsten besorgt.

Der schüttelte den Kopf. »Die Nacht ist noch jung«, brummelte er.

»Aber Ihr seid es nicht mehr«, mahnte eine vertraute Stimme hinter mir.

Es war Mr. Crepsley. Mein in einen roten Umhang gewandeter ehemaliger Lehrmeister hielt sich fast ständig in meiner Nähe auf, um mir mit Rat und Tat zur Seite zu stehen. Damit nahm er eine Sonderstellung ein. Als einfacher Vampir bekleidete er keinen höheren Dienstgrad und konnte im Grunde vom unerfahrensten Obervampir herumkommandiert werden.

Doch als mein Vormund besaß er inoffiziell so viel Einfluss wie ein Fürst, da ich seine Ratschläge fast immer befolgte. In Wahrheit war Mr. Crepsley nur Paris Skyle unterstellt, auch wenn diese Tatsache nie offen ausgesprochen wurde. Da werd noch einer schlau draus!
»Ihr solltet Euch ein wenig ausruhen«, wandte sich mein ehemaliger Meister jetzt direkt an den Alten und legte ihm die Hand auf die Schulter. »Dieser Krieg wird noch lange dauern. Ihr müsst mit Euren Kräften haushalten. Wir brauchen Euch noch.«
»Blödsinn!«, wehrte Paris ab. »Du und Darren – ihr seid unsere Zukunft. Ich bin schon Vergangenheit, Larten. Wenn dieser Krieg so lange währt, wie zu befürchten steht, werde ich sein Ende nicht mehr erleben. Wenn ich mich jetzt nicht ranhalte, wann dann?«
Mr. Crepsley wollte ihm widersprechen, doch Paris gebot ihm mit einer Geste Schweigen. »Ein alter Zausel wie ich lässt sich nicht gern erzählen, wie jung und kräftig er noch ist. Ich pfeife auf dem letzten Loch, und wer etwas anderes behauptet, ist entweder ein Dummkopf, ein Lügner oder beides.«
Mein Mentor neigte gehorsam den Kopf. »Nun gut. Ich will mich nicht mit Euch herumstreiten.«
»Das will ich auch hoffen«, gab Paris zurück, doch dann rutschte er unbehaglich auf seinem Thron herum. »Aber diese Nacht war wirklich strapaziös. Ich höre mir noch an, was diese Obervampire da drüben vorzubringen haben, dann ziehe ich mich in meinen Sarg zurück und schlafe eine Runde. Glaubst du, Darren kommt ohne mich zurecht?«
»Ganz bestimmt«, bekräftigte Mr. Crepsley und stellte sich unauffällig hinter mich, bereit, mir jederzeit beizuspringen, als die Obervampire nun vor das Podium traten.
Als der Morgen dämmerte, lag Paris noch immer nicht in seinem Sarg. Die Obervampire hatten eine Menge zu besprechen:

Sie verglichen Berichte über die Bewegungen des Feindes und versuchten auf diese Weise, das Versteck des Lords ausfindig zu machen. Es war schon fast Mittag, als sich der alte Fürst endlich verabschiedete.

Auch ich gestattete mir eine kurze Pause und aß einen Happen. Dann nahmen drei der Kampfausbilder des Berges, die mit dem Training der zukünftigen Obervampire betraut waren, meine Aufmerksamkeit in Anspruch. Anschließend erteilte ich noch zwei frisch gebackenen Obervampiren den Marschbefehl, damit sie sich ihre ersten Sporen im Gefecht mit den Vampyren verdienen konnten. Ich brachte die kleine Zeremonie so rasch wie möglich hinter mich. Ich musste ihre Stirn mit Vampirblut benetzen und dabei einen altertümlichen Kriegssegen murmeln, dann wünschte ich ihnen viel Glück und sandte sie aus, um Vampyre zu töten – oder von ihnen getötet zu werden.

Als das erledigt war, waren die einfachen Vampire an der Reihe, mir ihre Fragen und Probleme vorzutragen. Von mir als Fürst wurde erwartet, dass ich mich mit jedem nur denkbaren Thema unter dem Mond befasste. Zwar war ich nur ein junger, unerfahrener Halbvampir, der eher durch Zufall als aufgrund eigener Verdienste zum Fürsten ordiniert worden war, doch die Clanmitglieder vertrauten allen ihren Fürsten bedingungslos und brachten mir dieselbe Hochachtung entgegen wie Paris oder einem der anderen Anführer.

Als schließlich auch der letzte Vampir die Halle verlassen hatte, legte ich mich in einer Hängematte, die ich im hinteren Teil des Raumes angebracht hatte, für drei Stunden aufs Ohr. Nach dem Aufwachen aß ich ein paar Bissen halb rohes, gepökeltes Wildschweinfleisch, spülte es mit Wasser hinunter und gönnte mir zum Schluss einen kleinen Becher Blut. Dann war es schon wieder höchste Zeit, mich auf meinen Thron zu begeben, um die neuesten Lageberichte entgegenzunehmen, Schlussfolgerungen daraus zu ziehen und Schlachtpläne zu schmieden.

2 Ein lauter Schrei riss mich jäh aus dem Schlaf. Ich fuhr in die Höhe und plumpste aus meiner Hängematte unsanft auf den kalten, harten Steinfußboden der Schlafkammer. Automatisch fuhr meine Hand an den Knauf des Kurzschwertes, das Nacht und Tag an meiner Hüfte baumelte. Dann wich meine Benommenheit, und ich begriff, dass Harkat nur wieder einen seiner Albträume hatte.

Harkat Mulds war ein Kleiner Kerl, eines dieser kleinwüchsigen Wesen in blauen Kapuzenkutten, die Meister Schick dienten. Früher einmal war er ein Mensch gewesen, konnte sich allerdings weder an seine damalige Identität erinnern noch daran, wann und wo er gelebt hatte. Bei seinem Tod hatte seine Seele die Erde nicht verlassen können, und schließlich hatte ihn Meister Schick in seiner jetzigen verkrüppelten Gestalt wieder zum Leben erweckt.

»Harkat«, ächzte ich und schüttelte ihn unsanft. »Wach auf. Du hast wieder geträumt.«

Harkat besaß keine Augenlider, doch seine großen, grünen Augen wurden trüb, wenn er schlief. Jetzt leuchteten sie auf, und mit lautem Stöhnen rollte er aus seiner Hängematte, genau wie ich gerade eben. »Drachen!«, brüllte er. Der Mundschutz, den er rund um die Uhr umgebunden hatte, dämpfte seine Stimme ein wenig. Normale Luft vertrug er nicht länger als zehn oder zwölf Stunden, und ohne die Filtermaske müsste er sterben. »Drachen!«

»Nein«, gähnte ich. »Das hast du bloß geträumt.«

Harkat starrte mich mit seinen unnatürlich grünen Augen an, dann beruhigte er sich, zog die Maske herunter und enthüllte seinen breiten, graulippigen, klaffenden Mund. »Tut mir Leid, Darren. Hab ich dich ... geweckt?«

»Nein«, schwindelte ich. »Ich war schon wach.«

Ich schwang mich wieder in meine Hängematte, setzte mich auf und musterte Harkat. Er war wirklich erstaunlich hässlich.

Klein und stämmig, mit leichenfahler, grauer Haut, ohne sichtbare Ohren und Nase (die Ohren waren unter der Kopfhaut eingenäht, doch er besaß weder Geruchs- noch Geschmackssinn). Dazu war er völlig kahl, hatte runde, grüne Augen, scharfe, kleine Zähne und eine dunkelgraue Zunge. Sein Gesicht war so narbenübersät wie das von Frankensteins Monster.
Ich selbst war allerdings, wie die meisten Vampire, auch nicht gerade eine Schönheit! Mein Gesicht und mein Körper waren voller Narben und Brandwunden. Viele davon hatte ich mir bei meinen Einweihungsprüfungen zugezogen, die ich zwei Jahre zuvor im zweiten Anlauf bestanden hatte. Auch ich war seit dem ersten Prüfungsdurchgang, bei dem ich schwere Verbrennungen davongetragen hatte, so glatzköpfig wie ein Säugling.
Harkat war einer meiner besten Freunde. Er hatte mir schon zweimal das Leben gerettet: Das erste Mal, als ich auf der Anreise zum Vampirberg von einem wilden Bären angefallen worden war, und das zweite Mal bei meinen ersten, misslungenen Einweihungsprüfungen, als ich mit zwei mörderischen Wildschweinen hatte kämpfen müssen. Es bereitete mir Sorgen, dass er immer noch unter den Albträumen litt, die ihn schon seit Jahren quälten.
»War es der gleiche Traum wie immer?«, erkundigte ich mich.
»Ja«, nickte der Kleine Kerl. »Ich wanderte durch ein weites, ödes Land. Der Himmel war rot. Ich suchte irgendetwas, aber ich ... wusste nicht, was. Überall waren Gruben mit spitzen Pfählen. Dann wurde ich von einem Drachen angegriffen. Ich konnte ihn in die Flucht schlagen, aber ... ein zweiter tauchte auf. Dann noch einer. Dann ...« Er seufzte bedrückt.
Harkat sprach immer besser. Als er angefangen hatte zu reden, hatte er alle zwei oder drei Wörter unterbrechen und Luft holen müssen, doch inzwischen hatte er sich eine spezielle Atemtechnik angeeignet und stockte nur noch bei längeren Sätzen.

»Waren die Schattenmänner auch wieder da?«, wollte ich wissen. Manchmal träumte er nämlich von schattenhaften Gestalten, die ihn verfolgten und peinigten.
»Diesmal nicht«, verneinte er. »Aber sie wären bestimmt noch gekommen, wenn du … mich nicht wachgerüttelt hättest.« Er schwitzte (sein Schweiß hatte eine hellgrüne Farbe), und seine Schultern bebten leicht. Das Schlafen war für ihn zur Qual geworden. Daher blieb er so lange wie möglich wach und schlief nur alle drei Tage höchstens vier oder fünf Stunden.
»Willst du was essen oder trinken?«, fragte ich.
»Nein«, lehnte er ab. »Hab keinen Hunger.« Er rappelte sich auf und reckte die kräftigen Arme. Er war nur mit einem Tuch um die Hüften bekleidet, so dass ich seine Brust und seinen Bauch sehen konnte, die völlig glatt waren, ohne Brustwarzen und Nabel.
»Freut mich, dich mal wieder zu sehen«, meinte er und streifte sich die blaue Kutte über, die er aus Gewohnheit noch immer trug. »Ist schon ewig her …. dass du hier geschlafen hast.«
»Ich weiß«, stöhnte ich. »Dieser verfluchte Kriegskram bringt mich noch mal um, aber ich kann Paris nicht im Stich lassen. Er braucht mich.«
»Wie geht's dem Hohen Herrn denn so?«
»Er hält sich wacker. Aber es ist furchtbar anstrengend. So viele Entscheidungen müssen getroffen werden, so viele Truppen aufgestellt, so viele Vampire in den sicheren Tod geschickt werden.«
Wir schwiegen beide und dachten an den Krieg der Narben und all jene Vampire, die ihm bereits zum Opfer gefallen waren – darunter einige sehr gute Freunde von uns.
»Und wie ist es dir so ergangen?«, wandte ich mich an den Kleinen Kerl und verscheuchte die trüben Gedanken.
»Hatte alle Hände voll zu tun. Seba hält mich ganz schön auf Trab.«

Nachdem sich Harkat ein paar Monate müßig im Vampirberg herumgetrieben hatte, hatte er angefangen, für Seba Nile, den Quartiermeister, zu arbeiten. Dieser war für alle Lagerräume des Berges zuständig und verwaltete die Vorräte an Lebensmitteln, Kleidung und Waffen. Zunächst hatte Harkat nur Kisten und Säcke geschleppt, doch schon bald hatte er sich mit der Einteilung der Vorräte und den Bedürfnissen der Vampire vertraut gemacht und war zu Sebas Obergehilfen aufgestiegen.
»Musst du gleich wieder in die Fürstenhalle zurück?«, fragte er. »Seba möchte dich gern sprechen. Er will dir ... ein paar Spinnen zeigen.«
Der Berg wurde von abertausend Achtfüßlern bewohnt, die ›Ba'Halens-Spinnen‹ genannt wurden.
»Ich muss wieder an die Arbeit«, erwiderte ich bedauernd, »aber ich versuche, möglichst bald bei ihm vorbeizuschauen.«
»Tu das«, sagte Harkat ernst. »Du siehst erschöpft aus. Paris ist nicht der Einzige, der dringend Ruhe braucht.«
Kurz darauf musste Harkat selbst los, um die Ankunft eines Trupps Obervampire vorzubereiten. Ich blieb in meiner Hängematte liegen und blickte an die dunkle Felsdecke über mir, konnte jedoch nicht mehr einschlafen.
Seit unserer Ankunft im Vampirberg teilte ich mir mit Harkat diese Kammer. Es war bloß ein kleines Kabuff, aber es kam einem Schlafzimmer so nahe, wie das im Berg eben möglich war. Ich hielt mich gern dort auf. Leider kam ich in letzter Zeit nur selten dazu. Die meisten Nächte verbrachte ich in der Fürstenhalle, und die paar freien Stunden, die mir verblieben, nutzte ich normalerweise zum Essen oder Trainieren.
Im Liegen fuhr ich mir mit der Hand über den kahlen Schädel und dachte an meine Prüfungen zurück. Im zweiten Anlauf hatte ich sie schließlich doch noch bestanden. Ich hätte sie nicht noch einmal zu absolvieren brauchen – als Fürst war ich dazu nicht verpflichtet –, doch ich wäre mir sonst feige vorge-

kommen. Es war der Beweis, dass ich würdig war, ein Vampir zu sein.

Abgesehen von den Narben und Verbrennungen hatte ich mich im Lauf der vergangenen sechs Jahre äußerlich nicht sehr verändert. Da ich nur ein Halbvampir bin, altere ich ungefähr fünfmal langsamer als ein Mensch. Seit meiner Zeit beim Cirque Du Freak war ich zwar ein Stück gewachsen, und meine Gesichtszüge waren etwas ausgeprägter und weniger kindlich als früher, einschneidend verändern würde ich mich jedoch erst als vollwertiger Vampir. Als solcher verfügte ich dann über wesentlich mehr Körperkraft, könnte mit meinem Speichel Wunden verschließen, ein Gas ausatmen, das Menschen bewusstlos macht, und mich mit anderen Vampiren durch Gedankenübertragung verständigen. Nicht zu vergessen das Huschen, eine superschnelle Fortbewegungsart, die nur vollwertige Vampire beherrschen. Andererseits vertrüge ich dann kein Sonnenlicht mehr und könnte mich bei Tag nicht mehr frei bewegen.

Doch das alles war noch längst nicht aktuell. Mr. Crepsley hatte nie erwähnt, wann ich ein Vollvampir werden würde, aber ich hatte mir zusammengereimt, dass ich dazu erst ausgewachsen sein musste. Das wiederum würde noch zehn bis fünfzehn Jahre dauern, denn ich steckte noch immer im Körper eines Kindes. Insofern blieb mir noch reichlich Zeit, meine verlängerte Kindheit zu genießen – oder zu erdulden.

Ich ruhte mich noch eine halbe Stunde lang aus, dann stand ich auf und zog mich an. Inzwischen hatte ich mir angewöhnt, Hemd, Hose sowie ein Wams aus hellblauem Stoff und darüber ein langes, königlich wirkendes Übergewand zu tragen. Als ich das Hemd überstreifte, verfing sich wie so oft mein rechter Daumen im Ärmel. Vor sechs Jahren hatte ich ihn mir gebrochen, und er stand immer noch ab.

Vorsichtig, um den Stoff nicht mit meinen extrascharfen Fingernägeln aufzuschlitzen, mit denen ich sogar Löcher in mürbes Gestein bohren konnte, machte ich mich los und zog mich fertig an. Ich schlüpfte in ein Paar weiche Schuhe und fuhr mir gewohnheitsmäßig mit der Hand über den Kopf, um festzustellen, ob ich Zeckenbisse abbekommen hatte, denn in letzter Zeit herrschte im Berg eine regelrechte Zeckenplage. Dann begab ich mich wieder in die Fürstenhalle, wo eine weitere endlose Nacht strategischer Überlegungen und hitziger Diskussionen auf mich wartete.

3 Die Flügeltüren der Fürstenhalle konnten ausschließlich von den Fürsten geöffnet werden, indem sie die Hand darauf legten oder die Armlehnen ihrer Thronsessel im Inneren der Halle berührten. Das Kuppelgewölbe war vor vielen hundert Jahren von Meister Schick und seinen Kleinen Leuten errichtet worden. Die Wände des Raumes waren unzerstörbar. In der Halle wurde der Stein des Blutes aufbewahrt, ein Gegenstand von größter Bedeutung, der magische Eigenschaften besaß. Jeder Vampir, der den Berg zum ersten Mal betrat (die meisten der insgesamt etwa dreitausend Vampire auf der Welt unternahmen diese Reise mindestens einmal in ihrem Leben), legte seine Hände auf den Stein und ließ ihn ein wenig von seinem Blut aufsaugen. Von diesem Moment an konnte man mithilfe des Steins den Vampir ausfindig machen, wo immer dieser sich gerade befinden mochte. Wollte zum Beispiel Mr. Crepsley wissen, wo Pfeilspitze steckte, musste er nur die Hände auf den Stein legen und an den Fürsten denken, nach wenigen Sekunden stöberte der Stein den Gesuchten dann auf. Man konnte sich auch auf eine bestimmte Gegend konzentrieren, und der Stein verriet einem, wie viele Vampire sich dort gerade aufhielten.

Ich selbst durfte mich des Steins zwar nicht bedienen – das blieb den vollwertigen Vampiren vorbehalten –, konnte jedoch mit seiner Hilfe gefunden werden, da auch ich ihn bei meiner Ordination zum Fürsten mit meinem Blut getränkt hatte.
Sollte der Stein des Blutes jemals den Vampyren in die Hände fallen, konnten sie mit seiner Hilfe sämtliche Vampire aufspüren, die sich jemals mit dem Stein verbunden hatten. Da nützte auch das beste Versteck nichts. Wir wären ihnen ausgeliefert und würden mit Stumpf und Stiel ausgerottet. Deshalb hielten manche Vampire den Stein des Blutes für so gefährlich, dass sie ihn am liebsten zerstört hätten – doch eine alte Legende besagte, dass der Stein uns in der Stunde unserer größten Not retten würde.
Das alles ging mir durch den Kopf, als ich zusah, wie Paris unter Zuhilfenahme des Steins unsere Truppen außerhalb des Berges befehligte.
Sobald uns ein Trupp Vampyre gemeldet wurde, ortete Paris mit dem Stein seine Obervampire und übermittelte ihnen telepathisch seine Befehle. Diese Vorgehensweise war die eigentliche Ursache seiner Erschöpfung. Natürlich konnten auch andere Vampire den Stein bedienen, doch der greise Fürst hatte den Oberbefehl, und es kürzte den Vorgang ab, wenn er die Anweisungen persönlich gab.
Während sich Paris ganz auf die Arbeit mit dem Stein konzentrierte, versuchten Mr. Crepsley und ich uns aufgrund der eingetroffenen Lageberichte ein Bild von den Truppenbewegungen der Vampyre zu machen. Die Obervampire vor Ort taten dasselbe, doch unsere Aufgabe war es, ihre Informationen zu sammeln, zu sortieren und die wichtigsten herauszufiltern. Auf dieser Grundlage unterbreiteten wir Paris dann unsere Vorschläge. Überall lagen Karten herum, auf denen mit bunten Fähnchen die Standorte von Vampiren und Vampyren markiert waren.

In eine dieser Karten hatte sich mein ehemaliger Meister mit sorgenvoller Miene vertieft.

»Fällt dir etwas auf?«, wandte er sich schließlich an mich.

Ich betrachtete die Karte. Drei gelbe und zwei rote Fähnchen gruppierten sich um eine Stadt. Wir verwendeten fünf verschiedene Farben: Blau für Vampire, Gelb für Vampyre, Grün für die Hochburgen der Vampyre – größere und kleinere Städte, die sie als Stützpunkte benutzten und erbittert verteidigten, weiße Fähnchen kennzeichneten Orte, an denen wir gesiegt, rote Fähnchen solche, an denen wir die Schlacht verloren hatten.

»Was soll mir denn auffallen?«, fragte ich zurück. Vor lauter Schlafmangel und der ständigen Beschäftigung mit den Karten und hastig hingekritzelten Berichten verschwammen mir die roten und gelben Fähnchen vor den Augen.

»Der Name der Stadt«, gab Mr. Crepsley zurück und deutete mit dem Fingernagel darauf.

Zuerst sagte mir der Name überhaupt nichts. Dann ging mir ein Licht auf. »Das ist ja Ihr Geburtsort«, sagte ich. In dieser Stadt hatte Mr. Crepsley als Mensch gelebt. Zwölf Jahre zuvor war er zusammen mit mir und Evra Von, dem Schlangenjungen aus dem Cirque Du Freak, noch einmal dorthin zurückgekehrt, um einem geisteskranken Vampyr namens Murlough das Handwerk zu legen, der dort Amok lief.

»Such mir doch mal die Berichte heraus«, bat mich mein früherer Meister. Jedes Fähnchen war nämlich mit einer Nummer versehen, welche den zugehörigen Bericht kennzeichnete. Nach kurzem Suchen fand ich die Akte und blätterte sie durch.

»Von den Vampyren, die dort gesichtet wurden«, fasste ich den Inhalt zusammen, »waren zwei auf dem Weg in die Stadt. Der dritte zog gerade wieder ab. Die eine rote Fahne stammt vom letzten Jahr: Damals starben vier Obervampire bei einem schweren Gefecht mit mehreren Vampyren.«

»Die andere bezeichnet die Stelle, wo Staffen Irve zwei seiner Leute verloren hat«, ergänzte mein Berater. »Als ich diese Fahne eben auf die Karte steckte, fiel mir auf, dass sich die Aktivitäten der Vampyre in der Nähe dieser Stadt häufen.«
»Sie meinen, das könnte etwas zu bedeuten haben?« In der Tat war es ungewöhnlich, dass sich so viele Vampyre am gleichen Ort blicken ließen.
»Ganz sicher bin ich nicht«, räumte der Vampir ein. »Vielleicht haben die Vampyre dort einen ihrer Stützpunkte eingerichtet, obwohl mir nicht einleuchtet, wieso. Der Ort ist viel zu abgelegen.«
»Wir können ja einen Kundschafter hinschicken«, schlug ich vor.
Mein Berater dachte nach, dann schüttelte er den Kopf. »Wir haben in der Gegend schon zu viele Obervampire eingebüßt. Außerdem hat die Stadt keine strategische Bedeutung. Lassen wir die Sache auf sich beruhen.«
Er rieb sich die lange Narbe, die quer über seine linke Gesichtshälfte lief, hielt den Blick aber unverändert auf die Karte gerichtet. Wegen der Zeckenplage war sein orangefarbener Schopf kürzer geschnitten als sonst, und in der gleißend hell erleuchteten Halle wirkte er fast kahl.
»Aber die Sache bereitet Ihnen Kopfzerbrechen, stimmt's?«, hakte ich nach.
Er nickte. »Wenn die Vampyre dort wirklich einen Stützpunkt eingerichtet haben, ernähren sie sich zwangsläufig vom Blut der Einwohner. Ich betrachte diese Stadt immer noch als meine Heimat, und der Gedanke, dass meine ehemaligen Nachbarn und Verwandten Opfer der Vampyre werden, missfällt mir.«
»Dann schicken wir eben einen Truppenverband hin, der sie verjagt.«
Der Vampir seufzte. »Das wäre nicht recht. Damit würde ich meine persönlichen Interessen über das Wohl des Clans stellen.

Sollte ich selbst jemals ins Feld beordert werden, kann ich die Lage persönlich überprüfen, aber es besteht kein Anlass, andere mit hineinzuziehen.«

»Wie stehen eigentlich die Chancen, dass Sie und ich irgendwann hier wieder rauskommen?«, nutzte ich die Gelegenheit zu einer Frage. Ich war zwar nicht besonders scharf aufs Kämpfen, doch nach sechs Jahren freiwilliger Gefangenschaft im Inneren des Berges hätte ich für ein paar Nächte unter freiem Himmel meine Fingernägel hergegeben, selbst wenn ich es dafür allein mit einem Dutzend Vampyre hätte aufnehmen müssen.

»So wie es momentan aussieht, ziemlich schlecht«, gab Mr. Crepsley zurück. »Ich fürchte, wir beide müssen bis zum Ende des Krieges hier drinnen ausharren. Sollte einer der anderen Fürsten so schwer verwundet werden, dass er kampfunfähig ist, könnte es passieren, dass wir seinen Platz einnehmen müssen. Aber sonst ...« Er trommelte mit den Fingern auf die Karte und runzelte die Stirn.

»*Sie* brauchen ja nicht unbedingt hier zu bleiben«, sagte ich. »Ich finde bestimmt massenweise andere Berater.«

Mein ehemaliger Meister lachte rau. »Massenweise Berater, die dir sagen, was du tun sollst«, stimmte er mir zu. »Aber wie viele davon würden dir die Ohren lang ziehen, wenn du Mist gebaut hast?«

»Vermutlich nicht viele«, grinste ich.

»Für die anderen bist du ein Fürst. Für mich dagegen bist du zuallererst noch immer ein neugieriger Rotzlöffel mit einer fatalen Neigung, anderen Leuten die Spinnen zu klauen.«

»Na, das ist ja reizend!«, schnaubte ich mit gespieltem Ärger. Ich wusste, dass er mich nur aufzog – Mr. Crepsley behandelte mich stets mit der Ehrerbietung, die meinem hohen Rang angemessen war –, doch seine Neckereien hatten einen wahren Kern. Er und ich hatten ein ganz besonderes Verhältnis

zueinander, fast wie Vater und Sohn. Er durfte mir Sachen ins Gesicht sagen, die ich keinem anderen Vampir hätte durchgehen lassen. Ohne ihn war ich aufgeschmissen.
Wir legten die Karte mit seiner früheren Heimatstadt vorerst beiseite und wandten uns dringlicheren Angelegenheiten zu. Noch ahnten wir nichts von den Ereignissen, die uns schon bald an den Schauplatz von Mr. Crepsleys Jugend zurückführen würden, und von dem schrecklichen Kampf gegen das Böse, der uns dort bevorstand.

4 Die Hallen und Gänge des Vampirberges vibrierten vor Aufregung: Mika Ver Leth war nach fünf Jahren Abwesenheit zurückgekehrt, und es ging das Gerücht, er habe Neuigkeiten über den Lord der Vampyre mitgebracht! Ich war gerade in meiner Schlafkammer, als mich die Nachricht erreichte. Ich verlor keine Zeit. Rasch zog ich mich an und eilte bergauf zur Fürstenhalle, um zu hören, ob an der Geschichte etwas Wahres dran war.
Als ich die Halle betrat, unterhielt sich Mika gerade mit Paris und Mr. Crepsley, umringt von einer Traube neugieriger Obervampire. Wie immer war Mika von Kopf bis Fuß in Schwarz gekleidet, und seine Raubvogelaugen schienen noch grimmiger zu funkeln als sonst. Als er bemerkte, dass ich mich zu ihm durchdrängelte, hob er die Hand zum Gruß. Ich nahm Haltung an und erwiderte die Geste.
»Wie geht's unserem Nachwuchsfürsten?«, fragte Mika mit einem flüchtigen Lächeln.
»Ganz gut«, erwiderte ich und ließ den Blick auf der Suche nach Verwundungen über seine hohe Gestalt schweifen. Den meisten Vampiren, die in den Berg zurückkehrten, waren die Spuren des Krieges deutlich anzumerken. Doch abgesehen

davon, dass Mika müde wirkte, konnte ich keine äußerlich sichtbaren Verletzungen entdecken. »Was gibt's Neues vom Lord der Vampyre?«, fragte ich ohne Umschweife. »Ich habe gehört, du weißt, wo er steckt.«
Mika schnitt eine Grimasse. »Schön wär's!« Er sah sich um. »Wollen wir sofort eine Versammlung einberufen? Ich habe tatsächlich Neuigkeiten, aber ich würde sie lieber der ganzen Halle mitteilen.« Sogleich begaben sich alle Anwesenden auf ihre Plätze. Mika ließ sich auf seinem Thron nieder und stieß einen zufriedenen Seufzer aus. »Endlich wieder daheim«, sagte er und tätschelte die Armlehnen seines Sessels. »Hat Seba gut auf meinen Sarg aufgepasst?«
»Die Vampyre sollen Euren Sarg holen!«, rief ein Obervampir, der sich vor lauter Ungeduld über die Etikette hinwegsetzte. »Was ist mit dem Lord?«
Mika fuhr sich durch das rabenschwarze Haar. »Zuerst möchte ich eins klarstellen: Ich weiß nicht, wo er sich derzeit aufhält.« Ein unzufriedenes Raunen ging durch die Reihen. »Aber ich habe da etwas läuten hören«, fuhr der Heimkehrer fort, und es wurde sofort wieder still.
»Doch bevor ich anfange«, sagte Mika, »habt ihr von der neuesten Verstärkung der Vampyrarmee gehört?« Die Anwesenden blickten ihn verständnislos an. »Seit Kriegsbeginn haben die Vampyre die Zahl ihrer Mitglieder systematisch aufgestockt und mehr Menschen angezapft als früher.«
»Das ist doch Schnee von gestern«, brummte Paris. »Es gibt viel weniger Vampyre als Vampire. Da ist es nur logisch, dass sie fieberhaft Krieger rekrutieren. Aber das ist kein Grund zur Sorge – wir sind ihnen zahlenmäßig noch immer weit überlegen.«
»Das schon«, entgegnete Mika. »Aber mittlerweile setzen sie auch gewöhnliche Menschen für ihre Zwecke ein. Sie nennen sie ›Vampets‹. Diese Bezeichnung soll sich der Lord persönlich

ausgedacht haben. Genau wie er selbst werden sie mit der Lebensweise der Vampyre vertraut gemacht und zu Kriegern ausgebildet, obwohl sie noch gar nicht angezapft sind. Offenbar will der Lord eine komplette menschliche Hilfsarmee aufstellen.«

»Mit den Menschen werden wir schon fertig«, knurrte ein Obervampir, und andere Zuhörer pflichteten ihm bei.

»Normalerweise schon«, stimmte ihm auch Mika zu, »aber diese Vampets sind ein anderes Kaliber. Sie besitzen zwar nicht die besonderen Fähigkeiten der Vampyre, aber sie haben gelernt zu kämpfen wie diese. Erschwerend kommt hinzu, dass sie nicht an den Ehrenkodex der Vampyre gebunden sind, da sie nicht angezapft wurden. Für sie ist es also nicht Ehrensache, stets die Wahrheit zu sagen, die alten Bräuche spielen für sie keine Rolle, und vor allem sind sie bei der Wahl ihrer Waffen nicht auf den Nahkampf beschränkt.«

Ungehaltene Ausrufe wurden laut.

»Du willst uns doch nicht etwa weismachen, dass die Vampyre jetzt *Gewehre* benutzen?«, fragte Paris entrüstet. Was Waffen betraf, hatten die Vampyre fast noch strengere Vorschriften als wir Vampire. Wir durften immerhin noch Bumerangs und Speere benutzen, was die meisten Vampyre kategorisch ablehnten.

»Die Vampets sind keine Vampyre«, knurrte Mika. »Einen nicht angezapften Vampet hält nichts und niemand davon ab, Schusswaffen einzusetzen. Vielleicht sind nicht alle Vampyre damit einverstanden, aber ihr Lord hat es nun mal erlaubt. Doch mit den Vampets können wir uns ein andermal befassen«, fuhr der dunkle Fürst fort. »Ich habe sie nur erwähnt, weil ich durch sie etwas über den Lord herausgefunden habe. Ein Vampyr lässt sich lieber qualvoll zu Tode foltern, als etwas über seinen Clan preiszugeben, Vampets hingegen sind nicht so hart gesotten. Vor ein paar Monaten gelang es mir, einen von ihnen

gefangen zu nehmen und ein paar interessante Informationen aus ihm herauszukitzeln. Zunächst einmal: Der Lord der Vampyre hat keinen festen Standort. Er zieht mit einer kleinen Leibwache durch die Welt und besucht die verschiedenen Kriegsschauplätze, um die Moral seiner Truppen zu heben.«
Diese Neuigkeit sorgte unter den Obervampiren für einigen Aufruhr, denn wenn der Vampyrlord ständig unterwegs und nur mangelhaft bewacht war, dann war es viel leichter, ihn zu überwältigen.
»Und wusste dieser ... ›Vampet‹ auch, wo sich der Lord zurzeit aufhält?«, erkundigte sich Mr. Crepsley.
Mika schüttelte bedauernd den Kopf. »Er war ihm zwar einmal begegnet, doch das lag schon über ein Jahr zurück. Nur die persönlichen Begleiter des Lords sind über seine Reiseroute unterrichtet.«
»Was hat dir der Gefangene sonst noch erzählt?«, ergriff nun wieder Paris das Wort.
»Dass auch der Lord selbst noch immer nicht angezapft wurde. Und dass trotz aller Bemühungen der Kampfgeist seiner Untergebenen nachlässt. Die Vampyre haben schwere Verluste zu beklagen, und viele von ihnen glauben, dass sie diesen Krieg nicht gewinnen können. Einige sprechen schon von einem Friedensvertrag – oder sogar von bedingungsloser Kapitulation.«
Jubel brandete auf. Einige Obervampire waren von Mikas Bericht so begeistert, dass sie auf das Podium kletterten, ihn auf die Schultern hoben und im Triumph aus der Halle trugen. Auf dem Weg in die unteren Regionen des Berges, wo die Fässer und Kisten mit Bier und Wein gelagert waren, hörte man sie ausgelassen johlen und singen. Die besonneneren Obervampire blickten Paris fragend an.
»Geht nur«, ermunterte sie der alte Fürst. »Es wäre unhöflich, Mika und seine übereifrigen Trinkkumpane allein feiern zu lassen.«

Bei dieser Aufforderung applaudierten die Obervampire und machten sich eilig aus dem Staub. Nur ein paar Wachen, Mr. Crepsley, Paris und ich blieben zurück.
»Das ist doch kindisch«, grummelte mein ehemaliger Lehrmeister. »Wenn die Vampyre tatsächlich schon so weit sind, dass sie in Erwägung ziehen, sich zu ergeben, sollten wir keine Zeit verlieren und ihnen noch härter zusetzen als bisher.«
»Ach, Larten«, unterbrach ihn Paris, »geh zu den anderen, schnapp dir das größte Bierfass, das du auftreiben kannst, und trink dir einen tüchtigen Rausch an.«
Mr. Crepsley starrte seinen Vorgesetzten mit offenem Mund an. »Paris!«, japste er vorwurfsvoll.
»Du bist schon viel zu lange hier eingesperrt«, sagte dieser gelassen. »Verschwinde und schalte mal eine Weile ab. Und komm mir bloß nicht ohne einen Kater wieder unter die Augen.«
»Aber ...«, setzte der Angesprochene noch einmal zum Protest an.
»Das ist ein Befehl, Larten«, schnitt ihm Paris streng das Wort ab.
Mein Vormund sah aus, als hätte man ihn soeben gezwungen, eine lebendige Kröte zu verschlucken. Doch er würde sich niemals der Order eines Ranghöheren widersetzen, deshalb knallte er die Hacken zusammen, murmelte: »Sehr wohl, Euer Gnaden« und stürmte beleidigt aus der Halle in Richtung Lagerräume.
»Ich habe Mr. Crepsley noch nie verkatert gesehen«, lachte ich. »Wie benimmt er sich dann?«
»Wie ein ... wie heißt es bei den Menschen? Ein angeschossener Löwe?« Paris hüstelte in seine Faust – er hustete überhaupt viel in letzter Zeit –, dann lächelte er.
»Aber es wird ihm gut tun. Manchmal sieht Larten einfach alles zu verbissen.«

»Und was ist mit Euch? Wollt Ihr Euch nicht auch dazugesellen?«
Paris setzte eine säuerliche Miene auf. »Ein Krug Bier würde mir jetzt den Rest geben. Ich nutze die kleine Unterbrechung lieber, indem ich mich hinten in der Halle in meinen Sarg begebe und endlich mal wieder einen Tag durchschlafe.«
»Ist das Euer Ernst? Ich kann gern hier bleiben, wenn Ihr wollt.«
»Nein, nein. Geh und amüsier dich. Ich komme schon klar.«
»Na gut.« Ich sprang von meinem Thron und ging zur Tür.
»Darren«, rief mich Paris noch einmal zurück. »Übermäßiger Alkoholgenuss ist für junge Leute ebenso schädlich wie für alte. Wenn du klug bist, hältst du dich beim Trinken zurück.«
»Erinnert Ihr Euch, was Ihr mir vor einigen Jahren zum Thema Klugheit erklärt habt, Paris?«, gab ich zurück.
»Was denn?«
»Ihr sagtet: ›Klug wird man nur durch Erfahrung.‹« Ich zwinkerte ihm zu und verließ die Fürstenhalle. Kurz darauf teilte ich mir mit einem verdrießlichen Vampir mit orangefarbenem Stoppelhaar ein Fass Bier. Im Lauf der Nacht besserte sich Mr. Crepsleys Stimmung jedoch zusehends, und als er am späten Morgen des folgenden Tages zu seinem Sarg torkelte, sang er aus voller Kehle.

5 Als ich aufwachte, wunderte ich mich, dass über mir gleich zwei Monde am Himmel standen, die zudem noch grün waren. Ächzend rieb ich mir mit dem Handrücken die Augen und schaute noch einmal hin. Dann begriff ich, dass ich auf dem Fußboden lag und zu den grünen Augen eines kichernden Harkat Mulds aufblickte.
»Hast du dich letzte Nacht gut unterhalten?«, fragte er.

»Man hat mich vergiftet«, jammerte ich und wälzte mich auf den Bauch. Ich hatte das Gefühl, auf dem Deck eines vom Sturm gebeutelten Schiffes zu liegen.
»Dann möchtest du vermutlich kein Wildschweingekröse mit ... Fledermauseintopf?«
»Sei bloß still!«, jaulte ich bei dieser Vorstellung.
»Du und die anderen ... ihr müsst die Hälfte aller Biervorräte im Berg weggepichelt haben«, bemerkte Harkat und half mir aufstehen.
»Haben wir grade ein Erdbeben?«, fragte ich, als er mich losließ.
»Nein, wieso?«, gab mein Freund verdutzt zurück.
»Weil der Boden so schwankt.«
Lachend führte mich der Kleine Kerl zu meiner Hängematte. Ich hatte direkt hinter der Tür unserer Schlafkammer auf dem Fußboden geschlafen. Ich konnte mich nur noch undeutlich daran erinnern, dass ich mehrmals versucht hatte, in meine Hängematte zu klettern, aber jedes Mal wieder herausgefallen war.
»Ich bleibe lieber noch ein bisschen auf dem Boden sitzen«, sagte ich.
»Von mir aus«, feixte Harkat. »Wie wär's mit einem Schlückchen Bier?«
»Schnauze, oder es knallt«, knurrte ich.
»Magst du etwa kein Bier mehr?«
»Nein!«
»Na, so was! Du hast die ganze Zeit gesungen, wie gut es dir schmeckt: ›Bier, Bier, ich sauf wie ein Stier, ich bin ... der Fürst, der Fürst vom Bier.‹«
»Wenn du nicht endlich die Klappe hältst, lass ich dich foltern«, drohte ich.
»Schon gut, schon gut«, lenkte Harkat ein. »Gestern Nacht war der ganze Clan ... außer Rand und Band. Ein Vampir muss ganz

schön bechern, bis er richtig betrunken wird ... aber die meisten haben es geschafft. Ich bin einigen auf den Gängen begegnet. Sie haben sich aufgeführt wie ...«

»Bitte«, flehte ich, »erspar mir die Beschreibung.« Harkat musste wieder lachen. Dann zerrte er mich auf die Füße und führte mich auf den Korridor hinaus. »Wo gehen wir hin?«, fragte ich.

»In die Perta-Vin-Grahl-Halle. Ich habe mich bei Seba erkundigt, wie du deinen Kater am besten kurierst ... ich hab mir schon gedacht, dass du einen kriegen würdest ... und er meinte ... eine kalte Dusche wirkt Wunder.«

»O nein!«, winselte ich. »Nicht duschen! Hab Erbarmen!«

Doch Harkat kümmerte sich nicht um mein Geflenne und schubste mich unerbittlich unter einen der eiskalten Wasserfälle in der Perta-Vin-Grahl-Halle. Als der eisige Strahl auf mich niederprasselte, glaubte ich, mir müsse der Schädel zerplatzen, doch nach ein paar Minuten ließen die scheußlichen Kopfschmerzen tatsächlich nach, und auch mein Magen beruhigte sich wieder. Beim Abtrocknen fühlte ich mich schon hundertmal besser.

Auf dem Rückweg zur Schlafkammer kamen wir an einem grüngesichtigen Mr. Crepsley vorbei. Ich wünschte ihm einen guten Abend, doch seine Antwort bestand lediglich aus einem unartikulierten Grunzen.

»Ich verstehe nicht, was die Leute ... an Alkohol so toll finden«, sagte Harkat, als ich mich anzog.

»Hattest du denn noch nie einen Rausch?«

»Vielleicht in meinem früheren Leben, aber nicht mehr, seit ... ich ein Kleiner Kerl bin. Erstens schmeckt mir Alkohol nicht, weil ich keine Geschmacksknospen habe, und zweitens werde ich davon nicht betrunken.«

»Du hast's gut«, brummte ich missmutig.

Dann schlenderten wir zur Fürstenhalle, um nachzusehen, ob

Paris meine Hilfe brauchte, doch die Halle war nahezu leer, und der alte Fürst schlummerte noch immer in seinem Sarg.
»Lass uns ein bisschen ... in den Gängen unter den Hallen herumstöbern«, schlug Harkat vor. In der ersten Zeit im Berg waren wir oft in den tiefer gelegenen Gängen auf Entdeckungsreise gegangen, doch das letzte Abenteuer dieser Art lag zwei oder drei Jahre zurück.
»Musst du denn nicht zur Arbeit?«
»Eigentlich schon, aber ...« Der Kleine Kerl runzelte die Stirn. Es dauerte einige Zeit, bis man sich an Harkats Mimik gewöhnt hatte. Wenn jemand weder Augenlider noch Nase besitzt, kann man nur schwer erkennen, ob er die Stirn runzelt oder lächelt. Inzwischen konnte ich Harkats jeweiligen Gesichtsausdruck jedoch gut deuten. »Das geht schon in Ordnung. Ich fühl mich irgendwie komisch. Ich brauche Bewegung.«
»Na gut«, willigte ich ein. »Gehen wir ein bisschen spazieren.«
Unser Ausgangspunkt war die Corza-Jarn-Halle, in der die angehenden Obervampire ihre Kampfausbildung erhielten. Ich selbst hatte viele Stunden dort zugebracht und mich im Umgang mit Schwertern, Messern, Streitäxten und Speeren geübt. Die meisten Waffen waren für Erwachsene gedacht und zu groß und unhandlich für mich, doch eine Art Grundausbildung hatte ich trotzdem absolviert.
Der rangälteste Ausbilder war ein blinder Vampir namens Vanez Blane. Bei meinen Prüfungen war er mein Tutor gewesen. Vor langer Zeit hatte ihn der Kampf mit einem Löwen ein Auge gekostet, das zweite hatte er im Gefecht mit den Vampyren vor sechs Jahren verloren.
Als wir die Halle betraten, übte Vanez gerade mit drei jungen Obervampiren Ringkampf. Obgleich er blind war, hatte der ehemalige Wettkampfaufseher mit dem rötlich braunen Haar

nichts von seiner Geschicklichkeit eingebüßt und beförderte seine drei Gegner im Handumdrehen rücklings auf den Boden.
»Das war eine ziemlich schwache Leistung«, tadelte er sie. Dann, obgleich er uns den Rücken zuwandte, begrüßte er uns: »Hallo, Darren, hallo, Harkat Mulds.«
»Nacht, Vanez«, erwiderten wir. Wir waren nicht überrascht, dass er uns erkannt hatte, denn wie alle Vampire verfügte er über ein ungewöhnlich scharfes Gehör und einen überdurchschnittlich entwickelten Geruchssinn.
»Hab dich gestern singen gehört, Darren«, fuhr Vanez fort, während sich seine drei Schüler unbeholfen aufrappelten.
»O nein!«, entfuhr es mir. Ich hatte geglaubt, Harkat wollte mich bloß auf den Arm nehmen.
»Wirklich sehr aufschlussreich.« Vanez lächelte.
»Sag, dass es nicht wahr ist!«, stöhnte ich. »Bitte!«
Vanez grinste noch breiter. »Keine Sorge. Du warst nicht der Einzige, der sich gründlich zum Narren gemacht hat.«
»Bier gehört verboten«, brummelte ich.
»Das *Bier* an sich ist nicht das Problem«, konterte der blinde Vampir. »Das Problem sind die *Biertrinker*, die nicht wissen, wann sie aufhören müssen.«
Wir erzählten Vanez, dass wir vorhatten, die unteren Regionen des Berges zu erkunden, und fragten ihn, ob er mitkommen wolle.
»Das hätte nicht viel Sinn«, erwiderte er. »Ich kann ja nichts sehen. Und außerdem ...« Mit gedämpfter Stimme erläuterte er uns, dass die drei Obervampire, die er gerade ausbildete, bald in den Kampf geschickt würden. »Unter uns gesagt, ich habe noch nie ein so armseliges Trio ins raue Leben entlassen müssen«, vertraute er uns seufzend an. Mittlerweile wurden viele Vampire ohne lange Vorbereitung ins Feld geschickt, um die Verluste auszugleichen. Diese Vorgehensweise war innerhalb des Clans ziemlich umstritten, denn normalerweise dau-

erte die Ausbildung zum Obervampir mindestens zwanzig Jahre. Doch Paris hatte befunden, dass ungewöhnliche Umstände ungewöhnliche Maßnahmen erforderten.

Wir verabschiedeten uns von Vanez und stiegen in die Lagerräume hinunter, um kurz bei Seba Nile hereinzuschauen, Mr. Crepsleys ehemaligem Mentor. Mit seinen siebenhundert Jahren war Seba der zweitälteste noch lebende Vampir. Wie sein ehemaliger Schützling war er ganz in Rot gekleidet und pflegte genau wie dieser einen etwas altmodischen Sprachstil. Aufgrund seines hohen Alters waren sein Gesicht faltig und sein Rücken gebeugt. Obendrein zog er wie Harkat das linke Bein nach – eine Wunde aus demselben Gefecht, das Vanez endgültig das Augenlicht gekostet hatte.

Der alte Quartiermeister freute sich über unseren Besuch. Als er hörte, dass wir auf Erkundungstour gehen wollten, bestand er darauf, uns zu begleiten. »Ich möchte euch etwas zeigen«, kündigte er an.

Zu dritt verließen wir die Hallen und betraten das selten benutzte Labyrinth der unteren Verbindungstunnel. Ich kratzte mich am Kopf.

»Zecken?«, fragte Seba.

»Nein. In letzter Zeit juckt mein Kopf wie verrückt. Meine Arme und Beine und die Achselhöhlen auch. Wahrscheinlich habe ich eine Allergie.«

»Allergien sind bei Vampiren ziemlich selten«, meinte Seba. »Lasst Euch mal anschauen.« Die Tunnelwände waren über und über mit Schimmerschimmel bewachsen. Seba führte mich vor ein besonders dickes Büschel und untersuchte mich. »Hmmm«, brummte er mit flüchtigem Lächeln und ließ mich wieder los.

»Was habe ich?«

»Ihr werdet erwachsen, junger Herr.«

»Und was hat das Jucken damit zu tun?«

»Das werdet Ihr schon noch sehen«, erwiderte mein Gegenüber geheimnisvoll.
Jedes Mal, wenn wir an einem Spinnennetz vorbeikamen, blieb der alte Quartiermeister stehen, denn er hatte eine ausgesprochene Vorliebe für diese achtbeinigen Räuber. Er hielt sich zwar keine Spinne als Haustier, doch er brachte viel Zeit damit zu, frei lebende Spinnen zu beobachten. Er war sogar in der Lage, sich telepathisch mit ihnen zu verständigen, eine Kunst, die auch Mr. Crepsley und ich beherrschten.
»Ah!«, rief er schließlich aus und machte vor einem großen Netz Halt. »Da sind sie ja.« Er schürzte die Lippen, pfiff leise, und gleich darauf ließ sich eine große, graue Spinne mit merkwürdigen grünen Flecken an einem Faden herunter und krabbelte auf Sebas emporgereckten Handteller.
»Wo kommt die denn auf einmal her?«, fragte ich erstaunt und ging näher heran, um besser sehen zu können. Das Tier war größer und anders gefärbt als die üblichen Bergspinnen.
»Gefällt sie Euch?«, schmunzelte der Alte. »Ich habe sie Ba'Shans-Spinnen getauft. Ich hoffe, Ihr habt nichts dagegen – der Name erschien mir einfach passend.«
»Ba'Shans-Spinnen?«, wiederholte ich verwirrt. »Aber wieso?«
Ich unterbrach mich. Vor vierzehn Jahren hatte ich Mr. Crepsley eine giftige Spinne gestohlen – Madame Octa. Acht Jahre später hatte ich ihr auf Sebas Anregung hin hier im Berg die Freiheit geschenkt, damit sie sich bei den Bergspinnen häuslich niederlassen konnte. Seither war ich ihr nicht mehr begegnet und hatte sie fast schon vergessen. Doch jetzt fiel mir alles wieder ein, und plötzlich wusste ich, was es mit der neuen Spinnenart auf sich hatte.
»Ist das etwa ein Nachkomme von Madame Octa?«
»Genauso ist es«, bestätigte Seba. »Sie hat sich mit den Ba'-Halens-Spinnen gepaart. Die neu entstandene Rasse ist mir

bereits vor drei Jahren aufgefallen, aber erst dieses Jahr haben sich die Tiere richtig vermehrt. Allmählich verdrängen sie die gewöhnlichen Bergspinnen. Nach meiner Einschätzung werden sie in zehn bis fünfzehn Jahren die vorherrschende Spinnenart im Berg sein.«

»Seba!«, japste ich empört. »Ich habe Madame Octa damals nur freigelassen, weil Sie mir hoch und heilig versichert haben, sie könnte keine Nachkommen haben. Sind die hier giftig?«

Der Quartiermeister zuckte die Achseln. »Schon, aber ihr Biss ist nicht so tödlich wie der ihrer Mutter. Wenn vier oder fünf von ihnen gleichzeitig zubeißen, ist ihr Gift lebensgefährlich; einzeln sind sie jedoch harmlos.«

»Und was ist, wenn sie plötzlich alle gleichzeitig einen Rappel kriegen?«, rief ich entsetzt.

»Das wird nicht geschehen«, entgegnete Seba knapp.

»Woher wollen Sie das wissen?«

»Ich habe es mit ihnen so vereinbart. Genau wie ihre Mutter sind sie unglaublich intelligent. Ihre mentalen Fähigkeiten sind fast so ausgeprägt wie die von Ratten. Ich habe vor, sie zu dressieren.«

»Was wollen Sie den Viechern denn beibringen?«, lachte ich.

»Kämpfen«, erwiderte er düster. »Stellt Euch mal vor, wir könnten ganze Armeen von Spinnen in die Welt hinausschicken, die darauf abgerichtet sind, Vampyre aufzuspüren und zu töten.«

Hilfe suchend drehte ich mich nach Harkat um. »Sag du ihm, dass er verrückt ist. Bring ihn bitte wieder zur Vernunft.«

Harkat grinste. »Mir leuchtet ... seine Idee ein.«

»Lächerlich!«, schnaubte ich. »Ich sag's Mika. Der kann Spinnen nicht ausstehen. Bestimmt schickt er eine Truppe hier runter, um die Biester zu Brei zu zertrampeln.«

»Bitte nicht«, sagte Seba leise. »Vielleicht lassen sie sich nicht abrichten, aber ich möchte wenigstens beobachten, wie sie sich entwickeln. Ihr würdet mir damit eins der letzten Vergnügen rauben, die mir noch geblieben sind.«

Seufzend verdrehte ich die Augen. »Meinetwegen. Dann erzähl ich's Mika eben nicht.«

»Den anderen auch nicht«, beharrte Seba. »Sie wären gar nicht gut auf mich zu sprechen, wenn sie Wind davon bekämen.«

»Das verstehe ich nicht.«

Der Alte räusperte sich schuldbewusst. »Wegen der Zecken«, murmelte er. »Die neue Spinnenart ernährt sich von ihnen. Deshalb haben die Zecken die Flucht ergriffen und sind weiter nach oben gewandert.«

»Ach so«, sagte ich und dachte an all die Vampire, die sich wegen der Zecken Kopfhaar, Bart und sogar die Achselhöhlen rasiert hatten. Ich konnte mir ein Grinsen nicht verkneifen.

»Irgendwann haben die Spinnen die Zecken bis in den Berggipfel getrieben, und dann erledigt sich die Angelegenheit ohnehin von selbst«, fuhr Seba fort. »Aber bis es so weit ist, würde ich es vorziehen, wenn niemand die Ursache der lästigen Ungezieferplage kennt.«

Ich brach in schallendes Gelächter aus. »Wenn das jemand rauskriegt, werden Sie gehängt!«

»Ich weiß«, nickte Seba mit scherzhaft besorgter Miene.

Ich gelobte feierlich, kein Wort über die Spinnen verlauten zu lassen. Daraufhin verabschiedete sich Seba und ging zu den Hallen zurück. Der kurze Ausflug hatte ihn angestrengt. Harkat und ich streiften weiter durch die schummrigen Gänge. Je tiefer wir hinabstiegen, desto stiller wurde Harkat. Er schien sich unwohl zu fühlen, doch als ich ihn fragte, was los sei, wusste er es selbst nicht.

Schließlich entdeckten wir einen Tunnel, der nach draußen führte. Vor der Öffnung in der steilen Bergflanke setzten wir uns auf den Boden und blickten in den Abendhimmel.

Seit Monaten hatte ich die Nase nicht mehr nach draußen

gesteckt. Es lag über zwei Jahre zurück, dass ich zuletzt unter freiem Himmel geschlafen hatte. Die frische Luft war angenehm, doch sie roch irgendwie seltsam.
»Ganz schön kalt«, bemerkte ich und rieb mir die nackten Arme.
»Ach ja?« Harkats abgestorbene, graue Haut nahm nur extreme Hitze oder Kälte wahr.
»Es muss Spätherbst oder Anfang Winter sein.« Wenn man in einem Berg wohnt, ist es schwierig, den Wechsel der Jahreszeiten mitzubekommen.
Harkat antwortete nicht. Er ließ den Blick über die Wälder und Täler zu unseren Füßen schweifen, als suchte er etwas.
Ich stand auf und schlenderte ein Stück bergab. Harkat folgte mir, doch dann überholte er mich und beschleunigte sein Tempo. »Pass auf!«, rief ich ihm nach, aber er kümmerte sich nicht darum. Schon eilte er im Laufschritt weiter und hängte mich ab. Ich begriff nicht, was er vorhatte. »Harkat!«, brüllte ich. »Du rutschst aus und brichst dir das Genick, wenn du ...«
Ich blieb stehen. Er hörte mich nicht. Fluchend streifte ich die Schuhe ab, krümmte probehalber die Zehen und setzte ihm nach. Ich versuchte, mich zu bremsen, doch der Abhang war zu steil, und so schlitterte auch ich kurz darauf in einer kleinen Lawine aus Geröll und Staub den Berg hinab, während ich mir vor Aufregung und Angst fast die Lunge aus dem Leib schrie.
Wie durch ein Wunder schafften wir es beide, uns auf den Beinen zu halten und unversehrt am Fuß des Berges anzukommen. Doch Harkat rannte ohne anzuhalten weiter, bis er eine kleine, ringförmige Baumgruppe erreichte. Dort blieb er plötzlich wie versteinert stehen. Ich kam hinterhergetrabt und machte neben ihm Halt. »Was ... was ... sollte ... das denn?«, keuchte ich.
Stumm hob Harkat die linke Hand und deutete auf die Bäume.

»Was ist da?«, fragte ich, denn außer Stämmen, Ästen und Blättern konnte ich nichts Ungewöhnliches erkennen.
»Er kommt«, zischelte Harkat.
»Wer?«
»Der Gebieter der Drachen.«
Misstrauisch musterte ich meinen Freund. Er schien wach zu sein, aber vielleicht war er ja unterwegs eingenickt und schlafwandelte bloß. »Geh lieber wieder rein«, sagte ich und ergriff vorsichtig seinen ausgestreckten Arm. »Wir machen uns ein schönes Feuerchen, und dann ...«
»Hallo, Jungs!«, ertönte eine Stimme aus dem Gehölz. »Seid ihr das Begrüßungskomitee?«
Ich ließ Harkats Arm los, erstarrte genau wie er und versuchte, das Dickicht vor mir mit meinem Blick zu durchdringen. Ich kannte diese Stimme – doch ich hoffte inbrünstig, dass ich mich irrte!
Dann traten drei Gestalten aus dem schattigen Dunkel. Zwei davon waren Kleine Leute. Sie sahen Harkat zum Verwechseln ähnlich, abgesehen davon, dass sie die Kapuzen tief ins Gesicht gezogen hatten und sich mit einer Unbeholfenheit bewegten, die mein Freund im Laufe seines Aufenthalts bei den Vampiren allmählich überwunden hatte. Der Dritte war ein kleiner, lächelnder, weißhaariger Mann, der mir mehr Angst einflößte als eine ganze Horde mordlustiger Vampyre.
Meister Schick!
Nach über sechshundert Jahren war Salvatore Schick zum Vampirberg zurückgekehrt. Als er nun auf uns zuschritt und vor Zufriedenheit über das ganze Gesicht strahlte wie der Rattenfänger von Hameln persönlich, zweifelte ich keine Sekunde daran, dass sein Kommen nichts Gutes zu bedeuten hatte.

6 Meister Schick blieb direkt vor uns stehen. Der kleine, dickliche Mann trug einen abgewetzten gelben Anzug, keinen Mantel über dem dünnen Jackett, dafür aber albern aussehende grüne Gummistiefel und eine dicke Brille. Die herzförmige Uhr, die er stets mit sich führte, baumelte an einer Kette auf seiner Brust. Es ging das Gerücht, Meister Schick sei ein Handlanger des Schicksals. Sein Vorname war Salvatore. Nahm man die Kurzform »Sal« und drehte die Reihenfolge der beiden Namen um, kam *Meister Schicksal* dabei heraus.

»Groß bist du geworden, junger Freund«, stellte er fest und musterte mich dabei von Kopf bis Fuß. »Und du, Harkat ...« Er lächelte den Kleinen Kerl an, dessen grüne Augen noch größer und runder wirkten als sonst. »*Du* bist tatsächlich kaum wieder zu erkennen. Trägst keine Kapuze mehr, arbeitest für die Vampire – und sprichst!«

»Sie haben gewusst ... dass ich sprechen ... kann«, nuschelte Harkat und verfiel auf einmal wieder in seine alte, abgerissene Sprechweise. »Sie haben es ... immer gewusst.«

Meister Schick nickte, dann wandte er sich zum Gehen. »Genug geplaudert, Jungs. Ich habe noch eine Menge zu tun und muss mich beeilen. Die Zeit drängt. Morgen soll es auf einer kleinen Tropeninsel einen Vulkanausbruch geben. Jeder, der sich im Umkreis von zehn Kilometern aufhält, verbrutzelt bei lebendigem Leibe. Dieses Schauspiel möchte ich mir nicht entgehen lassen – das wird bestimmt ein Heidenspaß.«

Er meinte es ernst. Das war genau der Grund, weshalb sich alle so vor ihm fürchteten: Er amüsierte sich köstlich angesichts von Tragödien, die jeden halbwegs mitfühlenden Zuschauer zutiefst erschütterten.

Gefolgt von den beiden Kleinen Leuten, erklommen wir hinter dem unheimlichen Besucher den Berg. Harkat drehte sich oft nach seinen »Brüdern« um. Ich nahm an, dass er sich stumm mit ihnen unterhielt (die Kleinen Leute können sich untereinander mittels Gedankenübertragung verständigen), doch mir gegenüber schwieg er sich darüber aus.

Meister Schick benutzte einen anderen Einstieg als jenen Tunnel, durch den wir den Berg verlassen hatten. Diesen Gang kannte ich noch nicht; er war höher, breiter und trockener als die meisten anderen. Wegbiegungen oder Abzweigungen gab es nicht. Der Tunnel führte immer geradeaus und stieg stetig an. Meister Schick ertappte mich dabei, wie ich forschend die Wände musterte. »Das ist eine meiner Abkürzungen«, erläuterte er. »Ich habe überall auf der Welt meine Abkürzungen, auch an Orten, auf die du nie kommen würdest. Spart Zeit.«

Unterwegs kamen wir immer wieder an Grüppchen unnatürlich bleicher, in Lumpen gehüllter Gestalten vorbei. Sie säumten die Tunnelwände zu beiden Seiten und verneigten sich tief, wenn Meister Schick vorüberschritt. Es waren die so genannten Hüter des Blutes – eine sonderbare Sippe, die im Vampirberg hauste und den Vampiren ihr Blut zur Verfügung stellte. Als Gegenleistung war es ihnen gestattet, verstorbenen Vampiren die Organe inklusive des Gehirns zu entnehmen und bei besonderen Anlässen als Festmahl zu verspeisen.

Es war mir unheimlich, so zwischen den Hütern hindurchzugehen, denn ich hatte noch nie so viele von ihnen auf einmal gesehen. Meister Schick winkte ihnen zwar lächelnd zu, blieb aber nicht stehen, um das Wort an sie zu richten.

Schon nach einer Viertelstunde hatten wir das offizielle Tor zu den Hallen der Vampire erreicht. Als wir klopften, riss der Dienst habende Wachposten die Pforte weit auf, hielt aber inne, sobald er Meister Schick sah, und schloss die Türflügel wieder zur Hälfte.

»Wer seid Ihr?«, blaffte er misstrauisch und griff nach dem Schwert an seinem Gürtel.

»Du weißt genau, wer ich bin, Perlat Cheil«, erwiderte Meister Schick und ging einfach an ihm vorbei.

»Woher wisst Ihr, wie ich ...«, setzte der Verblüffte an. Dann brach er ab und blickte dem kleinen Mann nach. Plötzlich zitterte er, und seine Hand rutschte schlaff vom Schwertknauf. »Träum ich, oder ist er das wirklich?«, fragte er leise, als nun auch Harkat, die Kleinen Leute und ich eintraten.
»Du träumst nicht«, bestätigte ich.
»Bei Charnas Eingeweiden!«, keuchte Perlat Cheil und führte den Todesgruß aus, indem er den Mittelfinger der rechten Hand an die Stirn legte und die beiden benachbarten Finger auf seine geschlossenen Augenlider drückte. Diese Geste machen Vampire, wenn sie ihren eigenen Tod oder den eines anderen nahe glauben.
Wir marschierten durch die Gänge, und überall verstummten bei unserem Anblick Unterhaltungen, blieben Münder offen stehen. Sogar jene Vampire, die Meister Schick noch nie persönlich begegnet waren, erkannten ihn sofort, unterbrachen ihre jeweilige Tätigkeit und schlossen sich uns schweigend an wie bei einem Leichenzug.
Zur Fürstenhalle führte nur ein einziger Gang, der von den fähigsten Wachen des ganzen Berges aufs Schärfste bewacht wurde. (Sechs Jahre zuvor hatte ich zwar noch einen zweiten Zugang entdeckt, doch der war damals versperrt worden.) Diese Wachposten hatten strikten Befehl, jeden, der Einlass in die Halle begehrte, anzuhalten und gründlich zu durchsuchen. Doch als Meister Schick näher kam, starrten sie ihn bloß ungläubig an, ließen die Waffen sinken und gewährten ihm und dem Rest der Prozession ungehindert Einlass.
Erst unmittelbar vor den Türen der Fürstenhalle blieb Meister Schick stehen und ließ den Blick an dem Kuppelgewölbe emporwandern, das er vor sechshundert Jahren hatte errichten lassen. »Hat prima gehalten, was?«, bemerkte er, ohne jemanden direkt anzusprechen. Dann legte der kleine Mann die Hand auf einen der Türflügel, die Tür öffnete sich, und er trat

ein. Eigentlich konnten ausschließlich Vampirfürsten diese Türen bedienen, doch es überraschte mich nicht, dass auch Meister Schick diese Fähigkeit besaß.

Mika und Paris diskutierten gerade mit einer aufgeregt durcheinander redenden Schar Obervampire die zukünftige Strategie im Krieg der Narben.

Die meisten waren erschöpft oder sogar verwundet, doch als sie Meister Schick erblickten, waren alle plötzlich wieder hellwach.

»Bei den Zähnen der Götter!«, keuchte Paris und wurde weiß wie ein Laken. Als der Besucher den Fuß auf das Podium setzte, duckte sich der betagte Fürst unwillkürlich, fasste sich jedoch gleich wieder und zwang sich zu einem Lächeln. »Salvatore!«, sagte er. »Schön, dich zu sehen.«

»Ganz meinerseits, Paris«, erwiderte Meister Schick herzlich.

»Welchem Umstand verdanken wir dieses unerwartete Vergnügen?«, fuhr Paris mit angestrengter Höflichkeit fort.

»Das werde ich dir gleich verraten«, entgegnete Meister Schick. Dann ließ er sich auf den nächstbesten Thronsessel plumpsen (das war *meiner!*), schlug die Beine übereinander und machte es sich bequem. »Hol die ganze Bande rein«, befahl er Mika mit gekrümmtem Zeigefinger. »Was ich zu sagen habe, ist für alle Ohren bestimmt.«

Kurz darauf hatten sich praktisch alle im Berg anwesenden Vampire in der Halle eingefunden. Eingeschüchtert drängten sie sich an den gewölbten Hallenwänden, möglichst weit entfernt von Meister Schick, und warteten ab, was ihnen der dämonische Besucher zu verkünden hatte.

Dieser hatte währenddessen ausführlich seine Fingernägel inspiziert und an seinem Jackett blank poliert. Die beiden Kleinen Leute hatten sich hinter dem Thronsessel aufgebaut. Harkat stand ein Stück weiter links. Er wirkte unsicher. Ich merkte ihm an, dass er nicht recht wusste, wo sein Platz war:

bei seinen Artgenossen, den Kleinen Leuten, oder bei seinen Wahlverwandten, den Vampiren.

»Sind alle so weit?«, fragte Meister Schick, bevor er sich erhob und an den Rand des Podiums watschelte. »Dann komme ich gleich zur Sache. Der Lord der Vampyre ist inzwischen angezapft.«

Er machte eine Pause, um seinem Publikum Gelegenheit zu geben, nach Luft zu schnappen, aufzustöhnen und in Entsetzensschreie auszubrechen. Doch wir waren alle so entgeistert, dass wir ihn nur stumm anstarrten. »Vor sechshundert Jahren«, fuhr er schließlich fort, »prophezeite ich euren Vorfahren, dass der Lord die Vampyre in einen schrecklichen Krieg gegen euch führen und euer ganzes Geschlecht auslöschen würde. Das war die Wahrheit – doch nicht die einzige Wahrheit. Die Zukunft ist stets vorhersehbar und unvorhersehbar zugleich. Es gibt nur ein ›es wird geschehen‹, aber oftmals hundert ›es kann geschehen‹. Soll heißen: Der Vampyrlord und seine Anhänger *können* besiegt werden.«

Die Anwesenden hielten vor Spannung die Luft an, und man spürte förmlich, wie mit einem Mal in jedem Vampir Hoffnung aufstieg und alle wie eine Nebelwolke einhüllte.

»Noch ist der Lord nur ein Halbvampyr«, führte Meister Schick weiter aus. »Das bedeutet, wenn ihr ihn findet und tötet, bevor er vollständig angezapft ist, gehört der Sieg euch.«

Bei diesen Worten brachen die Zuhörer in lautes Freudengeschrei aus, und plötzlich schlugen überall im Saal Vampire einander jubelnd auf die Schultern.

Nur einige wenige fielen nicht in das Schreien und Johlen ein. Denjenigen, die bereits eigene Erfahrungen mit Meister Schick gemacht hatten – das waren Paris, Mr. Crepsley und ich –, schwante nämlich, dass er noch nicht zu Ende gesprochen und die Sache einen Haken hatte. Es sah Salvatore Schick gar nicht ähnlich, bei der Überbringung einer guten Nachricht derartig übers ganze Gesicht zu strahlen – das tat er nur, wenn Leid und Elend nicht fern waren.

Als sich das Publikum wieder beruhigt hatte, hob der kleine Mann die rechte Hand. Mit der Linken umklammerte er seine herzförmige Uhr. Diese glomm dunkelrot auf, und auf einmal nahm auch seine rechte Hand diese Farbe an. Alle Blicke waren auf die fünf hochgereckten, unheilvoll glühenden Finger gerichtet, und es wurde totenstill.

Auch auf Meister Schicks Gesicht lag ein rötlicher Widerschein. »Als der Lord der Vampyre vor sieben Jahren gefunden wurde«, fuhr er fort, »habe ich mich mit den Fäden beschäftigt, welche Gegenwart und Zukunft verknüpfen, und herausgefunden, dass sich euch insgesamt fünf Gelegenheiten bieten, den Lauf des Schicksals zu beeinflussen. Eine davon habt ihr bereits ungenutzt verstreichen lassen.«

Der rote Schimmer wich von seinem Daumen, und er klappte ihn ein. »Diese Gelegenheit war Kurda Smahlt.« Kurda war jener Vampir, der seinerzeit den Überfall der Vampyre angeführt hatte, um den Stein des Blutes an sich zu bringen. »Wäre Kurdas Plan gelungen, wären die meisten Vampire zu den Vampyren übergelaufen, und der Krieg der Narben, wie ihr ihn nennt, hätte vermieden werden können.

Doch ihr habt Kurda umgebracht und damit eure Erfolg versprechendste Überlebenschance verschenkt.« Er schüttelte mit theatralischer Missbilligung den Kopf. »Das war wirklich dumm von euch.«

»Kurda Smahlt war ein Verräter«, knurrte Mika. »Verrat zieht nie etwas Gutes nach sich. Lieber sterbe ich ehrenvoll, als mein Leben einem Überläufer zu verdanken.«

»Du bist tatsächlich ein Dummkopf«, gluckste Meister Schick belustigt. Dann wackelte er mit dem glühenden kleinen Finger: »Der hier steht für eure letzte Chance, für den Fall, dass ihr alle anderen verpasst habt. Aber das wird noch eine ganze Weile dauern, also lassen wir ihn erst einmal außer Acht.« Er knickte ihn ein, so dass nur noch die drei mittleren Finger übrig blieben.

»Und damit wären wir beim eigentlichen Grund meines Besuches angelangt: Ohne mein Eingreifen würdet ihr auch diese drei Gelegenheiten unbemerkt an euch vorüberziehen lassen. Ihr würdet einfach weitermachen wie bisher, die Gelegenheiten würden kommen und gehen, und bevor ihr es richtig mitgekriegt habt ...« Er machte mit den Lippen ein leises Knallgeräusch.

»Innerhalb der nächsten zwölf Monate«, sagte er leise, aber überaus deutlich, »könnte es zu drei Begegnungen zwischen bestimmten Vampiren und dem Vampyrlord kommen – *wenn* ihr meinen Rat befolgt. Dreimal wird er euch auf Gnade oder Ungnade ausgeliefert sein. Wenn ihr eine dieser drei Gelegenheiten beim Schopf packt und ihn tötet, habt ihr den Krieg gewonnen. Wenn nicht, kommt es zu einer letzten, alles entscheidenden Konfrontation, von der das Leben sämtlicher auf dieser Welt noch existierenden Vampire abhängt.« Er machte eine kleine Kunstpause. »Wenn ich ehrlich sein soll, hoffe ich, dass Letzteres eintritt – ich schwärme nun mal für dramatische Schlussakte!«

Damit wandte er dem Publikum den Rücken zu, und einer seiner Kleinen Leute reichte ihm ein Fläschchen, aus dem er einen kräftigen Schluck nahm.

Derweil machte sich der Unmut der Anwesenden in ärgerlichem Getuschel Luft.

Als sich Meister Schick wieder umwandte, sah er sich Paris Skyle gegenüber. »Es war wirklich sehr großmütig von dir, uns zu informieren, Salvatore«, sagte der weißhaarige Fürst. »Ich möchte dir im Namen aller Anwesenden meinen Dank aussprechen.«

»Keine Ursache«, winkte Meister Schick ab. Seine Finger hatten wieder ihre normale Farbe angenommen, die Uhr baumelte lose an der Kette, seine Hände ruhten locker im Schoß.

»Könntest du uns in deinem Großmut vielleicht auch noch verraten, *welchen* Vampiren eine Begegnung mit dem Lord bevorsteht?«, sprach Paris weiter.

»Mit Vergnügen«, erwiderte Meister Schick selbstgefällig. »Doch damit wir uns nicht missverstehen: Diese Begegnungen können nur stattfinden, wenn sich die betreffenden Vampire freiwillig dazu bereit erklären, sich auf die Suche nach dem Lord zu begeben. Jene drei, die ich euch gleich nennen werde, dürfen diese Mission, von der das Wohl und Wehe eures ganzen Clans abhängt, selbstverständlich auch zurückweisen. Doch wenn sie das tun, seid ihr verloren, denn diese drei sind eure einzige Hoffnung, das Schicksal zu euren Gunsten zu wenden.«

Er ließ den Blick langsam durch die Halle wandern und sah jedem einzelnen Vampir forschend in die Augen, suchte nach Anzeichen von Feigheit oder Furcht. Doch angesichts der lebensgefährlichen Unternehmung wandte niemand verzagt den Blick ab. »Also gut«, grunzte er. »Einer der drei ist im Moment nicht anwesend, den lasse ich aus.

Wenn sich die anderen beiden zur Höhle von Lady Evanna aufmachen, werden sie ihm vermutlich unterwegs begegnen. Falls nicht, entgeht ihm die Gelegenheit, bei der Gestaltung eurer Zukunft eine aktive Rolle zu spielen, und die ganze Bürde ruht allein auf den Schultern der beiden anderen.«

»Und die wären …?« Paris konnte sich nicht länger beherrschen.

Meister Schick richtete den Blick auf mich.

Mein Magen zog sich vor Angst zusammen, und ich wusste, was er sagen würde. »Die beiden Auserwählten sind Larten Crepsley und sein Gehilfe Darren Shan«, verkündete Meister

Schick, und als sich nun alle Blicke auf uns richteten, hatte ich das Gefühl, als legte sich ein unsichtbarer Schalter um – mein ruhiges Leben in der sicheren Festung der Vampire war zu Ende.

7

Auf die Idee, den verantwortungsvollen Auftrag einfach abzulehnen, kam ich erst gar nicht. Nach sechs Jahren unter Vampiren hatte ich mir deren Anschauungen und Wertvorstellungen längst zu Eigen gemacht. Ausnahmslos jeder Vampir war bereit, zugunsten des gesamten Clans sein eigenes Leben aufs Spiel zu setzen. Meine Aufgabe war allerdings komplizierter: Es genügte nicht, für den Clan zu sterben, denn ich hatte einen ganz bestimmten Auftrag zu erfüllen, und wenn ich scheiterte, mussten alle anderen die Konsequenzen tragen. Doch im Prinzip war es dasselbe: Die Wahl war nun einmal auf mich gefallen – und einer solchen Entscheidung beugt sich jeder Vampir.

Es folgte eine kurze Diskussion, in deren Verlauf Paris meinem ehemaligen Meister und mir erklärte, dass es sich nicht um eine offizielle Verpflichtung handle und wir daher auch nicht zuzustimmen brauchten, sie stellvertretend für den ganzen Clan zu übernehmen. Niemand werde uns einen Vorwurf daraus machen, wenn wir uns weigerten, Meister Schicks Ratschlag Folge zu leisten. Doch als der greise Fürst seine Ausführungen beendet hatte, trat Mr. Crepsley in seinem wallenden roten Umhang entschlossen vor und verkündete energisch: »Es wird mir ein Vergnügen sein, die Verfolgung des Vampyrlords aufzunehmen.«

Ich trat neben ihn (wobei ich insgeheim bereute, nicht auch meinen prächtigen blauen Umhang angelegt zu haben) und gab mir Mühe, genauso tapfer zu klingen: »Mir auch.«

»Der Junge macht's kurz«, murmelte Meister Schick anerkennend und zwinkerte Harkat zu.

»Und was ist mit uns?«, meldete sich Mika zu Wort. »Ich habe fünf Jahre damit zugebracht, diesen verfluchten Lord aufzuspüren. Ich möchte auch mitkommen.«

»Jawohl! Ich auch!«, rief ein Obervampir aus dem Publikum, und schon brüllten alle auf Meister Schick ein, er möge ihnen gestatten, an der Verfolgungsjagd teilzunehmen.

Doch der kleine Mann schüttelte den Kopf. »Es dürfen nur drei Verfolger sein – keiner mehr, keiner weniger. Höchstens Nichtvampire dürfen sich den dreien anschließen. Doch wenn andere Vampire sie begleiten, ist ihr Scheitern vorprogrammiert.«

Protestrufe ertönten.

»Wieso sollen wir Euch eigentlich Glauben schenken?«, blaffte Mika schließlich. »Ist doch logisch, dass zehn Leute mehr Aussicht auf Erfolg haben als drei, und zwanzig mehr als zehn, und dreißig …«

Meister Schick schnippte mit den Fingern. Ein lautes Knacken ertönte, und plötzlich rieselte Staub auf unsere Köpfe. Als ich hochblickte, entdeckte ich lange, gezackte Risse in der Kuppeldecke der Fürstenhalle. Auch einige andere Vampire sahen sie und schrien erschrocken auf.

»Wagst du Grünschnabel mit deinen noch nicht einmal dreihundert Jahren es wirklich, mir, der ich die Zeit an der Verschiebung der Kontinente messe, etwas über das Walten des Schicksals zu erzählen?«, fragte Meister Schick drohend. Wieder schnippte er mit den Fingern, und die Risse wurden breiter. Kleine Stücke des Baumaterials bröckelten ab und fielen herunter. »Tausend Vampire gleichzeitig können den Wänden dieser Halle nichts anhaben. Bei mir genügt ein Fingerschnippen, und das ganze Gewölbe stürzt ein.« Abermals hob er die Hand.

»Nein!«, schrie Mika. »Es tut mir Leid! Ich wollte Euch nicht beleidigen!«

Meister Schick senkte die Hand wieder. »Denk dran, bevor du mich noch einmal so in Rage bringst, Mika Ver Leth«, knurrte er. Dann nickte er den Kleinen Leuten zu, und die beiden verließen den Raum. »Sie reparieren die Decke, bevor wir wieder abreisen«, erläuterte er den Versammelten. »Aber das nächste Mal, wenn mich jemand ärgert, lege ich diese Halle in Schutt und Asche und überlasse euch und euren kostbaren Stein des Blutes auf Gedeih und Verderb den Vampyren.«

Er pustete den Staub von seiner herzförmigen Uhr und grinste das Publikum wieder breit an, als sei nichts vorgefallen. »Dann sind wir uns also einig, dass nur drei Verfolger infrage kommen?«

»Drei«, bestätigte Paris.

»Drei«, echote Mika dumpf.

»Wie ich bereits erwähnte, dürfen – nein *müssen* – Nichtvampire an dem Unternehmen mitwirken; aber ein Jahr lang darf kein Vampir Kontakt mit den dreien aufnehmen, es sei denn aus Gründen, die nichts mit der Suche nach dem Lord zu tun haben. Die drei müssen sich ganz allein bewähren und ganz allein siegen oder scheitern.«

Mit diesem Schlusswort beendete er die Versammlung und entließ Paris und Mika mit einer herrischen Handbewegung. Schließlich lehnte er sich in meinem Thronsessel gemütlich zurück und winkte Mr. Crepsley und mich zu sich heran. Im Verlauf der nun folgenden Unterredung schleuderte er einen seiner Gummistiefel vom Fuß. Er trug keine Strümpfe, und ich stellte entsetzt fest, dass er keine Zehen besaß. Sein Fuß endete in Schwimmhäuten, aus denen wie bei einer Katzenpfote sechs kleine Krallen ragten.

»Na, ist dir mulmig, Mr. Shan?«, fragte er mit boshaft glitzernden Augen.

»Ja«, erwiderte ich offen. »Aber ich bin auch stolz darauf, dass ich mich nützlich machen kann.«
»Und was ist, wenn du gar nicht nützlich bist?«, spottete er. »Was ist, wenn du versagst und damit das Vampirgeschlecht zum Untergang verdammst?«
Ich zuckte die Achseln. »Wie's kommt, so nehmen wir's«, wiederholte ich eine Redensart, die bei den Geschöpfen der Nacht gebräuchlich war.
Meister Schicks Lächeln erlosch. »Du hast mir besser gefallen, als du noch nicht so gerissen warst«, murrte er, dann wandte er sich Mr. Crepsley zu. »Und was ist mit dir? Angst vor der Verantwortung?«
»Ja.«
»Glaubst du etwa, du brichst unter ihrer Last zusammen?«
»Schon möglich«, erwiderte der Vampir gleichmütig.
Der dickliche Mann verzog das Gesicht. »Mit euch beiden macht es wirklich keinen Spaß. Euch kann man ja überhaupt nicht aus der Fassung bringen. Harkat!«, bellte er. Der Kleine Kerl trat hastig vor. »Was hältst du von dem Ganzen? Ist dir das Schicksal der Vampire wichtig?«
»O ja«, gab Harkat zurück.
»Liegt dir wirklich etwas an ihnen?« Der Kleine Kerl nickte. »Hmmm.« Meister Schick rieb seine Uhr, die daraufhin kurz aufglühte, streckte die Hand aus und berührte Harkats linke Schläfe. Harkat rang nach Luft und fiel auf die Knie. »Du hast oft Albträume«, stellte Meister Schick fest, ohne die Hand wegzuziehen.
»Ja!«, ächzte der Kleine Kerl.
»Willst du, dass sie aufhören?«
»Ja.«
Der kleine Mann zog die Hand zurück. Harkat schrie vor Schmerz auf und erhob sich mit zusammengebissenen Zähnen. Kleine, grüne Tränen tropften ihm aus den Augen.

»Es ist an der Zeit, dass du die Wahrheit über deine Herkunft erfährst«, sagte sein Herr. »Wenn du mit mir kommst, enthülle ich sie dir, und deine Albträume verschwinden auf der Stelle. Wenn du mein Angebot ablehnst, werden sie noch schlimmer, und spätestens in einem Jahr bist du ein nervliches Wrack.«
Bei diesen Worten überlief den Kleinen Kerl ein Beben, doch er rührte sich nicht. »Wenn ich abwarte …«, erkundigte er sich stockend, »bekomme ich dann … noch eine zweite Chance … etwas über mich … herauszufinden?«
»Das schon«, bestätigte Meister Schick, »aber bis dahin musst du noch viel leiden, und ich kann für nichts garantieren. Wenn du stirbst, bevor du herausgefunden hast, wer du in Wirklichkeit bist, ist deine Seele auf immer verloren.«
Hin- und hergerissen runzelte Harkat die Stirn. »Manchmal habe ich so ein Gefühl«, murmelte er. »Dann höre ich da drin …«, er zeigte auf die linke Seite seiner Brust, »… eine Stimme. Jetzt sagt sie mir, dass ich Darren … und Larten begleiten soll.«
»Wenn du dich wirklich so entscheidest, verbesserst du ihre Chancen, den Vampyrlord unschädlich zu machen, erheblich«, nickte Meister Schick. »Deine Teilnahme an der Unternehmung ist nicht unbedingt erforderlich, aber du könntest noch eine wichtige Rolle dabei spielen.«
»Harkat«, mischte ich mich ein. »Du bist uns nichts schuldig. Du hast mir schon zweimal das Leben gerettet. Folge Meister Schick und finde die Wahrheit über dein früheres Leben heraus.«
Wieder zog mein Freund angestrengt die Stirn kraus. »Ich glaube, wenn ich … euch allein gehen lasse … um etwas über meine … Herkunft herauszufinden, würde derjenige … der ich mal war … das nicht gut finden.« Der Kleine Kerl grübelte noch einen Augenblick, dann baute er sich entschlossen vor seinem Herrn auf: »Ich begleite die beiden. Ob es nun … rich-

tig oder falsch ist, ich fühle ... dass mein Platz jetzt bei den Vampiren ist. Alles andere kann warten.«

»Nun denn«, erwiderte Meister Schick naserümpfend. »Solltest du am Leben bleiben, werden sich unsere Wege gewiss wieder einmal kreuzen. Wenn nicht ...« Er lächelte nicht mehr.

»Zurück zu unserer Suche nach dem Lord«, wechselte Mr. Crepsley das Thema. »Du hast vorhin Lady Evanna erwähnt. Ist sie unsere erste Anlaufstelle?«

»Ganz wie es euch beliebt«, wich sein Gegenüber aus. »Ich kann und will euch keine Vorschriften machen, aber *ich* an eurer Stelle würde die Suche in der Tat von dort aus aufnehmen. Anschließend folgt ihr am besten eurem Herzen. Vergesst euren Auftrag und wendet euch einfach in die Richtung, in die es euch zieht. Das Schicksal wird euch leiten.«

Das war das Ende unserer Unterredung.

Ohne sich zu verabschieden, schnappte sich Meister Schick seine beiden Kleinen Leute (sie hatten die Reparatur der Hallendecke unterdessen abgeschlossen) und verschwand. Offensichtlich wollte er den bereits erwähnten schrecklichen Vulkanausbruch am folgenden Tag auf keinen Fall verpassen.

In dieser Nacht herrschte großer Aufruhr im Berg der Vampire. Meister Schicks Besuch und seine neueste Prophezeiung wurden aus jedem nur denkbaren Blickwinkel beleuchtet und besprochen. Die Vampire kamen einhellig zu dem Schluss, dass sie meinen Mentor und mich allein gehen lassen mussten, damit wir dem Dritten in unserem Bunde begegneten, wer immer das sein mochte. Sie waren jedoch geteilter Meinung darüber, was sie selbst als Nächstes tun sollten. Manche wollten den Krieg gegen die Vampyre sofort beenden. Sie fanden, da das Schicksal des Clans von nun an in den Händen von drei Einzelpersonen lag, habe er seinen Sinn verloren. Doch die meisten widersprachen und fanden es unsinnig, die Kampfhandlungen einfach so einzustellen.

Kurz vor Tagesanbruch folgten Harkat und ich Mr. Crepsley aus der Halle und überließen die immer noch diskutierenden Fürsten und Obervampire sich selbst mit der Begründung, wir müssten uns vor dem Aufbruch noch einmal einen Tag richtig ausschlafen. Das Einschlafen fiel mir schwer, denn Meister Schicks Worte gingen mir immer noch durch den Kopf, doch schließlich döste ich ein.

Etwa drei Stunden vor Sonnenuntergang standen wir wieder auf, aßen etwas und packten unsere wenige Habe zusammen. Ich beschränkte mich auf eine Garnitur Kleidung zum Wechseln, ein paar Flaschen Blut und mein Tagebuch. Wir verabschiedeten uns ausführlich von Vanez und Seba (der alte Quartiermeister war besonders traurig, dass wir gehen mussten), dann eilten wir zur Hallenpforte, wo uns Paris Skyle bereits erwartete. Der alte Fürst teilte uns mit, Mika werde im Berg bleiben und ihm bei der allnächtlichen Koordination der Truppenbewegungen zur Seite stehen. Als ich Paris die Hand schüttelte, fand ich, dass er sehr elend aussah, und ich ahnte, dass ihm nicht mehr viele Jahre blieben – sollte unsere Suche nach dem Lord länger dauern, war es vielleicht das letzte Mal, dass wir ihn sahen.

»Ich werde Euch vermissen, Paris«, sagte ich und umarmte ihn herzlich.

»Ich dich auch, junger Fürst«, erwiderte er, drückte mich ebenfalls und zischte mir ins Ohr: »Finde und töte ihn, Darren. Ich spüre eine Eiseskälte in den Knochen, und das liegt nicht an meinem hohen Alter. Meister Schick spricht die Wahrheit: Ist der Lord der Vampyre erst einmal an der Macht, so ist unser Untergang besiegelt.«

»Ich werde ihn finden«, schwor ich und sah dem ehrwürdigen Greis dabei fest in die Augen. »Und sollte ich dabei ums Leben kommen, dann sterbe ich wenigstens für eine gute Sache.«

»So möge das Vampirglück dir hold sein.«

Ich gesellte mich zu meinen Reisegefährten. Dann entboten wir jenen, die sich eingefunden hatten, um uns Lebewohl zu sagen, einen Abschiedsgruß und betraten das Tunnellabyrinth. Wir schritten kräftig aus, und schon nach zwei Stunden standen wir draußen, unter einem sternklaren Nachthimmel.
Die Jagd auf den Lord der Vampyre hatte begonnen!

8 Es war herrlich, wieder unterwegs zu sein. Mochte unsere Mission uns auch geradewegs ins Verderben führen und ihr Misslingen für unsere zurückbleibenden Kameraden unermessliches Leid bedeuten – darüber konnten wir uns später den Kopf zerbrechen. In den ersten Wochen unserer Wanderung genoss ich es einfach nur, meine Beine wieder richtig zu gebrauchen, meine Lungen mit frischer Luft zu füllen und nicht mehr mit Dutzenden verschwitzter, müffelnder Vampire in einem feuchten Berg zusammengepfercht zu sein.
Wir wählten einen Pfad, der mitten durchs Gebirge führte. Ich war glänzender Laune. Harkat dagegen schwieg die meiste Zeit und brütete noch immer über Meister Schicks Äußerung. Mr. Crepsley wiederum wirkte so griesgrämig wie immer, doch das war bloß Fassade.
Ich wusste, dass er sich insgeheim genauso darüber freute, wieder im Freien zu sein, wie ich.
Wir schlugen ein zügiges Tempo an und bewältigten Nacht für Nacht eine beträchtliche Anzahl Kilometer. Bei Tag legten wir uns unter Bäumen und Büschen oder in Höhlen schlafen. Bei unserem Aufbruch war es bitterkalt, doch je weiter wir uns vom Vampirberg entfernten, desto milder wurde es. Als wir schließlich die Ebene erreicht hatten, fanden wir das Klima recht erträglich.
Das in Flaschen abgefüllte Blut hoben wir uns für den Notfall

auf und labten uns stattdessen an wilden Tieren. Ich war schon lange nicht mehr jagen gegangen und ziemlich aus der Übung, doch schon bald hatte ich meine alte Geschicklichkeit wiedererlangt.

»Das ist ein Leben, was?«, sagte ich eines Morgens aus tiefstem Herzen. Wir saßen gerade bei einer Mahlzeit aus gebratenem Wildbret. Meistens vermieden wir es, ein Feuer zu entfachen, und verzehrten das Fleisch roh – doch dann und wann machten wir es uns doch um ein paar glimmende Holzscheite gemütlich.

»Da hast du Recht«, stimmte mir Mr. Crepsley zu.

»Von mir aus könnte es ewig so weitergehen.«

Der Vampir schmunzelte. »Offenbar hast du es nicht eilig, in den Berg zurückzukehren.«

Ich verzog das Gesicht. »Natürlich ist es eine große Ehre, Vampirfürst zu sein, aber besonders lustig ist es nicht.«

»Du hattest aber auch einen denkbar schlechten Start«, wandte mein ehemaliger Meister ein. »Wäre nicht plötzlich der Krieg ausgebrochen, hättest du reichlich Gelegenheit zu Abenteuern gehabt. Die meisten Vampirfürsten gehen jahrelang auf Wanderschaft, bevor sie in die Fürstenhalle zurückkehren und ihr hohes Amt antreten. Du hast einfach den falschen Zeitpunkt erwischt.«

»Na ja, ich will mich nicht beklagen«, seufzte ich zufrieden. »Jetzt bin ich ja endlich wieder frei.«

Harkat stocherte in der Glut und rückte näher an uns heran. Seit unserer Abreise hatte er nicht viel gesagt, doch jetzt zog er den Mundschutz herunter. »Ich mag den Vampirberg. Ich fühle mich dort zu Hause. Ich habe mich noch nirgendwo so wohl gefühlt, noch nicht mal damals ... im Cirque Du Freak. Wenn das hier vorbei ist und ... ich die Wahl habe, gehe ich zurück.«

»In deinen Adern muss ein Schuss Vampirblut fließen«, meinte Mr. Crepsley. Es sollte ein Scherz sein, doch Harkat nahm die Bemerkung ernst.

»Das kann schon sein«, erwiderte er nachdenklich. »Ich frage mich oft, ob ich ... in meinem früheren Leben vielleicht ein Vampir war. Das würde erklären, warum Meister Schick gerade mich zu eurem Schutz mit zum Vampirberg sandte ... und warum ich mich dort so heimisch fühle. Es könnte auch ... die Pfähle in meinen Träumen erklären.«

In Harkats Albträumen kamen oft Pfähle vor. Der Boden gab unter seinen Füßen nach, und er purzelte in eine mit Pfählen gespickte Grube, oder aber er wurde von schattenhaften Gestalten verfolgt, die mit Pfählen bewaffnet waren und sie ihm ins Herz stießen.

»Hast du irgendwelche neuen Anhaltspunkte, was deine Herkunft angeht?«, erkundigte ich mich. »Hat die Begegnung mit Meister Schick deinem Gedächtnis auf die Sprünge geholfen?«

Harkat schüttelte den klobigen, halslosen Kopf. »Leider nicht«, seufzte er.

»Wenn tatsächlich der Zeitpunkt gekommen ist, dass du die Wahrheit über deine Vergangenheit erfährst, warum hat dich Meister Schick dann nicht vollends darüber aufgeklärt?«, wunderte sich Mr. Crepsley.

»Ich glaube ... so einfach ist das nicht«, meinte Harkat. »Ich muss mir die Wahrheit erst verdienen. Das gehört zu dem ... Handel, den wir seinerzeit abgeschlossen haben.«

»Stellt euch vor, Harkat wäre wirklich mal ein Vampir gewesen!«, warf ich ein. »Vielleicht war er ja sogar ein Vampirfürst – ob er dann wohl noch die Türen der Fürstenhalle bedienen kann?«

»Ich glaube nicht ... dass ich mal ein Fürst war«, wehrte Harkat mit schiefem Grinsen ab.

»Nicht so bescheiden«, witzelte ich. »Wenn *ich* Fürst werden kann, dann kann es jeder.«

»Allerdings«, brummte Mr. Crepsley und duckte sich, als ich einen abgenagten Knochen nach ihm warf.

Nachdem wir das Gebirge hinter uns gebracht hatten, wandten wir uns nach Südosten und erreichten schon bald die ersten Ausläufer der Zivilisation. Es war ein seltsames Gefühl, plötzlich wieder von Straßenlaternen, Autos und Flugzeugen umgeben zu sein. Ich kam mir vor, als kehrte ich von einer Zeitreise in die Vergangenheit zurück.

»Hier ist es so schrecklich laut«, beklagte ich mich eines Nachts, als wir eine belebte Stadt durchquerten. Wir hatten sie aufgesucht, um ein wenig frisches Menschenblut zu uns zu nehmen. Dazu ritzten wir Schlafenden die Adern auf, tranken ein paar Schlucke und verschlossen die Wunden mit Mr. Crepsleys heilendem Speichel. Die Betreffenden bekamen auf diese Weise überhaupt nicht mit, dass sich Vampire an ihnen gütlich getan hatten. »Dauernd Musik und Gelächter und Geschrei.« Mir taten schon die Ohren weh von dem Krach.

»So sind die Menschen nun mal – laut und rücksichtslos wie eine Horde Affen«, erklärte Mr. Crepsley.

Früher hätte ich solchen Bemerkungen widersprochen. Jetzt nicht mehr. Als ich der Gehilfe des Vampirs geworden war, hatte ich mich an die Hoffnung geklammert, mein früheres Leben eines Tages wieder aufnehmen zu können. Ich hatte heimlich davon geträumt, wieder ein richtiger Mensch zu werden und zu meiner Familie und meinen Freunden zurückzukehren. Doch das hatte sich gegeben. Im Lauf der Jahre im Vampirberg hatten sich diese menschlichen Sehnsüchte in Nichts aufgelöst. Inzwischen war ich ein echtes Geschöpf der Nacht – und mit dieser Art zu leben einverstanden.

Der lästige Juckreiz wurde immer schlimmer. Bevor wir die Stadt wieder verließen, kaufte ich mir in einer Apotheke diverse Puder und Einreibemittel dagegen, doch sie halfen kein bisschen. Das Jucken war durch nichts zu lindern, und ich kratzte mich auf dem letzten Stück des Weges zu Lady Evannas Höhle fast blutig.

Mr. Crepsley hatte uns nicht viel über diese geheimnisvolle Person erzählt, weder wo sie wohnte, noch ob sie ein Mensch oder ein Vampir war, und auch nicht, was wir überhaupt von ihr wollten.

»Ich finde, ich sollte darüber Bescheid wissen«, beschwerte ich mich. »Angenommen, Ihnen stößt etwas zu. Wie sollen Harkat und ich Lady Evanna dann finden?«

Mr. Crepsley strich sich über die lange Narbe auf seiner linken Wange (obwohl wir uns schon so lange kannten, hatte er mir nie verraten, woher sie stammte) und nickte nachdenklich. »Du hast Recht. Wenn es Nacht wird, zeichne ich euch eine Karte.«

»Verraten Sie uns dann auch, wer diese Lady Evanna ist?«

Der Vampir zögerte. »Das ist viel schwerer zu beschreiben als der Weg. Am besten fragt ihr sie selbst. Evanna erzählt nicht jedem dasselbe. Vielleicht hat sie nichts dagegen, dass ihr über sie im Bilde seid – vielleicht aber doch.«

Ich ließ nicht locker. »Ist sie eine Erfinderin?« Mein früherer Lehrmeister besaß einen Satz sehr praktischer Töpfe und Pfannen, die man zusammenfalten konnte, damit sie auf Reisen besser zu tragen waren. Er hatte mir einmal erzählt, dass Evanna sie hergestellt hatte.

»Ja, bisweilen erfindet sie etwas«, bestätigte er. »Sie ist eine vielseitig begabte Frau. Doch die meiste Zeit züchtet sie Frösche.«

»Wie bitte?« Ich dachte, ich hätte mich verhört.

»Das ist ihr Hobby. Manche Leute züchten Pferde, Hunde oder Katzen, Evanna züchtet eben Frösche.«

»Und wie stellt sie das bitte schön an?«, fragte ich skeptisch.

»Das wirst du schon sehen.« Er beugte sich vor und legte mir die Hand aufs Knie. »Was auch geschieht – nenn sie bloß nie ›Hexe‹!«

»Warum sollte ich sie so nennen?«
»Weil sie ... eine Art Hexe ist.«
»Wir gehen eine *Hexe* besuchen?«, rief Harkat erschrocken.
»Was ist so schlimm daran?«, fragte der Vampir zurück.
»In meinen Träumen ... kommt manchmal eine Hexe vor. Ihr Gesicht habe ich noch nie gesehen ... jedenfalls nicht richtig ... und ich kann nicht sagen ... ob sie gut oder böse ist. Manchmal suche ich bei ihr Hilfe, und manchmal ... fliehe ich vor ihr.«
»Das hast du noch nie erwähnt«, warf ich verwundert ein.
Harkat lächelte, aber seine Lippen zitterten. »Bei den ganzen Drachen, Pfählen und Schattenmännern ... kommt es auf eine Hexe mehr oder weniger auch nicht mehr an.«
Bei dem Wort »Drachen« fiel mir ein, was er gesagt hatte, als wir Meister Schick am Fuß des Vampirbergs begegnet waren. Er hatte ihn »Gebieter der Drachen« genannt. Doch der Kleine Kerl konnte sich an seine Bemerkung von damals nicht mehr erinnern. »Allerdings«, dachte er laut nach, »sehe ich Meister Schick im Traum manchmal ... auf Drachen reiten. Einmal hat er einem Drachen das Gehirn herausgerissen und es mir zugeworfen. Ich wollte es auffangen, aber ... dann bin ich aufgewacht.«
Darüber dachten wir alle drei lange nach. Vampire messen Träumen große Bedeutung bei. Viele sind davon überzeugt, dass Träume eine Art Verbindungsglied zu Vergangenheit oder Zukunft darstellen und man viel aus ihnen lernen kann. Doch Harkats Träume schienen so gar keinen Bezug zur Realität zu besitzen. Irgendwann gaben Mr. Crepsley und ich es auf und legten uns aufs Ohr. Harkat blieb wach. Seine grünen Augen glommen schwach, und er versuchte, das Einschlafen so lange wie möglich hinauszuzögern – und damit die Drachen, Pfähle, Hexen und alle anderen Schrecken seiner Albträume.

9 Eines Abends erwachte ich mit dem Gefühl uneingeschränkten Wohlbehagens. Ich richtete den Blick auf den rötlichen, sich allmählich verdunkelnden Himmel und fragte mich nach dem Grund. Plötzlich wurde es mir klar – das Jucken hatte endlich aufgehört. Vorsichtshalber blieb ich noch ein paar Minuten liegen, doch als ich mich schließlich traute aufzustehen, verspürte ich nicht einmal das leiseste Kribbeln. Erfreut schlenderte ich zu dem kleinen See hinunter, an dessen Ufer wir diesmal unser Lager aufgeschlagen hatten.
Ich steckte das Gesicht in das kalte, klare Wasser und löschte meinen Durst in tiefen Zügen. Als ich den Kopf wieder hob, erblickte ich in der spiegelnden Wasseroberfläche ein fremdes Gesicht. Es befand sich unmittelbar vor mir – das bedeutete, der Unbekannte musste direkt hinter mir stehen und sich absolut lautlos angeschlichen haben.
Ich wirbelte herum und griff nach meinem Schwert. Ich hatte es schon halb herausgezogen, als ich verwirrt innehielt.
Da war niemand.
Suchend sah ich mich nach dem zerlumpten, bärtigen Mann um, konnte ihn jedoch nirgends entdecken. Es gab auch keine Bäume oder Felsen in der Nähe, hinter die er sich hätte ducken können, und nicht einmal ein Vampir hätte sich so unbemerkt wieder davonstehlen können.
Erneut beugte ich mich über den See. Da war er wieder! Genauso behaart und deutlich zu erkennen wie kurz zuvor starrte er mich finster an.
Mit einem Aufschrei sprang ich zurück. Befand sich der bärtige Mann etwa *im* See? Und wenn ja, wie bekam er dann Luft?
Entschlossen trat ich wieder einen Schritt vor, blickte dem Unbekannten zum dritten Mal in die Augen (er erinnerte mich an einen Urmenschen) und lächelte ihn an. Er lächelte zurück.
»Hallo«, sagte ich. Im selben Augenblick bewegte auch er die

Lippen, blieb aber stumm. »Ich heiße Darren Shan.« Wieder das gleiche Spiel. Ich wurde allmählich ärgerlich – wollte mich der Typ etwa veralbern? –, als mir endlich ein Licht aufging – das war ich!
Als ich näher hinsah, erkannte ich meine Augen und die Form meines Mundes wieder; auch die kleine dreieckige Narbe über meiner rechten Braue, die mittlerweile genauso zu mir gehörte wie meine Nase oder meine Augen, fehlte nicht. Kein Zweifel: Das war mein Gesicht – aber wo kam bloß das ganze Haar her?
Ich betastete mein Kinn und spürte einen dichten, buschigen Bart. Dann fuhr ich mir mit der Hand über den Schädel, der so lange glatt und kahl gewesen war, und entdeckte lange, dicke Locken. Mein schiefer Daumen verfing sich in den Strähnen, und ich zuckte zusammen, als ich ihn befreite und mir dabei ein paar Haare ausriss.
Was in Khledon Lurts Namen war mit mir passiert?
Ich setzte meine Selbstuntersuchung fort, streifte das T-Shirt ab und entblößte einen Wald von Haaren auf Brust und Bauch. Sogar unter meinen Achseln und auf meinen Schultern sprossen dicke Büschel. Ich war von Kopf bis Fuß zugewachsen!
»*Bei Charnas Eingeweiden!*«, stieß ich hervor und rannte davon, um meine Freunde zu wecken.
Als ich keuchend und laut rufend bei ihnen ankam, waren Mr. Crepsley und Harkat gerade dabei, das Lager abzubrechen. Der Vampir warf einen flüchtigen Blick auf meine zottige Erscheinung, zog sein Messer und brüllte mich an, ich solle sofort stehen bleiben. Harkat pflanzte sich mit grimmigem Gesichtsausdruck neben ihm auf. Schwer atmend hielt ich inne. Die beiden erkannten mich nicht. Zum Zeichen meiner friedlichen Gesinnung hob ich die Hände über den Kopf und krächzte: »Bitte ... tut mir nichts! Ich ... bin es bloß!«
Mr. Crepsley riss verblüfft die Augen auf. »*Darren?*«

»Das kann nicht sein«, knurrte Harkat. »Es ist bestimmt ein Betrüger.«

»Nein!«, jammerte ich. »Ich bin aufgewacht, zum Trinken an den See gegangen und merkte ... merkte ...« Als mir die Stimme versagte, streckte ich den beiden stumm die behaarten Arme entgegen.

Mr. Crepsley trat auf mich zu, steckte das Messer wieder weg und musterte ungläubig mein Gesicht. Dann seufzte er und murmelte: »*Die Purifikation!*«

»Die *was*?«

»Setz dich, Darren«, befahl der Vampir ernst. »Ich muss etwas mit dir besprechen. Harkat – füll die Feldflaschen auf und mach ein neues Feuer.«

Dann erklärte Mr. Crepsley dem Kleinen Kerl und mir, was geschehen war. »Ihr wisst ja, dass aus Halbvampiren Vollvampire werden, wenn man weiteres Vampirblut in sie hineinpumpt. Worüber wir allerdings noch nie gesprochen haben – weil ich es nicht schon so bald erwartet hatte – ist die andere Möglichkeit, wie sich das Blut umwandeln kann. Im Allgemeinen ist es so, dass bei jemandem, der zu lange Halbvampir bleibt (im Durchschnitt etwa vierzig Jahre), die Vampirzellen irgendwann von selbst anfangen, die menschlichen Zellen zu bekämpfen und umzuwandeln, bis derjenige schließlich ein hundertprozentiger Vampir ist. Diesen Vorgang nennt man ›Purifikation‹.«

»Heißt das, ich bin jetzt ein richtiger Vampir?«, fragte ich leise. Der Gedanke war faszinierend und beängstigend zugleich. Faszinierend deshalb, weil damit ein Zuwachs an Körperkraft sowie die Fähigkeit zu huschen und sich mental zu verständigen verbunden waren. Beängstigend, weil es ebenso zur Folge hatte, dass auch ich mich ab sofort vor dem Tageslicht hüten musste und dadurch von der Welt der Menschen abgeschnitten war.

»Noch nicht ganz«, entgegnete Mr. Crepsley. »Das Haar ist erst der Anfang. Wir rasieren es nachher ab. Es wächst zwar wieder nach, aber nur ungefähr einen Monat lang. Doch bis dahin wirst du dich auch noch in anderer Hinsicht verändern. Du wirst größer, was mit Kopfschmerzen und plötzlichen Energieschüben verbunden ist. Doch auch das geht vorüber. Nach Abschluss des Prozesses hat dein Vampirblut dein Menschenblut möglicherweise vollständig verdrängt. Wahrscheinlicher ist jedoch, dass dieser Fall nicht eintritt und du ein paar Monate oder Jahre lang wieder so bist wie zuvor. Doch im Lauf der nächsten Jahre wandelt sich dein Blut in jedem Fall vollständig um. Nun hat also die letzte Phase deines Stadiums als Halbvampir begonnen, und diese Veränderung ist unwiderruflich.«

Wir blieben noch die halbe Nacht sitzen und befassten uns ausführlich mit diesem Thema. Mr. Crepsley führte aus, es komme nur selten vor, dass Halbvampire schon nach weniger als zwanzig Jahren in die Phase der Purifikation einträten. Bei mir war der Vorgang vermutlich durch die Ordination zum Fürsten beschleunigt worden, bei der eine zusätzliche Portion Vampirblut in meine Adern gelangt war.

Mir fiel wieder ein, wie mich Seba seinerzeit untersucht hatte.

»Seba wusste doch bestimmt über die Purifikation Bescheid«, meinte ich. »Wieso hat er mich nicht vorgewarnt?«

»Es war nicht seine Aufgabe«, erwiderte Mr. Crepsley. »Ich bin dein Mentor, und ich bin dafür zuständig, dich über diese Dinge zu informieren. Seba hätte mir bestimmt davon erzählt, damit ich mich mit dir zusammensetze, aber er kam nicht mehr dazu: Meister Schick stattete uns seinen Besuch ab, und danach mussten wir den Berg verlassen.«

»Sie haben vorhin gesagt, dass Darren während der Purifikation noch wächst«, warf Harkat ein. »Wie viel denn?«

»Das lässt sich nicht vorhersagen. Im Prinzip könnte er

innerhalb weniger Monate seine endgültige Größe erreichen, doch auch das ist nicht zu erwarten. Ich vermute, dass er äußerlich nur ein paar Jahre älter wird.«
»Heißt das, ich bin endlich kein Kind mehr?«, fragte ich gespannt.
»Ich nehme es an.«
Ich dachte einen Moment darüber nach, dann grinste ich breit: »Cool!«

Leider war die Purifikation alles andere als cool – sie war ein echter Fluch! Die vielen Haare wieder abzurasieren war schon schlimm genug (Mr. Crepsley benutzte dazu ein langes Messer, mit dem er mir die Haut blutig schabte), doch die übrigen körperlichen Veränderungen waren noch viel unangenehmer. Meine Knochen streckten sich, und meine Gelenke wurden entsprechend breiter. Auch meine Nägel und Zähne wuchsen. Ich musste mir ständig die Nägel abkauen und auf unseren nächtlichen Wanderungen unablässig mit den Zähnen knirschen, damit beides nicht völlig außer Kontrolle geriet, und auch meine Hände und Füße wurden länger. Nach wenigen Wochen war ich fünf Zentimeter größer, und mir tat buchstäblich alles weh.
Auch mein Wahrnehmungsvermögen geriet in totalen Aufruhr. Die leisesten Geräusche wurden mit einem Mal unerträglich verstärkt: Das Knacken eines Astes klang in meinen Ohren so laut, als stürzte ein ganzes Haus ein. Schon bei den feinsten Gerüchen brannten meine Nasenschleimhäute. Dafür verlor ich komplett den Geschmackssinn. Alles schmeckte mit einem Mal nach Pappe. Allmählich konnte ich mich in Harkat hineinversetzen und schwor mir, ihn nie wieder wegen seiner nicht vorhandenen Geschmacksknospen aufzuziehen.
Selbst schwaches Licht blendete meine hochempfindlichen Augen. Der Mond glich auf einmal einem grellen Scheinwerfer, und wenn ich bei Tag versehentlich die Augen öffnete,

hätte ich mir ebenso gut zwei glühende Nadeln hineinbohren können, so schmerzte mir der Kopf.
»Leiden Vollvampire auch so unter dem Sonnenlicht?«, wandte ich mich eines Tages verzweifelt an meinen Mentor. Ich hatte mich schlotternd unter einer dicken Decke verkrochen und kniff die Augen fest zu.
»Ja«, bestätigte er. »Deshalb vermeiden wir auch jeden Kontakt mit dem Tageslicht, und sei er noch so kurz. Der Sonnenbrand ist nicht so schlimm, jedenfalls nicht in den ersten zehn oder fünfzehn Minuten, aber das Licht ist vom ersten Moment an unerträglich.«
Eine weitere Begleiterscheinung der Purifikation waren rasende Kopfschmerzen, die von der Überreaktion meiner Sinneswahrnehmungen herrührten. Manchmal glaubte ich, mein Schädel müsse jeden Augenblick zerspringen, und weinte vor Schmerzen wie ein kleines Kind.
Mr. Crepsley kümmerte sich fürsorglich um mich. Er verband mir die Augen mit dünnen Stoffstreifen, durch die ich immer noch genug erkennen konnte, und verstopfte mir Ohren und Nasenlöcher mit Grasbüscheln. Das war zwar ziemlich unbequem, außerdem kam ich mir reichlich albern vor (Harkats Heiterkeitsausbrüche machten die Sache auch nicht besser), aber die Kopfschmerzen ließen tatsächlich etwas nach.
Eine weitere Nebenwirkung waren die von meinem Mentor angekündigten Energieschübe. Manchmal musste ich die beiden anderen nachts einfach überholen, ein Stück vorrennen und dann wieder kehrtmachen, bloß um überschüssige Kraft loszuwerden. Bei jeder Rast machte ich wie ein Besessener Turnübungen: Liegestütze, Klimmzüge, Sit-ups, und meistens war ich lange vor Mr. Crepsley wieder auf den Beinen, weil ich nicht länger als ein paar Stunden am Stück schlafen konnte. Um mich auszutoben, kletterte ich auf Bäume und Felsen, schwamm durch Seen und in Flüssen. Ich hätte meine Kräfte

sogar mit einem Elefanten gemessen, wenn uns zufällig einer über den Weg gelaufen wäre!

Nach sechs Wochen kam ich allmählich wieder etwas zur Ruhe. Ich hörte endlich zu wachsen auf. Ich brauchte mich nicht mehr am ganzen Körper zu rasieren – nur das Kopfhaar blieb mir zum Glück erhalten. Ich war nicht mehr kahl! Ich konnte Stoffstreifen und Grasbüschel weglassen, und auch mein Geschmackssinn kehrte zurück, wenn zunächst auch nur in unregelmäßigen Abständen.
Ich war insgesamt sieben Zentimeter gewachsen und deutlich breitschultriger als vor der Purifikation. Mein Gesicht hatte seine kindliche Weichheit verloren, wodurch ich etwas älter wirkte, ungefähr wie fünfzehn oder sechzehn.
Und das Allerwichtigste: Ich war immer noch ein Halbvampir. Die Purifikation hatte die menschlichen Zellen in meinem Blut nicht gänzlich vernichtet. Die Kehrseite davon war allerdings, dass ich die ganze Prozedur später noch einmal durchmachen musste. Zum Ausgleich durfte ich zumindest momentan wieder ungehindert das Sonnenlicht genießen, bevor ich mich irgendwann für immer davon verabschieden und mich für den Rest meines Vampirdaseins mit der Nacht begnügen musste.
Auch wenn es mich sehr lockte, endlich ein vollwertiger Vampir zu sein, würde ich das Leben bei Tag doch sehr vermissen. War mein Blut erst einmal umgewandelt, gab es kein Zurück mehr. Ich akzeptierte diese Tatsache, aber ich hatte ehrlich gesagt auch Angst davor. Doch wie es aussah, hatte ich immerhin noch ein oder zwei Jahre Zeit, mich darauf einzustellen.
Sämtliche Kleider und Schuhe waren mir zu klein geworden, daher musste ich mich in einer kleinen Stadt am Rande der Zivilisation (wir nahmen allmählich wieder Kurs auf menschenleere Gegenden) neu ausstaffieren. In einem Armeeladen

suchte ich mir Klamotten aus, die meinen alten möglichst ähnlich waren, dazu ein paar rote Hemden und eine dunkelgrüne Hose. Als ich zur Kasse ging, betrat ein hoch gewachsener, hagerer Mann den Laden. Er trug ein braunes Hemd, eine schwarze Hose und eine Baseballmütze. »Brauch Nachschub«, grunzte er mürrisch und knallte dem Verkäufer eine Liste auf den Tresen.

»Für die Gewehre müssen Sie aber einen Waffenschein haben«, erwiderte dieser, nachdem er den Zettel überflogen hatte.

»Hab ich.« Der Mann wollte gerade in seine Hemdtasche greifen, doch dann streifte sein Blick meine Hände, und er hielt mitten in der Bewegung inne. Ich hielt meine Neuerwerbungen an die Brust gedrückt, und die Narben auf meinen Fingerkuppen, die mir Mr. Crepsley seinerzeit beigebracht hatte, als er mich anzapfte, waren deutlich zu erkennen.

Der Mann wandte den Blick sofort wieder ab und drehte sich weg, aber ich hatte das deutliche Gefühl, dass ihm die Narben nicht nur aufgefallen waren, sondern dass er auch genau wusste, was sie bedeuteten. So rasch wie möglich verließ ich den Laden und eilte zu meinen Gefährten zurück, die am Stadtrand auf mich warteten. Ich schilderte ihnen den Vorfall.

»Wirkte der Mann nervös?«, erkundigte sich Mr. Crepsley. »Ist er dir gefolgt?«

»Nein. Als er die Narben sah, ist er kurz zusammengezuckt, hat dann aber so getan, als wäre nichts geschehen. Aber er wusste, was das für Narben sind, darauf könnte ich wetten.«

Mr. Crepsley befühlte seine Wange und wiegte den Kopf. »Normalerweise wissen Menschen über die Erkennungszeichen von Vampiren nicht Bescheid. Aber es gibt Ausnahmen. Aller Wahrscheinlichkeit nach ist der Mann ein ganz gewöhnlicher Zeitgenosse, der irgendwo mal etwas über Vampire und ihre Fingerkuppen gehört hat.«

»Es *könnte* aber auch ein Vampirjäger sein«, sagte ich leise.

»Vampirjäger sind selten geworden – doch vereinzelt gibt es sie noch«, bestätigte Mr. Crepsley. Er dachte nach. Dann kam er zu einem Entschluss. »Wir lassen uns davon nicht aufhalten. Aber wir sind auf der Hut, und einer von euch beiden, Harkat oder du, hält von nun an bei Tag Wache. Wenn uns tatsächlich jemand überfällt, sind wir gewappnet.« Er lächelte kaum merklich und berührte den Knauf seines Messers. »Und dann wehe ihm!«

10

Als der Morgen dämmerte, wussten wir, dass wir uns einem Kampf stellen mussten. Wir wurden verfolgt, und zwar nicht nur von einer Person, sondern von dreien oder vieren. Sie hatten unsere Fährte ein paar Kilometer hinter der Stadt aufgenommen und waren uns seither auf den Fersen. Die Fremden bewegten sich mit bewundernswerter Lautlosigkeit, und wären wir nicht ohnehin auf derlei Zwischenfälle gefasst gewesen, hätten wir wohl überhaupt nicht bemerkt, dass etwas nicht stimmte. Hat ein Vampir jedoch erst einmal Gefahr gewittert, kann sich selbst der leichtfüßigste Mensch nicht mehr unbemerkt an ihn heranpirschen.

»Wie sieht unser Plan aus?«, erkundigte sich Harkat, als wir unser Lager mitten in einem Wäldchen aufschlugen, dessen dicht ineinander verwobene Äste und Blätter uns Schutz vor dem Sonnenlicht gewährten.

»Sie warten garantiert ab, bis es richtig Tag ist«, sagte Mr. Crepsley mit gedämpfter Stimme. »Wir tun so, als hätten wir nichts bemerkt, und stellen uns schlafend. Wenn sie nahe genug sind, schnappen wir sie uns.«

»Halten Sie die Helligkeit denn aus?«, fragte ich. Obwohl wir einigermaßen geschützt waren, konnten wir im Kampfgetümmel aus dem Schatten der Abendsonne gelockt werden.

»Für die kurze Zeit, die wir brauchen, um mit diesen Burschen fertig zu werden, kann mir das Licht nichts anhaben«, erwiderte Mr. Crepsley. »Außerdem verbinde ich mir die Augen, so wie du bei deiner Purifikation.«
Also bereiteten wir uns aus Moos und Blättern ein Lager auf dem Boden, wickelten uns in unsere Umhänge und legten uns hin. »Vielleicht sind sie ... bloß neugierig«, flüsterte Harkat. »Wär ja möglich ... dass sie einfach nur wissen wollen, wie ... ein echter Vampir aussieht.«
»Dazu gehen sie zu umsichtig und zielstrebig vor«, widersprach ihm Mr. Crepsley. »Die meinen es ernst.«
»Mir fällt gerade ein«, zischte ich, »dass der Kerl im Laden *Gewehre* gekauft hat!«
»Heutzutage sind die meisten Vampirjäger ordentlich bewaffnet«, brummte Mr. Crepsley. »Die Nächte, als die Schwachköpfe noch mit Hammer und Holzpflock anrückten, sind leider längst Geschichte.«
Danach erstarb unsere Unterhaltung. Wir lagen ganz still mit geschlossenen Augen da (außer Harkat natürlich, der seine lidlosen Augen mit einem Tuch bedeckte), atmeten gleichmäßig und taten so, als schliefen wir.
Die Sekunden dehnten sich, ballten sich unendlich langsam zu Minuten, und es dauerte ewig, bis daraus wiederum Stunden wurden. Seit meinem letzten ernsthaften Gefecht waren sechs Jahre vergangen. Meine Glieder fühlten sich unnatürlich steif an, und in meinem Magen ringelten sich eiskalte Schlangen. Unter den Falten meines Umhangs krümmte und streckte ich unaufhörlich die Finger, die sich nie weit von meinem Schwertknauf entfernten und jederzeit bereit waren zuzupacken.
Kurz nach Mittag, wenn die Sonne für Vampire am gefährlichsten ist, hatten die Jäger zu uns aufgeschlossen. Sie waren zu dritt und näherten sich im Halbkreis. Zuerst hörte ich lediglich das Laub rascheln, hin und wieder knackte ein Ast.

Doch als sie näher kamen, vernahm ich ihren schweren Atem, das Ächzen der Knochen unter den angespannten Muskeln und das rasche, aufgeregte Pochen ihrer Herzen.
Zehn oder zwölf Meter von uns entfernt blieben sie stehen, versteckten sich hinter Bäumen und machten sich zum Angriff bereit. Es folgte eine lange, nervenaufreibende Pause … dann das Geräusch eines Gewehrhahns, der gespannt wurde.
»*Jetzt!*«, brüllte Mr. Crepsley, sprang mit einem Satz auf und stürzte sich wie ein geölter Blitz auf den nächstbesten Mann.
Harkat und ich knöpften uns die beiden anderen vor. Derjenige, den ich ins Auge gefasst hatte, trat fluchend hinter seinem Baum hervor, riss die Flinte hoch und drückte ab. Eine Kugel zischte knapp an mir vorbei und verfehlte mich um wenige Zentimeter. Bevor der Kerl ein zweites Mal schießen konnte, stand ich vor ihm.
Ich entwand ihm die Waffe und schleuderte sie weg. Hinter mir knallte ein zweiter Schuss, doch mir blieb keine Zeit, mich nach meinen Freunden umzusehen, denn der Mann vor mir hatte inzwischen ein langes Jagdmesser gezückt. Also zog auch ich mein Schwert.
Als der Mann das Schwert erblickte, weiteten sich seine Augen vor Schreck. Er hatte sie mit roten Kreisen umrandet, die wie Blut aussahen. Dann kniff er sie wieder zusammen: »Du bist ja noch ein Kind«, knurrte er verächtlich und stieß mit dem Messer nach mir.
»O nein«, ich wich aus und hieb meinerseits mit dem Schwert nach ihm. »Da täuschst du dich gewaltig!«
Als der Kerl wieder nach mir ausholte, führte ich meine Waffe in einem eleganten Bogen nach oben. Mühelos glitt die Klinge durch Haut, Muskeln und Knochen seiner rechten Hand, trennte ihm drei Finger ab und entwaffnete ihn damit.
Der Mann schrie vor Schmerz laut auf und kippte nach hinten.

Ich nutzte die Gelegenheit, mich nach Mr. Crepsley und Harkat umzudrehen. Der Vampir hatte sich seines Angreifers bereits entledigt und ging gerade mit langen Schritten auf Harkat zu, der seinen Gegner niederzuringen versuchte. Der Kleine Kerl schien die Oberhand zu gewinnen, doch Mr. Crepsley stand für alle Fälle bereit, um einzuspringen, falls sich das Blatt doch noch zu Harkats Ungunsten wendete.
Zufrieden, dass alles wie geplant verlief, wandte ich mich wieder dem vor mir auf dem Boden Liegenden zu. Schon bereitete ich mich innerlich auf die unangenehme Aufgabe vor, ihm den Garaus zu machen, als ich zu meinem Erstaunen sah, dass er mich hämisch angrinste.
»Du hättest mir die andere Hand auch noch abschlagen sollen!«, knurrte er.
Mein Blick wanderte zu seiner Linken. Der Atem stockte mir, als ich sah, dass er eine Handgranate an die Brust drückte!
»Keinen Schritt weiter!«, rief er, als ich mich auf ihn werfen wollte, und drückte den Zünder mit dem Daumen halb herunter. »Wenn die hier losgeht, fliegen wir alle beide in die Luft!«
»Immer mit der Ruhe«, sagte ich nervös und ging langsam rückwärts, den Blick ängstlich auf die Handgranate geheftet.
»Bleib du mal lieber ruhig«, kicherte er sadistisch. Auf seinen kahl geschorenen Kopf war über beiden Ohren jeweils ein dunkles V tätowiert. »Sag deinem sauberen Vampirfreund und diesem grauhäutigen Monster, sie sollen gefälligst meinen Kumpel loslassen, sonst ...«
Da ertönte zwischen den Bäumen zu meiner Linken ein sirrendes Pfeifen. Etwas flog durch die Luft, prallte gegen die Granate und schlug sie dem Burschen aus der Hand. Der Mann stieß einen überraschten Schrei aus und langte nach der nächsten (sein ganzer Gürtel war damit bestückt). Ein zweites Sirren war zu hören, und ein glitzerndes, vielzackiges Wurfgeschoss bohrte sich in seinen rasierten Schädel.

Ächzend sackte der Mann zusammen, wand sich ein paar Sekunden krampfhaft, dann lag er ganz still. Verdutzt starrte ich ihn an und beugte mich ohne nachzudenken vor. In seinem Kopf stak ein goldener Wurfstern. Weder Mr. Crepsley noch Harkat führte eine solche Waffe mit sich. Wer hatte sie dann geschleudert?
Wie zur Antwort auf meine stumme Frage sah ich aus dem Augenwinkel, wie jemand aus einem Baum in meiner Nähe sprang und auf mich zukam. Ich fuhr herum.
»Nur einer Leiche dreht man den Rücken zu!«, tadelte mich der Fremde in scharfem Ton. »Hat dir Vanez Blane das denn nicht eingebläut?«
»War ... war mir gerade entfallen«, stotterte ich, zu verwirrt für eine vernünftige Antwort. Der Vampir – denn es musste einer von uns sein – war stämmig und mittelgroß. Seine Haut war leicht gerötet, das Haar grün getönt, und er war in purpurrot gefärbte, mit groben Stichen aneinander genähte Tierfelle gehüllt. Seine Augen waren fast so riesig wie Harkats, der Mund im Verhältnis dazu überraschend klein. Anders als Mr. Crepsley hatte er sich nicht zum Schutz gegen das Sonnenlicht die Augen verbunden, doch er blinzelte angestrengt. Er war barfuß und trug keine anderen Waffen außer mehreren mit Dutzenden von Wurfsternen behängten Hüftgurten.
»Wenn du gestattest, hole ich mir meinen Shuriken wieder«, wandte sich der Vampir nun an den Toten, zog den Wurfstern mit einem Ruck aus dessen Schädelknochen, wischte das Blut ab und befestigte ihn wieder an einem der Gurte. Dann drehte er den Kopf seines Opfers hin und her und betrachtete aufmerksam das abrasierte Haar, die Tätowierungen und die roten Kreise um die Augen. »Ein Vampet!«, schnaubte er verächtlich. »Hatte neulich schon mal das Vergnügen. Elende Drecksäcke.«
Er spuckte auf die Leiche und versetzte dem Toten dann mit dem nackten Fuß einen Tritt, so dass er aufs Gesicht rollte.

Nachdem das erledigt war, drehte der Fremde sich zu mir um – doch ich hatte inzwischen begriffen, wer er war (man hatte ihn mir schon oft beschrieben), und grüßte ihn mit gebührender Hochachtung. »Vancha March«, sagte ich und verneigte mich. »Es ist mir eine Ehre, Eure Bekanntschaft zu machen, Euer Gnaden.«

»Freut mich ebenfalls«, erwiderte er fröhlich.

Vancha March war der vierte Vampirfürst, den ich bislang nur vom Hörensagen kannte. Von allen Vampirherrschern führte er das ursprünglichste und wildeste Leben.

»Vancha!«, rief Mr. Crepsley hocherfreut, riss sich beim Näherkommen die Binde von den Augen und drückte dem Fürsten herzlich die Schulter. »Was macht Ihr denn hier, Euer Gnaden? Ich vermutete Euch viel weiter nördlich.«

»Da komme ich auch her«, schniefte Vancha, wischte sich mit dem linken Handrücken über die Nase und schnickte etwas Grünes, Schleimiges weg. »Aber dort war nichts los, deshalb bin ich nach Süden gewandert. Ich bin auf dem Weg zu Lady Evanna.«

»Da wollen wir auch hin«, sagte ich.

»Hab ich mir schon gedacht. Ich bin euch nämlich schon ein paar Nächte heimlich gefolgt.«

»Ihr hättet Euch früher bemerkbar machen sollen, Euer Gnaden«, meinte Mr. Crepsley respektvoll.

»Bin dem neuen Fürsten noch nie begegnet«, erläuterte sein Gegenüber. »Wollte ihn mir erst mal von weitem ansehen.« Er musterte mich kritisch. »Was diesen Kampf betrifft, muss ich leider sagen, dass ich nicht übermäßig beeindruckt bin!«

»Ich weiß, ich habe einen Fehler gemacht, Euer Gnaden«, entgegnete ich schuldbewusst. »Ich hatte Angst um meine Kameraden, deshalb habe ich gezögert, als ich hätte handeln sollen. Ich akzeptiere den Vorwurf und bin ehrlich zerknirscht.«

»Wenigstens weiß der Kleine, wie man sich anständig entschuldigt«, lachte Vancha und klopfte mir derb auf den Rücken.

Vancha March war von oben bis unten mit Schmutz und Staub bedeckt und stank wie ein nasser Wolf. Allerdings war das sein normaler Aufzug. Er war ein echtes Geschöpf der Wildnis und galt sogar in Vampirkreisen als extrem. Seine Kleidung fertigte er grundsätzlich eigenhändig aus dem Fell seiner Jagdbeute an; er verzehrte kein gebratenes Fleisch und trank ausschließlich frisches Wasser, Milch und Blut.

Inzwischen hatte auch Harkat seinen Gegner ins Jenseits befördert und kam auf uns zugehumpelt. Vancha hockte sich unbekümmert im Schneidersitz auf den Boden, hob den linken Fuß an den Mund und fing an, sich die Zehennägel abzuknabbern!

»Das ist also der Kleine Kerl, der sprechen kann«, nuschelte der grünhaarige Fürst und beäugte Harkat über seinen linken großen Zeh hinweg. »Harkat Mulds, richtig?«

»Jawohl, Euer Gnaden«, erwiderte Harkat höflich und zog seine Maske herunter.

»Ich sag's dir am besten gleich, Mulds: Ich halte nichts von Salvatore Schick und seinen komischen Knirpsen.«

»Und ich halte nichts von Vampiren ... die an ihren Zehennägeln kauen«, konterte Harkat und fügte ein ironisches »Euer Gnaden« hinzu.

Vancha lachte bloß und spuckte ein Stück Zehennagel aus. »Ich glaube, wir beide kommen gut miteinander klar, Mulds!«

»War Eure Reise anstrengend, Euer Gnaden?«, erkundigte sich Mr. Crepsley, ließ sich neben dem Fürsten nieder und schützte seine Augen wieder mit dem Stoffstreifen.

»Nicht besonders«, grunzte Vancha und wechselte die Beine. Dann widmete er sich dem rechten Fuß. »Und bei euch?«

»Kein Grund zur Klage.«

»Irgendwelche Neuigkeiten vom Vampirberg?«

»Jede Menge.«
»Hat Zeit bis heute Nacht.« Vancha war inzwischen auch mit dem rechten Fuß fertig und ließ sich nach hinten sinken. Er nahm den roten Umhang ab und deckte sich damit zu. »Weckt mich bitte, wenn es Nacht wird«, gähnte er. Dann wälzte er sich auf die Seite und schlief auf der Stelle laut schnarchend ein.
Mit ungläubig aufgerissenen Augen stierte ich den Schlafenden, die abgebissenen Nägel, die überall herumlagen, seine zerlumpte Kleidung und die verfilzten grünen Haare an. »Ist er *wirklich* ein Vampirfürst?«, flüsterte ich.
Mr. Crepsley nickte lächelnd.
»Aber er sieht aus wie ...«, zischelte Harkat zweifelnd. »Er benimmt sich wie ...«
»Lasst euch nicht von Äußerlichkeiten täuschen«, wies uns der Vampir zurecht. »Vancha hat sich für das einfache Leben entschieden, aber er ist einer der Vortrefflichsten unseres Clans.«
»Wenn Sie meinen ...«, erwiderte ich wenig überzeugt. Den Rest des Tages verbrachte ich auf dem Rücken liegend, blickte in den bewölkten Himmel und verfluchte Vanchas dröhnendes Schnarchen, das mich kein Auge zutun ließ.

11 Wir ließen die toten Vampets einfach liegen (Vancha fand, sie verdienten kein ordentliches Begräbnis) und zogen bei Einbruch der Dämmerung weiter. Unterwegs berichtete Mr. Crepsley dem Fürsten von Meister Schicks Besuch im Vampirberg und von seiner Prophezeiung. Vancha unterbrach meinen Mentor nur selten und dachte lange nach, bevor er sich zu dem Gehörten äußerte.
»Man muss kein Genie sein, um zu erraten, dass ich der Dritte im Bunde bin«, meinte er schließlich.

»Es würde mich sehr wundern, wenn nicht«, stimmte ihm mein ehemaliger Meister zu.

Die ganze Zeit über hatte sich Vancha mit einem spitzen Zweig in den Zähnen herumgestochert. Nun warf er ihn fort und spuckte auf den staubigen Pfad. Im Spucken war er ein echter Weltmeister: Mit seinem zähflüssigen, klumpigen, grünen Speichel traf er eine Ameise auf zwanzig Schritt Entfernung. »Dieser Schick mischt sich ständig in anderer Leute Angelegenheiten ein«, sagte er schroff. »Ich traue ihm nicht über den Weg. Ich bin ihm schon ein paar Mal begegnet und habe mir angewöhnt, immer genau das Gegenteil von dem zu machen, wozu er rät.«

Mr. Crepsley nickte. »Im Großen und Ganzen stimme ich Euch zu, Euer Gnaden. Doch die Zeiten sind verworren, und ...«

»Larten!«, schnitt ihm der Fürst ungehalten das Wort ab. »Solange wir zusammen unterwegs sind, nennst du mich gefälligst ›Vancha‹, ›March‹ oder ›altes Scheusal!‹. Hör endlich auf, dich so unterwürfig zu benehmen.«

»In Ordnung ... *altes Scheusal*«, erwiderte Mr. Crepsley grinsend. Dann wurde er wieder ernst. »Ich wiederhole, Vancha: Die Zeiten sind verworren. Das Überleben unserer ganzen Sippe steht auf Pfahles Spitze. Können wir es uns da wirklich leisten, Meister Schicks Ratschläge zu ignorieren? Ich fürchte, wir müssen nach jedem Strohhalm greifen.«

Vancha stieß einen langen, unzufriedenen Seufzer aus. »Vierhundert Jahre lang hat dieser Schick uns weisgemacht, dass wir den Krieg gegen die Vampyre auf jeden Fall verlieren. Wieso erzählt er uns auf einmal, dass unser Untergang keineswegs besiegelt ist, dass wir der Vernichtung aber nur dann entgehen können, wenn wir seine Ratschläge befolgen?« Der grünhaarige Fürst kratzte sich im Nacken und spuckte in hohem Bogen ins Gebüsch. »Da ist doch etwas oberfaul!«

»Möglicherweise vermag Evanna ja etwas Licht in die Angelegenheit zu bringen«, sinnierte Mr. Crepsley. »Auch sie besitzt hellseherische Fähigkeiten. Vielleicht kann sie uns sagen, ob Meister Schicks Weissagung ernst zu nehmen ist.«
»Ihrem Urteil vertraue ich«, nickte Vancha. »Evanna ist zwar nicht sehr gesprächig, aber was sie sagt, hat Hand und Fuß. Wenn auch sie der Meinung ist, dass unsere Unternehmung sinnvoll ist, schließe ich mich euch gerne an. Falls nicht ...«
Mit einem Achselzucken war das Thema für ihn erledigt.
Vancha March war *wirklich* ein verrückter Typ – und das ist noch milde ausgedrückt! Jemandem wie ihm war ich noch nie begegnet. Er lebte nach seinen ganz eigenen Prinzipien. Das mit dem rohen Fleisch, Wasser, Milch und Blut oder das mit den Tierfellen hatte man mir ja schon erzählt. Doch in den nun folgenden sechs Nächten sollte ich noch viel mehr über ihn erfahren.
Er orientierte sich an den Vampiren früherer Zeiten. Damals waren die Vampire davon überzeugt, von den Wölfen abzustammen. Wer ein rechtschaffenes, sittenstrenges Leben führte, würde nach seinem Tod wieder ein Wolf werden und als Geist durch die ewige Nacht des Paradieses streifen. Daher benahmen sie sich schon zu Lebzeiten eher wie Wölfe als Menschen, mieden die Zivilisation (es sei denn, sie benötigten Blut), stellten ihre eigene Kleidung her und unterwarfen sich den Gesetzen der Wildnis.
Vancha hätte sich niemals in einen Sarg schlafen gelegt – das war ihm viel zu bequem! Seiner Meinung nach hatte ein Vampir im Freien zu nächtigen und sich nur mit seinem Umhang zuzudecken. Er respektierte zwar die Vampire, die einen Sarg benutzten, verachtete jedoch jene zutiefst, die ein Bett vorzogen. Meine Vorliebe für Hängematten behielt ich deshalb lieber für mich!
Vancha interessierte sich sehr für Träume und aß oft wild

wachsende Pilze, deren Genuss lebhafte Phantasien und Visionen verursachte. Er war fest davon überzeugt, dass sich aus Träumen die Zukunft ablesen ließ, wenn man es verstand, sie richtig zu deuten. Auf diese Weise könne jeder sein Schicksal beeinflussen.
Daher fesselten ihn Harkats Albträume ganz besonders, und er konnte stundenlang mit dem Kleinen Kerl darüber diskutieren.
Seine Shuriken (die Wurfsterne) feilte er selbst aus verschiedenen Metallen und Steinen zurecht. Sie waren die einzigen Waffen, die er benutzte. Seiner Meinung nach sollte ein Handgemenge genau das sein – und entsprechend von Mann zu Mann mit bloßen Händen ausgetragen werden. Mit Schwertern, Speeren oder Streitäxten hatte er nichts am Hut, er weigerte sich, sie auch nur anzurühren.
»Und was machst du, wenn dein Gegner zum Schwert greift?«, fragte ich eines Abends, als wir gerade unser Lager abbrachen. »Läufst du dann weg?«
»Ich laufe vor niemandem weg!«, erwiderte er in scharfem Ton. »Pass auf – ich zeig's dir.« Er pflanzte sich vor mir auf, rieb sich die Hände und forderte mich auf, mein Schwert zu ziehen. Als ich zögerte, versetzte er mir einen Klaps auf die Schulter und spottete: »Hast du Schiss?«
»Natürlich nicht«, gab ich beleidigt zurück. »Ich möchte dir bloß nicht wehtun.«
Er lachte auf. »Da mach dir mal keine Sorgen, was, Larten?«
»Sei dir da nicht zu sicher«, brummte Mr. Crepsley. »Darren ist zwar noch ein Halbvampir, aber er ist ganz schön auf Zack. Unterschätze ihn nicht, Vancha.«
»Umso besser«, erwiderte der Fürst. »Ich bevorzuge ebenbürtige Gegner.«
Flehend blickte ich meinen einstigen Meister an. »Ich kann doch nicht auf einen Unbewaffneten losgehen.«

»Unbewaffnet?«, rief Vancha. »Und was ist das hier?« Er wedelte mit den Händen vor meiner Nase herum.
»Nun mach schon«, ermutigte mich Mr. Crepsley. »Vancha weiß, was er tut.«
Widerstrebend zog ich mein Schwert und machte einen halbherzigen Ausfall. Vancha rührte sich keinen Zentimeter. Gelassen sah er zu, wie ich kraftlos in die Luft hieb.
»Schlappschwanz«, kommentierte er verächtlich.
»Na hör mal«, protestierte ich. »Ich will doch bloß …«
Bevor ich noch eine Silbe sagen konnte, hatte er sich auf mich gestürzt, mich an der Kehle gepackt und mir mit seinen scharfen Fingernägeln eine kleine, aber schmerzhafte Schnittwunde quer über den Hals beigebracht.
»Aua!«, schrie ich und taumelte zurück.
»Nächstes Mal schneide ich dir die Nase ab«, kommentierte Vancha liebenswürdig.
»Das werden wir ja sehen!«, knurrte ich und schwang, nun von echtem Zorn beflügelt, meine Klinge.
Vancha duckte sich. »Nicht schlecht für den Anfang«, grinste er beifällig.
Den Blick fest auf mich geheftet, umkreiste er mich und ließ dabei die Finger spielen. Ich hielt mein Schwert zunächst gesenkt. Sobald er stehen blieb, machte ich einen Satz und stieß zu. Ich hatte erwartet, dass er ausweichen würde, doch stattdessen riss er den rechten Arm hoch und fegte die Klinge mit der flachen Hand beiseite wie ein Stück Holz; und während ich noch mein Gleichgewicht wiederfand, machte er einen Schritt auf mich zu, packte mein Handgelenk und drehte es kräftig um. Die Waffe glitt mir aus den Fingern – und ich war wehrlos.
»Kapiert?« Lächelnd trat er zurück und bedeutete mir mit erhobenen Händen, dass unser Duell zu Ende war. »Im Ernstfall wärst du jetzt ganz schön am Arsch.« Vancha verfügte

über einen großen Vorrat an Kraftausdrücken – der hier war noch einer der harmlosesten!
»Pah«, schmollte ich und rieb mir das Handgelenk. »Du hast einen Halbvampir besiegt. Bei einem Vollvampir oder einem Vampyr wäre dir das nicht geglückt.«
»O doch. Waffen sind Symbole der Furcht. Nur wer Angst hat, benutzt sie. Wer einmal gelernt hat, mit bloßen Händen zu kämpfen, ist gegenüber jenen, die auf Schwerter und Messer vertrauen, stets im Vorteil. Und weißt du auch, warum?«
»Warum?«
»Weil sie von ihrer Überlegenheit *überzeugt* sind!«, trumpfte Vancha auf. »Waffen sind trügerisch – sie sind nichts Natürliches –, und sie erzeugen ein trügerisches Selbstvertrauen. Wenn ich mich auf einen Kampf einlasse, rechne ich immer damit, dabei draufzugehen. Sogar vorhin bei unserem kleinen Zweikampf habe ich diese Möglichkeit in Betracht gezogen und mich damit abgefunden. Der Tod ist das Schlimmste, was dir zustoßen kann, Darren. Wenn du ihn einmal akzeptiert hast, fürchtest du dich vor gar nichts mehr.«
Er bückte sich nach meinem Schwert, reichte es mir und musterte mich gespannt. Ich spürte, dass er von mir erwartete, die Waffe wegzuwerfen – und ich war in Versuchung, es tatsächlich zu tun, um mir seinen Respekt zu verdienen. Doch ohne Schwert hätte ich mich irgendwie nackt gefühlt, deshalb steckte ich es in die Scheide zurück und blickte betreten zu Boden. Vancha packte mich freundschaftlich am Nacken. »Mach dir nichts draus«, tröstete er mich. »Du bist noch jung. Du hast noch viel Zeit zum Lernen.« Dann fielen ihm Meister Schick und der Lord der Vampyre wieder ein, und seine Augen wurden schmal. »Hoffe ich jedenfalls«, setzte er düster hinzu.

Ich bat Vancha, mir das Kämpfen mit bloßen Händen beizubringen. Zwar hatte ich das schon während meiner Ausbildung im Vampirberg trainiert, doch da waren meine Gegner ebenfalls unbewaffnet gewesen. Abgesehen von ein paar Unterrichtsstunden zu dem Thema, was man zu tun hatte, wenn einem jemand mitten in der Schlacht die Waffe aus der Hand schlug, hatte mir niemand gezeigt, wie ich mich mit bloßen Händen eines voll bewaffneten Gegners erwehren konnte. Vancha warnte mich: Das zu lernen würde Jahre dauern und mich eine Menge Schrammen kosten, doch ich ließ mich nicht abwimmeln.

Die Vorstellung, ohne Hilfsmittel einem bis an die Zähne bewaffneten Vampyr den Garaus zu machen, fand ich einfach faszinierend.

Unterwegs konnte das Training zwar nicht stattfinden, aber tagsüber, wenn wir rasteten, erklärte mir Vancha die wichtigsten Abwehrtechniken und versprach mir nach der Ankunft bei Evanna eine richtige Unterrichtsstunde.

Ansonsten weigerte auch er sich, mir mehr über die geheimnisvolle Hexe zu erzählen; er erwähnte lediglich, dass sie zugleich die anziehendste und abstoßendste aller Frauen sei – was mir nicht gerade weiterhalf!

Ich hatte angenommen, Vancha sei ein erbitterter Vampyrhasser (diejenigen Vampire, welche die alten Traditionen hochhielten, waren meist auch jene, welche die Vampyre in Grund und Boden verdammten), doch zu meiner Überraschung hatte er gar nichts gegen unsere abtrünnigen Verwandten. »Die Vampyre sind tapfer und ehrenwert«, bemerkte er ein paar Nächte vor unserer Ankunft bei Evanna. »Einige ihrer Gewohnheiten lehne ich zwar ab – ich finde es zum Beispiel völlig überflüssig, jene zu töten, an denen wir uns laben –, doch abgesehen davon bewundere ich sie.«

»Vancha hat übrigens seinerzeit dafür gestimmt, Kurda Smahlt zum Fürsten zu ordinieren«, warf Mr. Crepsley ein.

»Kurda habe ich ebenfalls bewundert«, bestätigte Vancha. »Er

hatte nicht nur Köpfchen, sondern auch Mut. Er war ein sehr ungewöhnlicher Vampir.«
»Aber ...« Ich hüstelte verlegen.
»Was wolltest du sagen?«, hakte Vancha nach.
»Bereust du es denn nicht, ihn gewählt zu haben, wo er doch die Vampyre gegen uns aufgewiegelt hat?«
»Nein«, antwortete Vancha schlicht. »Seine Taten kann ich nicht gutheißen, und hätte ich am Konzil teilgenommen, hätte ich mich nicht für ihn eingesetzt. Doch er folgte der Stimme seines Herzens. Er tat es für den Clan. Er war irregeleitet, aber ich halte ihn nicht für einen echten Verräter. Er hat einen Fehler begangen, doch seine Beweggründe waren hochherzig.«
»Ich bin ganz Eurer Meinung«, mischte sich Harkat ein. »Ich finde, Kurda wurde ungerecht behandelt. Es war schon rechtens ... ihn hinzurichten, aber es war falsch ... ihn als Schurken abzustempeln und zu verbieten ... seinen Namen in der Fürstenhalle auszusprechen.«
Ich äußerte mich nicht dazu. Ich hatte Kurda sehr gemocht und wusste, dass er den Vampirclan nur vor dem Vampyrlord hatte schützen wollen. Doch er hatte Gavner Purl, einen anderen guten Freund von mir, umgebracht und noch weitere Opfer zu verantworten, unter anderem Arra Sails, eine Vampirin, die früher einmal Mr. Crepsleys Gefährtin gewesen war.
Am letzten Tag unserer ersten Etappe fand ich endlich heraus, wen Vancha als seinen *wahren* Feind betrachtete.
Ich hatte geschlafen, war aber davon aufgewacht, dass mein Gesicht juckte (eine Nachwirkung der Purifikation). Es war erst kurz vor Mittag. Ich setzte mich auf, kratzte mich am Kinn und entdeckte zu meinem Erstaunen Vancha am Rand des Lagerplatzes. Abgesehen von einem Streifen Bärenfell um die Taille war er splitternackt – und damit beschäftigt, sich von oben bis unten mit Speichel einzureiben.

»Vancha?«, rief ich leise. »Was machst du da?«
»Will ein bisschen spazieren gehen«, gab er zurück und wandte sich seinen Schultern und Armen zu.
Ich blickte hoch. Der Himmel war blau und fast wolkenlos.
»Es ist *Tag*, Vancha«, sagte ich.
»Ehrlich?«, erwiderte er ironisch. »Danke für den Hinweis.«
»Aber die Sonne ist für Vampire lebensgefährlich.« Allmählich fragte ich mich, ob er sich vielleicht den Kopf gestoßen hatte und nicht ganz bei Sinnen war.
»Nicht sofort.« Er blickte mich scharf an. »Hast du schon mal darüber nachgedacht, *warum* die Sonne so gefährlich für Vampire ist?«
»Na ja, nicht so richtig …«
»Es gibt keine logische Erklärung dafür. Die Menschen behaupten, wir seien böse und alles Böse müsse das Sonnenlicht scheuen. Aber das ist Unsinn: Erstens sind wir nicht böse, und zweitens wäre das noch lange kein Grund, sich bei Tag nicht ungehindert zu bewegen. Nimm zum Beispiel die Wölfe«, fuhr er fort. »Angeblich stammen wir von ihnen ab, doch ihnen schadet die Sonne nicht. Noch nicht einmal für echte Nachtgeschöpfe wie Fledermäuse und Eulen ist das Tageslicht lebensbedrohend. *Warum also für uns Vampire?*«
Ich schüttelte ratlos den Kopf. »Keine Ahnung. Warum?«
Vancha lachte bellend. »Ich weiß auch nicht! Und auch sonst weiß es niemand. Manche behaupten, ein Magier oder eine Hexe hätte uns mit einem Fluch belegt, aber das überzeugt mich nicht: Die Welt ist voll von Dienern der schwarzen Kunst, doch keiner von ihnen hat die Macht, eine derartig tödliche Verwünschung auszusprechen. Ich persönlich habe eher Salvatore Schick im Verdacht.«
»Was hat der denn damit zu tun?«
»Den alten, heute fast vergessenen Vampirlegenden zufolge hat Schick die ersten Vampire erschaffen. Man sagt, er habe

mit Wölfen herumexperimentiert und probehalber Wolfs- und Menschenblut gemischt. Das Resultat war ...« Er klopfte sich auf die Brust.

»Klingt ziemlich unwahrscheinlich«, meinte ich skeptisch.

»Möglich. Doch wenn die Legenden Recht haben, ist unsere Überempfindlichkeit in punkto Sonnenlicht ebenfalls Schicks Werk. Es heißt, er habe verhindern wollen, dass wir allzu mächtig würden und womöglich die Weltherrschaft übernähmen, deshalb habe er unser Blut vergiftet und uns damit zu Sklaven der Nacht gemacht.« Der Fürst hörte auf, sich mit Speichel einzuschmieren und blinzelte mit zusammengekniffenen Lidern in die Sonne. »Nichts ist so furchtbar wie Sklaverei«, zischte er leise. »Wenn an den alten Geschichten etwas dran ist und Schicks Manipulationen tatsächlich schuld daran sind, dass wir uns nicht frei bewegen können, dann gibt es nur eine Möglichkeit, diese Freiheit wiederzuerlangen – Kämpfen! Wir müssen den Feind stellen und zum Kampf herausfordern.«

»Meinst du damit, wir sollen Salvatore Schick zum Kampf herausfordern?«

»Nicht direkt. Der ist viel zu gerissen – man kriegt ihn einfach nicht zu fassen.«

»Wen dann?«

»Wir müssen seine Dienerin bekämpfen.« Als ich ihn nur verdutzt anstarrte, erläuterte Vancha: »Die Sonne.«

»*Die Sonne?*«, lachte ich, doch der grünhaarige Fürst blieb ganz ernst.

Ich riss mich zusammen. »Wie kann man denn die Sonne bekämpfen?«

»Ganz einfach. Du trittst ihr mutig entgegen, erträgst sie so lange wie möglich und wiederholst das hartnäckig immer wieder. Schon seit Jahren setze ich mich regelmäßig dem Sonnenlicht aus. Alle paar Wochen gehe ich tagsüber ein Stündchen spazieren, fordere die Sonne zum Zweikampf heraus, lasse mich von ihr verbrennen, härte meine Haut und meine Augen gegen ihre Strahlen ab und prüfe, wie lange ich ihr standhalten kann.«

»Du spinnst doch!«, prustete ich. »Glaubst du wirklich, du kannst die Sonne besiegen?«

»Wieso nicht? Ein Gegner ist ein Gegner. Wenn man ihn zum Kampf herausfordern kann, dann kann man ihn auch besiegen.«

»Und? Hast du schon Fortschritte gemacht?«

»Keine großen«, seufzte Vancha. »Ich bin noch nicht viel weiter als am Anfang. Das Licht macht mich fast blind. Es dauert jedes Mal fast einen ganzen Tag, bis ich wieder richtig sehen kann und die Kopfschmerzen nachlassen. Nach zehn oder fünfzehn Minuten kriege ich einen Sonnenbrand, der rasch ziemlich wehtut. Ein paar Mal habe ich es fast achtzig Minuten lang ausgehalten, aber danach ging es mir so dreckig, dass ich fünf oder sechs Nächte absolute Ruhe brauchte, um mich wieder zu erholen.«

»Seit wann führst du deinen Privatkrieg denn schon?«

»Laß mich überlegen«, dachte er laut nach. »Angefangen habe ich mit ungefähr zweihundert Jahren ...« Die meisten Vampire waren sich über ihr exaktes Alter im Unklaren. Wenn man so lange lebt wie ein Vampir, sind Geburtstage nichts Besonderes mehr. »... und jetzt bin ich schon über dreihundert. Das heißt also seit gut hundert Jahren, um deine Frage genau zu beantworten.«

Ich schnappte nach Luft. »Hundert Jahre! Kennst du die Redensart ›Mit dem Kopf durch die Wand wollen‹?«

»Klar«, griente mein Gegenüber. »Aber vergiss nicht, Darren: Ein Vampirschädel ist so hart, dass man damit Wände einrennen kann!«

Er zwinkerte mir zu und spazierte laut pfeifend davon, bereit für seinen verrückten Zweikampf mit einer riesigen glühenden Gaskugel, die Millionen und Abermillionen Kilometer entfernt war.

12 Es war Vollmond, als wir Lady Evannas Höhle erreichten. Trotzdem wäre ich glatt an der Lichtung vorbeispaziert, hätte mich Mr. Crepsley nicht angestoßen und gesagt: »Wir sind da.« Später fand ich heraus, dass Evanna einen Tarnzauber ausgesprochen hatte, der bewirkte, dass der Blick über ihren Aufenthaltsort hinwegglitt, wenn man nicht ganz genau wusste, wo man zu suchen hatte.
Angestrengt kniff ich die Augen zusammen, doch zuerst sah ich nur Bäume. Dann schwand der Zauber allmählich, die imaginären Bäume lösten sich auf, und ich blickte auf einen kristallklaren Teich hinab, dessen Oberfläche das weiße Mondlicht widerspiegelte. Am gegenüberliegenden Ufer erhob sich ein Hügel, in dessen Hang die dunkle, gewölbte Öffnung einer großen Höhle zu erkennen war.
Langsam gingen wir die sanfte Böschung zum Teich hinunter. Plötzlich war die Luft von lautem Quaken erfüllt.
Erschrocken blieb ich stehen, doch Vancha beruhigte mich lächelnd: »Das sind bloß die Frösche. Sie warnen Evanna. Sobald sie weiß, wer wir sind, befiehlt sie ihnen, still zu sein.«
Tatsächlich wurde der Froschchor kurz darauf leiser und verstummte schließlich ganz. Wir gingen um den Teich herum, und die beiden älteren Vampire ermahnten Harkat und mich, nicht auf die Frösche zu treten, von denen sich Tausende am Ufer und im kühlen Wasser aufhielten.
»Die Viecher sind mir unheimlich«, raunte Harkat mir zu. »Ich habe den Eindruck … sie beobachten uns.«
»Da liegst du ganz richtig«, bestätigte Vancha. »Sie bewachen

den Teich und die Höhle und schützen Evanna vor ungebetenen Besuchern.«

»Was kann ein Haufen Frösche gegen ungebetene Besucher ausrichten?«, bemerkte ich spöttisch.

Vancha blieb stehen und setzte sich einen Frosch auf die Hand. Er hob ihn hoch, so dass ein wenig Mondlicht auf ihn fiel, und drückte ihm die Flanken zusammen. Der Frosch riss das Maul auf, und seine lange Zunge schoss heraus. Vancha hielt die Zunge mit Daumen und Zeigefinger fest, wobei er Acht gab, die Zungenränder nicht zu berühren. »Seht ihr diese Säckchen?«

»Die gelbroten Beulen da am Rand?«, fragte ich zurück. »Was ist damit?«

»Sie enthalten Gift. Wenn der Frosch seine Zunge um deinen Arm oder deine Wade wickelt, platzen die Säckchen auf, und das Gift dringt durch die Haut in dich ein.« Seine Miene verfinsterte sich. »Dreißig Sekunden – und du bist tot.«

Der Vampirfürst setzte das Tier ins Gras zurück und ließ die Zunge vorsichtig los. Der Frosch hüpfte eilig davon. Nach dieser kleinen Lektion passten Harkat und ich höllisch auf, wo wir hintraten!

Vor der Höhle machten wir Halt. Die beiden Vampire hockten sich auf den Boden und setzten ihr Gepäck ab. Dann zog Vancha aus seinem Bündel einen Knochen, auf dem er die vergangenen Nächte herumgekaut hatte, und bearbeitete ihn genüsslich mit den Zähnen. Nur ab und zu nahm er ihn aus dem Mund, um nach einem vereinzelten Frosch zu spucken, der sich in unsere Nähe verirrt hatte.

»Gehen wir denn nicht rein?«, wunderte ich mich.

»Nicht ohne ausdrückliche Aufforderung«, erwiderte mein Mentor. »Evanna mag keine Eindringlinge.«

»Gibt es hier keine Klingel?«

»So etwas braucht Evanna nicht. Sie weiß, dass wir hier sind, und wird uns empfangen, wann sie es für richtig hält.«

»Evanna lässt sich nicht gern drängen«, führte Vancha weiter aus. »Ein Freund von mir hat sich einmal heimlich in die Höhle geschlichen, um sie zu überraschen.« Er nagte noch immer vergnügt an seinem Knochen. »Daraufhin hat sie ihm am ganzen Körper riesige Warzen verpasst. Er sah aus wie ... wie ...« Angestrengt zog er die Stirn kraus. »Es ist schwer zu beschreiben, weil ich so etwas vorher noch nie gesehen hatte – und ich habe schon eine Menge gesehen!«
»Wenn sie so gefährlich ist, sollten wir dann nicht lieber wieder gehen?«, fragte ich ängstlich.
»Uns tut sie nichts«, beruhigte mich Mr. Crepsley. »Sie ist zwar ziemlich aufbrausend, und man sollte sie besser nicht reizen, doch ein Mitglied unseres Clans würde sie nur töten, wenn sie von ihm provoziert wird.«
»Hauptsache, du nennst sie niemals ›Hexe‹«, ermahnte mich Vancha ungefähr zum hundertsten Mal.
Nachdem wir etwa eine halbe Stunde vor der Höhle gewartet hatten, kamen plötzlich Dutzende von Fröschen angehüpft. Sie waren größer als ihre Artgenossen unten am Teich, setzten sich im Kreis um uns herum und glotzten uns an. Ich wollte aufstehen, doch Mr. Crepsley zog mich wieder zu sich herunter. In diesem Augenblick trat eine Frau aus der Höhle. Sie war das hässlichste, ungepflegteste Weib, das ich je gesehen hatte. Von Statur war sie kaum größer als Harkat, und ihr dunkles Haar war lang und zottelig. Dabei war sie äußerst muskulös und besaß dicke, kräftige Beine. Ihre Ohren waren spitz, die Nase so winzig, dass sie eher zwei Löchern über der Oberlippe glich, die Augen waren schmale Schlitze. Als sie näher kam, fiel mir auf, dass ein Auge braun und das andere grün war. Noch merkwürdiger war jedoch, dass die Farbe ständig wechselte: Im einen Moment war das linke Auge braun, im nächsten das rechte.
Sie war ungewöhnlich stark behaart: Arme und Beine waren mit schwarzem Pelz bedeckt, die Augenbrauen erinnerten an

fette Raupen, aus Ohren und Nase sprossen dicke Haarbüschel, sie hatte einen dichten Vollbart, und ihr Schnurrbart hätte selbst Otto von Bismarck kümmerlich dastehen lassen.
Ihre Finger waren erstaunlich kurz und dick. Bei einer Hexe hatte ich eher knochige Klauen erwartet, aber das war wahrscheinlich ein von Kinderbüchern und Comics geprägtes Klischee. Die Nägel waren kurz geschnitten, nur an den beiden kleinen Fingern waren sie lang und spitz.
Sie trug keine altmodischen Gewänder, war aber auch nicht wie Vancha in Tierfelle gehüllt – ihre Kleidung bestand vielmehr aus *Seilen*. Mehrere lange, aus dicken, gelben Hanfsträngen gedrehte Stricke waren um Brust und Unterkörper gewunden und ließen nur Arme, Beine und Bauch frei.
Selbst in meinen wildesten Phantasien hätte ich mir kaum ein Furcht einflößenderes, abstoßenderes Weibsbild ausmalen können.
Als sie jetzt auf uns zukam, gurgelten meine Eingeweide vor Anspannung.
»Vampire!«, schnaubte sie ärgerlich und schritt durch den Kreis aus Fröschen, der sich bereitwillig vor ihren Füßen teilte. »Immer nur hässliche, grässliche Vampire! Warum schauen nicht mal ein paar hübsche Menschen hier vorbei?«
»Wahrscheinlich haben sie Angst, dass du sie frisst«, erwiderte Vancha lachend, stand auf und umarmte sie. Evanna erwiderte die Umarmung unsanft und hob den Vampirfürsten dabei vom Boden hoch.
»Mein kleiner Vancha«, gurrte sie zärtlich, als spräche sie mit einem Baby. »Ihr habt zugenommen, Euer Gnaden.«
»Und Ihr seid hässlicher denn je, Lady«, ächzte der grünhaarige Vampir, während er nach Atem rang.
»Ach, du willst mir nur schmeicheln«, kicherte sie, setzte ihn wieder ab und wandte sich Mr. Crepsley zu. »Larten«, begrüßte sie ihn mit höflichem Nicken.

»Evanna«, gab der Vampir zurück und verbeugte sich. Dann, urplötzlich, trat er nach ihr.

Er war schnell, doch die Hexe war noch schneller.

Sie schnappte sich sein Bein und verdrehte es. Mein Mentor verlor das Gleichgewicht und landete bäuchlings auf dem Boden.

Bevor er sich wieder aufrappeln konnte, hockte Evanna auf seinem Rücken, packte ihn unter dem Kinn und riss ihm grob den Kopf in den Nacken

»Gibst du auf?«, keifte sie.

»Ja!«, keuchte er. Sein Gesicht färbte sich knallrot, aber nicht aus Scham, sondern vor Schmerz.

»Braver Junge«, gluckste Evanna und küsste ihn flüchtig auf die Stirn.

Dann stand sie wieder auf und musterte Harkat und mich neugierig – den Kleinen Kerl mit dem grünen und mich mit dem braunen Auge.

»Lady Evanna«, grüßte ich so respektvoll, wie es mir möglich war, ohne mit den Zähnen zu klappern.

»Freut mich, dich kennen zu lernen, Darren Shan«, erwiderte sie. »Herzlich willkommen.«

»Lady«, sagte jetzt Harkat und verneigte sich tief. Der Kleine Kerl war längst nicht so nervös wie ich.

»Hallo, Harkat.« Evanna verbeugte sich ebenfalls. »Auch du bist herzlich willkommen – wie immer.«

»*Wie immer?*«, wiederholte der Kleine Kerl.

»Es ist schließlich nicht dein erster Besuch. Du bist ein Verwandlungskünstler – äußerlich und innerlich –, aber ich erkenne dich trotzdem wieder. Das ist eine meiner Gaben. Äußerlichkeiten vermögen mich nicht lange zu täuschen.«

»Heißt das etwa … Ihr wisst, wer ich war … bevor ich ein Kleiner Kerl wurde?«, fragte Harkat ungläubig. Als Evanna nickte, beugte er sich gespannt vor. »Und wer war ich?«

Die Hexe schüttelte den Kopf. »Das darf ich dir nicht sagen. Du musst es selbst herausfinden.«
Harkat wollte protestieren, doch Evanna hatte sich bereits mir zugewandt, trat auf mich zu und packte mein Kinn mit kalten, rauen Fingern. »Das ist also der junge Fürst«, murmelte sie und drehte meinen Kopf erst auf die eine, dann auf die andere Seite. »Ich dachte, du wärst jünger.«
»Auf dem Weg hierher hat ihn die Purifikation erwischt«, erläuterte Mr. Crepsley.
»Ach so.« Sie ließ mich nicht los, und ihre Augen glitten forschend über mein Gesicht, als suchte sie nach einem Zeichen von Schwäche.
Ich hatte das Gefühl, etwas sagen zu müssen. »Also ...«, platzte ich mit dem Erstbesten heraus, das mir durch den Kopf ging, »... also Ihr seid eine Hexe, nicht wahr?«
Mr. Crepsley und Vancha stöhnten auf.
Evannas Nüstern blähten sich, und ihr Kopf schoss unvermittelt vor, so dass ihr Gesicht nur noch wenige Millimeter von meinem entfernt war. »*Wie* hast du mich eben genannt?«, zischte sie.
»Ähm ... nichts ... Tschuldigung. Ich hab's nicht so gemeint. Ich ...«
»Das ist eure Schuld!« Sie drehte sich wütend nach den Vampiren um. Die beiden duckten sich. »Ihr habt ihm erzählt, dass ich eine Hexe bin!«
»Aber nein, Evanna«, sagte Vancha hastig.
»Im Gegenteil: Wir haben ihm eingeschärft, Euch *nicht* so zu nennen«, fügte Mr. Crepsley besänftigend hinzu.
»Ich sollte Hackfleisch aus euch machen«, grollte Evanna und stach mit dem kleinen Finger ihrer rechten Hand in die Richtung der beiden. »Nur Darrens Anwesenheit rettet euch – bei unserer ersten Begegnung will ich schließlich nicht gleich einen schlechten Eindruck hinterlassen.« Mit finsterer Miene

ließ sie den kleinen Finger wieder sinken. Mr. Crepsley und Vancha waren sichtlich erleichtert. Ich konnte es kaum fassen. Ich hatte gesehen, wie sich mein Meister furchtlos einem schwer bewaffneten Vampyr in den Weg stellte, und ich zweifelte nicht daran, dass auch Vancha in kritischen Situationen stets kühles Blut bewahrte. Nun standen die beiden hier und bibberten vor Angst, bloß weil eine kleine, hässliche Frau mit dem Fingernagel auf sie gezeigt hatte!

Beinahe hätte ich laut losgelacht, doch blitzschnell wandte sich Evanna wieder nach mir um, und das Lachen blieb mir im Halse stecken. Ihr Gesicht hatte sich verändert, und mit dem großen Mund und den langen Reißzähnen glich sie jetzt eher einem Tier als einem Menschen. Instinktiv wich ich einen Schritt zurück. »Pass auf die Frösche auf!«, rief Harkat und packte mich am Arm, damit ich keinen von Evannas giftigen Leibwächtern zertrat.

Erschrocken blickte ich zu Boden. Als ich schließlich aufsah, war Evannas Gesicht wieder wie zuvor. Sie lächelte sogar. »Äußerlichkeiten, Darren«, sagte sie mit Nachdruck. »Lass dich nie von ihnen täuschen.« Plötzlich flimmerte die Luft um sie herum. Als das Flimmern aufhörte, stand eine hoch gewachsene, gertenschlanke, anmutige Frau mit goldblondem Haar in einem wallenden, weißen Gewand vor mir. Ich war derart baff, dass ich sie bloß mit offenem Mund anstarren konnte, so wunderschön war sie.

Sie schnippte mit den Fingern und nahm wieder ihre vorige Gestalt an.

»Ich bin eine Zauberin«, sagte sie. »Eine Norne. Eine Magierin. Eine Hohepriesterin des Unerklärlichen. Aber ich bin ...«, sie funkelte die beiden Vampire strafend an, »... keine *Hexe*. Ich bin ein Geschöpf mit mannigfaltigen magischen Fähigkeiten, die es mir erlauben, jede nur denkbare Gestalt anzunehmen – jedenfalls in den Augen derer, die mich sehen.«

»Aber warum ...«, entfuhr es mir, bevor ich mich bremsen konnte.
»... habe ich ausgerechnet diese abscheuliche Gestalt gewählt?«, beendete Evanna den Satz für mich. Ich errötete und nickte stumm. »Ich fühle mich darin wohl. Schönheit bedeutet mir nichts. Das Aussehen spielt für mich so gut wie keine Rolle. Als ich zum ersten Mal menschliche Gestalt annahm, kam das hier dabei heraus, und deshalb kehre ich meistens dazu zurück.«
»Ich hab's lieber, wenn Ihr schön seid«, bemerkte Vancha und hustete künstlich, als er merkte, dass er laut gedacht hatte.
»Vorsicht, Vancha«, kicherte Evanna, »oder dir passiert dasselbe wie seinerzeit Larten.« Sie blickte mich mit hochgezogenen Augenbrauen an. »Hat er dir schon mal erzählt, wie er zu seiner Narbe gekommen ist?«
Ich betrachtete die lange Narbe auf Mr. Crepsleys linker Gesichtshälfte und schüttelte den Kopf.
Der Vampir wurde puterrot vor Verlegenheit. »Bitte nicht, Lady«, flehte er, »sprecht nicht mehr davon. Damals war ich jung und dumm.«
»Das kann man wohl sagen«, stimmte ihm Evanna zu und stieß mich boshaft in die Rippen. »Damals trug ich eins meiner schönen Gesichter. Larten hatte zu viel Wein getrunken und versuchte, mich zu küssen. Da habe ich ihm einen kleinen Kratzer verpasst, um ihm Manieren beizubringen.«
Ich war wie vom Donner gerührt. Ich hatte immer angenommen, die Narbe meines Meisters stamme aus einem Kampf mit einem Vampyr oder einem wilden Tier!
»Ihr seid gemein, Evanna«, schmollte der Vampir und strich sich unglücklich über die linke Wange.
Vancha lachte so unbändig, dass ihm der Rotz aus der Nase lief. »Larten!«, grölte er. »Warte nur, bis ich das den anderen erzähle! Ich hab mich schon immer gefragt, wieso du dich so anstellst, wenn sich jemand nach deiner Narbe erkundigt.

Normalerweise prahlen Vampire mit ihren Schrammen, aber du ...«

»Halt die Klappe!«, schnauzte Mr. Crepsley den Fürsten mit ungewohnter Heftigkeit an.

»Ich hätte mich ja gern um die Wunde gekümmert«, meldete sich Evanna wieder zu Wort. »Wenn sie sofort genäht worden wäre, dann wäre sie jetzt längst nicht so auffällig. Aber Larten machte sich wie ein geprügelter Hund aus dem Staub und ließ sich dreißig Jahre nicht mehr blicken.«

»Ich dachte, ich sei unerwünscht«, murmelte Mr. Crepsley.

»Armer Larten«, lächelte Evanna ironisch. »In jungen Jahren warst du ein echter Frauenheld, aber ...« Sie unterbrach sich und verzog das Gesicht. »Ich wusste doch, dass ich etwas vergessen habe«, schimpfte sie. »Ich wollte es euch gleich bei eurer Ankunft vorführen, und dann ist es mir wieder entfallen.« Sie brummelte noch etwas in ihren Bart, beugte sich zu den Fröschen hinunter und gab gedämpfte Quaklaute von sich.

»Was macht sie da?«, wandte ich mich an Vancha.

»Sie spricht mit den Fröschen«, erwiderte er immer noch grinsend.

Harkat schnappte nach Luft und sank auf die Knie. »Darren!«, rief er aus und zeigte auf einen Frosch. Ich hockte mich neben ihn und sah, dass auf dem Rücken des Tieres mit dunkelgrünen und schwarzen Linien ein geradezu bestürzend ähnliches Porträt von Paris Skyle erschienen war.

»Abgefahren!«, stieß ich hervor und berührte das Bild vorsichtig, bereit, die Hand sofort zurückzuziehen, sobald der Frosch das Maul öffnete. Stirnrunzelnd fuhr ich die Linien ein zweites Mal nach. »He, das ist gar keine Farbe. Ich glaube, es ist eine Art Muttermal.«

»Das ist unmöglich«, widersprach Harkat. »Kein Muttermal kann ... einer Person so ähnlich sehen, schon gar nicht jemandem, den ... huch! Da ist ja noch einer!«

Ich sah in die Richtung, in die sein Finger wies. »Das ist nicht Paris«, stellte ich fest.
»Nein. Aber es ist ein Gesicht. Und da ist noch ein dritter.« Er zeigte auf einen weiteren Frosch.
Ich stand auf und ließ den Blick über den Boden wandern. »Und ein vierter.«
»*Bestimmt* sind sie bloß angemalt«, meinte Harkat.
»Nein«, ertönte eine Stimme. Es war Vancha. Er bückte sich nach einem Frosch und hielt ihn uns hin. Im hellen Mondschein erkannten wir deutlich, dass sich die Linien unter der obersten Hautschicht des Froschrückens befanden.
»Ich habe euch doch erzählt, dass Evanna Frösche züchtet«, meldete sich Mr. Crepsley nun wieder zu Wort. Er nahm Vancha das Tier ab und fuhr mit dem Finger über das grobknochige, bärtige Gesicht auf dessen Rücken. »Das hier ist so eine Art Mischung aus Natur und Magie. Evanna sucht sich Frösche mit kräftiger Rückenzeichnung, zaubert sie größer und kreuzt sie so lange, bis sie welche mit Gesichtern erhält. Niemand außer ihr besitzt diese Fähigkeit.«
»Das hätten wir.« Evanna drängte sich zwischen Vancha und mir hindurch und schritt gefolgt von neun Fröschen auf Mr. Crepsley zu. »Tut mir ehrlich Leid, dass ich dir damals so einen tiefen Kratzer beigebracht habe, Larten. Ich hätte mich besser beherrschen sollen.«
»Schon vergessen, Lady«, erwiderte Mr. Crepsley liebenswürdig. »Ich habe mich an die Narbe gewöhnt. Ja, ich bin inzwischen sogar stolz darauf«, er warf Vancha einen giftigen Blick zu, »... auch wenn sich gewisse Leute darüber lustig machen.«
»Es wurmt mich trotzdem«, brummte Evanna zerknirscht. »Ich habe dir seitdem immer mal wieder etwas geschenkt, zum Beispiel das faltbare Kochgeschirr, aber das befriedigt mich nicht.«
»Ihr braucht Euch ...«, setzte der Vampir an.

»Lass mich gefälligst ausreden!«, blaffte Evanna. »Vorhin ist mir endlich etwas eingefallen, womit ich meine Unbeherrschtheit wieder gutmachen kann. Du kannst es nicht mitnehmen ... es ist nur ein kleines Zeichen meiner Reue.«
Zweifelnd musterte Mr. Crepsley die Tiere zu seinen Füßen.
»Ihr wollt mir doch hoffentlich keine Frösche schenken?«
»Nicht direkt.« Evanna quakte einen kurzen Befehl, und die Amphibien wechselten die Plätze. »Ich habe erfahren, dass Arra Sails vor sechs Jahren im Gefecht mit den Vampyren gefallen ist.« Bei der Erwähnung von Arras Namen wurde Mr. Crepsleys Miene bekümmert. Er hatte der Vampirin sehr nahe gestanden, und ihr Tod war für ihn ein schwerer Schlag gewesen.
»Sie starb den Heldentod«, sagte er traurig.
»Du besitzt kein persönliches Andenken an sie, oder?«
»Wie soll ich das verstehen?«
»Zum Beispiel eine Locke von ihrem Haar, ihr Lieblingsmesser oder ein Stück Stoff von ihrer Kleidung?«
»Wir Vampire legen keinen Wert auf derlei Sentimentalitäten«, wehrte der Befragte schroff ab.
»Leider«, seufzte Evanna. Die Frösche saßen inzwischen wieder still, und nach einem prüfenden Blick trat die Magierin beiseite.
»Was ist ...«, setzte Mr. Crepsley an. Dann verstummte er, als sein Blick auf die Tiere fiel und auf das große Gesicht, das sich auf ihren Rücken ausbreitete.
Es war das Antlitz von Arra Sails, auf jedem Froschrücken ein anderer Abschnitt. Es stimmte bis in die kleinste Einzelheit und war farbenprächtiger als die anderen Porträts. Evanna hatte verschiedene Gelb-, Blau- und Rottöne verwendet, daher wirkten Augen, Lippen und Wangen äußerst lebensecht. Vampire kann man nicht fotografieren – ihre Moleküle schwirren so unberechenbar umher, dass man sie nicht auf Filmmaterial

bannen kann –, doch ähnlicher als das von Evanna geschaffene Abbild Arras hätte kein Foto sein können.

Mr. Crepsley stand da wie angewurzelt. Er kniff die Lippen zu einem schmalen Strich zusammen, doch in seinen Augen standen Bewegtheit, Trauer und ... Liebe.

»Danke, Evanna«, flüsterte er heiser.

»Gern geschehen«, erwiderte sie lächelnd, dann drehte sie sich nach uns anderen um. »Lassen wir ihn eine Weile allein. Kommt mit in die Höhle.«

Wir folgten ihr stumm. Sogar der sonst so vorlaute Vancha March schwieg, blieb nur kurz bei Mr. Crepsley stehen, um ihm freundschaftlich auf die Schulter zu klopfen. Die Frösche hüpften hinter uns drein, abgesehen von jenen neun, deren Rücken Arras Bild trugen. Sie rührten sich nicht vom Fleck, behielten ihre Sitzordnung bei und leisteten dem Vampir Gesellschaft, als er sich nun kummervoll in die Züge seiner verlorenen Gefährtin versenkte und die traurigen Ereignisse der Vergangenheit in Gedanken noch einmal heraufbeschwor.

13 Evanna hatte einen Willkommensschmaus für uns vorbereitet, der jedoch ausschließlich aus Obst und Gemüse bestand (sie war Vegetarierin und duldete es nicht, dass jemand in ihrer Höhle Fleisch verzehrte). Vancha zog sie damit auf: »Immer noch Kaninchenfutter, Lady?«, doch er langte genauso kräftig zu wie Harkat und ich, beschränkte sich dabei allerdings auf ungekochte Speisen.

»Wie kannst du bloß so was essen?«, fragte ich angeekelt, als er herzhaft in eine rohe Kohlrübe biss.

»Alles Gewöhnungssache«, zwinkerte er mit vollen Backen. »Lecker – ein Wurm!«

Wir waren schon fast fertig, als sich Mr. Crepsley wieder zu uns gesellte. Den Rest der Nacht war er in melancholischer Stimmung, sprach wenig und starrte mit leerem Blick vor sich hin.

Evannas Höhle war weitaus komfortabler ausgestattet als die Kammern und Hallen im Berg der Vampire. Sie hatte es sich richtig gemütlich gemacht: mit weichen Federbetten, prächtigen Gemälden und großen Kerzenleuchtern, die einen rosigen Schimmer verbreiteten. Es gab Sofas, auf denen man sich ausstrecken, und Fächer, mit denen man sich Kühlung verschaffen konnte, dazu exotische Früchte und Wein im Überfluss. Nach so vielen Jahren des wilden, rauen Lebens kam ich mir vor wie in einem Palast.

Während wir uns noch ausruhten und das üppige Mahl verdauten, räusperte sich Vancha und brachte den Grund unseres Kommens vor. »Übrigens, Evanna, wir wollten da etwas mit Euch besprechen ...«

Mit einer raschen Handbewegung schnitt sie ihm das Wort ab. »Nicht heute Nacht«, sagte sie mit Nachdruck. »Das Geschäftliche kann bis morgen warten. Heute wollen wir plaudern und es uns gut gehen lassen.«

»Sehr wohl, Lady. Dies hier ist Euer Reich, und ich beuge mich Euren Wünschen.« Vancha ließ sich zurücksinken, rülpste geräuschvoll und sah sich suchend um. Evanna schob ihm eine kleine Silberschale hin. »Ah!«, machte er erfreut. »Ein Spucknapf.« Er beugte sich vor und spie kräftig hinein. Ein leises »Ping« ertönte, und Vancha ächzte behaglich.

»Nach seinem letzten Besuch habe ich tagelang geputzt«, erläuterte Evanna Harkat und mir. »Haufenweise Rotzlachen. Ich hoffe, mit Hilfe des Napfs benimmt er sich etwas zivilisierter. Jetzt brauchen wir nur noch etwas, wo er seine Popel reinschnipsen kann ...«

»Beschwert Ihr Euch etwa über mich?«, fragte Vancha misstrauisch.

»Aber nein, Euer Gnaden«, erwiderte Evanna sarkastisch. »Welche Frau würde sich über einen Mann beschweren, der überall in ihrem gemütlichen Heim seinen Nasenschleim verteilt?«

»Für mich seid Ihr keine Frau, Evanna«, konterte er lachend.

»Ach nein?« Ihr Tonfall wurde eisig. »Was denn sonst?«

»Eine Hexe«, sagte er mit gespielter Unschuld, sprang vom Sofa und flitzte aus der Höhle, bevor sie ihm eine Verwünschung entgegenschleudern konnte.

Als Evanna nach einer Weile ihren Sinn für Humor wieder gefunden hatte, huschte Vancha zu seinem Diwan zurück, schüttelte sein Kissen auf, streckte sich aus und knabberte an einer Warze auf seiner linken Handfläche.

»Ich dachte, du schläfst aus Prinzip nur auf dem Fußboden«, bemerkte ich.

»Eigentlich schon«, nickte der Fürst, »aber man soll seine Gastgeberin nicht kränken, besonders dann nicht, wenn es sich um die Gebieterin der Wildnis handelt.«

Neugierig richtete ich mich auf. »Warum nennst du Evanna ›Gebieterin‹? Ist sie denn eine Königin?«

Vanchas Gelächter hallte in der Höhle wider. »Habt Ihr das gehört, Lady? Der Kleine hält Euch für eine Königin!«

»Was ist daran so komisch?«, fragte Evanna zurück und zwirbelte kokett ihren buschigen Schnurrbart. »Sehen nicht alle Königinnen so aus?«

»Vielleicht ›Unter dem Paradies‹«, kicherte Vancha. Die Vampire glauben, dass die Seelen guter Vampire nach dem Tod in ein Paradies hinter den Sternen eingehen.

Eine Hölle gibt es in ihrer Mythologie nicht – es heißt, die Seelen schlechter Vampire bleiben an die Erde gebunden –, doch gelegentlich ist von einem Ort namens ›Unter dem Paradies‹ die Rede.

»Nein«, wandte Vancha sich jetzt wieder ernst an mich. »Evanna

ist viel bedeutender und mächtiger als irgendeine dahergelaufene Königin.«
»Na, so was, Vancha«, girrte Evanna. »Das war ja fast ein Kompliment.«
»Ich muss meiner Bewunderung für Euch einfach Luft machen.« Er furzte dröhnend. »Und zwar vorne *und* hinten!«
»Ekelhaft«, schimpfte Evanna, doch sie konnte sich das Lachen kaum verbeißen.
»Auf dem Weg hierher hat sich Darren nach Euch erkundigt«, wandte sich der Vampirfürst wieder an die Lady. »Wir haben ihm nichts über Eure Herkunft erzählt. Wollt Ihr ihn nicht einweihen?«
Evanna schüttelte den Kopf. »Erzähl du's ihm, Vancha. Ich habe keine Lust. Aber fass dich kurz«, setzte sie noch hinzu, als der Vampirfürst schon den Mund öffnete.
»Mach ich.«
»Und werd ja nicht unverschämt!«
»Aber Lady Evanna!«, schnappte Vancha entrüstet nach Luft. »Ich doch nicht!« Feixend fuhr er sich durch das grüne Haar, überlegte einen Augenblick und begann dann mit so sanfter Stimme zu erzählen, wie ich es bei ihm noch nie gehört hatte. »Aufgemerkt, ihr Kinder!« Er hob ironisch eine Augenbraue und sagte mit normaler Stimme: »So fängt man nämlich an. Die Menschen sagen immer: ›Es war einmal …‹, aber was wissen die Menschen schon von …«
»Vancha«, unterbrach ihn Evanna. »Ich sagte: ›Fass dich kurz.‹«
Vancha schnitt eine Grimasse und fing noch einmal von vorn an, wieder mit unnatürlich sanfter Stimme. »Aufgemerkt, ihr Kinder: Wir Geschöpfe der Nacht sind nicht dafür geschaffen, uns fortzupflanzen. Unsere Frauen können keine Kinder gebären, und unsere Männer können keine Kinder zeugen. Das

ist schon so, seit der erste Vampir unter dem Mond wandelte, und wir glaubten, es werde immer so bleiben.

Doch vor siebenhundert Jahren lebte einmal ein Vampir namens Corza Jarn. Er war ein ganz gewöhnliches Mitglied unserer Zunft, bis er sich eines Nachts in eine Vampirin namens Sarfa Grall verliebte und sie zu seiner Gefährtin machte. Die beiden waren ein glückliches Paar, jagten und kämpften Seite an Seite, und als ihr erstes Bündnis abgelaufen war, kamen sie überein, es zu erneuern.«

So verhält es sich nämlich mit ›Vampir-Ehen‹: Vampire schließen keinen Bund fürs Leben, sondern treffen mit ihren Gefährten eine Vereinbarung über zehn, fünfzehn oder zwanzig Jahre. Ist diese Frist abgelaufen, können sich die beiden für weitere zehn oder zwanzig Jahre verpflichten, oder aber jeder zieht wieder seines Weges.

»Doch als ihre zweite Frist etwa zur Hälfte abgelaufen war, wurde Corza mit einem Mal unzufrieden«, fuhr Vancha fort. »Er wollte ein Kind von Sarfa und es zusammen mit ihr großziehen. Mit einem Mal fand er sich nicht mit den unserem Geschlecht auferlegten Einschränkungen ab und begab sich auf die Suche nach einem Mittel, das unsere Unfruchtbarkeit heilen könnte. Viele Jahre suchte er vergebens, stets begleitet von der treuen Sarfa. Schon waren hundert Jahre verstrichen. Dann zweihundert. Irgendwann starb Sarfa, doch Corza gab nicht auf – ja, er suchte noch fieberhafter als zuvor. Dann endlich, vor vierhundert Jahren, führte ihn sein Weg zu diesem hinterhältigen Burschen mit der Uhr – Salvatore Schick.

Niemand weiß, wie viel Macht Meister Schick tatsächlich über uns Vampire besitzt. Manche glauben, er habe uns erschaffen, andere wiederum meinen, dass er einst einer von uns war, wieder andere halten ihn einfach für einen interessierten Beobachter. Corza Jarn wusste nicht mehr über Salvatore Schick als alle anderen, doch er war felsenfest davon überzeugt, dass der

Magier ihm helfen könne. Und so heftete er sich an seine Fersen, folgte ihm um die ganze Welt und flehte ihn an, unseren Clan vom Fluch der Unfruchtbarkeit zu erlösen.
Zweihundert Jahre lang wies Meister Schick Corza Jarn immer wieder ab und lachte ihn aus. Er riet dem Vampir, der inzwischen alt und schwach und dem Tode nahe war, sein Vorhaben aufzugeben. Es sei unserer Sippe nun einmal nicht beschieden, Kinder zu haben. Doch Corza ließ sich nicht abwimmeln. Er drängte Schick, den Vampiren wenigstens eine Hoffnung zu lassen. Er bot ihm sogar seine Seele zum Tausch dafür an, doch Meister Schick rümpfte nur verächtlich die Nase und sagte, wenn es ihn nach Corzas Seele gelüste, könne er sich ihrer jederzeit bemächtigen.«
»Diesen Teil der Geschichte kenne ich noch gar nicht«, warf Evanna ein.
Vancha zuckte die Achseln. »Legenden ändern sich manchmal. Ich finde es wichtig, die Vampire immer wieder an Salvatore Schicks üblen Charakter zu erinnern, und ich lasse keine Gelegenheit dazu aus.
Doch aus welchem Grund auch immer«, setzte er seine Erzählung fort, »schließlich gab Schick nach. Er versprach Corza, eine Frau zu erschaffen, die das Kind eines Vampirs gebären könne, doch er knüpfte natürlich auch eine Bedingung daran: Entweder würde unser Clan durch diese Frau und ihre Nachkommen noch mächtiger als zuvor – oder aber sie würden uns ins Verderben stürzen!
Diese Bedingung erfüllte Corza mit bösen Vorahnungen, doch er hatte sich so in diesen Wunschgedanken verbissen, dass ihn nichts mehr abschrecken konnte. Er ging auf Schicks Angebot ein und ließ sich von ihm etwas Blut abnehmen. Schick vermischte Corzas Blut mit dem einer trächtigen Wölfin und verzauberte diese anschließend. Die Wölfin schenkte vier Jungen das Leben. Zwei davon kamen tot zur Welt und sahen wie

ganz gewöhnliche Welpen aus, doch die beiden anderen lebten ... und glichen Menschen! Das eine war ein Junge, das andere ein *Mädchen*.«

Vancha legte eine Pause ein und blickte Evanna viel sagend an. Harkat und ich folgten seinem Blick. Die Hexe verzog den Mund, erhob sich und verbeugte sich zeremoniell vor uns.

»Richtig«, sagte sie. »*Ich* war das struppige kleine Wolfsmädchen.«

»Die Kinder wuchsen rasch heran«, spann Vancha den Faden weiter. »Nach einem Jahr waren sie ausgewachsen und nahmen Abschied von Corza und ihrer Mutter, um in der Wildnis ihr Glück zu versuchen.

Der Junge ging als Erster, ohne ein Wort, und niemand weiß, was aus ihm wurde.

Bevor Corzas ›Tochter‹ aufbrach, trug sie ihm eine Botschaft für den Vampirclan auf. Er solle seinen Kameraden alles erzählen und ihnen ausrichten, sie sei sich ihrer verantwortungsvollen Aufgabe wohl bewusst.

Doch fühle sie sich noch nicht bereit, Mutter zu werden, und noch solle kein Vampir sie zu seiner Gefährtin aussehen. Sie müsse zuvor noch so manches bedenken, und es könne durchaus hundert Jahre, vielleicht sogar noch länger dauern, bis sie eine Wahl zu treffen in der Lage sei.

Damit verschwand sie und ward vierhundert Jahre lang von keiner Vampirseele mehr gesehen.«

Vancha hielt erneut inne, dachte kurz nach und schnappte sich dann eine Banane, die er sich samt der Schale in den Mund schob. »Ende«, schloss er undeutlich.

»*Ende?*«, protestierte ich. »Das kann nicht das Ende sein! Was passierte dann? Was hat das Mädchen die ganzen vierhundert Jahre lang gemacht? Hat es sich einen Gefährten gesucht, als es zurückkehrte?«

»Einen Gefährten wählte es sich nicht. Bis heute hat es noch

keinen. Und was es die ganze Zeit gemacht hat ...« Er grinste. »Frag es doch selbst.«
Harkat und ich drehten uns nach Evanna um. »*Na?*«, sagten wir wie aus einem Mund.
Die Magierin schob die Lippen vor. »Ich habe einen Namen gewählt.«
Nun musste ich lachen. »Ihr habt vierhundert Jahre gebraucht, um einen *Namen* auszusuchen?«
»Ich gebe zu, ich hatte mir noch mehr vorgenommen, aber das Aussuchen dauerte nun mal so lange. Für jemanden, der eine so schicksalhafte Rolle zu spielen hat wie ich, ist der passende Name sehr wichtig. Ich bin für die Zukunft von großer Bedeutung, und zwar nicht nur für die Zukunft des Vampirclans, sondern für die Zukunft aller Geschöpfe dieser Welt. Der Name, den ich suchte, musste dieser großen Aufgabe angemessen sein. Zu guter Letzt entschied ich mich für ›Evanna‹.« Sie hielt kurz inne. »Ich *glaube* jedenfalls, dass es eine gute Entscheidung war.«
Dann erhob sie sich und zischte ihren Fröschen ein kurzes Kommando zu. Die Tiere hüpften zum Höhleneingang. »Ich muss gehen«, sagte ihre Herrin. »Wir haben genug über die Vergangenheit gesprochen. Ich komme erst morgen Abend wieder. Dann können wir über eure Aufgabe reden und darüber, welche Rolle ich dabei spielen soll.« Damit verließ sie den Raum hinter ihrer vierbeinigen Leibwache und verschwand im schwachen Licht der Morgendämmerung.
Harkat und ich schauten ihr nach. Dann fragte der Kleine Kerl den Vampirfürsten, ob die Legende, die er uns erzählt hatte, auf der Wahrheit beruhe. »Sie ist so wahr wie alle anderen Legenden«, erwiderte Vancha munter.
»Wie meint Ihr das?«
»Wie ich schon vorhin sagte: Legenden können sich im Lauf ihrer Überlieferung verändern. Sogar nach Vampirmaßstäben

sind siebenhundert Jahre eine lange Zeit. Ist Corza Jarn wirklich Salvatore Schick um die ganze Welt gefolgt? Ist dieser ewige Unruhestifter tatsächlich auf Corzas Bitte eingegangen? Hat eine Wölfin wirklich Evanna und einen Menschenjungen zur Welt gebracht?« Er kratzte sich unter der Achsel, beschnüffelte seine Finger und seufzte. »Nur drei Personen auf der ganzen Welt kennen die Wahrheit: Salvatore Schick, der Junge – falls er noch lebt – und Lady Evanna.«
»Habt Ihr Evanna denn schon mal gefragt, ob an der Geschichte etwas dran ist?«, hakte Harkat nach.
Vancha schüttelte den Kopf. »Ich ziehe eine spannende Geschichte den nüchternen Tatsachen vor.« Damit ließ sich der Vampirfürst wieder zurückplumpsen, schlief wie stets unverzüglich ein und überließ es Harkat und mir, im Flüsterton über den Wahrheitsgehalt des Gehörten zu spekulieren.

14 Kurz nach Mittag wachten Vancha und ich gleichzeitig auf und fingen im Schatten neben dem Höhleneingang mit dem Training an. Harkat sah uns interessiert zu, wie auch Mr. Crepsley, der am frühen Nachmittag aufstand. Vancha ging zunächst nur mit einem dicken Ast auf mich los; er meinte, es würde Monate dauern, bis er zu richtigen Waffen übergehen könne. Also verbrachte ich den Nachmittag damit, zu beobachten, wie er mit dem Ast nach mir hieb und stieß. Ich selbst brauchte nichts zu tun, ich sollte lediglich die Bewegungen des Holzstücks verfolgen und daraus Rückschlüsse auf die Taktik meines Gegners ziehen.
Das übten wir so lange, bis Evanna etwa eine halbe Stunde vor Sonnenuntergang wieder auftauchte. Sie verlor kein Wort darüber, wo sie gewesen war oder was sie gemacht hatte, und es fragte auch niemand danach.

»Habt ihr euch gut amüsiert?«, erkundigte sie sich und ging mitsamt ihrem Froschgefolge an uns vorbei in die Höhle.
»Prächtig«, gab Vancha zurück und warf den Ast fort. »Der Junge will nämlich lernen, wie man mit bloßen Händen kämpft.«
»Ist er denn noch zu klein, um ein Schwert zu halten?«
Vancha spielte den Beleidigten. »Sehr witzig.«
Evanna lachte hell auf. »Nimm's mir nicht übel. Aber mir kommt es schrecklich albern vor, wenn Leute mit Schwertern oder von mir aus auch mit bloßen Händen aufeinander losgehen. Zum Kämpfen sollte man den Kopf benutzen.«
»Wie denn?«, fragte ich.
Evanna warf mir einen Blick zu, und plötzlich wich alle Kraft aus meinen Beinen. Ich fiel hin. »Was war das?«, quiekte ich und wand mich wie ein Fisch auf dem Trockenen. »Was ist mit mir los?«
»Nichts«, entgegnete Evanna, und zu meiner Erleichterung funktionierten meine Beine wieder wie zuvor. »*So* kämpft man mit dem *Kopf*«, fügte sie spitz hinzu, als ich mich aufrappelte. »Dein ganzer Körper wird vom Gehirn gesteuert. Ohne das Gehirn läuft gar nichts. Wenn du mit dem Kopf angreifst, hast du den Sieg schon in der Tasche.«
»Kann ich das auch lernen?«, fragte ich eifrig.
Evanna nickte. »Es würde allerdings ein paar hundert Jahre dauern, und du müsstest die Vampire verlassen und mein Gehilfe werden.« Sie lächelte. »Was meinst du, Darren, wäre es das wert?«
Ich zögerte. Ich hätte liebend gern zaubern gelernt, doch deswegen zu Evanna zu ziehen lockte mich weniger. Sie geriet so leicht in Rage, dass sie vermutlich weder eine besonders verständnisvolle noch eine besonders nachsichtige Lehrerin war!
»Du kannst mir jederzeit Bescheid sagen, falls du deine Meinung änderst. Ich hatte schon lange keinen Gehilfen mehr, und

nicht einer von den bisherigen hat die Ausbildung durchgehalten. Alle sind sie nach ein paar Jahren davongelaufen, ich kann mir gar nicht erklären, wieso.«

Evanna verschwand in ihrer Höhle. Kurz darauf rief sie uns herein, und wieder hatte sie ein Festmahl aufgetischt.

»Habt Ihr das alles herbeigezaubert?«, erkundigte ich mich, erstaunt, weil sie so wenig Zeit dafür gebraucht hatte.

Sie verneinte. »Geschwindigkeit ist keine Hexerei. Ich habe mich nur ein wenig beeilt.«

Wir tafelten ausgiebig, setzten uns dann ans Feuer und sprachen über Meister Schicks Besuch im Vampirberg. Evanna schien bereits über den Vorfall informiert zu sein, doch sie ließ uns ungehindert berichten und äußerte sich erst dazu, als wir fertig waren. »Die drei Auserwählten«, sinnierte sie. »Ich habe schon viele hundert Jahre auf euch gewartet.«

»Ach, wirklich?« Mr. Crepsley staunte nicht schlecht.

»Ich kann zwar nicht so gut hellsehen wie Salvatore, aber ich erkenne trotzdem manches, was geschehen wird, besser gesagt, was geschehen *könnte*. Ich wusste schon lange, dass drei Krieger ausgesandt würden, um den Vampyrlord zur Strecke zu bringen, ich hatte bloß keine Ahnung, auf wen die Wahl fallen würde.«

»Wisst Ihr denn auch, ob wir es schaffen?«, fragte Vancha gespannt.

»Ich fürchte, das kann nicht einmal Salvatore sagen«, erwiderte unsere Gastgeberin. »Es gibt zwei völlig unterschiedliche Möglichkeiten, wie eure Mission ausgeht, und die eine ist so wahrscheinlich wie die andere. Es kommt nur selten vor, dass sich das Schicksal auf zwei gleichwertige Alternativen beschränkt – für gewöhnlich sind es mehrere. In Fällen wie eurem entscheidet der Zufall.«

»Was ist mit dem Lord der Vampyre?«, wechselte Mr. Crepsley das Thema. »Habt Ihr eine Ahnung, wo er sich aufhält?«

»Ja.« Evanna lächelte geheimnisvoll.
Mr. Crepsley wagte kaum zu atmen.
»Bestimmt wollt Ihr es uns mal wieder nicht verraten«, schnaufte Vancha ärgerlich.
»Genau«, bestätigte sie und grinste noch breiter. Sie hatte so lange, spitze und gelbe Zähne wie ein Wolf.
»Verratet Ihr uns dann wenigstens, wo wir ihn finden?«, ergriff Mr. Crepsley erneut das Wort. »Und wann?«
»Das obliegt mir nicht. Würde ich euch das offenbaren, würde ich damit den Lauf des Schicksals beeinflussen, und das ist nicht erlaubt. Ich werde euch ein Stück begleiten, doch ich darf euch nicht ...«
»Ihr wollt mitkommen?«, platzte Vancha heraus.
»Ja, aber nur als Reisegefährtin. An der Suche nach dem Lord beteilige ich mich nicht.«
Die beiden Vampire wechselten einen skeptischen Blick.
»Ihr wart noch nie mit Vampiren unterwegs, Lady«, gab mein ehemaliger Meister zu bedenken.
Evanna lachte bloß. »Ich weiß, wie wichtig ich für eure Sippe bin, und deshalb habe ich allzu engen Kontakt mit den Kindern der Nacht bislang vermieden. Ich habe es satt, von irgendwelchen Vampiren auf Knien angefleht zu werden, ihre Gefährtin zu werden und mit ihnen Kinder in die Welt zu setzen.«
»Aber warum wollt Ihr uns dann begleiten?«, fragte Vancha freiheraus.
»Es gibt da jemanden, den ich wieder sehen möchte. Ich könnte mich auch allein auf die Suche nach ihm begeben, aber zusammen mit euch ist es mir lieber. Ihr werdet schon rechtzeitig erfahren, warum.«
»Hexen sind immer so verdammt geheimniskrämerisch«, beschwerte sich Vancha, doch Evanna ließ sich davon nicht aus der Reserve locken.

»Ihr könnt meine Begleitung auch ablehnen. Ich möchte mich keineswegs aufdrängen.«
»Es ist uns eine Ehre, in Eurer Gesellschaft zu reisen, Lady Evanna«, versicherte Mr. Crepsley eilfertig. »Nehmt es uns bitte nicht übel, falls wir misstrauisch oder unfreundlich gewirkt haben – die Zeiten sind so unsicher, dass man es mit der Vorsicht gelegentlich übertreibt.«
»Schön ausgedrückt, Larten. Wenn so weit alles klar ist, packe ich rasch, dann kann es losgehen.«
»Jetzt schon?«
»Jetzt ist ein ebenso guter Zeitpunkt wie später.«
»Hoffentlich bleiben die Frösche hier«, grummelte Vancha.
»Eigentlich hatte ich nicht vor, sie mitzunehmen, aber jetzt, wo du es sagst ...« Evanna amüsierte sich über sein entsetztes Gesicht. »Kleiner Scherz. Meine Frösche bleiben natürlich hier und hüten mein Anwesen, bis ich wiederkomme.« Sie ging zum Ausgang, blieb stehen, kehrte zurück und setzte sich wieder. »Eins noch«, sagte sie, und ihre ernste Miene ließ uns ahnen, dass nichts Angenehmes folgen würde. »Salvatore hätte euch eigentlich darüber aufklären sollen, doch offenbar hat er es versäumt – er liebt ja solche Spielchen.« Sie machte eine kleine Pause.
»Wovon sprecht Ihr, Lady?«, fragte Vancha beunruhigt.
»Es betrifft die Suche nach dem Lord. Ihren endgültigen Ausgang kenne ich nicht, doch ich kann die verschiedenen Möglichkeiten voraussehen und weiß um einiges, was euch bevorsteht.
Zu der Möglichkeit, dass eure Mission Erfolg hat, möchte ich mich nicht äußern – das steht mir wie gesagt nicht zu –, doch sollte sie misslingen ...« Erneut unterbrach sie sich. Dann beugte sie sich vor und ergriff Vanchas beide Hände mit ihrer linken Hand (die plötzlich riesig zu sein schien) und Mr. Crepsleys Hände mit der rechten, heftete den Blick fest auf

mich und sprach weiter. »Ich erzähle es euch, weil ich der Meinung bin, ihr solltet es wissen. Ich will euch damit nicht erschrecken, sondern nur darauf vorbereiten, falls es zum Schlimmsten kommt.
Viermal werdet ihr dem Lord der Vampyre begegnen, und jedes Mal habt ihr Gelegenheit, ihn zu töten. Versagt ihr, obsiegen die Vampyre im Krieg der Narben. Das alles ist euch nicht neu.
Doch Salvatore hat euch verschwiegen, dass am Ende eurer Mission, wenn ihr dem Lord also viermal begegnet seid und ihn trotzdem nicht vernichtet habt, nur ein Einziger von euch am Leben bleibt, um den Untergang des Vampirclans mit anzusehen.« Sie senkte den Blick, ließ die Hände der beiden Vampire los und sagte fast unhörbar: »Die anderen beiden müssen *sterben*.«

15 Wir waren alle sehr ernst und nachdenklich, als wir Evannas Höhle verließen und um den Teich herumgingen. Schon vor der Prophezeiung der Hexe war uns klar gewesen, dass unsere Unternehmung äußerst riskant war und jederzeit einer oder mehrere von uns dabei den Tod finden konnten. Doch es ist etwas ganz anderes, den eigenen Tod in Erwägung zu ziehen, als die Gewissheit zu haben, dass er im Falle eines Scheiterns unausweichlich ist.
In jener Nacht schlugen wir keine bestimmte Richtung ein. Wir wanderten ziellos durch die Dunkelheit, schweigend und in uns gekehrt. Harkat war der Einzige von uns, den Evannas Weissagung nicht betraf, da er kein Vampir war, doch er war genauso durcheinander wie wir anderen.
Als der Morgen dämmerte und wir unser Lager aufschlugen, brach Vancha überraschend in lautes Gelächter aus. »Wir sind

vielleicht eine schöne Reisegesellschaft!«, prustete er. »Da lassen wir die ganze Nacht die Köpfe hängen wie auf einer Beerdigung. Was sind wir doch für Blödmänner!«
»Findet Ihr es etwa komisch, dem sicheren Tod entgegenzugehen, Euer Gnaden?«, fragte Mr. Crepsley pikiert.
»Bei Charnas Eingeweiden!«, fluchte der Vampirfürst. »Das Risiko bestand doch von Anfang an – der einzige Unterschied ist, dass wir jetzt darüber Bescheid wissen.«
»Wissen ... kann etwas sehr Gefährliches sein«, warf Harkat ein.
»Das ist eine ziemlich menschliche Einstellung«, entgegnete Vancha ungehalten. »Mir ist es lieber, ich weiß, was auf mich zukommt – sei es nun gut oder schlecht. Evanna hat uns einen echten Gefallen getan.«
»Wieso das denn nun wieder?«, fragte ich.
»Sie hat noch einmal bestätigt, dass wir dem Vampyrlord viermal begegnen werden. Macht euch das bitte klar: Viermal haben wir Gelegenheit, ihn zu stellen und zu überwältigen. Vielleicht entkommt er uns einmal. Vielleicht auch zweimal. Doch es ist ziemlich unwahrscheinlich, dass er uns viermal hintereinander entwischt.«
»Aber er ist nicht allein unterwegs«, gab Mr. Crepsley zu bedenken. »Er wird von einer Leibgarde bewacht, und sämtliche Vampyre in der Nähe werden ihm unverzüglich zu Hilfe eilen.«
»Wie kommst du denn darauf?«, fragte Vancha herausfordernd.
»Er ist schließlich ihr Anführer. Zu seinem Schutz werden sie jederzeit ihr Leben riskieren.«
»Stehen *unsere* Kameraden uns denn auch bei, wenn *wir* in Schwierigkeiten geraten?«, konterte der grünhaarige Fürst.
»Nein, aber das liegt bloß daran, dass ...« Mr. Crepsley stockte.

» ... Meister Schick es ihnen verboten hat«, beendete Vancha triumphierend den Satz. »Und wenn er nur drei Vampire auf die Suche nach dem Vampyrlord schickt, wäre es doch möglich ...«
»... dass er auch nur drei Vampyren gestattet hat, den Lord zu begleiten!«, setzte nun Mr. Crepsley ganz aufgeregt den angefangenen Satz fort.
»Du hast's erfasst! Deshalb stehen meiner Meinung nach die Chancen, dem Lord den Garaus zu machen, besser denn je. Könnt ihr mir folgen?« Wir drei Zuhörer nickten nachdenklich. »Nehmen wir einmal an, wir vermasseln das Ganze. Wir begegnen ihm viermal, er entkommt uns viermal, und das war's. Was passiert wohl dann?«
»Dann führt der Lord die Vampyre in einen Vernichtungsfeldzug gegen die Vampire«, antwortete ich.
»Gut aufgepasst.« Vancha wurde ernst. »Ehrlich gesagt, halte ich das für totalen Humbug. Es ist mir scheißegal, wie mächtig dieser Lord ist oder was Sal Schick unkt – einen Krieg gegen die Vampyre gewinnen wir auf jeden Fall. Aber falls ich mich irren sollte, kämpfe ich doch lieber für unsere Zukunft und falle in der Schlacht, als dass ich übrig bleibe und zuschaue, wie unsere ganze Welt zusammenkracht.«
»Große Worte«, brummte ich mürrisch.
Vancha ließ sich nicht beirren. »Aber so ist es doch. Möchtest du nicht auch lieber dein Leben in der Schlacht lassen, solange noch Hoffnung auf einen Sieg besteht, als Zeuge des Untergangs unserer Sippe zu werden?« Da ich schwieg, fuhr er fort. »Wenn die Prophezeiungen stimmen und wir tatsächlich scheitern sollten, reiße ich mich nicht darum, das Ende mit eigenen Augen zu verfolgen. Angesichts einer solchen Katastrophe würde ich bloß den Verstand verlieren. Glaubt mir: Die beiden, die im Falle unseres Scheiterns zu Tode kommen, dürfen sich glücklich schätzen. Vor dem Tod

brauchen wir uns nicht zu fürchten – *am Leben zu bleiben* ist das weitaus schlimmere Los!«

An jenem Tag schlief ich nicht viel, da mich Vanchas Worte zu sehr beschäftigten. Den anderen erging es nicht besser, abgesehen von Evanna, die noch lauter schnarchte als der Vampirfürst.
Vancha hatte Recht: Wenn wir unseren Auftrag nicht erfüllen konnten, war der einzige Überlebende unseres Trios am meisten zu bedauern. Er musste den Zerfall des Vampirclans hilflos mit ansehen und in Schande weiterleben. Dem war der Tod allemal vorzuziehen.
Doch als wir am Abend aufstanden, hatte sich unsere Stimmung erstaunlicherweise gebessert. Wir fürchteten uns nicht mehr vor dem, was uns bevorstand, sondern konzentrierten uns ganz auf die Frage, wohin wir uns als Nächstes wenden sollten.
»Meister Schick sagte: ›Geht in die Richtung, in die es euch zieht‹«, rief uns Mr. Crepsley ins Gedächtnis. »Er verhieß, das Schicksal werde uns leiten, sofern wir ihm uns nur willig überließen.«
»Du meinst also, wir sollen bei der Suche nach dem Lord nicht systematisch vorgehen?«, vergewisserte sich Vancha.
»Das hat unsere Sippe seit nunmehr sechs Jahren vergeblich versucht. Natürlich müssen wir die Augen offen halten, doch ich schlage vor, dass wir so tun, als gäbe es den Lord gar nicht.«
»Klingt reichlich suspekt«, murrte der Vampirfürst. »Das Schicksal ist ein launischer Gebieter. Was machen wir, wenn es uns nicht den rechten Weg weist? Möchtest du vielleicht nach einem halben Jahr in den Berg zurückkehren und verkünden: ›Tut uns echt Leid, wir sind dem Mistkerl nicht begegnet, so ein Pech!‹«

»Meister Schick hat gesagt: ›Folgt eurem Herzen‹«, wiederholte mein früherer Lehrmeister hartnäckig.
Vancha warf die Arme in die Luft. »Okay, okay – ich ergebe mich. Aber Darren und du, ihr müsst die Route festlegen. Mir haben schon zu viele Frauen bescheinigt, ich sei ein herzloser Schuft.«
Mr. Crepsley lächelte flüchtig. Dann wandte er sich an mich: »Wohin möchtest du, Darren?«
Ich wollte schon die Achseln zucken, da schoss mir ein Bild durch den Kopf: Ein schuppiger Schlangenjunge, der sich mit seiner überlangen Zunge die Nasenlöcher leckte. »Ich wüsste gern, wie es Evra geht«, sagte ich.
Mr. Crepsley nickte beifällig. »Sehr schön. Ich habe mich nämlich letzte Nacht gefragt, was wohl aus meinem alten Freund Hibernius Riesig geworden ist. Harkat?«
»Klingt gut.«
»Nun denn.« Mr. Crepsley drehte sich zu Vancha um und gab die Anweisung: »Auf zum Cirque Du Freak, Euer Gnaden.«
Somit stand unser nächstes Ziel fest, und das Schicksal konnte seinen Lauf nehmen.

16 Mr. Crepsley gelang es, sich in Meister Riesigs Gedanken einzuklinken und den Aufenthaltsort des Cirque Du Freak ausfindig zu machen. Der fahrende Zirkus war nicht allzu weit von uns entfernt, so dass wir ihn, wenn wir einen Schritt zulegten, innerhalb von drei Wochen erreichen konnten.
Nach einer Woche waren wir wieder in der Zivilisation angelangt.
Als wir in der Nacht an einer Kleinstadt vorüberwanderten, fragte ich Mr. Crepsley, warum wir nicht den Bus oder den

Zug nähmen, um schneller zum Cirque Du Freak zu gelangen.
»Vancha hält nichts von den Fortbewegungsmitteln der Menschen«, beschied er mich. »Er hat noch nie in einem Auto oder einem Zug gesessen.«
»*Noch nie?*«, fragte ich den barfüßigen Fürsten ungläubig.
»Ich würde ein Automobil nicht einmal anspucken«, erwiderte er. »Grässliche Dinger sind das. Die Form, der Krach, der Gestank …« Er schüttelte sich.
»Was ist mit Flugzeugen?«
»Hätten die Götter der Vampire gewollt, dass wir fliegen, hätten sie uns Flügel gegeben.«
»Wie steht Ihr dazu, Evanna?«, fragte Harkat. »Seid Ihr schon mal geflogen?«
»Nur auf einem Besenstiel«, antwortete sie. Ich war mir nicht sicher, ob das ein Witz war oder nicht.
»Und Sie, Larten?«, erkundigte sich Harkat.
»Einmal, vor langer Zeit, als die Gebrüder Wright gerade mit ihren Versuchen anfingen.« Er machte eine kleine Pause. »Wir sind abgestürzt. Zum Glück waren wir nicht sehr hoch, weshalb ich mir keine ernsthaften Verletzungen zuzog. Aber diese neumodischen Apparaturen, die hoch über den Wolken über den Himmel rasen … lieber nicht.«
»Angst?«, stichelte ich grinsend.
»Gebranntes Kind scheut das Feuer«, antwortete er.
Wir waren einwandfrei eine merkwürdige Truppe. Mit den Menschen hatten wir so gut wie nichts gemein. Sie waren Geschöpfe des technischen Zeitalters, wohingegen wir der Vergangenheit angehörten: Vampire verstehen nichts von Computern, Satellitenschüsseln, Mikrowellenherden und anderen Annehmlichkeiten der modernen Welt. Wir reisten die meiste Zeit zu Fuß, frönten bescheidenen Vorlieben und Vergnügungen und jagten wie wilde Tiere. Wo die Menschen Flugzeuge aussandten, um ihre Kriege zu führen, und kämpften, indem

sie auf Knöpfe drückten, gingen wir mit Schwertern und bloßen Händen aufeinander los. Vampire und Menschen mochten wohl den gleichen Planeten bewohnen, doch wir lebten in völlig verschiedenen Welten.

Eines Nachmittags erwachte ich, weil Harkat im Schlaf laut stöhnte. Er hatte wieder einen seiner Albträume und warf sich wie im Fieber auf der mit Gras bewachsenen Böschung, auf der er eingeschlafen war, hin und her. Ich beugte mich zu ihm hinüber, um ihn zu wecken.
»Warte!«, sagte Evanna. Die Hexe saß in den unteren Ästen eines Baumes und beobachtete Harkat mit unverhohlenem Interesse. Ein Eichhörnchen wühlte in ihrem langen Haar, ein zweites knabberte an den Stricken, die ihr als Kleidung dienten.
»Er hat einen Albtraum«, erklärte ich.
»Kommt das öfter vor?«, wollte sie wissen.
»Fast immer, wenn er schläft. Ich soll ihn aufwecken, wenn ich es mitkriege.« Ich beugte mich wieder vor, um Harkat zu schütteln.
»Warte!«, sagte Evanna abermals und sprang vom Baum herunter. Sie schlich zu uns herüber, kniete sich neben den Kleinen Kerl und legte ihm die drei mittleren Finger ihrer rechten Hand auf die Stirn. Dann schloss sie die Augen und verharrte ungefähr eine Minute reglos, bevor sie die Augen wieder öffnete und ihn losließ. »Drachen«, sagte sie. »Böse Träume. Seine Zeit der Erkenntnis ist nah. Hat Salvatore nichts davon gesagt, dass er aufdecken würde, wer Harkat in seinem früheren Leben gewesen ist?«
»Doch, aber Harkat wollte lieber mit uns auf die Suche nach dem Lord der Vampyre gehen.«
»Eine ebenso edle wie törichte Gesinnung«, meinte sie nachdenklich.

»Würde es seine Qualen lindern, wenn Ihr ihm sagt, wer er mal gewesen ist?«
»Nein. Er muss die Wahrheit selbst herausfinden. Wenn ich mich da einmische, mache ich alles nur noch schlimmer. Es gibt aber eine Möglichkeit, seine Albträume wenigstens zeitweise zu lindern.«
»Welche denn?«
»Jemand, der die Sprache der Drachen spricht, könnte ihm helfen.«
»Wo sollen wir denn jetzt so jemanden auftreiben?«, schnaubte ich, hielt dann jedoch inne. »Könnt Ihr ...?« Ich ließ die Frage in der Luft hängen.
»Ich nicht«, erwiderte sie. »Ich kann mit vielen Tieren reden, aber nicht mit Drachen. Nur wer eine Bindung mit diesen Flugreptilien eingegangen ist, spricht ihre Sprache.« Sie erhob sich. »*Du* könntest ihm helfen.«
»Ich?«, fragte ich erstaunt. »Ich stehe in keinerlei Verbindung zu Drachen. Ich habe noch nie einen gesehen. Außerdem dachte ich immer, die gibt es nur im Märchen.«
»In dieser Zeit und an diesem Ort schon«, stimmte mir Evanna zu. »Aber es gibt andere Zeiten und Orte, und Bindungen können unwissentlich eingegangen werden.«
Diese Erklärung machte die Sache zwar auch nicht verständlicher, aber wenn ich Harkat irgendwie helfen konnte, dann wollte ich es versuchen. »Sagt mir, was ich tun soll«, murmelte ich.
Evanna lächelte zustimmend und hieß mich die Hände auf Harkats Kopf legen und die Augen schließen. »Konzentriere dich«, sagte sie. »Wir müssen ein Bild finden, an dem du dich festhalten kannst. Wie wäre es mit dem Stein des Blutes? Kannst du dir vorstellen, wie das Blut der Vampire rot und pulsierend durch seine geheimnisvollen Adern fließt?«
»Ja«, erwiderte ich und beschwor den Stein mühelos herauf.

»Denk ganz fest an ihn. Es dauert nicht lange, dann stellen sich unangenehme Empfindungen ein, vielleicht erhältst du sogar einen kurzen Einblick in Harkats Albträume. Ignoriere sie und konzentriere dich ausschließlich auf den Stein. Den Rest erledige ich.«
Ich tat wie geheißen. Zu Anfang war es leicht, aber auf einmal fühlte ich mich ganz seltsam. Die Luft um mich herum schien heißer zu werden, das Atmen fiel mir schwerer. Ich vernahm das Schlagen gewaltiger Flügel und sah aus den Augenwinkeln, wie aus einem blutroten Himmel etwas herabstieß. Ich zuckte zusammen und hätte Harkat beinahe losgelassen, besann mich jedoch auf Evannas Anweisungen und zwang mich dazu, mich erneut auf den Stein des Blutes zu konzentrieren.
Ich merkte, wie etwas unheimlich Riesiges hinter mir landete, und spürte, wie sich heiße Blicke in meinen Rücken bohrten. Dennoch drehte ich mich nicht um und wich auch sonst nicht von der Stelle. Ich rief mir in Erinnerung, dass es sich nur um einen Traum handelte, um eine Illusion, und dachte weiterhin fest an den Stein.
Dann tauchte Harkat vor mir auf, rücklings auf einem Bett aus spitzen Pfählen ausgestreckt, die ihn überall durchbohrten. Er lebte noch, litt jedoch unsagbare Qualen. Er konnte mich nicht sehen, denn die Spitzen zweier Pflöcke ragten aus den Höhlen hervor, in denen eigentlich seine Augen hätten sein müssen.
»Seine Schmerzen sind nichts, verglichen mit dem, was *du* erleiden wirst«, sagte eine Stimme, und als ich den Blick hob, erblickte ich ganz in meiner Nähe eine undeutliche, schattenhafte Gestalt.
»Wer bist du?«, keuchte ich und vergaß den Stein einen Augenblick lang völlig.
»Ich bin der Lord der Tiefroten Nacht«, antwortete die Erscheinung spöttisch.
»Der Lord der Vampyre?«

»Ihr Lord, und auch der aller anderen«, höhnte die Schattengestalt. »Ich habe auf dich gewartet, Fürst der Verdammten. Jetzt habe ich dich – und ich lasse dich nie mehr los!« Der Schattenmann stieß auf mich zu, seine Finger, die aussahen wie zehn lange Klauen, wirkten auf mich wie eine finstere Bedrohung. Rote Augen glühten in der dunklen Höhle seines Gesichts.
Einen grauenhaften Augenblick lang glaubte ich, er würde mich packen und verschlingen. Dann wisperte eine feine Stimme – Evannas Stimme: »Es ist nur ein Traum. Er kann dir nichts anhaben – noch nicht –, wenn du dich auf den Stein konzentrierst.«
Ich schloss in meiner Vision die Augen, ignorierte den Angriff des Schattenmannes und konzentrierte mich auf den pulsierenden Stein des Blutes. Ein fauchender Schrei ertönte, und ich spürte, wie eine Woge schäumenden Wahnsinns über mir zusammenschlug. Dann verblasste der Albtraum, und ich war wieder in der richtigen Welt.
»Du kannst die Augen jetzt wieder aufmachen«, sagte Evanna. Meine Lider öffneten sich mechanisch. Ich ließ Harkat los und wischte mir mit den Händen über das Gesicht, als hätte mich etwas Schmutziges berührt. »Du hast dich gut gehalten«, lobte die Hexe.
»Dieses ... Ding«, keuchte ich. »Was war das?«
»Der Herr der Vernichtung«, antwortete sie. »Der Gebieter der Schatten. Der Möchtegernherrscher der ewigen Nacht.«
»Er war so mächtig, so böse.«
Sie nickte. »Das wird er sein.«
»Das *wird* er sein?«, echote ich.
»Was du soeben gesehen hast, war eine Ahnung der Zukunft. Der Gebieter der Schatten hat seine Macht noch nicht vollends entfaltet, aber er wird es unweigerlich tun. Das lässt sich nicht verhindern, deshalb solltest du dir deswegen keine Gedanken

machen. Jetzt zählt allein die Tatsache, dass dein Freund hier ungestört weiterschläft.«
Ich blickte auf den friedlich schlummernden Harkat hinab. »Geht es ihm jetzt besser?«
»Ja, fürs Erste«, erwiderte Evanna. »Die Albträume kommen wieder, und eines Tages wird er sich seiner Vergangenheit stellen und erfahren müssen, wer er gewesen ist – oder aber dem Wahnsinn verfallen. Momentan jedoch kann er tief und ohne Angstträume schlafen.«
Sie machte sich wieder zu ihrem Baum auf.
»Evanna.« Die Magierin blieb bei meinem leisen Ruf stehen. »Dieser Gebieter der Schatten ... Er kam mir irgendwie bekannt vor. Sein Gesicht konnte ich zwar nicht erkennen, aber ich hatte so ein Gefühl, als wäre ich ihm schon einmal begegnet.«
»Das wundert mich nicht«, flüsterte sie zurück. Sie zögerte, überlegte hin und her, wie viel sie mir verraten sollte. »Was ich jetzt sage, bleibt unser kleines Geheimnis«, raunte sie mit warnendem Unterton. »Weiter kann ich beim besten Willen nicht gehen. Du darfst niemandem davon erzählen, nicht einmal Larten oder Vancha.«
»Keine Sorge«, versprach ich.
Ohne sich zu mir umzudrehen, sagte sie: »Die Zukunft ist finster, Darren. Zwei Wege führen dorthin, und beide sind gewunden und voller Gefahren, gepflastert mit den Seelen der Toten. In der einen Version ist der Lord der Vampyre zum Gebieter der Schatten und Herrscher der Finsternis geworden. In der anderen ...«
Sie unterbrach sich und legte den Kopf in den Nacken, als blickte sie auf der Suche nach einer Antwort zum Firmament. »In der anderen ist der Gebieter der Schatten ein anderer. Und zwar *du*.«
Dann ging sie davon, ließ mich zitternd und verwirrt stehen,

und mit einem Mal wünschte ich mir von ganzem Herzen, Harkats Stöhnen hätte mich nicht geweckt.

Ein paar Nächte später hatten wir den Cirque Du Freak eingeholt.
Meister Riesig und seine magische Zaubertruppe gastierten außerhalb eines kleinen Dorfes in einer verlassenen Kirche. Als wir ankamen, neigte sich die Vorstellung gerade ihrem Ende zu. Wir schlichen hinein und sahen uns das Finale vom hinteren Teil des Raumes aus an. Sive und Seersa, die Verknoteten Zwillinge, waren gerade auf der Bühne, wickelten sich umeinander und vollbrachten die unglaublichsten akrobatischen Verrenkungen. Nach ihnen erschien Meister Riesig in einem schwarzen Anzug und mit seinem gewohnten roten Hut und Handschuhen, um zu verkünden, dass die Vorstellung damit beendet sei. Die Leute erhoben sich und schoben sich in Richtung Ausgang. Einige beschwerten sich mit gedämpfter Stimme über die schwache letzte Nummer, als plötzlich zwei Schlangen aus dem Deckengebälk glitten und die Menge vor Entsetzen erstarren ließen.
Beim Anblick der Reptilien musste ich grinsen. So endeten die meisten Vorstellungen im Cirque. Die Leute sollten glauben, alles sei vorbei, dann erschienen die Schlangen und jagten dem Publikum einen gehörigen Abschiedsschrecken ein. Bevor die Tiere größeren Schaden anrichten konnten, ging jedoch Evra Von – ihr Herr und Meister – dazwischen und beruhigte sie wieder.
Auch diesmal erschien Evra rechtzeitig, bevor die Schlangen den Fußboden erreicht hatten. Aber er war nicht allein. In seiner Begleitung befand sich ein kleines Kind, das auf eine der Schlangen zuging und sie auf die gleiche Weise zurückhielt wie Evra die seine. Das Kind war neu. Ich nahm an, dass Meister Riesig es irgendwo unterwegs aufgegabelt hatte.

Nachdem sich Evra und der Junge die Schlangen um den eigenen Körper gewickelt hatten, zeigte sich Meister Riesig noch einmal und verkündete den endgültigen Schluss der Vorstellung. Meine Gefährten und ich hielten uns verborgen, bis die begeistert schnatternde Menge an uns vorüber nach draußen geströmt war. Erst als sich Evra und das Kind wieder von den Schlangen befreiten und die Kleider abklopften, trat ich vor.
»Evra Von!«, donnerte ich.
Mein Freund wirbelte erschrocken herum. »Wer ist da?« Ich gab ihm keine Antwort, sondern schritt forsch auf ihn zu.
Mit einem Mal weiteten sich seine Augen vor freudigem Erstaunen. »*Darren!*«, schrie er und schlang die Arme um mich. Ich drückte ihn fest, ohne mich von seinen schlüpfrigen Schuppen abschrecken zu lassen. Wie freute ich mich, ihn nach so vielen Jahren wieder zu sehen! »Wo hast du denn die ganze Zeit gesteckt?«, stieß er hervor, als wir endlich voneinander abließen. In seinen Augen schimmerten Freudentränen, und auch meine Augen wurden ganz feucht.
»Im Berg der Vampire«, sagte ich leichthin. »Und du?«
»Überall auf der Welt.« Er musterte mich neugierig. »Du bist gewachsen.«
»Erst in letzter Zeit. Aber nicht so sehr wie du.« Evra war inzwischen zum Mann geworden. Obwohl er nur wenige Jahre älter war als ich und wir damals, als ich mich dem Cirque Du Freak angeschlossen hatte, ziemlich gleich alt ausgesehen hatten, wäre er jetzt glatt als mein Vater durchgegangen.
»Schönen guten Abend, Evra Von«, sagte nun Mr. Crepsley und streckte ihm die Hand hin.
»Larten«, nickte Evra. »Lange ist's her. Schön, dich zu sehen.«
Mr. Crepsley trat ein Stück zur Seite und stellte unsere Gefährten vor. »Ich möchte dich mit Vancha March, Lady Evanna und Harkat Mulds bekannt machen. Letzteren kennst du wahrscheinlich noch.«

»Hallo«, brummte Vancha.
»Sei gegrüßt«, lächelte Evanna.
»Tag, Evra«, sagte Harkat.
Evra stutzte. »Es spricht!«, entfuhr es ihm dann.
»In den letzten Nächten spricht Harkat sogar ziemlich viel«, grinste ich.
»Es hat einen Namen?«
»Hat es«, antwortete Harkat. »Und ›es‹ wäre überaus erfreut ... als ›er‹ bezeichnet zu werden.«
Evra wusste nicht, was er sagen sollte. Als wir noch zusammen gewohnt hatten, war ein Großteil unserer Zeit mit der Besorgung von Nahrungsmitteln für die Kleinen Leute draufgegangen, und damals hatte keiner von ihnen auch nur eine Silbe gesprochen. Jetzt tauchte ich unvermittelt mit einem Kleinen Kerl auf – und zwar mit dem Hinkebein, das wir damals Lefty genannt hatten – und tat so, als sei es völlig selbstverständlich, dass er redete.
»Schön, dass du wieder bei uns bist, Darren«, sagte jemand, und als ich aufblickte, stand ich von Angesicht zu Bauchnabel vor Meister Riesig.
Ich hatte ganz vergessen, wie schnell und geräuschlos sich der Direktor des Cirque Du Freak bewegen konnte.
»Meister Riesig«, erwiderte ich und nickte ihm höflich zu, denn ich wusste, dass er Händeschütteln nicht leiden mochte.
Er begrüßte die anderen mit Namen, inklusive Harkat, und als der Kleine Kerl seinen Gruß erwiderte, wirkte Meister Riesig nicht im Mindesten überrascht. »Möchtet ihr etwas essen?«, erkundigte er sich.
»Hervorragende Idee«, antwortete Evanna. »Und anschließend würde ich gern das eine oder andere Wort mit dir wechseln, Hibernius. Wir haben so einiges zu bereden.«
»Allerdings«, pflichtete er ihr ohne mit der Wimper zu zucken bei. »Allerdings.«

Als wir im Gänsemarsch die Kirche verließen, gesellte ich mich zu Evra, um mit ihm über alte Zeiten zu plaudern. Er trug seine Schlange über der Schulter. Der kleine Junge, der mit ihm aufgetreten war, schloss sich uns am Ausgang an und zog seine Schlange wie ein Spielzeug hinter sich her. »Darren«, sagte Evra, »ich möchte dir Shancus vorstellen.«
»Hallo, Shancus«, sagte ich und schüttelte dem Jungen die Hand.
»Tach«, erwiderte er. Er hatte das gleiche gelbgrüne Haar, die gleichen schmalen Augen und die gleichen farbenprächtigen Schuppen wie Evra. »Bist du der Darren Shan, nach dem ich benannt wurde?«, wollte er wissen.
Ich blickte Evra von der Seite an. »Bin ich das?«
»Ja«, lachte er. »Shancus ist mein Ältester. Ich fand, es wäre doch …«
»*Ältester?*«, unterbrach ich ihn. »*Deiner?* Du bist sein *Vater?*«
»Das will ich doch hoffen«, grinste Evra.
»Aber … er ist schon so ein großer Junge!«
Bei dieser Bemerkung strahlte Shancus über das ganze Gesicht.
»Er wird demnächst fünf«, sagte Evra. »Er ist ziemlich groß für sein Alter. Ich lasse ihn seit einigen Monaten bei meiner Vorführung mitmachen. Der Junge ist ein Naturtalent.«
Es war nicht zu fassen! Klar, Evra war alt genug, um Familienvater zu sein, eigentlich hätte mich diese Neuigkeit nicht überraschen dürfen. Und doch kam es mir vor, als hätten wir erst vor wenigen Monaten als Halbstarke die Gegend unsicher gemacht und uns gefragt, wie es wohl sein würde, wenn wir erst einmal erwachsen wären.
»Du hast noch mehr Kinder?«, fragte ich.
»Zwei«, bestätigte er. »Urcha ist drei, und Lilia wird nächsten Monat zwei.«

»Alles Schlangenkinder?«
»Urcha nicht. Was ihn fürchterlich aufregt, weil er auch so schöne Schuppen haben will, aber wir tun alles, damit er sich ebenso geliebt und außergewöhnlich fühlt wie die beiden anderen.«
»Und *wir*, das heißt ...?«
»Merla und ich. Du kennst sie noch nicht. Sie ist kurz nach deinem Abschied zu unserer Truppe gestoßen. Zwischen uns hat es sofort gefunkt. Sie kann ihre Ohren abnehmen und sie als Mini-Bumerangs einsetzen. Merla wird dir gefallen.«
»Bestimmt!«, lachte ich und folgte Evra, Shancus und den anderen zum Abendessen.

Es war schön, wieder beim Cirque Du Freak zu sein. Die vergangenen anderthalb Wochen war ich wegen dem, was Evanna gesagt hatte, gereizt und launisch gewesen, aber schon nach einer Stunde im Schoß des Cirque waren meine Ängste verflogen. Ich traf viele alte Freunde wieder – Hans Hände, Willi Wunderwanst, Sive und Seersa, Cormac den Vielgliedrigen und Bertha Beißer. Auch der Wolfsmann gehörte noch zur Truppe, allerdings war mir sein Anblick nicht ganz so lieb wie der der anderen, und ich ging ihm nach Möglichkeit aus dem Weg.
Auch Truska, die sich nach Belieben einen Bart wachsen und die Haare dann wieder ins Gesicht einziehen konnte, war noch dabei und freute sich, mich zu sehen. Sie begrüßte mich in gebrochenem Englisch. Vor sechs Jahren hatte sie die Sprache noch überhaupt nicht beherrscht, doch Evra hatte ihr Unterricht gegeben, und sie machte gute Fortschritte. »Es ist schwer«, sage sie, als wir uns in einem großen, heruntergekommenen Schulgebäude, das dem Cirque als Basislager diente, unter die anderen mischten. »Ich nicht gut mit Sprache. Aber Evra sein geduldig, und ich langsam lernen. Ich noch mache Fehler, aber ...«

»Wir machen doch alle mal Fehler, meine Hübsche«, unterbrach sie Vancha, der wie aus dem Nichts zwischen uns auftauchte. »Und dein größter war der, keinen anständigen Vampir aus mir zu machen, als du die Gelegenheit dazu hattest!«
Er schlang die Arme um Truska und küsste sie. Als er wieder von ihr abließ, lachte sie und drohte ihm mit dem Finger.
»Du ungezogen!«, kicherte sie.
»Darf ich daraus schließen, dass ihr beide euch kennt?«, kommentierte ich säuerlich.
»In der Tat«, griente Vancha. »Wir sind alte Bekannte. Wie oft sind wir beide splitterfasernackt in den tiefen, blauen Ozeanen geschwommen, hä, Truska?«
»Vancha«, rügte sie ihn. »Du versprochen, davon kein Wort erwähnen!«
»Hab ich auch nicht«, kicherte er in sich hinein und unterhielt sich dann in ihrer Muttersprache mit ihr. Es klang, als bellten sich zwei Seehunde an.
Evra stellte mich Merla vor, die sehr freundlich und hübsch war. Er drängte seine Frau, mir ihre abnehmbaren Ohren vorzuführen. Ich gab ihm Recht, sie waren wirklich toll, aber das Angebot, sie wie Bumerangs wegzuschleudern, lehnte ich dankend ab.
Mr. Crepsley freute sich ebenso wie ich, wieder beim Cirque zu sein. Als pflichtbewusster Vampir widmete er den Großteil seines Lebens den Obervampiren und ihrer Sache, doch ich hatte ihn im Verdacht, dass sein Herz insgeheim für den Cirque schlug. Er stand gern auf der Bühne, und ich glaube, seine Auftritte fehlten ihm wirklich sehr. Viele Leute fragten ihn, ob er zu bleiben gedenke, und drückten ihre Enttäuschung aus, als er verneinte. Er tat so, als falle es ihm leicht, aber ich bin sicher, ihr Interesse rührte ihn tief, und wäre es ihm möglich gewesen, wäre er bestimmt beim Cirque geblieben.
Wie immer hielten sich auch einige Kleine Leute bei der Truppe

auf, doch Harkat hielt sich von ihnen fern. Ich wollte ihn mit einigen meiner alten Freunde bekannt machen, aber die Zirkusleute fühlten sich in seiner Anwesenheit unwohl – sie waren nicht daran gewöhnt, dass ein Kleiner Kerl redete. Er verbrachte fast die ganze Nacht allein oder in einer Ecke mit Shancus, der von ihm restlos fasziniert war und ihn mit ungehörigen Fragen bombardierte (von denen die meisten damit zu tun hatten, ob er nun ein Mann oder eine Frau war – dabei war er, wie alle Kleinen Leute, weder das eine noch das andere).

Evanna war vielen Mitgliedern des Cirque Du Freak bekannt, obwohl ihr nur wenige schon einmal persönlich begegnet waren, doch schon ihre Eltern, Großeltern oder Urgroßeltern hatten ihnen von Evanna erzählt. Sie verbrachte ein paar Stunden damit, sich mit dem einen oder anderen zu unterhalten und ihre Informationen aufzufrischen (ihr Namens- und Gesichtergedächtnis war beeindruckend), dann sagte sie allen Gute Nacht und schlenderte mit Meister Riesig davon, um mit ihm seltsame, unheimliche und geheimnisvolle Angelegenheiten zu besprechen (oder vielleicht auch nur über Frösche und Zaubertricks zu plaudern).

Erst als der Morgen heraufzog, legten wir uns zur Ruhe. Wir verabschiedeten uns von denen, die immer noch wach waren, dann führte uns Evra zu unseren Zelten. Meister Riesig hatte Mr. Crepsleys Sarg für ihn bereitgehalten, und der Vampir kletterte mit einem Ausdruck uneingeschränkter Zufriedenheit hinein. Vampire lieben ihre Särge auf eine Art und Weise, die kein Mensch je verstehen wird.

Harkat und ich spannten unsere Hängematten in einem Zelt neben dem von Evra und Merla auf. Evanna bezog einen Wohnwagen neben dem von Meister Riesig. Und Vancha ... Als wir ihm am folgenden Abend begegneten, schwor er Stein und Bein, er habe bei Truska geschlafen, und prahlte damit, was er für einen Schlag bei Frauen habe. Doch nach den vielen

Blättern und Grashalmen zu urteilen, die sich in seinem Haar und seinem Fellumhang verfangen hatten, hielt ich es für wahrscheinlicher, dass er den Tag allein unter einem Busch zugebracht hatte!

17 Harkat und ich standen ungefähr eine Stunde vor Sonnenuntergang auf und spazierten mit Evra und Shancus durch das Lager. Ich war unheimlich stolz, dass Evra seinen Erstgeborenen nach mir benannt hatte, und versprach, dem Jungen in Zukunft Geburtstagsgeschenke zu schicken, sofern mir das möglich sein würde. Shancus wollte unbedingt eine Spinne haben (Evra hatte ihm alles über Madame Octa erzählt), aber ich hatte nicht vor, ihm einen der giftigen Achtbeiner aus dem Berg der Vampire zu vermachen. Schließlich wusste ich aus schmerzhafter Erfahrung, wie viel Ärger man sich mit einer Tarantel einhandeln konnte!
Im Cirque Du Freak hatte sich so gut wie nichts verändert. Ein paar neue Nummern waren dazugekommen, ein oder zwei Künstler hatten sich von der Show getrennt, doch im Großen und Ganzen war alles so wie früher. Im Gegensatz zum Cirque hatte *ich* mich jedoch verändert. Das kam mir so richtig zu Bewusstsein, während wir von einem Wohnwagen oder Zelt zum anderen schlenderten und hier und dort Halt machten, um mit den Artisten und Bühnenhelfern zu plaudern. Damals, als ich noch zum Cirque gehörte, war ich jung gewesen, zumindest was mein Äußeres betraf, und die anderen hatten mich wie ein Kind behandelt. Das war jetzt vorbei. Obwohl ich nicht viel älter aussah, musste ich mich in anderer Hinsicht verändert haben, denn niemand behandelte mich mehr von oben herab.
Obwohl ich mich schon seit Jahren als Erwachsener gab, dachte

ich zum ersten Mal richtig darüber nach, wie sehr ich mich tatsächlich verändert hatte und dass ich nun nie wieder zu den unbeschwerteren Tagen meiner Kindheit zurückkehren konnte. Wenn ich mich früher darüber beschwert hatte, wie langsam ich älter wurde, hatte mir Mr. Crepsley immer prophezeit, dass einmal die Nacht kommen würde, in der ich mir wünschte, noch einmal jung sein zu dürfen. Jetzt wurde mir klar, wie Recht er gehabt hatte. Meine Kindheit hatte sich elend lang hingezogen, doch innerhalb von ein oder zwei Jahren würde mich die Purifikation sowohl von meinem Menschenblut als auch von meiner Jugend befreien, und danach gab es kein Zurück mehr.
»Du siehst nachdenklich aus«, meinte Evra.
»Ich denke darüber nach, wie sehr sich alles verändert hat«, seufzte ich. »Du bist verheiratet, hast Kinder. Ich habe meine eigenen Sorgen. Früher war das Leben so einfach.«
»So ist es immer, wenn man jung ist«, stimmte mir Evra zu. »Das sage ich Shancus auch ständig, aber er glaubt mir nicht – jedenfalls nicht mehr, als wir damals den Erwachsenen geglaubt haben.«
»Wir werden alt, Evra.«
»Ach was!«, erwiderte er. »Wir werden *älter*. Bis ich alt bin, vergehen noch Jahrzehnte. Und für dich Jahrhunderte.«
Damit hatte er wohl Recht, trotzdem gelang es mir nicht, das Gefühl abzuschütteln, ich sei mit einem Schlag uralt geworden. Mehr als fünfundzwanzig Jahre hatte ich als Kind gelebt und gedacht – Darren Shan, der Kinderfürst! –, doch mit einem Mal kam ich mir überhaupt nicht mehr kindlich vor.
Mr. Crepsley stieß zu uns, als wir gerade rings um ein Lagerfeuer hockten und heiße Würstchen verschlangen. Truska hatte sie gebraten und verteilte sie freigiebig. Der Vampir nahm sich eins, bedankte sich und vertilgte es mit zwei raschen Issen. »Köstlich«, sagte er, leckte sich die Lippen und wandte sich dann mit einem seltsamen Funkeln in den Augen an mich. »Hast du Lust,

heute Abend auf die Bühne zu gehen? Hibernius hat gesagt, wenn wir wollen, dürfen wir auftreten.«
»Was sollen wir denn vorführen?«, fragte ich. »Wir haben Madame Octa nicht mehr.«
»Ich könnte ein paar Zaubertricks vorführen, so wie damals, als ich zum ersten Mal beim Cirque Du Freak mitmachte. Und du kannst mein Assistent sein. Mit unserer vampirischen Schnelligkeit und Kraft dürften uns ein paar durchaus bemerkenswerte Kunststückchen gelingen.«
»Ich weiß nicht«, meinte ich. »Es ist schon so lange her. Vielleicht bekomme ich Lampenfieber.«
»Unsinn! Du machst mit. Ein ›Nein‹ will ich gar nicht hören.«
»So gesehen ...«, grinste ich.
»Aber bevor wir uns in der Öffentlichkeit zeigen können, müssen wir dich ein bisschen herausputzen«, sagte Mr. Crepsley und musterte mich kritisch. »Ein Haarschnitt und eine Maniküre sind dringend angesagt.«
»Darum kümmere ich mich«, warf Truska ein. »Außerdem ich noch habe Darrens altes Piratenkostüm. Ich kann so ausbessern, dass es passt ihm wieder.«
»Was? Das alte Ding hast du noch?«, fragte ich und erinnerte mich sofort daran, wie cool ich mir damals vorgekommen war, als mich Truska, kurz nachdem ich mich dem Cirque Du Freak angeschlossen hatte, als Pirat ausstaffiert hatte. Als wir zum Berg der Vampire aufbrachen, musste ich das ausgefallene Kostüm leider zurücklassen.
»Ich passe gut auf Sachen auf«, lächelte sie. »Ich hole es und messe dich aus. Vielleicht ist Anzug noch nicht fertig heute Abend, aber morgen bestimmt er passt. Komm zu mir in eine Stunde von jetzt, zum Ausmessen.«
Als Vancha hörte, dass wir auftreten würden, war er neidisch. »Und was ist mit mir?«, knurrte er. »Ich kann auch ein bisschen zaubern. Warum darf ich nicht auf die Bühne?«

Mr. Crepsley starrte den grünhaarigen Fürsten mit den nackten Füßen, den schmutzigen Armen und Beinen, dem zerlumpten Fellumhang und den Wurfsternen an und sog schnüffelnd die Luft ein.

Vancha hatte vor sechs Nächten im Regen geduscht, sich seither aber nicht mehr gewaschen. »Eure Vorzeigbarkeit lässt momentan leider ein wenig zu wünschen übrig, Euer Gnaden«, bemerkte Mr. Crepsley mit gerümpfter Nase.

»Was stimmt denn nicht mit mir?«, wollte Vancha wissen, blickte an sich herab und konnte beim besten Willen nichts Nachteiliges feststellen.

»Wer auf die Bühne will, sollte über ein Minimum an Eleganz verfügen«, sagte Mr. Crepsley. »Euch hingegen fehlt das gewisse *je ne sais quoi*.«

»Davon habe ich noch nie gehört«, mischte ich mich ein. »Ich finde, er würde hervorragend in die Vorstellung passen.«

»Siehst du!«, strahlte Vancha. »Der Junge hat ein Auge für so was.«

»Er könnte den Anfang machen, zusammen mit dem Wolfsmann«, fuhr ich fort und vermochte dabei kaum noch ernst zu bleiben. »Wir könnten die beiden als Brüder vorstellen.«

Vancha funkelte mich böse an, als Mr. Crepsley, Harkat, Evra und Shancus vor Lachen schier platzten. »Ha, ha, was für ein Schlaumeier!«, fauchte er. Dann stürmte er davon, um sich jemanden zu suchen, der sich von ihm vollquatschen ließ.

Zur verabredeten Zeit ging ich zu Truska, damit sie bei mir Maß nehmen und mir die Haare schneiden konnte. Auch Evra und Shancus bereiteten sich auf die Vorstellung vor, während Harkat Mr. Crepsley bei der Suche nach Requisiten für seine Nummer behilflich war.

»Ist das Leben gut zu dir?«, erkundigte sich Truska, als sie mir den frisch nachgewachsenen Pony abschnippelte.

»Es könnte schlechter sein«, antwortete ich.

»Vancha hat erzählt, du jetzt ein Fürst.«
»Eigentlich sollte er das für sich behalten«, beschwerte ich mich.
»Keine Sorge. Ich kann schweigen. Vancha und ich, wir alte Freunde. Er weiß, ich kann bewahren Geheimnis.« Sie senkte die Schere und sah mich eigenartig an. »Hast du Meister Schick gesehen, seit du bist weg?«, fragte sie dann.
»Was für eine seltsame Frage«, erwiderte ich vorsichtig.
»Hier er gewesen, viele Monate her. Hat gesprochen mit Hibernius.«
»Ach?« Das musste vor seiner Reise zum Berg der Vampire gewesen sein.
»Hibernius sehr besorgt nach Besuch. Hat mir erzählt, schlimme Zeiten uns stehen bevor. Hat gesagt, vielleicht ich will gehen zurück zu mein Volk. Hat gesagt, vielleicht es ist sicherer dort.«
»Hat er auch etwas vom …«, ich senkte die Stimme, » … vom Lord der Vampyre oder einem Gebieter der Schatten erzählt?« Truska schüttelte den Kopf. »Er nur sagte, uns allen stehen schlimme Nächte bevor, und ehe alles vorbei, viel Kampf und Tod passiert.«
Dann schnippelte sie wieder an meinem Pony herum, und anschließend nahm sie meine Maße für den Anzug.
Als ich Truskas Wohnwagen wieder verließ, dachte ich angestrengt über unsere Unterhaltung nach und machte mich auf die Suche nach Mr. Crepsley. Möglicherweise führten mich meine Füße aufgrund meiner Bedenken direkt zu Meister Riesigs Wohnwagen, vielleicht war es auch nur Zufall. Wie auch immer, ein paar Minuten später drückte ich mich vor seiner Tür herum und überlegte, ob ich meine Fragen direkt an ihn richten sollte.
Während ich noch unentschlossen dastand, ging die Tür auf, und Meister Riesig und Evanna kamen heraus. Die Hexe war

in einen dunklen Umhang gehüllt und in der finsteren, wolkenverhangenen Nacht beinahe unsichtbar.

»Mir wäre es lieber, du würdest das nicht tun«, sagte Meister Riesig. »Die Vampire stehen seit jeher mit uns auf freundschaftlichem Fuß. Wir sollten ihnen helfen.«

»Wir dürfen nicht für sie Partei ergreifen, Hibernius«, erwiderte Evanna. »Es ist nicht an uns, die Waagschalen des Schicksals zu beeinflussen.«

»Trotzdem«, murmelte er, das lange Gesicht von Sorgenfalten zerfurcht, »auf die anderen zuzugehen und mit ihnen Verhandlungen zu führen ... der Gedanke gefällt mir ganz und gar nicht.«

»Wir müssen neutral bleiben«, erwiderte sie beharrlich. »Unter den Geschöpfen der Nacht haben wir weder Freund noch Feind. Wenn du oder ich Partei ergreifen, könnten wir damit alles zerstören. Was uns angeht, müssen wir beide Seiten gleich behandeln, für uns gibt es weder eine gute noch eine böse.«

»Wahrscheinlich hast du Recht. Ich habe zu viel Zeit mit Larten verbracht. Die Freundschaft mit ihm vernebelt mein Urteilsvermögen.«

»Es spricht nichts dagegen, mit diesen Wesen befreundet zu sein«, sagte Evanna. »Aber wir dürfen uns nicht in ihre Auseinandersetzung hineinziehen lassen, jedenfalls so lange nicht, bis sich die Zukunft ein wenig entwirrt hat und wir zu einer solchen Entscheidung gezwungen sind.«

Damit küsste sie Meister Riesig auf die Wange (ich weiß nicht, wie eine kleine Person wie sie bei einem derart langen Kerl so hoch hinaufreichen konnte, aber ihr gelang es irgendwie) und verließ eilig den Lagerplatz. Meister Riesig sah ihr mit unglücklicher Miene nach, schloss sodann die Tür und widmete sich wieder seinen Angelegenheiten.

Ich blieb einen Augenblick reglos stehen und ließ die eigenartige Unterhaltung noch einmal Revue passieren. So ganz genau wusste ich nicht, was hier vor sich ging, aber ich hatte begriffen, dass Evanna etwas zu tun beabsichtigte, mit dem Meister Riesig nicht einverstanden war – etwas, das für die Vampire Schlimmes ahnen ließ.

Als einer der Vampirfürsten hätte ich auf Evannas Rückkehr warten und sie offen auf diese Unterhaltung ansprechen müssen. Es geziemte sich nicht für jemanden meines Ranges, andere zu belauschen, und ganz besonders unangemessen wäre es, das Lager ebenfalls zu verlassen und Evanna nachzuspionieren. Doch Höflichkeit und gute Manieren hatten auf meiner Tugendliste noch nie sehr weit oben rangiert. Ich musste erfahren, was die Magierin im Schilde führte. Lieber sollte sie schlecht von mir denken oder mich sogar für meine Unverschämtheit bestrafen, als dass ich sie entkommen ließ und womöglich eine böse Überraschung erlebte.

Nach dieser Überlegung streifte ich die Schuhe ab, sauste ihr hinterher und erblickte schon bald ihre über den Kopf gezogene Kapuze, die in der Ferne hinter einem Baum verschwand. Sie bewegte sich sehr rasch, und ich heftete mich so leise wie möglich an ihre Fersen.

Es war nicht leicht, mit Evanna Schritt zu halten. Sie ging schnellen und dabei sicheren Fußes über den Waldboden und hinterließ so gut wie keine Spuren. Hätte die Verfolgungsjagd noch viel länger gedauert, ich hätte sie bestimmt aus den Augen verloren, doch nach drei oder vier Kilometern blieb sie stehen und verschnaufte kurz, bevor sie auf ein Dickicht zuging, laut pfiff und das niedrige Gehölz betrat.

Ich wartete eine Weile, ob sie wieder herauskam, aber nachdem sie verschwunden blieb, folgte ich ihr bis an den Rand des Gehölzes und blieb dort lauschend stehen. Da ich keinen Laut vernahm, schob ich mich zwischen den Bäumen hindurch und schlich vorsichtig weiter. Der Boden war feucht und dämpfte meine Schritte, aber ich ging kein Risiko ein: Evannas Ohren waren mindestens so scharf wie die eines Vampirs – ein knackender Zweig reichte aus, um ihr meine Anwesenheit zu verraten.

Kurz darauf drang das Geräusch einer leise geführten Unterhaltung an meine Ohren. Vor mir befanden sich mehrere Personen, aber sie redeten sehr gedämpft, und ich war noch zu weit entfernt, um ihre Worte zu verstehen. Mit wachsendem Unbehagen schlich ich weiter, bis ich schließlich nahe genug heran war, um mitten in dem kleinen Hain eine Gruppe schattenhafter Gestalten auszumachen.

Aus Angst, entdeckt zu werden, traute ich mich nicht näher heran, ging jedoch in die Hocke und sperrte Augen und Ohren weit auf. Die Stimmen waren immer noch sehr leise, nur gelegentlich erhaschte ich einen Wortfetzen oder einen Halbsatz. Wenn die Fremden lachten, wurden sie etwas lauter, aber selbst dann achteten sie darauf, nicht *zu* laut zu werden.

Nach und nach gewöhnten sich meine Augen an die Dunkelheit, so dass ich die Umrisse besser erkennen konnte. Abgesehen von Evanna, deren Silhouette unverwechselbar war, zählte ich acht Leute, die auf dem Boden saßen, hockten oder lagen. Sieben davon waren groß und kräftig. Die achte Gestalt war schmächtiger.

Mit einer Kapuze und einem wallenden Gewand bekleidet, servierte sie den anderen Speisen und Getränke. Es schienen ausnahmslos Männer zu sein.

In der Dunkelheit und auf diese Entfernung konnte ich jedoch nichts Genaueres erkennen. Um mehr herauszufinden, hätte ich entweder sehr viel näher heranschleichen, oder der Mond hätte scheinen müssen. Ein Blick durch das dichte Geäst über mir belehrte mich, dass ich darauf nicht hoffen durfte. Deshalb erhob ich mich leise und wollte gerade den Rückweg antreten.

In diesem Augenblick zündete der Diener in der Kutte eine Kerze an.

»Mach das aus, du Schwachkopf!«, bellte einer der anderen, und eine kräftige Hand schlug die Kerze zu Boden, wo sie ein Fuß sofort brutal austrat.

»Tut mir Leid«, winselte der Diener. »Ich dachte, bei Lady Evanna wären wir in Sicherheit.«

»Wir sind niemals in Sicherheit«, fuhr ihn der stämmige Bursche an. »Merk dir das gefälligst. Und leiste dir nie wieder einen solchen Fehler!«

Die Männer widmeten sich wieder ihrer Unterhaltung mit Evanna, die Stimmen nach wie vor leise und unverständlich, aber inzwischen interessierte mich nicht mehr, was sie zu sagen hatten. Beim kurzen Aufflackern der Kerze hatte ich purpurfarbene Haut erspäht, außerdem rote Augen und rotes Haar. Jetzt wusste ich, wer diese Männer waren und warum Evanna so geheimnisvoll getan hatte – sie war hierher gekommen, um sich mit einer Gruppe *Vampyre* zu treffen!

18 Verstohlen zog ich mich aus dem Gehölz zurück. Da ich nirgendwo Wachposten sah, rannte ich so schnell ich konnte zum Cirque Du Freak zurück, ohne auch nur einmal zum Verschnaufen oder Nachdenken anzuhalten. Zehn Minuten später erreichte ich das Zeltlager.

Die Vorstellung hatte bereits begonnen. Mr. Crepsley stand in der ehemaligen Sakristei der Kirche und verfolgte, wie Willi Wunderwanst einen Autoreifen futterte. Der Vampir sah in seinem roten Anzug richtig flott aus, außerdem hatte er die Narbe auf seiner Wange mit Blut eingerieben, um die Aufmerksamkeit des Publikums darauf zu lenken, was ihn noch unheimlicher als sonst wirken ließ.

»Wo steckst du denn?«, blaffte er mich an, als ich nach Luft ringend eintrat. »Ich habe dich überall gesucht. Dachte schon, ich müsste allein auftreten. Truska hat dein Piratenkostüm fertig. Wenn wir uns beeilen, können wir ...«
»Wo ist Vancha?«, keuchte ich.
»Der schmollt irgendwo«, antwortete Mr. Crepsley glucksend. »Er hat immer noch nicht ...«
»Larten!«, fiel ich ihm ins Wort. Er verstummte und spürte sofort, dass etwas Brenzliges passiert sein musste. Sonst redete ich ihn nämlich nie mit seinem Vornamen an. »Vergessen Sie die Vorstellung. Wir müssen Vancha finden. *Sofort!*«
Mein Mentor stellte keine weiteren Fragen. Nachdem er einen Bühnenarbeiter gebeten hatte, Meister Riesig davon zu unterrichten, dass unsere Nummer ausfiel, ging er mit mir nach draußen. Gemeinsam machten wir uns auf die Suche nach Vancha. Wir fanden ihn mit Harkat in dem Zelt, das ich mir mit dem Kleinen Kerl teilte, wo er Harkat zeigte, wie man Shuriken warf. Mein Freund hatte so seine Probleme damit, denn seine Finger waren zu dick, um die kleinen Sterne richtig zu packen.
»Seht mal, wer da kommt«, höhnte Vancha, als wir eintraten. »Der König der Clowns und seine rechte Hand. Wie läuft das Geschäft, Jungs?«
Ich zog die Plane des Zelteingangs hinter mir zu und ging in die Hocke. Vancha bemerkte meine ernste Miene und legte die Shuriken beiseite. Mit knappen, ruhigen Worten erzählte ich den beiden, was gerade geschehen war.
Nachdem ich meinen Bericht beendet hatte, entstand eine kleine Pause, die schließlich Vancha unterbrach, indem er einen Schwall geharnischter Flüche ausstieß.
»Wir hätten ihr von Anfang an nicht trauen dürfen«, knurrte er. »Hexen sind von Natur aus verräterisch. Wahrscheinlich liefert sie uns in diesem Augenblick den Vampyren ans Messer.«

»Das möchte ich bezweifeln«, widersprach Mr. Crepsley. »Wenn Evanna uns schaden wollte, müsste sie wohl kaum die Hilfe der Vampyre in Anspruch nehmen.«

»Glaubst du denn, die haben sich verabredet, um sich über Frösche zu unterhalten?«, brauste Vancha auf.

»Ich weiß nicht, worüber sie sich unterhalten, aber ich glaube nicht, dass Evanna uns verrät«, erwiderte Mr. Crepsley stur.

»Vielleicht sollten wir Meister Riesig fragen«, schlug Harkat vor. »Nach allem, was Darren erzählt hat, weiß er, was Evanna … vorhat. Vielleicht sagt er es uns.«

Vancha blickte Mr. Crepsley an. »Er ist dein Freund. Wollen wir es versuchen?«

Der Vampir schüttelte den Kopf. »Wenn Hibernius wüsste, dass wir in Gefahr sind, und er uns warnen oder helfen könnte, dann würde er das tun.«

»Na schön.« Vancha grinste entschlossen. »Dann müssen wir es eben selbst erledigen.« Er erhob sich und überprüfte seinen Vorrat an Wurfsternen.

»Sollen wir sie etwa angreifen?«, fragte ich und spürte einen Kloß im Magen.

»Jedenfalls bleiben wir nicht hier sitzen und warten, bis sie uns angreifen!«, entgegnete der Vampirfürst. »Entscheidend ist das Überraschungsmoment. Solange es auf unserer Seite ist, sollten wir es nutzen.«

Mr. Crepsley machte ein besorgtes Gesicht. »Vielleicht haben sie überhaupt nicht vor, uns anzugreifen«, sagte er. »Wir sind erst gestern Abend hier eingetroffen. Sie konnten nicht wissen, dass wir kommen. Ihre Anwesenheit in dieser Gegend muss also gar nichts mit uns zu tun haben.«

»Quatsch!«, heulte Vancha. »Sie sind gekommen, um zu töten, und wenn wir nicht zuerst zuschlagen, fallen sie über uns her, bevor …«

»Da bin ich mir nicht so sicher«, murmelte ich. »Wenn ich

noch einmal darüber nachdenke ... Sie waren weder auf der Hut noch besonders nervös, überhaupt nicht so, als würden sie sich auf einen Kampf vorbereiten.«

Vancha stieß noch einige weitere Flüche aus und setzte sich dann wieder. »Schön. Nehmen wir an, sie sind nicht hinter uns her. Vielleicht ist es Zufall, und sie wissen überhaupt nicht, dass wir hier sind.« Er beugte sich vor. »Dann wissen sie es spätestens, nachdem Evanna es ihnen aufgetischt hat!«

»Glaubst du, sie erzählt ihnen alles über uns?«, fragte ich.

»Wir wären schön blöd, wenn wir nicht damit rechneten.« Vancha räusperte sich. »Falls ihr es vergessen habt: Wir befinden uns im Krieg. Ich persönlich habe nichts gegen unsere Blutsverwandten, aber zurzeit sind sie unsere Feinde, denen gegenüber wir keine Gnade walten lassen dürfen. Angenommen, diese Vampyre und ihr Diener haben nichts mit unserer Anwesenheit hier zu tun. Na und? Es ist unsere Pflicht, sie anzugreifen und unschädlich zu machen.«

»Das ist Mord und keine Selbstverteidigung«, sagte Harkat leise.

»Genau«, pflichtete ihm Vancha bei. »Aber wäre es dir lieber, dass sie ein paar von unseren Leuten umbringen? Unsere Aufgabe, den Lord der Vampyre zu finden, hat oberste Priorität, aber wenn sich dabei die Gelegenheit ergibt, ein paar versprengte Gegner auszuschalten, wären wir schön blöd und obendrein Verräter, wenn wir sie nicht nutzten.«

Mr. Crepsley stieß einen Seufzer aus. »Und Evanna? Was ist, wenn sie sich gegen uns entscheidet und auf die Seite der Vampyre schlägt?«

»Dann kämpfen wir eben auch gegen sie«, schnaubte Vancha.

»Was meinst du, wie deine Chancen dabei stehen?«, fragte ihn mein Mentor mit schmalem Lächeln.

»Keine Ahnung. Aber ich kenne meine Pflicht.« Der Vampirfürst stand auf, und diesmal bestand kein Zweifel an seiner

Entschlossenheit. »Ich gehe jetzt Vampyre töten. Wenn ihr mitkommt, gern. Wenn nicht ...« Er zuckte die Achseln.
Mr. Crepsley sah mich an. »Was meinst du, Darren?«
»Ich stimme Vancha zu«, sagte ich langsam. »Wenn wir sie ziehen lassen und sie später Vampire töten, sind wir daran schuld. Außerdem dürfen wir eines nicht vergessen – den Lord der Vampyre.« Mr. Crepsley und Vancha starrten mich an. »Uns ist beschieden, seinen Pfad zu kreuzen, aber ich glaube, wir sollten dem Schicksal ein wenig nachhelfen. Vielleicht wissen diese Vampyre, wo er sich aufhält oder wo er demnächst sein wird. Ich halte es jedenfalls nicht für puren Zufall, dass wir uns hier zur gleichen Zeit wie sie aufhalten. Womöglich will uns das Schicksal auf diese Weise zu ihm führen.«
»Klingt einleuchtend«, brummte Vancha.
»Vielleicht.« Mr. Crepsley klang nicht besonders überzeugt.
»Erinnern Sie sich noch an Meister Schicks Worte?«, fragte ich ihn. »Dass wir unserem Herzen folgen sollen. Mein Herz sagt mir, dass wir uns diesen Vampyren stellen sollten.«
»Meins auch«, meinte Vancha.
»Ich dachte, du hast kein Herz«, brummte Mr. Crepsley und stand auf. »Aber mein Herz verlangt es ebenfalls nach einer Konfrontation, obwohl mein Kopf dagegen ist. Also gehen wir.«
Vancha grinste blutrünstig, schlug Mr. Crepsley auf die Schulter, und ohne weitere Umstände stahlen wir uns in die Nacht hinaus.

Bei dem Gehölz angekommen, schmiedeten wir einen Plan.
»Wir fallen aus vier verschiedenen Richtungen über sie her«, schlug Vancha vor, der sofort das Kommando übernommen hatte. »Dann glauben sie, wir wären viel mehr.«
»Sie sind insgesamt neun«, hielt Mr. Crepsley fest, »inklusive Evanna. Wie teilen wir sie auf?«

»Zwei Vampyre für dich, zwei für mich und zwei für Harkat. Darren übernimmt den siebten und den Diener – der ist wahrscheinlich ein Halbvampyr oder ein Vampet und dürfte deshalb kein großes Problem darstellen.«
»Und Evanna?«, fragte Mr. Crepsley.
»Auf die sollten wir uns am Ende gemeinsam stürzen«, meinte Vancha.
»Nein«, entschied mein Mentor. »Evanna übernehme ich allein.«
»Sicher?«
Mr. Crepsley nickte.
»Dann müssen wir uns nur noch verteilen und zuschlagen. Geht so dicht heran wie möglich. Ich fange an, indem ich ein paar Shuriken schleudere. Ich ziele auf Arme und Beine. Sobald ihr Schreie und Flüche hört – schlagt erbarmungslos zu.«
»Es wäre wesentlich einfacher, wenn du auf die Köpfe und Hälse zieltest«, gab ich zu bedenken.
»So kämpfe ich nicht«, knurrte Vancha. »Nur Feiglinge töten einen Gegner, ohne ihm von Angesicht zu Angesicht gegenüberzustehen. Wenn es sein muss, mache ich das auch – so wie bei dem Vampet mit der Handgranate –, ansonsten ziehe ich einen sauberen Kampf jederzeit vor.«
Wir trennten uns und näherten uns dem Wäldchen aus vier Richtungen. Allein fühlte ich mich plötzlich klein und verletzlich, schob diese Gefühle jedoch rasch beiseite und konzentrierte mich auf meinen Auftrag. »Mögen uns die Götter der Vampire leiten und schützen«, murmelte ich leise vor mich hin, bevor ich mit gezogenem Schwert vorrückte.
Die Vampyre und Evanna befanden sich immer noch auf der Lichtung und unterhielten sich leise. Der Mond war inzwischen durch die Wolken gebrochen, und obwohl die Äste das meiste Licht auffingen, war das Gelände heller als noch vor kurzem, als ich allein hier gewesen war.

Ich schob mich so dicht an die Vampyre heran, wie ich es wagte, dann verbarg ich mich hinter einem dicken Baumstamm und wartete. Ringsum war alles still. Ich hatte befürchtet, Harkat, der sich nicht so geräuschlos wie ein Vampir bewegen konnte, würde die Fremden auf uns aufmerksam machen, doch der Kleine Kerl war überaus vorsichtig und verursachte keinen Laut.

Ich zählte leise in Gedanken. Als ich bei 69 angekommen war, vernahm ich ein pfeifendes Zischen zu meiner Linken, gefolgt von einem erschrockenen Aufschrei. Kaum eine Sekunde später folgten ein zweites Zischen und ein zweiter Aufschrei. Ich packte mein Schwert fester, wirbelte hinter meinem Baum hervor und stürzte mit wildem Gebrüll los.

Die Vampyre reagierten sofort und sprangen, noch bevor wir über ihnen waren, mit gezückten Waffen auf die Beine. Doch Mr. Crepsley und Vancha handelten noch schneller, und als ich meine Klinge mit einem großen, muskulösen Vampyr kreuzte, in dessen linkem Schienbein ein Shuriken steckte, sah ich, wie mein ehemaliger Lehrmeister bereits einem unserer Gegner Bauch und Brust aufschlitzte und ihn damit auf der Stelle tötete, während Vancha einem anderen mit dem Daumen das linke Auge ausstieß, so dass er laut aufheulend zu Boden sank.

Mir blieb gerade genug Zeit, um zu erkennen, dass der Mann auf dem Boden nicht die purpurfarbene Haut der anderen aufwies – es war ein Vampet! –, dann musste ich mich auf den Vampyr vor mir konzentrieren. Er war mindestens zwei Köpfe größer als ich, breitschultriger und wesentlich kräftiger. Doch auf die Größe kam es, wie ich im Berg der Vampire gelernt hatte, nicht unbedingt an, und so wich ich seinen wilden Hieben geschickt aus, duckte mich und stieß meinerseits immer wieder nach ihm, ritzte ihm die Haut an einer Stelle auf und bohrte meine Schwertspitze in eine andere. Er blutete, was seinen Zorn noch mehr anfachte und sowohl seine Treffsicherheit als auch seinen Rhythmus beeinträchtigte. Er fing an, ziellos um sich zu schlagen.

Als ich gerade einen seiner Hiebe parierte, taumelte jemand von hinten gegen mich, und ich kam strauchelnd zu Fall. Blitzschnell rollte ich mich zur Seite, sprang wieder auf und sah einen Vampyr mit blutüberströmtem Gesicht stöhnend zusammenbrechen. Über ihm stand Harkat Mulds mit einer rot verschmierten Axt in der linken Hand und einem verletzten rechten Arm, der schlaff herabhing.

Mein Gegner konzentrierte sich jetzt auf meinen Freund. Mit heiserem Brüllen schlug er nach dem Kopf des Kleinen Kerls. Harkat riss seine Axt rechtzeitig nach oben, ließ sie hoch über seinem Kopf gegen das Schwert klirren und wich dann, um den Vampyr weiter heranzulocken, ein Stück zurück.

Ich blickte mich rasch um und machte mir ein Bild vom Stand der Dinge. Drei oder vier unserer Gegner lagen am Boden, doch der Vampet, der ein Auge verloren hatte, tastete nach einem Schwert und wirkte, als sei er fest entschlossen, sich sogleich wieder in den Kampf zu stürzen. Mr. Crepsley kämpfte mit einem Vampyr, der eine Vorliebe für Messer zu haben schien, und die beiden wankten hin und her und stießen mit den Klingen nacheinander wie ein Paar Tänzer. Vancha wiederum hatte alle Hände voll mit einem riesigen, axtschwingenden Scheusal zu tun. Obwohl seine Axt doppelt so groß wie die von Harkat war, ließ er sie zwischen seinen gewaltigen Fingern kreisen, als wöge sie überhaupt nichts. Vancha schwitzte und blutete aus einem Schnitt an der Hüfte, wich aber keinen Zentimeter zurück.

Mir gegenüber stand der siebte Vampyr, ein großer, schlanker Bursche mit schmalem Gesicht, langem, zurückgebundenem Haar und einem hellgrünen Anzug. Er beobachtete mit dem unter der Kapuze verborgenen Diener das Kampfgetümmel.

Beide hielten lange Schwerter umklammert und sahen aus, als wollten sie sofort fliehen, sollte der Kampf zu ihren Ungunsten ausgehen, oder sich aber ins Geschehen werfen und uns den Rest geben, sobald sich ein Sieg für sie abzeichnete.
Eine derartig zynische Taktik widerte mich an. Ich zog ein Messer und schleuderte es nach dem Kopf des Dieners, der nicht viel größer war als ich.
Der kleine Mann in dem wallenden Gewand sah das Messer kommen und drehte den Kopf aus der Flugbahn. Seine Schnelligkeit verriet mir, dass er eine angezapfte Kreatur der Nacht sein musste – kein Mensch hätte sich so rasch bewegen können.
Der Vampyr daneben musterte mich mit finsterem Blick, als ich ein weiteres Messer zog, wartete einen Moment ab und kam dann quer über die Lichtung auf mich zugestürmt, bevor ich auf ihn zielen konnte. Ich ließ das Messer fallen, hob mein Schwert und lenkte seinen Hieb seitlich ab, brachte die Klinge aber kaum noch rechtzeitig wieder hoch, um seinen zweiten Schlag zu parieren. Er war schnell und in der Schwertkunst offensichtlich gut ausgebildet. Ich steckte in der Klemme.
Notgedrungen wich ich vor meinem Gegner zurück, wobei ich mich so gut verteidigte, wie es mir möglich war. Seine Schwertklinge war nur ein verschwommener Strich, wenn sie zuschlug, und obwohl ich mich wacker hielt, hatte sie mich bald erwischt. Ich spürte, wie in meinem linken Oberarm eine Wunde klaffte ... dann einen tiefen Stich in meinem rechten Oberschenkel ... einen gezackten Schnitt quer über meiner Brust.
Ich stellte mich mit dem Rücken gegen einen Baum und verfing mich dabei mit dem Ärmel des rechten Armes an einem Ast. Der Vampyr stieß mit seiner Klinge nach meinem Gesicht. Ich dachte schon, mein letztes Stündlein habe geschlagen, doch dann kam mein Arm wieder frei, mein Schwert blockte seinen

Stoß gerade noch ab und lenkte ihn seitlich zu Boden. In der Hoffnung, mein Gegner würde seine Waffe fallen lassen, drückte ich meine Klinge kräftig nach unten, aber der Vampyr war stärker und riss die seine in einer raschen Gegenbewegung wieder nach oben. Die Schneide glitt der Länge nach an der meinen empor und erzeugte einen wahren Funkenregen. Sie bewegte sich so schnell und mit derartig unerwarteter Wucht, dass sie, statt am Heft meines Schwertes abzuprallen, direkt durch das vergoldete Metall hindurchschnitt – und anschließend durch Haut und Knochen meines schief stehenden rechten Daumens!
Der Daumen flog in hohem Bogen in die Dunkelheit. Ich schrie laut auf. Das Schwert entglitt meinen Fingern, und ich fiel wehrlos zu Boden. Der Vampyr blickte sich lässig um, als stellte ich für ihn keinerlei Bedrohung mehr dar. Mr. Crepsley gewann soeben den Messerkampf, das Gesicht seines Gegners hing in Fetzen. Harkat ignorierte seinen verletzten Arm einfach und begrub die Spitze seiner Axt tief im Bauch des Vampyrs. Obwohl der Getroffene heldenhaft aufbrüllte und weiterfocht, war er eindeutig dem Tod geweiht. Vancha hatte immer noch mit seinem Gegner zu tun, hielt jedoch wacker die Stellung, und wenn Mr. Crepsley oder Harkat ihm zu Hilfe kamen, würden sie den Riesen mit vereinten Kräften sicherlich zu Fall bringen. Der Vampet mit dem ausgestoßenen Auge stand mit einem Schwert in der Hand wieder auf den Beinen, schwankte jedoch unsicher hin und her und würde uns keine großen Schwierigkeiten mehr bereiten.
Während des gesamten Geschehens war Evanna mit unbeteiligtem Gesichtsausdruck auf dem Boden sitzen geblieben, ohne sich in das Kampfgeschehen einzumischen.
Wir waren drauf und dran zu gewinnen, und der Vampyr im grünen Anzug wusste das. Knurrend schlug er noch einmal nach meinem Kopf (er zielte so, dass die Klinge mich enthaup-

tet hätte), doch ich warf mich zur Seite in einen Blätterhaufen. Statt mir nachzusetzen und mir den Rest zu geben, machte der Vampyr kehrt, rannte zu dem vermummten Diener hinüber, hob ein Reserveschwert vom Boden auf und hastete dann zwischen den Bäumen davon, wobei er den Diener vor sich herschubste.

Vor Schmerzen stöhnend kam ich wieder auf die Beine, hob mit zusammengebissenen Zähnen das Messer auf, das ich zuvor fallen gelassen hatte, und ging zu Harkat hinüber, um ihm zu helfen, sich seines Gegners endgültig zu entledigen. Es war nicht gerade eine Heldentat, jemandem ein Messer in den Rücken zu stoßen, aber ich wollte die Schlacht möglichst schnell beenden und empfand keinerlei Mitleid mit dem Vampyr, der kurz erstarrte und dann zusammenbrach, meine Klinge tief zwischen den Schulterblättern.

Mr. Crepsley hatte den Vampyr mit den Messern erledigt und eilte, nachdem er sich mit einem raschen Schnitt durch die Kehle auch des einäugigen Vampets angenommen hatte, Vancha zu Hilfe. In diesem Augenblick erhob sich Evanna und brüllte ihn an: »Willst du deine Klingen etwa auch gegen *mich* erheben, Larten?«

Mr. Crepsley zögerte, die Messer schwankten lauernd in seinen Händen, dann ließ er seine Deckung sinken und beugte vor ihr das Knie: »Mitnichten, Lady«, sagte er leise. »Das werde ich keinesfalls tun.«

»Dann werde auch ich nicht die Hand gegen dich erheben«, gab Evanna zurück und machte sich daran, von einem toten Vampyr zum anderen zu gehen, sich neben die Leichen zu knien, den Todesgruß auszuführen und dabei zu flüstern: »Sei siegreich noch im Tod.«

Mein Mentor erhob sich wieder und betrachtete Vancha, der immer noch mit dem größten Vampyr focht. »Das war knapp, Euer Gnaden«, bemerkte er trocken, als der Riese Vanchas

Schädeldecke mit seiner gewaltigen Axt um Haaresbreite verfehlte. Zur Antwort beehrte der Vampirfürst Mr. Crepsley mit einem seiner widerlichsten Flüche. »Würde ich Euch zu nahe treten, wenn ich Euch meine Hilfe anböte, Euer Gnaden?«, erkundigte sich der Beschimpfte höflich.

»Mach, dass du herkommst!«, knurrte Vancha. »Zwei von ihnen hauen grade ab. Wir müssen ... *Bei Charnas Eingeweiden!*«, schrie er plötzlich auf und duckte sich abermals nur knapp unter der Axt weg.

»Harkat, bleib bei mir«, befahl Mr. Crepsley und setzte sich in Bewegung, um gegen den Riesen anzutreten. »Darren, du verfolgst mit Vancha die beiden anderen.«

»In Ordnung«, erwiderte ich. Dass ich einen Daumen verloren hatte, erwähnte ich nicht; solche Kleinigkeiten spielten in diesem Kampf auf Leben und Tod keine Rolle.

Mr. Crepsley und Harkat attackierten den Riesen jetzt zu zweit, Vancha drehte sich weg, verschnaufte kurz und nickte mir dann zu, bevor er dem flüchtigen Vampyr und dem Diener nachsetzte. Ich hielt mich dicht hinter ihm, saugte an dem blutigen Stumpf, wo zuvor einmal mein Daumen gewesen war, und zog mit der linken Hand ein Messer aus dem Gürtel. Als wir zwischen den Bäumen hervorbrachen, sahen wir die beiden vor uns. Der Diener kletterte gerade auf den Rücken des Vampyrs. Es war klar, dass sie vorhatten davonzuhuschen.

»Das lasst ihr mal schön bleiben!«, knurrte Vancha und schickte einen dunklen Shuriken auf die Reise. Das Geschoss erwischte den Diener ziemlich weit oben am rechten Schulterblatt. Der Getroffene schrie auf und fiel vom Rücken seines Trägers. Der Vampyr wirbelte herum, bückte sich nach seinem Kameraden, sah Vancha heranstürmen und richtete sich wieder auf. Dann zog er sein Schwert und warf sich ihm entgegen. Ich ließ mich zurückfallen, weil ich Vancha nicht in die Quere kommen wollte, behielt den am Boden liegenden Diener im

Auge und wartete erst einmal ab, wie sich der Kampf entwickeln würde.

Als er schon beinahe in Reichweite des Vampyrschwertes war, blieb Vancha plötzlich abrupt stehen, als wäre er gegen eine Wand gelaufen. Ich dachte, er sei von etwas getroffen worden, von einem Messer oder einem Pfeil, aber es sah nicht danach aus. Er stand einfach mit ausgestreckten Armen da und starrte den Vampyr an. Auch sein Gegner rührte sich nicht mehr von der Stelle, die roten Augen weit aufgerissen, das purpurne Gesicht ungläubig verzerrt. Dann senkte er das Schwert, schob es in die Scheide und half dem Diener hoch.

Vancha unternahm nichts, um ihn aufzuhalten.

Hinter mir hörte ich Mr. Crepsley und Harkat aus dem Unterholz brechen. Sie rannten auf uns zu, blieben dann aber neben mir stehen, als sie den Vampyr entkommen sahen. Vancha stand tatenlos da und schaute zu.

»Was zum ...«, hob Mr. Crepsley an, doch in diesem Augenblick erreichte der Vampyr Huschgeschwindigkeit und verschwand.

Vancha drehte sich zu uns um und ließ sich zu Boden fallen. Mein Mentor fluchte – nicht ganz so lästerlich wie Vancha kurz zuvor, aber viel fehlte nicht – und steckte angewidert seine Messer weg. »Du hast sie entkommen lassen!«, rief er, baute sich vor dem Vampirfürsten auf und sah ihn mit unverhüllter Verachtung an. »*Warum?*«, knurrte er, die Hände zu Fäusten geballt.

»Ich konnte ihn nicht aufhalten«, flüsterte Vancha mit niedergeschlagenem Blick.

»Du hast es nicht einmal versucht!«, tobte Mr. Crepsley.

»Ich konnte nicht gegen ihn kämpfen«, sagte Vancha. »Seit jeher habe ich mich vor dieser Nacht gefürchtet. Ich habe gebetet, sie möge niemals kommen, aber insgeheim wusste ich immer, dass es einmal so weit sein würde.«

»Was soll das Gefasel?«, fuhr ihn Mr. Crepsley an. »Wer war dieser Vampyr? Warum hast du ihn entwischen lassen?«
»Sein Name ist Gannen Harst«, erwiderte Vancha mit leiser, gebrochener Stimme. Als er aufblickte, standen kalte, glitzernde Tränen in seinen Augen. »Er ist mein *Bruder*.«

19 Eine ganze Weile sagte niemand etwas. Harkat, Mr. Crepsley und ich sahen Vancha staunend an, der den Blick starr auf den Boden gerichtet hatte. Der Mond über uns war hinter dicken Wolkenbänken verschwunden. Als sie sich schließlich teilten, fing der Vampirfürst zu reden an, als hätten ihn die Mondstrahlen dazu ermutigt.
»Mein richtiger Name lautet Vancha Harst«, sagte er. »Ich habe ihn geändert, als ich zum Vampir wurde. Gannen ist ein oder zwei Jahre jünger als ich ... oder umgekehrt? Es ist schon so lange her, ich erinnere mich nicht mehr genau. Als wir aufwuchsen, standen wir einander sehr nahe. Wir machten alles zusammen, wir schlossen uns sogar gemeinsam den Vampyren an.
Der Vampyr, der uns anzapfte, war ein ehrenhafter Mann und guter Lehrer. Er klärte uns genauestens über unser zukünftiges Leben auf. Er erläuterte uns die Gewohnheiten und Überzeugungen der Vampyre, dass sie sich als Hüter der Geschichte betrachteten, indem sie die Erinnerungen derjenigen, die sie aussaugten, in sich aufnahmen.« (Wenn ein Vampir oder Vampyr jemandem Blut abzapft, absorbiert er einen Teil der Seele und der Erinnerungen seines Opfers.) »Er erklärte uns auch, dass die Vampyre ihre Opfer zwar töteten, wenn sie tranken, dass es aber rasch und schmerzlos geschähe.«
»Und deshalb ist es in Ordnung?«, schnaubte ich.
»Für die Vampyre schon«, antwortete Vancha.

»Wie kannst du es wagen ...« Ich war außer mir.
Mr. Crepsley unterbrach mich mit einer knappen Handbewegung. »Wir haben jetzt keine Zeit für moralische Streitgespräche. Lass Vancha weiterreden.«
»Viel mehr gibt es nicht zu erzählen«, sagte Vancha. »Gannen und ich wurden als Halbvampyre angezapft. Gemeinsam dienten wir mehrere Jahre als Gehilfen. Aber ich konnte mich nicht daran gewöhnen, Menschen zu töten. Deshalb stieg ich irgendwann aus.«
»Einfach so?«, fragte Mr. Crepsley skeptisch.
»Nein«, erwiderte Vancha. »Normalerweise lassen die Vampyre keinen Gehilfen am Leben, der sich gegen die Gemeinschaft des Clans entscheidet. Kein Vampyr tötet jemals einen Artgenossen, doch dieses Gesetz gilt nicht für Halbvampyre. Mein Lehrmeister hätte mich umbringen müssen, als ich ihm mitteilte, dass ich nicht mehr wollte.
Gannen hat mich gerettet. Er hat um mein Leben gebettelt. Als das nichts half, sagte er, unser Meister müsse ihn ebenfalls töten. Letztendlich verschonten sie mein Leben, aber sie warnten mich und sagten, ich solle mich in Zukunft von allen Vampyren fern halten, inklusive Gannen, den ich bis heute Nacht nicht wieder gesehen habe.
Mehrere Jahre lang führte ich ein elendes Leben. Ich versuchte mich nach Art der Vampire zu ernähren und diejenigen, die ich anfiel, nicht zu töten, doch das Blut der Vampyre übte einen mächtigen Einfluss aus. Immer wenn ich mich an einem Opfer labte, verlor ich die Kontrolle über mich und tötete es, obwohl ich das nicht wollte. Schließlich beschloss ich, überhaupt kein Blut mehr zu saugen und zu sterben. Damals machte ich die Bekanntschaft von Paris Skyle, der mich unter seine Fittiche nahm.«
»Paris hat dich angezapft?«, staunte Mr. Crepsley.
»Ja.«

»Obwohl er wusste, wer du warst?«
Vancha nickte.
»Wie kann man denn jemanden als Vampir anzapfen, der bereits als Vampyr angezapft ist?«, fragte ich.
»Es funktioniert nur bei Vampyren, die noch nicht vollständig angezapft sind«, erklärte Mr. Crepsley. »Ein Halbvampir kann zum Vampyr werden und umgekehrt, aber das ist gefährlich und wird nicht oft praktiziert. Ich kenne nur drei andere Fälle. Zwei davon endeten tödlich, sowohl für die Angezapften als auch für den Anzapfer.«
»Paris kannte die Risiken«, sagte Vancha, »klärte mich jedoch erst hinterher darüber auf. Wenn ich gewusst hätte, dass sein Leben dabei auf dem Spiel stand, hätte ich mich niemals darauf eingelassen.«
»Was musste er dafür tun?«, fragte Harkat.
»Mir mein Blut entziehen und dafür seines geben, genau wie beim normalen Anzapfen«, erläuterte Vancha. »Der einzige Unterschied bestand darin, dass die Hälfte meines Blutes vampyrisch war, also giftig für Vampire. Paris übernahm mein verseuchtes Blut, und die Abwehrstoffe in seinem Körper verdünnten es, bis es harmlos war. Aber es hätte ihn genauso gut umbringen können, wie auch sein Blut mich hätte töten können. Doch das Vampirglück war uns hold – wir haben die Prozedur beide überlebt, auch wenn wir große Schmerzen litten. Nachdem mein Vampyrblut von Paris umgewandelt worden war, bekam ich meine Trinkgewohnheiten endlich in den Griff. Ich lernte viel von Paris, und er bildete mich nach einiger Zeit sogar zum Obervampir aus. Mit Ausnahme der anderen Fürsten weiß niemand über meine frühere Verbindung zu den Vampyren Bescheid.«
»Sie waren mit deiner Umwandlung einverstanden?«, fragte Mr. Crepsley.
»Nachdem ich mich viele Male als würdig erwiesen hatte – ja.

Doch sie machten sich große Sorgen wegen Gannen und befürchteten, meine Loyalität könnte auf die Probe gestellt werden, wenn ich ihm wieder begegnete. So wie es heute Nacht geschehen ist. Aber sie haben mich akzeptiert und gelobt, meine wahre Geschichte geheim zu halten.«

»Warum hat *mich* niemand davon unterrichtet?«, wollte ich wissen.

»Wäre ich zur Zeit deines Aufenthaltes im Berg eingetroffen, wärst du gewiss darüber informiert worden. Aber es geziemt sich nicht, über jemanden zu reden, der nicht anwesend ist.«

»Das ist eine verdammt kitzlige Angelegenheit«, brummte Mr. Crepsley mürrisch. »Ich verstehe sehr gut, weshalb du nichts davon erwähnt hast, aber wenn wir das alles vorher gewusst hätten, hätte *ich* deinen Bruder verfolgt und dir den Riesen im Wäldchen überlassen.«

»Wie hätte ich das denn ahnen können?« Vancha lächelte schwach. »Ich habe sein Gesicht erst gesehen, als ich ihm nah genug war, um ihn zu töten. Ihn hätte ich am allerwenigsten hier erwartet.«

Hinter uns tauchte Evanna zwischen den Bäumen auf, die Finger rot vom Blut der toten Vampyre. Sie hielt etwas in der Hand.

Als sie näher kam, erkannte ich, dass es mein abgeschlagener Daumen war. »Den hier hab ich gefunden«, sagte sie und warf ihn mir zu. »Dachte, du willst ihn vielleicht wiederhaben.«

Ich fing den Daumen auf und schaute auf die Stelle, an der er abgetrennt worden war.

Solange ich Vanchas Ausführungen zugehört hatte, hatte ich den Schmerz gar nicht bewusst wahrgenommen, doch jetzt fing der Stumpf heftig zu pochen an. »Können wir ihn wieder annähen?«, stöhnte ich.

»Möglich«, sagte Mr. Crepsley und inspizierte Stumpf und Daumen. »Lady Evanna, Ihr verfügt doch über die Macht, den

Finger auf der Stelle und ohne große Mühe wieder anzufügen, oder irre ich mich?«
»Ganz recht«, nickte Evanna, »aber ich tue es nicht. Schnüffler haben keine Vergünstigungen verdient.« Sie drohte mir mit dem Zeigefinger. »Du hättest Spion werden sollen, Darren.« Es war schwer zu sagen, ob sie verärgert oder eher amüsiert war.
Vancha hatte zum Glück Zwirn und eine aus einer Gräte gefertigte Nadel dabei. Und so setzte Mr. Crepsley den Daumen an die richtige Stelle, wo ihn der Fürst dann festnähte, obwohl er in Gedanken ganz woanders war. Es tat mordsmäßig weh, aber ich musste ja nur wegsehen und die Zähne zusammenbeißen. Als die Naht fertig war, rieben die Vampire ihren Speichel rings um die Wunde, um den Heilungsprozess zu beschleunigen, banden den Daumen fest an die anderen Finger, damit der Knochen besser zusammenwuchs, und ließen mich wieder los.
»Mehr können wir nicht für dich tun«, sagte Mr. Crepsley. »Wenn sich die Wunde entzündet, müssen wir ihn wieder abhacken, und du musst ohne ihn auskommen.«
»So ist's recht«, knurrte ich. »Immer positiv denken.«
»Ihr solltet lieber mir den Kopf abhacken«, kommentierte Vancha verbittert. »Ich hätte meine Pflicht über meine verwandtschaftlichen Gefühle stellen sollen. Ich verdiene es nicht, weiterzuleben.«
»Unsinn!«, schnaubte Mr. Crepsley. »Jemand, der seinen Bruder tötet, wäre viel verdammenswerter. Du hast getan, was jeder von uns getan hätte. Durch einen unglücklichen Zufall bist du deinem Bruder ausgerechnet hier begegnet, aber durch deinen Schnitzer ist uns kein Schaden entstanden, und ich glaube ...«
Er wurde von Evannas Gelächter unterbrochen. Die Hexe hielt sich kichernd den Bauch, als hätte mein Mentor einen besonders guten Witz gerissen.

»Was ist denn daran so lustig?«, fragte er verdutzt.
»Ach, Larten, wenn du nur wüsstest!«, quietschte sie.
Der Vampir blickte Vancha, Harkat und mich stirnrunzelnd an. »Worüber lacht sie denn so?«
Keiner von uns wusste es.
»Ganz egal, worüber sie lacht«, sagte Vancha und trat herausfordernd auf die Hexe zu, »*mich* würde vielmehr interessieren, was sie überhaupt hier zu suchen hatte und weshalb sie mit dem Feind in Verbindung steht, obwohl sie die ganze Zeit so getan hat, als wäre sie auf unserer Seite.«
Evanna hörte zu lachen auf und blickte dem Vampirfürst ins Gesicht. Sie wuchs auf magische Weise, wurde immer größer, bis sie wie eine wütend aufgerichtete Kobra mit erhobenem Kopf über ihm aufragte, doch der Fürst zuckte nicht einmal mit der Wimper. Nach und nach wich die drohende Haltung wieder von ihr, und sie kehrte zu ihrer normalen Gestalt zurück. »Ich habe nie behauptet, eure Verbündete zu sein, Vancha«, antwortete sie. »Ich bin mit euch gereist, ich habe mein Brot mit euch gebrochen – aber ich habe nie behauptet, auf eurer Seite zu stehen.«
»Heißt das, du stehst auf *deren* Seite?«, fauchte er.
»Ich stehe auf niemandes Seite«, erwiderte Evanna gelassen. »Der Konflikt zwischen Vampiren und Vampyren interessiert mich nicht die Bohne. Für mich seid ihr nichts als dumme Jungs, die sich prügeln, bis sie irgendwann zur Besinnung kommen und aufhören, sich gegenseitig anzuspucken.«
»Ein interessanter Blickwinkel«, bemerkte Mr. Crepsley ironisch.
»Das verstehe ich nicht«, sagte ich. »Was habt Ihr dann mit den Vampyren zu schaffen gehabt, wenn Ihr nicht auf ihrer Seite steht?«
»Ich habe mich mit ihnen unterhalten, um sie besser einschätzen zu können. So wie ich mich mit euch unterhalten habe.

Erst habe ich mit den Jägern zusammengesessen und sie genau studiert, und jetzt habe ich das Gleiche mit den Gejagten getan. Wie auch immer der Krieg der Narben ausgeht, am Ende muss ich mit den Siegern klarkommen. Es ist immer gut, im Vorhinein über das Format derjenigen Bescheid zu wissen, an die deine Zukunft gebunden ist.«

»Werdet ihr daraus schlau?«, fragte Vancha in die Runde.

Evanna grinste höhnisch, sichtlich erfreut über unsere Verwirrung. »Lest ihr tapferen Krieger denn keine Kriminalromane?«, wollte sie wissen.

Wir starrten sie verdutzt an.

»Wenn ja, hättet ihr inzwischen wahrscheinlich erraten, was hier vor sich geht.«

»Hast du schon mal eine Frau geschlagen?«, erkundigte sich Vancha bei Mr. Crepsley.

»Nein«, erwiderte dieser.

»*Ich* schon«, grunzte Vancha.

»Alles eine Frage des Charakters«, gluckste die Hexe, wurde aber sofort wieder ernst. »Wenn ihr etwas sehr Wertvolles besitzt, nach dem andere suchen, wo wäre wohl das beste Versteck?«

»Wenn dieser Schwachsinn nicht bald aufhört ...«, knurrte Vancha warnend.

»Das ist kein Schwachsinn«, unterbrach ihn Evanna. »Sogar Menschen könnten diese Frage beantworten.«

Wir dachten schweigend darüber nach. Dann hob ich wie in der Schule die Hand und sagte: »Ganz offen, vor aller Augen?«

»Genau.« Evanna applaudierte mir. »Wer etwas sucht – oder auf der Jagd nach etwas ist –, findet das Gesuchte nur selten, wenn es direkt vor seiner Nase liegt. Das Offensichtliche wird nämlich meistens übersehen.«

»Aber was hat das alles mit ...«, setzte Mr. Crepsley an.

»Der Mann in der wallenden Robe ... war kein Diener«,

unterbrach ihn Harkat grimmig. Wir drehten uns fragend nach ihm um. »Das ist es ... was wir übersehen haben ... stimmt's?«
»Richtig«, antwortete die Hexe, in deren Stimme jetzt ein versöhnlicher Unterton mitschwang. »Indem sie ihn unterwegs wie einen Diener kleideten und behandelten, wussten die Vampyre, dass er bei einem Überfall als Letzter angegriffen werden würde.«
Evanna hielt vier Finger hoch, knickte den Zeigefinger ab und fuhr fort: »Dein Bruder ist nicht weggerannt, weil er Angst hatte, Vancha. Er ist geflohen, um das Leben des Mannes zu retten, den er beschützen musste. Den falschen Diener. Den *Lord der Vampyre!*«

20 Auf Befehl von Evanna (sie drohte damit, uns zu blenden und taub zu machen, falls wir nicht gehorchten) begruben wir die toten Vampyre und den Vampet auf der Lichtung. Wir hoben tiefe Gräber aus, legten die Toten auf den Rücken, mit dem Gesicht gen Himmel und Paradies, dann schaufelten wir sie zu.
Vancha war untröstlich.
Bei unserer Rückkehr zum Cirque Du Freak verlangte er nach einer Flasche Schnaps, schloss sich in einem kleinen Wohnwagen ein und reagierte weder auf Rufen noch auf Klopfen. Er machte sich allein für das Entkommen des Lords verantwortlich. Hätte er seinen Bruder angegriffen, wäre uns der Lord in die Hände gefallen.
Es war die erste der vier uns versprochenen Chancen gewesen, den finsteren Herrscher zu töten, und es fiel schwer, sich eine bessere Gelegenheit auszumalen; sie war uns förmlich in den Schoß gefallen.
Meister Riesig wusste bereits, was vorgefallen war. Er hatte die

Konfrontation erwartet und erzählte uns, dass die Vampyre dem Cirque schon seit über einem Monat gefolgt seien.
»Also wussten sie, dass wir kommen?«, fragte ich.
»Nein«, antwortete er. »Sie sind uns aus anderen Gründen gefolgt.«
»Aber Sie wussten, dass wir kommen ... oder nicht?«, knurrte Harkat trotzig.
Meister Riesig nickte traurig. »Ich hätte euch gewarnt, aber das hätte schlimme Folgen gehabt. Denjenigen, die in die Zukunft blicken können, ist es verboten, sie zu beeinflussen. Allein Salvatore Schick darf sich direkt in derartige Angelegenheiten einmischen.«
»Weißt du denn, wo die Vampyre jetzt hingegangen sind?«, wollte Mr. Crepsley wissen, »oder wann wir das nächste Mal auf sie stoßen werden?«
Meister Riesig schüttelte den Kopf. »Ich könnte es herausfinden, aber ich lese so wenig wie möglich in der Zukunft. Ich darf euch jedoch verraten, dass Gannen Harst der Hauptmann der Leibgarde des Lords ist. Die sechs, die ihr getötet habt, waren gewöhnliche Wachen, die sich leicht ersetzen lassen. Harst dagegen ist eine wichtige Figur. Er folgt dem Lord überallhin. Wäre er bei dem Gefecht gefallen, hätten sich die Waagschalen der Zukunft sehr zu euren Gunsten geneigt.«
»Wenn nur ich anstelle von Vancha Harst verfolgt hätte«, seufzte Mr. Crepsley.
Evanna, die seit unserer Rückkehr kein Wort mehr gesagt hatte, schüttelte den Kopf. »Verschwendet eure Zeit nicht damit, verpassten Chancen nachzuweinen«, sagte sie. »Das Schicksal hatte es für dich nicht vorgesehen, dass du Gannen Harst in diesem Stadium der Verfolgungsjagd gegenübertrittst. Für Vancha schon. So stand es geschrieben.«
»Betrachten wir doch mal die guten Seiten des Vorfalls«, warf ich ein. »Wir wissen jetzt, mit wem der Lord der Vampyre

unterwegs ist. Wir könnten Gannen Harsts Beschreibung überall verteilen und unseren Leuten auftragen, nach ihm Ausschau zu halten. Außerdem können die Vampyre jetzt den Trick mit der Dienerverkleidung nicht mehr anwenden – beim nächsten Mal sind wir darauf gefasst und wissen, worauf wir zu achten haben.«

»Das stimmt«, nickte Mr. Crepsley. »Außerdem haben wir keine Verluste zu beklagen. Wir sind noch genauso schlagkräftig wie zu Anfang unserer Suche, wir sind ein ganzes Stück schlauer geworden, und uns bleiben immer noch drei Gelegenheiten, ihn zu töten.

»Warum fühlen wir … uns dann so … mies?«, fragte Harkat niedergeschlagen.

»Ein Fehlschlag ist immer eine bittere Pille«, erwiderte Mr. Crepsley.

Anschließend versorgten wir unsere Wunden.

Der Kleine Kerl hatte einen bösen Schnitt im Arm, aber wenigstens waren keine Knochen gebrochen. Wir verpassten ihm eine Schlinge, und Mr. Crepsley meinte, in ein paar Nächten müsse er wieder in Ordnung sein. Mein rechter Daumen verfärbte sich widerlich, doch Meister Riesig zufolge war er nicht infiziert und würde wieder gesunden, wenn ich ihm ein wenig Ruhe gönnte.

Gerade als wir uns zum Schlafen hinlegen wollten, hörten wir ein zorniges Brüllen. Wir rannten zwischen den Zelten hindurch (Mr. Crepsley hatte sich einen dicken Umhang über den Kopf geworfen, um sich vor der Morgensonne zu schützen) und entdeckten Vancha am Rande des Lagers, wo er sich die Kleider vom Leib riss. Neben ihm stand die leere Schnapsflasche auf der Erde.

»Verbrenn mich!«, brüllte er die Sonne an. »Es ist mir egal! Mach doch mit mir, was du willst! Du wirst schon sehen, ob es mir etwas …«

»Vancha!«, fuhr ihn Mr. Crepsley an. »Was treibst du denn da?«
Der Fürst wirbelte herum, schnappte sich die Flasche und streckte sie meinem Mentor wie eine Waffe entgegen. »Bleib weg!«, fauchte er. »Wenn du versuchst, mich daran zu hindern, bringe ich dich um!«
Mr. Crepsley blieb stehen. Er wusste, dass es nicht ratsam war, sich mit einem betrunkenen Vampir einzulassen, schon gar nicht mit jemandem von Vanchas Körperkraft. »Das ist doch dummes Zeug, Euer Gnaden«, beschwichtigte er den Fürsten. »Kommt mit herein. Wir besorgen noch eine Flasche Schnaps, die können wir gemeinsam aus...«
»...trinken, jawohl, und zwar auf das Wohl des Vampyrlords!«, kreischte Vancha übergeschnappt.
»Das ist Wahnsinn, Euer Gnaden«, sagte Mr. Crepsley.
»Ganz genau«, pflichtete ihm Vancha mit nüchterner, trauriger Stimme bei. »Aber die ganze Welt ist dem Wahnsinn verfallen, Larten. Weil ich das Leben meines Bruders, der einst das meine gerettet hat, verschont habe, ist unser schlimmster Feind entkommen, wodurch sich unser gesamtes Volk der Vernichtung gegenübersieht. Was ist das nur für eine Welt, in der das Böse einer guten Tat entspringt?«
Darauf wusste Mr. Crepsley auch keine Antwort.
»Der Tod ist keine Lösung«, meinte Harkat. »Ich muss es schließlich wissen.«
»Nein, eine Lösung ist er nicht«, stimmte ihm Vancha zu, »aber er ist eine Strafe, und ich habe Bestrafung verdient. Wie soll ich meinen Mitfürsten und den Obervampiren nach dieser Schmach noch unter die Augen treten? Meine Gelegenheit, dem Lord der Vampyre den Garaus zu machen, habe ich verpasst. Es ist besser, dass ich ebenfalls dahingehe, als noch länger hier zu verweilen und Schande über uns alle zu bringen.«

»Du hast also vor, hier draußen zu bleiben und dich von der Sonne umbringen zu lassen?«, fragte ich.
»Genau«, lachte er heiser auf.
»Du bist ein Feigling«, erwiderte ich verächtlich.
Sein Gesichtsausdruck verhärtete sich. »Pass auf, was du sagst, Darren Shan! Ich bin gerade in der Stimmung, vor meinem Abgang noch den einen oder anderen Schädel einzuschlagen!«
»Und ein Schwachkopf dazu«, fuhr ich dessen ungeachtet fort, stürmte an Mr. Crepsley vorbei und zeigte mit dem Zeigefinger meiner gesunden linken Hand anklagend auf Vancha. »Wer gibt dir das Recht, dich einfach davonzumachen? Wie kommst du auf den Gedanken, unserer Suche den Rücken zuzukehren und uns alle im Stich zu lassen?«
»Was redest du da?«, stotterte Vancha verwirrt. »Ich habe mit der Suche nichts mehr zu tun. Sie obliegt jetzt dir und Larten.«
»Ach ja?« Ich drehte mich um, hielt nach Evanna und Meister Riesig Ausschau und entdeckte sie Seite an Seite hinter der Menge der Zirkusartisten und ihrer Helfer, die vom Gebrüll des Fürsten angelockt worden waren. »Lady Evanna! Meister Riesig! Antwortet mir, wenn es euch möglich ist: Hat Vancha immer noch eine Rolle bei unserer Jagd nach dem Lord der Vampyre zu spielen?«
Meister Riesig wechselte einen verunsicherten Blick mit Evanna. Nach kurzem Zögern sagte sie widerstrebend: »Er hat die Möglichkeit, die Suche zu beeinflussen.«
»Aber ich habe versagt«, heulte Vancha auf.
»*Einmal*, das stimmt«, sagte ich zustimmend. »Aber wer kann sagen, dass sich dir keine zweite Chance bietet? Niemand hat behauptet, wir hätten jeder nur eine einzige Chance. Nach allem, was wir wissen, bist *du* derjenige, dem sich alle vier Gelegenheiten bieten!«
Vancha blinzelte, sein Mund klappte langsam auf.

»Selbst wenn die Chancen gleichmäßig verteilt sind«, warf Mr. Crepsley ein, »haben wir immer noch drei weitere, und Darren und ich sind nur zwei – demnach hält das Schicksal für einen von uns mindestens noch eine zweite Chance im Feldzug gegen den Lord bereit.«
Vancha wog unsere Worte ab, dann ließ er die Flasche fallen und kam auf mich zugetorkelt. Ich fing ihn auf und stützte ihn. »Ich bin ein ziemlicher Idiot, was?«, ächzte er.
»Stimmt«, nickte ich lächelnd und führte ihn in den Schatten, wo er sich wie wir zur Ruhe bettete und bis zum Anbruch der Nacht selig schlummerte.

Bei Sonnenuntergang standen wir auf und versammelten uns in Meister Riesigs Wohnwagen. Draußen wurde es rasch dunkel. Vancha trank eine Tasse dampfend heißen Kaffees nach der anderen, um seinen Kater zu bekämpfen, und wir debattierten über unsere nächsten Schritte. Wir kamen zu dem Schluss, dass es das Beste wäre, wenn wir den Cirque Du Freak wieder verließen. Ich wäre gern noch länger geblieben, ebenso Mr. Crepsley, doch unser Schicksal erwartete uns anderswo. Abgesehen davon könnte Gannen Harst mit einer Vampyr-Armee zurückkehren, und wir wollten hier weder in der Falle sitzen, noch den Zorn unserer Feinde auf die Zirkusleute lenken.
Evanna würde uns nicht weiter begleiten. Die Hexe wollte lieber zu ihrer Höhle und ihren Fröschen zurückkehren und sich auf bevorstehende Katastrophen vorbereiten. »Ihr könnt euch darauf verlassen, dass es zu Katastrophen kommen wird«, sagte sie mit einem Aufblitzen ihres grünen und ihres braunen Auges. »Ob eher für die Vampire oder für die Vampyre, kann ich noch nicht sagen. Aber für eine Partei wird es mit Tränen enden, so viel ist gewiss.«
Ich kann nicht behaupten, dass ich die kleine, haarige, hässliche

Hexe nach ihrem Abschied sonderlich vermisst hätte. Ihre düsteren Prophezeiungen hatten uns nichts als Kummer und böse Vorahnungen eingebracht. Meiner Meinung nach waren wir ohne sie besser dran.

Auch Vancha machte sich allein auf den Weg. Wir waren übereingekommen, dass er zum Berg der Vampire zurückkehren und den anderen von unserer Begegnung mit dem Lord der Vampyre berichten sollte. Außerdem mussten sie über Gannen Harst Bescheid wissen. Der Vampirfürst sollte sich uns später wieder anschließen, indem er mental mit Mr. Crepsley Verbindung aufnahm.

Wir verabschiedeten uns rasch von unseren Freunden im Cirque Du Freak.

Evra war traurig, dass ich ihn schon so bald wieder verließ, aber er wusste, dass mein Leben in komplizierten Bahnen verlief. Shancus war noch trauriger. Sein Geburtstag stand bevor, und er hatte sich schon auf ein wunderbares Geschenk gefreut. Ich tröstete den Schlangenjungen damit, dass ich unterwegs bestimmt etwas Tolles finden und ihm schicken würde – auch wenn ich nicht garantieren konnte, dass es noch rechtzeitig zu seinem Geburtstag eintraf.

Truska fragte, ob ich mein abgeändertes Piratenkostüm mitnehmen wolle, doch ich bat sie, darauf aufzupassen, denn ich befürchtete, dass es unterwegs nur schmutzig und beschädigt würde. Ich versprach ihr, bald wiederzukommen und es anzuprobieren. Sie ermahnte mich, mein Versprechen nicht zu vergessen, und verpasste mir einen langen Abschiedskuss, bei dem Vancha vor Eifersucht beinahe in die Luft gegangen wäre.

Meister Riesig wartete am Rande des Lagers auf uns, kurz bevor wir uns auf den Weg machten. »Tut mir Leid, dass ich nicht früher da sein konnte«, sagte er. »Dringende Geschäfte. Schließlich muss die Show weitergehen.«

»Mach's gut, Hibernius«, sagte Mr. Crepsley und schüttelte dem großen Mann die Hand. Diesmal schreckte Meister Riesig vor der Berührung nicht zurück.

»Du auch, Larten«, erwiderte er mit feierlichem Gesichtsausdruck.

Mit einem Blick in unsere Runde fügte er hinzu: »Vor uns liegen finstere Zeiten, ganz egal, wie eure Suche auch ausgeht. Ich möchte euch noch sagen, dass auf euch – auf euch alle – hier im Cirque Du Freak immer ein Zuhause wartet. Leider darf ich bei der Gestaltung der Zukunft keine so aktive Rolle spielen, wie ich es gern möchte, aber ich kann euch jederzeit eine Zuflucht bieten.«

Wir bedankten uns für sein Angebot und sahen ihm nach, wie er davonging, bis er von den Schatten seines geliebten Zirkuslagers verschluckt wurde.

Zögernd blickten wir einander an. Keiner von uns wollte als Erster gehen.

»Na denn!«, polterte Vancha schließlich. »Höchste Zeit, dass ich mich aus dem Staub mache. Bis zum Berg der Vampire ist es ein weiter Weg, sogar wenn ich husche.« Eigentlich war es den Vampiren nicht erlaubt, sich ihrem Berg huschend zu nähern, doch in Zeiten des Krieges wurden die Vorschriften zur Gewährleistung einer rascheren Verbindung zwischen Obervampiren und Fürsten ein wenig gelockert.

Einer nach dem anderen schüttelten wir Vancha die Hand. Bei dem Gedanken, mich von dem rothäutigen Fürsten, der die Sonne zum Zweikampf herausgefordert hatte, trennen zu müssen, wurde mir ganz elend zu Mute. »Kopf hoch«, lachte er, als er meine düstere Miene sah. »Ich bin rechtzeitig zurück, um den zweiten Angriff auf den Lord der Vampyre anzuführen. Mein Wort darauf, und Vancha March hat sein Wort noch nie ge …« Er hielt inne. »›March‹ oder ›Harst‹?«, überlegte er laut, dann spuckte er in den Staub vor seinen Füßen. »Bei

Charnas Eingeweiden! Ich lebe schon so lange mit dem Namen Vancha March – jetzt bleibe ich auch dabei!«

Dann winkte er kurz, drehte sich abrupt um und trabte davon. Bald rannte er, erreichte mit einem Ruck Huschgeschwindigkeit und entschwand unseren Blicken.

»Da waren's nur noch drei«, murmelte Mr. Crepsley und sah Harkat und mich an.

»Genauso, wie wir vor sechs Jahren angefangen haben«, sagte ich.

»Aber damals hatten wir ein Ziel«, bemerkte Harkat. »Wo gehen wir ... dieses Mal hin?«

Ich blickte Mr. Crepsley fragend an.

Er zuckte die Achseln. »Das können wir später noch entscheiden. Jetzt sollten wir einfach losmarschieren.«

Also schulterten wir unser Gepäck, schenkten dem Cirque Du Freak einen letzten, wehmütigen Blick, stiefelten los und stellten uns der kalten, abweisenden Dunkelheit, den Mächten des Schicksals und den auf uns wartenden Schrecknissen der Nacht.

Die Verbündeten der Nacht

Für:

Bas – meine Debbie Schierling

*Der OBE (Orden der Blutigen Eingeweide)
geht an:
Davina »Bonnie« McKay*

*Qualitätskontrolle:
Gillie Russell & Zoë Clarke*

*Party Animals:
Der Christopher-Little-Clan*

Tagesblatt
15. September

GRAUSIGE MORDNÄCHTE!!!

Unser bislang so verschlafenes Städtchen befindet sich im Ausnahmezustand. Im Zeitraum von nur sechs Monaten wurden elf Menschen brutal ermordet und ihre blutleeren Leichen an verschiedenen öffentlichen Orten abgelegt. Zahlreiche andere Bürger sind im Dunkel der Nacht spurlos verschwunden. Vielleicht liegen auch sie entseelt und unentdeckt in der Kanalisation und vermodern.

Die Behörden zeigen sich angesichts der grausigen Bluttaten ratlos. Sie halten die Morde nicht für das Werk eines Einzeltäters, können sie aber auch keinem bereits in Erscheinung getretenen Verbrecher zuordnen. Bei der größten Polizeiaktion in der Geschichte unserer Stadt wurden ein Großteil der ortsansässigen Verbrecherbanden gesprengt, zwielichtige Sektenführer unter Arrest gestellt und diverse Geheimbünde zerschlagen – leider ohne den geringsten Erfolg!

Darauf angesprochen, reagiert Hauptkommissarin Alice Burgess mit der üblichen Schroffheit. »Wir schuften bis zum Umfallen«, faucht sie. »Meine Leute schieben unbezahlte Überstunden. Drückeberger gibt es bei uns nicht. Wir schicken bewaffnete Streifen durch die Straßen und nehmen jeden fest, der auch nur entfernt verdächtig aussieht. Wir haben nach sieben Uhr abends ein Ausgangsverbot für Kinder verhängt und raten auch allen Erwachsenen, zu Hause zu bleiben. Falls Sie jemanden kennen,

der meine Arbeit besser erledigen kann ... ein Anruf genügt, und ich trete mit Freuden zurück.«
Beruhigende Worte – doch sie beruhigen niemanden. Unsere Mitbürger sind derlei leere Versprechungen leid. Niemand zweifelt an den ehrlichen Bemühungen der Polizei – und der Armee, die mittlerweile zu Hilfe gerufen wurde –, doch das Vertrauen der Bürger in die Fähigkeit der Behörden, der Sache ein Ende zu bereiten, ist auf dem Nullpunkt angelangt. Viele Einwohner verlassen die Stadt und ziehen so lange zu Verwandten oder ins Hotel, bis das Morden aufgehört hat.
»Ich habe Kinder«, erklärt uns Michael Corbett, 46, Inhaber eines Antiquariats. »Ich komme mir zwar etwas schäbig vor, einfach wegzulaufen, und mein Geschäft ist damit auch ruiniert, aber das Leben meiner Frau und meiner Kinder ist mir wichtiger. Die Polizei kann jetzt nicht mehr tun als vor dreizehn Jahren. Wie damals bleibt uns nichts anderes übrig, als abzuwarten, bis das Ganze von selber aufhört. Dann kommen wir sofort zurück. Bis dahin wäre es meiner Meinung nach sträflicher Leichtsinn, hier zu bleiben.«
Mit diesem Hinweis auf die Vergangenheit spielt Mr. Corbett auf die Geschehnisse vor fast dreizehn Jahren an, als ein ähnliches Vorkommnis die Stadt in Angst und Schrecken versetzte. Damals entdeckten Jugendliche neun Leichen, die genauso grausam abgeschlachtet und blutleer waren wie die elf Opfer der jüngsten Mordserie.
Seinerzeit waren die Leichen jedoch sorgfältig versteckt worden und wurden erst lange nach ihrem Tod aufgefunden. Dieser Tage dagegen – oder besser »dieser Nächte«, denn sämtliche Opfer starben nach Sonnenuntergang – machen sich die Täter nicht die Mühe, die Spuren ihrer schändlichen Verbrechen zu verwischen. Fast hat man

den Eindruck, sie seien stolz auf ihre Grausamkeit und deponierten die Leichen absichtlich an Orten, wo sie möglichst rasch entdeckt werden.
Viele Bürger sind davon überzeugt, dass von alters her ein tödlicher Fluch auf unserer Stadt liegt. »Ich rechne schon seit fünfzig Jahren mit einer derartigen Mordserie«, äußert sich Dr. Kevin Beisty, ein hier ansässiger Historiker und Experte auf dem Gebiet des Übersinnlichen. »Vor über hundertfünfzig Jahren wurden in dieser Stadt Vampire gesichtet, und für Vampire gilt eine Grundregel: Wenn sie an einem Ort einmal Gefallen gefunden haben, kommen sie zurück!«

1 DÄMONEN DER NACHT. *Vampire.* Wäre Dr. Beisty der Einzige, der die Dämonen der Nacht beschuldigt, könnte man ihn als Spinner abtun. Doch inzwischen glauben auch viele andere, dass wir derzeit von Vampiren heimgesucht werden. Die Verfechter dieser Ansicht weisen darauf hin, dass die Morde ausnahmslos nachts stattfinden, dass die Leichen bis auf den letzten Blutstropfen ausgesaugt wurden (offenbar ohne medizinische Hilfsmittel) und, als wichtigstes Indiz, dass drei der Opfer während des Überfalls von versteckten Kameras fotografiert wurden, die Gesichter der Entführer jedoch *auf dem Filmmaterial nicht zu sehen sind!*
Hauptkommissarin Alice Burgess weist die Vampirtheorie weit von sich.
»Glauben Sie wirklich, Graf Dracula geht wieder um?«, verspottete sie unseren Reporter.
»Machen Sie sich doch nicht lächerlich! Wir leben im einundzwanzigsten Jahrhundert. Hinter diesen Mordfällen stecken irgendwelche Geisteskranken. Stehlen Sie mir mit solchen Schauergeschichten gefälligst nicht meine kostbare Zeit«, stellte er fest.
Auf weitere Nachfrage ergänzte die Kommissarin: »Ich glaube nicht an Vampire, und ich bin absolut dagegen, dass Schwachköpfe wie Sie den Leuten solchen Blödsinn eintrichtern. Aber ich kann Ihnen eines versichern – ich werde alles tun, was nötig ist, um den Tätern einen Riegel vorzuschieben. Wenn ich dafür irgendeinem Verrückten, der sich für einen Vampir hält, einen Pfahl in die Brust rammen muss, dann tue ich auch das, selbst wenn mich das meinen Job und meine Freiheit kostet. Niemand wird sich der Verantwortung für diese Verbrechen entziehen, indem er auf Unzurechnungsfähigkeit plädiert. Für

den Mord an elf braven Bürgern und Bürgerinnen gibt es nur eine Strafe – *den Tod!*
Dafür werde ich sorgen«, versprach Kommissarin Burgess mit einem entschlossenen Funkeln in den hellen Augen, das Professor Van Helsing zur Ehre gereicht hätte. »Und wenn ich die Täter bis nach Transsylvanien und wieder zurück verfolgen muss. Niemand, egal ob Mensch oder Vampir, entkommt dem Arm des Gesetzes! Richten Sie Ihren Lesern aus, dass ich ihre Peiniger dingfest machen werde. Darauf können sie wetten. Darauf können sie *ihren Kopf* verwetten ...«

Mr. Crepsley hob den Gullydeckel an und schob ihn zur Seite. Harkat und ich warteten unter ihm im Dunkeln. Der Vampir spähte die Straße hinab und zischte dann: »Die Luft ist rein.« Wir folgten ihm die Eisenleiter hinauf ins Freie.
»Diese verdammte Kanalisation!«, fluchte ich und zog meine Schuhe aus, die von Wasser, Schlamm und anderen Flüssigkeiten, über die ich lieber nicht nachdenken wollte, völlig aufgeweicht waren. Im Hotel musste ich sie im Waschbecken ausspülen und zum Trocknen auf die Heizung stellen, so wie ich es seit nunmehr drei Monaten jeden Morgen machte.
»Ich schätze sie auch nicht besonders«, brummte Mr. Crepsley zustimmend und entfernte mit spitzen Fingern die Überreste einer toten Ratte aus den Falten seines langen roten Umhangs.
»Ich habe kein Problem damit«, kicherte Harkat. Er hatte gut reden – ohne Nase und Geruchssinn!
»Wenigstens sind wir so vor dem Regen geschützt«, gab Mr. Crepsley zu bedenken.
»Warten Sie noch vier Wochen«, erwiderte ich mürrisch. »Mitte Oktober stehen wir da unten bis zur Hüfte im Wasser.«
»Bis dahin haben wir mit den Vampyren längst kurzen Prozess gemacht«, widersprach mir mein früherer Meister ohne rechte Überzeugung.

»Das haben Sie schon vor zwei Monaten gesagt«, rief ich ihm in Erinnerung.

»Und letzten Monat auch«, fügte Harkat an.

»Sollen wir die Suche etwa abbrechen und die armen Leute den Vampyren ausliefern?«, fragte mein Lehrmeister ruhig.

Der Kleine Kerl und ich blickten einander an, dann schüttelten wir die Köpfe. »Natürlich nicht«, seufzte ich. »Wir sind bloß total erledigt. Lasst uns ins Hotel zurückgehen, uns umziehen und etwas Warmes essen. Nach einem Tag Schlaf sieht die Welt wieder anders aus.«

Wir kletterten die Feuerleiter eines nahe gelegenen Gebäudes empor und machten uns über die Dächer der Stadt auf den Heimweg, um den patrouillierenden Polizisten und Soldaten auszuweichen.

Sechs Monate waren vergangen, seit uns der Lord der Vampyre entwischt war. Vancha war zum Berg der Vampire zurückgekehrt, um den Fürsten und Obervampiren Bericht zu erstatten, und noch nicht wieder zu uns gestoßen. Die ersten drei Monate waren Mr. Crepsley, Harkat und ich ohne bestimmtes Ziel umhergezogen. Dann hatten wir von der Verbrechensserie in Mr. Crepsleys ehemaliger Heimatstadt gehört, wo immer wieder Leichen ohne einen Tropfen Blut aufgefunden wurden. Die Zeitungen schrieben die Verbrechen Vampiren zu, doch wir wussten es besser. Schon vor geraumer Zeit hatten sich im Berg der Vampire die Hinweise verdichtet, dass sich in dieser Stadt Vampyre aufhielten. Diese Befürchtung schien sich nun zu bestätigen.

Mr. Crepsley fühlte sich den Einwohnern seiner Geburtsstadt noch immer verbunden. Zwar waren die Menschen, die er früher gekannt hatte, längst tot und begraben, doch er betrachtete ihre Enkel und Urenkel als seine Seelenverwandten. Schon einmal, dreizehn Jahre zuvor, war er zusammen mit mir und Evra Von, einem Schlangenjungen aus dem Cirque du Freak,

dorthin zurückgekehrt, um einem geisteskranken Vampyr namens Murlough das Handwerk zu legen, der in der Stadt sein Unwesen trieb. Nun, da sich das Ganze wiederholte, fühlte er sich erneut zum Eingreifen verpflichtet.
»Vielleicht sollte ich meine Gefühle lieber ignorieren«, hatte er eines Abends vor drei Monaten bei einer Lagebesprechung laut überlegt. »Wir müssen uns auf die Suche nach dem Lord konzentrieren. Ich darf meine persönlichen Wünsche nicht über unsere Mission stellen.«
»Nicht unbedingt«, widersprach ich ihm. »Meister Schick hat gesagt, um den Vampyrlord zu finden, sollten wir unserem Herzen folgen. Ihr Herz zieht Sie in Ihre Heimatstadt, und mein Herz sagt mir, ich soll Sie begleiten. Meiner Meinung nach sollten wir gehen.«
Harkat Mulds, ein Kleiner Kerl, der sprechen gelernt hatte, war ebenfalls dafür. Also machten wir uns auf in die Heimatstadt des Vampirs, um nachzusehen, was dort los war und ob wir irgendwie helfen konnten. Schon bald nach unserer Ankunft standen wir vor einem Rätsel. Zweifellos trieben in der Stadt Vampyre ihr Unwesen – wenn wir richtig geschätzt hatten, mindestens drei oder vier –, aber waren sie nun Teil einer Streitmacht oder einfach nur bösartige Verrückte? Als Angehörige einer Armee hätten sie vorsichtiger gehandelt – normale Vampyre lassen die Leichen ihrer Opfer nicht einfach liegen, sodass sie von den Menschen gefunden werden. Geisteskranke Vampyre hingegen hätten sich nicht so raffiniert versteckt. Nach drei Monaten unablässiger Suche hatten wir in der Kanalisation unter der Stadt nicht eine einzige Spur von ihnen entdeckt.
Endlich betraten wir unser Hotelzimmer durchs Fenster. Wir hatten zwei Zimmer im obersten Stockwerk gewählt, damit wir nachts unbemerkt durchs Fenster kommen und gehen konnten. Mit unserer verdreckten, durchnässten Kleidung hätten

wir unten im Foyer bloß unnötiges Aufsehen erregt. Je weniger wir uns zu ebener Erde fortbewegten, desto besser, denn die ganze Stadt befand sich in Alarmbereitschaft. Polizisten und Soldaten patrouillierten auf den Straßen und nahmen jeden fest, der irgendwie verdächtig aussah.

Mr. Crepsley und Harkat benutzten die beiden Bäder zuerst, ich zog mich aus und wartete auf das erste, das frei wurde. Wir hätten auch drei Zimmer belegen können, damit jeder ein eigenes Bad hatte, waren jedoch zu dem Schluss gekommen, dass sich Harkat so wenig wie möglich zeigen sollte. Mr. Crepsley und ich konnten noch für Menschen durchgehen – der missgestaltete, narbenübersäte Harkat nicht.

Als ich so am Fußende des Bettes hockte, wäre ich beinahe im Sitzen eingeschlafen. Wir hatten drei lange, aufreibende Monate hinter uns. Nacht für Nacht streiften wir auf der Suche nach Vampyren über die Dächer und durch die Kanalisation der Stadt und mussten dabei auch noch Polizisten, Soldaten und verängstigten Bürgern ausweichen, von denen viele Gewehre und andere Waffen bei sich trugen. Wir waren alle drei völlig ausgelaugt, doch elf Menschen waren schon gestorben – so lautete jedenfalls die offizielle Zahl –, und weitere würden ihr Leben lassen, wenn wir nicht am Ball blieben.

Um nicht einzuschlafen, stand ich auf und ging im Zimmer auf und ab. Manchmal nickte ich tatsächlich ein, bevor ich gebadet hatte. Wenn ich dann am nächsten Morgen stinkend, verschwitzt und klebrig aufwachte, fühlte ich mich wie ausgekotzt.

Ich rief mir meinen ersten Aufenthalt in dieser Stadt ins Gedächtnis. Damals war ich um einiges jünger gewesen und hatte mich erst an mein neues Leben als Halbvampir gewöhnen müssen. Hier hatte ich auch meine erste und bislang einzige Freundin kennen gelernt, ein Mädchen namens Debbie Schierling. Sie hatte dunkle Haut gehabt, volle Lippen und strahlende Augen. Ich wäre gern länger mit ihr zusammen gewesen. Doch die Pflicht rief, der verrückte Vampyr war zur Strecke gebracht, und das Leben hatte uns wieder auseinander gewirbelt.

In der Hoffnung, Debbie womöglich wieder zu sehen, war ich schon ein paarmal an ihrem Elternhaus vorbeigegangen. Doch inzwischen wohnten dort andere Leute, nichts erinnerte mehr an die Familie Schierling. Vielleicht war es ganz gut so. Als Halbvampir alterte ich nur ein Fünftel so schnell wie ein Mensch, und obwohl es fast dreizehn Jahre her war, seit ich Debbie geküsst hatte, hatte ich mich äußerlich kaum verändert.

Debbie dagegen musste inzwischen eine erwachsene Frau sein. Eine Begegnung wäre für uns beide wohl ziemlich verwirrend gewesen.

Die Verbindungstür zwischen den beiden Schlafzimmern öffnete sich, und heraus kam Harkat, in ein großes Hotelhandtuch gehüllt. »Bad ist frei«, verkündete er und trocknete sich den kahlen, grauen, narbigen Kopf ab, wobei er Acht gab, nicht versehentlich mit dem Handtuchzipfel in seine grünen, lidlosen Augen zu kommen.

»Danke, Plüschohr«, erwiderte ich grinsend, als ich an ihm vorbeiging. Das war ein eingespielter Witz zwischen uns, denn wie alle Kleinen Leute besaß Harkat zwar Ohren, doch sie waren von außen nicht zu sehen, da sie zu beiden Seiten seines Kopfes unter die Haut eingenäht waren.

Harkat hatte sein Badewasser ausgelassen, den Stöpsel wieder eingesteckt und frisches heißes Wasser einlaufen lassen. Als ich hereinkam, war die Wanne fast voll. Ich prüfte die Temperatur, fügte einen Schuss kaltes Wasser hinzu, drehte die Hähne zu und ließ mich hineingleiten – himmlisch! Ich wollte die Hand heben, um mir eine widerspenstige Locke aus den Augen zu streichen, doch mein Arm war bleischwer, so müde war ich.

Daher lehnte ich mich wieder zurück und beschloss, ein paar Minuten so liegen zu bleiben. Die Haare konnte ich mir später waschen. Im warmen Wasser liegen ... mich einfach entspannen ... nur ein paar Minuten ... das würde ...
Mitten in dieser Überlegung schlief ich ein. Als ich aufwachte, war es schon wieder Nacht, und ich war am ganzen Körper blau gefroren, weil ich den ganzen Tag in einer Wanne mit eiskaltem, schmutzigem Wasser verbracht hatte.

2 Wieder einmal kehrten wir nach einer langen, erfolglosen Nacht ins Hotel zurück. Wir wohnten immer noch im selben Hotel wie bei unserer Ankunft. Eigentlich hatten wir vorgehabt, die Unterkunft alle paar Wochen zu wechseln, doch die Suche nach den Vampyren hatte uns so sehr in Anspruch genommen, dass wir nicht mehr die Kraft gehabt hatten, uns nach einer neuen Bleibe umzusehen. Sogar der zähe Harkat Mulds, der wenig Schlaf brauchte, legte sich mittlerweile jeden Tag vier oder fünf Stunden hin.
Nach einem heißen Bad fühlte ich mich besser und schaltete den Fernseher ein, um zu hören, ob es Neuigkeiten hinsichtlich der Mordfälle gab. Ich stellte fest, dass es Donnerstagmorgen war (Vampire haben aufgrund ihrer Lebensweise ein schlechtes Zeitgefühl, und ich bekam kaum mit, welchen Tag wir hatten) und dass keine neuen Leichen entdeckt worden waren.
Den letzten Toten hatte man vor zwei Wochen gefunden. Allmählich wagten die Einwohner der Stadt zu hoffen, die Herrschaft des Schreckens habe ein Ende gefunden. Ich persönlich war skeptisch, klopfte aber für alle Fälle dreimal auf Holz, bevor ich den Fernseher ausmachte und in mein einladendes Bett schlüpfte.

Kurz darauf wurde ich unsanft wachgerüttelt. Helles Licht drang durch die dünnen Vorhänge, und ich wusste sofort, dass es Mittag oder früher Nachmittag war, jedenfalls entschieden zu früh, um ans Aufstehen auch nur zu denken. Mit einem unwilligen Grunzen richtete ich mich auf und sah, dass sich ein ängstlich aussehender Harkat über mich beugte.
»Wass'n los?«, ächzte ich und rieb mir den Schlaf aus den Augen.
»Jemand klopft ... an deine Tür«, zischelte Harkat.
»Sag ihm, er soll weggehen«, brummte ich – oder so was in der Art.
»Das wollte ich ja, aber ...« Harkat stockte.
»Wer ist es denn?« Allmählich schwante mir Unheil.
»Ich weiß nicht. Ich habe *meine* Tür einen Spaltbreit geöffnet ... und nachgesehen. Er gehört nicht zum Hotelpersonal, obwohl er ... einen Angestellten dabeihat. Es ist ein kleiner Mann mit einer großen ... Aktentasche, und er ...« Wieder brach der Kleine Kerl ab. »Am besten siehst du selber nach.«
Als es erneut ungeduldig klopfte, rappelte ich mich auf und huschte in Harkats Zimmer hinüber. Mr. Crepsley schlummerte tief und fest in einem der beiden Betten. Wir schlichen auf Zehenspitzen an ihm vorbei und öffneten die Tür einen winzigen Spalt. Einen der Männer auf dem Gang kannte ich – er saß tagsüber unten am Empfang –, den anderen hatte ich noch nie gesehen. Wie Harkat ihn beschrieben hatte, war er ziemlich klein und dünn und hatte eine große schwarze Aktentasche unter dem Arm.
Er trug einen dunkelgrauen Anzug, schwarze Schuhe und auf dem Kopf eine altmodische Melone. Er runzelte ärgerlich die Stirn. Als er abermals die Hand zum Klopfen hob, zogen wir die Tür leise wieder zu.
»Sollen wir aufmachen?«, wandte ich mich an den Kleinen Kerl.

Harkat nickte. »Er sieht nicht aus, als ob er ... weggeht, wenn wir ... uns nicht drum kümmern.«
»Wer kann das bloß sein?«
»Ich weiß nicht, aber ich finde, er sieht irgendwie ... offiziell aus. Vielleicht ist er von der Polizei oder vom Militär.«
»Du glaubst doch nicht etwa, die wissen Bescheid über ...?« Ich deutete mit dem Kinn auf den schlafenden Vampir.
»Dann hätten sie ... nicht bloß einen geschickt«, meinte Harkat.
Ich dachte kurz nach, dann fasste ich einen Entschluss. »Ich sehe nach, was er will. Aber ich lasse ihn nur rein, wenn es sich gar nicht vermeiden lässt. Ich will nicht, dass jemand hier rumschnüffelt, solange Mr. Crepsley schläft.«
»Soll ich hier bleiben?«
»Ja, aber warte an der Verbindungstür und mach sie nicht zu. Ich rufe dich, wenn ich dich brauche.«
Harkat ging seine Axt holen und ich zog mir rasch Hemd und Hose über. Dann trat ich an die Tür, öffnete sie jedoch nicht, sondern räusperte mich und rief mit gespielter Verwunderung: »Wer ist da?«
Die Antwort kam sofort. Mit einer Stimme, die wie das Kläffen eines kleinen Hundes klang, fragte der Mann mit der Aktentasche zurück: »Mr. Horston?«
»Nein«, sagte ich mit einem unterdrückten Seufzer der Erleichterung. »Da sind Sie falsch.«
»Ach ja?« Es klang überrascht. »Ist das nicht das Zimmer von Mr. Vur Horston?«
»Nein, hier ...« Ich verstummte erschrocken. Ich hatte die falschen Namen ganz vergessen, unter denen wir uns eingetragen hatten!
Mr. Crepsley hatte sich als Vur Horston ausgegeben und mich als seinen Sohn. (Harkat war unbemerkt hereingeschlüpft, als gerade niemand hinsah.) »Äh, ich meine natürlich«, sagte ich

hastig, »das hier ist *mein* Zimmer, nicht das von meinem Vater. Ich bin Darren Horston, der Sohn.«

»Ah ja.« Ich spürte trotz der Tür zwischen uns, dass der Mann lächelte. »Ausgezeichnet. Deinetwegen bin ich nämlich hier. Ist dein Vater auch da?«

»Er …« Ich zögerte. »Was geht Sie das an? Wer sind Sie überhaupt?«

»Wenn du aufmachst und mich hereinlässt, erkläre ich es dir.«

»Erst will ich wissen, wer Sie sind«, gab ich zurück. »Es sind unsichere Zeiten. Mein Vater hat mir verboten, Fremden die Tür aufzumachen.«

»Ah ja. Ausgezeichnet«, sagte der kleine Mann wieder. »Natürlich sollst du keinem Unbekannten die Tür aufmachen, entschuldige bitte. Darf ich mich vorstellen – ich bin Mr. Blaws.«

»Blores?«

»*B-l-a-w-s*«, buchstabierte er geduldig.

»Und was wollen Sie, Mr. Blaws?«

»Ich komme vom Schulamt«, sagte er. »Ich wollte mich erkundigen, warum du nicht in der Schule bist.«

Die Kinnlade fiel mir fast bis auf die Zehen.

»Darf ich hereinkommen, Darren?«, fragte Mr. Blaws noch einmal. Als ich nicht antwortete, klopfte er erneut und säuselte: »Darrrennn?«

»Äh … einen Augenblick, bitte«, brachte ich heraus. Dann drehte ich mich um und lehnte mich mit dem Rücken gegen die Tür. Was um alles in der Welt sollte ich nun machen?

Schickte ich den Beamten wieder weg, würde er mit Verstärkung wiederkommen. Also öffnete ich die Tür und ließ ihn herein. Sobald der Hotelangestellte sah, dass alles in Ordnung war, ging er wieder und ließ mich mit dem seriös aussehenden Mr. Blaws allein. Der kleine Mann stellte die Aktentasche auf den Boden, nahm den Hut ab, hielt ihn mit der Linken auf den

Rücken und schüttelte mir mit der Rechten die Hand. Dabei musterte er mich aufmerksam. Auf meinem Kinn zeigte sich ein Anflug von Bartstoppeln, mein Haar war lang und zottelig, und mein Gesicht wies noch immer kleine Narben und Verbrennungsspuren von meinen mittlerweile sieben Jahre zurückliegenden Einweihungsprüfungen auf.

»Du siehst ziemlich erwachsen aus«, kommentierte Mr. Blaws und nahm unaufgefordert Platz. »Sehr reif für einen Fünfzehnjährigen. Vielleicht liegt es an den Haaren. Ein Frisörbesuch und eine Rasur könnten da sicher Abhilfe schaffen.«

»Kann sein ...« Ich hatte keine Ahnung, wie er darauf kam, dass ich fünfzehn war, und ich war zu durcheinander, um ihn zu berichtigen.

»Also!«, sagte er munter, legte den Hut weg und hievte sich die schwere Aktentasche auf den Schoß. »Ist Mr. Horston, dein Vater, da?«

»Äh ... ja. Er ... schläft grade.« Ich hatte Schwierigkeiten, zusammenhängend zu sprechen.

»Ach richtig. Ich hatte ganz vergessen, dass er im Schichtdienst arbeitet. Vielleicht sollte ich zu einem passenderen Zeitpunkt noch einmal ...« Er brach ab, öffnete die Tasche, förderte ein Blatt Papier zutage und studierte es so gründlich wie ein historisches Schriftstück. »Ah ja«, sagte er. »Unmöglich. Zu viele Termine. Du musst ihn leider wecken.«

»Äh ... okay. Ich geh mal ... nachsehen, ob er ...« Ich eilte ins Nebenzimmer und rüttelte den Vampir an der Schulter. Harkat machte mir schweigend Platz. Er hatte alles mit angehört und war genauso verwirrt wie ich.

Mr. Crepsley öffnete ein Auge, stellte fest, dass es Tag war, und klappte das Auge wieder zu. »Brennt es, oder was?«, brummte er.

»Nein.«

»Dann verschwinde und ...«

»In meinem Zimmer sitzt ein Mann. Vom Schulamt. Er kennt unsere Namen, jedenfalls die Namen, unter denen wir uns eingetragen haben, und er hält mich für fünfzehn. Er will wissen, warum ich nicht in der Schule bin.«

Der Vampir sprang wie angestochen aus dem Bett. »Was soll das denn?«, schnaubte er. Er hastete zur Tür, blieb stehen und kam langsam wieder zurück. »Hat er sich ausgewiesen?«

»Er hat sich als Mr. Blaws vorgestellt.«

»Vielleicht ist es ein Vorwand.«

»Das glaube ich nicht. Der Typ vom Empfang hat ihn begleitet. Er hätte ihn nicht heraufgelassen, wenn er ein Betrüger wäre. Außerdem *sieht er aus* wie ein Beamter.«

»Das Aussehen kann täuschen«, erwiderte Mr. Crepsley.

»Diesmal nicht«, sagte ich. »Ist wohl besser, Sie ziehen sich jetzt an und kommen mit rüber.«

Der Vampir zögerte, dann nickte er kurz. Ich ging wieder in mein Zimmer und machte die Vorhänge zu. Mr. Blaws beobachtete mich verwundert. »Mein Vater har sehr empfindliche Augen«, erklärte ich ihm. »Deshalb arbeitet er auch lieber nachts.«

»Ah ja«, sagte Mr. Blaws. »Ausgezeichnet.«

Dann schwiegen wir und warteten auf das Erscheinen meines »Vaters«. Mir war nicht wohl dabei, stumm neben einem Fremden zu sitzen, doch der kleine Mann schien sich wie zu Hause zu fühlen. Als Mr. Crepsley endlich eintrat, erhob sich Mr. Blaws und schüttelte ihm die Hand, ohne dabei seine Aktentasche loszulassen. »Mr. Horston«, begrüßte er ihn überschwänglich. »Ist mir ein Vergnügen!«

»Ganz meinerseits.« Mr. Crepsley lächelte flüchtig, ließ sich so weit wie möglich vom Fenster entfernt auf einem Stuhl nieder und zog den roten Umhang eng um sich.

»Also!«, sagte Mr. Blaws nach einer kurzen Pause aufmunternd. »Was ist mit unserem jungen Freund hier los?«

»Was mit ihm los ist?« Der Vampir blinzelte verblüfft. »Nichts.«
»Wieso geht er dann nicht zur Schule, wie die anderen Jungen und Mädchen in seinem Alter?«
»Darren geht nicht zur Schule«, antwortete Mr. Crepsley, als hätte er es mit einem Schwachsinnigen zu tun. »Warum sollte er?«
Mr. Blaws war verdutzt. »Nun, um etwas zu lernen, Mr. Horston, wie alle anderen Fünfzehnjährigen.«
»Darren ist nicht ...«, setzte Mr. Crepsley an. »Woher wissen Sie, wie alt er ist?«, fragte er misstrauisch.
»Natürlich aus seiner Geburtsurkunde«, lachte der Beamte.
Mr. Crepsley sah fragend zu mir herüber, doch ich war genauso perplex wie er und zuckte bloß hilflos die Schultern. »Und woher haben Sie die?«
Mr. Blaws sah uns befremdet an. »Die Geburtsurkunde haben Sie den übrigen Formularen beigefügt, als Sie Ihren Sohn im Mahler angemeldet haben.«
»Im *Mahler?*«, wiederholte der Vampir verständnislos.
»In der Schule, die Sie für Darren ausgesucht haben.«
Mr. Crepsley sank auf seinen Stuhl zurück und ließ diese Mitteilung auf sich wirken. Dann bat er darum, die Geburtsurkunde und die »übrigen Formulare« sehen zu dürfen. Mr. Blaws griff wieder in seine Tasche und fischte eine Aktenmappe heraus. »Bitte sehr«, sagte er. »Geburtsurkunde, Zeugnisse der vorigen Schule, ärztliche Atteste, das Anmeldeformular, das Sie seinerzeit ausgefüllt haben. Alles vorhanden, alles korrekt.«
Mr. Crepsley schlug die Mappe auf, blätterte sie durch, betrachtete die Unterschriften auf einem der Formulare und reichte die Unterlagen anschließend an mich weiter. »Schau selber rein«, sagte er. »Sieh nach, ob alles ... *korrekt* ist.«
War es natürlich nicht. Schließlich war ich weder fünfzehn,

noch hatte ich kürzlich eine Schule besucht, und seit ich zu den Untoten gehörte, war ich auch nicht mehr beim Arzt gewesen, doch die Papiere waren lückenlos. Sie belegten den vollständigen Lebenslauf eines Fünfzehnjährigen namens Darren Horston, der diesen Sommer mit seinem Vater, welcher wiederum im städtischen Schlachthof Nachtschicht arbeitete, in die Stadt gezogen war, und so weiter.

Mir stockte der Atem. Auf diesem Schlachthof waren wir vor nunmehr dreizehn Jahren dem wahnsinnigen Vampyr Murlough zum ersten Mal begegnet! »Da!«, keuchte ich und hielt Mr. Crepsley das betreffende Blatt hin, doch er wischte es mit einer Handbewegung beiseite.

»Hat das alles seine Richtigkeit?«, fragte er.

»Aber selbstverständlich«, bestätigte Mr. Blaws. »Schließlich haben Sie die Formulare selbst ausgefüllt.« Seine Augen wurden schmal. »Oder etwa nicht?«

»Aber klar doch«, kam ich Mr. Crepsley zuvor. »Entschuldigen Sie, aber wir sind ein bisschen neben der Spur. Wir haben eine anstrengende Woche hinter uns. Äh ... familiäre Probleme.«

»Ah ja. Deshalb bist du also nicht im Mahler erschienen.«

»Genau.« Ich zwang mich zu einem Lächeln. »Wir hätten Sie anrufen und Ihnen Bescheid geben sollen. Vergessen. 'tschuldigung.«

»Kein Problem«, erwiderte Mr. Blaws und nahm die Mappe wieder an sich. »Ich bin froh, dass es nur das ist. Wir hatten schon Befürchtungen, dir sei etwas zugestoßen.«

»Nein«, sagte ich und warf Mr. Crepsley einen scharfen Blick zu, der besagte: Spielen Sie gefälligst mit! »Mir ist nichts zugestoßen.«

»Ausgezeichnet. Dann kommst du also am Montag?«

»Am Montag?«

»Morgen zu kommen, lohnt sich nicht mehr, schließlich ist übermorgen Wochenende. Sei Montag bitte etwas früher da,

dann bekommst du deinen Stundenplan und eine kleine Führung durch das Gebäude. Frag einfach nach ...«
»Verzeihung«, fiel ihm der Vampir ins Wort, »aber Darren wird am Montag weder in Ihre noch in irgendeine andere Schule gehen.«
»Ach nein?« Mr. Blaws runzelte die Stirn und schloss sorgfältig seine Aktentasche. »Ist er etwa bei einer anderen Schule angemeldet?«
»Nein. Darren braucht nicht zur Schule zu gehen. *Ich* unterrichte ihn.«
»Tatsächlich? Aber in den Formularen ist nirgends aufgeführt, dass Sie ausgebildeter Pädagoge sind.«
»Ich bin auch kein ...«
»Dann sind wir uns doch wohl einig«, fuhr Blaws unbeirrt fort, »dass nur ein ausgebildeter Pädagoge Privatunterricht erteilen kann.« Er bleckte lächelnd die Zähne wie ein Hai. »Nicht wahr, Mr. Horston?«
Mr. Crepsley wusste nicht, was er darauf sagen sollte. Er kannte sich mit dem modernen Schulsystem nicht aus. Zu seiner Zeit blieb es den Eltern überlassen, was sie mit ihren Kindern anstellten. Ich beschloss, die Sache selbst in die Hand zu nehmen.
»Mr. Blaws?«
»Ja, Darren?«
»Was passiert denn, wenn ich nicht im Mahler erscheine?«
Er rümpfte missbilligend die Nase. »Wenn du dich an einer anderen Schule anmeldest und mir die entsprechenden Unterlagen zukommen lässt, ist alles in Ordnung.«
»Und, nur mal rein theoretisch, wenn ich mich an gar keiner Schule anmelde?«
Mr. Blaws lachte. »Bei uns besteht allgemeine Schulpflicht. Wenn du sechzehn bist, kannst du machen, was du willst, aber die nächsten ...« Er öffnete die Aktentasche wieder und sah in

seinem Hefter nach. »... sieben Monate bist du noch zum Schulbesuch verpflichtet.«
»Was ist, wenn ich mich weigere?«
»Dann schicken wir einen Sozialarbeiter vorbei, um festzustellen, woran es liegt.«
»Angenommen, wir würden Sie bitten, meine Anmeldung zu zerreißen und zu vergessen, dass es mich gibt. Wir könnten ja behaupten, dass mich mein Vater versehentlich angemeldet hat, was passiert dann?«
Mr. Blaws trommelte mit den Fingern auf seinen Hut. Derart absurde Fragen war er nicht gewohnt, und er wusste offensichtlich nicht, was er von uns halten sollte. »Amtliche Formulare zerreißt man nicht, Darren«, kicherte er verlegen.
»Aber es könnte doch sein, dass wir sie Ihnen aus Versehen geschickt haben und die Angelegenheit nun rückgängig machen wollen.«
Mr. Blaws schüttelte entschieden den Kopf. »Bevor dein Vater und du mit uns Kontakt aufgenommen habt, wussten wir nichts von deiner Existenz, aber jetzt sind wir für dich verantwortlich. Sollten wir auch nur annehmen, dass du keine ordentliche Ausbildung erhältst, müssten wir dich suchen lassen.«
»Das heißt, Sie würden Ihre Sozialarbeiter vorbeischicken?«
»Zuerst die Sozialarbeiter«, bestätigte er, dann sah er uns mit funkelnden Augen an. »Aber wenn du es denen allzu schwer machst, wären wir gezwungen, die Polizei zu informieren, und wer weiß, wohin das führen würde.«
Ich nahm seine Auskunft zur Kenntnis, nickte finster und drehte mich nach Mr. Crepsley um. »Du weißt, was das bedeutet, Papa?« Der Vampir erwiderte verunsichert meinen Blick. »Ab nächste Woche darfst du mir jeden Tag Schulbrote schmieren!«

3 »Aufdringlicher, eingebildeter, dummer, kleiner ...« Mr. Crepsley tigerte fluchend im Hotelzimmer auf und ab. Der Beamte war gegangen und Harkat hatte sich wieder zu uns gesellt. Durch die dünne Verbindungstür hatte er alles mitbekommen, doch er wurde aus der Sache auch nicht schlauer als wir.
»Heute Nacht schnappe ich mir den Kerl und sauge ihn aus«, schwor Mr. Crepsley. »Das wird ihn lehren, seine Nase in fremder Leute Angelegenheiten zu stecken!«
»Ihr Gerede bringt uns auch nicht weiter«, seufzte ich. »Wir müssen unseren Grips anstrengen.«
»Wer sagt denn, dass es Gerede ist?«, konterte Mr. Crepsley. »Er hat uns seine Telefonnummer dagelassen. Ich brauche nur seine Adresse herauszufinden, und schon ...«
»Es ist eine Handynummer«, unterbrach ich ihn entnervt. »Damit kann man keine Adresse herausfinden. Außerdem: Was bringt es uns, ihn abzumurksen? Er hat bestimmt einen Stellvertreter. Wir sind jetzt aktenkundig. Mr. Blaws ist nur der Ausführende.«
»Wir könnten umziehen«, schlug Harkat vor. »Uns ein neues Hotel suchen.«
»Nein«, erwiderte der Vampir. »Er hat uns gesehen und würde unsere Personenbeschreibungen an die Medien geben. Damit würde alles nur noch komplizierter.«
»Ich wüsste zu gern, *wie* diese Unterlagen an ihn gelangt sind«, sagte ich. »Die Unterschriften auf den Formularen waren zwar nicht von uns, aber sie waren verdammt gut getroffen.«
»Stimmt«, brummte der Vampir. »Keine Meisterfälschung, aber durchaus überzeugend.«
»Könnte es sich nicht um ein ... Missverständnis handeln?«, fragte Harkat. »Vielleicht haben ein anderer Vur Horston und sein Sohn ... die Unterlagen eingereicht, und man hat euch bloß mit ihnen verwechselt.«
Ich schüttelte den Kopf. »Als Adresse war dieses Hotel einge-

tragen, sogar die Zimmernummern stimmten. Außerdem ...«
Ich berichtete ihnen von der Erwähnung des Schlachthofs.
Mr. Crepsley blieb wie angewurzelt stehen. »*Murlough!*«, zischte er. »Ich hatte gehofft, ich könnte diesen unerfreulichen Vorfall ein für alle Mal vergessen.«
»Das verstehe ich nicht«, warf Harkat ein. »Was hat diese Angelegenheit mit Murlough zu tun? Wollen Sie damit sagen ... er ist noch am Leben und ... hat euch bloß etwas vorgespielt?«
»Nein. Murlough ist eindeutig tot. Aber irgendjemand muss mitbekommen haben, dass wir ihn getötet haben. Und dieser Jemand hat höchstwahrscheinlich auch die Leute auf dem Gewissen, die in letzter Zeit umgebracht wurden.« Der Vampir sank auf einen Stuhl und strich sich über die lange Narbe auf der linken Wange. »Es ist eine Falle.«
Wir schwiegen betroffen.
»Das kann nicht sein«, sagte ich schließlich. »Wie hätten die Vampyre von Murloughs Tod erfahren sollen?«
»Salvatore Schick«, sagte Mr. Crepsley düster. »*Er* wusste über unseren Zusammenstoß mit Murlough Bescheid. Offenbar hat er es den Vampyren weitererzählt. Aber ich begreife trotzdem nicht, wieso sie Darrens Geburtsurkunde und seine Schulzeugnisse gefälscht haben. Wenn sie so gut über uns und unseren Aufenthaltsort informiert sind, hätten sie uns einfach anständig und ohne großes Federlesen um die Ecke bringen können, wie es Vampyrart ist.«
»Stimmt. Man bestraft einen Mörder nicht, indem man ihn zur Schule schickt. Allerdings ...«, setzte ich hinzu und entsann mich meiner lange zurückliegenden Schulzeit, »verglichen mit einer Doppelstunde Physik oder Chemie an einem Donnerstagnachmittag scheint einem der Tod manchmal fast das bessere Los.«
Wieder schwiegen wir lange. Harkat räusperte sich schließlich

zuerst. »Es klingt verrückt«, meinte der Kleine Kerl, »aber vielleicht hat Mr. Crepsley die Formulare ja *tatsächlich* ausgefüllt.«

»Wie bitte?«, sagte ich.

»Vielleicht hat er es ... im Schlaf getan.«

»Du glaubst doch nicht im Ernst, dass er *im Schlaf* eine Geburtsurkunde und ein paar Zeugnisse verfasst und das Ganze an eine Schule geschickt hat?« Harkats Einfall entlockte mir nicht einmal ein müdes Lächeln.

»So was gibt es«, nuschelte Harkat. »Erinnerst du dich an Pasta O'Malley ... beim Cirque du Freak? Er hat im Schlaf ganze Bücher gelesen. Er wusste zwar nicht mehr, dass er sie gelesen hatte, aber er ... konnte einem jede Frage über den Inhalt beantworten.«

»An Pasta hatte ich gar nicht gedacht«, gab ich zu. Womöglich war Harkats Idee doch nicht so abwegig.

»Ich kann diese Formulare unmöglich ausgefüllt haben«, sagte Mr. Crepsley stur.

»Es ist ziemlich unwahrscheinlich«, stimmte ihm Harkat zu, »aber im Schlaf ... tun wir manchmal seltsame Dinge. Vielleicht haben Sie ...«

»Nein. Du verstehst mich falsch. Ich kann es nicht gewesen sein, weil ...« Er wandte verlegen den Blick ab. »... weil ich nicht lesen und schreiben kann.«

Der Kleine Kerl und ich glotzten ihn mit offenen Mündern an, als hätte er sich plötzlich in eine Missgeburt mit zwei Köpfen verwandelt.

»Na klar können Sie lesen und schreiben!«, blaffte ich dann. »Sie haben doch unten am Empfang unterschrieben.«

»Unterschreiben ist kein Kunststück«, bestätigte der Vampir gekränkt. »Ich kann auch Zahlen lesen und erkenne bestimmte Wörter wieder. Im Kartenlesen bin ich sogar ziemlich gut. Aber richtig lesen und schreiben ...«

»Wie kommt das?«, fragte ich verständnislos.
»In meiner Jugend herrschten andere Sitten. Das Leben war noch nicht so kompliziert, nicht jeder musste die Schriftsprache können. Ich war das fünfte Kind einer armen Familie und musste schon mit acht Jahren arbeiten.«
»Aber ... aber ...« Anklagend zeigte ich mit dem Finger auf ihn. »Sie haben mir erzählt, dass Sie Shakespeares Dramen und Gedichte mögen!«
»Das ist auch nicht gelogen. Evanna hat mir im Lauf der Jahre seine gesammelten Werke vorgelesen. Dazu Wordsworth, Keats, Joyce und viele andere Klassiker. Ich habe oft versucht, mir das Lesen beizubringen, aber es ist mir nicht gelungen.«
»Das ist ja ... ich ... Warum haben Sie mir das nie erzählt?« Ich war wütend. »Wir kennen uns jetzt seit fünfzehn Jahren, und Sie haben es mit keiner Silbe erwähnt!«
Der Vampir zuckte die Achseln. »Ich dachte immer, du wüsstest es. Viele Vampire sind Analphabeten. Deshalb ist auch nur ein Bruchteil unserer Geschichte und unserer Gesetze schriftlich festgehalten – die meisten von uns können sowieso nicht lesen.«
Immer noch verärgert schüttelte ich den Kopf. Doch dann schob ich das Geständnis des Vampirs beiseite und konzentrierte mich wieder auf vordringlichere Probleme. »Damit wäre jedenfalls bewiesen, dass Sie die Formulare nicht ausgefüllt haben. Wer war es dann und was sollen wir jetzt machen?«
Darauf wusste Mr. Crepsley auch keine Antwort, doch Harkat hatte eine Idee. »Und wenn es Meister Schick war? Er stiftet gern ein bisschen Verwirrung. Vielleicht findet er ... so was lustig.«
Wir blickten einander nachdenklich an.
»Es würde zu ihm passen«, meinte ich dann. »Ich kapiere zwar nicht, wieso er mich ausgerechnet wieder zur Schule schicken will, aber solche fiesen Streiche sehen ihm ähnlich.«

»Jedenfalls passt es besser zu Meister Schick als zu den Vampyren, die nicht gerade für ihren Humor bekannt sind«, warf Mr. Crepsley ein. »Ausgeklügelte Intrigen sind untypisch für sie. Genau wie wir Vampire sind sie eher unkompliziert und gerade heraus.«
»Also mal angenommen, Meister Schick steckt tatsächlich dahinter«, dachte ich laut nach. »Bleibt immer noch die Frage, was wir machen sollen. Soll ich mich wirklich am Montagmorgen in dieser Schule vorstellen? Oder kümmern wir uns einfach nicht um Mr. Blaws Drohungen und machen weiter wie bisher?«
»Mir wäre es lieber, du gehst nicht hin«, sagte Mr. Crepsley. »Zu dritt sind wir stärker. In unserer jetzigen Zusammensetzung können wir uns bei einem eventuellen Überfall gut verteidigen. Gehst du dagegen zur Schule, können wir weder dir beistehen, falls du dort in Schwierigkeiten gerätst, noch kannst du uns helfen, wenn uns der Feind hier angreift.«
»Aber wenn ich den Unterricht weiterhin schwänze, haben wir das Schulamt und noch Schlimmeres am Hals.«
»Es gibt noch eine dritte Möglichkeit«, meinte der Kleine Kerl. »Zusammenpacken und abhauen.«
»Das ist in der Tat erwägenswert«, nickte Mr. Crepsley. »Der Gedanke, die Bürger dieser Stadt im Stich zu lassen, behagt mir zwar ganz und gar nicht, aber falls es sich wirklich um einen Trick handelt, der uns auseinander bringen soll, hört das Morden vielleicht auf, wenn wir von hier verschwinden.«
»Oder es wird noch schlimmer«, meinte ich. »Damit wir wieder zurückkommen.«
Wieder grübelten wir stumm und wogen die verschiedenen Möglichkeiten gegeneinander ab.
»Ich bin dafür hier zu bleiben«, sagte Harkat schließlich. »Es wird zwar riskanter, aber möglicherweise ... bedeutet es, dass wir hier richtig sind. Vielleicht ist es uns bestimmt ... ausge-

rechnet in dieser Stadt den Lord der Vampyre zum zweiten Mal herauszufordern.«
»Ich bin derselben Meinung«, pflichtete ihm der Vampir bei. »Aber Darren hat das letzte Wort. Er ist unser Fürst ... er muss die Entscheidung treffen.«
»Vielen Dank auch«, sagte ich sarkastisch.
Mein ehemaliger Meister lächelte. »Es ist nicht nur deine Entscheidung, weil du ein Fürst bist, sondern auch, weil du davon am meisten betroffen bist. Schließlich musst *du* mit den jungen Menschen und ihren Lehrern klarkommen, und *du* bist dann von uns dreien am meisten gefährdet. Ob das Ganze nun eine Falle der Vampyre oder eine Laune von Meister Schick ist, dir steht jedenfalls einiges bevor, falls wir uns zum Bleiben entschließen.«
Er hatte Recht. Für mich war es ein Alptraum, wieder in die Schule zu müssen. Ich hatte keinen blassen Schimmer, was ein Fünfzehnjähriger alles wissen sollte. Der Unterricht würde höllisch anstrengend sein. Die Hausaufgaben würden mich zur Verzweiflung treiben. Und einem Lehrer wieder Rede und Antwort zu stehen, nachdem ich sechs Jahre lang als Fürst über die Vampire geherrscht hatte ... Das alles konnte verflixt ungemütlich werden.
Andererseits hatte die Vorstellung auch ihren Reiz. Noch einmal in einem Klassenzimmer sitzen, etwas lernen, Freundschaften schließen, im Sportunterricht mit meiner überdurchschnittlichen Körperkraft Eindruck schinden, mich eventuell sogar mit Mädchen verabreden ...
»Ach, zum Kuckuck«, grinste ich. »Wenn es sich wirklich um eine Falle handelt, gehen wir eben drauf ein und tricksen sie aus, und falls sich jemand einen Scherz erlaubt hat, zeigen wir ihm, dass wir Spaß verstehen.«
»Bravo!«, rief Mr. Crepsley begeistert aus.
»Ach, wissen Sie«, ich lachte matt, »wer wie ich die Einwei-

hungsprüfungen zweimal absolviert hat, einen lebensgefährlichen unterirdischen Fluss, mordlustige Vampyre und Vampirjäger, einen tobsüchtigen Bären und wilde Eber überlebt hat, für den ist die *Schule* doch ein Klacks!«

4 Etwa eine Stunde vor Unterrichtsbeginn traf ich im Mahler ein. Ich hatte ein strapaziöses Wochenende hinter mir. Zuerst hatte ich mir eine Schuluniform besorgen müssen: grüner Pulli, hellgrünes Hemd, grüner Schlips, graue Hose, schwarze Schuhe. Dann Bücher, Schreibpapier und DIN-A4-Blöcke, Lineal, Kugelschreiber und Bleistifte, Radiergummi, Zeichendreieck und Zirkel, dazu noch einen Taschenrechner, dessen mit seltsamen Abkürzungen bedruckte Tasten – *INV, SIN, COS, EE* – mir unverständlich waren. Außerdem brauchte ich noch ein Hausaufgabenheft, in dem Mr. Crepsley jeden Abend unterschreiben und damit bestätigen musste, dass ich meine Arbeit gemacht hatte.

Ich ging allein einkaufen. Mr. Crepsley konnte sich tagsüber nicht draußen aufhalten, und Harkats auffälliges Aussehen verurteilte ihn ebenfalls dazu, drinnen zu bleiben. Am späten Samstagabend, nachdem ich zwei Tage lang praktisch ohne Pause durch die Geschäfte gestreift war, kehrte ich mit voll beladenen Einkaufstüten zu meinen Gefährten zurück. Kaum hatte ich das Hotel betreten, fiel mir ein, dass ich ja auch eine Schultasche brauchte. Mit hängender Zunge raste ich wie ein geölter Blitz zum nächstgelegenen Laden und erstand eine schlichte schwarze Schultasche mit viel Platz für Bücher, dazu eine Brotdose aus Kunststoff.

Mr. Crepsley und Harkat amüsierten sich königlich über meine Schuluniform. Als ich mich das erste Mal hineinzwängte und steifbeinig vor ihnen auf und ab stolzierte, kamen sie zehn Minuten lang aus dem Lachen nicht heraus. »Hört auf!«, knurrte ich, zog einen Schuh aus und warf ihn nach den beiden.

Den ganzen Sonntag legte ich die Uniform nicht ab und ging darin in den beiden Hotelzimmern umher. Sie kratzte und juckte fürchterlich. Es war schon lange her, dass ich so eng anliegende Kleidung getragen hatte. Am Abend rasierte ich mich sorgfältig und ließ mir von meinem früheren Meister die Haare schneiden. Anschließend begaben er und Harkat sich auf Vampyrjagd. Zum ersten Mal seit unserer Ankunft blieb ich zu Hause, denn ich wollte für die Schule ausgeruht sein. Später würde ich einen Zeitplan aufstellen, wann ich mich wieder an der Suche nach den Mördern beteiligen konnte, doch die ersten Nächte würde das schwierig sein, und wir waren übereingekommen, dass ich mich für eine Weile aus der Jagd ausklinkte.

In der Nacht tat ich kaum ein Auge zu. Ich war fast so aufgeregt wie vor sieben Jahren, als ich nach meinen gescheiterten Einweihungsprüfungen auf das Urteil der Vampirfürsten gewartet hatte. Damals hatte ich wenigstens gewusst, was mich im schlimmsten Fall erwartete – nämlich der Tod –, doch diesmal hatte ich nicht die leiseste Ahnung, wie das mir bevorstehende Abenteuer ausgehen würde.

Mr. Crepsley und Harkat warteten extra mit dem Schlafengehen, um mich zu verabschieden. Wir frühstückten zusammen, und die beiden taten, als hätte ich nicht den geringsten Anlass zur Beunruhigung. »Das ist doch eine wunderbare Gelegenheit«, meinte der Vampir. »Wie oft hast du dich nach dem Leben gesehnt, das du geführt hast, bevor du ein Halbvampir wurdest. Jetzt darfst du noch einmal in deine Vergangenheit zurückkehren. Eine Zeit lang kannst du dich wieder als Mensch fühlen. Das ist bestimmt spannend.«

»Dann gehen *Sie* doch hin«, fauchte ich gereizt.

»Jederzeit, wenn ich könnte«, sagte er ausdruckslos.
»Es macht bestimmt Spaß«, bekräftigte Harkat. »Am Anfang ist wahrscheinlich alles ein bisschen fremd, aber nach ein paar Tagen hast du dich sicher dran gewöhnt. Und krieg bloß keine Komplexe. Diese jungen Leute kennen sich vielleicht besser mit dem Lehrstoff aus als du, aber du bist ... ein Mann von Welt und weißt Dinge ... von denen sie nie eine Ahnung haben werden, egal wie alt sie mal werden.«
»Du bist ein Fürst«, bekräftigte Mr. Crepsley, »und damit allen haushoch überlegen.«
Ihre Bemühungen waren eher rührend als hilfreich, aber ich war froh, dass sie sich nicht mehr über mich lustig machten.
Als wir fertig gefrühstückt hatten, schmierte ich mir ein paar Schinkenbrote, packte sie zusammen mit einem kleinen Glas eingelegter Zwiebeln und einer Flasche Orangensaft in meine Schultasche, und dann war es auch schon Zeit zu gehen.
»Soll ich dich lieber hinbringen?«, erbot sich Mr. Crepsley scheinheilig. »Auf deinem Schulweg musst du viele gefährliche Straßen überqueren. Oder du bittest eine nette Schülerlotsin, dich bei der Hand zu nehmen und ...«
»Klappe«, knurrte ich nur und stürmte mit meiner schweren Schultasche aus der Tür.

Das Mahler war eine große, moderne Schule, deren Gebäude im Rechteck um einen geteerten Pausenhof angeordnet waren. Bei meiner Ankunft standen die Flügel des Haupteingangs offen. Ich trat ein und sah mich nach dem Büro des Direktors um. Flure und Räume waren gut ausgeschildert. Bald hatte ich Mr. Chivers Büro gefunden, doch von dem Direktor war weit und breit nichts zu sehen. Eine halbe Stunde verstrich – kein Mr. Chivers. Gerade fragte ich mich, ob es Mr. Blaws womöglich versäumt hatte, den Direktor von meiner zeitigen Ankunft zu informieren, doch dann rief ich mir den kleinen Mann mit der großen Aktentasche wieder ins Gedächtnis und sagte mir, dass es nicht zu ihm passte, so etwas zu vergessen. Vielleicht wartete Mr. Chivers ja am Eingang oder im Lehrerzimmer auf mich. Ich beschloss nachzusehen.

Das Lehrerzimmer war geräumig genug für fünfundzwanzig bis dreißig Lehrer, doch als ich geklopft hatte und nach der Aufforderung »Herein!« eingetreten war, erblickte ich nur drei Personen. Zwei davon waren Männer mittleren Alters, die in schweren Sesseln versanken und in dicken Zeitungen lasen.

Die dritte war eine stämmige Frau, die damit beschäftigt war, bedruckte Zettel an den Wänden aufzuhängen.

»Was gibt's?«, blaffte die Frau, ohne sich umzudrehen.

»Ich bin Darren Horston. Ich suche Mr. Chivers.«

»Mr. Chivers ist noch nicht da. Hast du einen Termin?«

»Äh ... ja. Ich glaube schon.«

»Dann warte gefälligst vor seinem Büro auf ihn. Hier ist das *Lehrerzimmer*.«

»Oh. Mach ich.«

Ich schloss die Tür hinter mir, nahm meine Tasche und eilte zum Büro des Direktors zurück. Immer noch keine Spur von ihm. Ich wartete noch einmal zehn Minuten, dann machte ich mich erneut auf die Suche. Diesmal ging ich zum Haupteingang zurück, wo inzwischen einige Jugendliche an der Wand lehnten. Sie unterhielten sich lärmend, gähnten, lachten, frotzelten herum und fluchten scherzhaft.

Sie trugen die gleiche Schuluniform wie ich, aber bei ihnen sah es nicht so unnatürlich aus wie bei mir.

Ich ging auf ein Grüppchen von fünf Jungen und zwei Mädchen zu. Sie standen mit dem Rücken zu mir und unterhielten sich über irgendeine Sendung, die sie am vergangenen Abend im Fernsehen gesehen hatten.

Um mich bemerkbar zu machen, räusperte ich mich und

streckte dem Jungen direkt vor mir mit breitem Lächeln die Hand hin, als er sich umdrehte.
»Darren Horston«, stellte ich mich vor. »Ich bin neu hier. Ich suche Mr. Chivers. Habt ihr ihn zufällig gesehen?«
Der Junge glotzte auf meine Hand, nahm sie aber nicht, dann musterte er mein Gesicht. »Häh?«
»Ich heiße Darren Horston«, wiederholte ich. »Ich suche …«
»Hab's gehört«, schnitt er mir das Wort ab, kratzte sich an der Nase und beäugte mich misstrauisch.
»Schiffer is noch nich da«, bemerkte eines der Mädchen und kicherte, als hätte es etwas besonders Komisches gesagt.
»Schiffer kommt nie vor zehn nach neun«, setzte einer der Jungen gähnend hinzu.
»Und montags noch später«, ergänzte das Mädchen.
»Das weiß doch jeder *Idiot*«, schloss der Junge, der zuerst gesprochen hatte.
»Ach so. Wie gesagt, ich bin neu hier, daher kann ich wohl nicht wissen, was jeder weiß, stimmt's?«
Ich freute mich, dass mir an meinem ersten Schultag so eine schlagfertige Antwort eingefallen war.
»Verzieh dich, Arschgesicht«, erwiderte der Junge darauf, was nicht ganz der Reaktion entsprach, die ich erwartet hatte.
»Wie bitte?« Ich blinzelte überrascht.
»Bist du taub?« Er baute sich drohend vor mir auf. Er war ungefähr einen Kopf größer als ich, hatte dunkles Haar und schielte mich argwöhnisch an. Natürlich war ich stark genug, um jeden an dieser Schule k.o. zu schlagen, aber das hatte ich in diesem Augenblick ganz vergessen und wich instinktiv zurück, weil ich nicht wusste, was er vorhatte.
»Na, los, Smickey«, lachte einer der anderen Jungen. »Zeig's ihm.«
»Nee«, grinste der Angesprochene. »Ich mach mir doch nich die Hände dreckig.«

Er drehte mir wieder den Rücken zu und nahm die Unterhaltung mit seinen Kameraden so nahtlos wieder auf, als wäre nicht das Geringste vorgefallen. Verwirrt und vor den Kopf gestoßen schlurfte ich davon. Als ich um die Ecke bog, vernahm mein überscharfes Vampirgehör noch, wie eins der Mädchen sagte:
»Was war denn das für'n Spinner?«
»Hast du seine Tasche gesehn?«, prustete Smickey. »So groß wie 'ne Kuh! Da passen die Bücher von der ganzen Schule rein!«
»Er hat irgendwie abartig geredet«, meinte jetzt wieder das Mädchen.
»Und aussehen tut er noch abartiger«, ergänzte das andere. »Die ganzen Narben und roten Flecken. Und erst die Frisur! Wie'n Affe aus'm Zoo!«
»Genau.« Das war wieder Smickey. »Und gestunken hat er auch!«
Die ganze Bande brach in Gelächter aus. Dann wandte sich das Gespräch wieder der Fernsehsendung zu. Mit hängendem Kopf trottete ich die Treppe hinauf, die Tasche fest an die Brust gedrückt, und schämte mich für mein Aussehen und meinen Haarschnitt. Bedrückt nahm ich wieder vor Mr. Chivers Büro Aufstellung und wartete.
Es war ein niederschmetternder Anfang gewesen. Ich versuchte mir einzureden, dass es von jetzt an nur besser werden könnte, aber ich hatte ein ungutes Gefühl im Magen, das mir sagte, alles würde eher noch viel, viel schlimmer werden!

5 Ungefähr um zwanzig nach neun erschien Mr. Chivers schnaufend und mit rotem Kopf. (Später erfuhr ich, dass er mit dem Rad zur Schule fuhr.) Ohne ein Wort hastete er an mir vorbei, schloss seine Zimmertür auf, eilte ans Fenster und

spähte auf den Pausenhof hinunter. Als er jemanden entdeckte, öffnete er das Fenster und brüllte: »Kevin O'Brien! Hat man dich etwa jetzt schon aus der Klasse geworfen?«
»Ich hab nix gemacht, Sir«, rief ein kleiner Junge hoch. »Die Kappe von meinem Füller ist mir in der Tasche abgegangen, und alle meine Hausaufgaben waren im Eimer. So was passiert jedem mal, Sir. Deswegen muss man einen doch nicht gleich raus ...«
»Komm in deiner nächsten Freistunde in mein Büro, O'Brien!«, unterbrach ihn Mr. Chivers barsch. »Ich hätte da ein paar Fußböden zu schrubben.«
»Jawohl, Sir!«
Mr. Chivers schlug das Fenster zu. »Du da!« Er winkte mich herein. »Was willst du?«
»Ich ...«
»Du hast doch hoffentlich keine Fensterscheibe zerbrochen, oder? Sonst kannst du dich nämlich auf was gefasst machen!«
»Ich habe keine Scheibe zerbrochen«, fauchte ich. »Ich hatte gar keine Gelegenheit dazu. Ich stehe seit acht Uhr vor Ihrem Büro und warte auf Sie. Sie kommen zu spät!«
»Tatsächlich?« Verblüfft über meine Offenheit ließ er sich auf einen Stuhl sinken. »Tut mir Leid. Ich hatte einen Platten. Das war dieser kleine Halunke zwei Stockwerke unter mir. Er ...« Mr. Chivers räusperte sich, erinnerte sich wieder daran, wer er war, und setzte eine finstere Miene auf. »Nicht so wichtig. Wer bist du, und warum hast du auf mich gewartet?«
»Ich bin Darren Horston. Ich bin ...«
»... der neue Schüler!«, rief der Direktor aus. »Entschuldige, mir war ganz entfallen, dass du heute kommst.« Er sprang auf, ergriff meine Hand und schüttelte sie überschwänglich. »Ich war übers Wochenende weg, zum Orientierungslauf, und bin erst gestern Abend zurückgekommen. Ich hatte mir am Freitag noch einen Zettel geschrieben und an den Kühlschrank

geheftet, aber ich habe ihn offenbar heute Morgen übersehen.«

»Macht nichts«, sagte ich und entwand meine Hand seinem schweißfeuchten Griff. »Jetzt sind Sie ja da. Besser spät als nie.«

Er sah mich neugierig an. »Hast du mit deinem vorigen Direktor auch so geredet?«

Mir fiel wieder ein, wie ich mich vor der Direktorin meiner früheren Schule gefürchtet hatte. »Nein«, lachte ich.

»Gut, das Gleiche gilt nämlich für mich. Ich bin kein Tyrann, aber ich dulde auch keine frechen Antworten. Du hast in respektvollem Ton mit mir zu sprechen, und wenn du fertig bist, sagst du ›Sir‹. Verstanden?«

Ich holte tief Luft. »Ja.« Pause. »Sir.«

»Schon besser«, brummte er. Dann hieß er mich Platz nehmen. Er öffnete eine Schublade, holte einen Aktenordner heraus und studierte ihn schweigend. »Gute Noten«, sagte er nach einer Weile und legte den Ordner beiseite. »Wenn du dir bei uns auch so viel Mühe gibst, sind wir zufrieden.«

»Ich werde mein Bestes tun, Sir.«

»Mehr verlangen wir auch nicht.« Mr. Chivers ließ den Blick über mein Gesicht wandern. Offenbar faszinierten ihn meine Narben und Brandwunden. »Du hast ganz schön was durchgemacht für dein Alter, nicht wahr?«, sagte er. »Es ist bestimmt schrecklich, in einem brennenden Gebäude eingeschlossen zu sein.«

»Ja, Sir.« Auch das stand in dem Bericht, den mir Mr. Blaws gezeigt hatte. Die von meinem »Vater« ausgefüllten Formulare besagten, ich hätte mit zwölf Jahren bei einem Hausbrand schwere Verbrennungen erlitten.

»Nun, es ist ja noch einmal gut ausgegangen! Du bist gesund und munter, das ist die Hauptsache.« Er erhob sich, legte den Ordner in die Schublade zurück, überprüfte seine Vorderfront

(auf Schlips und Hemd klebten Toastkrümel und Spuren von seinem Frühstücksei, die er mit den Fingernägeln abpulte), ging zur Tür und machte mir ein Zeichen mitzukommen.
Bei der nun folgenden kurzen Führung durch die Schule zeigte mir Mr. Chivers die Computerräume, die Aula, die Turnhalle und die anderen Fachräume. Früher war hier eine Musikhochschule untergebracht gewesen, daher auch der Name (Mahler ist ein berühmter Komponist), diese war jedoch vor zwanzig Jahren geschlossen und später in eine normale Oberschule umgewandelt worden.
»Der Musikunterricht ist noch immer einer unserer Schwerpunkte«, kommentierte der Direktor, als er die Tür zu einem großen Raum öffnete, in dem ein halbes Dutzend Klaviere standen. »Spielst du ein Instrument?«
»Flöte«, sagte ich.
»Ein Flötist! Hervorragend! Seit Siobhan Toner vor drei Jahren ... oder waren es vier? ... von der Schule abgegangen ist, haben wir keinen passablen Flötisten mehr gehabt. Wir lassen dich bald mal vorspielen und sehen, was du draufhast, hm?«
»Ja, Sir«, erwiderte ich matt. Ich merkte, dass wir aneinander vorbeiredeten. Mr. Chivers sprach von einer richtigen Flöte, ich dagegen konnte nur auf einer billigen Blechflöte pfeifen, aber jetzt war wohl kaum der passende Augenblick, das richtig zu stellen. Ich zog es vor zu schweigen und hoffte, er würde meine angeblichen Flötenkünste wieder vergessen.
Jede Unterrichtsstunde dauerte vierzig Minuten, erläuterte er mir. Um elf Uhr gab es eine zehnminütige Pause, die Mittagspause dauerte fünfzig Minuten und begann um zehn nach eins, Schulschluss war nachmittags um vier. »Nachsitzen ist von sechzehn Uhr dreißig bis um achtzehn Uhr, aber das betrifft dich hoffentlich nicht, hm?«
»Ich hoffe nicht, Sir«, erwiderte ich demütig.
Der Rundgang endete wieder in Mr. Chivers Büro, wo er mir

meinen Stundenplan überreichte. Es war eine Furcht einflößende Liste: Englisch, Geschichte, Erdkunde, Physik, Chemie, Mathe, Technisches Zeichnen, zwei Fremdsprachen, Computerunterricht. Mittwochs eine Doppelstunde Sport. Ich hatte drei Freistunden: eine am Montag, eine am Dienstag und eine am Donnerstag. Laut Mr. Chivers waren die Freistunden für zusätzliche Arbeitsgemeinschaften vorgesehen, zum Beispiel Musik oder weitere Sprachkurse, oder man konnte sie zum Lernen verwenden.

Zum Abschluss schüttelte er mir wieder die Hand, wünschte mir viel Glück und forderte mich auf, mich bei Problemen jederzeit an ihn zu wenden. Nach einer letzten Warnung, keine Fensterscheiben zu zerbrechen und meinen Lehrern keinen Kummer zu bereiten, brachte er mich zur Tür und entließ mich auf den Gang. Und zwar genau um neun Uhr vierzig. Es läutete. Zeit für meinen ersten Kurs – Erdkunde.

Die Stunde verlief recht gut. Ich hatte mich die vergangenen sechs Jahre oft mit Karten beschäftigt, um die Truppenbewegungen im Krieg der Narben zu verfolgen, daher hatte ich eine bessere Vorstellung von der Aufteilung der Erdkugel als meine Mitschüler. Aber von dem, was die *Menschen* unter Erdkunde verstanden, wusste ich nichts. Ein großer Teil der Stunde befasste sich mit Wirtschaft und Kultur und damit, wie Menschen ihre Umwelt gestalteten, und sobald sich das Gespräch von Gebirgen und Flüssen ab- und Staatsformen und Bevölkerungsstatistiken zuwandte, war ich total aufgeschmissen.

Doch trotz meiner begrenzten Kenntnisse der Menschenwelt hätte mir zu Anfang nichts Besseres passieren können als Erdkunde. Der Lehrer war nett, ich verstand das meiste, was besprochen wurde, und in ein paar Wochen konnte ich den Stoff bestimmt aufholen.

In Mathe, der nächsten Stunde, sah die Sache ein wenig anders aus. Schon nach fünf Minuten wurde mir klar, dass ich keinen blassen Schimmer hatte. Ich beherrschte nur die Grundrechenarten, und das wenige, das ich einmal gewusst hatte, hatte ich zum größten Teil vergessen. Ich konnte dividieren und multiplizieren, aber das war auch schon alles – und es war, wie ich nur allzu bald feststellte, bei weitem nicht genug.

»Was soll das heißen, du hast noch nie Algebra gehabt?«, schnauzte mich der Lehrer, ein grimmig aussehender Mann namens Mr. Smarts, erbost an. »Unsinn! Versuch nicht, mich zum Narren zu halten, Bürschchen. Ich weiß, dass du neu bist, aber das bedeutet nicht, dass du dir alles erlauben kannst. Schlag Seite sechzehn auf und löse die ersten Aufgaben. Am Ende der Stunde sammle ich deine Lösungen ein und sehe mir an, wo du stehst.«

Ehrlich gesagt, stand ich total auf dem Schlauch. Ich konnte die Aufgaben auf Seite sechzehn nicht einmal *verstehen*, geschweige denn lösen! Ich blätterte im Buch zurück und versuchte, ein paar leichtere Aufgaben abzuschreiben, aber ich hatte keinen blassen Dunst, was ich da eigentlich machte. Als mir Mr. Smarts das Blatt wegnahm und ankündigte, er werde es in der Mittagspause lesen und mir am Nachmittag in Physik wiedergeben (auch in diesem Fach war er mein Lehrer), war ich viel zu niedergeschlagen, um mich für seinen Einsatz zu bedanken.

Die Pause war auch nicht besser. Ich verbrachte die zehn Minuten damit, unter den neugierigen Blicken der anderen Schüler allein über den Hof zu schlendern. Zwar versuchte ich, mich mit einigen Mitschülern aus den ersten beiden Stunden anzufreunden, doch die wollten offenbar nichts mit mir zu tun haben. Mit meinem Aussehen, meinem Geruch und meinem Benehmen stimmte etwas nicht – ich war *abartig*. Den Lehrern war das anscheinend noch nicht aufgefallen. Den Schülern schon. Sie spürten, dass ich nicht dazugehörte.

Aber auch wenn mich meine Kameraden freundlich aufgenommen hätten, wäre es mir schwer gefallen, mich ihnen anzu-

schließen. Ich kannte weder die Filme und Fernsehsendungen, über die sie sich unterhielten, noch die angesagten Rockstars, Musikrichtungen, Bücher und Comics. Auch ihre lässige Sprache war mir fremd. Viele Ausdrücke verstand ich einfach nicht.
Nach der Pause hatte ich Geschichte. Das war früher eins meiner Lieblingsfächer gewesen, aber dieser Kurs war im Stoff viel weiter fortgeschritten. Die Klasse beschäftigte sich gerade mit dem Zweiten Weltkrieg, den auch ich gegen Ende meiner Schulzeit als Mensch durchgenommen hatte. Aber damals hatte ich nur die wichtigsten Ereignisse und die Namen der Staatsmänner der betreffenden Länder auswendig gelernt. Jetzt als Fünfzehnjähriger mit einer angeblich normalen Schullaufbahn wurde von mir erwartet, sämtliche Einzelheiten der Schlachten, die Namen der Generäle, die weit reichenden gesellschaftlichen Auswirkungen des Krieges und dergleichen zu kennen.
Ich erzählte der Lehrerin, ich hätte mich an meiner früheren Schule vorwiegend mit alter Geschichte befasst und beglückwünschte mich schon selbst zu diesem geschickten Schachzug, doch sie erwiderte bloß, es gebe am Mahler einen kleinen Kurs für alte Geschichte, und sie werde mich gleich morgen früh dort einschreiben.
Verdammter Mist!
Danach hatte ich Englisch. Davor grauste es mir besonders. In Fächern wie Erdkunde und Geschichte konnte ich mich noch einigermaßen durchmogeln, indem ich behauptete, einen anderen Lehrstoff behandelt zu haben. Aber wie sollte ich meine Defizite in Englisch erklären? Natürlich konnte ich mich damit herausreden, gerade die Bücher und Gedichte, die besprochen wurden, nicht gelesen zu haben, doch was sollte ich sagen, wenn man mich fragte, was ich stattdessen gelesen hätte? Ich war verloren!
Die einzige freie Bank war ziemlich weit vorn. Der Lehrer kam zu spät – das Schulgebäude war so groß, dass sich Lehrer

und Schüler oftmals verspäteten. Ich nutzte die Zeit, um noch einmal den Gedichtband zu überfliegen, den ich mir am Freitag gekauft hatte, und versuchte verzweifelt, mir auf gut Glück ein paar Verse einzuprägen, um den Lehrer notdürftig zufrieden zu stellen.

Die Tür des Klassenzimmers öffnete sich, der Lärm verebbte, und die Schüler erhoben sich von ihren Plätzen. »Setzen, Setzen«, sagte die Lehrerin, ging zu ihrem Tisch und legte einen Stapel Bücher ab. Dann wandte sie sich lächelnd der Klasse zu und strich sich das Haar aus dem Gesicht. Es war eine junge, hübsche Frau mit dunkler Hautfarbe. »Ich habe gehört, wir haben einen Neuzugang«, sagte sie und ließ den Blick suchend durch die Bänke wandern. »Kann derjenige bitte mal aufstehen?«

Ich stand auf, hob die Hand und grinste nervös. »Hier.«

»Ganz vorn«, lobte sie strahlend. »Ein gutes Zeichen. Irgendwo habe ich mir deinen Namen und ein paar andere Angaben notiert. Augenblick, ich sehe mal nach ...«

Sie wandte sich ab und wühlte in ihren Büchern und Papieren, doch plötzlich hielt sie wie vom Blitz getroffen inne. Sie blickte mich scharf an und machte einen Schritt auf mich zu. Dann leuchtete ihr Gesicht auf, und sie rief: »*Darren Shan?*«

»Äh ... ja.« Ich lächelte unsicher. Ich hatte keine Ahnung, wer sie war, und kramte fieberhaft in meinem Gedächtnis. Wohnte sie womöglich im gleichen Hotel wie ich? Irgendetwas an ihrer Mundpartie und ihren Augen kam mir bekannt vor ... Endlich machte es »Klick«! Ich trat aus meiner Bank, näherte mich ihr bis auf Armlänge und starrte sie ungläubig an. »*Debbie?*«, keuchte ich. »*Debbie Schierling?*«

6 »DARREN!«, quietschte Debbie und schlang die Arme um mich.Debbie!«, jubelte ich und drückte sie fest.
Meine Englischlehrerin war Debbie Schierling – meine Exfreundin!
»Du hast dich ja kaum verändert!«, japste Debbie.
»Du siehst so anders aus!«, lachte ich.
»Was ist mit deinem Gesicht passiert?«
»Wieso bist du auf einmal Lehrerin?«
Und im Chor: »Was machst du hier?«
Wir verstummten und strahlten einander mit großen Augen an.
Dabei umarmten wir uns nicht mehr, hielten einander aber bei den Händen. Die Schüler begafften uns mit offenen Mündern, als kämen wir vom Mars.
»Wo warst …«, setzte Debbie an, dann blickte sie um sich. Als sie merkte, dass wir im Mittelpunkt der allgemeinen Aufmerksamkeit standen, ließ sie meine Hände los und lächelte verlegen. »Darren und ich sind alte Freunde«, erklärte sie den Schülern. »Wir haben uns seit …« Wieder unterbrach sie sich und runzelte die Stirn. »Entschuldigt uns einen Augenblick«, sagte sie, packte mich am Arm und zog mich energisch aus dem Klassenzimmer. Sie schloss die Tür, drückte mich an die Wand des Ganges, vergewisserte sich, dass wir allein waren, und zischelte: »Wo zum Teufel hast du die ganzen Jahre gesteckt?«
»Mal hier, mal da«, erwiderte ich lächelnd und musterte ihr Gesicht, immer noch völlig verdattert, wie sehr sie sich verändert hatte. Gewachsen war sie auch, ja sie war jetzt sogar größer als ich.
»Warum siehst du dann noch fast genauso aus wie früher?«, fragte sie unwirsch. »Du wirkst höchstens ein, zwei Jahre älter als damals. Aber es ist *dreizehn Jahre* her!«
»Wie die Zeit vergeht …«, schmunzelte ich, beugte mich vor

und gab ihr rasch einen Kuss. »Schön, Sie wieder zu sehen, Miss Schierling.«
Debbie zuckte zusammen und wich zurück. »Lass das.«
»Tut mir Leid. Ich freue mich bloß so.«
»Ich freue mich auch, dich wieder zu sehen. Aber wenn jemand mitkriegt, dass ich einen Schüler küsse ...«
»Ach, Debbie. Ich bin kein richtiger Schüler, das weißt du doch. Ich bin alt genug, um ... Na, du weißt ja, wie alt ich bin.«
»Das dachte ich jedenfalls. Aber dein Gesicht ...« Kritisch betrachtete sie mein Kinn, Lippen, Nase und die kleine, dreieckige Narbe über meinem rechten Auge. »Sieht aus, als wärst du im Krieg gewesen«, stellte sie fest.
»Du ahnst ja nicht, wie Recht du hast«, gab ich amüsiert zurück.
»Darren Shan.« Fassungslos schüttelte sie den Kopf und wiederholte: »Darren Shan.«
Dann verpasste sie mir eine kräftige Ohrfeige!
»Womit hab ich das verdient?«, jaulte ich.
»Weil du einfach abgehauen bist, ohne dich zu verabschieden, und mir damit das ganze Weihnachtsfest verdorben hast«, fauchte sie.
»Das war vor dreizehn Jahren! Darüber kannst du dich doch nicht immer noch aufregen.«
»Wir Schierlings können sehr nachtragend sein«, entgegnete sie, doch ihre Augen funkelten belustigt.
»Immerhin habe ich dir ein Abschiedsgeschenk dagelassen«, erinnerte ich sie.
Sie blickte mich verständnislos an. Dann fiel es ihr ein. »Der Baum!«
Mr. Crepsley und ich hatten den geisteskranken Vampyr Murlough am Vorweihnachtsabend in Debbies Haus getötet, nachdem wir sie als Köder benutzt hatten, um ihn aus seinem

unterirdischen Versteck zu locken. Bevor wir das Haus verließen, hatte ich einen kleinen Weihnachtsbaum neben Debbies Bett aufgestellt und geschmückt. (Debbie und ihre Eltern hatte ich zuvor mit einem Schlafmittel betäubt, sodass sie von Murloughs Überfall nichts mitbekommen hatten.)
»Den Baum hatte ich ganz vergessen«, murmelte Debbie. »Aber das bringt mich auf eine andere Frage: Was ist damals passiert? Gerade sitzen wir noch beim Abendessen, und im nächsten Augenblick wache ich in meinem Bett auf, und Weihnachten ist schon fast vorbei. Auch Mama und Papa lagen im Bett, ohne die geringste Ahnung, wie sie dort hingekommen sind.«
»Wie geht es Donna und Jesse?«, fragte ich ausweichend.
»Gut. Papa reist noch immer geschäftlich durch die ganze Welt, und Mama hat ein neues ... Nein«, sie stieß mich vor die Brust. »Reden wir nicht von *mir*. Ich will wissen, was *du* gemacht hast. Dreizehn Jahre lang warst du für mich nur eine schöne Erinnerung. Ich habe ein paarmal versucht, dich ausfindig zu machen, aber du warst spurlos verschwunden. Jetzt tauchst du plötzlich wieder auf und siehst kaum einen Tag älter aus als damals. Was geht hier eigentlich vor?«
»Das ist eine lange Geschichte«, seufzte ich. »Und ziemlich verwickelt.«
»Ich habe Zeit«, erwiderte sie herausfordernd.
»Hast du nicht«, widersprach ich ihr und deutete mit dem Kinn auf das Klassenzimmer.
»Mist. An die habe ich gar nicht mehr gedacht.« Sie ging zur Tür und öffnete sie. Die Schüler unterhielten sich lautstark, doch als sie ihre Lehrerin erblickten, kehrte Ruhe ein. »Holt eure Bücher raus!«, befahl Debbie barsch. »Ich komme sofort.« Dann wandte sie sich wieder mir zu. »Du hast Recht. Jetzt ist dafür keine Zeit. Ich habe heute einen sehr vollen Stundenplan und in der Mittagspause eine Konferenz. Doch

wir müssen uns so bald wie möglich treffen und miteinander reden.«

»Wie wäre es nach der Schule?«, schlug ich vor. »Ich gehe nach Hause, ziehe mich um, und wir treffen uns. Aber wo?«

»Bei mir. Ich wohne im Bungrove Drive 3c, dritter Stock. Zu Fuß etwa zehn Minuten von hier.«

»Ich finde schon hin.«

»Aber lass mir ein paar Stunden Zeit, um die Hausarbeiten zu korrigieren. Komm frühestens um halb sechs.«

»Wird gemacht.«

»Darren Shan«, flüsterte sie, und ihre Mundwinkel hoben sich zu einem leisen Lächeln. »Wer hätte das gedacht?« Sie beugte sich vor, und ich dachte schon – ich hoffte! –, sie wollte mich küssen, doch sie richtete sich wieder auf, setzte eine strenge Miene auf und schob mich vor sich her ins Klassenzimmer.

Den Rest der Stunde bekam ich nicht mehr richtig mit. Debbie gab sich große Mühe, mich genauso zu behandeln wie meine Mitschüler, doch unsere Blicke begegneten sich ständig, und wir konnten beide nicht aufhören zu lächeln. Den Schülern fiel unser seltsames Verhalten natürlich auf, und bis zur Mittagspause sprach die ganze Schule davon. Waren die Jugendlichen am Morgen mir gegenüber nur befremdet gewesen, so waren sie nun geradezu argwöhnisch und machten einen großen Bogen um mich.

Auch in den folgenden Unterrichtsstunden konnte ich mich nicht konzentrieren. Es war mir egal, dass ich keine Ahnung vom Lehrstoff hatte. Ich versuchte auch nicht mehr, so zu tun, als verstünde ich alles. Ich konnte nur noch an Debbie denken. Sogar als mir Mr. Smarts in Physik wutschnaubend das Blatt mit den Matheaufgaben hinknallte, nickte ich nur lächelnd und ließ sein Gezeter an mir vorbeirauschen.

Endlich war Schulschluss und ich eilte zum Hotel zurück. Ich hatte zwar den Schlüssel zu einem Spind bekommen, in dem ich meine Bücher einschließen konnte, aber in meiner Aufregung nahm ich die schwere Tasche unausgepackt wieder mit. Mr. Crepsley lag noch im Bett, doch Harkat war schon wach, und ich sprudelte hervor, was ich erlebt und dass ich Debbie wieder getroffen hatte.

»Ist das nicht wunderbar?«, schloss ich atemlos. »Ist es nicht unglaublich? Ist es nicht das aller ...« Mir fehlten die Worte, und so warf ich einfach die Arme in die Luft und juchzte: »Juhu!«

»Toll«, nickte Harkat, und sein breiter Mund verzog sich zu einem schiefen Lächeln, doch er klang nicht besonders erfreut.

»Ist was?«, fragte ich. In seinen runden grünen Augen war das Unbehagen deutlich zu lesen.

»Nichts. Es ist toll. Ehrlich. Ich freue mich für dich.«

»Erzähl mir nichts, Harkat. Irgendwas beschäftigt dich doch. Was ist los?«

Der Kleine Kerl gab nach. »Kommt dir dieses Wiedersehen nicht etwas ... *sehr* zufällig vor?«

»Wie meinst du das?«

»Von allen Schulen, auf die du gehen könntest ... von allen Lehrern, die es gibt ... landest du ausgerechnet auf der Schule, wo deine ... frühere Freundin Englischlehrerin ist? Und dann auch noch in ihrer Klasse?«

»So ist das Leben nun mal, Harkat. So was kommt vor.«

»Schon. Manchmal ist es ... Zufall. Aber manchmal auch ... Absicht.«

Im Verlauf unserer Unterhaltung hatte ich Pullover und Schlips ausgezogen und war nun dabei, mir das Hemd aufzuknöpfen. Ich hielt inne und blickte den Kleinen Kerl aufmerksam an.

»Was willst du damit sagen?«

»Irgendwas ist faul an der Sache. Es wäre etwas anderes, wenn du Debbie ... zufällig auf der Straße begegnet wärst. Aber du

bist in ihrer Klasse an einer Schule ... auf die du eigentlich gar nicht gehörst. Irgendjemand hat dich ans Mahler geschickt, jemand ... der über Murlough und deine Vergangenheit genau informiert ist.«
»Glaubst du, derjenige, der unsere Unterschriften gefälscht hat, wusste, dass Debbie am Mahler unterrichtet?«
»Davon bin ich überzeugt«, nickte der Kleine Kerl. »Das ist beunruhigend genug. Aber wir müssen ... noch etwas anderes in Betracht ziehen. Was ist, wenn derjenige, der dich dort ... hingelockt hat, nicht nur über Debbie *Bescheid wusste ...*, sondern wenn es *Debbie selber war?*«

7 Ich wollte nicht glauben, dass Debbie mit den Vampyren oder Meister Schick gemeinsame Sache machte oder dass sie in irgendeiner Form daran beteiligt gewesen war, mich aufs Mahler zu schicken. Ich schilderte Harkat, wie erstaunt sie gewesen war, mich wieder zu sehen, doch der Kleine Kerl meinte, sie habe vielleicht bloß geschauspielert. »Wenn sie sich so viel Mühe gegeben hat, dich an ihre Schule zu holen, ... wird sie ja wohl noch überrascht tun können«, meinte er.
Eigensinnig schüttelte ich den Kopf. »So etwas sieht ihr überhaupt nicht ähnlich.«
»Ich kenne sie nicht, daher kann ... ich es nicht beurteilen. Aber *du* kennst sie auch kaum. Als du sie zuletzt gesehen hast ... war sie noch ein Kind. Man verändert sich, wenn man erwachsen wird.«
»Du glaubst, ich kann Debbie nicht trauen?«
»Das habe ich nicht gesagt. Gut möglich, dass sie ehrlich ist. Möglich, dass sie nichts mit den ... gefälschten Formularen und deiner Anmeldung an ihrer Schule zu tun hat. *Vielleicht* ist das alles ... tatsächlich ein unglaublicher Zufall. Aber sei

auf der Hut. Verabrede dich ruhig mit ihr, doch sei vorsichtig. Pass auf ... was du sagst. Stell ihr ein paar Testfragen. Und nimm eine Waffe mit.«
»Ich könnte Debbie niemals wehtun«, erwiderte ich leise. »Und wenn sie hundertmal mit den Vampyren im Bunde wäre ... ich könnte sie nicht töten.«
Harkat ließ sich nicht beirren. »Nimm die Waffe trotzdem mit. Falls Debbie wirklich für die Vampyre arbeitet, musst du dich ... vielleicht gegen jemand anderen zur Wehr setzen.«
»Du meinst, dass mir die Vampyre in ihrer Wohnung auflauern?«
»Gut möglich. Bis jetzt ... konnten wir uns nicht erklären, warum die Vampyre, falls *sie* hinter den gefälschten Formularen stecken, dich zur Schule ... schicken sollten. Wenn sie aber mit Debbie zusammenarbeiten oder sie ... als Mittel zum Zweck benutzen ... wäre diese Frage beantwortet.«
»Sie locken mich also allein in Debbies Wohnung, damit sie leichtes Spiel mit mir haben?«
»Möglicherweise.«
Ich nickte nachdenklich.
Zwar konnte ich mir immer noch nicht vorstellen, dass Debbie wirklich eine Komplizin unserer Todfeinde war, aber ich hielt es für denkbar, dass die Vampyre sie als Lockvogel benutzten, um an mich heranzukommen. »Was sollen wir deiner Meinung nach tun?«, fragte ich.
Harkats entschlossener Blick strafte seine zögerliche Antwort Lügen. »Ich weiß nicht genau. Natürlich sollst du nicht ... blindlings in eine Falle tappen. Aber manchmal muss man etwas riskieren. Unter Umständen können wir auf diese Weise ... diejenigen entlarven, die uns ... hereinlegen wollen.«
Grüblerisch kaute ich an meiner Unterlippe, dann raffte ich mich auf und tat das einzig Vernünftige – ich ging ins Nebenzimmer und weckte Mr. Crepsley.

Ich klingelte bei 3c und wartete. Kurz darauf erklang Debbies Stimme aus der Sprechanlage: »Darren?«
»Erraten.«
»Du bist zu spät.« Es war zwanzig nach sieben. Die Sonne ging gerade unter.
»Ich hatte schrecklich viele Hausaufgaben auf. Meine Englischlehrerin ist schuld. Sie ist ein richtiger Drachen.«
»Ich lach mich tot.«
Ein Summen ertönte und die Tür ging auf. Bevor ich eintrat, musterte ich den Häuserblock auf der gegenüberliegenden Straßenseite. Auf dem Dach erspähte ich eine schattenhafte Gestalt – Mr. Crepsley. Harkat hielt sich hinter Debbies Haus versteckt. Beim geringsten Anzeichen von Gefahr würden sie mir zu Hilfe eilen. So lautete der Plan, auf den wir uns schließlich geeinigt hatten. Zuerst hatte Mr. Crepsley dafür plädiert, die Stadt sofort zu verlassen, weil die Lage für seinen Geschmack allmählich zu kompliziert wurde. Doch als ich mich nicht darauf einließ, hatte er schließlich eingewilligt, das Beste aus der Situation zu machen und zu versuchen, den Spieß zu unseren Gunsten umzudrehen – *falls* unsere Feinde tatsächlich auftauchten.
»Wenn es zum Kampf kommt, kann es passieren, dass wir deine Freundin nicht heraushalten können«, hatte er mich gewarnt, bevor wir aufbrachen. »Du brauchst ihr kein Haar zu krümmen, aber vielleicht muss *ich* es tun, sollte sie mit den Vampyren gemeinsame Sache machen. Dann komm mir bloß nicht in die Quere.«
Ich nickte düster. Ich glaubte zwar nicht, dass ich ruhig mit ansehen konnte, wie er Debbie etwas antat, nicht einmal, falls sich herausstellte, dass sie mit den Vampyren tatsächlich unter einer Decke steckte – aber ich würde mir Mühe geben.
Als ich die Treppen hinaufstieg, wurden mir die beiden Messer, die ich bei mir trug, unangenehm bewusst. Ich hatte sie

mir um die Waden gebunden, damit man sie nicht sah. Hoffentlich musste ich sie nicht benutzen, aber es war gut zu wissen, dass sie im Notfall zur Hand waren.

Die Tür zu 3c stand offen, aber ich klopfte trotzdem. »Komm rein«, rief Debbie. »Ich bin in der Küche.«

Ich zog die Tür hinter mir zu, riegelte jedoch nicht ab. Ein prüfender Blick. Die Wohnung war sehr aufgeräumt. Ein paar voll gestopfte Bücherregale, ein CD-Player, ein gut gefülltes CD-Regal. Ein tragbarer Fernseher. Ein Plakat von »Der Herr der Ringe« an der einen Wand, ein Foto von Debbie und ihren Eltern an der anderen.

Debbie kam aus der Küche. Sie trug eine lange rote Schürze und hatte Mehl im Haar. »Beim Warten ist mir langweilig geworden, deshalb habe ich angefangen, Hefeschnecken zu backen. Willst du deine mit Rosinen oder ohne?«

»Ohne«, antwortete ich und musste lächeln, als sie wieder in der Küche verschwand. Mörder und ihre Spießgesellen begrüßen einen nicht mit mehligen Haaren! Damit war auch der letzte Zweifel verflogen, den ich hinsichtlich Debbies Absichten gehegt hatte. Von ihr hatte ich nichts zu befürchten. Dennoch blieb ich wachsam. Sie selbst mochte keine Bedrohung darstellen, was jedoch nicht ausschloss, dass sich irgendwelche Vampyre im Nebenzimmer oder auf der Feuerleiter versteckt hielten.

»Und? Wie hat dir dein erster Schultag gefallen?«, rief Debbie aus der Küche, während ich das Wohnzimmer näher in Augenschein nahm.

»Es war ein komisches Gefühl. Ich habe kein Schulgebäude mehr betreten, seit ... Na ja, es ist jedenfalls ziemlich lange her. Alles ist so anders. Als ich ...« Mein Blick fiel auf einen Buchumschlag: *Die drei Musketiere*. »Zwingt dich Donna immer noch, das hier zu lesen?«

Debbie streckte den Kopf durch die Tür. »Ach das da«, lachte

sie. »Das hatte ich gerade beim Wickel, als wir uns kennen gelernt haben, oder?«
»Hmmm. Du konntest es nicht ausstehen.«
»Ehrlich? Komisch. Jetzt mag ich es sehr gern. Es ist eins meiner Lieblingsbücher. Ich empfehle es allen meinen Schülern.«
Mit ironischem Kopfschütteln legte ich das Buch hin und folgte Debbie in die Küche. Sie war klein, aber professionell eingerichtet. Es duftete köstlich nach frischem Teig. »Donna hat dir offenbar eine Menge beigebracht«, bemerkte ich. Debbies Mutter war gelernte Köchin.
»Ich durfte erst zu Hause ausziehen, als sie mit meinen hausfraulichen Fähigkeiten zufrieden war«, schmunzelte Debbie. »Das Studium war nichts gegen die Prüfungen, die sie mit mir veranstaltet hat.«
»Du hast studiert?«
»Sonst wäre ich wohl kaum Lehrerin geworden.«
Sie schob ein Blech Hefeschnecken in einen Miniofen, knipste das Licht aus und ging vor mir her ins Wohnzimmer. Dort ließ ich mich in einen der weichen Sessel sinken, Debbie stellte sich ans CD-Regal und suchte Musik aus. »Irgendwelche besonderen Vorlieben?«
»Eigentlich nicht.«
»Mit Rock und Pop bin ich schlecht bestückt. Lieber Jazz oder Klassik?«
»Mir egal.«
Sie zog eine CD heraus und legte sie ein. Wogende, kraftvolle Musik erfüllte das Zimmer. Debbie blieb neben dem CD-Player stehen. »Gefällt es dir?«, fragte sie.
»Nicht schlecht. Was ist das?«
»*Der Titan*. Rate mal, wer der Komponist ist.«
»Mahler?«
»Genau. Ich dachte, ich spiele es dir lieber vor, damit du es schon mal gehört hast. Mr. Chivers regt sich immer schreck-

lich auf, wenn seine Schüler ein Stück von Mahler nicht sofort erkennen.«

Debbie setzte sich neben mich und betrachtete schweigend mein Gesicht. Es war mir unangenehm, doch ich hielt still.

»Also dann«, seufzte sie. »Magst du erzählen?«

Ich hatte mit Mr. Crepsley und Harkat besprochen, was ich auf diese Frage antworten sollte, und stürzte mich ohne Zögern in die Geschichte, die wir uns ausgedacht hatten. Ich erklärte Debbie, ich litte an einer seltenen Krankheit, die bewirkte, dass ich langsamer alterte als andere Menschen. Ich erinnerte sie an den Schlangenjungen Evra Von, den sie seinerzeit kennen gelernt hatte, und behauptete, wir beide seien Patienten einer Spezialklinik.

»Ihr seid gar keine Brüder?«, fragte Debbie.

»Nein. Und der Mann, mit dem wir damals unterwegs waren, war auch nicht unser Vater. Es war ein Pfleger aus der Klinik. Deshalb habe ich dich ihm auch nie vorgestellt. Ich habe es genossen, dass du mich wie einen ganz normalen Jungen behandelt hast, und hatte Angst, dass er mir den Spaß verdirbt.«

»Wie alt bist du denn nun *wirklich*?«

»Nicht viel älter als du. Die Krankheit brach erst aus, als ich zwölf war. Davor war ich ein ziemlich normales Kind.«

Debbie dachte gründlich über das Erzählte nach, wie es ihre Art war. Schließlich sagte sie: »Wenn das stimmt, was machst du dann in der Schule? Noch dazu ausgerechnet in meiner?«

»Ich wusste nicht, dass du am Mahler unterrichtest«, erwiderte ich. »Es ist ein verrückter Zufall. Ich wollte wieder zur Schule gehen, weil … Das ist schwer zu erklären. Ich habe keine ordentliche Schulbildung. Als Kind war ich wild und aufsässig und habe lieber geangelt oder Fußball gespielt, statt zu lernen. Aber seit einiger Zeit habe ich auf einmal das Gefühl, etwas verpasst zu haben. Vor ein paar Wochen habe ich dann einen Mann kennen gelernt, der Dokumente fälscht, Pässe, Geburtsurkunden und so weiter. Ich habe bei ihm einen falschen Ausweis bestellt, aus dem hervorgeht, dass ich erst fünfzehn bin.«

»Aber wieso? Weshalb bist du nicht wie andere Erwachsene auf die Abendschule gegangen?«

»Weil ich nicht wie ein Erwachsener aussehe.« Ich machte ein trauriges Gesicht. »Du kannst dir ja nicht vorstellen, wie elend man sich fühlt, wenn man so langsam wächst, wenn man Fremden dauernd Erklärungen schuldet und genau weiß, dass über einen geredet wird. Ich gehe nur selten unter Leute. Ich lebe zurückgezogen und halte mich so viel wie möglich drinnen auf. Aber hier habe ich eine Gelegenheit gesehen, so zu tun, als sei ich wie alle anderen. Ich dachte, ich könnte mich unter die Menschen mischen, denen ich äußerlich noch am ähnlichsten bin ... fünfzehnjährige Schüler. Wenn ich mich so anzog und so redete wie sie und mit ihnen zur Schule ging, würden sie mich vielleicht akzeptieren. Und ich wäre nicht mehr so einsam.« Ich blickte zu Boden und setzte bekümmert hinzu: »Aber ich nehme an, das hat sich jetzt erledigt.«

Einen Augenblick war es so still, dass man eine Stecknadel hätte fallen hören können. Dann fragte Debbie: »Warum?«

»Weil du jetzt alles weißt und es Mr. Chivers erzählen wirst. Dann muss ich gehen.«

Debbie ergriff meine Hand. »Du bist ein Spinner«, sagte sie freundlich. »Alle anderen können es kaum abwarten, endlich mit der Schule fertig zu sein, nur du bist ganz wild darauf, wieder zur Schule zu gehen. Andererseits ist es auch bewundernswert. Ich finde es toll, dass du etwas lernen willst. Du bist sehr tapfer, und ich werde niemandem ein Sterbenswörtchen verraten.«

»Versprochen?«

»Ich fürchte zwar, irgendwann wird der Schwindel auffliegen,

denn ewig kannst du das nicht durchhalten, doch an mir soll es nicht liegen.«
»Danke, Debbie. Ich ...« Ich räusperte mich und blickte auf unsere Hände. »Dafür würde ich dich gern küssen, aber ich weiß nicht, ob ich darf.«
Debbie runzelte die Stirn, und ich sah, wie es in ihr arbeitete. Durfte sich eine Lehrerin von einem ihrer Schüler küssen lassen? Dann lachte sie leise und erwiderte: »Na gut. Aber nur auf die Wange.«
Ich hob den Kopf, beugte mich vor und streifte ihre Wange flüchtig mit den Lippen. Ich hätte sie gern richtig geküsst, aber mir war klar, dass das nicht ging. Wir waren zwar gleich alt, doch in Debbies Augen war ich immer noch ein Jugendlicher. Zwischen uns gab es eine unsichtbare Grenze, die wir beide nicht überschreiten konnten, so sehr sich auch der Erwachsene in mir danach sehnte.

Danach redeten wir stundenlang. Debbie berichtete mir, wie sie nach der Schule zur Uni gegangen war, Englisch und Soziologie studiert, nach der Prüfung weitergemacht hatte und Lehrerin geworden war. Nach ein paar Vertretungen außerhalb hatte sie sich in der Stadt um eine feste Stelle beworben, in der sie selbst zur Schule gegangen war und sich noch am ehesten heimisch fühlte. So war sie schließlich ans Mahler gekommen. Dort unterrichtete sie jetzt seit zwei Jahren, und es gefiel ihr gut. Es hatte auch Männer in ihrem Leben gegeben – mit einem hatte sie sich sogar verlobt! –, doch im Moment war sie solo. Es klang sehr bestimmt, als sie erklärte, sie gedenke es auch zu bleiben!
Sie fragte mich nach jener Nacht vor dreizehn Jahren und was damals mit ihr und ihren Eltern geschehen sei. Ich log ihr vor, der Wein sei nicht in Ordnung gewesen. »Plötzlich seid ihr alle am Tisch eingeschlafen. Ich habe den Pfleger angerufen, der sich um Evra und mich kümmerte. Er kam sofort, untersuchte

euch drei und erkannte, dass es nichts Schlimmes war. Er sagte, ihr würdet irgendwann von selbst wieder aufwachen. Also haben wir euch ins Bett gesteckt und sind gegangen. Ich mag sowieso keine Abschiedsszenen.«

Ich erzählte Debbie auch, dass ich im Moment allein lebte. Falls sie sich bei Mr. Blaws erkundigte, würde sie zwar herausfinden, dass ich gelogen hatte, aber ich hielt es für unwahrscheinlich, dass gewöhnliche Lehrer viel Kontakt mit dem Schulamt hatten.

»Dass du in meiner Klasse bist, wird bestimmt noch ganz schön schwierig«, murmelte sie nachdenklich. Inzwischen saßen wir nebeneinander auf dem Sofa. »Wir müssen gut aufpassen. Wenn jemand Verdacht schöpft, dass zwischen uns mal etwas war, müssen wir sofort mit der Wahrheit herausrücken. Sonst bin ich meine Stellung los.«

»Vielleicht hat sich dieses Problem ja bereits erledigt«, warf ich ein.

»Wieso?«

»Es war keine gute Idee, wieder zur Schule zu gehen. Ich bin in allen Fächern im Rückstand. In manchen, wie in Mathe und Physik, würde es Jahre dauern, bis ich Anschluss finde. Ich glaube, ich sollte das Experiment lieber abbrechen.«

»Kommt nicht infrage«, sagte Debbie aufgebracht. »Das wäre feige.« Sie hielt mir eine frisch gebackene, mit Butter und Marmelade bestrichene Hefeschnecke an den Mund und zwang mich abzubeißen. »Was man angefangen hat, bringt man auch zu Ende, sonst bereut man es später.«

»Esch isch schuh schwer«, protestierte ich mit vollem Mund.

»Unsinn«, widersprach Debbie energisch. »Natürlich wird es nicht ganz leicht. Du musst viel nachholen, brauchst eventuell sogar Nachhilfeunterricht ...« Ihre Miene hellte sich auf. »Ich hab's!«

»Was?«

»*Ich* kann dir Nachhilfe geben.«
»Worin?«
Sie knuffte mich. »In allen Fächern, in denen du zurück bist, du Dussel! Du kannst jeden Tag nach der Schule ein, zwei Stunden herkommen. Dann helfe ich dir bei den Hausaufgaben und hole das Versäumte mit dir nach.«
»Wird dir das denn nicht zu viel?«, fragte ich.
»Aber nein«, lächelte sie. »Das mach ich doch gern.«

So erfreulich der Abend auch verlief, er musste einmal enden. Als sich Debbie kurz entschuldigte und ins Bad ging, fielen mir die Vampyre wieder ein, an die ich in der Zwischenzeit überhaupt nicht mehr gedacht hatte. Ob Mr. Crepsley und Harkat welche gesichtet hatten? Ich konnte Debbies Angebot, mir Nachhilfe zu erteilen, unmöglich annehmen, falls ich sie dadurch in unsere Angelegenheiten hineinzog und in Gefahr brachte.
Ich entschloss mich, ihre Rückkehr gar nicht erst abzuwarten, um mich nicht wieder ablenken zu lassen. Hastig kritzelte ich eine kurze Nachricht: »Muss los. War schön bei dir. Bis morgen in der Schule. Schimpf nicht, wenn ich meine Hausaufgaben nicht gemacht habe!«, legte den Zettel auf den leeren Teller und schlich mich aus der Wohnung.
Ich summte zufrieden vor mich hin, während ich die Treppe hinunterlief, blieb draußen vor der Haustür stehen und stieß drei laute Pfiffe aus, wie ich es mit Mr. Crepsley vereinbart hatte. Dann ging ich um Debbies Haus herum und entdeckte Harkat hinter ein paar großen schwarzen Mülltonnen. »Hast du was gesehen?«, fragte ich.
»Nichts und niemanden«, gab er zurück.
Nun erschien auch Mr. Crepsley und schlüpfte zu uns hinter die Mülltonnen. Er machte ein noch ernsteres Gesicht als sonst.
»Bei Ihnen auch keine Vampyre?«, erkundigte ich mich.

»Nein.«
»Meister Schick?«
»Auch nicht.«
»Dann ist doch alles bestens.«
»Wie steht's mit Debbie?«, fragte Harkat. »Ist sie vertrauenswürdig?«
»Unbedingt.«
Ich lieferte den beiden eine kurze Zusammenfassung des Abends.
Der Vampir schwieg und brummte nur etwas Unverständliches. Er wirkte bedrückt und geistesabwesend.
» … und deshalb haben wir ausgemacht, dass ich jeden Abend nach der Schule zu ihr gehe«, schloss ich meinen Bericht. »Allerdings haben wir noch keine genaue Uhrzeit vereinbart. Das wollte ich erst mit euch besprechen, falls ihr vorhabt, uns weiterhin zu beschatten. Ich halte das zwar für überflüssig, denn ich bin absolut sicher, dass Debbie nicht an einer Verschwörung gegen uns beteiligt ist, aber wenn ihr wollt, können wir den Nachhilfeunterricht auf den späten Abend legen.«
Mr. Crepsley seufzte. »Ich glaube, das wird nicht nötig sein. Ich habe die ganze Gegend gründlich überprüft und keine Hinweise auf Vampyre gefunden. Es wäre zwar besser, wenn du deine Freundin aufsuchst, solange es hell ist, doch ein Hinderungsgrund ist das nicht.«
»Soll das heißen, Sie sind einverstanden?«
»Ja.« Wieder irritierte mich sein bekümmerter Tonfall.
»Was haben Sie denn?«, fragte ich. »Ist es immer noch wegen Debbie?«
»Mit ihr hat es nichts zu tun. Ich …«
Er blickte uns traurig an. »Ich habe eine schlechte Nachricht.«
»Nämlich?« Ich wechselte einen besorgten Blick mit Harkat.
»Als du im Haus warst, hat mir Mika Ver Leth telepathisch eine kurze Botschaft übermittelt.«

»Geht es um den Lord der Vampyre?«, fragte ich beunruhigt.
»Nein. Es geht um unseren Freund, deinen Mitfürsten Paris Skyle. Er ...« Mr. Crepsley seufzte wieder, dann sagte er dumpf: »Paris ist tot.«

8

Der Tod des greisen Fürsten war eigentlich keine große Überraschung. Schließlich war er schon über achthundert Jahre alt, der Krieg der Narben hatte an seinen Kräften gezehrt, und als ich den Berg der Vampire verließ, hatte er sehr mitgenommen ausgesehen. Dass es so schnell mit ihm zu Ende gehen würde, hatte ich dennoch nicht erwartet, und ich war sehr bestürzt.

Soweit Mr. Crepsley wusste, war Paris eines natürlichen Todes gestorben. Ganz sicher konnte er zwar erst bei seiner Rückkehr in den Vampirberg sein, denn Vampire müssen sich telepathisch auf das Wesentliche beschränken, doch Mika hatte keine Andeutungen gemacht, dass etwas nicht mit rechten Dingen zugegangen sei.

Ich wollte meinen ehemaligen Meister unbedingt begleiten – eine Bestattung wie diese war ein bedeutendes Ereignis, und unzählige Vampire aus allen Teilen der Welt würden daran teilnehmen –, allerdings war Mr. Crepsley dagegen. »Einer der Fürsten muss stets in der Außenwelt bleiben, für den Fall, dass den anderen etwas zustößt«, erinnerte er mich. »Ich weiß, dass du Paris gern hattest, aber Mika, Pfeilspitze und Vancha haben ihn viel länger gekannt als du. Einen von ihnen zu bitten, auf die Zeremonie zu verzichten, wäre nicht fair.«

Ich war zwar enttäuscht, doch ich gab nach, denn es wäre selbstsüchtig gewesen, mich vorzudrängen. »Aber richten Sie den drei anderen aus, sie sollen gut auf sich aufpassen«, trug ich ihm auf. »Ich habe keine Lust, als Einziger übrig zu bleiben. Wenn sie plötzlich alle auf einmal dahinscheiden und ich den Clan allein befehligen soll, gibt es eine Katastrophe!«

»Das kannst du laut sagen«, lachte Harkat, doch es klang nicht fröhlich. »Darf ich wenigstens mitkommen?«, wandte er sich an den Vampir. »Ich würde dem Fürsten gern ... die letzte Ehre erweisen.«

»Mir wäre es lieber, du bliebest bei Darren«, sagte Mr. Crepsley. »Ich habe kein gutes Gefühl dabei, ihn ganz allein zu lassen.«

Harkat nickte verständnisvoll. »Das sehe ich ein. Ich bleibe hier.«

»Danke«, sagte ich leise.

»Tja«, meinte der Vampir, »fragt sich bloß, ob ihr hier die Stellung haltet oder lieber das Feld räumt.«

»Wir bleiben natürlich hier«, erwiderte ich rasch.

So niedergeschlagen der Vampir auch war, da musste er lächeln. »Ich habe mir schon gedacht, dass du dich so entscheiden würdest. Ich habe nämlich durchs Fenster gesehen, wie du deine Lehrerin geküsst hast.«

»Sie haben mir nachspioniert!«, beschwerte ich mich.

»Das war doch meine Aufgabe, oder etwa nicht?«, konterte er. Ich tat empört, dabei hatte er Recht. Deswegen war er schließlich mitgekommen.

»Trotzdem solltet ihr beide euch während meiner Abwesenheit etwas bedeckt halten«, fuhr Mr. Crepsley fort. »Bei einem Angriff hättet ihr ohne mich einen schweren Stand.«

»Wenn Harkat dabei ist, gehe ich das Risiko ein«, erklärte ich.

Der Kleine Kerl zuckte die Achseln. »Von mir aus ... können wir hier bleiben.«

»Meinetwegen«, willigte der Vampir widerstrebend ein. »Aber versprecht mir wenigstens, dass ihr die Suche nach den Mördern so lange unterbrecht, bis ich wieder da bin, und auch

sonst allem aus dem Weg geht, was euch in Schwierigkeiten bringen könnte.«
»Da machen Sie sich mal keine Sorgen«, versicherte ich ironisch. »Auf Mörderjagd zu gehen ist im Moment das Letzte, was mir einfällt. Ich muss mich mit Schlimmerem herumschlagen ... mit Hausaufgaben!«
Mr. Crepsley wünschte uns alles Gute, dann machte er sich auf den Weg ins Hotel, um seine Sachen zu packen und aufzubrechen. Als wir dort ankamen, war er schon weg. Bestimmt hatte er die Vororte bereits hinter sich gelassen und war zum Huschen übergegangen. So ganz ohne ihn fühlten wir uns auf einmal allein und sogar ein bisschen ängstlich, aber das verging bald. Er würde höchstens ein paar Wochen wegbleiben. Was konnte in dieser kurzen Zeit schon groß schief gehen?

Die nächsten vierzehn Tage waren kein Zuckerschlecken. Jetzt, da der Vampir fort, die Jagd nach den Vampyren eingestellt war und auch die Zahl der Opfer nicht weiter stieg (in letzter Zeit hatte es keine neuen Mordfälle gegeben), konnte ich mich ganz auf die Schule konzentrieren. Bei allem, was ich aufzuholen hatte, war das auch bitter nötig.
Debbie ließ sich einiges einfallen, um mir das Leben etwas zu erleichtern. Auf ihren Rat hin berief ich mich auf den angeblichen Brand, bei dem ich mit zwölf Jahren beinahe umgekommen war, und behauptete, ich hätte damals lange nicht zur Schule gehen können. Die guten Zensuren in meinen früheren Zeugnissen erklärte ich wiederum damit, dass mein Vater eng mit dem Direktor meiner alten Schule befreundet gewesen war. Mr. Chivers zeigte sich davon nicht besonders beeindruckt, ließ die Sache jedoch auf Debbies Drängen hin auf sich beruhen.
Ich wählte die Fremdsprachen ab und besuchte in Mathe und Physik eine niedrigere Klassenstufe. Unter den Dreizehnjähri-

gen fühlte ich mich zwar noch mehr als Außenseiter, aber wenigstens konnte ich dem Unterricht folgen. Physik und Chemie hatte ich immer noch bei Mr. Smarts, doch er war jetzt nachsichtiger mit mir, weil er wusste, dass meine Unwissenheit nicht nur vorgetäuscht war, und opferte viel Zeit, um mir zu helfen, meinen Rückstand aufzuholen.

Auch Englisch, Geschichte und Erdkunde bereiteten mir weniger Probleme, als ich zunächst befürchtet hatte, denn ich konnte mich in den Freistunden, die durch den Wegfall der Fremdsprachen zustande kamen, in den Unterrichtsstoff vertiefen und zog nach und nach mit meinen Klassenkameraden gleich. Technisches Zeichnen und Computerunterricht machten mir sogar ausgesprochen Spaß. Die Grundkenntnisse des technischen Zeichnens hatte mir seinerzeit noch mein Vater beigebracht, weil er hoffte, ich würde später den Beruf des Zeichners ergreifen. Auch hier holte ich das Versäumte rasch nach. Auf den Computerunterricht freute ich mich zu meiner eigenen Überraschung so sehr wie ein Vampir auf einen Schluck Blut. Meine supergeschickten Finger, die schneller über die Tastatur flogen als die jeder Sekretärin, waren mir in diesem Fach eine große Hilfe.

Allerdings musste ich meine Vampirfähigkeiten ständig unter Kontrolle halten.

Es war mir immer noch nicht gelungen, mich mit meinen Klassenkameraden anzufreunden, denn sie waren mir gegenüber nach wie vor argwöhnisch, aber ich hätte an den Ballspielen in den Pausen teilnehmen und mir auf diese Weise ihre Anerkennung sichern können. Ich hätte mich in jeder Sportart mühelos hervorgetan, egal ob in Fußball, Basketball oder Handball, und ein Sieger ist immer beliebt. Die Versuchung, das auszunutzen und auf diese Weise ein paar Freunde zu finden, war groß.

Dennoch widerstand ich ihr. Es war einfach zu riskant.

Ich hatte nicht nur Angst, übermenschlich zu erscheinen, wenn ich zum Beispiel höher sprang als jeder Basketballprofi, und dadurch Aufsehen zu erregen, sondern ich fürchtete vor allem, jemanden zu verletzen. Wenn mir ein Mitschüler beim Fußball einen Rippenstoß versetzte, würde ich womöglich ausrasten und zurückboxen, und meine Boxhiebe konnten einen Menschen durchaus ins Krankenhaus bringen – oder gar ins Grab!

Daher war gerade der Sportunterricht ziemlich unbefriedigend, denn ich musste meine Fähigkeiten absichtlich hinter einer gespielten Unbeholfenheit und Ängstlichkeit verbergen. Der Englischunterricht war seltsamerweise genauso enttäuschend. Natürlich war es wunderbar, mit Debbie zusammen zu sein, doch wir mussten die ganze Zeit Theater spielen, um keinen Verdacht zu erregen. Jegliche Vertraulichkeit musste vermieden werden. Wir gingen kühl und distanziert miteinander um, und die vierzig Minuten (mittwochs und freitags sogar achtzig, weil ich eine Doppelstunde hatte) verstrichen mit quälender Langsamkeit.

Anders war es, wenn ich nach der Schule und am Wochenende zum Nachhilfeunterricht zu ihr nach Hause ging. Dann brauchten wir uns nicht zu verstellen und konnten ungezwungen miteinander umgehen und plaudern. Wir machten es uns auf dem Sofa mit einer Flasche Wein gemütlich und sahen alte Filme im Fernsehen oder hörten Musik und redeten über früher.

Meistens aß ich auch mit Debbie zu Abend. Sie war eine leidenschaftliche, experimentierfreudige Köchin und zauberte wahre Festessen. Ich nahm sogar ein paar Kilo zu und musste spätabends ein paar Runden joggen, um nicht auseinander zu gehen wie ein Pfannkuchen.

Trotzdem waren die Abende bei Debbie nicht nur Erholung und Schlemmerei. Sie war entschlossen, meine Schulbildung auf ein angemessenes Niveau zu bringen, und arbeitete zwei

oder drei Stunden pro Tag mit mir an meinen Fächern. Das fiel ihr nicht leicht, denn abgesehen davon, dass sie nach ihrem Arbeitstag müde war, hatte sie selbst wenig Ahnung von Mathe, Erdkunde und Naturwissenschaften. Aber sie kniete sich in den fremden Stoff hinein und gab mir auf diese Weise ein Beispiel, dem ich nacheiferte.
»Dein Stil lässt zu wünschen übrig«, bemerkte sie eines Abends, als sie einen von mir verfassten Aufsatz durchgelesen hatte. »Dein Wortschatz ist gut, doch du hast ein paar schlechte Angewohnheiten, die du loswerden solltest.«
»Zum Beispiel?«
»Zum Beispiel dieser Satz hier: ›Ich und John gingen zum Kiosk und kauften uns einen Comic.‹ Was stimmt da nicht?«
Ich dachte nach. »Wir kauften uns eine Tageszeitung?«, schlug ich vor.
Debbie warf das Heft nach mir. »Lass den Quatsch«, kicherte sie.
Ich hob das Heft auf und las den Satz noch einmal. »Muss es etwa ›John und ich‹ heißen?«
Debbie nickte. »Du nennst dich selbst immer zuerst. Das ist schlechter Stil. Gewöhn es dir ab.«
»Ich weiß«, seufzte ich. »Aber es sitzt nun mal so drin. Ich führe Tagebuch und schreibe seit fünfzehn Jahren ›ich und irgendwer‹. Es kam mir immer viel logischer vor.«
»Wer behauptet denn, dass die englische Sprache logisch ist?«, zog mich Debbie auf. Dann fügte sie mit hochgezogenen Augenbrauen an: »Ich wusste gar nicht, dass du Tagebuch schreibst.«
»Seit ich neun bin. Da stehen alle meine Geheimnisse drin.«
»Ich will doch hoffen, du schreibst nicht über *mich*. Wenn das in falsche Hände gerät ...«
»Hmmm«, grinste ich. »Ich könnte ja versuchen, dich zu erpressen.«

»Wehe!«, fauchte Debbie.
Dann sagte sie ernst: »Ich finde wirklich, du solltest nichts über uns beide schreiben, Darren. Und wenn es unbedingt sein muss, dann nur verschlüsselt, oder du denkst dir einen anderen Namen für mich aus. Tagebücher fallen manchmal in falsche Hände, und wenn unsere Freundschaft öffentlich würde, hätte ich ziemliche Schwierigkeiten, die Sache richtig zu stellen.«
»Na gut. In letzter Zeit bin ich sowieso nicht zum Schreiben gekommen, weil ich zu viel zu tun hatte. In Zukunft werde ich gebührende Zurückhaltung walten lassen.« Das war eine von Debbies Lieblingsredewendungen.
»Und achte drauf, dass du schreibst ›Miss X und ich‹, nicht ›ich und Miss X‹«, ergänzte sie belehrend und kreischte, als ich mich auf sie stürzte und sie so lange durchkitzelte, bis sie knallrot im Gesicht war.

9 Zu Beginn der dritten Schulwoche freundete ich mich endlich mit jemandem an. Richard Montrose war ein kleiner Junge mit mausbraunem Haar, den ich aus dem Englisch- und Geschichtskurs kannte. Er war ein Jahr jünger als die meisten anderen Schüler, sagte nicht viel, wurde von den Lehrern jedoch immer sehr gelobt, was ihn natürlich zur Zielscheibe für Grobiane machte.
Da ich mich nicht an den Spielen auf dem Hof beteiligte, wanderte ich in den Pausen meistens unschlüssig umher oder zog mich in den Computerraum zurück, der im dritten Stock auf der Rückseite des Schulgebäudes lag.
Auch am Dienstag hielt ich mich dort auf, als ich plötzlich auf dem Gang eine Rauferei hörte. Ich ging nachsehen, was los war, und stellte fest, dass Smickey Martin, der Typ, der mich

an meinem ersten Schultag als Arschgesicht beschimpft hatte, zusammen mit drei Kumpels Richard an die Wand drückte. Smickey wühlte in den Taschen des Jüngeren. »Du weißt, dass du uns noch was schuldest, Monty«, lachte er hämisch. »Wenn wir dir die Kohle nicht abnehmen, tut's ein anderer. Und uns kennst du wenigstens.«
»Bitte, Smickey«, flehte Richard. »Diese Woche nicht. Ich muss mir einen neuen Atlas kaufen.«
»Du hättest eben besser auf deinen alten aufpassen sollen«, kicherte Smickey.
»*Du* hast ihn mir doch zerrissen, du ...« Richard besann sich, bevor er sein Gegenüber beschimpfte.
Smickey machte eine drohende Pause. »*Was* wolltest du da eben sagen, Monty?«
»Nichts«, keuchte Richard, der jetzt richtig Angst bekam.
»O doch«, knurrte Smickey. »Haltet ihn fest, Jungs. Ich werd ihm beibringen, wie man mit ...«
»Du bringst ihm gar nichts bei«, sagte ich ruhig hinter ihm.
Smickey fuhr herum. Als er mich erkannte, lachte er. »Der kleine Darrsy Horston«, höhnte er. »Was willst du denn hier?«
Ich antwortete nicht, sondern blickte ihn nur ungerührt an.
»Zieh Leine, Horsty«, sagte Smickey. »Dich sind wir noch nicht um Kohle angegangen ... Aber was nicht ist, kann ja noch werden!«
»Von mir kriegt ihr nichts«, erklärte ich. »Von Richard ab jetzt auch nicht mehr. Und auch von sonst niemandem.«
»Ach nee?« Seine Augen wurden schmal. »Du reißt das Maul ganz schön weit auf, Horsty. Nimm das zurück, dann lass ich dich diesmal noch laufen.«
Entschlossen, den Mistkerl ein für alle Mal in die Schranken zu verweisen, trat ich einen Schritt vor. Smickey runzelte überrascht die Stirn, dann grinste er, packte Richard am Arm und stieß ihn auf mich zu. Der Junge schrie auf, und ich sprang

automatisch zur Seite, ganz auf Smickey konzentriert, doch dann hörte ich hinter mir einen harten Aufprall. Ich warf einen Blick über die Schulter und sah, dass Richard gegen das Treppengeländer getaumelt war und im nächsten Moment kopfüber drei Stockwerke in die Tiefe stürzen würde! Ich machte einen Satz und griff nach seinen Füßen. Den linken erwischte ich nicht mehr, aber ich packte ihn am rechten Knöchel, bevor er über das Geländer kippte. Ich krallte die Finger in das Hosenbein seiner Schuluniform und stöhnte, als mich sein Körpergewicht unsanft gegen die Geländerstäbe drückte. Es gab ein reißendes Geräusch, und ich fürchtete schon, Richards Hosennähte würden reißen und ich hätte im nächsten Moment nur noch den Stoff in der Hand. Doch die Hose hielt, und ich zog den wimmernden Jungen zurück über das Geländer und stellte ihn auf die Füße.

Als das erledigt war, wollte ich mich wieder Smickey Martin und seiner Bande zuwenden, allerdings hatten die inzwischen das Weite gesucht. »Verdammte Feiglinge«, brummte ich, dann fragte ich Richard, ob mit ihm alles in Ordnung sei. Er nickte schwach, sagte jedoch nichts. Ich ließ ihn einfach stehen und ging wieder in den leise summenden Computerraum.

Kurz darauf erschien Richard in der Tür. Er zitterte immer noch, aber diesmal lächelte er. »Du hast mir das Leben gerettet«, sagte er. Ich zuckte die Achseln und starrte scheinbar versunken auf den Bildschirm. Nach einer Pause sagte Richard: »Danke.«

»Keine Ursache.« Ich blickte auf. »Drei Stock ist nicht besonders hoch. Wahrscheinlich hättest du dir bloß ein paar Rippen gebrochen.«

»Glaub ich nicht«, erwiderte Richard. »Ich wäre im Steilflug runter, wie ein Flugzeug.« Er setzte sich neben mich und betrachtete den Monitor. »Programmierst du einen Bildschirmschoner?«

»Ja.«
»Ich weiß, wo man ein paar echt gute Szenen aus Science-Fiction- und Horrorfilmen herkriegt. Soll ich's dir mal zeigen?«
Ich nickte. »Cool.«
Seine Finger huschten über die Tastatur, und bald waren wir so in ein Gespräch über Schule, Hausaufgaben und Computer vertieft, dass der Rest der Mittagspause wie im Flug verging.

Richard tauschte in Englisch und Geschichte den Platz mit meinem Nebenmann und ließ mich seine Notizen abschreiben. Er hatte eine spezielle Kurzschrift entwickelt, mit der er alles festhielt, was in der Stunde gesagt wurde. Außerdem verbrachte er die meisten Pausen mit mir. Er holte mich aus dem Computerraum und machte mich mit seinen anderen Freunden bekannt. Sie nahmen mich zwar nicht gerade mit offenen Armen auf, aber immerhin hatte ich jetzt ein paar Leute, mit denen ich mich ab und zu unterhalten konnte.
Es war lustig, mit ihnen herumzuhängen und über Fernsehsendungen, Comics, Bücher und (natürlich!) Mädchen zu reden. Ich und Harkat, nein – *Harkat und ich* –, hatten Fernseher auf unseren Hotelzimmern, und ich gewöhnte mir an, jeden Abend die angesagten Sendungen zu schauen. Die meisten Lieblingssendungen meiner neuen Freunde waren ziemlich klischeehaftes, ödes Zeug, aber ich tat so, als wäre ich davon genauso begeistert wie sie.
Die Woche ging rasch vorüber, und schon war wieder Samstag. Zum ersten Mal war ich nicht so begeistert von der Aussicht auf zwei schulfreie Tage, denn Richard besuchte seine Großeltern. Aber der Gedanke, das Wochenende mit Debbie zu verbringen, heiterte mich wieder auf.
Ich hatte viel über Debbie und unsere Beziehung nachgedacht. Als Jugendliche hatten wir einander einmal sehr nahe gestanden, und inzwischen war sie mir vertrauter als je zuvor. Mir

war bewusst, dass manches problematisch war, zum Beispiel mein Äußeres, doch nachdem ich so viel Zeit mit ihr verbracht hatte, war ich davon überzeugt, dass wir diese Probleme überwinden und da weitermachen könnten, wo wir dreizehn Jahre zuvor hatten aufhören müssen.
An diesem Freitagabend nahm ich all meinen Mut zusammen, und als wir wieder nebeneinander auf dem Sofa saßen, beugte ich mich zu Debbie hinüber und versuchte sie zu küssen.
Sie sah überrascht aus, schubste mich sanft weg und lachte verlegen. Als ich es noch einmal versuchte, verwandelte sich ihre Überraschung in eisige Ablehnung, und sie stieß mich mit Nachdruck von sich. »Nein!«, fauchte sie.
»Warum denn nicht?«, fragte ich bestürzt.
»Ich bin deine Lehrerin«, erwiderte Debbie und stand auf. »Und du bist mein Schüler. Es gehört sich nicht.«
»Ich will nicht dein Schüler sein.« Ich stand ebenfalls auf. »Ich möchte dein Freund sein.«
Wieder beugte ich mich vor, um sie zu küssen, da gab sie mir eine kräftige Ohrfeige. Völlig verblüfft starrte ich sie blinzelnd an. Sie schlug noch einmal zu, diesmal jedoch nicht so fest. Tränen standen ihr in den Augen. Sie zitterte.
»Debbie«, ächzte ich. »Ich wollte dich nicht …«
»Geh jetzt«, schnitt sie mir das Wort ab. Ich wich ein paar Schritte zurück, dann blieb ich stehen und öffnete protestierend den Mund. »Nein«, kam mir Debbie zuvor. »Sag nichts. Geh einfach.«
Ich nickte traurig, wandte mich ab und ging zur Tür. Mit der Hand auf der Klinke und ohne mich umzudrehen, sagte ich: »Ich wollte dir nur zeigen, wie gern ich dich habe. Ich habe es nicht böse gemeint.«
Nach kurzem Schweigen seufzte Debbie und erwiderte: »Ich weiß.«
Dann wagte ich einen flüchtigen Blick über die Schulter.

Debbie verschränkte die Arme vor der Brust und blickte zu Boden. Sie weinte fast. »Sind wir noch Freunde?«, fragte ich.
»Ich weiß nicht«, antwortete sie ehrlich. Sie blickte auf, und ich sah die Verwirrung in ihren tränenfeuchten Augen. »Lassen wir die Sache ein paar Tage auf sich beruhen. Wir können am Montag darüber reden. Ich muss erst nachdenken.«
»Gut.« Ich öffnete die Tür und trat auf den Gang, dann sagte ich rasch: »Du willst es vielleicht nicht hören, aber ich liebe dich, Debbie. Ich habe noch nie jemanden so geliebt wie dich.« Bevor sie antworten konnte, zog ich die Tür hinter mir zu und schlich die Treppe hinunter wie eine Ratte, der man einen Tritt gegeben hat.

10

Ich eilte im Laufschritt durch die Straßen, als könnte ich auf diese Weise meinen Problemen davonrennen, und dachte mir aus, was ich alles hätte sagen können, um Debbie für mich zu gewinnen. Ich war davon überzeugt, dass sie das Gleiche für mich empfand wie ich für sie, aber mein Äußeres irritierte sie. Ich musste sie dazu bringen, mich nicht länger als Kind, sondern als Erwachsenen zu betrachten. Und wenn ich ihr einfach die Wahrheit sagte? Ich malte mir die Unterredung aus.
»Debbie, ich muss dir ein Geständnis machen ... Ich bin ein Vampir.«
»Wie nett.«
»Stört dich das nicht?«
»Wieso denn?«
»Ich trinke Menschenblut! Ich schleiche um Mitternacht umher, überfalle Schlafende und schlitze ihnen die Adern auf!«
»Ach, wir haben doch alle unsere kleinen Fehler.«
Bei der Vorstellung musste ich lächeln. In Wirklichkeit hatte

ich keine Ahnung, wie Debbie reagieren würde. Ich hatte mich noch nie einem Menschen anvertraut. Schließlich hätte ich nicht gewusst, wo oder wie ich hätte anfangen sollen oder was derjenige dazu sagen würde. *Ich* wusste ja, dass Vampire keine Mörder waren, keine gefühllosen Monster wie in Büchern und Horrorfilmen – doch wie sollte ich das anderen Leuten glaubhaft machen?

»Verfluchte Menschen!«, grummelte ich und versetzte einem Briefkasten einen wütenden Tritt. »Verfluchte Vampire! Warum sind wir nicht alle Schildkröten oder so was!«

Bei diesem albernen Wunsch sah ich mich um und stellte fest, dass ich keine Ahnung hatte, in welchem Stadtviertel ich mich befand. Deshalb machte ich mich auf die Suche nach einem vertrauten Straßennamen, um mir über den Heimweg klar zu werden. Die Straßen waren so gut wie menschenleer. Seit die geheimnisvollen Mörder ihre Aktivitäten eingestellt hatten oder weitergewandert waren, hatte man auch die Soldaten wieder abgezogen. Zwar patrouillierten noch Polizeistreifen durch die Stadt, doch die Absperrungen waren verschwunden, und man konnte sich wieder ungehindert bewegen. Das Ausgangsverbot allerdings war noch in Kraft, und die meisten Bürger hielten sich nur zu gern daran.

Mir gefiel es in den dunklen, stillen Straßen. Wie ich so allein durch die schmalen, gewundenen Gassen streifte, fühlte ich mich in die Gänge des Vampirberges zurückversetzt. Es war tröstlich, an Seba Nile, Vanez Blane und die anderen zu denken und Liebeskummer, Schule oder schicksalsträchtige Aufträge eine Weile zu vergessen.

Beim Gedanken an den Vampirberg kam mir Paris Skyle wieder in den Sinn. Ich war so beschäftigt mit Debbie und der Schule gewesen, dass ich keine Zeit gehabt hatte, über den Tod des Fürsten zu trauern. Der alte Vampir würde mir fehlen. Er hatte mir eine Menge beigebracht, und wir hatten auch viel

Spaß miteinander gehabt. Mit einem großen Schritt stieg ich über einen Haufen Abfall, der über eine besonders dunkle Straße verstreut lag, und erinnerte mich, wie Paris vor einigen Jahren einer Kerze zu nahe gekommen war und sich den Bart in Brand gesteckt hatte. Wie ein Rumpelstilzchen war er kreischend durch die Fürstenhalle gehüpft und hatte nach den Flammen geschlagen, bis ...
Etwas traf mich brutal am Hinterkopf, und ich fiel hin, mitten in den Müll. Ich schrie auf, Paris' Bild verschwamm. Blitzschnell rollte ich mich zur Seite und bedeckte den Kopf schützend mit beiden Händen. Ein silberner Gegenstand krachte mit solcher Wucht auf die Stelle nieder, wo sich eben noch mein Kopf befunden hatte, dass die Funken sprühten.
Ohne weiter auf meinen verletzten Schädel zu achten, rappelte ich mich auf und sah mich nach etwas um, mit dem ich mich verteidigen konnte. Nicht weit entfernt lag der Plastikdeckel eines Abfalleimers. Er würde zwar nicht viel nützen, aber etwas Besseres stand mir nicht zur Verfügung. Deshalb bückte ich mich hastig, schnappte ihn mir und hielt ihn wie einen Schild vor mich. Dann wirbelte ich herum, um mich der Attacke meines Angreifers zu stellen, der mit übermenschlicher Geschwindigkeit auf mich zugeschnellt kam.
Etwas Goldenes blitzte auf, krachte auf meinen behelfsmäßigen Schild nieder und zerschnitt ihn in zwei Teile.
Jemand kicherte glucksend – es klang irr und abgrundtief böse.
Einen schrecklichen Augenblick lang fürchtete ich, Murloughs Geist sei zurückgekehrt, um sich zu rächen. Aber das war Unsinn. Ich glaubte zwar an Geister – schließlich war Harkat einer gewesen, bevor ihn Meister Schick wieder zum Leben erweckt hatte –, doch dieser Bursche war viel zu handfest für einen Geist.
»Ich hack dich in Stücke!«, prahlte mein Angreifer und um-

kreiste mich lauernd. Seine Stimme klang seltsam vertraut, aber ich konnte sie beim besten Willen nicht zuordnen.

Ich musterte seine Silhouette. Er trug dunkle Kleidung, über das Gesicht hatte er eine Kapuzenmütze gezogen. Darunter ragte ein Stück Bart hervor. Er war groß und bullig – jedoch nicht so aufgeschwemmt wie Murlough –, und über seinen gefletschten Zähnen funkelten zwei blutrote Augen. Er hatte keine Hände, sondern zwei metallene Verlängerungen an den Enden seiner Arme – eine aus Gold, die andere aus Silber. An jeder saßen drei scharfe, todbringende Haken.

Der Vampyr – seine Augen und seine Geschwindigkeit verrieten ihn als solchen – schlug wieder zu. Er war schnell, aber ich wich den Todeshaken aus, die sich hinter mir in die Hauswand bohrten und einen beeindruckenden Krater hinterließen, als er sie wieder herauszog. Es dauerte nur einen Atemzug, bis sich mein Angreifer wieder befreit hatte, doch diesen Augenblick nutzte ich zum Gegenschlag und trat ihm gegen die Brust. Er hatte die Attacke erwartet und riss den anderen Arm nach unten, erwischte mich voll am Schienbein und schlug das Bein brutal unter mir weg.

Ich heulte auf, als mir der Schmerz bis in die Hüfte hochschoss. Wie rasend hüpfte ich auf dem anderen Bein und schleuderte den unbrauchbar gewordenen Mülleimerdeckel auf den Vampyr. Er duckte sich lachend. Ich versuchte davonzurennen – es ging nicht. Mein verletztes Bein trug mich nicht mehr, und schon nach ein paar Schritten brach ich hilflos zusammen.

Sofort rollte ich mich auf den Rücken und starrte den Vampyr mit der Klauenhand an, der sich mir genüsslich näherte und dabei die Arme drohend hin und her schaukeln ließ. Seine Klauen schrammten mit schaurigem Kratzen aneinander. »Jetzt mach ich Hackfleisch aus dir«, fauchte der Vampyr. »Langsam und qualvoll. Mit deinen Fingern fange ich an. Schneide dir einen nach dem anderen ab. Dann kommen die Hände dran. Dann die Zehen. Dann ...«

Ein lautes Schnalzen ertönte, gefolgt von einem Zischen, das die Luft zerteilte. Etwas schoss am Kopf des Vampyrs vorbei, verfehlte ihn nur knapp, traf die Mauer und blieb dort stecken – ein kurzer, dicker Pfeil mit stählerner Spitze. Der Vampyr duckte sich fluchend und verbarg sich in der Dunkelheit der Gasse.

Wie Spinnen krochen die Sekunden langsam meine Wirbelsäule hinauf. Außer dem wütenden Schnaufen des Vampyrs und meinem unterdrückten Schluchzen war nichts zu hören. Der unsichtbare Bogenschütze gab keinen Laut von sich. Der Vampyr wich langsam zurück, suchte meinen Blick und fletschte die Zähne: »Wir sehen uns noch«, versprach er mir. »Du wirst langsam sterben, unter Höllenqualen. Ich zerschneide dich. Erst die Finger. Einen nach dem anderen.« Mit diesen Worten drehte er sich um und rannte davon. Ein zweiter Pfeil wurde auf ihn abgefeuert, doch er zog den Kopf ein, und das Geschoss verfehlte ihn abermals, bohrte sich in eine riesige Mülltüte. Der Vampyr stürzte aus der Gasse auf die breitere Straße hinaus und verschwand in der Nacht.

Eine ganze Weile passierte überhaupt nichts. Dann vernahm ich Schritte. Ein Mann mittlerer Größe trat aus der Dunkelheit. Er war schwarz gekleidet und hatte sich einen langen Schal um den Hals geschlungen. Seine Hände steckten in Handschuhen. Er hatte graues Haar, obwohl er nicht alt war, und sein Gesichtsausdruck wirkte streng. In der Hand hielt er eine Waffe, die wie ein Gewehr aussah, aus dessen Ende ein Pfeil mit Stahlspitze ragte. Eine zweite Waffe dieser Art hing über seiner linken Schulter.

Ich setzte mich ächzend auf und versuchte mein rechtes Bein durch kräftiges Reiben wieder zum Leben zu erwecken. »Vielen Dank auch«, sagte ich, als der Mann näher heran war. Er

antwortete nicht, sondern ging weiter auf den Ausgang der Gasse zu, wo er die Umgebung nach dem Vampyr absuchte.
Schließlich drehte sich der Grauhaarige um, kam zurück und blieb ein paar Meter von mir entfernt stehen. Die eigenartige Waffe lag noch immer in seiner rechten Hand, doch sie zeigte nicht nach unten auf den Boden – sie zielte direkt auf *mich*.
»Würde es Ihnen etwas ausmachen, das Ding zu senken?«, fragte ich und zwang mich zu einem kläglichen Lächeln. »Sie haben mir gerade das Leben gerettet. Wäre doch schade, wenn der Pfeil aus Versehen losgeht und mich tötet.«
Der Fremde antwortete nicht sofort. Auch die Waffe blieb auf mich gerichtet. Nichts an ihm signalisierte so etwas wie Mitgefühl. »Wundert es dich nicht, dass ich dein Leben verschont habe?«, fragte er dann. Wie bei dem Vampyr hatte ich auch bei ihm den Eindruck, die Stimme von irgendwoher zu kennen, und wieder konnte ich sie nicht einordnen.
»Ich ... eigentlich schon«, erwiderte ich lahm, den Blick ängstlich auf die Waffe gerichtet.
»Weißt du, warum ich dich verschont habe?«
Ich schluckte. »Etwa aus Mitleid oder Nächstenliebe?«
»Kann sein.« Er kam einen Schritt näher. Die Spitze der Waffe zielte jetzt genau auf mein Herz. Wenn er abdrückte, riss er mir ein Loch von der Größe eines Fußballs in die Brust. »Vielleicht wollte ich dich aber auch für mich selbst aufsparen!«, zischte er.
»Wer sind Sie?«, fragte ich mit zugeschnürter Kehle und drückte mich furchtsam an die Mauer.
»Erkennst du mich denn nicht?«
Ich schüttelte den Kopf. Zwar wusste ich, dass ich sein Gesicht schon einmal gesehen hatte, der dazugehörige Name wollte mir jedoch nicht einfallen.
Der Mann stieß zischend die Luft aus. »Komisch. Ich hätte schwören können, dass du mich nicht vergessen hast. Aber ich

muss zugeben, es ist lange her, und die Jahre sind mit mir nicht so schonend umgegangen wie mit dir. Vielleicht erinnerst du dich ja an *das da*.« Er streckte seine Linke aus. In den Handschuh war über der Handfläche ein Loch geschnitten. Es war eine ganz normale Handfläche, bis auf eine Besonderheit – in ihrer Mitte bildeten zwei Schnitte im Fleisch ein unbeholfenes Kreuz.
Ich starrte auf das rosige, empfindlich aussehende Kreuz und fühlte mich mit einem Schlag in die Vergangenheit versetzt, in jene Nacht auf dem Friedhof als frisch gebackener Vampirgehilfe. Plötzlich sah ich wieder den Jungen vor mir, dem ich das Leben gerettet hatte, den Jungen, der neidisch auf mich war, weil er glaubte, ich hätte mich hinter seinem Rücken mit Mr. Crepsley zusammengetan und ihn hintergangen.
»*Steve!*«, keuchte ich. Mein Blick wanderte von dem Kreuz zu seinen kalten, unbarmherzigen Augen. »*Steve Leopard!*«
Er nickte finster.
Steve Leopard, damals mein bester Freund. Der zornige, verwirrte Junge, der geschworen hatte, Vampirjäger zu werden, sobald er erwachsen war – damit er mich verfolgen und töten konnte!

11 Er stand so dicht vor mir, dass ich problemlos nach dem Gewehrlauf hätte greifen und ihn wegdrücken können. Doch ich war vor Staunen wie gelähmt, und zu keiner Handlung fähig. Als Debbie Schierling in mein Klassenzimmer spaziert kam, war mir schon die Spucke weggeblieben, aber dass Steve Leopard (sein richtiger Nachname war Leonard) plötzlich aus dem Nichts auftauchte, war noch zehnmal unheimlicher.
Nach einer Weile ließ Steve zu meiner Erleichterung endlich

die Waffe sinken und schob sie in einen Gurt auf seinem Rücken. Er streckte die Hände aus, packte mich knapp über dem linken Ellbogen und zog mich hoch. Ich gehorchte wie eine willenlose Marionette.

»Hab dich ganz schön erschreckt, was?«, sagte er – und grinste.

»Willst du mich denn nicht töten?«, stieß ich hervor.

»Wohl kaum!« Er ergriff meine Rechte und schüttelte sie unbeholfen. »Hallo, Darren, alter Freund. Freut mich, dich wieder zu sehen.«

Ungläubig blickte ich erst auf unsere ineinander verschränkten Hände, dann in sein Gesicht. Schließlich umarmte ich ihn so fest, als wollte ich ihn nie wieder loslassen. »Steve!«, schluchzte ich an seiner Schulter.

»Hör schon auf«, brummte er, und ich hörte, dass auch seine Stimme schwankte. »Wenn du so weitermachst, breche ich auch noch in Tränen aus.« Er schob mich von sich und wischte sich lächelnd über die Augen.

Ich trocknete mir die Wangen und strahlte ihn an. »Du bist es wirklich!«

»Wer denn sonst? Oder kennst du noch jemanden, der so gut aussieht wie ich?«

»Bescheiden wie eh und je«, frotzelte ich zurück.

»Bescheidenheit hab ich nicht nötig«, konterte er hochnäsig, doch dann musste er selbst lachen. »Kannst du laufen?«

»Höchstens humpeln.«

»Dann stütz dich auf mich. Ich will hier weg. Womöglich kommt Hakenmann zurück und bringt seine Freunde mit.«

»*Hakenmann?* Ach, du meinst den Vam...« Ich unterbrach mich. Wie gut kannte sich Steve mit den Geschöpfen der Nacht aus?

»Den Vampyr«, vervollständigte er das Wort und nickte ernst.

»Du weißt über die Vampyre Bescheid?«

»Wie du siehst.«

»Hat der mit der Hakenhand etwa die vielen Leute umgebracht?«
»Ja. Aber er ist nicht allein. Ich erklär's dir später. Erst mal müssen wir dich von hier wegbringen und ein bisschen sauber machen.« Ich stützte mich auf Steve, und er führte mich den Weg zurück, den ich gekommen war. Als wir so Arm in Arm nebeneinander gingen, fragte ich mich, ob ich nicht etwa doch bewusstlos auf der Gasse lag. Ohne den Schmerz in meinem Bein, der nur allzu wirklich war, hätte ich geglaubt, alles wäre nur ein Wunschtraum.

Steve brachte mich in den fünften Stock eines heruntergekommenen Wohnhauses. Viele Türen, an denen wir im Treppenhaus vorbeikamen, waren mit Brettern zugenagelt oder eingetreten.
»Nette Nachbarn«, bemerkte ich ironisch.
»Das Haus soll abgerissen werden«, sagte Steve. »Ein paar Wohnungen sind noch bewohnt, meistens von alten Leuten, die nirgendwo anders hinkönnen, aber alle anderen stehen leer. Ich mag solche Häuser lieber als Hotels und Pensionen. Hier habe ich genug Platz und bin ungestört … Das ist für meine Zwecke wichtig.«
Vor einer ramponierten braunen Tür, die mit einem schweren Vorhängeschloss und einer Kette gesichert war, machte Steve Halt. Er wühlte in seinen Taschen, förderte einen Schlüssel zu Tage, öffnete das Vorhängeschloss, nahm die Kette ab und stieß die Tür auf. In der Wohnung roch es muffig, doch Steve schob mich ohne große Umstände über die Schwelle und schloss hinter uns die Tür. Es war stockdunkel. Er zündete eine Kerze an. »Kein Strom«, erklärte er. »Die unteren Wohnungen sind noch an das Stromnetz angeschlossen, hier oben ist er seit letzter Woche abgestellt.«
Er führte mich vorsichtig in ein unordentliches Wohnzimmer und half mir, mich auf ein Sofa zu legen, das schon bessere

Tage gesehen hatte. Die Polster waren zerschlissen und an mehreren Stellen ragten die Sprungfedern aus dem Bezug.
»Spieß dich ja nicht auf!«, lachte Steve.
»Streikt dein Innenarchitekt gerade?«, fragte ich.
»Mecker nicht rum«, wies er mich zurecht. »Das hier ist ein ausgezeichneter Stützpunkt. Wenn ich dich in irgendein schickes Hotel gebracht hätte, müssten wir uns eine Erklärung für dein Bein und unsere verdreckten Kleider einfallen lassen. Ganz zu schweigen *davon* ...« Er nahm die beiden Pfeilgewehre von der Schulter und legte sie auf den Boden.
»Würdest du mir bitte verraten, was hier eigentlich vorgeht, Steve?«, fragte ich ruhig. »Wieso du ausgerechnet in dieser Gasse aufgetaucht bist, und weshalb du diese Dinger bei dir trägst?«
»Später, wenn wir deine Wunden versorgt haben. Und wenn ...«, er zog ein Handy heraus und warf es mir zu, »... du telefoniert hast.«
»Wen soll ich denn anrufen?«, fragte ich misstrauisch.
»Hakenmann ist dir vom Haus deiner Freundin aus gefolgt. Dieser Dunkelhäutigen.«
Das Blut wich aus meinem Gesicht. »Er weiß, wo Debbie wohnt?«, keuchte ich.
»Wenn sie so heißt, ja. Ich glaube zwar nicht, dass er ihr was tut, aber wenn du ganz sichergehen willst, würde ich dir raten, sie anzurufen und zu bitten ...«
Bevor er den Satz beendet hatte, drückte ich schon hektisch auf die Zifferntasten. Debbies Telefon läutete viermal. Fünfmal. Sechsmal. Siebenmal. Ich wollte schon losstürzen, um sie zu retten, und vergaß dabei völlig mein lädiertes Bein, als sie endlich abhob. »Hallo?«
»Ich bin's.«
»Darren? Was ...«
»Debbie! Hast du Vertrauen zu mir?«

Sie schwieg verdutzt. »Willst du mich veralbern?«
»Hast du Vertrauen zu mir?«, wiederholte ich mit Nachdruck.
»Natürlich.« Sie spürte, dass es mir Ernst war.
»Dann verlass sofort die Wohnung. Pack eine Tasche mit dem Nötigsten und hau ab. Such dir für das Wochenende ein Hotel. Und bleib dort.«
»Darren, was ist los? Hast du den Ver...«
»Möchtest du sterben?«, unterbrach ich sie.
Stille. Dann sagte sie ruhig: »Nein.«
»Dann beeil dich.« Ich drückte auf die Trenntaste und hoffte inständig, dass Debbie meine Warnung beherzigen würde.
»Weiß der Vampyr, wo *ich* wohne?«, fragte ich und dachte an Harkat.
»Vermutlich nicht«, erwiderte Steve. »Sonst hätte er dich dort überfallen. Soweit ich es mitbekommen habe, bist du ihm zufällig über den Weg gelaufen. Er hat gerade eine Gruppe Leute beobachtet und sich sein nächstes Opfer ausgewählt, als er dich erspäht und deine Verfolgung aufgenommen hat. Er ist dir zum Haus deiner Freundin nachgeschlichen, hat dort gewartet, hat sich wieder an deine Fersen geheftet und ...«
Den Rest der Geschichte kannte ich.
Steve nahm einen Erste-Hilfe-Kasten von einem Bord hinter dem Sofa.
Ich musste mich vorbeugen, und er untersuchte meinen Hinterkopf. »Blutet es?«, erkundigte ich mich.
»Ja, aber die Wunde ist nicht tief. Muss nicht genäht werden. Ich reinige und verbinde sie.« Anschließend inspizierte er mein Bein. Dort hatte ich eine klaffende Wunde und meine zerfetzte Hose war blutdurchtränkt. Steve schnitt den Stoff mit einer scharfen Schere auf, bis die Wunde freilag, dann reinigte er sie mit einem Stück Mullbinde. Anschließend überlegte er kurz, stand auf und kam mit einer Rolle medizinischem Faden und

einer Nadel zurück. »Beiß die Zähne zusammen«, sagte er knapp.
»Ich bin schon öfter zusammengeflickt worden«, gab ich zurück, und Steve machte sich ans Werk. Er leistete saubere Arbeit. Wenn die Wunde verheilt war, würde nur eine kleine Narbe zurückbleiben. »Du machst das nicht zum ersten Mal«, bemerkte ich, als er das Verbandszeug wegpackte.
»Ich habe einige Erste-Hilfe-Kurse besucht. Dachte, es könnte mal nützlich werden. Aber ich wäre nie draufgekommen, dass du einmal mein erster Patient sein würdest.« Er fragte mich, ob ich etwas trinken wolle.
»Bloß einen Schluck Wasser.«
Er zog eine Flasche Mineralwasser aus einer Plastiktüte neben der Spüle und goss zwei Gläser ein. »Ist leider nicht kalt. Ohne Strom funktioniert der Kühlschrank nicht.«
»Macht nichts.« Ich trank einen großen Schluck. Dann deutete ich mit dem Kinn auf den Ausguss. »Ist das Wasser auch abgestellt?«
»Nein, aber ich würde es an deiner Stelle lieber nicht trinken. Zum Waschen geht es, aber ein Schluck, und du kommst drei Tage nicht vom Klo runter.«
Wir grinsten einander über unsere Gläser hinweg an.
»Also«, sagte ich, »was hast du die letzten fünfzehn Jahre so getrieben?«
»Du zuerst.«
»Nö. Du bist der Gastgeber. Du musst anfangen.«
»Sollen wir eine Münze werfen?«, schlug Steve vor.
»Okay.«
Er holte eine Münze aus der Hosentasche und ließ mich wählen. »Kopf.«
Steve warf das Geldstück in die Luft und fing es zwischen beiden Händen auf. Er zog die obere Hand weg und verzog das Gesicht. »Pech, wie immer.« Dann begann er zu erzählen.

Es war eine lange Geschichte, und als sie sich ihrem Ende zuneigte, war die Wasserflasche leer und die zweite Kerze heruntergebrannt.

Steve hatte Mr. Crepsley und mich lange gehasst. Er war bis spät in die Nacht wach geblieben, hatte Zukunftspläne geschmiedet und sich den Tag ausgemalt, an dem er uns aufspüren und jedem von uns einen spitzen Pfahl ins Herz rammen würde. »Ich war rasend vor Wut«, brummte er. »Ich konnte an nichts anderes mehr denken. Im Werkunterricht habe ich Pfähle geschnitzt. In Geschichte habe ich die ganze Weltkarte auswendig gelernt, damit ich euch überallhin folgen konnte.«
Steve hatte alles Wissenswerte über Vampire in Erfahrung gebracht. Schon zu meiner Zeit hatte er eine große Sammlung Gruselromane und Horror-Comics besessen, aber innerhalb eines Jahres hatte er sie verdoppelt, ja verdreifacht. Er hatte sich darüber informiert, welches Klima unsereins bevorzugte, wo wir uns am liebsten niederließen, welches die besten Methoden waren, uns zu töten. »Ich habe übers Internet Gleichgesinnte kennen gelernt«, erklärte er. »Du ahnst nicht, wie viele Vampirjäger es gibt. Wir haben Informationen, Geschichten, Meinungen ausgetauscht. Die meisten waren Spinner, aber ein paar wussten, wovon sie sprachen.«
Mit sechzehn hatte Steve die Schule und sein Zuhause verlassen und war in die Welt hinausgezogen. Um seinen Lebensunterhalt zu bestreiten, hatte er eine Reihe Aushilfsjobs in Hotels, Restaurants oder Fabriken angenommen. Ab und zu hatte er auch gestohlen oder war in leer stehende Häuser eingebrochen, um dort eine Weile zu wohnen. Es war eine schwere, einsame Zeit gewesen. Er war vor kaum etwas zurückgeschreckt, hatte wenig Freunde und kaum andere Interessen gehabt außer dem brennenden Wunsch, Vampirjäger zu werden.
»Meine erste Überlegung war, mich zum Schein mit ihnen an-

zufreunden«, erläuterte er. »Also habe ich mich auf die Suche nach Vampiren gemacht und so getan, als wollte ich selber einer werden. Das meiste, was ich aus Büchern oder dem Internet erfahren hatte, war Quatsch. Ich bin irgendwann zu der Überzeugung gekommen, die beste Methode, meine Feinde zu vernichten, war die, sie besser kennen zu lernen.«
Als er endlich ein paar Vampire aufgestöbert und ihr Vertrauen gewonnen hatte, merkte er natürlich, dass wir keine Monster waren. Er stellte fest, dass wir das Leben achteten, dass wir die Menschen nicht töteten, an denen wir uns labten, und dass wir eine durchaus ehrbare Sippe waren. »Mein Selbstbild hat sich total verändert«, seufzte er, und sein Gesicht sah im Kerzenschein düster und traurig aus. »Mir wurde klar, dass in Wahrheit *ich* das Monster war, wie Kapitän Ahab in *Moby Dick*, der Jagd auf Mörderwale macht, die in Wirklichkeit friedliche Tiere sind!«
Nach und nach hatte sich sein Hass gelegt. Er verübelte es mir zwar immer noch, dass ich mit Mr. Crepsley fortgegangen war, erkannte jedoch, dass ich es nicht aus purer Bosheit getan hatte. Wenn er nun zurückblickte, sah er, dass ich mein Zuhause und meine Familie aufgegeben hatte, um ihm das Leben zu retten, und nicht, um ihm eins auszuwischen.
Da hatte er seine besessene Suche eingestellt. Er hatte nicht mehr nach uns gefahndet, alle Rachegedanken aufgegeben und sich stattdessen damit beschäftigt, was er mit seinem restlichen Leben anfangen wollte. »Ich hätte zurückgehen können«, sagte er. »Meine Mutter lebt noch. Ich hätte wieder zu ihr ziehen, die Schule beenden, mir eine richtige Arbeit suchen und ein ganz gewöhnliches Leben führen können. Aber wer sich einmal der Nacht in die Arme geworfen hat, den lässt sie nicht wieder los. Ich wusste inzwischen über Vampire Bescheid – aber auch über *Vampyre*.«
Die Vampyre gingen Steve nicht aus dem Kopf. Er fand es

ungeheuerlich, dass Geschöpfe wie sie existierten, ungehindert umherstreiften und nach Lust und Laune Menschen abschlachteten. Es machte ihn wütend. Er wollte ihrem mörderischen Treiben ein Ende setzen. »Aber ich konnte ja nicht einfach zur Polizei gehen«, sagte er bedauernd. »Um zu beweisen, dass es Vampyre gibt, hätte ich einen lebendig fangen müssen, und du weißt bestimmt genauso gut wie ich, dass das praktisch unmöglich ist. Selbst wenn sie mir geglaubt hätten, was hätten sie tun sollen? Vampyre tauchen auf, töten und ziehen weiter. Bis die Polizisten begriffen hätten, in welcher Gefahr wir schwebten, hätten sich die Vampyre längst in Luft aufgelöst, und damit auch die Gefahr. Mir blieb nichts anderes übrig ... Ich musste die Sache selbst in die Hand nehmen!«

Indem er sich die Kenntnisse zu Nutze machte, die er bei seinem Studium der Vampirjagd erworben hatte, setzte Steve sich zum Ziel, so viele Vampyre aufzuspüren und zu töten, wie er konnte.

Das war nicht einfach, denn Vampyre verwischen ihre Spuren (und verstecken ihre Opfer) äußerst geschickt und hinterlassen kaum Beweise für ihre Existenz. Doch im Lauf der Zeit traf Steve ein paar Leute, die sich mit Vampyren auskannten, sodass er sich ein Bild von den Gewohnheiten, Eigenschaften und bevorzugten Routen machen konnte. Schließlich war er per Zufall auf einen Vampyr gestoßen.

»Mir ist noch nie etwas so schwer gefallen, wie diesen Kerl zu töten«, sagte Steve bitter. »Ich wusste, dass er ein Mörder war und dass er weitermorden würde, wenn ich ihn laufen ließ, aber als ich ihn so ahnungslos schlafend vor mir liegen sah ...«

Er schüttelte sich.

»Wie hast du ihn erledigt?«, fragte ich ruhig. »Mit einem Pfahl?«

Steve nickte. »Dumm, wie ich war.«

Ich runzelte die Stirn. »Kapier ich nicht. Ist denn ein Pfahl

nicht die beste Methode, Vampyre zu töten, so wie bei Vampiren?«
Steve bedachte mich mit einem eisigen Blick. »Schon mal jemanden gepfählt?«
»Nein.«
»Dann lass es!«, schnaubte er. »Den Pfahl reinzurammen, ist kein Kunststück, aber dann spritzt dir das Blut ins Gesicht und läuft dir über Brust und Arme. Außerdem stirbt so ein Vampyr nicht auf der Stelle, wie im Film. Mein Erster hat noch fast eine Minute lang gelebt, gezappelt und geschrien. Er ist sogar aus seinem Sarg und hinter mir hergekrochen. Er ist zwar nur langsam vorangekommen, aber ich bin in seinem Blut ausgerutscht, und ehe ich mich versah, war er über mir.«
»Was hast du gemacht?«, fragte ich atemlos.
»Geboxt und getreten und versucht, ihn abzuschütteln. Zum Glück hatte er schon viel Blut verloren und nicht mehr genug Kraft, mich zu töten. Aber er ist auf mir drauf gestorben, sein Blut ist an mir heruntergelaufen, und sein Gesicht war ganz nah an meinem, als er zitterte, wimmerte und …«
Steve wandte den Blick ab.
Ich fragte nicht nach weiteren Einzelheiten.
»Danach habe ich gelernt, mit denen hier umzugehen.« Er wies auf die Pfeilgewehre. »Damit klappt es am besten. Eine Axt ist auch nicht schlecht. Jedenfalls wenn du gut zielen kannst und genug Kraft hast, um einen Kopf beim ersten Hieb abzuschlagen. Von normalen Gewehren lass lieber die Finger, die sind nicht zuverlässig. Vampyre haben zu kräftige Knochen und Muskeln.«
»Werd's mir merken«, sagte ich mit mattem Grinsen. Dann erkundigte ich mich, wie viele Vampyre Steve inzwischen getötet hatte.
»Sechs. Allerdings waren zwei von ihnen geisteskrank und wären über kurz oder lang sowieso gestorben.«

Ich war beeindruckt. »So viel schaffen die meisten Vampire nicht.«
»Menschen sind gegenüber Vampiren im Vorteil. Wir können uns bei Tag bewegen und zuschlagen. In einem fairen Kampf würde jeder Vampyr kurzen Prozess mit mir machen. Aber wenn man sie tagsüber im Schlaf überrascht …
Allerdings ist das mittlerweile keine Garantie mehr«, setzte er hinzu. »Die letzten Vampyre, hinter denen ich her war, sind in Begleitung von Menschen gereist, und ich bin nicht nah genug an sie herangekommen, um sie zu töten. Ich habe noch nie gehört, dass Vampyre sich Menschen als Gehilfen nehmen.«
»Man nennt diese Menschen ›Vampets‹«, warf ich ein.
Steve sah mich überrascht an. »Woher weißt du das? Ich dachte immer, die Sippen der Nacht halten sich voneinander fern.«
»Das stimmt auch. Bis vor kurzem«, knurrte ich.
Dann blickte ich auf die Uhr. Steves Bericht war noch nicht zu Ende – er hatte immer noch nicht erklärt, wie er ausgerechnet in dieser Stadt gelandet war –, aber ich musste aufbrechen. Es war schon spät, und ich wollte nicht, dass Harkat sich Sorgen machte. »Hast du nicht Lust, mich in mein Hotel zu begleiten? Dort könntest du mir den Rest deiner Geschichte erzählen. Außerdem wartet dort jemand, der sich bestimmt auch dafür interessiert.«
»Mr. Crepsley?«, tippte Steve.
»Nein. Der ist unterwegs … geschäftlich. Jemand anders.«
»Wer denn?«
»Das zu erklären, dauert jetzt zu lange. Kommst du nun mit?«
Nach kurzem Zögern willigte Steve ein. Aber bevor wir die Wohnung verließen, schnappte er sich seine Pfeilgewehre – ohne die Dinger ging er wahrscheinlich nicht mal aufs Klo!

12 Auf dem Weg zum Hotel informierte ich Steve darüber, wie es mir in der Zwischenzeit ergangen war. Es war eine stark gekürzte Fassung, ich erwähnte jedoch die wichtigsten Punkte, erzählte ihm vom Krieg der Narben und wie er angefangen hatte.

»Der Lord der Vampyre«, murmelte er. »Ich habe mich schon gewundert, warum sie sich auf einmal so massiv organisieren.«

Ich erkundigte mich bei Steve nach meiner Familie und meinen Freunden, doch er war seit seinem sechzehnten Lebensjahr nicht mehr zu Hause gewesen und konnte mir nichts über sie erzählen.

Vor dem Hotel stieg er auf meinen Rücken, und ich kletterte an der Fassade hoch. Bei dieser Belastung schmerzte die Naht an meinem Bein, aber sie hielt. Ich klopfte ans Fenster, und kurz darauf erschien Harkat und ließ uns herein. Er blickte Steve misstrauisch an, sagte allerdings nichts, bevor ich ihn vorgestellt hatte.

»Steve Leopard«, überlegte er. »Ich habe schon viel ... von dir gehört.«

»Wahrscheinlich nichts Gutes«, lachte Steve und rieb sich die Hände. Er hatte die Handschuhe nicht ausgezogen, aber immerhin den Schal ein wenig gelockert. Ein strenger, medizinischer Geruch ging von ihm aus, der mir erst jetzt, in dem geheizten Zimmer auffiel.

»Was hat er hier zu suchen?«, fragte mich Harkat, die grünen Augen auf Steve geheftet. Ich lieferte ihm eine kurze Zusammenfassung der Ereignisse. Als er hörte, dass Steve mir das Leben gerettet hatte, ließ seine Anspannung ein wenig nach, dennoch blieb er wachsam. »Hältst du es für klug, ihn hierher ... zu bringen?«

»Er ist mein Freund«, sagte ich knapp. »Er hat mir das Leben gerettet.«

»Aber jetzt weiß er, wo wir uns aufhalten.«
»Na und?«, blaffte ich.
»Harkat hat Recht«, sagte Steve. »Ich bin ein Mensch. Wenn ich den Vampyren in die Hände falle, könnten sie eure Adresse aus mir herausquetschen. Ihr solltet morgen früh umziehen und mir nichts davon sagen.«
»Ich halte das nicht für notwendig«, erwiderte ich bockig. Ich war wütend auf Harkat, weil er Steve nicht vertraute.
Eine unangenehme Pause entstand. »Also!«, beendete Steve sie mit einem Lachen. »Es ist zwar unhöflich, aber ich muss einfach fragen: Was um alles in der Welt *bist* du, Harkat Mulds?«
Der Kleine Kerl grinste über die Unverblümtheit der Frage und erwärmte sich ein bisschen für Steve. Er bat ihn, sich zu setzen und erzählte ihm von sich, dass er ein Geist sei, der von Meister Schick wieder zum Leben erweckt worden war. Steve war baff. »So was hab ich ja noch nie gehört!«, rief er. »Die kleinen Kerle in den blauen Gewändern damals im Cirque du Freak haben mich zwar neugierig gemacht, denn ich habe gespürt, dass sie irgendwie unheimlich waren, doch nach allem, was seither passiert ist, hatte ich sie total vergessen.«
Harkats Enthüllung, dass er ein Geist gewesen war, machte Steve ganz nervös.
»Hast du was?«, fragte ich.
»Sozusagen«, murmelte er. »Ich habe nie an ein Leben nach dem Tod geglaubt. Wenn ich jemanden getötet habe, dachte ich immer, das war's dann. Zu wissen, dass die Leute Seelen haben, dass sie nach dem Tod weiterleben und sogar zurückkommen können ... Keine besonders erfreulichen Nachrichten.«
»Hast du Angst, die Vampyre, die du umgebracht hast, könnten eines Tages hinter dir her sein?«, fragte ich grinsend.
»So was in der Richtung.« Steve schüttelte den Kopf, beruhig-

te sich wieder und erzählte die Geschichte zu Ende, mit der er in seiner Wohnung angefangen hatte. »Ich bin vor zwei Monaten hierher gekommen, nachdem ich Berichte gehört hatte, die auf die Anwesenheit von Vampyren hindeuteten. Ich dachte, bei diesem Mörder müsste es sich um einen verrückten Vampyr handeln, denn normalerweise lassen nur die Übergeschnappten ihre Opfer so liegen, dass sie entdeckt werden. Doch was ich hier herausfand, war weitaus beunruhigender.«
Steve war ein höchst einfallsreicher Detektiv. Es war ihm gelungen, drei der Opfer zu untersuchen, und dabei hatte er herausgefunden, dass es bei der Methode, wie sie getötet worden waren, geringfügige Unterschiede gab.
»Vampyre, sogar die Verrückten unter ihnen, haben ausgeprägte Trinkgewohnheiten. Jeder tötet ein wenig anders, jeder saugt seine Opfer auf andere Weise aus, und kein Vampyr weicht jemals von seiner ureigenen Methode ab. Also musste mehr als einer am Werk sein.«
Da wahnsinnige Vampyre von Natur aus Einzelgänger waren, schloss Steve daraus, dass die Mörder im Besitz ihrer geistigen Kräfte sein mussten.
»Das Ganze ergibt trotzdem keinen Sinn«, seufzte er. »Gesunde Vampyre lassen ihre Opfer nicht einfach so herumliegen. Soweit ich es beurteilen kann, wollen sie jemandem damit eine Falle stellen. Ich weiß nur nicht, wem.«
Ich blickte Harkat fragend an. Er zögerte und nickte dann.
»Sag's ihm«, brummte er, und ich erzählte Steve von den gefälschten Unterlagen, die ans Mahler geschickt worden waren.
»Sind sie hinter *dir* her?«, fragte Steve ungläubig.
»Gut möglich«, antwortete ich. »Oder hinter Mr. Crepsley. Wir wissen es nicht genau. Vielleicht steckt jemand anderes dahinter, jemand, der uns gegen die Vampyre ausspielen will.«
Steve dachte eine Weile darüber nach.

»Du hast uns immer noch nicht erzählt, wieso du ... heute Abend dort warst, um Darren zu retten«, unterbrach Harkat Steves Überlegungen.

Mein Freund zuckte die Achseln. »Purer Zufall. Auf der Suche nach den Vampyren habe ich die ganze Stadt auf den Kopf gestellt, aber die Mörder benutzen keine ihrer üblichen Verstecke wie stillgelegte Fabriken oder andere verlassene Gebäude, Grüfte oder alte Theater. Vor acht Nächten habe ich gesehen, wie ein großer Mann mit Haken anstelle von Händen aus einem Kanalschacht gestiegen ist.«

»Das ist der Kerl, der mich überfallen hat«, erläuterte ich Harkat. »Er hat drei Haken an jedem Arm. Eine Hand ist aus Gold, die andere aus Silber.«

»Seither verfolge ich ihn jede Nacht«, fuhr Steve fort. »Für einen Menschen ist es nicht gerade einfach, einem Vampyr nachzuschleichen, denn ihre Sinne sind viel besser entwickelt als meine. Doch ich habe inzwischen viel Übung. Manchmal verliere ich ihn aus den Augen, dann hefte ich mich wieder an seine Fersen, wenn er bei Einbruch der Nacht den Schacht verlässt.«

»Kommt er denn jeden Abend an der gleichen Stelle heraus?«, fragte ich.

»Natürlich nicht«, schnaubte Steve. »Nicht einmal ein wahnsinniger Vampyr würde so etwas machen.«

»Wie findest du ihn dann?«

»Ich habe die Kanaldeckel verdrahtet.« Steve strahlte vor Stolz. »Vampyre benutzen zwar niemals jede Nacht den gleichen Ausgang, aber wenn sie erst einmal irgendwo ihr Lager aufgeschlagen haben, halten sie sich in einem ziemlich begrenzten Terrain auf. Erst habe ich jeden Kanaldeckel im Umkreis von zweihundert Metern überwacht, habe den Radius mittlerweile jedoch auf einen halben Kilometer ausgedehnt. Sobald einer davon angehoben wird, blinkt auf meiner Anzeige ein Lämp-

chen auf, und dann ist es ein Kinderspiel, den Vampyr ausfindig zu machen.
Zumindest *war* es das.« Er machte eine betrübte Pause. »Nach dem Vorfall heute Abend zieht er wahrscheinlich um. Er weiß zwar nicht, was ich alles über ihn herausgefunden habe, aber er dürfte vom Schlimmsten ausgehen. Ich glaube nicht, dass er diese Schächte noch weiter benutzt.«
»Hast du sofort gewusst, dass du ... da gerade Darren rettest?«, wollte Harkat wissen.
Steve nickte ernst. »Sonst wäre ich ihm nicht zu Hilfe gekommen.«
»Was soll das heißen?« Ich blickte ihn finster an.
»Ich hätte mir Hakenmann schon längst schnappen können, doch ich wusste, dass er nicht allein arbeitet. Ich wollte über ihn an seine Kumpane herankommen. In der Hoffnung, sein Lager ausfindig zu machen, habe ich tagsüber die Tunnel der Kanalisation abgesucht. Dadurch, dass ich heute Abend eingegriffen habe, habe ich mir diese Möglichkeit verbaut. Das hätte ich für niemand anderen getan.«
»Wenn er einen ganz gewöhnlichen Menschen angefallen hätte ... hättest du zugeschaut, wie er ihn tötet?«, keuchte ich.
»Genau.« Steves Blick war eiskalt. »Wenn die Opferung eines Menschen bedeutet, dass dadurch viele andere gerettet werden können, bin ich dazu bereit. Hätte ich nicht kurz dein Gesicht gesehen, als du von deiner Freundin weggegangen bist, hätte ich zugelassen, dass Hakenmann dich umbringt.«
Eine ziemlich herbe Weltsicht, aber ich konnte sie nachvollziehen.
Für Vampire steht das Wohl der Gruppe immer über dem des Einzelnen.
Es erstaunte mich, dass Steve genauso dachte. Die meisten Menschen sind dazu nicht in der Lage. Wenn man sich allerdings erst einmal dazu entschlossen hat, skrupellose Geschöpfe zu

jagen und zu töten, muss man vermutlich lernen, ebenso skrupellos vorzugehen.
»Das wär's im Großen und Ganzen«, schloss Steve, zog seinen dunklen Umhang ein bisschen enger um die Schultern und unterdrückte ein Zittern. »Vieles habe ich ausgelassen, aber das Wichtigste habe ich erwähnt.«
»Ist dir kalt?«, fragte Harkat, dem Steves Bibbern nicht entgangen war. »Ich kann die Heizung weiter aufdrehen.«
»Das hilft nichts«, erwiderte Steve. »Ich habe mir damals, als mich Mr. Crepsley ›getestet‹ hat, irgendwas eingefangen. Ich brauche nur jemanden zu sehen, dem die Nase läuft, schon habe ich selbst eine Erkältung.« Er zupfte an seinem Schal und wackelte dann mit den Fingern in den dicken Handschuhen. »Deshalb bin ich ja auch so gut eingepackt. Wenn ich nicht genug aufpasse, liege ich tagelang niesend und hustend im Bett.«
»Riechst du deshalb so komisch?«, fragte ich.
Steve lachte.
»Genau. Das ist eine besondere Kräutertinktur. Jeden Morgen vor dem Anziehen reibe ich mich damit von oben bis unten ein. Wirkt wahre Wunder. Der einzige Nachteil ist der Gestank. Ich muss aufpassen, dass ich bei der Verfolgung der Vampyre immer gegen den Wind stehe. Ein Hauch von diesem Duft und ich bin geliefert.«
Wir unterhielten uns noch eine Weile über früher. Steve wollte wissen, wie es war, mit dem Cirque du Freak umherzuziehen, und ich wollte wissen, wo er überall gewesen war und was er so trieb, wenn er nicht gerade Vampyre jagte. Dann wandte sich das Gespräch wieder der Gegenwart und unserem weiteren Vorgehen hinsichtlich der Vampyre zu.
»Wenn Hakenmann allein unterwegs war, dürfte ihn meine Attacke vertrieben haben. Einzelne Vampyre gehen kein Risiko ein. Wenn sie glauben, man hat sie entdeckt, fliehen sie. Da

er aber zu einer ganzen Bande gehört, bezweifle ich, dass er sich aus dem Staub macht.«

»Ich auch«, sagte ich. »Sie haben sich zu viel Mühe mit dieser Falle gegeben, als dass sie gleich abhauen würden, sobald etwas schief geht.«

»Glaubst du, die Vampyre wissen, dass ... *du* Darren gerettet hat?«, fragte Harkat.

»Ich wüsste nicht, woher«, antwortete Steve. »Sie ahnen nichts von meiner Existenz. Wahrscheinlich denken sie, du warst es, oder Mr. Crepsley. Ich habe darauf geachtet, dass Hakenmann mich nicht sieht.«

»Dann können wir sie immer noch schnappen«, meinte Harkat. »Seit Mr. Crepsley weg ist, haben wir nicht mehr ... nach ihnen gesucht. Es war zu gefährlich ... nur zu zweit.«

»Aber wenn *ich* mich euch anschließe«, sagte Steve, der Harkats Gedanken las, »sieht die Sache schon ganz anders aus. Ich kenne mich aus mit der Vampyrjagd. Ich weiß, wie man sie aufstöbert und zur Strecke bringt.«

»Und wenn wir dir den Rücken freihalten«, fügte ich hinzu, »könntest du schneller als sonst arbeiten und ein größeres Gebiet abdecken.«

Wir blickten einander nachdenklich an.

»Wenn du dich mit uns einlässt, gehst du ein ... großes Risiko ein«, warnte ihn Harkat. »Wer uns diese Falle gestellt hat, weiß ... alles über uns. Kann gut sein, dass sie erst richtig auf dich aufmerksam werden, wenn du ... bei uns mitmachst.«

»Auch für euch ist es riskant«, konterte Steve. »Hier oben seid ihr in Sicherheit. Die Kanalisation ist ihr Gebiet, und wenn wir hinuntersteigen, fordern wir einen Angriff geradezu heraus. Ihr dürft nicht vergessen, dass Vampyre zwar normalerweise tagsüber schlafen, doch das müssen sie nicht, solange sie nicht der Sonne ausgesetzt sind. Es ist gut möglich, dass sie wach sind und auf uns warten.«

Wir dachten noch eine Weile darüber nach. Dann streckte ich den rechten Arm aus, drehte die Handfläche nach unten und sagte: »Ich bin dabei, wenn ihr dabei seid.«
Steve legte sofort seine Linke – die mit der kreuzförmigen Narbe – auf meine und sagte: »Ich habe nichts zu verlieren. Ich bin dabei.«
Harkat reagierte langsamer. »Mir wäre es lieber, Mr. Crepsley wäre hier«, murmelte er.
»Mir auch«, sagte ich. »Aber er ist nicht hier. Und je länger wir auf ihn warten, desto mehr Zeit bleibt den Vampyren, einen Angriffsplan zu schmieden. Wenn Steve Recht behält und sie es mit der Angst zu tun kriegen und sich einen neuen Stützpunkt suchen, brauchen sie eine Weile, bis sie sich dort eingerichtet haben. In dieser Zeit sind sie verwundbar. Vielleicht ist das die beste Gelegenheit für uns zum Zuschlagen.«
Harkat seufzte unglücklich. »Es könnte auch die beste Gelegenheit sein, direkt ... in eine Falle zu laufen. Trotzdem«, fügte er hinzu und legte eine große graue Hand auf unsere Hände, »der Lohn rechtfertigt das Risiko. Wenn wir sie ausfindig und unschädlich machen können, retten wir damit ... viele Menschenleben. Ich bin dabei.«
Ich grinste Harkat an und schlug einen Schwur vor: »Bis in den Tod?«
»Bis in den Tod«, pflichtete mir Steve bei.
»Bis in den Tod«, nickte Harkat und setzte spitzfindig hinzu: »Hoffentlich nicht bis in *unseren!*«

13 Den Samstag und Sonntag verbrachten wir mit der Erkundung der Kanalisation. Harkat und Steve trugen Pfeilgewehre. Sie waren einfach zu bedienen: Pfeil einlegen, zielen und abdrücken – bis auf zwanzig Meter absolut tödlich.

Als Vampir hatte ich gelobt, solche Waffen nicht zu benutzen, deshalb musste ich mich wie bisher mit meinem Kurzschwert und meinen Messern begnügen.

In der Hoffnung, eine Spur von Hakenmann oder seinen Kumpanen zu entdecken, fingen wir mit dem Gebiet an, in dem Steve ihn zum ersten Mal aufgespürt hatte. Wir nahmen uns einen Tunnel nach dem anderen vor, suchten die Wände nach Spuren von Vampyrfingernägeln oder Haken ab, lauschten angestrengt nach Lebenszeichen und blieben stets in Sichtkontakt miteinander. Zuerst kamen wir rasch voran, denn Steve kannte sich in diesen Gängen aus, doch sobald sich unsere Suche auf neue, unbekannte Abschnitte ausdehnte, gingen wir bedächtiger vor. Wir fanden nichts.

Am zweiten Abend, nachdem wir uns ausgiebig gewaschen und ein einfaches Mahl zu uns genommen hatten, setzten wir unsere Unterhaltung fort. Steve hatte sich kaum verändert. Er war so lebhaft und lustig wie früher, obwohl er manchmal einen entrückten Blick bekam und verstummte, vielleicht weil er an die Vampyre dachte, die er getötet, oder an den Lebensweg, den er gewählt hatte. Immer wenn das Gespräch auf Mr. Crepsley kam, wurde er unruhig. Steve hatte nie vergessen, aus welchem Grund ihn der Vampir zurückgewiesen hatte. Mr. Crepsley hatte damals behauptet, mein Freund hätte schlechtes Blut und sei böse. Deshalb konnte sich Steve nicht vorstellen, dass der Vampir über sein Auftauchen erfreut sein würde.

»Ich weiß nicht, wie er darauf kam, dass ich böse bin«, brummte er. »Klar, ich war ein ziemlich wildes Kind, aber ich war nie wirklich böse. Stimmt doch, Darren, oder?«

»Natürlich nicht«, sagte ich.

»Vielleicht hat er meine Entschlossenheit mit Boshaftigkeit verwechselt«, überlegte Steve. »Wenn ich an eine Sache glaube, bin ich mit ganzem Herzen dabei. Wie bei meiner Aufgabe,

Vampyre zu töten. Die meisten Menschen können keine anderen Lebewesen töten, nicht mal einen Mörder. Sie übergeben ihn lieber dem Gesetz. Aber ich werde bis zu meinem Tod Vampyre zur Strecke bringen. Vielleicht hat Mr. Crepsley meine Fähigkeit zum Töten erkannt und sie mit dem Wunsch zu töten verwechselt.«

Wir führten viele solcher düsteren Gespräche, unterhielten uns über die menschliche Seele und den Unterschied zwischen Gut und Böse. Steve hatte sich lange mit Mr. Crepsleys grausamem Urteil beschäftigt. Er war geradezu besessen davon. »Ich kann es kaum erwarten, ihm zu beweisen, dass er sich getäuscht hat«, sagte er lächelnd. »Wenn er erfährt, dass ich auf seiner Seite bin und den Vampiren helfe, obwohl er mich abgewiesen hat ... Darauf freue ich mich unheimlich.«

Als der Montag näher rückte, musste ich hinsichtlich der Schule eine Entscheidung treffen. Ich wollte mich nicht auch noch um das Mahler kümmern müssen. Es kam mir wie reine Zeitverschwendung vor. Andererseits musste ich an Debbie und Mr. Blaws denken. Wenn ich so plötzlich und ohne eine Erklärung wegblieb, stellte das Schulamt bestimmt Nachforschungen an. Steve meinte, das sei kein Problem, wir könnten ja in ein anderes Hotel überwechseln, doch damit wollte ich warten, bis Mr. Crepsley zurück war. Die Sache mit Debbie war sogar noch komplizierter. Die Vampyre wussten jetzt, dass sie mit mir in Verbindung stand. Und sie wussten, wo meine Freundin wohnte. Ich musste sie dazu überreden, sich eine neue Wohnung zu suchen. Aber wie? Was konnte ich mir ausdenken, damit sie ihre Wohnung verließ?

Ich beschloss, an diesem Montagmorgen zur Schule zu gehen, hauptsächlich um mich mit Debbie auszusprechen. Den anderen Lehrern wollte ich vorschwindeln, ein Virus habe mich erwischt, damit sie nicht misstrauisch wurden, wenn ich am folgenden Tag nicht zum Unterricht erschien. Vor dem Wochenende stellte Mr. Blaws bestimmt keine Nachforschungen an, und bis dahin war hoffentlich Mr. Crepsley zurück. Sobald er wieder da war, konnten wir uns zusammensetzen und einen endgültigen Plan entwerfen.

Während ich in der Schule war, würden Steve und Harkat die Jagd nach den Vampyren fortsetzen. Sie versprachen, vorsichtig zu sein und sich nicht in einen Kampf verwickeln zu lassen, falls sie welche aufspürten.

Im Mahler hielt ich vor Unterrichtsbeginn nach Debbie Ausschau. Ich wollte ihr erzählen, ein ehemaliger Feind habe herausgefunden, dass ich mich mit ihr traf, und ich befürchtete, er werde ihr etwas antun, um auf diese Weise an mich heranzukommen. Ich wollte ihr sagen, er wisse nicht, wo sie arbeite, sondern nur, wo sie wohnte, und dass alles gut ausgehen werde, wenn sie sich für ein paar Wochen eine neue Bleibe suchte.

Keine besonders überzeugende Geschichte, aber mir fiel nichts Besseres ein. Wenn nötig, würde ich sie auf den Knien anflehen, meine Warnungen zu beherzigen. Falls ich damit keinen Erfolg hatte, musste ich sie eben entführen und zu ihrem eigenen Schutz irgendwo einsperren.

Doch ich konnte Debbie in der Schule nirgends finden. In der Pause ging ich ins Lehrerzimmer, wo man mir lediglich sagen konnte, dass sie nicht zur Arbeit erschienen sei und dass niemand wisse, wo sie war. Mr. Chivers war ebenfalls im Lehrerzimmer und schäumte vor Wut. Er konnte es nicht ausstehen, wenn sich jemand, egal ob Schüler oder Lehrer, nicht wenigstens telefonisch entschuldigte.

Mit bösen Vorahnungen kehrte ich in den Klassenraum zurück. Ich wünschte, ich hätte Debbie gebeten, mir ihre neue Adresse mitzuteilen, als ich sie von Steves Wohnung aus aufgefordert hatte, sofort das Haus zu verlassen. Jetzt konnte ich nicht einmal nachsehen, ob mit ihr alles in Ordnung war.

Selten habe ich mich so elend gefühlt, wie in diesen ersten beiden Schulstunden und den ersten vierzig Minuten der Mittagspause. Am liebsten wäre ich aus der Schule geflohen und zu Debbies alter Wohnung gerannt, um dort nach einem Hinweis zu suchen. Doch ich erkannte, dass es besser war abzuwarten, als überstürzt zu handeln. Es zerriss mich fast, aber es war wohl das Beste, wenn ich erst einen klaren Kopf bekam, bevor ich mich auf die Suche machte.

Dann, um zehn vor zwei, geschah ein Wunder: Debbie erschien! Ich saß gerade Trübsal blasend im Computerraum – Richard hatte meine miese Laune gespürt und mich allein gelassen –, als ich plötzlich sah, wie sie an der Rückseite des Schulgebäudes in einem Wagen und in Begleitung zweier Männer und einer Frau ankam, die alle drei Polizeiuniformen trugen! Debbie stieg aus und betrat mit der Frau und einem der Männer das Schulgebäude.

Ich flitzte sofort los und holte sie auf dem Weg zu Mr. Chivers Büro ein. »Miss Schierling!«, rief ich von weitem. Das wiederum alarmierte den Polizisten, der sich rasch umdrehte und die Hand auf die Waffe an seinem Gürtel legte. Als er meine Schuluniform sah, hielt er inne. Ich hob zitternd die Hand.

»Kann ich Sie kurz sprechen, Miss?«

Debbie fragte die Beamten, ob sie ein paar Worte mit mir wechseln dürfe. Sie nickten, behielten uns jedoch im Auge.

»Was ist passiert?«, flüsterte ich.

»Das weißt du nicht?« Sie hatte geweint, ihr Gesicht war verschwollen. »Warum hast du gesagt, dass ich weggehen soll?«, fragte sie mit ungewohnter Strenge.

»Das ist nicht so einfach zu erklären.«

»Wusstest du, was passieren würde? Wenn ja, dann verzeihe ich dir das bis an mein Lebensende nicht!«

»Debbie, ich weiß überhaupt nicht, wovon du redest. Ehrlich nicht.«

Sie sah mich eindringlich an, suchte nach einem Anzeichen dafür, dass ich log. Nachdem sie keines entdecken konnte, wurden ihre Züge weicher. »Du erfährst es sowieso bald aus den Nachrichten«, murmelte sie, »da ist es wohl egal, wenn ich es dir gleich erzähle, aber sag's bitte nicht weiter.« Sie holte tief Luft. »Ich habe am Freitag, nach deinem Anruf, sofort die Wohnung verlassen und mir ein Zimmer genommen, obwohl ich dich für übergeschnappt hielt.«
Sie machte eine Pause.
»Und?«, bohrte ich weiter.
»Jemand hat die Nachbarn auf meiner Etage überfallen. Mr. und Mrs. Andrews und Mr. Hugon. Du hast sie, glaube ich, nicht kennen gelernt.«
Ich leckte mir nervös über die Lippen. »Mr. Andrews habe ich einmal gesehen. Wurden sie umgebracht?« Debbie nickte. Wieder traten ihr Tränen in die Augen. »Wurde ihnen auch alles Blut abgezapft?«, fragte ich heiser und kannte die grausige Antwort bereits. »Ja.«
Beschämt wandte ich den Blick ab. Ich hätte nie damit gerechnet, dass sich die Vampyre über Debbies Nachbarn hermachen würden. Ich hatte lediglich das Wohlergehen meiner Freundin im Sinn gehabt und an andere Leute nicht einmal gedacht. Ich hätte das ganze Haus überwachen und mit dem Schlimmsten rechnen sollen. Weil ich das nicht getan hatte, waren jetzt drei Menschen tot.
»Wann ist es passiert?«, fragte ich matt.
»Am Samstag spät nachts oder am frühen Sonntagmorgen. Sie haben die Leichen gestern Nachmittag gefunden, doch die Polizei konnte mich erst heute ausfindig machen. Sie haben sich bislang bedeckt gehalten, aber ich glaube, allmählich sickert die Nachricht durch. Auf dem Weg hierher sind wir am Haus vorbeigefahren. Überall schwirrten Reporterteams herum.«
»Warum hat die Polizei denn nach dir gesucht?«

Sie starrte mich an. »Wenn man die Nachbarn links und rechts von deiner Wohnung umbringen und dich nirgendwo finden würde, glaubst du nicht auch, dass die Polizei nach dir suchen würde?«, blaffte sie.
»Tut mir Leid. War eine dumme Frage. Hab nicht nachgedacht.«
Debbie senkte den Kopf und fragte sehr leise: »Weißt du, wer das getan hat?«
Ich zögerte kurz mit meiner Antwort. »Ja und nein. Ich weiß nicht, wie sie heißen, doch ich weiß, was sie sind und warum sie es getan haben.«
»Dann erzähl es der Polizei«, sagte sie.
»Das bringt überhaupt nichts. Es übersteigt ihre Vorstellungskraft.«
Debbie sah mich durch einen Tränenschleier an und sagte: »Heute Abend werde ich wieder freigelassen. Sie haben meine Aussage aufgenommen, aber sie wollen sie noch ein paarmal mit mir durchgehen. Sobald ich entlassen bin, muss ich dir dringend ein paar Fragen stellen. Und wenn mich deine Antworten nicht überzeugen, liefere ich dich ihnen aus.«
»Vielen …« Sie drehte sich auf dem Absatz um, stürmte davon und ging zusammen mit den Polizeibeamten weiter zu Mr. Chivers Büro »… Dank«, beendete ich den Satz und schlich langsam zum Unterricht in meine Klasse. Das Klingeln zeigte das Ende der Mittagspause an, doch in meinen Ohren klang es wie eine Totenglocke.

14 Der Zeitpunkt war gekommen, Debbie mit der Wahrheit bekannt zu machen, doch Steve und Harkat waren von der Idee nicht begeistert. »Was ist, wenn sie die Polizei informiert?«, rief Steve.

»Es ist zu gefährlich«, meinte Harkat. »Menschen sind im besten Falle ... unberechenbar. Wir wissen nicht, wie sie reagiert oder ... was sie unternimmt.«
»Das ist mir egal«, sagte ich stur. »Die Vampyre machen jetzt Ernst. Sie wissen, dass wir hinter ihnen her sind. Die Kerle wollten Debbie umbringen. Sie haben ihre Nachbarn abgeschlachtet, weil sie nicht zu Hause war. Wir spielen jetzt mit höherem Einsatz. Debbie muss wissen, wie ernst die Lage ist.«
»Was, wenn sie uns der Polizei ausliefert?«, fragte Steve leise.
»Dieses Risiko müssen wir eingehen«, antwortete ich trotzig.
»Dieses Risiko musst *du* eingehen«, bemerkte Steve spitz.
»Ich dachte, wir halten zusammen«, seufzte ich. »Wenn ich mich getäuscht habe, kannst du jederzeit gehen. Ich halte dich nicht zurück.«
Steve rutschte auf seinem Stuhl herum und fuhr mit den Fingern seiner rechten Hand, die noch immer in einem Handschuh steckte, über das Kreuz auf seiner bloßen linken Handfläche. Er tat das oft, so wie Mr. Crepsley über seine Narbe strich, wenn er nachdachte. »Sei nicht gleich beleidigt«, sagte er düster. »Ich bleibe bis zum Schluss bei euch, wie ich es geschworen habe. Dennoch betrifft deine Entscheidung uns alle. Das finde ich nicht in Ordnung. Wir sollten darüber abstimmen.«
Ich schüttelte den Kopf. »Keine Abstimmung. Ich kann Debbie nicht opfern, genauso wenig wie du es zulassen konntest, dass mich Hakenmann in dieser Gasse erledigte. Ich weiß, dass ich Debbie damit über unseren Auftrag stelle, aber ich kann nicht anders.«
»Ist deine Zuneigung zu ihr so stark?«, fragte Steve.
»Ja.«
»Dann streite ich mich nicht länger mit dir herum. Sag ihr die Wahrheit.«

»Danke.« Ich sah zu Harkat hinüber, um mir auch sein Einverständnis zu holen.
Der Kleine Kerl senkte den Blick. »Diese Entscheidung ist falsch. Ich weiß, dass ich es dir nicht ausreden kann, deshalb versuche ich es gar nicht erst, doch ... ich bin nicht deiner Meinung. Die Gruppe sollte immer den Vorzug vor dem ... Einzelnen haben.« Dann zog er sich die Maske, die er benötigte, um die für ihn giftige Luft zu filtern, über den Mund, wandte uns den Rücken zu und brütete in finsterem Schweigen vor sich hin.

Debbie kam kurz vor sieben. Sie war geduscht und umgezogen (die Polizei hatte ein paar Sachen aus ihrer Wohnung mitgenommen), sah aber immer noch schrecklich aus. »Unten im Foyer wartet ein Polizist«, sagte sie, als sie eintrat. »Er wollte wissen, ob ich Begleitschutz bräuchte, und ich sagte Ja. Er glaubt, ich sei hier, um dir Nachhilfe zu geben. Ich habe ihm deinen Namen genannt. Falls dir das nicht passt ... Pech!«
»Freut mich ebenfalls, dich zu sehen«, sagte ich lächelnd und wollte ihr den Mantel abnehmen. Sie ignorierte mich und ging ein paar Schritte ins Zimmer, blieb jedoch sofort stehen, als sie Steve und Harkat erblickte. Der kleine Kerl hatte sich weggedreht.
»Du hast nichts davon gesagt, dass wir nicht allein sind«, sagte sie pikiert.
»Die beiden müssen dabei sein«, erwiderte ich. »Sie gehören zu dem, was ich dir erklären muss.«
»Wer sind sie?«, wollte sie wissen.
»Das ist Steve Leopard.« Steve verneigte sich knapp. »Und der da ist Harkat Mulds.«
Einen Augenblick dachte ich, Harkat würde sie nicht ansehen. Doch dann drehte er sich langsam um. »Herr im Himmel!«,

japste Debbie beim Anblick seiner grauen und vernarbten unnatürlichen Gesichtszüge.

»Solche wie mich hast du wohl ... nur selten in der Schule«, sagte Harkat und lächelte unsicher.

»Ist ...« Debbie leckte sich über die Lippen. »Kommt er auch aus dieser Spezialklinik, von der du mir erzählt hast? In der du mit Evra Von warst?«

»Es gibt keine Klinik. Das war gelogen.«

Sie blickte mich kalt an. »Und was war noch gelogen?«

»So ziemlich alles«, grinste ich schuldbewusst. »Doch jetzt ist Schluss damit. Ab heute sage ich dir die reine Wahrheit. Wenn ich fertig bin, wirst du mich entweder für verrückt halten oder dir wünschen, ich hätte nie den Mund aufgemacht, aber erst einmal musst du mir zuhören. Dein Leben hängt davon ab.«

»Ist es eine lange Geschichte?«, fragte sie.

»Eine der längsten, die du in deinem ganzen Leben zu hören bekommen dürftest«, antwortete Steve lachend.

»Dann setze ich mich lieber«, sagte Debbie. Sie suchte sich einen Sessel aus, streifte den Mantel ab, legte ihn über den Schoß und gab mir mit einem kurzen Nicken zu verstehen, dass ich anfangen konnte.

Ich begann mit dem Cirque du Freak und Madame Octa, meiner Spinne. Rasch spulte ich die Jahre als Mr. Crepsleys Gehilfe und meine Zeit im Berg der Vampire ab. Ich erzählte ihr von Harkat und dem Lord der Vampyre. Dann erklärte ich, warum ich hergekommen war, von den gefälschten Unterlagen, die ans Mahler geschickt worden waren, wie ich Steve begegnet war und welche Rolle er bei der ganzen Sache spielte, und hörte erst mit den Ereignissen des vergangenen Wochenendes auf.

Dann schwiegen wir lange.

»Das ist ja krank«, sagte Debbie schließlich. »Das kann nicht dein Ernst sein.«

»Doch. Es ist sein Ernst«, gluckste Steve.
»Vampire ... Geister ... Vampyre ... Völlig absurd.«
»Es ist wahr«, sagte ich leise. »Ich kann es beweisen.« Ich hob die Hand, um ihr die Narben auf meinen Fingerkuppen zu zeigen.
»Narben beweisen überhaupt nichts«, fauchte sie.
Ich ging zum Fenster. »Stell dich an die Tür und sieh mich an«, forderte ich sie auf. Debbie reagierte nicht. Ich las den Zweifel in ihren Augen. »Mach schon«, sagte ich. »Es tut nicht weh.« Mit dem Mantel in der Hand ging sie zur Tür und drehte sich zu mir um. »Halt die Augen offen«, sagte ich. »Versuch nicht zu blinzeln.«
»Was hast du vor?«, fragte sie.
»Das wirst du schon sehen ... oder besser gesagt, nicht sehen.« Sobald sie mich aufmerksam betrachtete, spannte ich die Beinmuskeln an, schoss auf sie zu und hielt erst dicht vor ihr an. Ich bewegte mich schneller, als ein menschliches Auge folgen kann. Debbie musste es so vorgekommen sein, als wäre ich einfach verschwunden und dicht vor ihr wieder aufgetaucht. Sie riss die Augen auf und lehnte sich Halt suchend gegen die Tür. Nun drehte ich mich um, flitzte mit der gleichen Geschwindigkeit zurück und blieb vor dem Fenster stehen.
»Täräää!«, sagte Steve und klatschte lässig.
»Wie machst du das?«, fragte Debbie mit zittriger Stimme. »Du bist ... du warst dort ... und dann warst du ... plötzlich hier ...«
»Ich kann mich unglaublich schnell bewegen. Ich bin auch sehr stark. Ich könnte mit der Faust durch diese Wände schlagen und mir nicht mal die Knöchel aufschürfen. Ich kann höher und weiter springen als jeder Mensch, länger die Luft anhalten. Und ich kann hunderte von Jahren alt werden.« Entschuldigend zuckte ich die Achseln. »Ich bin ein Halbvampir.«
»Aber das ist unmöglich! Es gibt keine Vam...« Debbie kam

ein paar Schritte auf mich zu und blieb wieder stehen. Sie war hin- und hergerissen zwischen ihrem Vertrauen zu mir und ihrem Verstand.

»Ich könnte dir die ganze Nacht lang weitere Beweise liefern«, sagte ich. »Und du könntest die ganze Nacht lang nach logischen Erklärungen suchen. Doch die Wahrheit ist nun mal die Wahrheit, Debbie. Akzeptiere sie, oder lass es bleiben! Ganz wie es dir beliebt.«

»Das ist ... ich kann doch nicht ...« Sie blickte mir forschend in die Augen. Dann nickte sie und ließ sich wieder in den Sessel sinken. »Ich glaube dir«, stöhnte sie. »Gestern hätte ich dich noch für verrückt gehalten, inzwischen habe ich jedoch die Fotos von den Andrews und Mr. Hugon gesehen. So etwas könnte kein Mensch tun.«

»Verstehst du jetzt, warum ich es dir sagen musste?«, fragte ich. »Wir wissen nicht, weshalb uns die Vampyre hierher gelockt haben oder warum sie Katz und Maus mit uns spielen, aber sie haben zweifellos vor, uns umzubringen. Der Überfall auf deine Nachbarn war nur der Anfang des Blutvergießens. Jetzt geht es erst richtig los. Wenn sie dich finden, bist du die Nächste.«

»Warum?«, fragte Debbie schwach. »Wenn sie hinter dir und diesem Mr. Crepsley her sind, was wollen sie dann von mir?«

»Ich weiß nicht. Es ist mir selbst ein Rätsel. Doch genau das macht mir Angst.«

»Was tut ihr, um sie davon abzuhalten?«

»Wir fahnden tagsüber nach ihnen, in der Hoffnung, sie bald aufzuspüren. Wenn uns das gelingt, greifen wir sie an. Mit etwas Glück besiegen wir sie.«

»Ihr müsst die Polizei verständigen«, sagte sie beharrlich. »Und die Armee. Die können ...«

»Nein«, fiel ich ihr schroff ins Wort. »Die Vampyre sind *unsere* Angelegenheit. *Wir* nehmen das in die Hand.«

»Wie kannst du so etwas sagen, wenn sie Menschen töten?«
Debbie war jetzt richtig wütend. »Die Polizei müht sich vergeblich ab, die Mörder zu finden, weil sie nicht den geringsten Anhaltspunkt hat. Hättet ihr den Beamten gesagt, wonach sie suchen sollen, hätten sie diese Ungeheuer womöglich schon vor Monaten unschädlich gemacht.«
»So funktioniert das nicht«, sagte ich. »Ich *darf* das nicht tun.«
»Ich schon!«, konterte sie. »Und genau das werde ich auch tun! Ich gehe sofort runter ins Foyer und erzähle es dem Polizisten. Dann werden wir ja sehen, was ...«
»Was willst du ihm denn sagen?«, unterbrach sie Steve.
»Ich ...« Debbie verstummte.
»Der glaubt dir doch kein Wort«, fuhr Steve fort. »Der hält dich glatt für übergeschnappt. Er verständigt einen Arzt, und sie schleppen dich irgendwo hin, wo du ...«, er grinste, » ... wieder zur Vernunft gebracht wirst.«
»Ich könnte Darren mitnehmen«, sagte sie wenig überzeugend. »Er ...«
»... würde freundlich lächeln und den Polizisten fragen, warum sich seine Lehrerin so eigenartig aufführt.«
»Du täuschst dich«, erwiderte Debbie mit bebender Stimme. »Ich könnte die Leute sehr wohl überzeugen.«
»Na dann los.« Steve grinste höhnisch. »Du weißt, wo die Tür ist. Viel Glück. Schick uns eine Postkarte, und schreib uns, wie du vorankommst.«
»Ich kann dich nicht leiden«, schnaubte Debbie. »Du bist ein eingebildetes Großmaul.«
»Du musst mich nicht mögen«, konterte Steve. »Wir veranstalten hier keinen Sympathiewettbewerb. Es geht um Leben und Tod. Ich habe mich ausführlich mit den Vampyren beschäftigt und bereits sechs von ihnen umgebracht. Auch Harkat und Darren haben gegen sie gekämpft und welche getötet.

Wir wissen, was wir unternehmen müssen, um ihrem Treiben ein Ende zu setzen. Glaubst du im Ernst, du hast das Recht, dich hier hinzustellen und uns zu erklären, was wir zu tun und zu lassen haben? Bis vor ein paar Stunden hast du nicht einmal gewusst, dass es Vampyre überhaupt gibt!«
Debbie wollte protestieren, ließ es jedoch bleiben. »Du hast Recht«, gab sie widerwillig zu. »Ihr habt euer Leben für andere aufs Spiel gesetzt und versteht mehr davon als ich. Ich sollte euch nicht belehren. Wahrscheinlich ist gerade die Lehrerin mit mir durchgegangen.« Ihr gelang sogar ein gequältes Lächeln.
»Du traust uns also zu, dass wir die Sache in den Griff bekommen?«, fragte ich. »Und du suchst dir eine neue Wohnung, oder besser noch, ziehst für ein paar Wochen in eine andere Stadt, bis das Ganze vorbei ist?«
»Ich traue es euch zu«, erwiderte sie, »aber wenn ihr denkt, ich laufe davon, habt ihr euch geschnitten. Ich bleibe hier und kämpfe.«
»Was redest du da?«, fragte ich stirnrunzelnd.
»Ich helfe euch dabei, die Vampyre zu finden und zu töten.«
Ich starrte sie an und staunte darüber, mit welcher Unbekümmertheit sie das gesagt hatte, als ginge es darum, ein entlaufenes Hündchen wieder einzufangen. »Debbie!«, keuchte ich. »Hast du nicht zugehört? Diese Wesen können sich superschnell bewegen und dich mit einem Fingerschnippen ins Jenseits befördern. Was willst du als gewöhnlicher Mensch gegen sie ausrichten?«
»Ich könnte mit euch die Kanalisation erforschen«, sagte sie. »Mit mir habt ihr zwei zusätzliche Beine, Augen und Ohren zur Verfügung. Wir könnten uns paarweise aufteilen und ein doppelt so großes Gebiet durchkämmen.«
»Du kannst nicht mit uns Schritt halten«, protestierte ich. »Wir sind zu schnell.«

»In stockdunklen Gängen, aus denen jederzeit Vampyre hervorspringen können?« Sie lächelte. »Das bezweifle ich.«
»Na schön«, pflichtete ich ihr bei, »von der Geschwindigkeit her könntest du wahrscheinlich mithalten, allerdings nicht, was die Ausdauer angeht. Wir sind den ganzen Tag unterwegs, ohne Pause. Du würdest müde werden und zurückfallen.«
»Steve schafft es ja auch«, bemerkte sie.
»Der ist daran gewöhnt. Abgesehen davon«, fügte ich hinzu, »muss er nicht jeden Tag in die Schule.«
»Ich auch nicht. Ich bin aus familiären Gründen beurlaubt und werde frühestens Anfang nächster Woche zurückerwartet.«
»Debbie ... du ... das ist doch ...«, stotterte ich und wandte mich Hilfe suchend an Steve. »Sag du ihr, dass sie nicht ganz bei Trost ist.«
»Eigentlich finde ich die Idee gar nicht schlecht«, meinte er.
»*Was?*«, fuhr ich ihn an.
»Dort unten können wir ganz gut noch jemanden gebrauchen. Wenn sie es sich zutraut, würde ich sagen, wir probieren es mal.«
»Was ist, wenn wir Vampyren über den Weg laufen? Findest du wirklich, Debbie sollte sich mit Hakenmann oder einem seiner Spießgesellen einlassen?«
»Ehrlich gesagt: Ja.« Er lächelte. »Nach allem, was ich bis jetzt gesehen habe, hat sie ganz schön Mumm.«
»Vielen Dank«, sagte Debbie.
»Keine Ursache«, lachte er, wurde jedoch sofort wieder ernst. »Ich kann ihr ein Pfeilgewehr abgeben. Wenn es hart auf hart kommt, sind wir wahrscheinlich froh, einer mehr zu sein. Zumindest gibt sie für die Vampyre ein weiteres Ziel ab, mit dem sie sich befassen müssen.«
»Da mache ich nicht mit«, knurrte ich. »Harkat ... sag du's ihnen.«

Die grünen Augen des Kleinen Kerls sahen nachdenklich aus. »Was soll ich ihnen denn sagen, Darren?«
»Dass es Wahnsinn ist! Schwachsinn! Dummheit hoch drei!«
»Tatsächlich?«, fragte er leise. »Würdest du Debbies Angebot auch so rasch ablehnen, wenn sie ... jemand anders wäre? Unsere Chancen stehen eher schlecht. Wenn wir den Sieg davontragen wollen, brauchen wir Verbündete.«
»Aber ...«, setzte ich an.
»*Du* hast sie da hineingezogen«, unterbrach mich Harkat. »Ich habe dich gewarnt. Du hast nicht auf mich gehört. Du kannst nicht über die Leute verfügen ... wenn du sie erst einmal mit hineingezogen hast. Sie kennt die Risiken, und sie ... akzeptiert sie. Was kannst du vorbringen, um ihr Angebot abzulehnen ... außer, dass du sie gern hast und ... nicht willst, dass ihr etwas passiert?«
So gesehen, konnte ich nichts dagegen einwenden. »Also gut«, seufzte ich. »Es passt mir zwar ganz und gar nicht, aber wenn du unbedingt mitmachen willst, kann ich es wohl nicht verhindern.«
»Er ist echt charmant, was?«, stellte Steve fest.
»Jedenfalls weiß er, wie man einem Mädchen zu verstehen gibt, dass es gern gesehen ist«, grinste Debbie. Dann ließ sie den Mantel fallen und beugte sich gespannt vor. »Wir haben genug Zeit verplempert. Ich will alles über diese Ungeheuer wissen. Wie sehen sie aus? Wie riechen sie? Was für Spuren hinterlassen sie? Wohin ...«
»Klappe!«, fuhr ich harsch dazwischen.
Debbie blickte mich beleidigt an. »Was hab ich denn ge...«
»Pscht!«, sagte ich, diesmal leise, und legte den Zeigefinger auf die Lippen. Ich schlich zur Tür und legte das Ohr daran.
»Gibt's Ärger?«, fragte Harkat und stellte sich neben mich.
»Ich habe eben leise Schritte auf dem Flur gehört, aber nirgendwo ist eine Tür aufgegangen.«

Wir wechselten einen viel sagenden Blick und zogen uns zurück. Harkat nahm seine Axt und trat ans Fenster.
»Was ist los?«, erkundigte sich Debbie. Ich hörte, wie ihr Herz laut und schnell schlug.
»Vielleicht nichts. Vielleicht ein Überfall.«
»Vampyre?«, fragte Steve grimmig.
»Ich weiß nicht. Möglicherweise nur ein neugieriges Zimmermädchen. Doch da draußen im Flur ist jemand. Möglicherweise hat man uns belauscht, oder auch nicht. Wir dürfen jedenfalls kein Risiko eingehen.«
Steve griff nach seiner Waffe und legte einen Pfeil ein.
»Ist jemand draußen?«, fragte ich Harkat.
»Nein. Ich glaube, wir haben freie Bahn, falls wir ... fliehen müssen.«
Ich zog mein Schwert und überprüfte die Klinge, während ich überlegte, wie wir vorgehen sollten. Wenn wir das Hotel sofort verließen, war es sicherer, besonders für Debbie, aber wenn man erst einmal auf der Flucht ist, kann man nur schwer wieder anhalten.
»Lust auf ein Tänzchen?«, fragte ich Steve.
Er stieß stockend den Atem aus. »Ich habe noch nie gegen einen aufrecht stehenden Vampyr gekämpft«, sagte er. »Ich habe stets bei Tag zugeschlagen, wenn sie schliefen. Ich weiß nicht, ob ich viel ausrichten kann.«
»Harkat?«
»Ich finde, wir beide sollten mal nachsehen ... was los ist«, antwortete er. »Steve und Debbie warten am Fenster. Sobald sie Kampflärm hören, sollten ... sie abhauen.«
»Wie denn?«, fragte ich. »Es gibt keine Feuerleiter, und sie können keine Wände hinunterklettern.
»Kein Problem«, meinte Steve. Er zwinkerte mir zu, griff in seine Jacke und entrollte ein dünnes Seil, das er sich um die Hüfte geschlungen hatte. »Ich komme nie unvorbereitet.«

»Hält das Seil euch beide aus?«, fragte Harkat.
Steve nickte und band ein Ende des Seils am Heizkörper fest. Dann öffnete er das Fenster und warf das andere Ende hinunter.
»Komm her«, sagte er zu Debbie. Sie gehorchte ohne Widerrede. Er ließ sie auf die Fensterbank und dann nach draußen steigen, die Hände am Seil, damit sie sich jederzeit schnell abseilen konnte. »Ihr beiden tut, was ihr zu tun habt«, sagte Steve und sicherte die Tür mit dem Pfeilgewehr. »Wenn es ganz dick kommt, machen wir uns davon.«
Ich stimmte mich mit Harkat ab, schlich auf Zehenspitzen zur Tür und legte die Hand auf den Griff. »Ich zuerst«, flüsterte ich, »Also ich gehe gleich in die Hocke. Du kommst direkt hinterher. Wenn du jemanden siehst, der hier nicht hergehört ... Mach ihn alle. Sein Empfehlungsschreiben sehen wir uns hinterher an.«
Ich öffnete die Tür und hechtete in den Flur, ohne vorher abzuzählen. Harkat folgte mir mit der Waffe im Anschlag.
Links war niemand. Ich wandte mich nach rechts – auch dort war nichts zu sehen. Wie erstarrt blieb ich stehen und lauschte angestrengt.
Lange, angespannte Sekunden vergingen. Wir rührten uns nicht. Die Stille nagte an unseren Nerven, aber wir ignorierten sie und konzentrierten uns – wenn man gegen Vampyre kämpft, darf man sich keine Sekunde Ablenkung leisten.
Dann hustete jemand über uns.
Ich warf mich auf den Boden, rollte mich auf den Rücken und riss das Schwert hoch. Auch Harkat richtete seine Waffe nach oben.
Doch bevor der Kleine Kerl abdrücken konnte, ließ sich die Gestalt an der Decke fallen, schleuderte ihn mit einem kräftigen Hieb quer durch den Flur und trat mir das Schwert aus der Hand. Ich kroch hinterher, hielt dann aber inne, als ich ein

vertrautes Kichern vernahm. »Spiel, Satz und Sieg für mich, würde ich sagen.«
Als ich mich umdrehte, stand ich einem in purpurrote Tierfelle gehüllten, stämmigen Mann gegenüber, barfuß und mit grün gefärbtem Haar. Es war mein Kollege, der Vampirfürst Vancha March!
»Vancha!« Ich schluckte, als er mich am Kragen packte und mir auf die Füße half. Harkat war allein wieder aufgestanden und rieb sich die Stelle am Hinterkopf, wo Vancha ihn erwischt hatte.
»Darren«, sagte Vancha. »Harkat.« Er drohte uns mit dem Finger. »Vergesst nie, auch nach oben zu schauen, wenn ihr ein Gelände absichert. Wenn ich es darauf angelegt hätte, wärt ihr beide jetzt tot.«
»Seit wann bist du hier?«, rief ich aufgeregt. »Warum hast du dich angeschlichen? Wo ist Mr. Crepsley?«
»Larten ist auf dem Dach. Wir sind vor ungefähr fünfzehn Minuten zurückgekommen. Da wir unbekannte Stimmen im Zimmer gehört haben, waren wir lieber vorsichtig. Wer ist da bei euch?«
»Komm rein, dann stell ich dich vor«, grinste ich und führte ihn ins Zimmer. Ich versicherte Steve und Debbie, dass keine Gefahr bestehe und ging zum Fenster, um einen argwöhnischen, windzerzausten Mr. Crepsley vom Dach zu rufen und willkommen zu heißen.

15 Mr. Crepsley verhielt sich Steve gegenüber genauso misstrauisch, wie dieser es prophezeit hatte. Sogar nachdem ich von dem Überfall, bei dem mir Steve das Leben gerettet hatte, erzählt hatte, betrachtete er den Menschen mit unverhohlener Verachtung und hielt sich von ihm fern. »Blut

bleibt Blut«, knurrte er. »Als ich Steve Leonards Blut getestet habe, schmeckte es nach abgrundtiefer Bösartigkeit. So etwas verdünnt sich nicht im Lauf der Zeit.«
»Ich bin nicht bösartig«, knurrte Steve zurück. »*Sie* sprechen hier grausame, schreckliche, unbegründete Anschuldigungen aus. Haben Sie eine Ahnung, wie mies ich mich damals gefühlt habe, nachdem Sie mich wie ein Ungeheuer weggejagt hatten? Ihre gemeine Zurückweisung hätte mich beinahe tatsächlich in die Arme des Bösen getrieben!«
»Der Weg dorthin war vermutlich nicht besonders weit«, erwiderte Mr. Crepsley glatt.
»Du kannst dich auch getäuscht haben, Larten«, sagte Vancha. Der Fürst lag auf dem Sofa, die Füße auf dem Fernseher, den er sich herangezogen hatte. Seine Haut war nicht mehr so rot wie beim letzten Mal, als ich ihn gesehen hatte (Vancha war davon überzeugt, er könne sich antrainieren, dem Sonnenlicht standzuhalten. Um seine Abwehrkräfte zu stärken, ging er regelmäßig tagsüber eine Stunde oder länger spazieren, wobei er sich oft einen schlimmen Sonnenbrand holte). Vermutlich hatte er die letzten Monate in der Abgeschiedenheit des Vampirbergs zugebracht.
»Ich habe mich nicht getäuscht«, sagte Mr. Crepsley hartnäckig. »Ich erkenne den Geschmack des Bösen.
»Darauf würde ich nicht wetten«, meinte Vancha und kratzte sich in der Achselhöhle. Ein Käfer fiel heraus und landete auf dem Boden. Er schob ihn mit dem rechten Fuß beiseite. »Blut lässt sich nicht so einfach bestimmen, wie gewisse Vampire glauben. Ich habe im Lauf der Jahrzehnte bei einigen Leuten Spuren von ›bösem‹ Blut gefunden und die Betreffenden regelmäßig kontrolliert. Drei sind tatsächlich böse geworden, und ich habe sie getötet. Die anderen haben ein ganz normales Leben geführt.«
»Nicht alle, die böse *geboren* sind, *tun* auch Böses«, sagte Mr.

Crepsley, »dennoch lasse ich es ungern darauf ankommen. Ich kann diesem Mann kein Vertrauen schenken.«
»Das ist dumm«, sagte ich ärgerlich. »Sie sollten die Leute danach beurteilen, was sie tun, nicht nach dem, was sie eventuell tun könnten. Steve ist mein Freund. Ich verbürge mich für ihn.«
»Ich auch«, sagte Harkat. »Zuerst war ich misstrauisch, aber jetzt bin ich überzeugt davon, dass er auf ... unserer Seite ist. Er hat nicht nur Darren gerettet. Er hat ihm ... auch geraten, Debbie anzurufen und sie dazu zu bringen, die Wohnung zu verlassen. Andernfalls wäre sie jetzt tot.«
Mr. Crepsley schüttelte starrsinnig den Kopf. »Meiner Meinung nach sollten wir sein Blut noch einmal prüfen. Vancha soll es tun. Dann sieht er, dass ich die Wahrheit sage.«
»Das bringt doch nichts«, widersprach Vancha. »Wenn du sagst, in seinem Blut sind Spuren des Bösen, dann glaube ich dir das. Vergiss nicht, man kann seine natürlichen Mängel besiegen. Ich weiß überhaupt nichts über diesen Menschen, aber ich kenne Darren und Harkat, und auf ihr Urteil gebe ich mehr als auf die Qualität von Steves Blut.«
Mr. Crepsley brummelte etwas in sich hinein, doch er wusste, dass er überstimmt war. »Von mir aus«, sagte er resigniert. »Dann werde ich nicht mehr davon reden. Trotzdem behalte ich dich *sehr* genau im Auge«, warnte er Steve.
»Das tun Sie ruhig mal«, erwiderte Steve schnippisch.
Um die Atmosphäre zu bereinigen, fragte ich Vancha, warum er so lange weggeblieben sei. Er sagte, er habe Mika Ver Leth und Paris Skyle Bericht erstattet und ihnen alles über den Lord der Vampyre erzählt. Er habe sofort wieder losziehen wollen, doch als er sah, wie nahe Paris dem Tod war, habe er beschlossen, die letzten Monate des Fürsten an seiner Seite zu verbringen.
»Er hatte einen guten Tod«, sagte Vancha. »Als er wusste, dass

er seine Rolle nicht mehr ausfüllen konnte, hat er sich heimlich davongemacht. Wir haben seinen Leichnam ein paar Nächte später gefunden, in tödlicher Umklammerung mit einem Bären.«

»Das ist ja grauenhaft!«, stöhnte Debbie auf, und alle anderen Anwesenden mussten über ihre typisch menschliche Reaktion grinsen.

»Glaub mir«, erklärte ich ihr, »es gibt keinen schlimmeren Tod für einen Vampir, als friedlich im Bett zu sterben. Paris hatte über achthundert Jahre auf dem Buckel. Ich glaube nicht, dass er diese Welt mit großem Bedauern verlassen hat.«

»Trotzdem ...«, sagte sie verstört.

»So sind Vampire eben«, meinte Vancha, beugte sich zu ihr und drückte tröstend ihre Hand. »Ich erkläre es dir mal, eines schönen Nachts«, fügte er hinzu und ließ seine Hand ein paar Sekunden länger als nötig auf ihrer liegen.

Wenn Mr. Crepsley Steve genau im Auge behalten wollte, dann würde ich Vancha noch viel genauer im Auge behalten! Ich merkte ganz genau, dass ihm Debbie gefiel. Ich glaubte zwar nicht, dass sie sich für den dreckverkrusteten, übel riechenden Fürsten mit den schlechten Manieren interessieren könnte, doch ich würde ihn keinesfalls mit ihr allein lassen, um es herauszufinden!

»Gibt es etwas Neues vom Lord der Vampyre oder von Gannen Harst?«, fragte ich, um ihn abzulenken.

»Nein. Ich habe den Oberen erzählt, dass Gannen mein Bruder ist und ihnen eine ausführliche Beschreibung von ihm geliefert, aber niemand hat ihn in letzter Zeit gesehen.«

»Was hat sich inzwischen hier ereignet?«, wollte Mr. Crepsley wissen. »Ist außer Miss Schierlings Nachbarn noch jemand ermordet worden?«

»Nennen Sie mich doch bitte Debbie«, sagte sie und lächelte ihn an.

»Wenn er nicht will, ich schon«, grinste Vancha und beugte sich abermals über ihre Hand, um sie zu tätscheln. Am liebsten hätte ich eine unhöfliche Bemerkung gemacht, hielt mich aber zurück. Vancha bemerkte, dass ich innerlich kochte, und zwinkerte mir anzüglich zu.

Wir berichteten Mr. Crepsley und Vancha, wie ruhig alles gewesen war, bevor Hakenmann mir aufgelauert hatte. »Dieser Hakenmann gefällt mir ganz und gar nicht«, brummte Vancha. »Ich habe noch nie von einem Vampyr mit Hakenhänden gehört. Traditionellerweise sieht ein Vampyr zu, dass er mit einem verlorenen Arm oder Bein klarkommt, aber er lässt sich keine künstlichen Gliedmaßen anpassen. Das ist wirklich merkwürdig.«

»Noch merkwürdiger ist, dass er seither nicht mehr angegriffen hat«, sagte Mr. Crepsley. »Wenn dieser Vampyr mit denjenigen unter einer Decke steckt, die Darrens Personalien ans Mahler geschickt haben, dann kennt er auch die Adresse unseres Hotels. Warum also hat er Darren nicht hier angegriffen?«

»Glaubst du, da sind zwei Vampyrbanden am Werk?«, fragte Vancha.

»Möglich. Es könnte ebenso gut sein, dass die Vampyre für die Morde verantwortlich sind, wohingegen jemand anderes, vielleicht Salvatore Schick, Darren beim Schulamt angeschwärzt hat. Meister Schick könnte auch dafür gesorgt haben, dass der Vampyr mit den Hakenhänden Darrens Weg gekreuzt hat.«

»Wie hat Hakenmann Darren erkannt?«, fragte Harkat.

»Vielleicht am Geruch von Darrens Blut«, meinte Mr. Crepsley.

»Das gefällt mir nicht«, grummelte Vancha. »Zu viele ›Wenns‹ und ›Vielleichts‹. Meiner Meinung nach sollten wir zusehen, dass wir hier wegkommen. Sollen die Menschen selbst für sich sorgen.«

»Ich neige dazu, mich deiner Meinung anzuschließen«, pflichtete ihm Mr. Crepsley bei. »Ich sage es nicht gern, aber vielleicht dienen wir unseren Zwecken am besten damit, indem wir uns zurückziehen.«

»Dann zieht euch doch alle zurück und geht zum Teufel!«, entfuhr es Debbie. Wir starrten sie an, als sie sich erhob und mit geballten Fäusten und loderndem Blick vor Mr. Crepsley und Vancha aufbaute. »Was seid ihr bloß für Ungeheuer?«, fauchte sie. »Ihr redet von Menschen wie von minderwertigen Lebewesen, um die es nicht schade ist!«

»Darf ich Sie daran erinnern, Madam«, erwiderte Mr. Crepsley steif, »dass wir hierher gekommen sind, um gegen die Vampyre zu kämpfen und damit Sie und Ihre Artgenossen zu schützen?«

»Sollen wir Ihnen dafür etwa dankbar sein?«, schnaubte sie. »Sie haben nur getan, was jeder getan hätte, der auch nur einen Funken Menschlichkeit in sich hat. Und bevor Sie jetzt wieder mit diesem Wir-sind-aber-nicht-menschlich-Mist ankommen: Man muss kein Mensch sein, um Menschlichkeit zu zeigen!«

»Ein feuriges Weibsbild, was?«, raunte mir Vancha zu. »An so eine könnte ich glatt mein Herz verlieren.«

»Verlier's gefälligst woanders«, erwiderte ich rasch.

Debbie schenkte unserem kleinen Geplänkel keinerlei Beachtung.

Ihr Blick war fest auf Mr. Crepsley gerichtet, der ihn gelassen erwiderte. »Verlangen Sie etwa von uns, dass wir hier bleiben und uns opfern?«

»Ich verlange überhaupt nichts«, gab sie zurück. »Aber wenn Sie jetzt gehen und die Vampyre hier weitermorden ... Können Sie das wirklich vor Ihrem Gewissen verantworten? Können Sie sich den Schreien derjenigen gegenüber, die sterben werden, taub stellen?«

Mr. Crepsley hielt Debbies Blick noch einige Sekunden stand,

dann wandte er sich ab und murmelte leise: »Nein.« Debbie setzte sich zufrieden wieder hin. »Wir können doch nicht bis in alle Ewigkeit Phantomen nachjagen«, sagte Mr. Crepsley. »Darren, Vancha und ich haben einen Auftrag zu erfüllen, der schon viel zu lange aufgeschoben wurde. Wir dürfen nicht vergessen, dass wir weiterziehen müssen.«
Er wandte sich an Vancha: »Ich schlage vor, wir bleiben noch eine Woche, bis nach dem nächsten Wochenende. So lange tun wir alles, was in unserer Macht steht, um die Vampyre in einen Kampf zu verwickeln, wenn sie uns jedoch weiterhin aus dem Weg gehen, sollten wir unsere Niederlage eingestehen und uns zurückziehen.«
Vancha nickte bedächtig. »Ich würde lieber sofort weiterziehen, aber dein Vorschlag ist akzeptabel. Darren?«
»Eine Woche«, nickte ich zustimmend, fing Debbies Blick auf und zuckte die Achseln. »Mehr können wir nicht tun«, flüsterte ich.
»*Ich* kann mehr tun«, warf Harkat ein. »Ich bin nicht an diesen Auftrag gebunden ... wie ihr drei. Ich bleibe länger hier, falls sich die Angelegenheit ... bis dahin nicht erledigt hat.«
»Ich auch«, nickte Steve. »Ich bleibe bis zum Schluss.«
»Vielen Dank«, sagte Debbie leise. »Ich danke euch allen.« Dann grinste sie mich matt an: »Alle für einen, einer für alle?«
Ich grinste zurück. »Alle für einen, einer für alle«, sagte ich, und dann wiederholten alle Anwesenden unaufgefordert die Losung – obwohl Mr. Crepsley, als er an der Reihe war, Steve einen misstrauischen Blick zuwarf und ironisch grunzte!

16 Es war schon fast Morgen, als wir uns schlafen legten. Debbie hatte ihren Polizeiposten in der Nacht nach Hause geschickt. Wir verteilten uns auf die beiden Hotelzimmer. Harkat, Vancha und ich schliefen auf dem Boden, Mr. Crepsley in seinem Bett, Steve auf der Couch und Debbie im Bett im Nebenzimmer. Vancha hatte sich angeboten, das Bett mit Debbie zu teilen, falls sie jemanden brauchte, der sie wärmte.

»Vielen Dank«, hatte sie artig pariert, »aber da würde ich lieber neben einem Orang-Utan schlafen.«

»Sie mag mich!«, verkündete Vancha, als sie weg war. »Frauen tun immer so spröde, wenn sie es auf mich abgesehen haben!«

Am Abend beglichen Mr. Crepsley und ich die Hotelrechnung. Jetzt, da sich uns Vancha, Steve und Debbie angeschlossen hatten, mussten wir uns ein ruhigeres Quartier suchen. Steves so gut wie verlassenes Mietshaus war ideal für unsere Zwecke. Wir übernahmen die beiden Wohnungen neben seiner und zogen sofort ein. Nachdem wir flüchtig sauber gemacht hatten, waren die Zimmer einigermaßen bewohnbar. Sie waren nicht komfortabel, dazu waren sie zu kalt und feucht, doch es würde ausreichen.

Dann war es an der Zeit, auf Vampyrjagd zu gehen.

Wir teilten uns in drei Gruppen. Ich wollte mit Debbie gehen, aber Mr. Crepsley meinte, es wäre besser, wenn sie von einem vollwertigen Vampir begleitet würde. Vancha bot sich sofort als Partner an, doch ich erstickte diesen Vorschlag im Keim. Schließlich kamen wir überein, dass Debbie mit Mr. Crepsley, Steve mit Vancha und Harkat mit mir gehen sollte.

Abgesehen von unseren Waffen hatte jeder von uns ein Handy dabei. Vancha mochte keine Telefone – wenn es um moderne Kommunikationsmittel ging, war eine Buschtrommel für ihn das Höchste der Gefühle –, dennoch konnten wir ihn davon überzeugen, dass Handys durchaus von Vorteil waren. Falls einer von uns die Vampyre ausfindig machte, konnte er die anderen unverzüglich verständigen.

Wir ließen die Tunnel, die wir bereits überprüft hatten, und diejenigen, die regelmäßig von Menschen benutzt wurden, beiseite, teilten den Untergrund der Stadt in drei Abschnitte auf, einen pro Team, und stiegen in die Dunkelheit hinab.

Es wurde eine lange, ergebnislose Nacht. Niemand fand auch nur den kleinsten Hinweis auf die Vampyre, obwohl Vancha und Steve eine Leiche entdeckten, die schon vor vielen Wochen von den Blutsaugern versteckt worden war. Sie merkten sich den Fundort, und Steve sagte, er würde die Behörden später, sobald wir unsere Suche beendet hatten, darüber informieren, damit die sterblichen Überreste identifiziert und bestattet werden konnten.

Als wir uns am folgenden Morgen in Steves Wohnung trafen, sah Debbie wie ein Gespenst aus. Ihr Haar war nass und zerzaust, die Kleider zerrissen, die Wangen zerkratzt, die Hände von scharfkantigen Steinen und alten Rohrleitungen zerschnitten. Während ich die Schnittwunden säuberte und ihr die Hände verband, starrte sie mit dunklen Ringen unter den Augen auf die Wand.

»Wie haltet ihr das nur Nacht für Nacht aus?«, fragte sie mit schwacher Stimme.

»Wir sind eben stärker als Menschen«, erwiderte ich. »Widerstandsfähiger und schneller. Ich habe gestern versucht, es dir zu erklären ... Du wolltest ja nicht auf mich hören.«

»Aber Steve ist kein Vampir.«

»Er treibt Sport. Und er hat jahrelange Übung.« Ich hielt inne und sah ihr in die müden braunen Augen. »Du musst nicht mit uns gehen«, sagte ich. »Du kannst die Suche von hier aus koordinieren. Du wärst hier oben ohnehin nützlicher als ...«

»Nein«, unterbrach sie mich entschlossen. »Ich habe gesagt, ich mache mit, und dazu stehe ich auch.«

»Na schön«, seufzte ich, befestigte den letzten Verband und half ihr, zum Bett zu humpeln. Über unseren Streit am Freitag hatten wir kein Wort mehr verloren – es war einfach nicht die richtige Zeit für persönliche Probleme.
Als ich zurückkam, lächelte Mr. Crepsley mich an. »Sie schafft das schon«, sagte er.
»Glauben Sie wirklich?«
Er nickte. »Ich habe keine Rücksicht auf sie genommen und ein zügiges Tempo vorgelegt. Trotzdem hat sie mitgehalten und sich nicht beschwert. Das fordert natürlich seinen Tribut, doch nach einem Tag Schlaf fühlt sie sich bestimmt wieder besser. Sie lässt uns nicht im Stich.«
Als Debbie spät am Abend erwachte, sah sie zwar nicht besser aus, wurde aber nach einem warmen Essen und einer Dusche lebhafter, und schließlich ging sie als Erste zur Tür hinaus und flitzte voraus in die Einkaufsstraße, um sich ein Paar dicke Handschuhe, wasserdichte Stiefel und neue Kleidung zu besorgen. Außerdem band sie sich das Haar zurück, setzte eine Baseballkappe auf, und als wir uns wenig später trennten, musste ich einfach bewundernd anerkennen, wie gefährlich (und zugleich schön) sie aussah. Ich war froh, dass sie mit dem Pfeilgewehr, das sie sich von Steve geborgt hatte, nicht hinter *mir* her war!
Mittwoch war ebenso Fehlanzeige wie Donnerstag. Wir wussten genau, dass sich die Vampyre in der Kanalisation aufhielten, aber das Tunnelsystem war so riesig, dass es den Anschein hatte, wir würden sie niemals finden. Am frühen Freitagmorgen, als Harkat und ich bereits auf dem Rückweg zu unserem Lager waren, blieb ich an einem Kiosk stehen. Ich wollte ein paar Zeitungen kaufen, um auf dem Laufenden zu bleiben. Seit dem vergangenen Wochenende fand ich zum ersten Mal ein wenig Muße, mich darüber zu informieren, was auf der Welt so vor sich ging. Als ich die oberste Zeitung durchblät-

terte, sprang mir ein kurzer Artikel ins Auge. Ich blieb stehen.
»Stimmt was nicht?«, fragte Harkat.
Ich gab ihm keine Antwort.
Zu sehr war ich damit beschäftigt weiterzulesen. In dem Artikel ging es um einen Jungen, der von der Polizei gesucht wurde. Man vermutete in ihm ein weiteres Opfer der Mörder, die am Dienstag abermals zugeschlagen und ein junges Mädchen getötet hatten. Der Name des gesuchten Jungen? *Darren Horston!*

Nachdem Debbie sich schlafen gelegt hatte (ich wollte sie nicht beunruhigen), sprach ich mit Mr. Crepsley und Vancha über den Artikel.
Darin stand einfach nur, dass ich am Montag in der Schule gewesen sei und seither nicht mehr. Die Polizei hatte nach mir gesucht, so wie sie alle Schüler überprüfte, die dem Unterricht ohne Benachrichtigung fernblieben. Ich hatte vergessen anzurufen und mich krank zu melden. Als man mich nicht finden konnte, veröffentlichte man meine Beschreibung, verbunden mit dem Aufruf, jeder, der etwas über mich wisse, solle sich melden. Außerdem sei man »daran interessiert, mit meinem Vater zu sprechen«, einem »gewissen Vur Horston«.
Ich schlug vor, im Mahler anzurufen und Bescheid zu geben, dass mit mir alles in Ordnung sei, aber Mr. Crepsley fand es besser, wenn ich persönlich dort erschien. »Wenn du anrufst, wollen sie vielleicht jemanden vorbeischicken, der sich mit dir unterhält. Und wenn wir uns überhaupt nicht darum kümmern, könnte dich jemand auf der Straße erkennen und der Polizei melden.«
Wir kamen überein, dass ich in die Schule gehen und dort erzählen sollte, ich sei krank gewesen und mein Vater hätte mich um meiner Gesundheit willen zu meinem Onkel gebracht.

Ich würde ein paar Stunden mitmachen – gerade lange genug, dass alle sahen, dass es mir gut ging –, dann behaupten, mir sei wieder übel, und einen meiner Lehrer darum bitten, »Onkel« Steve anzurufen, damit er mich abholte. Steve sollte dem Lehrer gegenüber bemerken, mein Vater sei zu einem Vorstellungsgespräch, was auch die Entschuldigung war, die wir am Montag benutzen würden – mein Vater hätte den Job bekommen und sofort anfangen müssen, und mich daher angewiesen, zu ihm in die andere Stadt zu kommen.

Das Ganze war eine lästige Unterbrechung unserer Aktion, aber ich wollte an diesem Wochenende ungehindert an der Jagd auf die Vampyre teilnehmen, daher zog ich meine Schuluniform an und machte mich auf den Weg.

Zwanzig Minuten vor Schulbeginn meldete ich mich in Mr. Chivers Büro, weil ich dachte, ich müsste auf den notorischen Zuspätkommer warten, doch zu meiner Überraschung traf ich ihn bereits an. Ich klopfte und trat ein. »Darren!«, rief er erstaunt, als er mich erblickte, sprang auf und packte mich an den Schultern. »Wo hast du nur gesteckt? Warum hast du nicht angerufen?«

Ich spulte meine Geschichte ab und entschuldigte mich dafür, dass ich mich nicht gemeldet hatte. Ich sagte, ich hätte erst heute Vormittag erfahren, dass man nach mir fahndete, und ich erzählte ihm auch, dass ich keine Nachrichten gehört hätte und mein Vater geschäftlich unterwegs sei.

Mr. Chivers rügte mich, weil ich nicht Bescheid gegeben hatte, wo ich gewesen war, doch er war so erleichtert, mich gesund und munter wieder zu sehen, dass er mir nicht weiter böse sein konnte.

»Ich hatte dich schon fast aufgegeben«, seufzte er und fuhr sich mit der Hand durch das Haar, das offenbar schon eine Weile nicht mehr gewaschen worden war. Er sah alt und mitgenommen aus. »Wäre es nicht schrecklich, wenn sie dich auch

noch geschnappt hätten? Zwei in einer Woche ... Ich mag gar nicht daran denken.«
»Zwei, Sir?«, fragte ich.
»Ja. Es war schrecklich genug, Tara zu verlieren ... Wenn wir jetzt auch noch ...«
»Tara?«, fiel ich ihm ins Wort.
»Tara Williams. Das Mädchen, das letzten Dienstag umgebracht wurde.« Er schaute mich ungläubig an. »Du musst doch davon gehört haben.«
»Ich habe den Namen in der Zeitung gelesen. War sie eine Schülerin vom Mahler?«
»Herrgott noch mal, Junge, weißt du es denn wirklich nicht?«, fuhr er mich an.
»Was denn?«
»Tara Williams war in einem deiner Kurse! Deshalb haben wir uns ja solche Sorgen gemacht. Wir dachten, ihr wärt zusammen gewesen, als der Mörder zuschlug.«
Ich ließ den Namen durch meine geistigen Datenbanken laufen, fand jedoch kein passendes Gesicht dazu. Seit ich ans Mahler gekommen war, hatte ich einen Haufen Leute kennen gelernt, aber kaum jemanden näher, und davon so gut wie keine Mädchen.
»Du musst sie kennen«, sagte Mr. Chivers beharrlich. »Du hast doch in Englisch neben ihr gesessen!«
Ich erstarrte. Plötzlich war ihr Gesicht wieder da. Ein kleines Mädchen mit hellbraunen Haaren und silberner Zahnspange, sehr still. Sie hatte in Englisch links neben mir gesessen. Einmal hatte sie mich in ihr Gedichtbuch reinschauen lassen, als ich meins aus Versehen im Hotel vergessen hatte.
»O nein«, stöhnte ich, denn das konnte kein Zufall sein.
»Alles in Ordnung?«, fragte Mr. Chivers. »Soll ich dir was zu trinken holen?«
Ich schüttelte benommen den Kopf. »Tara Williams«, mur-

melte ich schwach und spürte, wie sich in mir ein Frösteln ausbreitete. Zuerst Debbies Nachbarn, und jetzt eine meiner Mitschülerinnen. Wer kam wohl als Nächstes an die Reihe?
»O nein!«, stöhnte ich abermals auf, diesmal lauter. Denn in diesem Augenblick fiel mir ein, wer in Englisch rechts neben mir saß – *Richard!*

17 Ich fragte Mr. Chivers, ob ich mir den Tag freinehmen dürfe. Ich behauptete, ich hätte mich schon länger nicht richtig wohl gefühlt und könne nicht am Unterricht teilnehmen, weil ich ständig an Tara denken müsse. Er fand auch, dass ich besser wieder nach Hause ginge. »Darren«, sagte er, als ich mich bereits umwandte, »du bleibst doch an diesem Wochenende zu Hause und schonst dich?«
»Aber ja, Sir«, log ich und rannte auch schon die Treppe hinunter, um Richard zu suchen.
Als ich im Erdgeschoss ankam, hingen Smickey Martin und einige seiner Freunde am Eingang herum. Seit unserem Zusammenstoß auf der Treppe hatte er nicht mehr mit mir geredet – seine feige Flucht hatte gezeigt, wie mutig er wirklich war. Kaum hatte er mich erblickt, musste er sofort wieder mit seinen dummen Sprüchen anfangen. »Wen haben wir denn da? Schade, ich dachte, die Vampire hätten dich geschnappt, so wie Tara Williams.« Ich blieb stehen und marschierte dann direkt auf ihn zu. Er sah mich misstrauisch an. »Pass bloß auf, Horsty«, knurrte er. »Wenn du mich auch nur anrührst, kriegst du …«
Ich packte ihn vorn am Pullover, hob ihn hoch und ließ ihn am ausgestreckten Arm in der Luft zappeln.
Er kreischte wie ein kleines Kind und versuchte, nach mir zu schlagen und zu treten, doch ich ließ ihn nicht los, sondern

schüttelte ihn kräftig durch, bis er still war. »Ich suche Richard Montrose«, sagte ich. »Hast du ihn gesehen?« Smickey starrte mich an und schwieg. Ich klemmte ihm die Nase zwischen Zeigefinger und Daumen meiner linken Hand und drückte zu, bis er aufheulte. »Hast du ihn gesehen?«, wiederholte ich meine Frage.
»Jähää!«, quietschte er.
Ich ließ seine Nase los. »Wann? Wo?«
»Grade eben«, murmelte er. »Er wollte zum Computerraum.«
Ich seufzte erleichtert und ließ Smickey langsam wieder herunter. »Vielen Dank«, sagte ich.
Daraufhin teilte Smickey mir erst mal mit, wohin ich mir meinen Dank stecken könne. Grinsend winkte ich dem gedemütigten Raufbold zum Abschied zu und verließ das Gebäude, erleichtert darüber, dass Richard in Sicherheit war – jedenfalls bis zum Abend …

In Steves Wohnung weckte ich die schlafenden Vampire und Menschen (Harkat war bereits wach) und besprach mit ihnen die neueste Entwicklung. Auch Debbie wusste nichts von der Ermordung des Mädchens, denn sie hatte keine Zeitung gelesen. Sie war schockiert. »Tara«, flüsterte sie mit Tränen in den Augen. »Was für eine Bestie sucht sich ein unschuldiges Kind wie Tara aus?«
Ich erzählte ihnen von Richard und meiner Vermutung, dass er der Nächste auf der Liste der Vampyre sein könnte. »Nicht unbedingt«, sagte Mr. Crepsley. »Ich glaube zwar auch, dass sie es wieder auf einen deiner Klassenkameraden abgesehen haben, so wie sie die Nachbarn links und rechts von Debbie hingerichtet haben, dennoch könnte es ebenso gut der Junge oder das Mädchen sein, das vor oder hinter dir sitzt.«
»Aber Richard ist mein Freund«, betonte ich. »Die anderen kenne ich kaum.«

»Ich glaube nicht, dass die Vampyre so genau informiert sind«, meinte er. »Sonst hätten sie Richard zuerst ausgewählt.«
»Wir müssen alle drei überwachen«, sagte Vancha. »Wissen wir, wo sie wohnen?«
»Das kann ich herausfinden«, schaltete sich Debbie ein und wischte sich die Tränen von den Wangen. Vancha warf ihr ein schmutziges Tuch zu, das sie dankbar annahm. »Ich habe auch von außen Zugriff auf die Schülerdateien. Ich kenne das Passwort. Ich gehe gleich in ein Internetcafé und kümmere mich darum.«
»Was wollen wir tun, wenn sie zuschlagen?«, fragte Steve.
»*Falls* sie zuschlagen?«
»Dann machen wir das mit ihnen, was sie mit Tara gemacht haben«, knurrte Debbie, bevor einer von uns anderen antworten konnte.
»Haltet ihr das für klug?«, erwiderte Steve. »Wir wissen, dass hier mehr als einer von ihnen am Werk ist, doch ich bezweifle, dass sie alle auf einmal aus ihrem Versteck kommen, nur um ein Kind zu töten. Wäre es nicht klüger, dem Angreifer zu folgen, nachdem er …«
»Halt, halt!«, unterbrach ihn Debbie. »Heißt das, wir sollen zusehen, wie sie Richard oder einen anderen Schüler umbringen?«
»Es wäre sicher das Geschickteste. Unser Hauptziel ist schließlich …«
Bevor er weiterreden konnte, schlug ihm Debbie mit der flachen Hand ins Gesicht. »Du Vieh!«, zischte sie.
Steve sah sie ungerührt an. »Ich bin das, was ich sein muss«, sagte er. »Mit Nettigkeit und Rücksichtnahme kommen wir nicht weit, wenn wir die Vampyre aufhalten wollen.«
»Du … du …« Ihr fiel keine schlimmere Beschimpfung mehr ein.
»Da hat er nicht ganz Unrecht«, schaltete sich Vancha ein.

Debbie drehte sich entsetzt zu ihm um. »Doch, finde ich schon«, brummte Vancha und senkte den Blick. »Mir gefällt die Vorstellung auch nicht besonders, sie noch ein Kind umbringen zu lassen, aber wenn wir dadurch die anderen retten können ...«

»Nein«, sagte Debbie entschieden. »Keine Opfer. Das lasse ich nicht zu.«

»Ich auch nicht«, schloss ich mich ihr an.

»Habt ihr einen besseren Vorschlag?«, erkundigte sich Steve.

»Verwunden«, antwortete Mr. Crepsley, als wir anderen stumm blieben. »Wir überwachen die Wohnungen, warten auf einen Vampyr, und bevor er zuschlägt, schießen wir ihn mit einem Pfeil an. Wir töten ihn nicht, sondern zielen auf Arme oder Beine. Dann verfolgen wir ihn, und mit ein bisschen Glück führt er uns zu seinen Kumpanen.«

»Ich weiß nicht recht«, brummte Vancha. »Du, ich und Darren können mit diesen Dingern nicht umgehen. Mit solchen Waffen kämpft kein ordentlicher Vampir. Das heißt, wir müssen uns auf die Treffsicherheit von Steve, Harkat und Debbie verlassen.«

»Ich schieße bestimmt nicht vorbei«, gelobte Steve.

»Ich auch nicht«, sagte Debbie.

»Und ich erst recht nicht«, ergänzte Harkat.

»Vielleicht nicht«, nickte Vancha, »wenn sie jedoch zu mehreren sind, bleibt euch keine Zeit für einen zweiten Schuss – die Pfeilgewehre sind einschüssig.«

»Dieses Risiko müssen wir eingehen«, sagte Mr. Crepsley. »Aber jetzt solltest du, Debbie, sofort in eines dieser *Inferno-Net*-Cafés gehen und die Adressen besorgen. Danach legst du dich am besten schlafen. Bei Einbruch der Dunkelheit müssen wir bereit sein.«

Mr. Crepsley und Debbie überwachten das Haus von Derek Barry, dem Jungen, der in Englisch vor mir saß. Vancha und Steve übernahmen Gretchen Kelton (Grete die Kröte, wie Smickey Martin sie nannte), die hinter mir saß. Harkat und ich bezogen vor dem Haus der Familie Montrose Stellung.
Der Freitagabend war kalt und nass. Richard wohnte mit seinen Eltern sowie mehreren Brüdern und Schwestern in einem großen Gebäude. Es gab eine Menge Oberlichter, durch die sich die Vampyre Zugang verschaffen konnten. Wir vermochten sie nicht alle im Auge zu behalten, aber Vampyre töten Menschen so gut wie nie in deren Häusern; auf diese Weise war auch der Mythos entstanden, Vampire könnten nur dann eine Schwelle übertreten, wenn sie dazu aufgefordert würden. Nur Debbies Nachbarn waren in ihren Wohnungen umgebracht, alle anderen Opfer dagegen im Freien überfallen worden.
In dieser Nacht geschah überhaupt nichts. Richard blieb die ganze Zeit im Haus. Ab und zu sah ich ihn und seine Familie kurz durch die Vorhänge. Ich beneidete sie um ihr einfaches Leben. Von der Familie Montrose musste niemand ein Haus überwachen, weil er befürchtete, nächtliche Ungeheuer mit schwarzen Seelen könnten angreifen.
Als die ganze Familie im Bett und auch das letzte Licht erloschen war, kletterten Harkat und ich auf das Dach des Gebäudes, wo wir die restliche Nacht versteckt Wache hielten. Als die Sonne aufging, zogen wir ab und stießen wieder zu den anderen. Bei ihnen war ebenfalls alles ruhig geblieben.
Niemand hatte auch nur einen einzigen Vampyr zu Gesicht bekommen.
»Die Armee ist wieder da«, gab Vancha zu bedenken. Seine Worte bezogen sich auf die Soldaten, die nach dem Mord an Tara Williams erneut durch die Straßen patrouillierten. »Wir müssen aufpassen, dass wir ihnen nicht in die Arme laufen, sonst halten sie *uns* für die Mörder und eröffnen das Feuer.«

Debbie legte sich sofort schlafen, wir anderen diskutierten über unsere Pläne für die folgende Woche. Obwohl Mr. Crepsley, Vancha und ich übereingekommen waren, am Montag aufzubrechen, falls wir die Vampyre bis dahin nicht aufgespürt hatten, fand ich, dass wir uns die Sache noch einmal überlegen sollten. Schließlich hatte sich mit dem Mord an Tara und der drohenden Gefahr für Richard einiges geändert.
Die Vampire wollten nichts davon hören. »Ein Schwur ist ein Schwur«, sagte Vancha starrköpfig. »Wir haben uns einen Termin gesetzt, und den müssen wir auch einhalten. Wenn wir unsere Abreise einmal verschieben, dann verschieben wir sie immer wieder.«
»Vancha hat völlig Recht«, pflichtete ihm Mr. Crepsley bei. »Wir brechen am Montag auf, ob wir unsere Gegner gestellt haben oder nicht. Es ist unerfreulich, aber unser Auftrag hat Vorrang. Wir müssen das tun, was für unsere Sippe am besten ist.«
Ich musste ihnen zustimmen. Unentschlossenheit ist der sicherste Weg zum Untergang, wie Paris Skyle immer zu sagen pflegte. Jetzt war nicht der richtige Zeitpunkt, einen Streit zwischen mir und meinen engsten Verbündeten zu riskieren.
Es stellte sich jedoch heraus, dass ich mir keine Sorgen hätte machen müssen, denn in dieser Samstagnacht, als dicke Wolken sich vor den fast runden Vollmond schoben, schlugen die Vampyre endlich zu – und damit brach die Hölle über uns herein!

18 Harkat sah ihn zuerst. Es war Viertel nach acht. Richard und einer seiner Brüder hatten das Haus verlassen, um in der Nähe einzukaufen, und kamen gerade mit prall gefüllten Tüten zurück. Wir hatten sie auf Schritt und Tritt beschattet. Richard lachte über einen Witz, den sein Bruder gerissen hatte, als Harkat mir eine Hand auf die Schulter legte und nach oben zeigte. Im nächsten Augenblick hatte auch ich die Gestalt erspäht, die parallel zu den Jungen auf dem Bürgersteig über das Dach eines großen Kaufhauses glitt.
»Ist das Hakenmann?«, fragte Harkat.
»Keine Ahnung«, sagte ich und kniff angestrengt die Augen zusammen. »Er ist nicht nahe genug am Rand. Ich kann ihn nicht genau erkennen.«
Die Brüder näherten sich einer Gasse, durch die sie hindurch mussten, um nach Hause zu gelangen. Ein Ort wie geschaffen für einen Vampyrüberfall, also folgten Harkat und ich den beiden Jungen eilig. Nur noch wenige Meter trennten uns von ihnen, als sie von der Hauptstraße in die kleine Seitenstraße einbogen. Wir blieben an der Ecke stehen. Harkat nahm das Pfeilgewehr von der Schulter und lud es. Er hatte den Abzugsbügel entfernt, damit er mit seinen dicken Fingern besser zurechtkam. Ich zog ein paar Wurfmesser (eine freundliche Leihgabe von Vancha) aus dem Gürtel und machte mich bereit, Harkat Rückendeckung zu geben, falls er sein Ziel verfehlte.
Richard und sein Bruder befanden sich ungefähr in der Mitte der Gasse, als der Vampyr in Sichtweite kam. Zuerst bemerkte ich die beiden Haken, den goldenen und den silbernen – es war tatsächlich Hakenmann! –, dann erblickte ich seinen Kopf, der wie bei dem Überfall auf mich unter einer Sturmhaube verborgen war. Hätte er sich umgedreht, hätte er uns sehen können, aber er hatte nur Augen für die Menschen.
Hakenmann schob sich bis an die Dachkante vor und schlich wie eine Katze neben den Brüdern entlang. Er gab ein perfek-

tes Ziel ab, und ich war schon versucht, Harkat anzuweisen, einen tödlichen Schuss abzufeuern, doch im Meer der Vampyre gab es noch ganz andere Fische, die wir nur fangen konnten, wenn wir diesen hier als Köder benutzten. »Ziel auf das linke Bein«, flüsterte ich. »Unter dem Knie. Das dürfte ihn ausbremsen.«
Harkat nickte, ohne den Blick von dem Vampyr zu lösen. Hakenmann machte sich zum Sprung bereit. Ich wollte den Kleinen Kerl schon fragen, worauf er warte, doch das hätte ihn nur abgelenkt. Und dann, als Hakenmann sich duckte und zum Sprung ansetzte, drückte Harkat ab und sandte seinen Pfeil durch die Dunkelheit. Er traf unseren Feind genau an der richtigen Stelle. Der Vampyr heulte vor Schmerz auf und plumpste vom Dach. Richard und sein Bruder ließen vor Schreck ihre Tüten fallen. Sie starrten die Gestalt an, die sich auf dem Boden wand, und wussten nicht, ob sie wegrennen oder dem Fremden zu Hilfe eilen sollten.
»Haut ab!«, brüllte ich, trat in die Gasse und hielt mir die Hände vors Gesicht, damit mich Richard nicht erkannte. »Lauft, wenn euch euer Leben lieb ist!« Das erleichterte ihnen die Entscheidung. Sie ließen ihre Tüten im Stich und nahmen die Beine in die Hand. Für Menschen konnten sie ganz schön schnell rennen.
Inzwischen war Hakenmann wieder aufgestanden. »Mein Bein!«, brüllte er und zerrte an dem Pfeil. Doch Steve war ein geschickter Bastler: Der Pfeil ließ sich nicht so einfach entfernen. Hakenmann zog fester und hielt plötzlich den Schaft in der Hand, wogegen die Spitze tief in den Muskeln seines Unterschenkels stecken blieb. »Auuuuu!«, schrie er und schleuderte den nutzlosen Schaft nach uns.
»Auf ihn!«, befahl ich Harkat absichtlich lauter als nötig. »Wir kreisen ihn ein und machen ihn alle!«
Als er das hörte, erstarrte Hakenmann, und sein Gewimmer er-

starb. Er begriff, dass er sich in Gefahr befand, und versuchte, wieder an der Hauswand hochzuspringen, was ihm aber wegen des verletzten Beins misslang. Fluchend zog er ein Messer aus dem Gürtel und schleuderte es in unsere Richtung. Wir mussten uns ducken, um ihm auszuweichen, was Hakenmann genug Zeit verschaffte, sich umzudrehen und zu fliehen. Genau wie wir es geplant hatten!
Wir nahmen die Verfolgung des Vampyrs auf, und Harkat informierte die anderen per Handy. Es war seine Aufgabe, sie auf dem Laufenden zu halten, damit ich mich auf Hakenmann konzentrieren und dafür sorgen konnte, dass wir ihn nicht aus den Augen verloren.
Als wir das Ende der Gasse erreicht hatten, war er verschwunden, und eine Schrecksekunde lang dachte ich, er wäre uns entwischt. Doch dann entdeckte ich die Blutstropfen auf dem Gehweg, denen wir in eine andere Seitenstraße folgten, wo wir ihn eine niedrige Mauer erklimmen sahen.
Ich wartete, bis er oben und von dort aus auf das Dach eines benachbarten Hauses gestiegen war, bevor ich hinterherkletterte. Dort oben, wo er von den Straßenlaternen angeleuchtet wurde, war mir die Verfolgungsjagd ohnehin lieber als unten, wo Polizisten und Soldaten Streife gingen.
Hakenmann erwartete mich auf dem Dach. Er hatte mehrere Ziegel losgerissen und warf sie nach mir, wobei er wie ein tollwütiger Hund heulte. Ich wich einem Ziegel aus, brauchte aber beide Hände, um den zweiten abzuwehren. Er schrammte mir die Knöchel auf, richtete jedoch weiter keinen Schaden an. Nun kam der Vampyr mit den Hakenhänden knurrend auf mich zu. Zu meiner Überraschung glühte eines seiner Augen nicht mehr rot, sondern sah ganz normal blau oder grün aus. Allerdings hatte ich keine Zeit, darüber nachzudenken. Ich zog meine Messer heraus und machte mich auf einen Angriff des Killers gefasst. Ich wollte ihn nicht töten, bevor er uns zu

seinen Gefährten geführt hatte, aber vielleicht blieb mir keine andere Wahl. Doch bevor er mich auf die Probe stellen konnte, tauchten Vancha und Steve auf. Steve schoss einen Pfeil auf den Vampyr ab, verfehlte ihn absichtlich, und Vancha sprang mit einem Satz auf das Dach. Hakenmann heulte abermals auf, schleuderte noch ein paar Ziegel in unsere Richtung, dann kletterte er über den Dachfirst und auf der anderen Seite wieder hinunter.
»Alles in Ordnung?«, fragte Vancha neben mir.
»Ja. Wir haben ihn am Bein erwischt. Er blutet.«
»Hab ich gesehen.«
Nicht weit von uns entfernt war eine kleine Blutlache. Ich tauchte einen Finger hinein und schnupperte daran. Es roch nach Vampyrblut, dennoch wollte ich, dass auch Vancha es überprüfte. »Eindeutig Vampyr. Warum zweifelst du daran?« Ich erzählte ihm von Hakenmanns Augen. »Eigenartig«, grunzte Vancha, sagte aber nicht mehr dazu. Er half mir auf die Beine, dann kroch er auf den Dachfirst und vergewisserte sich, dass Hakenmann nicht dahinter lauerte, bevor er mich heraufwinkte. Die Jagd war eröffnet!

Während Vancha und ich den Vampyr über die Dächer verfolgten, hielten Harkat und Steve auf dem Boden mit uns Schritt und fielen nur zurück, wenn sie Straßensperren oder Polizeipatrouillen ausweichen mussten. Etwa nach fünf Minuten stießen auch Mr. Crepsley und Debbie zu uns. Debbie blieb bei den beiden unten, der Vampir kam zu uns herauf.
Wir hätten Hakenmann jederzeit einholen können. Sein verletztes Bein und der Blutverlust beeinträchtigten ihn sehr. Dennoch ließen wir ihm immer einen kleinen Vorsprung. Hier oben konnte er uns auf keinen Fall entkommen. Hätten wir ihn töten wollen, wäre es ein Leichtes gewesen, ihn zu schnappen. Aber wir wollten ihn nicht töten – noch nicht!

»Er darf keinen Verdacht schöpfen«, sagte Vancha nach einigen Minuten des Schweigens. »Wenn wir zu weit zurückbleiben, kommt er uns vielleicht auf die Schliche. Es wird Zeit, ihn auf den Boden zu treiben.«
Vancha ging ein Stück voraus, bis er genug Abstand für seine Shuriken hatte. Dann zog er einen Wurfstern aus einem seiner Brustgurte, zielte sorgfältig und ließ ihn nur wenige Zentimeter über Hakenmanns Kopf von einem Schornstein abprallen.
Der Vampyr wirbelte herum, rief uns etwas Unverständliches zu und schüttelte drohend seinen goldenen Haken. Vancha brachte ihn mit einem zweiten Shuriken, der sein Ziel noch knapper verfehlte als der erste, zum Schweigen. Hakenmann ließ sich auf den Bauch fallen und bis zur Dachkante hinunterrutschen, wo er seinen Fall mit seinen Haken an der Dachrinne abbremste. Einen Augenblick hing er frei in der Luft, sicherte das Terrain unter sich, riss die Haken aus der Rinne und ließ sich fallen. Es war ein vierstöckiges Gebäude, alles in allem keine Höhe für einen Vampyr.
»Weiter geht's«, murmelte Mr. Crepsley und steuerte auch schon auf eine Feuerleiter zu. »Ruf die anderen an und warne sie! Wir wollen doch nicht, dass sie ihm auf der Straße in die Arme laufen!«
Ich telefonierte auf den Stufen der Feuerleiter. Die anderen waren anderthalb Querstraßen hinter uns. Ich wies sie an, bis auf weiteres dort zu bleiben. Mr. Crepsley und ich folgten dem Vampyr zu ebener Erde, Vancha behielt ihn von den Dächern aus im Auge und hinderte ihn daran, an einer anderen Stelle wieder heraufzuklettern.
Auf diese Weise blieb ihm nur noch die Wahl zwischen den Straßen und der Kanalisation.
Nach drei Minuten hektischer Verfolgungsjagd entschied er sich für die Kanalisation.

Wir entdeckten einen offenen Kanaldeckel und eine Blutspur, die vom Einstieg in die Dunkelheit führte. »Jetzt haben wir ihn«, seufzte ich nervös, als wir dort stehen blieben, um auf Vancha zu warten. Ich drückte auf die Wahlwiederholungstaste und rief die anderen herbei. Sobald sie eingetroffen waren, bildeten wir die üblichen Teams und stiegen in das Tunnelsystem hinab. Jeder von uns wusste auch ohne Worte, was er zu tun hatte.

Vancha und Steve führten die Verfolgung an. Der Rest kam hinterher und sicherte die Seitentunnel, damit Hakenmann nicht wieder zurückkonnte. Hier unten war es nicht leicht, ihn zu verfolgen.

Das Wasser in den Schächten hatte das meiste Blut weggewaschen, und in der Dunkelheit konnte man nicht besonders weit sehen. Aber wir hatten uns inzwischen an die finsteren, engen Röhren gewöhnt und kamen zügig voran, registrierten auch die kleinste Spur.

Hakenmann führte uns tiefer in die Kanalisation, als wir jemals vorgedrungen waren. Selbst der wahnsinnige Vampyr Murlough hatte den Bauch der Stadt nicht so weitläufig erkundet. Floh Hakenmann Hilfe suchend zu seinen Kumpanen, oder wollte er uns einfach nur abschütteln?

»Wir müssen schon fast an der Stadtgrenze sein«, bemerkte Harkat, als wir uns einen Moment ausruhten. »Entweder hören die Tunnel bald auf, oder ...«

»Was?«, fragte ich, als er den Satz unbeendet ließ.

»Oder sie führen ins Freie«, antwortete er. »Vielleicht will er einfach nur ... abhauen. Wenn er erst offenes Land erreicht und ... freie Bahn hat, kann er huschen und sich damit in Sicherheit bringen.«

»Hindert ihn seine Wunde nicht daran?«, fragte ich.

»Vielleicht. Doch wenn er verzweifelt genug ist ... vielleicht auch nicht.«

Wir nahmen die Jagd wieder auf und holten kurz darauf Vancha und Steve ein. Harkat teilte dem Fürsten seine Befürchtungen mit. Dieser erwiderte, daran habe er auch schon gedacht und sei deshalb bereits zu dem fliehenden Vampyr aufgerückt – falls Hakenmann tatsächlich ins Freie wollte, würde Vancha ihn abfangen und ihm den Garaus machen.

Doch zu unserer Überraschung führte uns der Vampyr nicht nach oben, sondern immer weiter hinab. Ich hatte nicht gewusst, dass die Tunnel in solche Tiefe reichten und konnte mir auch nicht vorstellen, wozu sie dort dienen sollten – sie sahen sehr modern und absolut unbenutzt aus.

Als Vancha plötzlich innehielt, wäre ich, völlig in Gedanken, fast gegen ihn geprallt.

»Was ist?«, fragte ich.

»Er ist stehen geblieben«, flüsterte Vancha. »Vor uns liegt ein Gewölbe oder eine Höhle, und er hat Halt gemacht.«

»Wartet er auf uns, um sich einem letzten Kampf zu stellen?«

»Gut möglich«, antwortete Vancha beunruhigt. »Er hat eine Menge Blut verloren, und die hastige Flucht muss ihn viel Kraft gekostet haben. Aber warum bleibt er ausgerechnet jetzt stehen? Warum gerade hier?« Er schüttelte den Kopf. »Das gefällt mir nicht.«

Als Mr. Crepsley und Debbie eintrafen, nahm Steve sein Pfeilgewehr vom Rücken und lud es im Schein seiner Taschenlampe.

»Vorsicht!«, zischte ich. »Er könnte das Licht sehen.«

Steve zuckte die Achseln. »Na und? Er weiß doch, dass wir hier sind. Wir können ebenso gut im Hellen weitermachen.«

Das klang vernünftig. Also knipsten wir alle unsere Taschenlampen an, drehten das Licht aber so weit herunter, dass möglichst wenig irritierende Schatten entstanden.

»Verfolgen wir ihn weiter«, fragte Steve, »oder warten wir hier, bis er angreift?«

»Wir gehen rein«, antwortete Mr. Crepsley nach kurzem Zögern.
»Genau«, sagte Vancha. »Los jetzt.«
Ich betrachtete Debbie. Sie zitterte und sah aus, als würde sie gleich zusammenbrechen.
»Du kannst hier draußen warten, wenn du willst«, bot ich ihr an.
»Nein«, antwortete sie. »Ich komme mit.« Sie hörte auf zu zittern. »Für Tara.«
»Steve und Debbie halten sich hinten«, befahl Vancha und lockerte seine Shuriken. »Larten und ich gehen voran. Darren und Harkat bilden die Mitte.« Wir nickten gehorsam. »Wenn er allein ist, übernehme ich ihn«, fuhr Vancha fort. »Ein ehrlicher Kampf, Mann gegen Mann. Und falls er in Gesellschaft ist ...«, er grinste humorlos, » ... kümmert sich jeder um sich selber.«
Er vergewisserte sich, dass wir alle bereit waren, und marschierte los. Mr. Crepsley ging rechts neben ihm, Harkat und ich folgten dicht dahinter, die Nachhut bildeten Steve und Debbie.
Wir fanden uns in einem großen, gewölbeartigen Raum wieder, der genauso neu wie dieser ganze Abschnitt der Kanalisation war. Etliche Kerzen warfen ein düster flackerndes Licht von den Wänden.
Direkt gegenüber gab es einen zweiten Zugang, der mit einer schweren, runden Metalltür verschlossen war, die an einen begehbaren Safe in einer Bank erinnerte. Hakenmann hockte ein Stück davor auf dem Boden und war damit beschäftigt, sich die Pfeilspitze aus dem Bein zu pulen.
Wir schwärmten aus. Vancha stand vorn, wir anderen bildeten hinter ihm einen schützenden Halbkreis. »Das Spiel ist aus«, sagte Vancha und hielt in den dunklen Nischen Ausschau nach weiteren Vampyren.

»Meinst du?«, schnaubte Hakenmann verächtlich, blickte auf und musterte uns mit einem roten und einem blaugrünen Auge. »Ich glaube eher, es geht gerade erst los.« Der Vampyr schlug klirrend die Haken aneinander.
Einmal. Zweimal. Dreimal.
Plötzlich ließ sich jemand von der Decke fallen.
Dieser Jemand landete direkt neben Hakenmann, stand auf und drehte sich zu uns um. Sein Gesicht war purpurfarben, die Augen waren blutrot – ein Vampyr. Noch einer fiel herab. Und noch einer. Immer mehr. Ihr Anblick ließ meinen Magen Purzelbäume schlagen. Auch menschliche Vampets waren darunter, mit braunen Hemden, schwarzen Hosen, glatt rasierten Schädeln, dem tätowierten »V« über jedem Ohr und rot umrandeten Augen. Alle waren mit Gewehren, Pistolen und Armbrüsten bewaffnet.
Ich zählte neun Vampyre und vierzehn Vampets, Hakenmann nicht mitgerechnet. Wir waren in eine Falle getappt, und als ich mir die schwer bewaffneten, zum Äußersten entschlossenen Krieger anschaute, wusste ich, dass wir eine Riesenportion Vampirglück brauchten, um aus dieser Sache heil herauszukommen.

19

So schlecht unsere Chancen auch standen, es sollte noch schlimmer kommen. Während wir noch wie erstarrt darauf warteten, dass die Vampyre zuschlugen, öffnete sich die riesige Tür hinter Hakenmann, und vier weitere Vampyre traten in das Gewölbe. Damit hieß es achtundzwanzig gegen sechs. Es war aussichtslos.
»Jetzt seid ihr nicht mehr so siegessicher, was?«, höhnte Hakenmann und humpelte schadenfroh ein paar Schritte auf uns zu.

»Das sehe ich anders«, gab Vancha verächtlich zurück. »Nun müssen wir eben noch mehr von euch erledigen.«
Hakenmanns Grinsen erlosch.
»Bist du wirklich so arrogant oder einfach nur dumm?«, fauchte er.
»Weder noch«, antwortete Vancha, den Blick gelassen auf die Feinde gerichtet. »Ich bin ein Vampir.«
»Glaubst du wirklich, ihr habt auch nur die geringste Chance gegen uns?«, zischte Hakenmann.
»Allerdings«, erwiderte Vancha leise. »Es wäre etwas anderes, wenn wir es hier mit anständigen Vampyren zu tun hätten. Aber ein Vampyr, der bewaffnete Menschen für sich kämpfen lässt, ist ein ehrloser Feigling. Von solchen erbärmlichen Kreaturen habe ich nichts zu befürchten.«
»Pass auf, was du sagst«, knurrte der Vampyr links neben Hakenmann. »Wir lassen uns nicht gern beleidigen.«
»*Wir* sind diejenigen, die beleidigt wurden«, gab Vancha zurück. »Es ist ehrenhaft, von der Hand eines würdigen Feindes zu sterben. Hättet ihr eure besten Krieger gegen uns ausgesandt und uns getötet, wären wir mit einem Lächeln auf den Lippen gestorben. Aber diese ... diese ...« Er spuckte in den Staub. »Kein Wort ist schändlich genug, um sie zu beschreiben.«
Die Vampets fuhren zornig auf, doch die Vampyre sahen betroffen, fast beschämt aus. Ich erkannte, dass sie von den Vampets nicht mehr hielten als wir.
Auch Vancha war das nicht entgangen. Er lockerte die Gurte mit den Shuriken. »Legt die Pfeilgewehre weg«, befahl er Steve, Harkat und Debbie. Sie blickten ihn verdutzt an. »Macht schon!«, forderte er sie barsch auf, und sie befolgten seine Anweisung. Nun hielt der Vampirfürst seine bloßen Hände in die Höhe. »Wir verzichten auf unsere Wurf- und Schusswaffen. Befehlt ihr euren Schoßhündchen, das Gleiche zu tun, und

stellt euch uns im ehrenhaften Kampf – oder seid ihr die Schweine, für die ich euch halte, und lasst uns kaltblütig niederschießen?«

»Knallt sie ab!«, schrie Hakenmann mit hassverzerrter Stimme. »Knallt sie alle ab!«

Die Vampets hoben die Waffen und legten an.

»Nein!«, brüllte der Vampyr neben Hakenmann, und die Vampets hielten inne. »Bei allen Schatten der Nacht ... Ich sage Nein!«

Hakenmann wirbelte herum. »Bist du übergeschnappt?«

»Sieh dich vor«, warnte ihn der Vampyr. »Wenn du mir hierbei in die Quere kommst, mach ich dich kalt.«

Verwirrt wich Hakenmann zurück. »Senkt die Waffen«, befahl der Vampyr den Vampets. »Wir kämpfen auf traditionelle Weise. In Ehren.«

Die Vampets befolgten seinen Befehl. Als sie die Waffen niederlegten, drehte sich Vancha kurz um und zwinkerte uns zu. Dann wandte er sich wieder den Vampyren zu. »Bevor wir anfangen«, sagte er, »wüsste ich gern, was für ein Wesen dieses Ding mit den Haken ist.«

»Ich bin ein Vampyr!«, antwortete Hakenmann ungehalten.

»Tatsächlich?« Vancha grinste anzüglich. »Mir ist noch nie einer mit verschiedenfarbigen Augen begegnet.«

Hakenmann verdrehte erschrocken die Augen. »Verdammt!«, rief er. »Sie muss mir vorhin rausgefallen sein.«

»Was ist rausgefallen?«, fragte Vancha.

»Eine Kontaktlinse«, antwortete ich ruhig. »Er trägt rote Kontaktlinsen.«

»Nein! Stimmt nicht!«, schrie Hakenmann. »Das ist eine Lüge! Sag's ihnen, Bargen. Meine Augen sind so rot wie deine, und meine Haut ist genauso dunkelrot!«

Der Vampyr neben Hakenmann scharrte verlegen mit den Füßen. »Er *ist* ein Vampyr«, sagte er, »doch er wurde erst vor

kurzem angezapft. Er wollte so aussehen wie wir anderen, deshalb trägt er Kontaktlinsen und ...« Bargen hustete in die Faust. »Er malt sich das Gesicht und den Körper rot an.«
»Verräter!«, heulte Hakenmann.
Bargen warf ihm einen angewiderten Blick zu und spuckte auf den Boden, so wie es Vancha eben getan hatte.
»Wie weit ist es schon gekommen, wenn die Vampyre Verrückte wie den da anzapfen und Menschen rekrutieren, um sie für sich kämpfen zu lassen?«, fragte Vancha mit leiser Stimme, in der kein Spott mitschwang – es war eine echte Frage, die nach einer Antwort verlangte.
»Die Zeiten ändern sich«, gab Bargen zurück. »Die neuen Methoden gefallen uns zwar nicht, doch wir akzeptieren sie. Unser Lord hat gesagt, es muss sein.«
»Das also hat der große Lord der Vampyre seinem Volk gebracht«, knurrte Vancha. »Menschliche Schlägertrupps und verrückte Hakenmonster?«
»Ich bin nicht verrückt!«, rief Hakenmann. »Höchstens vor Wut!« Er zeigte auf mich und fauchte: »Das ist alles *seine* Schuld!«
Vancha drehte sich um und sah mich an. Alle anderen auch.
»Darren?«, fragte Mr. Crepsley ruhig.
»Ich weiß nicht, wovon er redet«, sagte ich.
»Lügner!« Hakenmann lachte und hopste schadenfroh herum. »Gelogen, gelogen, Hosen voll bis oben!«
»Kennst du diese Kreatur?«, erkundigte sich Mr. Crepsley.
»Nein!«, wiederholte ich. »Ich bin ihm zum ersten Mal in der Gasse begegnet, in der er mich überfallen hat. Vorher habe ich ihn noch nie ...«
»Gelogen!«, kreischte Hakenmann, hörte auf herumzuspringen und starrte mich mit funkelnden Augen an. »Du kannst dich noch so verstellen, Mann ... Du weißt genau, wer ich bin. Und du weißt, was du getan hast, um mich so zuzurichten.«

Er hob die Arme in die Höhe, und die Haken blitzten im Schein der Kerzen.
»Ehrlich«, beteuerte ich, »ich habe keine Ahnung, wovon du sprichst.«
»Ach, nein?«, höhnte er. »Eine Maske kann man leicht anlügen. Mal sehen, ob du an deiner Lüge festhältst, wenn du ...«, er zog sich die Sturmhaube mit der linken Hakenhand ruckartig vom Kopf und entblößte sein Gesicht, » ... *das hier* siehst!«
Es war ein rundes, dickliches, bärtiges, mit purpurroter Farbe geschminktes Gesicht. Einen Moment lang wusste ich nichts damit anzufangen. Doch dann, als ich es mit den fehlenden Händen und der seltsam vertrauten Stimme, die mir schon zuvor aufgefallen war, in Verbindung brachte, erkannte ich ihn plötzlich. »*Reggie Veggie?*«, keuchte ich.
»Nenn mich nicht so!«, kreischte er. »Ich heiße *R. V.* – und das steht für Rechtschaffener Vampyr!«
Ich wusste nicht, ob ich lachen oder weinen sollte. Ich hatte R. V. kennen gelernt, kurz nachdem ich mich dem Cirque du Freak angeschlossen hatte. Damals hatte er sich als Umweltkämpfer für den Naturschutz eingesetzt. Wir waren Freunde gewesen, bis er herausfand, dass ich Tiere tötete, um damit die Kleinen Leute zu füttern. Daraufhin ließ er den Wolfsmann frei, weil er glaubte, wir Zirkusleute würden ihn misshandeln, doch das Untier biss ihm die Unterarme ab. Als ich ihn das letzte Mal sah, floh er in die Nacht und schrie dabei »Meine Hände! Meine Hände!«
Und jetzt war er hier. Bei den Vampyren. Allmählich dämmerte mir auch, warum gerade ich in eine Falle gelockt worden war und wer dahinter steckte.
»*Du* hast die gefälschten Unterlagen an die Schule geschickt!«, beschuldigte ich ihn.
Er grinste hinterhältig und schüttelte den Kopf. »Mit diesen

Händen?« Er wedelte mit den Haken in meine Richtung. »Damit kann ich zwar prima schneiden und schlitzen und ausweiden, aber bestimmt nicht schreiben. Ich habe meinen Teil dazu beigetragen, dich hier herunterzulocken, aber derjenige, der den Plan ausgeheckt hat, war noch viel gerissener als ich.«
»Ich verstehe kein Wort«, mischte sich Vancha ein. »Wer ist dieser Irre?«
»Das ist eine lange Geschichte«, sagte ich. »Ich erzähle sie dir später mal.«
»Optimistisch bis zum Schluss«, lachte Vancha leise.
Ungeachtet der Vampyre und Vampets ging ich auf R. V. zu, bis er nur noch ungefähr einen Meter entfernt stand, und sah ihm schweigend ins Gesicht. Er zuckte nervös, wich aber nicht zurück. »Was ist mit dir passiert?«, fragte ich entsetzt. »Du hast damals das Leben geachtet. Du warst friedliebend und freundlich. Du warst Vegetarier!«
»Das ist vorbei«, kicherte R. V. »Jetzt esse ich jede Menge Fleisch, am liebsten möglichst *blutig!*« Sein Lächeln erstarb. »Und das alles nur wegen dir und deiner Bande von Freaks. Du hast mein Leben ruiniert, Mann. Ich bin allein durch die Welt gezogen, verängstigt und schutzlos, bis mich die Vampyre bei sich aufgenommen haben. Sie haben mir wieder Kraft gegeben. Sie haben mir neue Hände verschafft. Im Gegenzug habe ich mitgeholfen, ihnen *dich* zu verschaffen.«
Ich schüttelte traurig den Kopf. »Du täuschst dich. Sie haben dich nicht stark gemacht. Sie haben dich in ein Scheusal verwandelt.«
Sein Gesicht verfinsterte sich. »Das nimmst du zurück! Das nimmst du sofort zurück, oder ich ...«
»Ich störe nur ungern«, unterbrach Vancha gelassen, »aber ich hätte noch eine Frage. Eine allerletzte.« R. V. starrte ihn schweigend an. »Wenn *du* uns nicht in die Falle gelockt hast ... wer dann?« R. V. sagte nichts. Auch keiner der anderen Vam-

pyre antwortete. »Na los!«, rief Vancha. »Keine falsche Bescheidenheit! Wer war der Schlaukopf?«

Die Stille dehnte sich aus. Bis jemand hinter uns mit gelassener, boshafter Stimme sagte: »Ich.«

Ich fuhr herum, um zu sehen, wer da gesprochen hatte. Ebenso Vancha, Harkat und Mr. Crepsley. Nur Debbie nicht. Sie stand ganz still, weil ihr jemand eine Messerklinge gegen die weiche Kehle drückte. Auch Steve Leopard fuhr nicht herum, denn er stand direkt neben ihr – *und hielt das Messer in der Hand!*

Wir starrten die beiden sprachlos an. Ich blinzelte zweimal, ganz bedächtig, weil ich dachte, danach sei die Welt vielleicht wieder in Ordnung. Weit gefehlt. Steve verharrte immer noch reglos und hielt grinsend das Messer an Debbies Hals.

»Zieh die Handschuhe aus«, forderte ihn Mr. Crepsley mit gepresster Stimme auf. »Zieh sie aus und zeig uns deine Hände.«

Steve lächelte wissend, brachte den Mund an seine linke Hand – die um Debbies Kehle lag –, packte den Handschuh mit den Zähnen und zog ihn ab. Zuerst fiel mein Blick auf das Kreuz in seiner Handfläche, das Kreuz, das er in jener Nacht dort hineingeschnitten hatte, als er geschworen hatte, mich zu verfolgen und zu töten.

Dann wanderte mein Blick vom Handteller zu seinen Fingerspitzen, und jetzt begriff ich, weshalb ihn Mr. Crepsley aufgefordert hatte, den Handschuh auszuziehen.

An seinen Fingerkuppen befanden sich fünf kleine Narben – das Zeichen dafür, dass er ein Geschöpf der Nacht war. Doch Steve war nicht von einem Vampir angezapft worden. Das hatte einer von der Gegenseite besorgt. *Er war ein Halbvampyr!*

20 Nach dem ersten Schock spürte ich kalten, finsteren Hass in mir aufsteigen. Ich vergaß die Vampyre und die Vampets und konzentrierte mich ganz auf Steve. Meinen besten Freund. Den Jungen, dem ich das Leben gerettet hatte. Den Mann, den ich mit offenen Armen wieder aufgenommen hatte. Ich hatte mich für ihn verbürgt. Ihm vertraut. Ihn in unsere Pläne eingeweiht.
Und er hatte uns die ganze Zeit über hintergangen.
Hätte er nicht Debbie als Schutzschild benutzt, ich hätte ihn auf der Stelle in Stücke gerissen. Doch so flink ich auch war, ich hätte ihn nicht rechtzeitig daran hindern können, ihr das Messer durch die Kehle zu ziehen. Wenn ich ihn angriff, musste Debbie sterben.
»Ich wusste, dass wir ihm nicht trauen können«, sagte Mr. Crepsley, der kaum weniger zornig aussah als ich. »Blut bleibt Blut. Ich hätte ihn schon damals töten sollen.«
»Seien Sie doch kein so schlechter Verlierer«, lachte Steve und zog Debbie noch enger an sich.
»Es war alles nur ein Trick, was?«, bemerkte Vancha. »Hakenmanns Überfall und dein rettendes Eingreifen waren also inszeniert.«
»Selbstverständlich«, grinste Steve überheblich. »Ich wusste die ganze Zeit über, wo die Vampyre waren. Ich habe sie hergeholt und R. V. losgeschickt, damit er Panik unter der Stadtbevölkerung auslöst, denn ich wusste, dass ich damit garantiert Grusel-Crepsley herlocken würde.«
»Woher hast du das gewusst?«, fragte Mr. Crepsley erstaunt.
»Recherche«, antwortete Steve. »Ich habe alles über Sie in Erfahrung gebracht, was nur ging. Ich habe Sie zu meiner Lebensaufgabe gemacht. Es war nicht leicht, aber schließlich bin ich Ihnen doch auf die Schliche gekommen. Ich habe Ihre Geburtsurkunde aufgetrieben, Sie mit dieser Stadt in Verbindung gebracht und mich im Laufe meiner Reisen mit meinen

guten Freunden, den Vampyren, zusammengetan. Die Vampyre haben mich nicht abgewiesen, so wie Sie damals. Durch sie habe ich erfahren, dass einer ihrer Blutsbrüder, der arme, verwirrte Murlough, vor einigen Jahren hier verschwunden ist. Nach allem, was ich inzwischen über Sie und Ihr Treiben wusste, war es nicht schwer, zwei und zwei zusammenzuzählen. Was ist eigentlich damals mit Murlough passiert?«, fragte Steve. »Haben Sie ihn getötet oder einfach nur verscheucht?«
Mr. Crepsley blieb ihm die Antwort schuldig. Ich ebenfalls.
»Ist ja auch unwichtig«, winkte Steve ab. »Spielt keine Rolle. Aber ich dachte mir, wenn Sie schon einmal zurückgekommen sind, um den Leuten hier zu helfen, dann tun Sie es auch wieder.«
»Wirklich schlau«, stieß Mr. Crepsley wütend hervor. Seine Arme hingen locker herab, doch seine Finger zuckten wie Spinnenbeine, und ich wusste, dass es ihn juckte, sie um Steves Kehle zu krallen.
»Ich kapiere nur nicht«, warf Vancha ein, »was die hier zu suchen haben?« Er deutete mit dem Kinn auf Bargen und die anderen Vampyre und Vampets. »Die sind doch bestimmt nicht gekommen, um dir bei deinem wahnwitzigen Rachefeldzug zu helfen.«
»Natürlich nicht«, sagte Steve. »Ich bin nur ein bescheidener Halbvampyr, der Höherstehenden nichts vorzuschreiben hat. Ich habe ihnen von Murlough erzählt, was sie durchaus interessiert hat, aber sie sind aus anderen Gründen hier. Auf Geheiß eines anderen.«
»Auf wessen Geheiß?«
»Das verrate ich nicht. Schließlich sind wir nicht zum Plaudern hergekommen, sondern um zu töten!«
In die Vampyre und Vampets hinter uns kam Bewegung. Vancha, Mr. Crepsley und Harkat drehten sich wieder nach vorn, um sich ihnen zu stellen.

Ich nicht. Ich konnte den Blick nicht von Steve und Debbie abwenden. Debbie weinte, hielt sich aber tapfer aufrecht und schaute flehend in meine Richtung.
»*Warum?*«, krächzte ich.
»Warum was?«, erwiderte Steve.
»Warum hasst du uns? Wir haben dir nichts getan.«
»*Er* hat gesagt, ich sei böse!«, heulte Steve und nickte zu Mr. Crepsley hinüber, der sich nicht umdrehte, um zu protestieren. »Und *du* hast lieber zu ihm als zu mir gehalten. Du hast diese Spinne auf mich gehetzt und wolltest mich umbringen!«
»Nein! Ich habe dich gerettet. Ich habe alles aufgegeben, damit du weiterleben konntest!«
»Quatsch!«, schnaubte er. »Ich weiß, was wirklich passiert ist. Du hast dich mit ihm gegen mich verbündet, damit du meinen Platz bei den Vampiren einnehmen konntest. Du warst eifersüchtig auf mich!«
»Nein, Steve«, stöhnte ich. »Das ist doch verrückt. Du weißt nicht, was …«
»Spar dir deine Worte!«, unterbrach er mich. »Es interessiert mich nicht. Abgesehen davon … hier kommt unser Ehrengast. Ein Mann, den ihr alle zweifellos *ums Verrecken gern* kennen lernen möchtet.«
Ich wollte Steve nicht aus den Augen lassen, doch ich musste sehen, von wem er sprach. Ein Blick über die Schulter zeigte mir zwei undeutliche Silhouetten hinter den dicht gedrängten Vampyren und Vampets. Vancha, Mr. Crepsley und Harkat ignorierten Steves Sticheleien und die beiden Gestalten im Hintergrund. Sie widmeten sich den Gegnern direkt vor ihnen und wehrten deren erste abtastende Hiebe ab. Dann bewegten sich zwei der Vampyre einen Schritt auseinander und gaben die Sicht auf die beiden Gestalten hinter ihnen frei.
»Vancha!«, rief ich.

»Was?«, knurrte er.
»Dort hinten ... da ist ...« Ich fuhr mir nervös mit der Zunge über die Lippen. Der größere der beiden hatte mich erblickt und sah mich mit unbewegtem und zugleich neugierigem Ausdruck an. Der andere war in dunkelgrüne Gewänder gekleidet, das Gesicht von einer Kapuze verdeckt.
»Wer?«, rief Vancha und schlug mit der bloßen Hand die Klinge eines Vampets zur Seite.
»... dein Bruder, Gannen Harst«, sagte ich leise, und Vancha hörte auf zu kämpfen. Ebenso Mr. Crepsley und Harkat. Und, nicht minder verwirrt, die Vampyre.
Vancha richtete sich zu seiner vollen Größe auf und spähte über die Köpfe derjenigen hinweg, die direkt vor ihm standen. Gannen Harsts Blick löste sich von mir und fand den von Vancha. Die Brüder starrten einander an. Dann wanderte Vanchas Blick zu der verhüllten Gestalt – dem Lord der Vampyre.
»*Er! Hier!*«, keuchte Vancha.
»Demnach seid ihr euch schon einmal begegnet«, kommentierte Steve hämisch.
Vancha ignorierte den Halbvampyr. »Hier!«, keuchte er noch einmal, die Augen auf den Anführer der Vampyre fixiert, den Mann, den zu töten wir gelobt hatten.
Dann tat er das, was die Vampyre am wenigsten erwarteten: Angetrieben von einem gewaltigen Adrenalinschub stürzte er los und *griff an!*
Es war heller Wahnsinn. Ein unbewaffneter Vampir gegen achtundzwanzig bewaffnete und kampferprobte Gegner, doch der Wahnsinn wirkte sich zu seinen Gunsten aus. Bevor Vampyre und Vampets Gelegenheit hatten zu reagieren, war Vancha bereits an neun oder zehn von ihnen vorbeigerast, hatte sie zu Boden geschleudert oder gegen ihre Mitstreiter gestoßen, und bevor sie wussten, wie ihnen geschah, hatte er Gannen Harst und den Lord der Vampyre beinahe erreicht.

Rascher als jeder andere nutzte Mr. Crepsley die allgemeine Verwirrung und schoss hinter Vancha her. Er teilte die Reihen der Feinde, wobei er die Messer in den ausgestreckten Händen hielt wie die Krallen an den Flügelenden einer Fledermaus, und drei oder vier von ihnen sanken mit aufgeschlitzten Kehlen oder Oberkörpern zu Boden.
Erst als Harkat den Vampiren nachsetzte und seine Axt in den Schädel eines Vampets grub, schlossen sich die hintersten Reihen der Vampyre und versperrten Vancha den Weg zu ihrem Lord. Der Fürst drosch mit den Händen wie mit Klingen auf sie ein, aber sie hatten ihre Fassung wiedergefunden, und obwohl er einen von ihnen erledigte, bedrängten ihn die anderen und schafften es, ihn aufzuhalten.
Ich hätte mich meinen Gefährten anschließen sollen – den Lord der Vampyre zu vernichten war wichtiger als alles andere –, doch in mir schrie es nur einen einzigen Namen, einen Namen, auf den ich instinktiv reagierte: »*Debbie!*«
Ich wandte mich von der Schlacht ab, hoffte inbrünstig, dass Steve von dem plötzlichen Durcheinander abgelenkt war, und schleuderte ein Messer nach ihm. Es sollte ihn gar nicht treffen – ich durfte nicht riskieren, versehentlich Debbie zu erwischen –, sondern ihn nur dazu veranlassen, sich zu ducken.
Es funktionierte. Von der Schnelligkeit meiner Bewegung überrascht, zog Steve den Kopf hinter Debbies zurück. Sein linker Arm, der um ihre Kehle geschlungen war, lockerte sich, und seine rechte Hand, die mit dem Messer, rutschte ein winziges Stück herunter. Als ich losstürmte, wusste ich, dass dieser kleine Vorteil nicht ausreiche; Steve blieb immer noch genug Zeit, sich von seinem Schreck zu erholen und sein Opfer zu töten, bevor ich bei ihm war. Doch dann rammte Debbie wie eine ausgebildete Kriegerin Steve den linken Ellbogen in die Rippen, befreite sich aus seinem Griff und warf sich auf den Boden.

Bevor sich Steve auf sie stürzen konnte, war ich über ihm, packte ihn um die Hüfte und schmetterte ihn mit dem Rücken gegen die Wand. Bei dem schmerzhaften Aufprall schrie er laut auf. Ich machte einen Schritt zurück und versetzt ihm einen Fausthieb ins Gesicht. Die Wucht des Schlages warf ihn um. Sie hätte auch mir fast ein paar Knöchelchen in der Hand gebrochen, doch das war mir egal. Ich warf mich auf ihn, packte ihn bei den Ohren, riss seinen Kopf hoch und knallte ihn auf den harten Zementboden. Er grunzte und das Leuchten in seinen Augen erlosch.

Er war benommen und wehrlos, mir auf Gedeih und Verderb ausgeliefert.

Ich tastete nach dem Knauf meines Schwertes. Dann sah ich Steves eigenes Messer gleich neben seinem Kopf liegen und fand es passender, ihm damit den Todesstoß zu versetzen. Ich hob es auf, setzte es über seinem schwarzen, hinterhältigen Herzen an und bohrte es probeweise durch den Stoff seines Hemdes, um mich zu vergewissern, dass er keinen Brustpanzer oder eine andere Schutzvorrichtung trug. Dann holte ich weit aus und ließ das Messer langsam sinken, fest entschlossen, es ihm tief ins Herz zu stoßen und dem Leben des Mannes, den ich einst für meinen besten Freund gehalten hatte, ein Ende zu setzen.

21

»Halt!«, kreischte R. V., als meine Klinge herabfuhr, und etwas in seiner Stimme ließ mich innehalten. Ich drehte mich um. Was ich erblickte, ließ mich erstarren: Er hatte Debbie in seiner Gewalt! Er hielt sie auf die gleiche Weise fest wie zuvor Steve und drückte ihr die Haken seiner goldenen Hand an die Kehle. Einige Spitzen hatten die Haut leicht angeritzt und aus den Wunden rannen dünne Blutfäden über die goldenen Klingen. »Lass das Messer fallen, oder ich steche sie ab wie ein Schwein!«, zischte R. V.

Wenn ich jetzt das Messer fallen ließ, starb Debbie sowieso zusammen mit uns anderen. Mir blieb nur eine Möglichkeit: Ich musste versuchen, dem Kerl etwas Gleichwertiges entgegenzusetzen. Also packte ich Steve bei den langen grauen Haaren und setzte ihm ebenfalls das Messer an die Kehle.

»Wenn sie stirbt, stirbt er auch«, knurrte ich und sah Zweifel in den Augen des Vampyrs aufsteigen.

»Schenk dir deine Spielchen«, warnte mich R. V. »Lass ihn los, oder ich bringe sie um.«

»Wenn sie stirbt, stirbt er auch«, wiederholte ich.

R. V. fluchte. Dann warf er einen Hilfe suchenden Blick über die Schulter. Die Schlacht schien zu Gunsten der Vampyre auszugehen.

Diejenigen, die in den ersten Sekunden des Gefechts gestrauchelt waren, standen wieder auf den Beinen und umringten Vancha, Mr. Crepsley und Harkat, die Rücken an Rücken kämpften und sich gegenseitig Deckung gaben, sich auf diese Weise aber weder zurückziehen noch irgendwo ausbrechen konnten. Am Rand des Getümmels standen Gannen Harst und der Lord der Vampyre und schauten zu.

»Vergiss deine Kameraden«, sagte ich. »Das hier ist eine Sache zwischen uns beiden. Die anderen haben nichts damit zu tun.« Mir gelang ein mattes Lächeln. »Oder hast du etwa Angst, es allein mit mir aufzunehmen?«

R. V. schnaubte verächtlich. »Ich habe vor nichts Angst, Mann. Außer ...« Er unterbrach sich.

Ich wusste sofort, was er beinahe ausgesprochen hätte, legte den Kopf in den Nacken und heulte wie ein Wolf.

Bei diesem Geräusch riss R. V. angsterfüllt die Augen auf, fing sich jedoch gleich wieder. »Mit dem Gejaule rettest du deine Freundin auch nicht mehr«, spottete er.

Ich hatte ein merkwürdiges Déjà-vu. So hatte auch Murlough von Debbie gesprochen, und einen Augenblick lang war es, als sei der Geist des toten Vampyrs in R. V. gefahren. Dann schüttelte ich den makabren Gedanken ab und riss mich wieder zusammen.

»Das ist doch Zeitverschwendung«, sagte ich. »Du lässt Debbie los, ich lasse Steve los, und dann tragen wir die Sache Mann gegen Mann aus. Der Sieger kriegt alles.«

R. V. grinste und schüttelte den Kopf. »Von wegen. Ich brauche nicht den Kopf zu riskieren. Ich habe alle Trümpfe in der Hand.«

Er schubste Debbie vor sich her und bewegte sich in Richtung der Tür auf der gegenüberliegenden Seite des Raumes, vorbei an den kämpfenden Vampyren.

»Was hast du vor?«, rief ich und wollte ihm den Weg abschneiden.

»Bleib wo du bist!«, brüllte er und grub seine Haken tiefer in Debbies Hals. Sie stöhnte vor Schmerz auf.

Verunsichert blieb ich stehen. »Lass sie sofort los«, wiederholte ich leise und verzweifelt.

»Nein«, erwiderte er. »Ich nehme sie mit. Wenn du versuchst, mich aufzuhalten, bringe ich sie um.«

»Dann ist Steve auch dran.«

Er lachte. »Mir ist Steve nicht so wichtig wie dir die süße kleine Debbie. Wenn du deine Freundin opfern willst, opfere ich meinen Freund auch. Was hältst du davon, Shan?«

Ich blickte in Debbies aufgerissene, von Entsetzen erfüllte Augen und wich einen Schritt zurück, machte R. V. Platz. »Kluge Entscheidung«, grunzte er und drängte sich vorbei, ohne mir den Rücken zuzuwenden.

»Wenn du ihr auch nur ein Härchen krümmst …«, sagte ich mit belegter Stimme.

»Keine Bange«, erwiderte er. »Fürs Erste nicht. Bevor ich das

tue, lass ich dich noch ein bisschen zappeln. Aber wenn du Steve tötest oder mir folgst ...« Seine kalten, ungleichen Augen verrieten mir, was dann passieren würde.
Lachend schob sich das hakenbewehrte Scheusal an den Vampyren vorbei, ebenso an Gannen Harst und seinem Lord, und verschwand im zwielichtigen Dunkel des Tunnels hinter ihnen, nahm Debbie mit sich und überließ mich und die anderen auf Gnade und Ungnade den Vampyren.

Jetzt, da ich nichts mehr für Debbie tun konnte, wusste ich, was meine Aufgabe war. Ich konnte versuchen, meinen Freunden zu helfen, die von Vampyren umzingelt waren, oder mir auf eigene Faust den Lord der Vampyre vornehmen. Ich musste nicht lange überlegen. Meine Freunde konnte ich nicht retten, denn die Übermacht der Vampyre und Vampets war zu groß, und selbst wenn, hätte ich es nicht getan – der Lord der Vampyre war wichtiger. Das hatte ich kurzzeitig vergessen, als Steve Debbie gepackt hielt, aber jetzt gewann meine Ausbildung wieder die Oberhand. Ein Stück weiter weg lag Steve immer noch bewusstlos auf dem Boden. Ich hatte keine Zeit, ihn endgültig zu erledigen – dazu würde ich hoffentlich später noch kommen. Ich schlich mich um die Vampyre herum, zog mein Schwert und wollte Gannen Harst und die Gestalt, die er beschützte, angreifen.
Harst erblickte mich, legte die Finger an den Mund und pfiff schrill.
Vier Vampyre, die weiter hinten standen, sahen sich nach ihm um und folgten mit den Augen seinem Finger, der auf mich zeigte. Sie lösten sich aus dem Kampfgetümmel, verstellten mir den Weg und rückten gegen mich vor.
Ich hätte versuchen können, mich durch sie hindurchzukämpfen, aber dann sah ich, wie Gannen Harst zwei weitere Vampyre aus dem Gewühl abzog. Er übergab ihnen den Lord,

woraufhin sie den Raum durch denselben Tunnel verließen, der auch R. V. zur Flucht verholfen hatte. Gannen Harst ließ die schwere Tür hinter ihnen zufallen und drehte an dem großen Zirkelschloss in ihrer Mitte. Ohne die richtige Kombination war es unmöglich, eine derartige Tür zu bezwingen.
Nun trat Vanchas Bruder hinter die vier Vampyre, die mir immer näher auf den Leib rückten. Er schnalzte mit der Zunge und die Vampyre blieben stehen. Harst blickte mir in die Augen und entbot mir den Todesgruß, indem er sich den Mittelfinger auf die Stirn drückte, die beiden Finger links und rechts davon auf die Augen legte und Daumen und kleinen Finger abspreizte. »Sei siegreich noch im Tod«, sagte er.
Ich blickte mich rasch um und machte mir ein Bild über den aktuellen Stand der Dinge. Rechts von mir tobte der Kampf unvermindert weiter. Mr. Crepsley, Vancha und Harkat bluteten aus etlichen Schnittwunden, doch keiner von ihnen war ernsthaft verletzt. Sie standen aufrecht, die Waffen in den Händen – abgesehen von Vancha, dessen Waffen seine Hände *waren* – und hielten den Ring der Vampyre und Vampets auf Abstand.
Die Sache war mir unverständlich. Bei ihrer zahlenmäßigen Überlegenheit hätten unsere Widersacher das Trio längst überwältigt und ins Jenseits befördert haben müssen. Je länger der Kampf andauerte, desto mehr Schaden richteten wir an; inzwischen waren mindestens sechs Vampets und drei Vampyre gefallen, etliche andere hatten lebensgefährliche Verletzungen erlitten. Trotzdem kämpften sie eher zurückhaltend weiter, führten jeden Schlag wohl überlegt aus, beinahe als hätten sie überhaupt nicht vor, uns zu töten.
Ich traf eine rasche Entscheidung. An Gannen Harst gewandt schrie ich unverfroren: »Ich bleibe siegreich *im Leben!*«, zog ein Messer und schleuderte es nach ihm, zielte aber absichtlich hoch.

Als sich die fünf Vampyre vor mir duckten, um dem Messer auszuweichen, wirbelte ich herum und drosch mit meinem Schwert auf die Vampyre und Vampets ein, die sich dicht gedrängt um Mr. Crepsley, Vancha und Harkat scharten. Jetzt, da der Lord der Vampyre nicht mehr greifbar war, gab es nur noch eins: meinen Freunden beistehen oder mit ihnen untergehen. Letzteres wäre wohl auch bald eingetroffen, doch das Pendel hatte inzwischen wieder zu unseren Gunsten ausgeschlagen. Die Meute hatte sich um ein halbes Dutzend Kämpfer verringert – zwei waren zusammen mit dem Lord entwischt, vier weitere schützten Gannen Harst. Die verbleibenden Vampyre und Vampets hatten sich so verteilt, dass sie die durch die gefallenen Clanmitglieder entstandenen Lücken abdeckten.

Mein Schwert traf den Vampyr rechts von mir und verfehlte die Kehle eines Vampets zu meiner Linken nur knapp. Vampyr und Vampet wichen beide instinktiv im gleichen Augenblick zur Seite, und zwar in entgegengesetzter Richtung, wodurch sich ein Durchschlupf auftat.

»Zu mir!«, schrie ich dem in der Mitte des Gemetzels gefangenen Trio zu.

Bevor sich die Lücke wieder schloss, brach Harkat mit wild schwingender Axt zu mir durch. Wieder machten die Gegner Platz, und Mr. Crepsley und Vancha folgten dem Kleinen Kerl, schlugen ebenfalls um sich und drehten sich so, dass sie alle in die gleiche Richtung blickten, statt wie zuvor Rücken an Rücken kämpfen zu müssen.

Wir zogen uns eilig in Richtung des Tunnels zurück, der aus der Höhle herausführte.

»Schnell – blockiert den Eingang!«, rief einer der vier Vampyre neben Gannen Harst und rannte selbst los, um uns den Weg abzuschneiden.

»Halt!«, sagte Gannen Harst ruhig, und der Vampyr blieb ste-

hen. Er drehte sich verdutzt nach Harst um, doch der schüttelte nur grimmig den Kopf.
Ich wusste nicht genau, weshalb Vanchas Bruder seine Leute davon abhielt, uns den einzigen Fluchtweg zu versperren, aber ich hielt mich nicht damit auf, das Problem zu ergründen.
Als wir dem Ausgang zustrebten und dabei nach den Vampyren und Vampets hieben, die uns dicht auf den Fersen waren, gingen wir an Steve vorbei. Er war gerade wieder zu sich gekommen und hatte sich halb aufgesetzt.
Ich blieb vor ihm stehen, packte ihn am Haar und riss ihn hoch. Er jaulte auf und wehrte sich, doch als ich ihm die Schwertspitze an die Kehle setzte, verstummte er.
»Du kommst mit!«, zischte ich ihm ins Ohr. »Wenn wir sterben, bist du auch dran.«
Am liebsten hätte ich kurzen Prozess mit ihm gemacht, aber plötzlich erinnerte ich mich daran, was R. V. gesagt hatte – wenn ich Steve umbrachte, würde er Debbie töten.
Als wir die Einmündung des Tunnels erreichten, schlug ein Vampet mit einer kurzen Kette nach Vancha. Der Vampirfürst schnappte sich die Kette, zog den Vampet zu sich heran, packte ihn am Kopf und wollte ihn gerade mit einem Ruck zur Seite drehen, um ihm das Genick zu brechen.
»Schluss jetzt!«, brüllte Gannen Harst, und die Vampyre und Vampets, die schon dicht zu uns aufgeschlossen hatten, hörten auf zu kämpfen und fielen zwei Schritt zurück.
Vancha lockerte seinen Griff, ließ seinen Vampet aber nicht los, sondern schaute sich misstrauisch um. »Was ist denn jetzt los?«
»Keine Ahnung«, sagte Mr. Crepsley und wischte sich Schweiß und Blut von der Stirn. »Aber sie kämpfen so merkwürdig, dass mich überhaupt nichts mehr wundert.«
Gannen Harst drängte sich durch die Vampyre, bis er vor seinem Bruder stand. Die beiden sahen einander nicht ähnlich.

Im Gegensatz zu dem stämmigen, ruppigen und rauen Vancha war Gannen schlank, gepflegt und glatt. Trotzdem lag in ihrer Haltung und der Art, wie sie den Kopf neigten, eine gewisse Ähnlichkeit.
»Vancha«, begrüßte Gannen den abtrünnigen Bruder.
»Gannen«, erwiderte Vancha, ohne sein Opfer loszulassen. Auch die anderen Vampyre behielt er wie ein Habicht im Auge, falls einer von ihnen eine falsche Bewegung machte.
Gannen wandte sich Mr. Crepsley, Harkat und mir zu. »Wir sehen uns also wieder«, sagte er, »so wie es uns bestimmt ist. Beim letzten Mal musste ich eine Schlappe einstecken. Jetzt hat sich das Blatt gewendet.« Er machte eine Pause und ließ den Blick über die schweigenden Vampyre und Vampets schweifen, dann über ihre toten und sterbenden Gefährten. Anschließend schaute er auf den Gang hinter uns. »Wir könnten euch gleich dort erledigen, in diesem Tunnel, aber ihr würdet zu viele von uns mit in den Tod nehmen«, seufzte er. »Ich habe genug von diesem unnötigen Blutvergießen. Wir wär's, wenn wir uns anderweitig einigten?«
»Wie denn?«, grunzte Vancha und versuchte, seine Verwirrung zu verbergen.
»Für uns wäre es einfacher, euch in den breiteren Gängen hinter diesem hier niederzumachen. Dort könnten wir euch wahrscheinlich erledigen, ohne noch mehr von unseren Leuten zu verlieren.«
»Ihr wollt, dass wir euch die Arbeit erleichtern?«, lachte Vancha.
»Lass mich ausreden«, fuhr Gannen fort. »Wie die Dinge stehen, könnt ihr nicht hoffen, lebend ins Freie zurückzukommen. Wenn wir euch hier angreifen, müssen wir mit großen Verlusten rechnen, doch ihr seid alle vier sichere Todeskandidaten. Wenn wir euch dagegen einen Vorsprung lassen ...«
Seine Stimme erstarb, dann setzte er noch einmal an. »Fünf-

zehn Minuten, Vancha. Lasst eure Geiseln hier, ohne sie kommt ihr schneller voran. Ich gebe euch fünfzehn Minuten. Darauf hast du mein Wort.«

»Das ist ein Trick«, knurrte Vancha. »Du würdest uns niemals gehen lassen, jedenfalls nicht so.«

»Ich lüge nicht!«, erwiderte Gannen scharf. »Die Chancen stehen so oder so günstiger für uns, denn wir kennen diese Gänge besser als ihr und holen euch höchstwahrscheinlich ein, bevor ihr es in die Freiheit geschafft habt. Euch bleibt auf diese Weise immerhin eine Hoffnung ... Und ich muss nicht noch mehr von meinen Freunden begraben.«

Vancha warf Mr. Crepsley einen verstohlenen Blick zu.

»Was ist mit Debbie?«, rief ich, bevor einer der Vampire etwas sagen konnte. »Sie muss mit uns kommen!«

Gannen Harst schüttelte den Kopf.

»Ich befehlige diejenigen, die sich in diesem Raum befinden«, sagte er, »aber nicht den mit den Haken. Sie gehört jetzt ihm.«

»Das interessiert mich nicht«, schnaubte ich wütend. »Wenn Debbie nicht mitkommt, gehe ich auch nicht. Ich bleibe hier und töte so viele von euch, wie ich kann.«

»Darren ...«, wollte Vancha protestieren.

»Lass ihn«, mischte sich Mr. Crepsley ein. »Ich kenne Darren. Reden hat keinen Zweck. Er geht nicht ohne sie. Und wenn er nicht geht, bleibe ich auch.«

Vancha stieß einen Fluch aus und blickte seinem Bruder offen ins Gesicht. »Da hast du's. Wenn sie nicht gehen, gehe ich auch nicht.«

Harkat räusperte sich. »Diese Narren sprechen nicht ... für mich. *Ich* gehe.« Dann grinste er, um zu zeigen, dass er nur Spaß machte.

Gannen spuckte angewidert aus. Steve wand sich stöhnend in meinem Griff. Der Vampyr betrachtete ihn eine Weile und sah

dann wieder zu seinem Bruder. »Ein anderer Vorschlag«, sagte Gannen. »R. V. und Steve Leonard sind gute Freunde. Leonard hat die Haken entworfen und uns überredet, ihn anzuzapfen. Ich glaube nicht, dass R. V. die Frau umbringt, wenn er damit Leonards Tod riskiert, trotz seiner Drohungen. Wenn ihr geht, könnt ihr Leonard mitnehmen. Sollte euch die Flucht gelingen, könnt ihr ihn vielleicht später gegen die Frau eintauschen.« Er blinzelte mich warnend an. »Mehr kann ich nicht für euch tun ... Und es ist mehr, als ihr erwarten dürft.«
Ich dachte darüber nach, kam zu dem Schluss, dass es Debbies einzige Chance war, und nickte unmerklich.
»Ist das ein Ja?«, fragte Gannen.
»Ja«, erwiderte ich heiser.
»Dann geht jetzt!«, befahl er. »Sobald ihr euch in Bewegung setzt, läuft die Uhr. In fünfzehn Minuten kommen wir nach! Und wenn wir euch erwischen, seid ihr dran.«
Auf ein Zeichen von Gannen zogen sich die Vampyre und Vampets zurück und stellten sich hinter ihm wieder auf. Gannen stand mit verschränkten Armen vor ihnen und wartete auf unseren Aufbruch.
Ich schob Steve vor mir her auf meine drei Freunde zu. Vancha hatte seinen gefangenen Vampet immer noch fest im Griff und packte ihn so, wie ich Steve umklammert hielt. »Ist das sein Ernst?«, fragte ich flüsternd.
»Sieht so aus«, antwortete Vancha, doch ich merkte, dass er es selbst nicht recht glaubte.
»Warum tut er das?«, fragte Mr. Crepsley. »Er weiß genau, dass unser Auftrag darin besteht, den Lord der Vampyre zu vernichten. Sein Angebot versetzt uns womöglich in die Lage, uns zu retten und erneut zuzuschlagen.«
»Es ist verrückt«, stimmte ihm Vancha zu, »aber es wäre ebenso verrückt, dem geschenkten Gaul ins Maul zu schauen. Lass uns abhauen, bevor er sich anders besinnt. Wir können später

immer noch darüber diskutieren – falls wir diese Geschichte überleben.«

Mit dem Vampet als lebendem Schild zog sich Vancha zurück. Ich folgte ihm, einen Arm um Steve geschlungen, der jetzt wieder bei vollem Bewusstsein war, allerdings zu benommen, um einen Fluchtversuch zu unternehmen. Mr. Crepsley und Harkat bildeten den Schluss. Vampyre und Vampets sahen zu, wie wir den Raum verließen. In vielen der roten oder rot umrandeten Augen loderten Hass und Abscheu, doch keiner von ihnen folgte uns.

Wir gingen ein Stück in den Tunnel hinein, bis wir sicher sein konnten, dass wir nicht verfolgt wurden. Dann blieben wir stehen und wechselten fragende Blicke. Ich öffnete den Mund, um etwas zu sagen, aber Vancha kam mir zuvor. »Wir wollen keine Zeit verschwenden«, sagte er, drehte sich um, stieß seinen Vampet vor sich her und verfiel in einen leichten Trab. Harkat setzte sich ebenso in Bewegung und zuckte hilflos mit den Schultern, als er an mir vorbeikam. Mr. Crepsley zeigte auf mich, damit ich mit Steve als Nächster ging. Ich piekte Steve mit der Schwertspitze in den Rücken und animierte ihn damit zu einem recht flotten Tempo.

So trabten wir die langen, dunklen Gänge zurück in Richtung Oberfläche, die Jäger und ihre Gefangenen, geschlagen, blutverschmiert, mit blauen Flecken übersät und ohne jeden Plan. Ich dachte an den Lord der Vampyre, den verrückten R. V. und seine unglückliche Gefangene – Debbie.

Es riss mir fast das Herz aus dem Leib, sie zurücklassen zu müssen, doch wir hatten keine andere Wahl. Später – falls ich am Leben blieb –, würde ich mich auf die Suche nach ihr machen. Bis dahin durfte ich nur an mein eigenes Überleben denken.

Es kostete mich große Anstrengung, alle Gedanken an Debbie zu verdrängen und mich auf den Rückweg zu konzentrieren.

In meinem Hinterkopf jedoch tickte hartnäckig eine Uhr, deren Zeiger mit jedem meiner Schritte vorrückten, unsere Gnadenfrist verkürzten und uns unbarmherzig dem Augenblick näher brachten, in dem Gannen Harst seine Spießgesellen hinter uns herhetzen und damit die Höllenhunde von der Leine lassen würde.

Die Flammen der Verdammnis

Für:

Bas – mein munteres Vögelchen

*OBEs (Orden der Blutigen Eingeweide)
gebühren:*

Maiko »Aufpasserin« Enomoto

Megumi »Nörgel« Hashimoto

*Gillie Russell & Zoë Clarke –
den Geschwistern Grimm*

*Den Trollbändigern vom
Christopher-Little-Clan*

1 Wir hasteten durch die Tunnel, Mr. Crepsley vorneweg, hinter ihm Vancha March und ich mit unseren Gefangenen, und Harkat bildete die Nachhut. Wir sprachen so wenig wie möglich, und jedes Mal, wenn Steve den Mund aufmachte, brachte ich ihn mit einem Faustschlag zum Schweigen. Ich hatte keine Lust, mir seine Drohungen oder Beleidigungen anzuhören.

Obwohl ich keine Armbanduhr trug, tickten die Sekunden in meinem Hinterkopf. Nach meiner Schätzung waren etwa zehn Minuten vergangen. Wir hatten den modernen Teil der Kanalisation verlassen und waren wieder in dem Labyrinth alter, muffiger Tunnel angelangt. Doch bis ins Freie war es noch ein weiter Weg – mehr als genug Zeit für die Vampyre, uns aufzuspüren.

An einer Weggabelung wandte sich Mr. Crepsley nach links. Vancha wollte ihm erst folgen, blieb dann aber stehen. »Larten«, rief er meinem ehemaligen Meister hinterher.

Als Mr. Crepsley zurückkam, duckte sich Vancha. In der Dunkelheit, die hier unten herrschte, war er kaum zu sehen. »Wir müssen versuchen, sie abzuschütteln«, sagte er. »Wenn wir direkt zum Ausgang gehen, erwischen sie uns noch auf halbem Weg.«

»Aber wenn wir einen Umweg machen, könnten wir uns verlaufen«, gab Mr. Crepsley zu bedenken. »In diesem Teil der Kanalisation kennen wir uns nicht aus. Vielleicht geraten wir in eine Sackgasse.«

»Ist mir klar«, seufzte Vancha, »trotzdem müssen wir es versuchen. Ich spiele den Lockvogel und gehe den gleichen Weg zurück, den wir gekommen sind. Ihr anderen versucht, auf

einem Umweg zum Ausgang zu gelangen. Wenn mir das Vampirglück hold ist, stoße ich später wieder zu euch.«
Mr. Crepsley dachte kurz nach, dann nickte er. »Glück zu, Euer Gnaden«, sagte er, doch Vancha war schon fort, blitzschnell und nach Vampirart fast lautlos im Dämmerlicht verschwunden.
Wir ruhten uns ein paar Minuten aus, bogen anschließend nach rechts ab und hasteten weiter. Harkat hatte den Vampet übernommen, den Vancha gekidnappt hatte. Wir bewegten uns rasch, aber vorsichtig, und achteten darauf, keine Spuren zu hinterlassen. Am Ende des Tunnels bogen wir wieder nach rechts ab, als Steve plötzlich laut hustete. Sofort war Mr. Crepsley über ihm. »Mach das noch mal, und du bist ein toter Mann!«, fauchte er. Ich sah, dass er Steve ein Messer an die Kehle drückte.
»Das war kein Signal. Ich musste wirklich husten«, verteidigte sich Steve.
»Das ist mir egal!«, zischte der Vampir. »Nächstes Mal bist du dran.«
Danach war Steve wieder still, wie auch der Vampet. Wir marschierten stetig bergauf, verließen uns ganz auf unseren Instinkt, wateten durch Wasser und Unrat. Ich fühlte mich elend, müde und ausgelaugt, aber ich behielt das Tempo bei. Draußen musste es inzwischen Tag sein oder kurz davor. Unsere einzige Chance bestand darin, die Kanalisation zu verlassen, ehe uns die Vampyre stellten. Dann würde sie das Tageslicht daran hindern, uns weiter zu verfolgen.
Kurz darauf hörten wir sie kommen. Sie rannten durch die Gänge, ohne sich darum zu bemühen, leise zu sein. Mr. Crepsley blieb ein Stück zurück, um festzustellen, ob sie uns folgten, aber sie schienen unsere Spur noch nicht aufgenommen zu haben. Offenbar waren sie alle hinter Vancha her.
Also setzten wir unseren Aufstieg fort, näherten uns Meter für

Meter dem Tageslicht. Mal waren unsere Verfolger in Hörweite, dann wieder nicht. Nach den Geräuschen zu urteilen, hatten sie inzwischen gemerkt, dass wir nicht den kürzesten Weg zum Ausgang genommen hatten, waren stehen geblieben und dann sternförmig ausgeschwärmt.
Nach meiner Schätzung brauchten wir noch mindestens eine halbe Stunde bis ins Freie. Wenn sie uns vorher entdeckten, waren wir verloren. Die Tunnel waren ebenso eng wie dunkel. Ein einzelner, strategisch positionierter Vampet konnte uns mühelos mit einer Flinte oder einem Pfeilgewehr niedermähen.
Wir kämpften uns gerade in einem halb eingestürzten Gang über einen Schutthaufen, als wir schließlich entdeckt wurden. Am anderen Ende des Ganges tauchte ein Vampet mit einer Taschenlampe auf, richtete den grellen Lichtkegel auf uns und brüllte triumphierend: »Ich hab sie gefunden! Hierher! Hier...«
Weiter kam er nicht. Hinter ihm trat eine Gestalt aus der Dunkelheit, packte seinen Kopf und drehte ihn energisch erst nach links, dann nach rechts.
Der Vampet sank zu Boden. Flink bückte sich der Angreifer nach der Taschenlampe und knipste sie aus, dann huschte er zu uns herüber. Ohne hinzusehen wusste ich, dass es Vancha war.
»Gutes Timing«, brummte Harkat, als sich der zottelhaarige Fürst wieder zu uns gesellt hatte.
»Bin euch schon eine Weile gefolgt«, erwiderte Vancha. »Ist nicht der Erste, den ich abmurksen musste. Der hier war euch nur etwas dichter auf den Fersen als die anderen.«
»Weißt du, wie weit es noch nach draußen ist?«, fragte ich.
»Nein. Vorhin habe ich euch ein Stück überholt, aber die letzte Viertelstunde bin ich hinter euch hergegangen, um euch Rückendeckung zu geben und ein paar falsche Spuren zu legen.«

»Wie steht's mit den Vampyren?«, wollte Mr. Crepsley wissen. »Sind sie in der Nähe?«

»Allerdings«, lautete Vanchas Antwort, und schon war er wieder auf und davon, um die Umgebung zu sichern.

Nachdem wir ein Stück weitermarschiert waren, kamen uns die Gänge wieder bekannt vor. Bei der Suche nach den Vampyren hatten wir den größten Teil des Labyrinthes unter der Stadt erkundet und auch diesen Abschnitt schon drei- oder viermal durchkämmt. Höchstens noch sechs, sieben Minuten, und wir waren in Sicherheit. Mr. Crepsley pfiff laut nach Vancha. Sofort war der Fürst zur Stelle, und von neuer Hoffnung beflügelt beschleunigten wir unser Tempo.

»Da laufen sie!«

Der Ruf ertönte aus einem Tunnel zu unserer Linken. Wir hielten nicht an, um festzustellen, wie viele Feinde hinter uns her waren, sondern zogen die Köpfe ein, rannten weiter und stießen Steve und den gefangenen Vampet vor uns her.

Die Verfolgungsjagd dauerte nicht lange. Vancha ließ sich zurückfallen und hielt die Vampyre mit seinen Shuriken in Schach. Die vielzackigen, scharf geschliffenen Wurfsterne wurden in den Händen eines so erfahrenen Kämpfers wie Vancha March zur tödlichen Waffe. Aus den aufgeregten Stimmen schloss ich, dass sich die meisten Vampyre und Vampets, wenn nicht sogar alle, inzwischen hinter uns zusammengerottet hatten, doch der Tunnel, in dem wir uns befanden, führte immer geradeaus und hatte kaum Abzweigungen. Unsere Feinde konnten uns nicht umzingeln und von der Seite oder von vorn attackieren. Sie waren gezwungen, hinter uns herzulaufen.

Je näher wir der Oberfläche kamen, desto heller wurde es in den Gängen, und meine Halbvampir-Augen gewöhnten sich rasch an das trübe Licht. Jetzt konnte ich die Vampyre und Vampets sehen, die hinter uns herstürmten – und sie konnten uns sehen! Genau wie Vampire müssen die Vampyre schwören, niemals Schusswaffen wie Gewehre oder Pfeile zu benutzen, doch die Vampets waren an keinen derartigen Eid gebunden. Kaum hatten sich die Sichtverhältnisse gebessert, feuerten sie auch schon los, und wir mussten geduckt weiterrennen. Hätten wir in dieser unbequemen Haltung noch eine lange Strecke bewältigen müssen, so hätten sie uns bestimmt einen nach dem anderen abgeknallt, aber kurz nachdem sie das Feuer eröffnet hatten, erreichten wir eine eiserne Leiter, die zu einem Gullydeckel emporführte.

»Rauf!«, blaffte Vancha und sandte den Vampets einen Hagel von Wurfsternen entgegen.

Mr. Crepsley packte mich und schob mich die Leiter hinauf.

Ich protestierte nicht, dass ich als Erster gehen sollte. Es war einfach sinnvoll. Falls die Vampyre nachdrängten, wurde der Vampir sicher besser mit ihnen fertig als ich.

Am oberen Ende der Leiter spannte ich alle Muskeln an und stemmte mich mit den Schultern gegen den Gullydeckel. Er fiel polternd beiseite und gab den Weg nach draußen frei. Ich hievte mich aus der Öffnung und musterte rasch meine Umgebung. Ich befand mich mitten auf einer schmalen Straße. Es war noch früh am Morgen, kein Mensch war zu sehen. Ich beugte mich über den Gully und brüllte: »Alles klar!«

Kurz darauf krabbelte Steve Leopard aus der Öffnung und blinzelte ins Sonnenlicht, das einen nach dem langen Aufenthalt unter der Erde fast blind machte. Nach ihm kam Harkat, gefolgt von dem Vampet. Dann passierte eine Weile nichts. Aus dem unterirdischen Gang drang der Widerhall eines erbitterten Schusswechsels. Ich befürchtete das Schlimmste und wollte die Leiter schon wieder hinuntersteigen, um nach Mr. Crepsley und Vancha zu sehen, als der Vampir mit dem orangefarbenen Schopf keuchend aus dem Gully schnellte. Unmittelbar nach ihm tauchte Vancha auf. Die beiden mussten direkt hintereinander gesprungen sein.

Als auch Vancha draußen war, wankte ich über die Straße, hob den Eisendeckel auf, schleppte ihn zurück und setzte ihn wieder an seinen Platz. Dann stellten wir uns alle vier im Kreis darum herum auf. Vancha zückte mehrere Shuriken, Mr. Crepsley seine Messer, Harkat seine Axt und ich mein Schwert.

Wir warteten zehn Sekunden. Dreißig. Eine Minute verstrich. Den Vampiren lief in der gleißenden Morgensonne stechend riechender Schweiß herunter.

Niemand kam.

Vancha blickte Mr. Crepsley an und zog eine Braue hoch. »Glaubst du, sie haben aufgegeben?«

Mr. Crepsley nickte. »Jedenfalls fürs Erste.« Dann trat er vorsichtig ein Stück zurück und widmete seine Aufmerksamkeit Steve und dem Vampet, um sicherzugehen, dass sie nicht ausrissen.

»Wir sollten lieber ... aus der Stadt verschwinden«, meinte Harkat und rieb sich angetrocknetes Blut aus dem zusammengeflickten Gesicht. Wie Mr. Crepsley und Vancha auch hatte er sich im Kampf mit den Vampyren etliche Schnittwunden eingehandelt, allerdings keine ernsten. »Hier bleiben wäre der reinste Selbstmord.«

»Lauft nur, ihr Angsthasen«, murmelte Steve, und ich verpasste ihm wieder eine Kopfnuss, um ihn zum Schweigen zu bringen.

»Ich kann Debbie nicht im Stich lassen«, sagte ich. »R. V. ist ein gefährlicher Irrer. Ich kann ihm Debbie nicht einfach ausliefern.«

»Was hast du diesem Verrückten denn getan, dass er so wütend auf dich ist?«, fragte Vancha. Er spähte durch eines der kleinen Löcher im Gullydeckel. Offenbar war er noch immer nicht recht überzeugt, dass wir tatsächlich in Sicherheit waren. Sein roter Fellumhang hing ihm in Fetzen vom Leib, und sein grün gefärbtes Haar war blutbespritzt.

»Nichts«, seufzte ich. »Als ich beim Cirque du Freak war, passierte ein Unglück. Und er ...«

»Für Gefühlsduseleien haben wir jetzt keine Zeit«, unterbrach mich Mr. Crepsley, riss einen Ärmel seines roten Hemdes ab, das genauso zerfetzt war wie Vanchas Umhang, und blinzelte in die Sonne. »In unserem Zustand dürfen wir uns dem Licht nicht zu lange aussetzen. Wir müssen uns entscheiden, und zwar rasch.«

»Darren hat Recht«, sagte Vancha. »Wir dürfen nicht abhauen. Aber nicht wegen Debbie. So nett ich sie auch finde, für sie opfern würde ich mich dann doch nicht. Es geht um den Lord der Vampyre. Wir wissen, dass er da unten ist. Wir müssen ihm nach.«

»Er ist viel zu gut bewacht«, widersprach Harkat. »In diesen Gängen wimmelt es von Vampyren ... und Vampets. Wir kommen nicht mehr lebend raus, wenn wir ... wieder runtergehen. Ich bin dafür, zu verschwinden und später ... mit Verstärkung zurückzukommen.«

»Hast du Meister Schicks Verbot vergessen?«, fragte Vancha. »Wir dürfen keine anderen Vampire zu Hilfe holen. Es ist mir egal, was alles dagegen spricht. Wir müssen versuchen, die Abwehr der Vampyre irgendwie zu durchbrechen, und den Lord töten.«

»Ganz meine Meinung«, stimmte Mr. Crepsley zu. »Doch jetzt ist der falsche Zeitpunkt. Wir sind verwundet und erschöpft. Wir sollten uns ausruhen und eine Strategie entwerfen. Die Frage ist bloß, wohin wir uns zurückziehen: in das Haus, in dem wir uns bis jetzt versteckt haben, oder woandershin.«

»Woandershin«, sagte Harkat wie aus der Pistole geschossen. »Wir ... müssen woandershin. Die Vampyre wissen, wo ... wir gewohnt haben. Wenn wir schon in der Stadt bleiben, wäre es Wahnsinn, dorthin ... zurückzugehen, wo sie uns jederzeit überfallen können.«

»Also, ich weiß nicht«, brummte ich. »Ist doch komisch, dass sie uns einfach haben laufen lassen. Gannen hat zwar gesagt, er will keine Verluste in den eigenen Reihen riskieren, aber wenn sie uns getötet hätten, wären sie als unbestrittene Sieger aus dem Krieg der Narben hervorgegangen. Ich glaube, Gannen hat uns etwas verschwiegen. Wenn sie uns in ihrem eigenen Revier verschonen, werden sie wohl kaum herauskommen und uns auf unserem Gebiet angreifen.«

Meine Gefährten versanken in nachdenkliches Schweigen.

»Ich bin dafür, in unser Hauptquartier zurückgehen und zu versuchen, aus der Sache schlau zu werden«, fuhr ich fort. »Und wenn uns das nicht gelingt, können wir uns wenigstens erholen und unsere Wunden versorgen. Sobald es dunkel wird, schlagen wir zu.«

»Der Vorschlag klingt einleuchtend«, meinte Vancha.

»Jedenfalls ist er auch nicht schlechter als irgendein anderer«, brummte Mr. Crepsley resigniert.

»Harkat?«, wandte ich mich an den Kleinen Kerl.

In dessen runden grünen Augen war der Zweifel deutlich zu lesen, doch er verzog das Gesicht und nickte. »Ich finde immer noch, dass es ... Schwachsinn ist, hier zu bleiben, aber wenn es unbedingt sein muss, haben wir dort wenigstens ... Waffen und Proviant.«

»Außerdem«, setzte Vancha grimmig hinzu, »steht das Haus praktisch leer. Dort sind wir ungestört.« Drohend fuhr er mit dem Finger über den Hals seiner Geisel, auf deren kahl geschorenem Schädel über beiden Ohren das dunkle ›V‹ der Vampets tätowiert war. »Ich hätte da nämlich noch ein paar Fragen, allerdings wird es keine angenehme Befragung. Besser, wenn niemand zuhört.«

Der Vampet schnaubte verächtlich, aber ich sah die Angst in seinen blutrot umrandeten Augen. Vampyre können die grässlichsten Folterqualen ertragen; die Vampets hingegen sind

Menschen. Ein Vampir kann schreckliche Dinge mit einem Menschen anstellen.

Mr. Crepsley und Vancha wickelten sich ihre Umhänge um Kopf und Schultern, um sich so gut es ging vor der Sonne zu schützen. Dann schubsten wir Steve und den Vampet wieder vor uns her, erklommen das Dach des nächstbesten Gebäudes, orientierten uns und machten uns erschöpft auf den Rückweg zu unserem Stützpunkt.

2

Unser »Hauptquartier« war der fünfte Stock eines alten, größtenteils leer stehenden Wohnhauses. Hier hatte Steve sich einquartiert. Nachdem er sich uns angeschlossen hatte, waren auch wir dort eingezogen und hatten drei Wohnungen im selben Stockwerk belegt.

Mr. Crepsley, Harkat und ich verfrachteten Steve in die mittlere, Vancha packte seinen Vampet bei den Ohren und schleppte ihn in die Wohnung rechts daneben.

Ich blieb vor der Tür stehen. »Will er ihn etwa foltern?«, fragte ich Mr. Crepsley.

»Ja«, antwortete der Vampir ohne Umschweife.

Die Vorstellung gefiel mir zwar nicht, aber die Umstände verlangten eine direkte, ehrliche Antwort. Vancha tat nur, was er tun musste. In Kriegszeiten ist manchmal kein Platz für Mitgefühl und Menschlichkeit.

In unserer Wohnung ging ich sofort zum Kühlschrank.

Er funktionierte nicht, weil der Strom abgestellt war, trotzdem bewahrten wir unsere Getränke und Lebensmittel darin auf.

»Hat jemand Hunger oder Durst?«, erkundigte ich mich.

»Ich hätte gern ein Steak, extra blutig, Bratkartoffeln und eine Cola«, witzelte Steve. Er machte es sich auf dem Sofa bequem und lächelte in die Runde, als wären wir alle eine große, glückliche Familie.

Ich ignorierte ihn. »Mr. Crepsley? Harkat?«

»Ein Glas Wasser, bitte«, sagte der Vampir und warf den zerlumpten Umhang ab, um seine Blessuren zu inspizieren. »Und Verbandszeug«, fügte er hinzu.

»Sind Sie verletzt?«, fragte Harkat.

»Nicht schlimm. Doch die Tunnel, durch die wir gelaufen sind, waren nicht besonders hygienisch. Wir müssen unsere Wunden gründlich säubern, um Infektionen vorzubeugen.«

Ich wusch mir erst die Hände, dann holte ich etwas zu essen aus dem Kühlschrank. Eigentlich war ich nicht hungrig, aber ich hatte das Gefühl, ich sollte trotzdem etwas zu mir nehmen. Mein Körper wurde nur noch durch das überschüssige Adrenalin in Gang gehalten; er brauchte dringend Nahrung. Auch Harkat und Mr. Crepsley stürzten sich auf das Essen, und bald war kein Krümchen mehr übrig.

Steve boten wir nichts an.

Als wir gegenseitig unsere Wunden versorgten, starrte ich meinen ehemaligen Freund hasserfüllt an. Er grinste spöttisch zurück. »Wie lange hat es gedauert, das alles einzufädeln?«, fragte ich ihn. »Uns in die Stadt zu holen, meine Unterlagen zu fälschen, mich in die Schule zu schicken und uns zu guter Letzt in die Kanalisation zu locken? Wie lange?«

»Jahre«, erwiderte Steve selbstgefällig. »Es war ziemlich aufwendig. Du weißt noch längst nicht alles. Das Gewölbe, in dem ihr uns in die Falle gegangen seid, mussten wir erst bauen, und die Gänge, die hinein- und hinausführen, ebenfalls. Wir haben noch andere Gewölbe ausgeschachtet. Auf eines davon bin ich ganz besonders stolz. Hoffentlich habe ich mal Gelegenheit, es dir vorzuführen.«

»Die ganze Mühe hast du dir nur wegen uns gemacht?«, fragte Mr. Crepsley verwundert.

»Allerdings.«

»Aber warum?«, fragte ich. »Wäre es nicht einfacher gewesen, uns in den alten Gängen, die schon vorhanden waren, einzukreisen?«

»Leichter schon«, räumte Steve ein, »aber längst nicht so lustig. Mit der Zeit habe ich ein Faible für dramatische Effekte entwickelt, das habe ich mit Meister Schick gemeinsam. Ihr müsstet das doch verstehen, ihr wart schließlich lange genug beim Zirkus.«

»Was *ich* nicht verstehe«, sagte Harkat nachdenklich, »ist, was der ... Vampyrlord da unten zu suchen hatte, besser gesagt, wieso dich die anderen Vampyre ... bei deinem verrückten Plan unterstützt haben.«

»So verrückt war der Plan gar nicht«, konterte Steve. »Der Vampyrlord hatte euch bereits erwartet. Meister Schick hat ihm alles über die drei Verbündeten erzählt, die er auf ihn angesetzt hat. Er hat auch gesagt, es hätte keinen Zweck, wegzulaufen oder sich zu verstecken. Wenn unser Lord seinen Verfolgern nicht gegenüberträte, würden wir im Narbenkrieg unterliegen. Als der Lord erfuhr, dass ich ein gewisses Interesse an euch habe und R. V. ebenfalls, zog er uns zu Rate, und zusammen haben wir diesen Plan ausgeheckt. Gannen Harst war zwar dagegen, denn er ist noch von der alten Schule und hätte eine offene Auseinandersetzung vorgezogen, aber der Vampyrlord findet genau wie ich Gefallen an effektvollen Inszenierungen.«

»Ach übrigens ...«, sagte Mr. Crepsley gedehnt. »Wie sieht der Lord eigentlich aus?«

Steve drohte dem Vampir scherzhaft mit dem Finger. »Na, na, Larten! Sie glauben doch nicht im Ernst, dass ich Ihnen eine Beschreibung liefere? Der Lord hütet sich, sein Gesicht zu zeigen. Nur seine engsten Vertrauten wissen, wie er aussieht.«

»Wir können dich zwingen«, knurrte ich.

»Das bezweifle ich«, grinste Steve. »Ich bin ein Halbvampyr. Ich halte alles aus, was euch einfällt. Eher lasse ich mich umbringen, als dass ich den Clan verrate.« Er streifte die dicke Jacke ab, die er trug, seit wir uns wieder begegnet waren. Ein starker chemischer Geruch ging von ihm aus.
»Er zittert ja gar nicht mehr«, bemerkte Harkat plötzlich.
Steve hatte uns erzählt, er sei sehr anfällig für Erkältungen, deshalb müsse er zur Vorbeugung viele Schichten Kleidung übereinander tragen und sich mit einer Kräutertinktur einreiben.
»Natürlich nicht«, bestätigte Steve. »Das war nur Theater.«
»Du bist durchtrieben wie ein Dämon«, brummte Mr. Crepsley. »Unter dem Vorwand, du müsstest dich vor Erkältungen schützen, konntest du die Narben auf deinen Fingerkuppen unter Handschuhen verstecken und dich mit stinkenden Wässerchen übergießen, um deinen Vampyrgeruch zu überdecken.«
»Der Geruch war das größte Problem dabei«, stimmte ihm Steve lachend zu. »Ich wusste, dass eure empfindlichen Nasen mein Blut wittern würden, deshalb musste ich euch irgendwie ablenken.« Er schnitt eine Grimasse. »Aber leicht gefallen ist es mir nicht. Ich habe nämlich ebenfalls einen feinen Geruchssinn, und der Gestank hat mir die Nebenhöhlen ruiniert. Die Kopfschmerzen sind unerträglich.«
»Mir bricht gleich das Herz«, fauchte ich ironisch, und Steve lachte fröhlich. Obwohl er unser Gefangener war, amüsierte er sich prächtig. Seine Augen funkelten vor boshaftem Vergnügen.
»Dir vergeht das Lachen schon noch, wenn sich R. V. weigert, Debbie gegen dich auszutauschen«, sagte ich.
»Wohl wahr«, gab er zu. »Doch ich habe keine andere Freude im Leben, als dich und Grusel-Crepsley leiden zu sehen. Ich weiß, welche Höllenqualen du ausstehen würdest, wenn R. V.

deiner angebeteten kleinen Lehrerin die Eingeweide rausreißt. Der Gedanke daran lässt mich den Tod leicht ertragen.«

Ich schüttelte angewidert den Kopf. »Was ist bloß in dich gefahren? Wir waren doch mal Freunde, fast wie Brüder. Damals warst du nicht so gemein. Was ist mit dir passiert?«

Steves Miene verdüsterte sich. »Man hat mich betrogen«, sagte er ruhig.

»Das ist nicht wahr«, widersprach ich. »Ich habe dir das Leben gerettet. Ich habe alles aufgegeben, damit du am Leben bleibst. Ich wollte kein Halbvampir werden. Ich ...«

»Halt den Mund!«, fauchte Steve. »Meinetwegen foltere mich, aber verschone mich mit deinen Lügen. Ich weiß genau, dass du dich hinter meinem Rücken mit Grusel-Crepsley gegen mich verschworen hast. Beinahe wäre ich ein Vampir geworden, mächtig, erhaben, so gut wie unsterblich. Doch wegen dir bin ich ein Mensch geblieben, friste ein lächerlich kurzes Leben, bin so schwach und ängstlich wie alle anderen. Und weißt du was? Ich habe dich trotzdem drangekriegt! Ich habe mich mit der Gegenseite verbündet und bin trotzdem zu Macht und Einfluss gelangt!«

»Und was hat es dir genützt?«, sagte Mr. Crepsley geringschätzig.

»Wie meinen Sie das?«, zischte Steve.

»Du hast deine Zeit mit Hass und Rache vergeudet«, erwiderte der Vampir. »Was nützt ein Leben ohne Freude oder schöpferische Ziele? Es ist besser, fünf Jahre wie ein Mensch zu leben, als fünfhundert wie ein Ungeheuer.«

»Ich bin kein Ungeheuer!«, murrte Steve. »Ich ...« Er unterbrach sich und murmelte etwas Unverständliches. »Schluss mit dem Quatsch«, sagte er dann laut. »Ihr ödet mich an. Wenn euch nichts Intelligenteres einfällt, haltet die Klappe.«

»Unverschämter Kerl!«, brauste Mr. Crepsley auf und versetzte Steve mit dem Handrücken eine so kräftige Ohrfeige,

dass er Nasenbluten bekam. Steve feixte, wischte sich das Blut mit den Fingern ab und drückte sie an die Lippen.
»Eines nicht allzu fernen Nachts werde ich mich an *Ihrem* Blut laben«, raunte er. Danach verfiel er wieder in Schweigen. Auch Mr. Crepsley, Harkat und ich schwiegen wütend und erschöpft. Nachdem wir alle unsere Wunden versorgt hatten, lehnten wir uns zurück und ruhten uns aus. Wären wir allein gewesen, so wären wir wahrscheinlich eingedöst, aber mit einer unberechenbaren Bestie wie Steve Leopard im Zimmer wagte keiner von uns, die Augen zu schließen.

Es dauerte über eine Stunde, bis Vancha endlich von seinem Verhör zurückkehrte. Er machte ein finsteres Gesicht, und obwohl er sich die Hände gewaschen hatte, waren daran noch Blutspuren zu sehen. Zum Teil war es sein eigenes Blut und kam von den Wunden, die er sich in der Kanalisation zugezogen hatte, doch der überwiegende Teil stammte von dem Vampet. Der Fürst schnappte sich ein warmes Bier aus dem ausrangierten Kühlschrank, riss den Kronkorken ab und stürzte den Inhalt gierig hinunter. Für gewöhnlich trank er ausschließlich frisches Wasser, Milch und Blut, aber wir lebten nicht in gewöhnlichen Zeiten.
Als die Flasche leer war, wischte er sich mit dem Handrücken über den Mund und starrte auf die blassroten Flecken auf seiner Haut.
»Er war ein tapferer Mann«, murmelte er. »Hat länger Widerstand geleistet, als ich gedacht hätte. Ich musste zu üblen Methoden greifen, um ihn zum Reden zu bringen. Ich …« Er schauderte und öffnete noch eine Flasche. Während er trank, standen bittere Tränen in seinen Augen.
»Ist er tot?«, fragte ich mit schwankender Stimme.
Vancha seufzte und sah zu Boden. »Es ist Krieg. Wir können es uns nicht leisten, unsere Feinde zu verschonen. Außerdem

wäre es grausam gewesen, ihn am Leben zu lassen, nachdem ich mit ihm fertig war. Es war barmherziger, ihn zu töten.«

»Dank sei den Göttern der Vampire für ihre kleinen Wohltaten«, lachte Steve und zuckte zusammen, als Vancha herumwirbelte, einen Shuriken aus dem Gürtel zog und warf. Das scharfzackige Geschoss bohrte sich dicht neben Steves Ohr in das Sofapolster.

»Der Nächste sitzt«, schwor Vancha, und endlich schwand das Lächeln aus Steves Gesicht, als er merkte, wie ernst es dem Fürsten war.

Mr. Crepsley erhob sich, legte Vancha besänftigend die Hand auf die Schulter und führte ihn zu einem Stuhl. »War das Verhör denn erfolgreich?«, wollte er wissen. »Hat der Vampet etwas ausgeplaudert?«

Vancha antwortete nicht sofort. Er funkelte Steve immer noch wütend an. Dann erreichte ihn die Frage, und er wischte sich mit dem Umhangzipfel die großen Augen trocken. »Er hat eine ganze Menge ausgeplaudert«, grunzte er, brach ab und stierte auf die Bierflasche in seinen Händen, als wüsste er nicht, wie sie dort hingekommen war.

»Der Vampet!«, sagte er dann laut und hob abrupt den Kopf. Sein Blick war wieder scharf. »Also. Zunächst einmal, ich weiß jetzt, wieso Gannen uns nicht umgebracht hat und warum die anderen Vampyre so zaghaft gekämpft haben.« Er beugte sich vor und warf die leere Bierflasche nach Steve, der sie wegschlug und den Fürsten mit einem arroganten Blick bedachte.

»Nur der Lord der Vampyre darf uns töten«, sagte Vancha leise.

»Was soll das heißen?« Ich runzelte die Stirn.

»Er ist genau wie wir an Meister Schicks Anweisungen gebunden«, erläuterte Vancha. »*Wir* dürfen uns nicht von anderen Vampiren helfen lassen, ihn aufzuspüren und zu töten, und *er* darf seine Untergebenen nicht auffordern, uns den Garaus zu

machen. Meister Schick hat gesagt, um zu siegen, muss er uns eigenhändig töten. Er darf uns so viele Vampyre auf den Hals hetzen, wie er will, aber wenn einer seiner Leute zu kräftig zuschlägt und einen von uns tödlich verwundet, haben die Vampyre den Krieg verloren.«
Das war in der Tat eine höchst interessante Neuigkeit, die zu einer angeregten Debatte führte. Bis jetzt hatten wir geglaubt, gegen die Spießgesellen des Lords nicht die geringste Chance zu haben, weil es einfach zu viele waren, um sich zu ihrem Anführer durchzukämpfen. Doch wenn sie uns gar nicht töten durften ...
»Freut euch nicht zu früh«, warnte Harkat. »Vielleicht dürfen sie uns nicht töten, aber sie dürfen ... uns hinhalten und überwältigen. Wenn sie uns gefangen nehmen und ihrem ... Lord übergeben, braucht er uns bloß noch ... einen Pfahl ins Herz zu rammen.«
»Wieso haben sie *dich* dann nicht getötet? Du gehörst doch nicht zu den drei Verbündeten.«
»Vielleicht wissen sie das ja nicht«, erwiderte Harkat.
Steve brummelte etwas vor sich hin.
»Wie bitte?«, schnauzte ihn Vancha an und verpasste ihm einen Tritt vors Schienbein.
»›Jetzt schon!‹, habe ich gesagt«, antwortete Steve höhnisch. »Jedenfalls weiß *ich* es«, ergänzte er trotzig.
»Ihr habt nicht gewusst, wer die drei Verbündeten sind?«, fragte Mr. Crepsley.
Steve schüttelte den Kopf. »Nur, dass es drei sind, und Meister Schick hat uns verraten, dass einer davon noch ein Kind ist, deswegen musste Darren auf jeden Fall dazugehören. Als ihr dann zu fünft angekommen seid, ihr drei, Harkat und Debbie, wussten wir nicht genau, wer die beiden anderen sind. Wir haben zwar angenommen, dass es sich um Vampire handelt, aber wir wollten nichts riskieren.«

»Hast du deshalb so getan, als wärst du unser Freund?«, wollte ich wissen. »Wolltest du uns besser kennen lernen, um rauszukriegen, wer von uns dazugehört?«
Steve nickte. »Das war ein Grund, doch vor allem habe ich es genossen, euch an der Nase herumzuführen. Es hat mir Spaß gemacht, so nahe an euch heranzukommen, dass ich euch jederzeit hätte töten können, und den Zeitpunkt zum Zuschlagen so lange hinauszuzögern, bis die Gelegenheit günstig war.«
»Der spinnt doch!«, schnaubte Vancha. »Wer seine Feinde nicht bei der erstbesten Gelegenheit aus dem Weg räumt, braucht sich nicht zu wundern, wenn er Ärger kriegt.«
»Steve Leonard hat viele Gesichter«, widersprach Mr. Crepsley, »aber er ist kein Spinner.« Er rieb sich die lange Narbe auf seiner linken Wange und dachte angestrengt nach. »Du hast deinen Plan bis ins Kleinste durchdacht, stimmt's?«, wandte er sich an Steve.
Steve grinste geschmeichelt. »Klar!«
»Und du hast alle Möglichkeiten in Betracht gezogen?«
»Alle, die mir eingefallen sind.«
Der Vampir nahm die Hand von der Wange, und seine Augen wurden schmal. »Dann hast du bestimmt auch bedacht, was passiert, wenn wir euch entwischen.«
Steves Grinsen wurde noch breiter, doch er schwieg.
»Wie lautet Plan B?«, fragte Mr. Crepsley mit erhobener Stimme.
»Welcher Plan B?«, fragte Steve unschuldig zurück.
»Keine Mätzchen!«, zischte der Vampir. »Du hast bestimmt mit R. V. und Gannen Harst darüber gesprochen. Jetzt, da wir euren Stützpunkt kennen, könnt ihr es euch nicht leisten, die Hände in den Schoß zu legen. Die Zeit drängt, denn wir wissen jetzt, wo sich euer Lord versteckt und dass seine Untergebenen uns nicht töten dürfen.«

Mr. Crepsley unterbrach sich und sprang auf. Vancha schoss fast gleichzeitig in die Höhe. Ihre Blicke trafen sich, und sie riefen wie aus einem Mund: »Eine Falle!«
»Es war mir die ganze Zeit verdächtig, dass er sich vorhin so ruhig verhalten hat«, knurrte Vancha, riss die Wohnungstür auf und spähte auf den Korridor hinaus. »Keiner da.«
»Ich schaue mal aus dem Fenster«, sagte Mr. Crepsley.
»Vergiss es«, erwiderte Vancha. »Vampyre greifen tagsüber nicht im Freien an.«
»Vampyre nicht, Vampets schon.« Mr. Crepsley trat ans Fenster und zog das schwere Rollo beiseite, das die schädlichen Sonnenstrahlen abhielt. Dann schnappte er nach Luft. »Bei Charnas Eingeweiden!«, keuchte er.
Vancha, Harkat und ich liefen zu ihm, um nachzusehen, was los war (Vancha packte im Vorbeigehen Steve am Kragen). Bei dem Anblick, der sich uns bot, entfuhr uns allen vieren ein deftiger Fluch, bloß Steve nicht, der stattdessen in hemmungsloses Gelächter ausbrach.
Die ganze Straße war voller Polizeiautos, Armeelastwagen, Polizisten und Soldaten, die einen Halbkreis um das Gebäude bildeten. Die meisten Männer trugen Waffen. In den Fenstern des gegenüberliegenden Hauses erspähten wir schemenhafte Gestalten, auch sie bewaffnet. Während wir noch ungläubig hinausstarrten, senkte sich von oben ein Hubschrauber herab und blieb dröhnend ein paar Stockwerke über uns in der Luft stehen. Im Cockpit saß ein Soldat mit einem Gewehr, mit dem man auf Elefantenjagd hätte gehen können.
Aber der Schütze hielt nicht nach Elefanten Ausschau. Er visierte dasselbe Ziel an wie die Leute im Haus gegenüber und draußen auf der Straße – *uns!*

3 Als grelles Scheinwerferlicht auf das Fenster gerichtet wurde, um uns zu blenden, drehten wir uns alle weg und ließen das Rollo los. Vancha fluchte unflätig, während wir anderen einander ratlos anblickten und darauf warteten, dass einer von uns eine Idee hatte, was wir jetzt machen sollten.
»Wieso haben wir ... sie nicht gehört?«, fragte Harkat.
»Wir haben nicht darauf geachtet, was draußen los ist«, gab ich zurück.
»Trotzdem«, meinte Harkat. »Uns hätten doch ... die Sirenen auffallen müssen.«
»Die haben sie abgestellt«, sagte Steve lachend. »Sie hatten Anweisung, leise zu sein. Ihr braucht übrigens gar nicht erst nachzusehen: Sie haben auch die Rückseite des Gebäudes und das Dach besetzt.« Auf unsere fragenden Blicke hin ergänzte er: »*Ich* war nämlich nicht abgelenkt. *Ich* habe sie gehört.«
Vancha stieß ein unartikuliertes Gebrüll aus und machte Anstalten, sich auf Steve zu stürzen. Mr. Crepsley verstellte ihm den Weg, um ihn zur Vernunft zu bringen, aber Vancha schob ihn einfach zur Seite und ging mit vor Mordlust blitzenden Augen auf Steve los.
Eine megafonverstärkte Stimme ließ ihn innehalten: »Ihr da drin!«, plärrte sie. »*Ihr Mörder!*«
Vancha zögerte, drohte Steve dann mit der Faust und knurrte: »Wir sprechen uns noch!« Er eilte zum Fenster und schob das Rollo ein Stück zur Seite. Sonnenstrahlen und Scheinwerferlicht fluteten herein.
Vancha ließ das Rollo wieder los und brüllte: »Licht aus!«
»Kommt nicht infrage!«, gab die Megafonstimme zurück.
Vancha überlegte einen Moment und nickte dann Mr. Crepsley und Harkat zu. »Überprüft die Flure über und unter uns. Stellt fest, ob sie bereits im Gebäude sind. Provoziert sie nicht! Wenn die da draußen losballern, sind wir erledigt.«
Mr. Crepsley und Harkat gehorchten wortlos.

»Bring mir diesen erbärmlichen Lump her!«, befahl Vancha, woraufhin ich Steve ans Fenster zerrte. Vancha packte ihn an der Kehle und zischte ihm ins Ohr: »Was wollen die hier?«
»Sie halten euch für die Mörder«, kicherte Steve. »Für die Typen, die die ganzen Leute umgebracht haben.«
»Du Mistkerl!«, knurrte Vancha.
»Aber, aber«, verwahrte sich Steve blasiert. »Wir wollen doch nicht persönlich werden.«
Mr. Crepsley und Harkat kamen zurück.
»Die beiden Stockwerke … über uns sind besetzt«, berichtete Harkat.
»Die beiden unter uns auch«, ergänzte Mr. Crepsley grimmig.
Vancha fluchte wieder laut und entschied: »Dann brechen wir eben durch die Dielenbretter. Die Menschen überwachen die Flure. Sie rechnen bestimmt nicht damit, dass wir durch den Fußboden fliehen.«
»O doch!«, widersprach Steve. »Sie haben Befehl, sämtliche Räume zu besetzen, über und unter dieser Wohnung.«
Vancha musterte Steve forschend, suchte nach irgendeinem Hinweis, dass er bluffte. Als er nichts feststellen konnte, wurden seine Züge weicher, und ein gespenstischer Anflug von Resignation trat in seine Augen. Aber mit einem Mal schüttelte er den Kopf und verscheuchte das Selbstmitleid.
»Wir müssen mit ihnen reden«, sagte er. »Herausfinden, wie es um uns steht, und möglichst ein bisschen Zeit schinden, damit wir in Ruhe nachdenken können. Meldet sich jemand freiwillig?« Niemand antwortete. »Dann bin offenbar ich der Unterhändler. Aber wenn es schief geht, schiebt mir bloß nicht die Schuld in die Schuhe.« Ohne das Rollo hochzuziehen, schlug er die Scheibe ein, beugte sich vor und rief: »Wer seid ihr, und was zum Teufel wollt ihr?«
Nach einer kurzen Pause meldete sich die gleiche Stimme wie

zuvor über Megafon: »Mit wem spreche ich?«, fragte sie. Diesmal hörte ich genau hin und erkannte, dass es eine Frauenstimme war.
»Das geht Sie nichts an!«, brüllte Vancha.
Wieder eine Pause. Dann: »Wir wissen, wer Sie sind. Larten Crepsley, Vancha March, Darren Shan und Harkat Mulds. Ich will nur wissen, mit wem von Ihnen ich gerade rede.«
Vancha klappte vor Staunen der Unterkiefer herunter.
Steve bog sich vor Lachen.
»Sag, wer du bist«, flüsterte Harkat. »Sie wissen zu viel. Am besten tun wir so, als ob … wir auf ihre Forderungen eingehen.«
Vancha nickte und rief durch die zerbrochene Scheibe: »Vancha March.«
Währenddessen lugte ich seitlich am Rollo vorbei und hielt nach Schwachstellen im Ring der Belagerer Ausschau. Ich entdeckte keine, dafür erhaschte ich einen Blick auf die Sprecherin, eine große, kräftige Frau mit kurz geschnittenem, weißem Haar.
»Hören Sie zu, March«, rief die Frau, als ich wieder zurücktrat. »Ich bin Hauptkommissarin Alice Burgess. Ich leite diese Freak-Show hier.« Eine ironische Wortwahl, doch keiner von uns kommentierte sie. »Wenn Sie verhandeln wollen, dann verhandeln Sie mit mir. Aber ich warne Sie! Ich habe keine Lust auf Spielchen. Ich habe über zweihundert Männer und Frauen vor und im Haus postiert, die es kaum abwarten können, Sie mit einer Kugel durch Ihr schwarzes Herz ins Jenseits zu befördern. Beim kleinsten Verdacht, dass Sie uns reinlegen wollen, gebe ich den Befehl, das Feuer zu eröffnen. Verstanden?«
Vancha bleckte die Zähne und knurrte: »Verstanden.« Anschließend wiederholte er es lauter, damit sie ihn hören konnte: »Verstanden!«

»Gut so«, erwiderte Kommissarin Burgess. »Erstens: Sind alle Geiseln am Leben und unversehrt?«
»Was für Geiseln?«, fragte Vancha zurück.
»Steve Leonard und Mark Ryter. Wir wissen, dass die beiden bei Ihnen sind, also stellen Sie sich gefälligst nicht dumm.«
»Mark Ryter muss der Vampet sein«, bemerkte ich.
»Bist du aber schlau!«, spottete Steve, drängte sich an Vancha vorbei und hielt das Gesicht ans Fenster.
»Hier spricht Steve Leonard!«, schrie er in gespielter Panik. »Ich bin noch am Leben, aber Mark haben sie umgebracht. Davor haben sie ihn gefoltert. Es war furchtbar. Sie …«
Er unterbrach sich, als hätten wir ihm mitten im Satz den Mund zugehalten, trat vom Fenster zurück und vollführte eine übertriebene Verbeugung.
»Verdammte …«, fluchte die Kommissarin ins Megafon. Dann riss sie sich zusammen und wandte sich mit ruhiger, sachlicher Stimme an uns. »Wir gehen folgendermaßen vor: Sie lassen die überlebende Geisel sofort frei. Sobald der Mann heil bei uns angelangt ist, kommen Sie einer nach dem anderen heraus. Wenn Sie eine Waffe tragen oder eine falsche Bewegung machen, sind Sie erledigt.«
»Lassen Sie uns drüber reden!«, rief Vancha.
»Schluss mit dem Gerede!«, fauchte Burgess.
Ein Schuss fiel, und ein Kugelhagel ließ den Verputz des Gebäudes aufspritzen. Fluchend und keuchend warfen wir uns auf den Boden, obwohl es dafür keinen Grund gab. Die Scharfschützen hatten absichtlich zu hoch gezielt.
Als das Jaulen der Kugeln verklungen war, richtete Alice Burgess abermals das Wort an uns. »Das war eine Warnung. Unsere letzte. Beim nächsten Mal machen wir Ernst. Keine Verhandlungen und kein Gequatsche. Ihr habt diese Stadt fast ein Jahr lang terrorisiert, doch jetzt ist Schluss. Das Spiel ist aus. Wir geben euch zwei Minuten, dann holen wir euch.«

Eine beklemmende Stille senkte sich über uns.
»Das wär's dann wohl«, murmelte Harkat schließlich.
»Kann sein«, sagte Vancha niedergeschlagen. Sein Blick fiel auf Steve, und er grinste. »Aber wir sind nicht die Einzigen, die dran glauben müssen.«
Vancha legte die Finger der rechten Hand so aneinander, dass sie eine Art lebendige Klinge bildeten, hob die Hand wie ein Messer hoch über den Kopf und ging auf Steve zu.
Steve schloss die Augen und erwartete den Tod. Auf seinem Gesicht lag ein Lächeln.
»Warte«, gebot Mr. Crepsley dem Vampirfürsten leise Einhalt. »Es gibt noch einen Ausweg.«
Vancha blieb stehen. »Welchen denn?«, fragte er skeptisch.
»Das Fenster«, sagte Mr. Crepsley. »Wir springen. Damit rechnen sie nicht.«
Vancha überlegte. »Die Höhe ist nicht das Problem«, meinte er schließlich. »Jedenfalls nicht für uns drei. Wie steht's mit dir, Harkat?«
»Fünfter Stock?« Harkat lächelte verschmitzt. »Ein Kinderspiel.«
»Und was machen wir, wenn wir unten sind?«, fragte Vancha. »Auf der Straße wimmelt es von Polizei und Soldaten.«
»Wir huschen«, sagte Mr. Crepsley. »Ich nehme Darren Huckepack. Du trägst Harkat. Es ist riskant, und vielleicht knallen sie uns ab, bevor wir Huschgeschwindigkeit erreicht haben, doch mit etwas Glück könnte es gelingen.«
»Es ist verrückt«, knurrte Vancha und zwinkerte uns zu. »Trotzdem gefällt mir die Idee!« Er zeigte auf Steve. »Aber: erst erledigen wir noch den hier.«
»Noch eine Minute!«, rief Alice Burgess durch ihr Megafon.
Steve hatte sich nicht gerührt. Seine Augen waren immer noch geschlossen, und er lächelte nach wie vor.
Ich wollte nicht, dass Vancha Steve tötete. Er hatte uns zwar

verraten, aber er war einmal mein Freund gewesen, und ich scheute davor zurück, ihn kaltblütig umzubringen. Außerdem mussten wir auch an Debbie denken. Wenn wir Steve töteten, würde R. V. zur Vergeltung Debbie ermorden. Vielleicht war es unsinnig, sich angesichts der Schwierigkeiten, in denen wir steckten, Sorgen über Debbies Schicksal zu machen, dennoch konnte ich nicht anders.

Gerade wollte ich Vancha bitten, Steve zu verschonen (obwohl ich nicht annahm, dass er auf mich hören würde), da nahm mir Mr. Crepsley das Wort aus dem Mund.

»Wir können ihn nicht töten«, sagte er angewidert.

»Häh?« Vancha blinzelte.

»Es ist kein Weltuntergang, wenn wir verhaftet werden«, sagte Mr. Crepsley.

»Noch dreißig Sekunden!«, schrie Burgess schrill.

Mr. Crepsley ignorierte die Unterbrechung. »Wenn man uns lebendig verhaftet, ergibt sich vielleicht später eine Gelegenheit zur Flucht. Wenn wir Steve Leonard töten, macht man dagegen kurzen Prozess mit uns. Die Menschen da draußen warten nur auf einen Anlass, uns abzuknallen.«

Vancha schüttelte den Kopf. Er schien nicht überzeugt. »Ich weiß nicht. Ich finde, wir sollten ihn abmurksen und es darauf ankommen lassen.«

»Das wäre mir auch lieber«, stimmte mein ehemaliger Meister zu. »Aber wir dürfen den Vampyrlord nicht vergessen. Unser Auftrag hat Vorrang vor unseren persönlichen Wünschen. Steve Leonard am Leben zu lassen, ist ...«

»Zehn Sekunden!«, blaffte Burgess.

Vancha blickte Steve wütend und unentschlossen an, dann stieß er eine Verwünschung aus und verpasste Steve mit der flachen Hand einen Schlag auf den Kopf. Steve fiel vom Sofa. Ich dachte schon, der Vampirfürst hätte ihn umgebracht, doch er hatte ihn nur k. o. geschlagen.

»Das dürfte ihn eine Weile außer Gefecht setzen«, grunzte er, kontrollierte seine Shuriken-Gurte und zog den Fellumhang eng um sich. »Wenn sich später eine Gelegenheit ergibt, können wir ihn immer noch suchen und kaltmachen.«

»Die Frist ist abgelaufen!«, rief Alice Burgess drohend durch ihr Megafon. »Kommen Sie sofort heraus, oder wir eröffnen das Feuer!«

»Fertig?«, fragte Vancha.

»Fertig«, sagte Mr. Crepsley und griff nach seinen Messern.

»Fertig«, sagte Harkat und prüfte mit dem dicken, grauen Daumen die Schneide seiner Axt.

»Fertig«, sagte ich, zog mein Schwert und hielt es vor die Brust.

»Harkat springt mit mir«, befahl Vancha. »Larten und Darren, ihr direkt hinterher. Gebt uns einen Augenblick Zeit, damit wir uns aus dem Weg rollen können.«

»Glück zu, Vancha«, sagte Mr. Crepsley.

»Glück zu«, erwiderte Vancha, grinste verwegen, versetzte Harkat einen Klaps auf den Rücken und sprang durch das zerbrochene Fenster ins Freie, wobei er das Rollo mit sich riss. Harkat folgte ihm unverzüglich. Mr. Crepsley und ich warteten den vereinbarten Moment ab und setzten dann unseren Freunden durch die gezackten Glasscherben nach, plumpsten wie zwei flügellose Fledermäuse in die Tiefe und landeten mitten in dem Hexenkessel, der uns dort erwartete.

4 Als mir der Boden entgegensauste, winkelte ich die Knie an, zog den Kopf zwischen die Schultern, breitete die Hände aus und landete in der Hocke. Meine überdurchschnittlich stabilen Knochen fingen die Erschütterung ab, ohne zu brechen, dennoch kippte ich durch die Wucht des Aufpralls vornüber und hätte mich um ein Haar mit meinem eigenen Schwert aufgespießt (ein ziemlich peinlicher Abgang).

Neben mir ertönte ein lauter Schmerzensschrei, und als ich aufsprang, sah ich Mr. Crepsley am Boden liegen. Er umklammerte mit beiden Händen seinen rechten Knöchel und konnte nicht aufstehen.

Ich kümmerte mich nicht weiter um meinen verletzten Gefährten, sondern hob verteidigungsbereit mein Schwert und hielt nach Vancha und Harkat Ausschau.

Unser Sprung aus dem Fenster hatte die Polizeibeamten und Soldaten völlig überrascht. Sie stolperten übereinander und behinderten sich gegenseitig, sodass keiner von ihnen richtig zielen und schießen konnte.

In dem ganzen Durcheinander hatte Harkat sich einen jungen Soldaten gegriffen und vor seine Brust gezogen. Mit ihm drehte er sich nun wie ein Kreisel um sich selbst, damit niemand Gelegenheit hatte, ihn in den Rücken zu schießen. Vancha dagegen nahm den Boss des Ganzen aufs Korn. Ich sah, wie er mehrere Polizisten und Soldaten umrannte, über eine Kühlerhaube setzte und Hauptkommissarin Alice Burgess mit einem genau berechneten Sprung zu Boden riss.

Während die Augen aller Menschen auf Vancha und die Kommissarin gerichtet waren, bückte ich mich rasch nach Mr. Crepsley und half ihm hoch.

Er biss vor Schmerzen die Zähne zusammen, und ich wusste sofort, dass ihn sein Fuß nicht tragen würde.

»Ist was gebrochen?«, rief ich und zerrte ihn hinter ein Auto in Deckung, bevor sich jemand besann und auf uns feuerte.

»Glaub nicht«, keuchte er, »aber es tut furchtbar weh.« Er ließ sich hinter dem Wagen auf den Boden fallen und massierte den Knöchel, um den Schmerz zu lindern.

Uns gegenüber war Vancha wieder aufgestanden. Mit der einen Hand hielt er Alice Burgess an der Gurgel gepackt, in

der anderen hatte er das Megafon. »Alle mal herhören!«, brüllte er. »Wenn ihr schießt, stirbt eure Chefin!«
Über uns brummte der Hubschrauber wie ein zorniger Bienenschwarm. Sonst tat niemand einen Mucks.
Burgess fasste sich als Erste. »Kümmert euch nicht um mich!«, gellte sie. »Macht die Kerle kalt!«
Einige Scharfschützen gehorchten und hoben ihre Waffen. Vancha verstärkte den Griff um den Hals der Hauptkommissarin. Ihre Augen traten angstvoll hervor. Die Scharfschützen zögerten, dann ließen sie die Gewehre wieder sinken. Vancha lockerte seinen Griff, ließ jedoch nicht ganz los, sondern schob sich, wobei er die weißhaarige Frau vor sich her dirigierte, zu Harkat und dessen menschlichem Schutzschild hinüber. Die beiden stellten sich Rücken an Rücken und kamen dann langsam auf das Auto zu, hinter dem Mr. Crepsley und ich in Deckung gegangen waren. Sie sahen aus wie eine riesige, unbeholfene Krabbe, aber es funktionierte. Niemand wagte zu schießen.
»Ist es schlimm?«, fragte Vancha, hockte sich neben uns und zwang dabei auch Burgess in die Knie. Harkat verfuhr ebenso mit seinem Soldaten.
»Ziemlich«, sagte Mr. Crepsley ernst und sah den Vampirfürsten an.
»Kannst du huschen?«, fragte Vancha leise.
»So nicht.«
Sie blickten einander stumm an.
»Dann müssen wir dich eben hier lassen«, sagte Vancha.
»In Ordnung.« Der Vampir lächelte flüchtig.
»Ich bleibe bei ihm«, sagte ich sofort.
»Übertriebener Heldenmut ist jetzt nicht angebracht«, knurrte Vancha. »Du kommst mit, und Schluss.«
Ich schüttelte den Kopf. »Heldenmut hin oder her – ich denke nur praktisch. Du kannst nicht mit uns beiden, Harkat und mir,

auf dem Rücken huschen. Dann dauert es zu lange, bis du die richtige Geschwindigkeit erreichst. Man würde uns erschießen, bevor wir am Ende der Straße sind.«
Vancha öffnete den Mund, um zu widersprechen, merkte jedoch schnell, dass mein Einwand berechtigt war, und klappte den Mund wieder zu.
»Ich bleibe auch hier«, äußerte sich Harkat.
Vancha ächzte. »Wir haben jetzt einfach keine Zeit für solchen Quatsch!«
»Das ist kein Quatsch«, erwiderte Harkat ruhig. »Ich bin Darrens Gefährte. Ich folge ihm überallhin. Ich bleibe immer an seiner Seite. Außerdem hast du … es ohne mich leichter.«
»Wie kommst du denn darauf?«
Harkat zeigte auf Alice Burgess, die immer noch nach Luft rang. »Wenn du allein gehst, kannst du die hier mitnehmen und so lange als Schutzschild benutzen, bis du huschst.«
Vancha seufzte entmutigt. »Das ist mir alles zu hoch. Jedenfalls bleibe ich bestimmt nicht hier sitzen und versuche, euch beide zu überreden.« Er lugte über die Kühlerhaube des Autos und warf mit gegen die Sonne zusammengekniffenen Augen einen prüfenden Blick auf die umstehenden Soldaten. »Bleibt, wo ihr seid«, warnte er sie, »oder die beiden hier sind tot!«
»Damit … kommt ihr … nicht durch«, krächzte Kommissarin Burgess. Ihre wasserblauen Augen funkelten hasserfüllt, ihr vormals kalkweißes Gesicht war vor Wut feuerrot. »Die knallen euch … bei der ersten … Gelegenheit ab!«
»Dann müssen wir eben dafür sorgen, dass sie keine Gelegenheit dazu kriegen«, konterte Vancha lachend und hielt ihr den Mund zu, bevor sie widersprechen konnte. Sein Grinsen erlosch.
»Ich kann nicht zurückkehren und euch helfen«, gab er zu bedenken. »Wenn ihr hier bleibt, müsst ihr ohne mich zurechtkommen.«

»Das ist uns klar«, sagte Mr. Crepsley.
Vancha blickte zum Himmel. »Ihr ergebt euch lieber sofort und bittet die Götter, dass man euch in eine fensterlose Zelle steckt.«
»Richtig.« Mr. Crepsley klapperte mit den Zähnen, teils wegen der Schmerzen in seinem Knöchel, teils aus Angst vor dem tödlichen Licht.
Vancha beugte sich vor und flüsterte, damit ihn Burgess und der Soldat nicht hören konnten: »Wenn mir die Flucht gelingt, komme ich zurück und suche weiter nach dem Vampyrlord. Ich warte in dem Gewölbe, in dem wir letzte Nacht gekämpft haben. Wenn ihr bis Mitternacht nicht da seid, gehe ich ohne euch los.«
Mr. Crepsley nickte. »Wir werden unser Bestes tun, um rauszukommen. Wenn ich nicht laufen kann, fliehen Darren und Harkat ohne mich.« Er blickte uns forschend an. »*Abgemacht?*«
»Abgemacht«, bestätigte der Kleine Kerl.
Ich erwiderte seinen Blick stumm, dann sah ich weg. »Abgemacht«, murmelte ich widerstrebend.
Vancha grunzte, bevor er uns die freie Hand hinstreckte. Wir schlugen ein. »Glück zu«, sagte er, und jeder von uns wiederholte den Gruß.
Daraufhin erhob sich der Vampirfürst ohne weitere Umstände und ging davon, wobei er Kommissarin Burgess mit ausgestrecktem Arm vor sich herschob. Auf dem Weg zu uns hatte er das Megafon fallen lassen. Jetzt bückte er sich, hob es auf und wandte sich wieder an die versammelten Truppen. »Ich mach mich vom Acker!«, verkündete er vergnügt. »Ich weiß, ihr habt den Auftrag, das zu verhindern, aber wenn ihr abdrückt, trifft es eure Chefin genauso. Also wartet lieber ab, ob ich mir eine Blöße gebe. Außerdem habt ihr ja Autos und Hubschrauber«, fuhr er kichernd fort. »Ich bin bloß zu Fuß.

Ihr könnt bestimmt mit mir Schritt halten, bis sich eine gute Gelegenheit ergibt.«

Der Vampirfürst warf das Megafon weg, hob die Hauptkommissarin hoch, drückte sie wie eine Puppe an sich und flitzte los.

Ein Kommissar stürzte sich auf das Megafon, hob es auf und bellte Befehle: »Nicht schießen! Alles bleibt in Position. Wartet, bis er stolpert oder sie fallen lässt. Er kann nicht entkommen. Nehmt ihn ins Visier, wartet, bis ihr gezielt feuern könnt, und dann schießt ihn in den ... «

Er brach unvermittelt ab.

Beim Sprechen hatte er beobachtet, wie Vancha auf eine Absperrung am Ende der Straße zurannte, doch urplötzlich war der Vampir verschwunden. Vancha hatte Huschgeschwindigkeit erreicht, und für die Menschen sah es aus, als hätte er sich einfach in Luft aufgelöst.

Polizisten und Soldaten drängten ungläubig nach vorn, die Gewehre im Anschlag, und starrten auf den Boden, als hätte er sich aufgetan und Vancha samt ihrer Vorgesetzten verschluckt.

Mr. Crepsley, Harkat und ich grinsten einander an.

»Immerhin. Einer von uns hat's geschafft«, sagte mein ehemaliger Meister.

»Wir hätten es auch geschafft, wenn Sie nicht so ein ungeschickter Trampel wären«, brummelte ich.

Mr. Crepsley sah zur Sonne hoch und wurde wieder ernst. »Wenn man mich in eine Zelle mit Tageslicht steckt«, sagte er ruhig, »warte ich nicht ab, bis ich verschmort bin. Dann fliehe ich entweder oder lasse mich beim Fluchtversuch erschießen.«

Ich nickte grimmig. »Das gilt für uns alle.«

Harkat drehte seinen Soldaten herum, sodass er uns ansah. Der junge Mann war vor Angst aschfahl im Gesicht und brachte kein Wort heraus.

»Lassen wir ihn frei oder ... wollen wir ihn als Verhandlungsmasse benutzen?«, fragte der Kleine Kerl.
»Lass ihn laufen«, sagte ich. »Wenn wir uns freiwillig ergeben, ist die Wahrscheinlichkeit größer, dass sie nicht schießen. Wenn wir jetzt, wo Vancha ihre Chefin entführt hat, noch versuchen zu verhandeln, schießen sie uns wahrscheinlich einfach nieder.«
»Dann müssen wir auch unsere Waffen abliefern«, meinte Mr. Crepsley und legte seine Messer auf den Boden.
Ich trennte mich nur äußerst ungern von meinem Schwert, aber die Vernunft siegte, und ich legte es dazu. Obendrauf kamen Harkats Axt und alles, was wir sonst noch bei uns trugen. Anschließend krempelten wir die Ärmel hoch, hoben die Hände über den Kopf und verkündeten laut, dass wir uns ergaben. Wir kamen hinter dem Auto hervor, wobei Mr. Crepsley auf einem Bein hüpfen musste, und ließen uns von den finster blickenden und schießwütigen Gesetzeshütern verhaften. Unter Beschimpfungen legten sie uns Handschellen an, verfrachteten uns in ihre Transporter, und ab ging die Post – geradewegs ins Gefängnis.

5 Mich steckte man in einen Raum, der nicht größer als vier Quadratmeter und ungefähr drei Meter hoch war. Abgesehen von einem Guckloch in der Tür besaß er keine Fenster und auch keine Einwegspiegel. Über der Tür hingen zwei Überwachungskameras. Sonst befanden sich darin noch ein langer Tisch mit einem Tonbandgerät, drei Stühle, ich selbst und drei Polizeibeamte.
Einer davon stand an der Tür, hielt sein Gewehr vor der Brust und ließ mich nicht aus den Augen. Er hatte sich mir nicht vorgestellt, genau genommen hatte er überhaupt nichts gesagt,

doch ich konnte den Namen auf seinem Dienstabzeichen entziffern: William McKay.
Die beiden anderen trugen keine Abzeichen, aber sie hatten sich vorgestellt: Con und Ivan. Con war groß und schlank, hatte ein mürrisches Gesicht, eine ruppige Art und stets eine höhnische Bemerkung parat. Ivan war älter, dünner und grauhaarig. Er sah müde aus und sprach leise, als strengte ihn das Verhör an.
»Ist Darren Shan dein richtiger Name?«, wiederholte Ivan ungefähr zum zwanzigsten Mal, seit man mich in den Vernehmungsraum geführt hatte. Die beiden fragten immer wieder dasselbe und schienen dessen kein bisschen überdrüssig zu werden.
Ich antwortete nicht. Bis jetzt hatte ich die ganze Zeit geschwiegen.
»Oder heißt du Darren Horston, wie du dich zuletzt genannt hast?«, wollte Ivan nach einer Pause wissen.
Keine Antwort.
»Was ist mit deinem Freund? Heißt er Larten Crepsley oder Vur Horston?«
Ich blickte auf meine gefesselten Hände und schwieg. Die Handschellen waren mit einer kurzen, dicken Eisenkette verbunden. Vermutlich konnte ich sie zerreißen, wenn ich es darauf anlegte, aber ganz sicher war ich nicht. Auch meine Füße waren gefesselt. Bei der Verhaftung zunächst mit einer kurzen Kette zwischen den Fußschellen. Als man meine Fingerabdrücke genommen, mich fotografiert und in den Vernehmungsraum verfrachtet hatte, war sie durch eine längere Kette ersetzt worden.
»Was ist mit der Missgeburt?«, fragte jetzt der Beamte namens Con. »Mit diesem grauhäutigen Monster. Was ...«
»Er ist kein Monster!«, platzte ich heraus.
»Ach nein?«, sagte Con spöttisch. »Was denn sonst?«

Ich schüttelte den Kopf. »Wenn ich es Ihnen erklären würde, würden Sie mir sowieso nicht glauben.«
»Versuch's doch mal«, forderte mich Ivan heraus, doch ich schüttelte nur den Kopf.
»Und die beiden anderen?«, ergriff Con wieder das Wort.
»Vancha March und Larten Crepsley. Unsere Informanten behaupten, die beiden seien Vampire. Was hast du dazu zu sagen?«
Ich lächelte matt. »Es gibt keine Vampire«, sagte ich. »Das weiß doch jedes Kind.«
»Du hast Recht«, bestätigte Ivan. »Vampire gibt's nicht.« Er beugte sich über den Tisch, als wollte er mir ein Geheimnis anvertrauen. »Aber mit den beiden ist irgendwas faul, das ist dir bestimmt auch schon aufgefallen, Darren. March hat sich plötzlich in Luft aufgelöst, und Crepsley ...« Er hüstelte. »Na ja, wir haben es einfach nicht geschafft, ihn zu fotografieren.«
Als ich das hörte, musste ich grinsen und blickte zu den Videokameras hoch. Vollvampire haben besondere Atome, die es unmöglich machen, sie auf Filmmaterial zu bannen. Die Polizisten konnten Mr. Crepsley mit den teuersten Kameras aus jedem nur erdenklichen Blickwinkel fotografieren, auf dem Film erschien – nichts.
»Sieh nur, wie er grinst!«, fauchte Con. »Er glaubt wohl, wir machen Witze!«
»Nein«, sagte ich und gab mir Mühe, mein Lächeln zu unterdrücken.
»Warum lachst du dann?«
Ich zuckte die Achseln. »Mir ist nur gerade was eingefallen.«
Ivan sank enttäuscht auf seinen Stuhl zurück. »Wir haben Crepsley Blut abgenommen. Diesem komischen Mulds auch. Sobald wir die Ergebnisse haben, finden wir sowieso heraus, was mit ihnen los ist. Aber es wäre gut für dich, wenn du es uns jetzt schon verrätst.«

Ich blieb stumm. Ivan wartete einen Augenblick ab, dann fuhr er sich mit der Hand durch das graue Haar.
Er stieß einen entmutigten Seufzer aus und nahm das Verhör wieder auf.
»Wie heißt du richtig? In welcher Beziehung stehst du zu den anderen? Wo ...«

Die Zeit verging. Ich konnte nicht genau sagen, wie lange ich schon eingesperrt war. Es kam mir vor wie ein Tag oder noch länger, doch tatsächlich waren es wahrscheinlich höchstens vier, fünf Stunden. Draußen schien vermutlich immer noch die Sonne.
Ich dachte an Mr. Crepsley und überlegte, wie es ihm gehen mochte. Wenn seine Zelle wie mein Vernehmungsraum aussah, brauchte er sich keine Sorgen zu machen. Wenn man ihn allerdings in eine Zelle mit Fenstern gesperrt hatte ...
»Wo sind meine Freunde?«, fragte ich.
Con und Ivan hatten leise etwas miteinander besprochen. Jetzt blickten sie argwöhnisch zu mir herüber.
»Möchtest du sie sehen?«, fragte Ivan.
»Ich will bloß wissen, wo sie sind«, gab ich zurück.
»Wenn du unsere Fragen beantwortest, lässt sich da sicher was arrangieren«, lockte Ivan.
»Ich will bloß wissen, wo sie sind«, wiederholte ich.
»Die sind ganz in der Nähe«, grunzte Con. »Hinter Schloss und Riegel, wo sie hingehören. Genau wie du.«
»In so einem Raum wie dem hier?«
»Genau so einem«, bestätigte Con, doch dann wanderte sein Blick an den Wänden entlang, und er grinste, als er begriff, weshalb ich gefragt hatte. »In fensterlosen Zellen«, gluckste er und gab seinem Kollegen einen Rippenstoß. »Aber das könnte man ja ändern, was, Ivan? Was hältst du davon, wenn wir den ›Vampir‹ in eine Zelle mit hübschen, runden Fenstern bringen

lassen? Eine Zelle mit Ausblick ... auf den Himmel ... auf die *Sonne*.«
Ich sagte nichts, funkelte Con bloß wütend an.
»Das gefällt dir wohl nicht, was?«, zischte dieser. »Die Vorstellung, wir könnten Crepsley in einen Raum mit Fenstern stecken, macht dir Angst, hab ich Recht?«
Ich zuckte gleichgültig die Achseln und wandte den Blick ab.
»Ich will einen Anwalt sprechen«, sagte ich.
Con bekam einen Lachkrampf. Ivan verbarg sein Lächeln hinter vorgehaltener Hand. Sogar der Wachposten mit der Waffe grinste, als hätte ich den Witz des Jahrhunderts gerissen.
»Was ist daran so komisch?«, fauchte ich. »Ich kenne meine Rechte. Ich habe das Recht, mit einem Anwalt zu telefonieren.«
»Klar doch«, wieherte Con. »Sogar Mörder haben Rechte.« Er trommelte mit den Knöcheln auf den Tisch und stellte das Tonbandgerät ab. »Aber soll ich dir mal was sagen? Wir kümmern uns einfach nicht drum. Dafür kriegen wir nachher bestimmt 'ne Menge Ärger, aber das ist uns egal. Du sitzt hier so lange fest, bis du uns ein paar Fragen beantwortet hast. Danach kannst du von uns aus von deinen Rechten Gebrauch machen.«
»Das verstößt gegen das Gesetz«, protestierte ich. »Das dürfen Sie gar nicht.«
»Normalerweise nicht«, stimmte er mir zu. »Normalerweise würde die Hauptkommissarin reinrauschen und einen Tobsuchtsanfall kriegen, wenn sie das hört. Nur ist sie leider nicht da. Sie wurde nämlich von deinem Mörderkumpel Vancha March entführt.«
Das Blut wich mir aus dem Gesicht, als ich das hörte und mir klar wurde, was es bedeutete. Solange ihre Chefin weg war, nahmen sie die Sache selbst in die Hand. Um herauszufinden, wo ihre Vorgesetzte steckte, damit sie sie anschließend befrei-

en konnten, schreckten sie vor nichts zurück. Es mochte sie womöglich ihre Stellung kosten, aber das hielt sie nicht davon ab. Sie hatten das Verhör zu ihrer ganz persönlichen Angelegenheit gemacht.
»Da müssten Sie mich schon foltern, um mich zum Reden zu bringen«, erwiderte ich stur.
Ich wollte herausfinden, wie weit sie zu gehen bereit waren.
»Foltern gehört nicht zu unseren Methoden«, sagte Ivan rasch. »So etwas tun wir nicht.«
»Im Gegensatz zu gewissen anderen Leuten«, setzte Con hinzu und warf mir ein Foto über den Tisch zu. Ich wollte nicht hinsehen, doch die Gestalt darauf zog meinen Blick gegen meinen Willen an. Ich erkannte Mark Ryter, den Vampet, den wir am Morgen in der Kanalisation als Geisel genommen hatten und den Vancha gefoltert hatte.
»Wir sind keine Verbrecher«, sagte ich leise. Trotzdem konnte ich ihren Standpunkt verstehen. In ihren Augen mussten wir blutrünstige Ungeheuer sein. »Sie sehen das falsch. Wir sind nicht die gesuchten Mörder. Wir wollen ihrem Treiben ein Ende machen, genau wie Sie.«
Con lachte kurz auf.
»Es stimmt«, beteuerte ich. »Mark Ryter hat auch zu ihnen gehört. Wir mussten ihm etwas antun, um Informationen über die anderen herauszubekommen. Wir sind nicht gegen Sie. Wir sind auf Ihrer Seite.«
»Das ist die dämlichste Ausrede, die ich je gehört habe«, raunzte Con. »Für wie blöd hältst du uns eigentlich?«
»Ich halte Sie überhaupt nicht für blöd. Sie irren sich. Man hat Sie reingelegt. Man ...« Eifrig beugte ich mich vor. »Wer hat Ihnen gesagt, wo Sie uns finden? Wer hat Ihnen unsere Namen verraten und erzählt, dass wir die Gesuchten sind und außerdem Vampire?«
Die Beamten wechselten einen verunsicherten Blick, dann

sagte Ivan: »Es war ein anonymer Hinweis. Der Anrufer hat uns von einer öffentlichen Telefonzelle aus verständigt. Er hat seinen Namen nicht hinterlassen, und als wir zu der Telefonzelle kamen, war er schon weg.«
»Finden Sie das nicht ein bisschen verdächtig?«
»Wir bekommen ständig anonyme Hinweise«, wehrte Ivan ab, aber er wirkte unsicher, und ich wusste, dass er so seine Bedenken hatte. Wäre er allein gewesen, hätte ich ihn vielleicht von meiner Sichtweise überzeugen können und er hätte mir Glauben geschenkt. Doch bevor ich weiterreden konnte, warf mir Con ein zweites Foto zu und danach ein drittes. Nahaufnahmen von Mark Ryter, auf denen die schauerlichen Details noch besser zu erkennen waren als auf dem ersten Bild.
»Wer auf *unserer* Seite steht, bringt niemanden um«, sagte er kühl. »Auch wenn es ihn noch so in den Fingern juckt«, setzte er bedeutsam hinzu und zeigte auf mich.
Ich seufzte und legte das Foto hin. Ich merkte, dass ich die beiden nicht von meiner Unschuld überzeugen konnte. Eine kurze Pause trat ein, in der sich die beiden Beamten nach dem Wortwechsel beruhigten und ihre Haltung wiederfanden. Dann wurde das Tonband wieder angestellt, und das Verhör begann von vorn. Wer war ich? Wo kam ich her? Wohin war Vancha March geflohen? Wie viele Leute hatten wir umgebracht? Und so weiter, und so fort …

Die Beamten bissen sich an mir die Zähne aus, und das ärgerte sie. Ivan und Con hatten von einem weiteren Kollegen namens Morgan Verstärkung bekommen. Morgan hatte stechende Augen und dunkelbraunes Haar. Er saß kerzengerade auf seinem Stuhl, hatte die Hände flach auf den Tisch gelegt und beobachtete mich mit kaltem, starrem Blick. Ich hatte das Gefühl, man hatte ihn gerufen, damit er härtere Methoden anwendete, aber bis jetzt war er mir noch nicht zu nahe getreten.

»Wie alt bist du?«, fragte Con gerade. »Wo kommst du her? Wie lange bist du schon hier? Warum habt ihr euch ausgerechnet diese Stadt ausgesucht? Wie viele Leute habt ihr auf dem Gewissen? Wo sind die Leichen? Was hast …«
Es klopfte. Con unterbrach sich und drehte sich um. Auch Ivans Blick wanderte zur Tür, nur Morgan ließ mich nicht aus den Augen. Er blinzelte exakt alle vier Sekunden, wie ein Roboter.
Con unterhielt sich gedämpft mit jemandem auf dem Gang, dann trat er zurück und bedeutete dem Wachposten, die Tür freizugeben.
Der Posten trat beiseite und richtete den Gewehrlauf auf mich, damit ich keine Dummheiten machte.
Ich erwartete einen weiteren Polizisten zu sehen, vielleicht auch einen Soldaten (seit meiner Verhaftung war ich keinem mehr begegnet), doch den bescheidenen kleinen Mann, der jetzt ins Zimmer trat, hätte ich nie im Leben hier vermutet.
»*Mr. Blaws!*«, japste ich.
Der Schuldirektor, der mich seinerzeit dazu verdonnert hatte, das Mahler-Gymnasium zu besuchen, wirkte ziemlich nervös. Wie üblich trug er unter dem Arm eine dicke Aktentasche und auf dem Kopf die altmodische Melone. Er trat etwa einen halben Meter ins Zimmer, blieb dann stehen und war nicht zu bewegen, näher zu kommen.
»Danke, dass Sie vorbeigeschaut haben, Walter«, begrüßte ihn Ivan, erhob sich und schüttelte dem Besucher die Hand.
Mr. Blaws nickte matt und quiekte: »Hoffentlich kann ich Ihnen behilflich sein.«
»Wollen Sie sich nicht setzen?«, fragte Ivan.
Mr. Blaws schüttelte rasch den Kopf. »Nein danke. Ich kann nicht lange bleiben. Besorgungen, Termine, Sie wissen schon.«
Ivan nickte verständnisvoll. »Gut, gut. Haben Sie die Unterlagen mitgebracht?«

Mr. Blaws nickte. »Die Formulare, die er ausgefüllt hat, und alle anderen Unterlagen, die wir über ihn haben. Ich habe alles vorn am Eingang abgegeben. Ihr Kollege wollte die Unterlagen fotokopieren und mir die Originale zurückgeben, wenn ich wieder gehe. Ich muss sie für die Schulakten aufbewahren.«

»Gut«, wiederholte Ivan. Dann trat er ein Stück beiseite und deutete mit dem Kinn auf mich. »Kennen Sie diesen Jungen?«, fragte er förmlich.

»Gewiss«, erwiderte Mr. Blaws. »Das ist Darren Horston. Er ist Schüler im Mahler, und zwar seit dem ...« Er stockte und runzelte die Stirn. »Das genaue Datum habe ich leider nicht im Kopf. Dabei habe ich es unterwegs extra noch einmal nachgeschlagen.«

»Macht nichts«, beschwichtigte ihn Ivan lächelnd. »Wir können ja auf den Kopien nachsehen. Und das hier ist ganz bestimmt der Junge, den Sie als Darren Horston kennen? Sind Sie hundertprozentig sicher?«

Mr. Blaws nickte bestätigend. »Hundertprozentig. Ich vergesse nie das Gesicht eines Schülers, schon gar nicht, wenn er den Unterricht geschwänzt hat.«

»Vielen Dank, Walter«, sagte Ivan und nahm den Schuldirektor am Arm.

»Wenn wir Sie noch einmal brauchen sollten ...«

Er hielt inne. Mr. Blaws hatte sich nicht von der Stelle gerührt. Er blickte mich mit großen Augen an, und seine Unterlippe zitterte. »Ist das wirklich wahr?«, fragte er. »Was in der Zeitung steht? Dass er und seine Freunde die Mörder sind?«

Ivan zögerte. »Wir wissen es noch nicht mit Bestimmtheit, aber sobald wir ...«

»Wie konntest du so etwas tun?«, schrie Mr. Blaws mich an. »Wie konntest du die ganzen Leute umbringen? Die arme, kleine Tara Williams! Deine Klassenkameradin!«

»Ich habe Tara nicht umgebracht«, sagte ich müde. »Ich habe überhaupt niemanden umgebracht. Ich bin kein Mörder. Die Polizei hat die Falschen verhaftet.«
»Ha!«, schnaubte Con.
»Du Bestie!«, knurrte Mr. Blaws und hob die Aktentasche hoch, als wollte er sie nach mir werfen. »Man sollte dich … man sollte …«
Die Stimme versagte ihm, und er kniff die Lippen fest zusammen.
Dann drehte er mir den Rücken zu und ging zur Tür. Als er auf den Flur hinaustrat, gab ich einer kindischen Regung nach und rief ihn zurück.
»Mr. Blaws?« Er blieb stehen und sah fragend über die Schulter. Ich machte ein unschuldiges, besorgtes Gesicht. »Werde ich jetzt nicht versetzt, Sir?«, fragte ich liebenswürdig.
Der Mann glotzte mich verdutzt an. Dann merkte er, dass ich ihn auf den Arm nehmen wollte, schoss einen giftigen Blick auf mich ab, reckte voller Verachtung das Kinn, drehte sich auf dem Absatz um und marschierte mit energischem Schritt davon.
Ich musste laut lachen. Das wütende Gesicht des lästigen kleinen Mannes verschaffte mir eine unerklärliche Genugtuung. Auch Con, Ivan und der bewaffnete Posten schmunzelten unwillkürlich, nur Morgan blieb ungerührt. Seine Miene war unverändert ausdruckslos, und in seinen unbestechlichen, roboterhaften Augen lag eine schreckliche, unausgesprochene Drohung.

6 Kurz nachdem Mr. Blaws gegangen war, wurde Ivan von einem stämmigen Beamten namens Dave abgelöst. Dave tat sehr freundlich. Als er hereinkam, fragte er mich als Erstes, ob ich etwas essen oder trinken wolle. Aber mich konnte er nicht täuschen. Ich hatte genug Krimiserien gesehen, um mich mit dem Guter-Bulle/ Böser-Bulle-Spielchen auszukennen.
»Wir wollen dir doch nur helfen, Darren«, versicherte mir Dave. Er riss ein Zuckertütchen auf und schüttete den Inhalt in einen Plastikbecher mit dampfendem Kaffee. Etwas Zucker fiel daneben und landete auf dem Tisch. Ich war mir fast sicher, dass es Absicht war. Ich sollte ihn für einen harmlosen Trottel halten.
»Sie könnten mir die Handschellen abnehmen und mich freilassen. Damit wäre mir wirklich sehr geholfen«, konterte ich und beobachtete aufmerksam, wie Dave noch ein Zuckertütchen aufriss.
Von den dreien bereitete mir Morgan das größte Kopfzerbrechen. Wenn es hart auf hart kam, würde mich Con vielleicht ein bisschen herumschubsen, doch Morgan traute ich Schlimmeres zu. Trotzdem musste ich bei Dave besonders aufpassen, damit er mir nicht alle Informationen aus der Nase zog. Ich litt unter Schlafmangel, war ausgelaugt und fühlte mich benommen. Da verplappert man sich schnell.
»Handschellen abnehmen und freilassen«, wiederholte Dave grinsend und zwinkerte mir zu. »Der war klasse. Aber du weißt so gut wie ich, dass du das vergessen kannst. Ich könnte allerdings etwas anderes für dich tun. Dir zum Beispiel einen Anwalt verschaffen. Eine Dusche. Saubere Klamotten. Eine bequeme Pritsche zum Schlafen. Ich fürchte, du musst noch eine ganze Weile bei uns bleiben, doch deswegen muss dein Aufenthalt ja nicht unerfreulich sein.«
»Und was muss ich tun, um ihn *erfreulicher* zu gestalten?«, fragte ich misstrauisch.

Dave zuckte die Achseln und schlürfte seinen Kaffee. »Autsch! Ist der heiß!« Er fächelte seinen verbrannten Lippen mit der Hand Kühlung zu und lächelte.

»Nicht viel«, ging er auf meine Frage ein. »Du brauchst uns nur deinen richtigen Namen zu verraten, wo du herkommst, was du hier wolltest und dergleichen.«

Ich schüttelte mürrisch den Kopf. Neues Gesicht, dieselben Fragen.

Dave merkte, dass ich die Antwort verweigerte, und änderte seine Taktik. »Die Masche bringt's nicht, was? Versuchen wir's mal so: Dein Freund Harkat Mulds behauptet, seine Maske sei für ihn lebensnotwendig, und wenn er länger als zehn, zwölf Stunden normale Luft atmen müsse, würde er sterben. Stimmt das?«

Ich nickte, dennoch war ich auf der Hut. »Ja.«

Dave sah plötzlich bedrückt aus. »Das ist schlecht«, murmelte er. »Sehr schlecht sogar.«

»Wieso?«

»Das hier ist ein Gefängnis, Darren. Du und deine Freunde, ihr steht unter Mordverdacht. Hier gibt es Regeln ... Vorschriften ... an die wir uns halten müssen. Unter anderem müssen wir Leuten, die des Mordes verdächtigt werden, bei der Einlieferung sämtliche Gegenstände wie Gürtel, Krawatten und Masken abnehmen.«

Ich fuhr hoch. »Sie haben Harkat die Maske weggenommen?«, rief ich entsetzt.

»So ist es nun mal Vorschrift«, erwiderte Dave.

»Ohne sie stirbt er!«

Dave ließ nachlässig die Schultern kreisen. »Das sagst *du*. Das ist noch kein Grund. Aber wenn du uns erzählst, was mit ihm los ist und wieso er keine normale Luft verträgt ... und wenn du uns dann noch etwas über deine Freunde Crepsley und March verrätst ... könnte ich da vielleicht was machen.«

Ich blickte den Beamten hasserfüllt an. »Das heißt, entweder verpfeife ich meine Freunde, oder Sie lassen Harkat verrecken, stimmt's?«
»Das ist ziemlich drastisch ausgedrückt«, protestierte Dave freundlich. »Wir haben nicht vor, einen von euch ›verrecken‹ zu lassen. Wenn es deinem komischen kleinen Freund tatsächlich schlecht gehen sollte, bringen wir ihn sofort auf die Krankenstation, so wie den Mann, den ihr als Geisel genommen habt. Nur ...«
»Ist Steve etwa hier?«, unterbrach ich ihn. »Haben Sie Steve Leopard auf die Krankenstation gebracht?«
»Steve *Leonard*«, verbesserte er mich. Er konnte Steves Spitznamen ja nicht kennen. »Er soll sich bei uns erholen. Hier können wir ihn besser vor den Medien abschirmen.«
Das war eine großartige Neuigkeit. Ich hatte angenommen, Steve sei uns ein für alle Mal durch die Lappen gegangen. Wenn es uns gelang, auf unserer Flucht zu ihm vorzudringen und ihn mitzunehmen, konnten wir ihn benutzen, um Debbies Freilassung zu erzwingen.
Ich reckte die gefesselten Hände über den Kopf und gähnte. »Wie spät?«, fragte ich beiläufig.
»Tut mir Leid.« Dave grinste. »Streng geheim.«
Ich ließ die Arme wieder sinken. »Sie haben mich doch vorhin gefragt, ob Sie etwas für mich tun können.«
»Hm-hm«, machte Dave gespannt.
»Dürfte ich vielleicht ein paar Minuten rumlaufen? Ich habe Wadenkrämpfe.«
Dave sah enttäuscht aus.
Er hatte eine anspruchsvollere Bitte erwartet. »Du darfst den Raum nicht verlassen«, sagte er.
»Will ich auch gar nicht. Ich will bloß ein bisschen auf und ab gehen.«
Dave warf Con und Morgan einen fragenden Blick zu.

»Lass ihn doch«, meinte Con. »Hauptsache, er bleibt auf seiner Seite vom Tisch.«
Morgan sagte nichts, nickte nur.
Ich schob den Stuhl zurück, stand auf, trat ein Stück vom Tisch weg, schüttelte die Kette zwischen meinen Fußschellen aus und ging dann von einer Wand zur anderen, streckte die Beine, entspannte meine Muskeln und schmiedete einen Fluchtplan.
Nach einer Weile blieb ich vor einer Wand stehen und lehnte mich mit der Stirn dagegen. Ich versetzte der Wand mit dem linken Fuß sachte Tritte, als sei ich nervös und durch das lange Eingesperrtsein ein bisschen durchgedreht. In Wirklichkeit wollte ich feststellen, wie dick die Wand war und ob ich sie zertrümmern konnte.
Das Ergebnis der Prüfung war unbefriedigend. Danach zu urteilen, wie sich die Wand anfühlte und was meine Tritte für ein dumpfes Geräusch hervorriefen, bestand sie aus massivem Beton und war ordentlich dick. Möglicherweise wäre es mir gelungen, sie zu durchbrechen, aber das hätte viel Arbeit gemacht und, was noch entscheidender war, ziemlich lange gedauert. Der Posten an der Tür hätte reichlich Gelegenheit gehabt, die Waffe zu heben und abzudrücken.
Ich trat zurück und ging erneut auf Wanderschaft. Diesmal nahm ich die Tür und die vordere Wand des Raumes in Augenschein. Die Eisentür wirkte recht solide, doch vielleicht war die Mauer um sie herum nicht so dick wie die anderen Wände und ließ sich schneller zertrümmern. Sollte ich bis zum Abend warten, hoffen, dass die Beamten dann endlich abzogen, ein Loch hineinschlagen und …?
Nein. Selbst wenn die Beamten irgendwann genug hatten, gab es immer noch die Videokameras über der Tür. Man würde mich von draußen rund um die Uhr überwachen. Sobald ich der Wand den ersten Faustschlag versetzte, würde der Alarm losschrillen, und der Korridor wäre im Nu voller Polizisten.

Also die Decke. Von dort aus, wo ich stand, konnte ich nicht beurteilen, ob sie zusätzlich verstärkt war. Aber es war der einzige Fluchtweg, der infrage kam. Wenn die Beamten weg waren, konnte ich die Kameras abreißen, ein Loch in die Decke schlagen, mich an den Tragbalken hochziehen und mit etwas Glück meine Verfolger abschütteln. Allerdings hätte ich dann keine Zeit, nach Mr. Crepsleys und Harkats Verbleib zu forschen. Ich konnte nur hoffen, dass ihnen die Flucht aus eigener Kraft gelang.
Es war kein besonders toller Plan. Zum Beispiel hatte ich keine Ahnung, wie ich die Beamten dazu bringen sollte, das Verhör abzubrechen. Ich nahm nicht an, dass sie sich irgendwann zurückziehen würden, damit ich ein Schönheitsschläfchen halten konnte. Trotzdem war es besser als nichts. Alles Weitere würde sich ergeben.
Hoffentlich!
Ich schlurfte noch ein paar Minuten auf und ab, dann befahl mir Dave, mich wieder hinzusetzen, und wir nahmen unser Spielchen noch einmal auf. Diesmal folgten die Fragen schneller aufeinander, auch der Ton wurde schärfer. Ich hatte das Gefühl, dass die drei allmählich die Geduld verloren. Bald würden sie drastischere Mittel anwenden.

Die Stimmung wurde immer gespannter. Niemand bot mir mehr etwas zu trinken oder zu essen an, und Daves Lächeln war nur noch eine leise Andeutung. Der hochgewachsene Beamte hatte den obersten Hemdknopf geöffnet und schwitzte ungeniert, während er eine Frage nach der anderen auf mich abfeuerte.
Wie ich hieß und wo ich herkam, interessierte ihn nicht mehr. Jetzt ging es darum, wie viele Leute ich umgebracht hatte, wo die Leichen waren und ob ich nur ein Handlanger oder aktiv an den Morden beteiligt gewesen war.

»Ich habe niemanden umgebracht«, wiederholte ich stur. »Ich bin auf Ihrer Seite. Sie haben den Falschen verhaftet.«
Con war nicht so zurückhaltend wie Dave. Er fing an, mit den Fäusten auf den Tisch zu hämmern, und beugte sich jedes Mal drohend vor, wenn er das Wort an mich richtete. Er sah ganz so aus, als könnte er jeden Augenblick explodieren und auf mich losgehen, und ich machte mich schon auf die unvermeidlichen Schläge gefasst.
Nur Morgan war sich gleich geblieben. Schweigend und reglos saß er da, beobachtete mich ungerührt und blinzelte alle vier Sekunden.
»Seid ihr noch mehr?«, knurrte Dave. »Seid ihr nur zu viert, oder hat eure Mörderbande noch mehr Mitglieder, von denen wir nichts wissen?«
»Wir sind keine Mörderbande«, ächzte ich und rieb mir die Augen, um wach zu bleiben.
»Habt ihr eure Opfer erst getötet und dann ausgesaugt oder umgekehrt?«, hakte Dave nach.
Ich schüttelte den Kopf und antwortete nicht.
»Haltet ihr euch tatsächlich für Vampire, oder ist das nur ein Vorwand oder eine Macke von euch?«
»Lassen Sie mich in Ruhe«, flüsterte ich und sah zu Boden. »Sie verstehen das ganz falsch. Wir sind nicht gegen Sie.«
»Wie viele Leute habt ihr auf dem Gewissen?«, schrie mich Dave an. »Wo sind …«
Er stockte. Auf dem Gang vor der Tür hatte es während seiner letzten Fragen rumort, und jetzt hörte man Polizeibeamte und anderes Personal aufgeregt durcheinander rufen.
»Was zum Teufel ist da draußen los?«, fauchte Dave.
»Soll ich mal nachsehen?«, fragte William McKay, der bewaffnete Posten.
»Nein«, lehnte Con ab. »Ich sehe selbst nach. Du passt auf den Jungen auf.«

Con ging zur Tür, hämmerte dagegen und rief, man möge ihm aufmachen. Als sich nichts tat, wiederholte er die Aufforderung mit erhobener Stimme, und diesmal wurde die Tür geöffnet. Der Beamte trat auf den Gang, hielt eine Frau an, die gerade vorbeirannte, und stellte ihr rasch ein paar Fragen.
Er musste sich zu ihr hinunterbeugen, um zu hören, was sie sagte. Als er alles verstanden hatte, ließ er sie los und lief mit aufgerissenen Augen in den Vernehmungsraum zurück. »Einer ist ausgebrochen!«, rief er.
Dave sprang auf. »Wer? Crepsley? Oder Mulds?«
»Weder noch«, keuchte Con. »Die Geisel – Steve Leonard!«
»*Leonard?*«, wiederholte Dave zweifelnd. »Aber der ist doch gar kein Gefangener. Warum sollte er aus …«
»Keine Ahnung! Offenbar ist er vor ein paar Minuten wieder zu sich gekommen, hat die Lage gecheckt und einen Posten und zwei Krankenschwestern ermordet.«
Dave wurde weiß im Gesicht, und William McKay hätte beinahe sein Gewehr fallen lassen.
»Einen Posten und zwei …«, murmelte Dave.
»Das ist noch nicht alles«, fuhr Con fort. »Auf dem Weg nach draußen hat er noch drei weitere Leute getötet oder verwundet. Vermutlich befindet er sich noch im Gebäude.«
Daves Miene wurde finster. Er ging zur Tür, dann fiel ich ihm wieder ein. Er blieb stehen und drehte sich nach mir um.
»Ich bin kein Mörder«, sagte ich ruhig und blickte ihm fest in die Augen. »Ich bin nicht der, den Sie suchen. Ich bin auf Ihrer Seite.«
Diesmal sah er aus, als ob er mir fast glaubte.
»Was soll ich jetzt machen?«, fragte William McKay, als die beiden Beamten den Raum verließen. »Soll ich hier bleiben oder mitkommen?«
»Komm mit«, sagte Con barsch.
»Und der Junge?«

»Um den kümmere ich mich«, sagte Morgan leise. Er hatte den Blick nicht von meinem Gesicht abgewendet, nicht einmal, als Con seinen Kollegen von Steves Flucht berichtet hatte. Der Wachposten lief den beiden anderen nach und warf die Tür hinter sich ins Schloss.
Ich war endlich allein – mit Morgan.
Der Polizeibeamte mit den kleinen, lauernden Augen saß da und starrte mich an. Vier Sekunden – Lidschlag. Acht Sekunden – Lidschlag. Zwölf Sekunden – Lidschlag.
Er beugte sich vor, stellte das Tonbandgerät ab, stand auf und reckte sich.
»Ich dachte schon, wir werden die beiden nie los«, sagte er. Dann schlenderte er zur Tür, spähte durch das kleine Fenster, das oben in das Metall eingelassen war, und sprach mit gedämpfter Stimme, das Gesicht von den Kameras über seinem Kopf abgewandt. »Du musst durch die Decke fliehen, aber darauf bist du auch schon alleine gekommen, stimmt's?«
»Wie bitte?«, fragte ich verdutzt.
Er lächelte. »Ich habe beobachtet, wie du dich umgesehen hast, als du dir ›die Beine vertreten‹ hast. Die Wände sind zu dick. Das dauert zu lange.«
Ich sagte nichts, blickte den Beamten nur scharf an. Worauf wollte er hinaus?
»Ich werde gleich auf dich losgehen«, kündigte er an. »Für die Kameras spiele ich ein bisschen Theater. Ich tue so, als hätte ich die Geduld verloren, und springe dir an die Gurgel. Du verpasst mir ein paar Boxhiebe auf den Kopf, und ich gehe zu Boden. Alles Übrige hängt von dir ab. Ich habe keinen Schlüssel für deine Handschellen. Du musst selber zusehen, wie du sie loswirst. Wenn du es nicht schaffst, hast du Pech gehabt. Ich kann dir auch nicht versprechen, dass du viel Zeit hast, aber bei der ganzen Aufregung da draußen brauchst du dich wohl nicht besonders zu beeilen.«

»Warum tun Sie das?«, fragte ich, verblüfft über diese unerwartete Wendung.
»Das wirst du schon noch sehen«, erwiderte Morgan, drehte sich zu mir um und näherte sich mir auf eine Art und Weise, die durch die Kamera bedrohlich und gewaltbereit aussehen musste. »Wenn ich am Boden liege, bin ich hilflos«, sagte er und wedelte wild mit den Armen. »Solltest du dann beschließen, mich umzubringen, kann ich dich nicht daran hindern. Doch nach allem, was ich über dich gehört habe, gehörst du nicht zu denen, die einen Wehrlosen töten.«
»Warum sollte ich Sie töten wollen, wenn Sie mir bei der Flucht helfen?«, fragte ich.
Morgan grinste niederträchtig. »Das wirst du schon noch sehen«, sagte er wieder, dann stürzte er sich über den Tisch hinweg auf mich.
Ich war so verblüfft über das Ganze, dass ich mich nicht wehrte, als er mir die Hände um den Hals legte. Ich blickte ihn bloß verwirrt an. Plötzlich drückte er zu, und mein Selbsterhaltungstrieb erwachte. Ich warf den Kopf in den Nacken, riss die gefesselten Hände hoch und stieß Morgan weg. Er schlug nach mir und ging erneut auf mich los. Ich erhob mich taumelnd von meinem Stuhl, drückte seinen Kopf nach unten, klemmte ihn zwischen die Knie, hob die Arme, verschränkte die Hände und ließ sie krachend auf seinen Hinterkopf niedersausen.
Morgan glitt ächzend vom Tisch, fiel wie ein Stein zu Boden und blieb reglos liegen. Ich fürchtete, ihn ernsthaft verletzt zu haben, hastete um den Tisch herum, bückte mich und fühlte ihm den Puls. Als ich mich über ihn beugte, kam mein Gesicht seinem Schädel so nahe, dass ich durch sein dünnes Haar die Kopfhaut sehen konnte. Was ich erblickte, jagte mir einen eisigen Schrecken ein. Auf seinen Kopf war ein großes, unbeholfenes ›V‹ tätowiert, das Erkennungszeichen der Vampets!

»Sie-Sie-Sie-sind ...«, stammelte ich.
»Ja«, sagte Morgan leise. Er hatte im Fallen den linken Arm über das Gesicht geworfen und verbarg auf diese Weise Mund und Augen vor der Kameralinse. »Und stolz darauf, den rechtmäßigen Herren der Nacht zu dienen.«
Völlig verstört wich ich schwankend von dem Polizisten-Vampet zurück. Bis dahin hatte ich angenommen, Vampets träten nur im Gefolge ihrer Herren auf. Ich wäre nie auf die Idee gekommen, dass sich einige von ihnen als gewöhnliche Menschen tarnen könnten.
Morgan öffnete ein Auge und schielte zu mir hoch, ohne sich zu rühren. »Beeil dich lieber«, zischte er, »bevor die Kavallerie kommt.«
Bei diesen Worten fiel mir wieder ein, wo ich war und was auf dem Spiel stand. Ich rappelte mich hoch und versuchte, mich von dem Schrecken zu erholen, unter den Polizeibeamten einen Vampet vorzufinden. Am liebsten wäre ich sofort auf den Tisch gesprungen und durch die Decke entwischt, aber zuerst musste ich mich mit den Kameras befassen. Ich bückte mich nach dem Tonbandgerät, durchquerte rasch den Raum und benutzte den Boden des Gerätes, um die Videokameras zu zertrümmern und unbrauchbar zu machen.
»Nicht schlecht«, raunte Morgan, als ich zurückkam. »Ganz schön schlau. Und jetzt flieg los, kleine Fledermaus. Flieg, als wär der Teufel hinter dir her!«
Ich blieb über dem Vampet stehen, blickte auf ihn hinunter, winkelte den rechten Fuß ab, so weit es die Kette zuließ, und trat ihm mit voller Wucht gegen die Schläfe. Er stöhnte, rollte herum und lag still. Ich wusste nicht, ob er tatsächlich bewusstlos war oder ob das zu seiner Darbietung gehörte, doch ich hatte nicht die Zeit, es herauszufinden.
Ich sprang auf den Tisch, legte die Hände aneinander, nahm meine gesamte Vampirkraft zusammen und riss mit einem

kräftigen Ruck die Handgelenke auseinander. Ich jaulte laut auf vor Schmerz, denn ich renkte mir fast die Ellenbogen aus, aber ich hatte Erfolg: Die Kette, die meine Handschellen verband, riss mitten durch, und meine Hände waren wieder frei.
Daraufhin stellte ich mich auf beide Enden der Kette zwischen meinen Knöcheln, packte sie in der Mitte und zog kräftig nach oben. Etwas *zu* kräftig, denn ich plumpste rückwärts vom Tisch und landete wie ein Mehlsack auf dem Fußboden!
Ächzend wälzte ich mich herum, stand auf, stellte mich wieder auf die Kette, stützte mich mit dem Rücken an der Wand ab und ruckte abermals. Diesmal klappte es, und die Kette zerriss. Ich wickelte mir die beiden losen Enden um die Fußgelenke, damit ich nirgendwo hängen blieb, ebenso verfuhr ich mit den Kettenenden, die von meinen Handschellen herabbaumelten.
Nun war ich so weit. Wieder kletterte ich auf den Tisch, duckte mich, holte tief Luft und sprang, die steif ausgestreckten Finger nach oben gerichtet.
Zum Glück bestand die Decke aus dünnen Rigipsplatten, und ich stieß auf keinen nennenswerten Widerstand. Noch im Sprung breitete ich die Arme aus, so dass ich mit den Unterarmen gegen die Deckenbalken stieß, und bevor mich die Schwerkraft wieder in die Tiefe ziehen konnte, krallte ich mich mit gespreizten Fingern an den Holzbalken fest.
Ich blieb einen Augenblick hängen, bis ich ausgependelt hatte, dann zog ich Rumpf und Beine nach, hinaus aus der Gefängniszelle und in das Dunkel, das Freiheit verhieß.

7 Zwischen den Balken, auf denen ich lag, und denen über mir war ungefähr ein halber Meter Abstand. Das war ziemlich eng und unbequem, doch ich hatte mit noch weniger Platz gerechnet. Allerdings nicht mit der dicken Staub- und Schmutzschicht ...

Ich legte mich flach auf den Bauch und horchte, ob unter mir irgendwelche Geräusche darauf hindeuteten, dass man nach mir suchte. Aber ich hörte nur, wie auf dem Gang Leute zusammenstießen und einander Befehle zubrüllten. Entweder hatten die Beamten meine Flucht noch nicht bemerkt, oder die verängstigten Leute versperrten ihnen den Weg.

Wie auch immer, ich hatte Zeit gewonnen, Zeit, die ich nicht einkalkuliert hatte und die ich gut gebrauchen konnte. Eigentlich hatte ich vorgehabt, mich so schnell wie möglich aus dem Staub zu machen und Mr. Crepsley und Harkat ihrem Schicksal zu überlassen, doch jetzt hatte ich Gelegenheit, sie zu suchen.

Nur wo? Hier oben war es ziemlich hell. Durch die Fugen zwischen den Rigipsplatten drang Licht aus den darunter liegenden Räumen und Korridoren, und ich konnte in jede Richtung zehn, zwölf Meter weit sehen. Es war ein großes Gebäude, und wenn man meine Freunde in einem anderen Stockwerk gefangen hielt, konnte ich es gleich bleiben lassen. Falls sie aber in der Nähe waren und ich mich beeilte ...

Ich robbte auf den Balken bis über den angrenzenden Raum und spitzte die Ohren. Mein Vampirgehör nahm jedes Geräusch wahr, das lauter war als ein Herzschlag. Ich wartete einen Augenblick, hörte jedoch nichts und kroch weiter.

Die nächsten beiden Räume waren leer. Im dritten hörte ich, wie sich jemand kratzte. Ich erwog, Mr. Crepsley und Harkat beim Namen zu rufen, aber falls sich Polizeibeamte im Raum befanden, würden sie Alarm schlagen. Es gab nur eine Möglichkeit. Also holte ich Luft, hielt mich mit Händen und Füßen

zu beiden Seiten an den Balken fest und stieß den Kopf durch die dünnen Deckenplatten.
Als Mund und Augen wieder frei von Staub waren, betrachtete ich den Schauplatz unter mir. Wäre einer meiner Freunde in der Zelle gewesen, hätte ich mich einfach fallen lassen, doch der einzige Insasse war ein bärtiger alter Mann, der mit offenem Mund zu mir hochblinzelte.
»'tschuldigung«, sagte ich mit gezwungenem Lächeln. »Hab mich im Zimmer geirrt.«
Ich zog den Kopf zurück, robbte weiter und überließ den Gefangenen seiner Verblüffung.
Noch drei leere Zellen. Dann wieder eine bewohnte, allerdings von zwei Männern, die sich lautstark darüber unterhielten, wie sie in einen Tante-Emma-Laden eingebrochen waren.
Ich hielt mich nicht mit ihnen auf, denn es war ziemlich unwahrscheinlich, dass die Polizei einen mutmaßlichen Mörder mit zwei Dieben zusammensperrte.
Dann wieder eine leere Zelle. Auch die folgende hielt ich für unbesetzt und wäre schon fast weitergekrochen, als leises Stoffgeraschel an mein Ohr drang.
Ich machte Halt und lauschte angestrengt, doch mehr war nicht zu hören. Rasch robbte ich ein Stück rückwärts. Überall lagen Fetzen von Isoliermaterial wie Schneeflocken herum, von denen es mich am ganzen Körper juckte.
Ich holte wieder Schwung und stieß den Schädel durch die Decke.
Ein aufgeschreckter Harkat Mulds sprang von seinem Stuhl und hob abwehrend die Arme, als mein Kopf inmitten einer Staubwolke auftauchte. Dann erkannte mich der Kleine Kerl, zog seine Maske herunter (offenbar hatte Dave gelogen, als er behauptete, man habe sie ihm abgenommen) und rief mit unverhohlener Freude: »*Darren!*«
»Wie geht's, Kumpel?«, erwiderte ich grinsend, erweiterte die

Öffnung mit den Händen und schüttelte Gipsstaub aus meinen Haaren und Augenbrauen.
»Was machst du ... da oben?«, erkundigte sich Harkat.
Bei dieser dämlichen Frage ächzte ich entnervt. »Kleine Besichtigungstour!«, sagte ich kurz angebunden und streckte die Hand aus. »Komm schon! Wir haben nicht viel Zeit, und wir müssen noch Mr. Crepsley finden.«
Bestimmt brannten Harkat tausend Fragen auf der Zunge (mir übrigens auch, zum Beispiel, warum er ganz allein war und warum er keine Handschellen trug), aber er erfasste den Ernst der Lage, ergriff wortlos die dargebotene Hand und ließ sich von mir hochziehen.
Ihm fiel es schwerer als mir, sich zwischen den Deckenbalken hindurchzuzwängen, denn er war viel kräftiger gebaut, doch schließlich lag er neben mir auf dem Bauch, und wir robbten Schulter an Schulter weiter, ohne uns über unsere missliche Lage auszutauschen.
Die folgenden acht oder neun Zellen waren entweder leer oder mit Menschen besetzt. Allmählich machte es mir Sorgen, wie viel Zeit schon vergangen war. Ganz abgesehen davon, was mit Steve Leopard passierte, würde man meine Flucht früher oder später bemerken und sofort eine groß angelegte Fahndungsaktion auslösen. Schon überlegte ich, ob wir die Suche nach dem Vampir aufgeben und unseren Vorsprung nutzen sollten, da hörte ich in der Zelle unter uns jemanden reden.
»Ich bin bereit, eine Aussage zu machen«, sagte der Sprecher, den ich schon beim zweiten Wort identifiziert hatte. Es war Mr. Crepsley!
Ich bedeutete Harkat mit erhobener Hand anzuhalten, doch er hatte es ebenfalls gehört und war stehen geblieben (besser gesagt *liegen* geblieben).
»Wurde aber auch Zeit«, erwiderte ein Beamter. »Ich sehe mal eben nach, ob das Tonbandgerät an ist ...«

»Ihre Höllenmaschine können Sie vergessen«, entgegnete der Vampir hochnäsig. »Ich verschwende meine Worte weder an seelenlose Apparaturen noch an Schwachköpfe. Damit meine ich sowohl Sie als auch Ihren Kollegen links neben mir. Und was diese bewaffnete Witzfigur an der Tür betrifft ...«
Ich unterdrückte ein Kichern. Der alte Fuchs! Er musste uns gehört haben und informierte uns nun in allen Einzelheiten, wie es in seiner Zelle aussah, wie viele Beamte bei ihm waren und wo sie sich befanden.
»Passen Sie auf, was Sie sagen!«, schnaubte der Polizist. »Sonst könnte ich mir überlegen ... «
»Sie überlegen sich gar nichts«, schnitt ihm Mr. Crepsley das Wort ab. »Sie haben nämlich keinen Verstand. Ihr Kollege Matt dagegen, der vorhin hier war, das ist ein kluger Mann. Wenn Sie den herholen, lege ich ein Geständnis ab. Andernfalls sage ich kein Sterbenswörtchen.«
Der Beamte fluchte, erhob sich schwerfällig und ging zur Tür. »Behaltet ihn im Auge«, befahl er seinen beiden Kollegen. »Bei der ersten verdächtigen Bewegung schlagt ihr ihn zusammen! Denkt immer daran, wer und was er ist. Geht kein Risiko ein.«
»Sieh doch bei der Gelegenheit mal nach, was da draußen los ist«, sagte einer der beiden anderen Beamten. »Bei dem Gerenne auf dem Gang muss irgendwas passiert sein.«
»Wird gemacht«, versprach der erste, verlangte, dass man ihm öffnete, und verließ den Raum.
Ich dirigierte Harkat stumm nach links, wo der Wachposten neben der Tür stehen musste. Der Kleine Kerl robbte lautlos hin und machte direkt über dem Posten Halt. Ich lauschte auf das schwere Atmen des Beamten neben Mr. Crepsley, ortete ihn, schob mich ein Stück nach hinten und hielt die linke Hand hoch, wobei ich Daumen, Zeige- und Mittelfinger abspreizte. Ich zählte bis zwei und knickte den Mittelfinger ein. Dann den

Zeigefinger. Schließlich nickte ich Harkat kurz zu und winkelte den Daumen ab.

Auf dieses Zeichen hin ließ der Kleine Kerl die Balken los und plumpste durch die Gipsplatten, die krachend zersplitterten. Ich stürzte fast gleichzeitig mit den Füßen voran herab und heulte dabei wie ein Wolf, um den Überraschungseffekt noch zu verstärken.

Die beiden Polizisten waren von unserem plötzlichen Auftauchen völlig überrumpelt. Der Posten neben der Tür wollte das Gewehr hochreißen, doch Harkat landete im Fallen auf seinen Armen und schlug ihm die Waffe aus der Hand. Der andere Beamte gaffte mich nur ungläubig an und unternahm nicht den geringsten Versuch, sich zu verteidigen.

Harkat kam wieder auf die Beine und deckte den Posten mit Boxhieben ein, und ich holte gerade aus, um meinem Gegner einen Schwinger auf die Nase zu verpassen, da hielt mich Mr. Crepsley zurück. »Würde es dir etwas ausmachen, ihn mir zu überlassen?«, fragte er höflich, stand auf und tippte dem Beamten von hinten auf die Schulter.

Wie hypnotisiert drehte sich der Mann um. Mr. Crepsley öffnete den Mund und blies ihn mit dem speziellen K.-o.-Gas an, über das alle Vollvampire verfügen. Ein Hauch genügte, und der Polizist verdrehte die Augen. Als er umkippte, fing ich ihn auf und ließ ihn behutsam zu Boden gleiten.

»Ich hatte euch nicht so bald erwartet«, sagte Mr. Crepsley im Plauderton und stocherte mit den Fingernägeln der rechten Hand im Schloss seiner linken Handschelle herum.

»Wir wollten Sie nicht warten lassen«, erwiderte ich knapp. Ich hatte es eilig, aus der Zelle zu verschwinden, wollte aber keinen weniger gelassenen Eindruck machen als mein alter Freund und Mentor, der vollkommen unbeschwert wirkte.

»Meinetwegen hättet ihr euch nicht zu beeilen brauchen«, gab Mr. Crepsley zurück, als seine Handschellen mit einem Klicken

aufsprangen. Er bückte sich zu den Ketten um seine Fußgelenke. »Ich war hier wunschlos glücklich. Das sind altmodische Handschellen. Aus solchen habe ich mich schon befreit, da waren diese Beamten noch nicht mal auf der Welt. Es war keine Frage, *ob* ich hier rauskomme, sondern höchstens, *wann*.«
»Manchmal ist er wirklich ein ... widerlicher Klugscheißer«, bemerkte Harkat trocken.
Er hatte den Wachposten inzwischen bewusstlos geschlagen und war zum Tisch gegangen, um sich durch das Loch in der Decke wieder in Sicherheit zu bringen.
»Wir können Sie gern dalassen und später holen«, schlug ich dem Vampir vor, der jetzt aus den Fußfesseln stieg.
»Ach was. Wo ihr schon mal hier seid, kann ich euch auch begleiten«. Er zuckte zusammen, als er den ersten Schritt machte. »Obwohl mir ehrlich gesagt ein paar Stunden Wartezeit gar nicht so unlieb gewesen wären. Mein Knöchel ist schon wieder ganz in Ordnung, aber hundertprozentig belastbar ist er nicht. Noch etwas Ruhe wäre ihm durchaus zuträglich gewesen.«
»Können Sie denn laufen?«
Er nickte. »Beim Wettrennen würde ich nicht gewinnen, doch ein Klotz am Bein bin ich für euch auch nicht. Die Sonne macht mir da schon mehr Sorgen. Ich muss sie noch über zweieinhalb Stunden ertragen.«
»Darum kümmern wir uns später«, sagte ich schroff. »Kommen Sie nun mit, oder wollen Sie hier rumstehen und dummes Zeug reden, bis die Beamten zurückkommen?«
»Nervös?«, fragte der Vampir mit spöttischem Glitzern in den Augen.
»Ja.«
»Dazu besteht kein Grund«, meinte er. »Das Schlimmste, was die Menschen uns antun können, ist, uns zu töten.« Er kletterte auf den Tisch und hielt inne. »Heute Abend werden wir uns das vielleicht noch sehnlichst wünschen.«

Nach dieser trübsinnigen Betrachtung folgte er Harkat in das dämmrige Reich der Zwischendecke.
Ich wartete, bis er die Füße nachgezogen hatte, und sprang hinterher. Wir verteilten uns so, dass wir uns nicht gegenseitig behinderten. Dann fragte Mr. Crepsley, welche Richtung wir einschlagen sollten.
»Nach rechts«, gab ich zurück. »Da geht's zur Rückseite des Gebäudes, glaube ich jedenfalls.«
»Nun denn«, sagte Mr. Crepsley und schlängelte sich als Erster in die angegebene Richtung. »Kriecht langsam«, zischelte er über die Schulter, »und passt auf, dass ihr euch keinen Splitter einreißt.«
Harkat und ich blickten einander an und rollten mit den Augen. Der Ausdruck ›kalt wie eine Hundeschnauze‹ hätte eigens für Mr. Crepsley erfunden sein können. Dann beeilten wir uns, den Vampir einzuholen, bevor er uns abhängte.

8 Wir traten eine Wand an der Rückseite des Gebäudes ein und stellten fest, dass wir uns im zweiten Stock über einer menschenleeren, schmalen Straße befanden.
»Können Sie springen?«, erkundigte ich mich bei Mr. Crepsley.
»Nein«, erwiderte er, »aber klettern.«
Der Vampir schwang sich durch die Öffnung und bohrte die Fingernägel in die Hauswand, Harkat und ich ließen uns einfach auf die Straße fallen und sahen uns in geduckter Haltung um, ob die Luft rein war. Sobald Mr. Crepsley neben uns stand, hasteten wir ans Ende der Straße und blieben dort stehen, um die Lage zu sondieren.
Mr. Crepsley blickte zum Himmel. Es war ein trüber Herbstnachmittag und nicht besonders sonnig, doch für den Vampir

konnte es schon tödlich sein, sich dem Tageslicht zwei Stunden auszusetzen. Er hätte sich seinen Umhang über den Kopf ziehen können, doch den hatte er in unserem ehemaligen Hauptquartier abgenommen und dort liegen lassen.
»Und jetzt?«, fragte Harkat und sah sich um.
»Jetzt suchen wir den nächsten Gully und verziehen uns in die Kanalisation«, gab ich zurück. »Dort können sie unsere Spur nicht verfolgen, und Mr. Crepsley braucht keine Angst mehr wegen der Sonne zu haben.«
»Ein vortrefflicher Plan«, sagte der Vampir, rieb sich den verletzten Knöchel und hielt nach einem Gullydeckel Ausschau. In unmittelbarer Nähe war keiner zu sehen, deshalb eilten wir weiter. Harkat und ich stützten den Vampir, und wir hielten uns immer dicht an den Häuserwänden.
Die Straße teilte sich. Nach links ging es auf eine belebte Hauptstraße, nach rechts in eine weitere dämmrige Gasse. Ohne nachzudenken, wandte ich mich nach rechts, als mich Harkat am Arm packte.
»Warte mal«, zischte er. »Dort hinten können wir runter.«
Ich drehte mich um und sah eine Katze in einem Haufen Abfall stöbern, der aus einer umgekippten Mülltonne quoll und einen runden Gullydeckel halb verdeckte. Wir hielten darauf zu, verscheuchten die Katze, die uns wütend anfauchte, bevor sie sich verzog (Katzen mögen Vampire nicht besonders), und schoben den Müll mit dem Fuß beiseite. Anschließend hoben Harkat und ich den Deckel ab.
»Ich zuerst«, sagte ich und machte mich daran, die Leiter in die willkommene Dunkelheit hinabzusteigen. »Dann Sie, Mr. Crepsley. Harkat, du zum Schluss.«
Niemand widersprach.
Es war selbstverständlich, dass ich als Vampirfürst das Kommando übernahm. Mr. Crepsley hätte zwar Einspruch erhoben, wenn er mit meiner Entscheidung nicht einverstanden

gewesen wäre, aber meistens fügte er sich meinen Anordnungen bereitwillig.

Ich kletterte die Leiter hinunter. Die Sprossen waren so eiskalt, dass meine Finger bei der Berührung brannten. Auf der untersten Sprosse streckte ich tastend den linken Fuß aus ...

... und zog ihn blitzschnell wieder zurück, als ein Schuss krachte und eine Kugel ein großes Stück Beton aus der Wand neben meinem Schienbein riss!

Mit klopfendem Herzen klammerte ich mich an die Leiter, in meinen Ohren dröhnte noch das Echo des Schusses. Wie war die Polizei so schnell hier heruntergekommen, und woher hatten die Beamten gewusst, welchen Einstieg wir benutzen würden?

Da ertönte aus dem Dunkel ein Kichern, und jemand sagte: »Seid gegrüßt, Vampire. Wir haben euch schon erwartet.«

Ich blinzelte. Das war kein Polizist. Das war ein Vampet! Trotz der Gefahr kauerte ich mich auf die Leiter und spähte in den Tunnel. Im Dämmerlicht stand ein großer Mann, doch er war zu weit weg, als dass ich ihn erkennen konnte.

»Wer bist du?«, fragte ich barsch.

»Ein Gefolgsmann des Vampyrlords«, antwortete er.

»Und was machst du hier?«

»Euch den Weg versperren«, gab er belustigt zurück.

»Woher habt ihr gewusst, dass wir kommen?«

»Wussten wir gar nicht. Wir haben uns einfach gedacht, dass ihr aus dem Gefängnis ausbrechen und euch in die Kanalisation zurückziehen würdet. Aber unser Lord wünscht eure Anwesenheit hier unten noch nicht, denn der Tag ist noch lang und die Vorstellung, wie du und dein Vampirfreund draußen um euer Leben kämpft, erheitert ihn. Deshalb haben wir alle Eingänge zur Unterwelt blockiert. Sobald es dunkel wird, geben wir den Weg frei, bis dahin ist euch allerdings der Zutritt verwehrt.«

Wieder gab er einen Schuss auf mich ab. Auch diesmal war es nur ein Warnschuss, aber ich wollte es lieber nicht darauf ankommen lassen. Ich kletterte die Leiter hinauf und sprang aus dem Gully, als hätte ich Feuer unter dem Hintern. Mit einem derben Fluch kickte ich eine große, leere Konservenbüchse über den Gehsteig.
»Polizei?«, fragte Mr. Crepsley verdrossen.
»Nein, Vampets. Bis heute Abend versperren sie alle Zugänge zur Kanalisation. Sie quälen uns absichtlich.«
»Aber sie können doch nicht ... alle Gullys überwachen, oder?«, meinte Harkat.
»O doch«, erwiderte Mr. Crepsley. »So dicht unter der Straße sind alle Gänge miteinander verbunden. Ein Mann am rechten Ort kann sechs oder sieben Einstiege kontrollieren. Wenn wir genug Zeit hätten, könnten wir vielleicht eine Möglichkeit finden, die Wachen zu umgehen. Nur haben wir leider keine Zeit. Damit entfällt die Kanalisation.«
»Und jetzt?«, fragte ich.
»Wir laufen weiter«, sagte der Vampir schlicht. »Besser gesagt, wir humpeln. Wir gehen der Polizei möglichst aus dem Weg, suchen uns ein Plätzchen, wo wir uns verkriechen können, und warten den Einbruch der Dunkelheit ab.«
»Das wird schwierig«, bemerkte ich.
Mr. Crepsley zuckte die Achseln. »Hättest du mit dem Ausbrechen bis zum Sonnenuntergang gewartet, wäre es einfacher. Aber du hattest es ja eilig, und jetzt müssen wir das Beste daraus machen. Kommt.« Er wandte sich zum Gehen. »Wir verduften.«
Ich spuckte wütend in den Gully, dann lief ich hinter meinen Gefährten her, versuchte, die Enttäuschung über die versperrten Tunnel zu vergessen und mich stattdessen auf die weitere Flucht zu konzentrieren.

Es dauerte nicht mal drei Minuten, bis uns die Polizei auf den Fersen war.

Wir hörten, wie die Beamten aus dem Revier strömten und einander etwas zuriefen, sich in ihre Autos quetschten, auf die Hupen drückten und die Sirenen in voller Lautstärke aufheulen ließen.

Wir hatten uns zwar zügig von dem Dienstgebäude entfernt, waren allerdings noch nicht besonders weit gekommen, denn wir hatten die Hauptstraßen gemieden und uns an kleinere Gassen gehalten, welche die lästige Eigenschaft hatten, im Kreis zu führen. Wir hätten über die Dächer fliehen können, aber dabei hätte sich Mr. Crepsley der Sonne noch mehr ausgesetzt.

»Es hat keinen Zweck«, sagte der Vampir, als wir neben einem Gebäude Halt machten, das an einer belebten Einkaufsstraße stand. »So kommen wir nicht voran. Wir müssen hoch.«

»Die Sonne …«, wandte ich ein.

»Vergiss es«, fuhr er mich an. »Dann verbrenne ich eben, na und? Die Sonne wird mich schon nicht auf der Stelle umbringen, im Gegensatz zur Polizei!«

Ich nickte und ließ den Blick an der Hauswand emporwandern. Plötzlich hatte ich eine Idee. Ich musterte erst das Gewimmel auf der Straße, dann meine eigene Erscheinung. Ich sah schlampig und verdreckt aus, doch auch nicht viel schlimmer als andere Jugendliche, die gerade ihre Grunge- oder Heavy-Metal-Phase durchmachten.

»Hat jemand Geld dabei?«, fragte ich, rieb mir den ärgsten Schmutz aus dem Gesicht und strich mir das Haar mit einer Hand voll Spucke zurück.

Dann stopfte ich die losen Kettenenden an Händen und Füßen unter meine Hemdsärmel und Hosenbeine, damit sie nicht zu sehen waren.

»Sag bloß, du willst jetzt einkaufen gehen!«, stöhnte Harkat.

»Ich weiß schon, was ich tue«, erwiderte ich grinsend. »Hat nun einer von euch Geld?«

»Ich hatte ein paar Scheine in der Tasche, aber man hat sie mir abgenommen«, sagte Mr. Crepsley. »Ich bin ... wie heißt es bei den Menschen ... *ausgebrannt?*«

»*Abgebrannt*«, korrigierte ich ihn lachend. »Macht nichts. Es klappt auch ohne.«

»Warte!«, sagte Harkat, als ich losgehen wollte. »Wo willst du hin? Wir dürfen uns jetzt nicht ... trennen. Wir müssen zusammenbleiben.«

»Ich bin gleich wieder da. Und ich bin vorsichtig. Ihr wartet hier auf mich. Wenn ich in fünf Minuten nicht zurück bin, geht ihr ohne mich weiter, und wir treffen uns später in der Kanalisation.«

»Wo willst du ...«, fing nun auch Mr. Crepsley an, doch ich wollte mich nicht mit langen Erklärungen aufhalten, deshalb lief ich einfach los, bevor er ausgeredet hatte, und eilte mit flottem Schritt die Einkaufsstraße entlang auf der Suche nach einem Drogeriemarkt.

Dabei hielt ich unauffällig Ausschau nach Polizeibeamten oder Soldaten, sah aber keine. Nach wenigen Metern entdeckte ich auf der gegenüberliegenden Straßenseite einen Laden, wartete, bis die Ampel Grün wurde, überquerte die Fahrbahn und ging hinein. Hinter dem Tresen standen eine Frau mittleren Alters und ein langhaariger junger Mann. Im Laden war es mit sechs, sieben Kunden ziemlich voll – ein Vorteil für mich. Niemand würde besonders auf mich achten. Neben dem Eingang hing ein Fernseher, auf dem ein Nachrichtensender lief, allerdings war der Ton leise gestellt. Darüber war eine Kamera angebracht, die den ganzen Laden überwachte, doch das störte mich nicht. Bei den vielen Verbrechen, die man mir zur Last legte, kam es auf einen kleinen Ladendiebstahl auch nicht mehr an!

Ich schlenderte langsam durch die Gänge und suchte nach Sommerartikeln. Es war nicht die richtige Jahreszeit für Sonnenbrillen und Sonnenhüte, aber bestimmt gab es irgendwo noch ein paar Ladenhüter.

Neben der Abteilung für Säuglingspflege stieß ich schließlich auf das Gesuchte: einige Flaschen Sonnenmilch, die einsam auf einem ramponierten Regal standen.

Die Auswahl war nicht groß, doch das machte nichts. Rasch überflog ich die Etiketten und suchte den höchsten Lichtschutzfaktor, den es gab. Faktor zehn ... zwölf ... fünfzehn. Ich ergriff die Flasche mit der höchsten Zahl (eine Sonnenmilch für besonders hellhäutige Säuglinge – das würde ich Mr. Crepsley natürlich nicht erzählen!). Dann stand ich unschlüssig da.

Ich war kein gewiefter Ladendieb. Als Kind hatte ich einmal zusammen mit meinen Freunden ein paar Süßigkeiten geklaut und ein andermal mit meinem Cousin einen Karton Golfbälle stibitzt, aber es hatte mich nicht gereizt, und ich ließ es wieder bleiben. Ich wusste, dass mich mein Gesicht verraten würde, wenn ich die Flasche einfach einsteckte und versuchte, damit aus der Tür zu spazieren.

Ich dachte noch einen Augenblick nach, dann schob ich die Sonnenmilch verstohlen in meinen Hosenbund, ließ das Hemd lose darüber hängen, griff nach einer anderen Flasche und ging damit zur Kasse. »Entschuldigen Sie«, unterbrach ich die Verkäuferin, die gerade einen Kunden bediente, »haben Sie auch ›Sonnewonne-Milch‹?« Den Namen hatte ich mir ausgedacht und hoffte, dass es keine Marke gab, die tatsächlich so hieß.

»Nur, was da drüben im Regal steht«, erwiderte die Frau ärgerlich.

»Ach so.« Ich lächelte. »Danke. Dann stell ich die hier wieder zurück.«

Als ich mich abwandte, sagte der junge Mann mit den langen

Haaren plötzlich: »He du! Warte mal!« Mir brach der Schweiß aus. Ich drehte mich fragend um, bereit, sofort loszurennen.
»Du meinst nicht ›Sonnenspaß-Milch‹, oder? Davon haben wir irgendwo hinten noch einen Karton. Ich kann dir eine Flasche holen, wenn du ...«
»Nein, danke«, unterbrach ich ihn erleichtert. »›Sonnewonne‹, hat meine Mutter gesagt. Was anderes nimmt sie nicht.«
»Dann kann ich dir auch nicht weiterhelfen«, sagte der Verkäufer achselzuckend und widmete sich dem nächsten Kunden.
Ich ging wieder zum Regal, stellte die Flasche zurück und ging so unauffällig zur Tür, wie ich konnte. Im Vorbeigehen nickte ich dem jungen Mann freundlich zu, und er winkte andeutungsweise zurück.
Zufrieden mit mir selbst, war ich schon mit einem Fuß über der Schwelle, als ich auf dem Fernsehbildschirm ein bekanntes Gesicht erblickte und wie vom Donner gerührt stehen blieb.
Das war ja *ich!*
Das Foto musste am Morgen bei meiner Festnahme gemacht worden sein. Ich sah bleich, abgezehrt und verängstigt aus, mit gefesselten Händen, gehetztem Blick und von Polizisten flankiert.
Ich ging in den Laden zurück, stellte mich auf die Zehenspitzen und drehte den Ton lauter.
»Na hör mal!«, beschwerte sich der Verkäufer. »Du kannst doch nicht einfach ...«
Ich kümmerte mich nicht darum und konzentrierte mich auf den Nachrichtensprecher.
» ... sieht vielleicht harmlos aus, aber die Polizei bittet die Öffentlichkeit dringend, sich von seinem Äußeren nicht täuschen zu lassen. Darren Shan alias Darren Horston ist zwar noch ein Jugendlicher, doch er gehört zu einer Bande brutaler Mörder und ist möglicherweise selbst einer.«

Ich wurde ausgeblendet und von einer Nachrichtensprecherin mit strenger Miene abgelöst. Kurz darauf erschien mein Foto erneut, diesmal kleiner, in der rechten oberen Ecke des Bildschirms. Links davon wurde eine Aufnahme von Harkat eingeblendet und dazwischen zwei recht ähnliche Phantomzeichnungen von Mr. Crepsley und Vancha March.

»Ich wiederhole noch einmal unsere geradezu unglaubliche Sondermeldung«, sagte die Sprecherin. »Vier mutmaßliche Mitglieder der Mörderbande, die unter dem Namen ›Die Vampire‹ bekannt ist, wurden heute Morgen von der Polizei gefasst. Einem von ihnen, Vancha March (der Rahmen um Vanchas Zeichnung blinkte auf), gelang die Flucht, wobei er Hauptkommissarin Alice Burgess als Geisel entführte. Die drei anderen wurden festgenommen und verhört, sind jedoch vor zirka zwanzig Minuten unter Anwendung von Gewalt aus dem Polizeigewahrsam entkommen. Dabei haben sie eine noch unbekannte Anzahl von Polizeibeamten und Krankenschwestern getötet oder schwer verletzt. Sie sind höchstwahrscheinlich bewaffnet und äußerst gefährlich. Sollten sie gesehen werden, wird dringend davon abgeraten, sich ihnen zu nähern. Bitte rufen Sie stattdessen eine der folgenden Nummern an ...«

Wie betäubt wandte ich mich ab. Ich hätte mir denken können, dass die Medien eine Meldung diesen Kalibers kräftig aufbauschen würden, aber naiv, wie ich war, hatte ich angenommen, dass wir uns nur vor Polizei und Militär in Acht zu nehmen brauchten. Ich hatte keinen Gedanken daran verschwendet, dass offenbar die ganze Stadt in Alarmbereitschaft war und was das für Folgen für uns hatte.

Während ich noch dastand, diese Erkenntnis verdaute und über die Neuigkeit nachdachte, dass man Steves Untaten im Polizeigebäude *uns* anlastete, zeigte die Frau hinter dem Ladentisch plötzlich auf mich und kreischte: »Da ist er! Der Junge! Der *Mörder!*«

Erschrocken drehte ich mich um und stellte fest, dass mich sämtliche Anwesenden anstarrten. Auf ihren Gesichtern zeichneten sich Entsetzen und Angst ab.

»Das ist Darren Shan!«, schrie ein Kunde. »Er soll das Mädchen umgebracht haben, die kleine Tara Williams. Er hat ihr das Blut ausgesaugt und sie gefressen!«

»Er ist ein Vampir!«, quiekte ein verhutzelter alter Mann. »Holt einen Pfahl! Wir müssen ihn töten!«

Hätte ich die Szene im Kino gesehen, hätte ich mich wahrscheinlich halb totgelacht. Die Vorstellung, dass dieser kleine Opa einem Vampir den Pfahl ins gefühllose Herz stieß, war grotesk. Aber in jenem Augenblick hatte ich keinen Sinn für die Komik der Situation. Ich hob die Arme, um zu zeigen, dass ich unbewaffnet war, und ging rückwärts zur Tür.

»Derek!«, rief die Verkäuferin dem jungen Mann zu. »Schnapp dir die Knarre und knall ihn ab!«

Das war zu viel. Ich drehte mich auf dem Absatz um, rannte aus dem Laden und flitzte über die Straße, ohne eine Lücke im Verkehr abzuwarten. Ich wich den Autos aus, die mit quietschenden Bremsen zum Stehen kamen, ignorierte die hupenden Fahrer, die mir Schimpfwörter hinterherbrüllten, und blieb erst am Anfang der kleinen Nebenstraße stehen, wo mich meine besorgten Freunde erwarteten. Ich fischte die Sonnenmilch aus dem Hosenbund und warf sie dem Vampir zu.

»Schnell! Reiben Sie sich damit ein«, keuchte ich und rang vornübergebeugt nach Luft.

»Was ...«, setzte er an.

»Keine Fragen!«, schrie ich. »Machen Sie, was ich sage!«

Der Vampir öffnete die Flasche, kippte sich den halben Inhalt in die Hand und verschmierte ihn auf Gesicht, Kopfhaut und allen übrigen der Sonne ausgesetzten Partien. Dann massierte er das Zeug gut ein, verfuhr mit dem Rest ebenso und ließ die leere Flasche in den Rinnstein fallen.

»Fertig«, sagte er.
»Kann man wohl sagen«, brummte ich und richtete mich wieder auf. »Ihr ahnt ja nicht, was ...«
»Da drüben sind sie!«, brüllte jemand. »Die drei da! Die Vampire!«
Wir drehten uns um, und ich sah, wie der kleine alte Mann aus dem Laden dem jungen Verkäufer ein großes Gewehr aus der Hand riss. »Her damit!«, krächzte er. »Ich war früher mal Jäger!«
Der Rentner warf seinen Spazierstock weg, legte mit erstaunlicher Gewandtheit an und drückte ab.
Wir ließen uns auf den Boden fallen, und die Hauswand über uns splitterte. Der Alte schoss erneut, diesmal noch gezielter. Dann musste er innehalten, um neu zu laden. Diese Atempause nutzten wir, um aufzuspringen und in entgegengesetzter Richtung wegzurennen. Mr. Crepsley schwang beim Laufen sein verletztes Bein wie ein durchgeknallter Long John Silver aus der *Schatzinsel*. Die Menge hinter uns zögerte sekundenlang, zwischen Angst und Jagdfieber hin- und hergerissen. Danach griff sie mit einem wahren Wutgeheul nach Stöcken, Eisenstangen und Mülltonnendeckeln und wogte hinter uns her. Das war keine Ansammlung Schaulustiger mehr – diese Meute wollte *Blut* sehen!

9 Zuerst rasten wir mit großem Vorsprung vor ihnen her (mit Vampiren oder Kleinen Leuten können es Menschen an Schnelligkeit nicht aufnehmen), doch dann schwoll Mr. Crepsleys Knöchel immer mehr an. Er wurde langsamer.
»Ich schaff es ... nicht«, keuchte er, als wir an einer Straßenecke kurz verschnauften. »Ich kann ... nicht mehr. Ihr müsst ... ohne mich weiterlaufen.«

»Auf keinen Fall«, erwiderte ich. »Wir lassen Sie nicht im Stich.«

»Aber ich ... kann nicht so schnell wie ihr«, ächzte er mit vor Schmerz zusammengebissenen Zähnen.

»Dann bleiben wir eben hier stehen und kämpfen«, gab ich zurück. »Wir bleiben auf jeden Fall zusammen. Das ist ein Befehl.«

Der Vampir zwang sich zu einem matten Lächeln. »Nicht so vorlaut, Darren. Du magst inzwischen ja Fürst sein, aber du bist immer noch mein Gehilfe. Wenn es sein muss, kann ich dich jederzeit mit einer Tracht Prügel zur Vernunft bringen.«

»Deshalb müssen wir ja zusammenbleiben«, entgegnete ich grinsend. »Sie müssen aufpassen, dass ich nicht größenwahnsinnig werde.«

Der Vampir seufzte und rieb sich gebückt das blaurote Fußgelenk.

»Hier!«, sagte Harkat. Wir blickten auf. Der Kleine Kerl hatte eine über uns angebrachte Feuerleiter heruntergezogen. »Über die Dächer können sie uns ... nicht so leicht folgen. Wir müssen da rauf.«

Mr. Crepsley nickte. »Harkat hat Recht.«

»Glauben Sie, die Sonnenmilch taugt etwas?«, fragte ich.

»Sie verhindert das Schlimmste. Bei Sonnenuntergang bin ich bestimmt krebsrot, aber ich komme wahrscheinlich ohne ernste Verbrennungen davon.«

»Also nichts wie hoch!«

Ich war der Erste auf der Leiter, nach mir kam Mr. Crepsley und zuletzt Harkat. Als der Kleine Kerl auf der untersten Sprosse stand, strömte die Meute in die Gasse, und die Anführer grabschten nach seinen Füßen. Um sich loszumachen, musste er kräftig nach ihren Händen treten, dann kletterte er wie ein Äffchen hinter uns her.

»Aus dem Weg! Ich schieße!«, zeterte der Alte mit dem

Gewehr. »Ich krieg sie!« Aber er hatte nicht genug Platz. Die Leute waren so dicht gedrängt, dass er das Gewehr nicht heben und zielen konnte.

Während sich die Menschen noch zankten, wer die Feuertreppe zuerst erklimmen sollte, stiegen wir immer höher. Mr. Crepsley kam jetzt wieder schneller voran, weil er sich am Geländer abstützen konnte. Als wir aus dem Schatten in die pralle Sonne traten, zuckte er zurück, blieb jedoch nicht stehen.

Ganz oben machte ich Halt und wartete auf den Vampir. Ich fühlte mich zuversichtlicher als noch vor wenigen Minuten. Doch plötzlich senkte sich ein Hubschrauber auf uns herab, und jemand forderte mich durch ein Megafon auf: »Stehen bleiben oder wir schießen!«

Ich fluchte und rief zu Mr. Crepsley hinunter: »Los! Wir müssen hier weg, oder …«

Weiter kam ich nicht. Über mir eröffnete ein Scharfschütze das Feuer. Kugeln pfiffen mir um die Ohren und prallten jaulend von den Eisenstufen ab. Wild schreiend warf ich mich die Treppe hinunter und stieß mit Mr. Crepsley und Harkat zusammen. Hätte sich der Vampir nicht so gut festgehalten, um seinen Fuß zu entlasten, wären wir alle drei über das Geländer in die Tiefe gestürzt!

Wir hasteten die Stufen hinab, bis wir außer Sichtweite des Schützen waren, und kauerten uns auf einen Treppenabsatz. Voller Angst. Entmutigt. *In der Falle*.

»Vielleicht geht ihnen ja irgendwann … der Treibstoff aus«, meinte Harkat hoffnungsvoll.

»Klar«, schnaubte ich. »In ein, zwei Stunden!«

»Was tut sich unten?«, erkundigte sich Mr. Crepsley.

Ich streckte den Kopf über das Geländer.

»Die Ersten sind schon auf dem untersten Absatz. Sie sind gleich da.«

»Um sich zu verteidigen, ist das hier gar kein übler Platz«, überlegte der Vampir laut. »Sie können uns nur in kleinen Gruppen angreifen. Wir müssten es eigentlich schaffen, sie zurückzudrängen.«

»Klar«, sagte ich wieder ironisch. »Und was nützt uns das? Polizei und Militär werden in Kürze eintreffen. Die haben in null Komma nichts das Haus gegenüber besetzt und schießen uns einen nach dem anderen runter.«

»Das heißt also, wir können …. nicht nach unten … und nicht nach oben«, schlussfolgerte Harkat. »Bleibt nur …« Er zeigte auf das Fenster hinter uns.

»Das ist doch dasselbe in Grün«, widersprach ich. »Die Polizei braucht bloß das Gebäude zu umstellen, bewaffnete Einsatzkommandos hineinzuschicken, uns auf die Straße zu treiben, und schon sind wir erledigt.«

»So weit, so gut«, stimmte mir Mr. Crepsley nachdenklich zu. »Und wenn sie nun nicht ohne weiteres ins Haus kommen? Und wenn wir nicht mehr da sind, bis sie drinnen sind?«

Wir blickten ihn verständnislos an. »Mir nach!«, befahl er, schob das Fenster auf und kletterte durch die Öffnung. »Ich habe eine Idee.«

Der Kleine Kerl und ich achteten nicht länger auf den Hubschrauber über und die Menschen unter uns und sprangen durch das Fenster in einen Korridor, in dem uns Mr. Crepsley schon erwartete. Er entfernte in aller Seelenruhe ein paar Staubflocken von seinem Hemd, als wartete er an einem friedlichen Sonntagmorgen auf den Bus.

»Können wir?«, fragte er, als wir neben ihm standen.

»Können wir *was?*«, fragte ich gereizt zurück.

»Den Laden ein bisschen aufmischen«, sagte er lachend. Mit langen Schritten ging er zur nächsten Tür, hielt kurz inne und donnerte dann mit der flachen Hand dagegen. »Vampire!«, brüllte er. »Vampire im Haus! Alles raus hier!«

Dann trat er zurück, drehte sich zu uns um und zählte: »Eins. Zwei. Drei. Vie...«
Die Tür flog auf, und eine barfüßige Frau im kurzen Nachthemd schoss kreischend und mit den Armen fuchtelnd auf den Gang hinaus.
»Beeilung!«, rief Mr. Crepsley, packte sie am Arm und dirigierte sie zur Treppe. »Laufen Sie ins Erdgeschoss! Wir müssen hier raus! Lebensgefahr! Die Vampire sind da!«
»Hiiilfeee!«, schrie sie gellend und rannte in verblüffendem Tempo die Treppe hinunter.
Mr. Crepsley strahlte. »Kapiert?«
»Kapiert«, schmunzelte ich.
»Gleichfalls«, sagte Harkat.
»Also ran an die Arbeit«, befahl der Vampir, humpelte zur nächsten Tür, hämmerte dagegen und grölte: »Vampire! Vampire! Die Untoten kommen!«
Harkat und ich liefen vor ihm her, ahmten sein Klopfen und seine Warnrufe nach, und im Nu wimmelte es auf dem Gang von panischen Menschen, die kopflos herumirrten einander über den Haufen rannten und die Treppe förmlich hinunterflogen, um sich in Sicherheit zu bringen.
Am Ende des Korridors warf ich einen Blick über das Treppengeländer.
Ich sah wie die Flüchtenden mit unseren Verfolgern zusammenstießen, die gerade das Gebäude stürmten.
Die vor uns flohen, konnten nicht hinaus, und die uns jagten, nicht hinein.
Raffiniert!
Harkat tippte mir auf die Schulter. »Weiter. Sie kommen ... über die Feuerleiter.«
Ich drehte mich um und sah, wie der erste Verfolger den Kopf durchs Fenster steckte. Wir wandten uns nach links und rannten in den nächsten Flur, schlugen falschen Alarm, leerten die

Wohnungen von ihren menschlichen Bewohnern und verstopften auf diese Weise den Gang hinter uns.
Als die Spitze der Meute mit den panischen Hausbewohnern zusammenrasselte, bogen wir wieder ab, liefen bis zu einer Feuerleiter auf der anderen Seite des Gebäudes, kletterten nach draußen und sprangen auf das Nachbarhaus. Auch hier flitzten wir durch die Gänge, verbreiteten dieselbe Warnung, hämmerten gegen Türen, brüllten irgendwas von Vampiren und verursachten Chaos.
Von der Rückseite dieses Gebäudes aus sprangen wir auf ein drittes und versetzten auch dort die Menschen in solche Panik, dass sie schreiend um ihr Leben liefen. Doch diesmal hielten wir nach vollbrachter Tat inne und musterten Straße und Himmel. Die wütende Meute war nirgends zu sehen, und der Hubschrauber kreiste über den beiden Häusern hinter uns. Das Geheul von Polizeisirenen näherte sich.
»Jetzt sollten wir uns allmählich aus dem Staub machen«, meinte Mr. Crepsley. »Das Durcheinander wird noch ein paar Minuten anhalten. Diese Zeitspanne müssen wir nutzen.«
»Und wohin?«, fragte ich und musterte die Umgebung.
Der Vampir ließ den Blick von einem Haus zum anderen gleiten, bis er schließlich auf einem niedrigen Gebäude haften blieb. »Dorthin. Es scheint unbewohnt zu sein. Versuchen wir es und hoffen, dass uns das Vampirglück hold ist.«
Das Haus, in dem wir uns befanden, besaß keine Feuerleiter, deshalb rannten wir das hintere Treppenhaus hinunter und auf die Straße hinaus. Dicht an den Häuserwänden entlang schlichen wir zu dem Gebäude, das wir uns ausguckt hatten, schlugen, um uns Einlass zu verschaffen, eine Fensterscheibe ein (zum Glück ertönte kein Alarm) und stellten fest, dass es sich um eine alte, leer stehende Fabrik handelte.
Wir hasteten ein paar Stockwerke hinauf und eilten, so schnell wir konnten, durch die Korridore auf die andere Seite. Von

dort aus entdeckten wir ein baufälliges Wohnhaus, das offenbar abgerissen werden sollte. Wir rannten durch das Erdgeschoss und kamen in einem Labyrinth enger, dunkler, leerer Gassen wieder heraus. Dort blieben wir stehen und horchten angestrengt. Alles war still.

Unsicher grinsten wir einander an. Dann legten Harkat und ich Mr. Crepsley jeder einen Arm um die Schulter, der Vampir winkelte den schmerzenden Fuß an, und wir humpelten in gemächlicherem Tempo weiter. Wir genossen die Galgenfrist, aber wir machten uns keine Illusionen, dass wir es schon geschafft hätten. Noch lange nicht.

Weiter ging es durch schmale Sträßchen. Ab und zu begegneten wir Passanten, aber niemand beachtete uns. Der Nachmittagshimmel bezog sich, und die dunkle Wolkendecke verwandelte die dämmrigen Gassen in düstere Schluchten. Dank unserer überscharfen Augen konnten wir gut sehen, doch für Menschenaugen waren wir im trüben Licht nur verschwommene Schemen.

Weder die aufgebrachte Menschenmenge noch die Polizei verfolgte uns. Wir hörten zwar von ferne noch den Aufruhr, doch er schien sich auf die drei Gebäude zu beschränken, deren Bewohner wir in Angst und Schrecken versetzt hatten. Zumindest vorerst waren wir außer Gefahr.

Hinter einem Supermarkt blieben wir stehen, um wieder zu Atem zu kommen.

Mr. Crepsleys rechtes Bein war inzwischen bis zum Knie blaurot angelaufen. Er musste furchtbare Schmerzen haben. »Wir brauchen Eis für Ihr Bein«, sagte ich. »Soll ich in den Supermarkt gehen und …«

»Nein!«, fuhr mich der Vampir an. »Mit deinen Einkaufsausflügen hast du uns schon einmal in Schwierigkeiten gebracht. Darauf können wir dankend verzichten.«

»Ich wollte Ihnen doch bloß helfen«, schmollte ich.
»Ich weiß«, lenkte er ein. »Aber unnötige Risiken machen die Sache auch nicht besser. Mein Bein sieht schlimmer aus, als es ist. Ein paar Stunden Ruhe, und mir geht es wieder gut.«
»Wie wär's mit denen hier?«, schlug Harkat vor und klopfte auf die großen, schwarzen Müllcontainer. »Wir können uns doch hier drin verstecken und ... warten, bis es dunkel wird.«
Ich schüttelte den Kopf. »Geht nicht. Hier wirft dauernd jemand etwas rein. Man würde uns sofort finden.«
»Was dann?«, fragte der Kleine Kerl.
»Weiß ich auch nicht«, sagte ich unwirsch. »Vielleicht sollten wir uns wieder eine leere Wohnung oder ein Abbruchhaus suchen. Wir könnten gut in Debbies Wohnung unterschlüpfen, nur ist die leider zu weit weg ...«
Als ich das Schild auf der gegenüberliegenden Straßenseite sah, unterbrach ich mich. »Baker's Lane«, murmelte ich und rieb mir die Nase. »Die Straße kenne ich. Hier sind wir schon mal gewesen, als wir auf der Suche nach den Vampyren waren und noch nicht über R. V. und Steve Bescheid wussten.«
»Auf der Suche nach den Vampyren waren wir so ziemlich überall«, meinte Mr. Crepsley.
»Das stimmt, aber an diese Straße erinnere ich mich, weil ... weil ...«
Angestrengt runzelte ich die Stirn.
Dann kam mir die Erleuchtung, und ich schnippte mit den Fingern. »Weil Richard hier ganz in der Nähe wohnt!«
»Richard?«, fragte Mr. Crepsley skeptisch. »Dein Schulfreund?«
»Ja!«, sagte ich aufgeregt. »Bis zu seinem Haus sind es nur ein paar Minuten.«
»Und du glaubst, er ... würde uns verstecken?«, fragte Harkat.
»Wenn ich ihm die Umstände erkläre, vielleicht schon.« Die

beiden anderen schienen nicht sonderlich überzeugt. »Oder wisst ihr was Besseres?«, fragte ich provozierend. »Richard ist mein Freund. Ich habe Vertrauen zu ihm. Schlimmstenfalls schickt er uns wieder weg.«
Mr. Crepsley dachte nach, dann nickte er. »Na schön. Wir können ihn ja mal fragen. Wie du sehr richtig bemerkt hast, haben wir nichts zu verlieren.«
Wir machten uns auf den Weg, und ich fühlte mich regelrecht beschwingt. Ich war fest davon überzeugt, dass Richard uns helfen würde. Schließlich hatte ich ihn seinerzeit in der Schule davor bewahrt, sich den Hals zu brechen.
Bis zu Richards Haus brauchten wir nur fünf Minuten. Wir kletterten unverzüglich aufs Dach und kauerten uns in den Schatten eines großen Schornsteins. Von der Straße aus hatte ich in Richards Zimmer Licht gesehen, und sobald ich mich vergewissert hatte, dass Mr. Crepsley und Harkat gut untergebracht waren, kroch ich bis zum Rand des Daches und beugte mich vor.
»Warte«, flüsterte Mr. Crepsley, der mir leise gefolgt war. »Ich komme mit.«
»Nein«, wehrte ich im Flüsterton ab. »Wenn Richard Sie sieht, kriegt er vielleicht einen Schreck. Ich gehe allein.«
»Gut, aber ich warte draußen vor dem Fenster, falls du in Schwierigkeiten gerätst.«
Ich wusste zwar nicht, in was für Schwierigkeiten ich geraten sollte, doch Mr. Crepsleys Miene war unnachgiebig. Also nickte ich bloß, schwang mich über die Dachkante, fand mit dem Fuß Halt, grub die Fingernägel in die Hauswand und kletterte wie eine Spinne bis zu Richards Fenster.
Die Vorhänge waren geschlossen, aber durch einen Spalt konnte ich direkt ins Schlafzimmer meines Freundes sehen.
Richard lag auf dem Bett, balancierte eine Tüte Popcorn und ein Glas Orangensaft auf dem Bauch und sah sich auf seinem

tragbaren Fernseher eine Wiederholung der *Addams Family* an.
Er lachte über die Späße der Fernsehmonster, und ich musste über den komischen Zufall lächeln, dass er ausgerechnet diese Sendung sah, während drei echte Geschöpfe der Nacht ganz in seiner Nähe waren. Das Schicksal geht manchmal seltsame Wege.
Erst wollte ich ans Fenster klopfen, doch dabei hätte er sich vielleicht erschrocken.
Ich sah mir den einfachen Riegel hinter der Scheibe an, zeigte ihn Mr. Crepsley, der neben mir an der Hauswand klebte, und zog mit der stummen Frage: »Kriegen Sie den auf?«, die Augenbrauen hoch.
Der Vampir rieb schneller, als ich mit den Augen folgen konnte, Daumen, Zeige- und Mittelfinger der rechten Hand aneinander. Als er genug statische Elektrizität aufgebaut hatte, senkte er die Hand, richtete die Fingerspitzen auf den Fensterriegel und machte eine kleine Aufwärtsbewegung.
Nichts passierte.
Stirnrunzelnd beugte sich der Vampir vor, um den widerspenstigen Riegel aus der Nähe zu betrachten, dann schnaubte er verächtlich: »Kunststoff!« Ich wandte mich ab, um mein Grinsen zu verbergen. »Macht nichts«, sagte Mr. Crepsley und bohrte mit dem Nagel des rechten Zeigefingers ein kleines Loch in die Scheibe.
Das leise Quietschen, das er dabei verursachte, wurde von Richards Fernseher übertönt. Mr. Crepsley stieß das Glasstückchen ins Zimmer, öffnete mit gekrümmtem Finger den Riegel, rückte dann ein Stück zur Seite und winkte mich heran.
Ich atmete tief durch, um mich zu beruhigen, drückte das Fenster auf und trat ins Zimmer, als sei das ganz normal.
»Hallo, Richard«, grüßte ich.

Richard fuhr herum. Als er mich erkannte, blieb ihm der Mund offen stehen, und er fing zu zittern an.

»Alles in Ordnung, Richard«, sagte ich, trat einen Schritt näher ans Bett und hob freundschaftlich die Hände. »Ich tu dir nichts. Ich sitze in der Klemme und brauche deine Hilfe. Es ist vielleicht ein bisschen unverschämt, aber könntest du mich und ein paar Freunde ein paar Stunden bei dir unterbringen? Wir könnten uns im Schrank oder unter dem Bett verstecken. Wir machen auch keine Umstände, versprochen.«

»Wa-wa-wa...«, stotterte Richard mit aufgerissenen Augen.

»Richard?«, fragte ich beunruhigt. »Stimmt was nicht?«

»Wa-wa-*Vampir!*«, krächzte er und deutete mit bebendem Zeigefinger auf mich.

»Ach so«, sagte ich. »Du hast es auch gehört. Ja, ich bin ein Halbvampir, aber es ist alles ganz anders. Ich bin nicht böse, und ich bin auch kein Mörder. Ich hole nur mal eben meine Freunde. Dann machen wir's uns gemütlich, und ich erzähle dir, was ...«

»*Vampir!*«, schrie Richard, diesmal richtig laut. Dann drehte er sich zur Tür und brüllte aus voller Kehle: »Mama! Papa! Vampire! Vampire! Vam...«

Sein Geschrei wurde von Mr. Crepsley erstickt, der sich ins Zimmer geschwungen, an mir vorbeigedrängt, den Jungen an der Gurgel gepackt und kräftig angehaucht hatte. Ein Gasschwall drang Richard in Nase und Mund. Er wehrte sich kurz und verzweifelt, dann entspannten sich seine Züge, die Augen fielen ihm zu, und er sank in die Kissen zurück.

»Sieh an der Tür nach!«, zischte Mr. Crepsley, wälzte sich vom Bett und kauerte sich abwehrbereit dahinter.

Ich gehorchte automatisch, obwohl mir Richards Reaktion auf mein Erscheinen auf den Magen geschlagen war.

Ich öffnete die Tür einen Spalt und horchte, ob ihm jemand aus seiner Familie zu Hilfe geeilt kam. Fehlanzeige. Im Wohn-

zimmer lief der große Fernseher, offenbar hatte niemand Richards Hilferufe gehört.
»Alles klar«, verkündete ich. »Keine Gefahr.«
»So viel zum Thema Freundschaft«, sagte der Vampir kurz angebunden und klopfte sich Popcornkrümel aus den Kleidern.
»Er war außer sich vor Angst«, sagte ich bedrückt und betrachtete den Liegenden. »Wir waren Freunde ... er kennt mich ... ich habe ihm das Leben gerettet ... und trotzdem hat er geglaubt, dass ich ihn umbringen will.«
»Er hält dich für ein blutrünstiges Ungeheuer«, meinte Mr. Crepsley. »Menschen verstehen uns Vampire einfach nicht. Sein Verhalten war vorauszusehen. Wir hätten es uns denken können und es gleich bleiben lassen sollen.«
Er drehte sich langsam um sich selbst und inspizierte das Zimmer.
»Kein schlechtes Versteck«, sagte er. »Die Eltern lassen den Jungen wahrscheinlich in Ruhe, wenn sie sehen, dass er schläft. Im Wandschrank ist reichlich Platz. Wir würden alle drei hineinpassen.«
»Nein«, sagte ich energisch. »Ich möchte Richard nicht ausnutzen. Hätte er mir freiwillig seine Hilfe angeboten, wäre es etwas anderes. Hat er aber nicht. Er hatte Angst vor mir. Es wäre unfair.«
Auf Mr. Crepsleys Gesicht war deutlich zu lesen, was er von dieser Einstellung hielt, doch er respektierte sie und ging wortlos zum Fenster. Ich wollte ihm gerade folgen, als ich sah, dass bei dem kurzen Handgemenge das Popcorn über das ganze Bett verstreut und das Glas Orangensaft umgestoßen worden war.
Ich blieb stehen, fegte das Popcorn mit der Hand in die Tüte zurück und saugte den Orangensaft, so gut es ging, mit ein paar Papiertaschentüchern auf, die herumlagen.
Dann vergewisserte ich mich noch einmal, dass mit Richard

405

alles in Ordnung war, schaltete den Fernseher auf Stand-by, wünschte meinem Freund stumm Lebewohl und verließ leise das Zimmer, wieder einmal auf der Flucht vor irregeleiteten Menschen, die mir nach dem Leben trachteten.

10

Wir entschieden uns für die Dächer. Hubschrauber waren nicht in der Nähe, und der wolkenverhangene Himmel schützte uns davor, von unten gesehen zu werden. Daher hielten wir es für ungefährlicher, uns in luftiger Höhe fortzubewegen, wo wir schneller vorankamen.
Lautlos und rasch strebten wir von dem Aufruhr unter uns fort, auf der Suche nach einem Ort, an dem wir uns bis zum Abend verkriechen konnten. Eine Viertelstunde lang sprangen und schlitterten wir von einem Dach zum anderen, ungesehen und ungehört, immer weiter weg von den Menschen, die Jagd auf uns machten.
Schließlich erreichten wir einen baufälligen alten Silo, ein Gebäude, das früher zur Lagerung von Getreide gedient hatte. An der Außenseite führte eine Wendeltreppe nach oben, allerdings waren die untersten Stufen verfault und eingebrochen. Von einem benachbarten Dach sprangen wir auf den noch erhaltenen Teil, kletterten bis ganz nach oben und traten die verriegelte Tür ein.
Wir zogen sie hinter uns zu und balancierten auf einem schmalen Sims an der Innenwand des Silos bis zu einer halbkreisförmigen Plattform, wo wir uns hinlegen konnten. Das schummrige Licht, das durch die vielen Löcher und Risse im Dach fiel, reichte aus, um etwas zu sehen.
»Glaubt ihr, wir sind hier … in Sicherheit?«, fragte Harkat und nahm seine Maske ab. Über die Narben und Nähte seines grauen Gesichtes floss der grüne Schweiß in Strömen.

»Bestimmt«, erwiderte Mr. Crepsley zuversichtlich. »Wahrscheinlich wird eine Großfahndung eingeleitet und alles auf den Kopf gestellt. So etwas nimmt viel Zeit in Anspruch. Die Vororte sind frühestens gegen Morgen dran.«
Der Vampir schloss die Augen und rieb sich die Lider.
Trotz der dicken Schicht Sonnenmilch war seine Haut krebsrot.
»Wie geht es Ihnen denn?«, erkundigte ich mich.
»Besser, als ich zu hoffen wagte«, gab er zurück. Er rieb sich immer noch die Augen. »Ich habe rasende Kopfschmerzen, aber jetzt, wo ich nicht mehr in der Sonne bin, lassen sie vielleicht wieder nach.«
Er ließ die Hand sinken, schlug die Augen wieder auf, streckte das rechte Bein aus und betrachtete mit grimmiger Miene die Schwellung, die vom Knöchel bis zum Knie reichte. Die Schuhe hatte er schon vor geraumer Zeit ausgezogen, und das war auch gut so, denn es war fraglich, ob er den rechten Schuh jetzt noch abbekommen hätte. »Ich hoffe bloß, *das* hier lässt auch nach«, brummte er.
»Was schätzen Sie denn?«, fragte ich und musterte den üblen Bluterguss.
»Ich kann's nur hoffen«, sagte er und massierte den Unterschenkel behutsam. »Wenn nicht, müssen wir das Bein anzapfen.«
»Sie meinen, einen Schnitt machen, damit das Blut abfließt?«
»Ja. In Kriegszeiten darf man nicht zimperlich sein.« Warten wir's ab. Vielleicht wird es ja von selber besser.«
Der Vampir widmete sich weiter seinem Knöchel, während ich die Ketten von meinen Hand- und Fußschellen abwickelte und versuchte, die Schlösser aufzubekommen. Mr. Crepsley hatte mir zwar die Grundzüge des Schlösserknackens beigebracht, doch besonders geschickt stellte ich mich dabei noch nicht an.

»Lass mich mal«, sagte er nach einer Weile, als er sah, dass ich nicht weiterkam.
Der Vampir machte kurzen Prozess mit den Schlössern, und im Nu lagen Handschellen, Fußschellen und Ketten in einem Haufen auf dem Boden. Erleichtert rieb ich mir die befreiten Gelenke, dann sah ich mich nach Harkat um, der sich mit dem Saum seiner Kapuzenkutte den grünen Schweiß aus dem Gesicht wischte.
»Wieso hat man dich eigentlich nicht gefesselt?«, fragte ich.
»Man hat mir Handschellen angelegt. Aber als mich die Beamten in die Zelle steckten, haben sie … sie wieder abgenommen.«
»Wieso?«
Der Kleine Kerl verzog den breiten Mund zu einem schiefen Grinsen.
»Sie wussten nicht, was ich für einer bin und was … sie von mir halten sollten. Als sie mich gefragt haben, ob ich … Schmerzen hätte, habe ich Ja gesagt. Dann haben sie gefragt, ob mir die Handschellen … wehtäten, und ich habe wieder Ja gesagt. Da wurden mir die Dinger wieder abgenommen«, sagte er.
»Einfach so?«
»Hmhm«, gluckste er.
»Glückspilz«, sagte ich neidisch.
»Es hat manchmal gewisse … Vorteile, wenn man aussieht wie … aus Dr. Frankensteins Labor«, erwiderte Harkat. »Deshalb war ich ja auch … allein in der Zelle. Ich habe gemerkt, dass ich … sie verunsichert habe. Als sie dann anfangen wollten, mich zu … verhören, habe ich sie davor gewarnt, mich … anzufassen. Ich habe behauptet, ich litte … an einer ansteckenden Krankheit. Ihr hättet mal sehen … sollen, wie schnell die wieder draußen waren!«
Wir brachen alle drei in lautes Gelächter aus.

»Warum hast du nicht gesagt, man hätte dich versehentlich lebendig begraben und du wärst wieder auferstanden?«, kicherte ich. »Das hätte sie bestimmt beruhigt!«
Danach lehnten wir uns wieder an die Silowände, ruhten uns aus, sprachen nur das Nötigste, dösten und sannen über die Ereignisse des Tages und die bevorstehende Nacht nach. Ich hatte Durst, deshalb kletterte ich irgendwann die Innentreppe hinunter, um nach Wasser zu suchen. Wasser fand ich nicht, dafür aber in einem der vorderen Büroräume ein paar Konservenbüchsen mit Bohnen.
Ich nahm sie mit nach oben, schlitzte sie mit den Nägeln auf, und der Vampir und ich machten uns darüber her. Harkat hatte keinen Hunger. Wenn es sein musste, konnte er tagelang ohne etwas Essbares auskommen.
Auch kalt füllten die Bohnen wohltuend den Magen. Ich ließ mich wieder zurücksinken und dachte schweigend nach. Wir hatten es nicht eilig. Wir waren erst um Mitternacht mit Vancha verabredet (vorausgesetzt, er hatte es geschafft), und durch die Kanalisation bis zu dem Gewölbe, in dem das Gefecht mit den Vampyren stattgefunden hatte, brauchte man nicht allzu lange.
»Was glaubt ihr? Ist Steve ihnen entwischt?«, fragte ich.
»Ganz bestimmt«, erwiderte Mr. Crepsley. »Der Bursche ist schlau wie ein Dämon und hat ein unverschämtes Glück.«
»Bei seiner Flucht hat es Tote gegeben, Polizisten und Krankenschwestern.«
Mr. Crepsley seufzte bekümmert. »Ich hätte nicht gedacht, dass er jemandem etwas antut, der ihm helfen will. Hätte ich gewusst, was er vorhat, hätte ich ihn vor unserer Verhaftung getötet.«
»Wie kommt es bloß, dass er so böse geworden ist?«, fragte ich. »Früher war er ganz anders.«
»Da irrst du dich«, widersprach der Vampir. »Sein schlechter

Charakter war nur noch nicht voll ausgeprägt. Er ist schon von Geburt an böse, so etwas kommt vor. Die Menschen behaupten zwar, dass jedem geholfen werden kann und dass jeder seine Wahl treffen kann, aber meiner Erfahrung nach ist das ein frommer Wunsch. Ein guter Mensch entscheidet sich manchmal dafür, böse zu werden, doch aus einem schlechten Menschen kann niemals ein guter werden.«
»Ich bin da anderer Meinung«, sagte Harkat leise. »Ich glaube, wir alle besitzen gute und böse Eigenschaften. Zu Anfang … überwiegt vielleicht das eine oder das andere, trotzdem haben wir die Wahl. Das *muss* so sein. Sonst wären wir ja … unserem Schicksal hilflos ausgeliefert.«
»Mag sein«, brummelte Mr. Crepsley. »Mit dieser Meinung stehst du nicht allein. Trotzdem bin ich anderer Ansicht. Zugegeben, die meisten Leute haben die Wahl. Aber es gibt Ausnahmen, die von Anfang an böse sind. Vielleicht sind sie ihrem Schicksal tatsächlich hilflos ausgeliefert, vielleicht hat es einen Grund, dass sie so sind, vielleicht sind sie dafür da, um uns andere auf die Probe zu stellen. Ich weiß es nicht. Dennoch gibt es solche Ungeheuer. Da kannst du sagen, was du willst. Und Steve Leonard gehört dazu.«
»Aber dann kann er nichts dafür«, wandte ich ein. »Wenn er schon als Kind böse war, kann man ihm nicht vorwerfen, dass er auch als Erwachsener böse ist.«
»Genauso wenig, wie man einem Löwen vorwerfen kann, dass er ein Raubtier ist«, bestätigte Mr. Crepsley.
Ich dachte nach.
»Das bedeutet, wir dürfen Steve auch nicht hassen. Wir müssen viel eher Mitleid mit ihm haben.«
Der Vampir schüttelte den Kopf. »Nein, Darren. Ein Ungeheuer soll man weder hassen noch bemitleiden, sondern sich vor ihm in Acht nehmen und alles tun, um ihm Einhalt zu gebieten, bevor es einem zum Verhängnis wird.«

Er beugte sich vor und klopfte mit den Knöcheln auf die Plattform. »Vergesst eines nicht«, sagte er streng. »Wenn wir uns heute Abend wieder in die Kanalisation wagen, ist nicht Steve Leonard unser Hauptfeind, sondern der Lord der Vampyre. Wenn sich die Gelegenheit bietet, Leonard zu töten, ergreift sie. Aber wenn ihr euch zwischen ihm und seinem Herrn entscheiden müsst, tötet unbedingt zuerst Letzteren. Ihr wisst ja, unser Auftrag steht an erster Stelle.«

Harkat und ich nickten, doch der Vampir war noch nicht fertig. Mit seinem langen, knochigen Zeigefinger deutete er auf mich und fuhr fort: »Das betrifft übrigens auch Miss Schierling.«

»Was soll das heißen?«

»Möglicherweise benutzen die Vampyre sie als Köder. Wie wir wissen, dürfen sie uns nicht töten, das ist ihrem Lord vorbehalten. Sie könnten allerdings versuchen, uns zu trennen, um uns leichter gefangen nehmen zu können. Auch wenn es schmerzlich ist, du darfst erst wieder Rücksicht auf Debbie nehmen, wenn der Lord nicht mehr lebt.«

»Ich weiß nicht, ob ich das schaffe«, sagte ich mit niedergeschlagenen Augen.

Mr. Crepsley sah mich eindringlich an. »Du bist ein Fürst«, sagte er ruhig. »Ich kann dir nichts befehlen. Wenn es dich mit aller Macht zu Debbie zieht und dein Herz diesem Verlangen nicht widerstehen kann, musst du ihm folgen. Ich kann dich nur inständig bitten, an die Vampire zu denken, für die du verantwortlich bist, und daran, was mit unserem Clan geschieht, wenn unser Auftrag scheitert.«

Ich nickte ernst. »Das ist mir schon klar. Ich weiß bloß nicht, ob ich Debbie im Stich lassen kann, wenn es darauf ankommt.«

»Aber du weißt, was du zu tun hast?«, hakte der Vampir nach. »Du begreifst, was alles von deiner Entscheidung abhängt?«

»Ja«, flüsterte ich.

»Dann ist es gut. Ich verlasse mich darauf, dass du die richtige Entscheidung triffst.«

Ich hob die Augenbraue. »Sie reden von Jahr zu Jahr mehr wie Seba Nile«, bemerkte ich ironisch. Seba war Mr. Crepsleys Mentor gewesen und hatte ihn seinerzeit in die Bräuche des Clans eingeführt.

»Ich nehm's als Kompliment«, schmunzelte er. Dann schwieg er, schloss wieder die Augen und überließ mich meinem Grübeln über Debbie, den Lord der Vampyre und die furchtbare Entscheidung, die mir womöglich bevorstand.

11

Als wir den Silo wieder verließen, um unserem Schicksal entgegenzugehen, hatte sich Mr. Crepsleys Knöchel bedeutend gebessert. Die Haut schillerte zwar noch immer scheußlich lilarot, doch die Schwellung war sichtlich zurückgegangen. Auf unserem Weg durch die unterirdischen Gänge schonte er den Fuß weiterhin, so gut es ging, aber er konnte wieder ohne fremde Hilfe stehen.

Wir machten keine große Sache daraus, erneut in die bedrohliche Dunkelheit hinabzusteigen. Als es so weit war, gingen wir einfach die Treppe im Silo hinunter, verließen das Gebäude durch eine zugenagelte Tür, schlüpften durch den nächsten Gully in den Bauch der Stadt und marschierten los. Wir stießen weder auf Vampyre noch auf einen Hinterhalt.

Wir redeten nicht miteinander. Wir waren uns über den Ernst der Lage im Klaren und wussten, dass unser Unternehmen so gut wie aussichtslos war. Dass wir unseren Auftrag ausführen konnten, schien unwahrscheinlich, und selbst wenn, wie hätten wir anschließend entkommen sollen? Wenn es uns gelang, den Lord der Vampyre zu töten, würden sich seine Leute blutig an

uns rächen, denn dann waren sie nicht mehr Meister Schicks Prophezeiung unterworfen. Wir liefen sehenden Auges in unser Verderben, und bei solchen Gelegenheiten schnürt sich fast jedem die Kehle zu, ganz gleich, wie mutig er ist.
Nach einem langen, ereignislosen Marsch erreichten wir schließlich den modernen, vergleichsweise warmen und trockenen Teil der Kanalisation, von dort aus war es nicht mehr weit bis zu dem Gewölbe, in dem wir vor nicht einmal vierundzwanzig Stunden den Vampyren gegenübergestanden hatten.
Vierundzwanzig Stunden ... Mir kam es vor, als wären inzwischen Jahre vergangen!
In mehreren Wandnischen standen brennende Kerzen und erleuchteten das allem Anschein nach verlassene Gewölbe. Man hatte die Leichen der Vampyre weggebracht, die bei dem Gefecht in der vergangenen Nacht gefallen waren. Nur die fast eingetrockneten Blutlachen erinnerten noch an sie. Die Panzertür an der hinteren Wand war geschlossen.
»Seid vorsichtig«, sagte der Vampir und blieb davor stehen. »Nehmt die Waffen herunter und ...«
Er brach ab und machte ein langes Gesicht. Dann räusperte er sich und fuhr ungewohnt kleinlaut fort: »Hat einer von euch eine Waffe dabei?«
»Na klar ...«, setzte ich an, doch dann unterbrach auch ich mich und betastete suchend meine Hüfte, an der sonst mein Schwert hing. Es war nicht da. Ich hatte es bei meiner Verhaftung abgeliefert, und nach allem, was seither passiert war, ganz vergessen.
»Äh ... ihr haltet mich wahrscheinlich für verrückt, aber ...«, murmelte ich.
»Du also auch?«, ächzte Mr. Crepsley.
Wir blickten Harkat flehend an.
Der Kleine Kerl schüttelte den halslosen, grauen Kopf. »Tut mir Leid.«

»Großartig!«, fauchte der Vampir. »Der wichtigste Kampf unseres Lebens, und wir sind unbewaffnet. Was sind wir bloß für Schwachköpfe!«

»Die größten, die je die finstere Nacht unsicher gemacht haben«, bemerkte eine Stimme.

Zu Tode erschrocken spähten wir in das Dämmerlicht, unsere Finger zuckten nervös und nutzlos. Dann erschien ein Kopf über der Tür, und unsere pochenden Herzen beruhigten sich wieder. »*Vancha!*«, jubelten wir.

»Wer sonst?«, sagte der Fürst grinsend. Er ließ sich von der Decke herunterfallen, an der er gehangen hatte, landete auf den Füßen und drehte sich nach uns um.

Harkat und ich stürzten auf den schmutzigen, streng riechenden Vampir mit dem grün gefärbten Haar und dem Fellumhang zu und umarmten ihn. Vanchas große Augen wurden vor Verblüffung noch größer.

Schließlich verzog sich sein kleiner Mund zu einem Lächeln. »Sentimentale Kerle«, sagte er amüsiert und erwiderte die Umarmung. Er streckte die Arme nach Mr. Crepsley aus. »Und *du*, Larten, alter Kumpel? Krieg ich von *dir* etwa keine Umarmung?«

»Deine Umarmung kannst du dir sonst wohin stecken«, konterte Mr. Crepsley.

»Wie undankbar!«, beschwerte sich Vancha und ließ uns los. Er trat einen Schritt zurück und winkte uns in die Mitte des Raumes. »Stimmt das, was ich da eben gehört habe«, erkundigte er sich. »Seid ihr tatsächlich unbewaffnet?«

»Wir haben einen anstrengenden Tag hinter uns«, erwiderte Mr. Crepsley abwehrend, wenn auch mit roten Ohren.

»Das muss der beschissenste Tag der Vampirgeschichte gewesen sein, wenn ihr zur Prügelei des Jahrhunderts ohne Waffen aufkreuzt«, prustete Vancha. Mit einem Mal wurde er ernst. »Seid ihr denn gut rausgekommen? Oder gab's Probleme?«

»Das Ausbrechen war relativ einfach«, sagte Mr. Crepsley. »Unterwegs gab es ein paar heikle Situationen. Es ist lange her, dass ich vor einer wütenden Menschenmenge fliehen musste. Aber alles in allem haben wir großes Glück gehabt. Im Gegensatz zu unseren Gefängniswärtern ...«

Er berichtete Vancha von Steve und den Beamten und Krankenschwestern, die er umgebracht hatte. Vanchas rotes Gesicht (er führte seit Jahren einen Privatkrieg mit der Sonne) verdüsterte sich bei diesen Neuigkeiten. »Der Bursche hat wirklich einen passenden Spitznamen«, knurrte er. »Wenn es jemals einen Leoparden in Menschengestalt gab, dann ihn. Die Götter mögen mir die Gunst gewähren, ihm heute Nacht die Kehle durchzuschneiden.«

»Da musst du dich hinten anstellen«, bemerkte ich. Niemand lachte. Alle wussten, dass ich keine Witze machte.

»Egal«, polterte Vancha schließlich. »Eins nach dem anderen. Mir macht es nichts aus, die Vampyre mit bloßen Händen anzugreifen, das ist sowieso meine Lieblingsmethode. Doch ihr drei braucht mehr als eure Füße und Fäuste, wenn wir hier lebendig wieder rauskommen wollen. Zum Glück hat der gute Onkel Vancha vorgesorgt. Kommt mal mit.«

Vancha führte uns in eine dunkle Ecke und zeigte auf einen kleinen Waffenstapel, neben dem eine große, reglose Gestalt lag.

»Wo hast du die denn her?«, rief Harkat und stürzte sich auf die Waffen, bevor Mr. Crepsley und ich auch nur die Hand ausstrecken konnten.

Er durchwühlte den Haufen, zog ein schartiges Messer und eine kleine, zweischneidige Axt heraus und schwang sie begeistert über dem Kopf.

»Das haben die Vampyre liegen lassen, als sie ihre Gefallenen weggeschafft haben«, erklärte Vancha. »Wahrscheinlich sind sie davon ausgegangen, dass wir sowieso bewaffnet sind.

Hätten sie gewusst, was für Hohlköpfe ihr seid, wären sie bestimmt nicht so leichtsinnig gewesen.«

Ohne auf diesen kleinen Seitenhieb einzugehen, durchsuchten nun auch Mr. Crepsley und ich den Haufen. Der Vampir nahm sich zwei lange Messer sowie mehrere kleine, die sich gut zum Werfen eigneten. Ich selbst griff nach einem kleinen Krummsäbel, der perfekt in der Hand lag.

Als Reserve schob ich noch ein Messer hinten in meinen Hosenbund.

»Was ist das da?«, fragte Harkat und deutete mit dem Kinn auf die Gestalt am Boden.

»Mein Gast«, erwiderte Vancha und wälzte das Bündel herum.

»Urfl guffl schnmpf!«, schnaufte eine bleiche, gefesselte, geknebelte und stinkwütende Hauptkommissarin Alice Burgess, und das sollte garantiert keine freudige Begrüßung sein!

»Was macht die denn hier?«, fragte ich ärgerlich.

»Sie hat mir ein bisschen Gesellschaft geleistet«, erwiderte Vancha verschmitzt. »Außerdem wusste ich ja nicht, was mich bei meiner Rückkehr erwartet. Hätte die Polizei die Gänge und Kanäle besetzt, dann hätte ich mir mit ihr vielleicht den Weg freikaufen können.«

»Was hast du jetzt mit ihr vor?«, fragte Mr. Crepsley gelassen.

»Weiß ich nicht genau.« Vancha runzelte die Stirn und beugte sich über die Kommissarin. »Wir haben den Tag in einem Waldgebiet ein paar Kilometer vor der Stadt verbracht, und ich habe versucht, ihr alles zu erklären, aber ich fürchte, sie glaubt mir nicht. Ja, wenn ich daran denke, was sie mir mit meinen Märchen von Vampiren und Vampyren zu tun empfahl, könnte ich *schwören*, dass sie mir nicht glaubt!« Der Fürst überlegte. »Wenn ich es recht bedenke, müsste sie eine großartige Verbündete sein. Wir könnten eine Mitstreiterin gut gebrauchen.«

»Können wir ihr denn trauen?«, fragte ich.
»Keine Ahnung. Ich kann ja mal versuchen, es herauszufinden.«
Vancha bückte sich und löste den Knebel der Kommissarin. Bevor er den letzten Knoten öffnete, hielt er ihr in strengem Ton folgende Rede: »Ich sag's nicht zweimal, also hör gut zu. Wenn ich dich jetzt losbinde, schreist du bestimmt herum und fluchst und drohst. Und wenn du wieder auf den Beinen bist und eine Waffe in der Hand hast, kommst du vielleicht auf die Idee, sie gegen uns zu richten und dich aus dem Staub zu machen. *Tu's nicht!*« Seine Augen blitzten. »Ich weiß, was du von uns hältst, aber du irrst dich. Wir haben keine Bürger umgebracht, im Gegenteil, wir wollen den Mördern das Handwerk legen. Wenn du dasselbe willst, kommst du mit uns und kämpfst. Wenn du uns in den Rücken fällst, erreichst du gar nichts. Und falls du mir das nicht glaubst, benimm dich einfach so, als würdest du mir glauben. Sonst lass ich dich hier verschnürt wie ein Brathähnchen liegen!«
»Du Vieh!«, fauchte die Hauptkommissarin, als Vancha den Knebel endgültig entfernte. »Dafür bringe ich euch alle an den Galgen. Ich lasse euch kahl scheren, teeren und federn und als lebende Fackeln anzünden, wenn ihr baumelt!«
»Ist sie nicht hinreißend?«, freute sich Vancha und befreite ihre Arme und Beine. »So geht das schon den ganzen Tag. Ich glaube, ich habe mich verliebt.«
»Wüstling!«, schrie sie und schlug nach ihm.
Vancha packte sie am Arm und bremste sie. Seine Miene war ernst. »Du weißt, was ich gerade gesagt habe, Alice? Ich möchte dich nicht gern hier lassen und unseren Feinden ausliefern, aber wenn du mich dazu zwingst ...«
Die Hauptkommissarin funkelte ihn wütend an, drehte dann angewidert den Kopf zur Seite und hielt den Mund.
»So ist's brav«, lobte Vancha und ließ sie los. »Jetzt such dir

eine Waffe aus, von mir aus auch drei oder vier, und mach dich bereit. Wir haben es mit den Kriegern der Finsternis zu tun.«
Die Hauptkommissarin blickte unsicher in die Runde. »Ihr spinnt doch«, knurrte sie. »Glaubt ihr im Ernst, ich kaufe euch ab, dass ihr Vampire seid und trotzdem keine Mörder? Dass ihr hergekommen seid, um einer Bande von ... wie hast du sie genannt?«
»Vampyre«, half Vancha fröhlich nach.
»Also, dass diese Vampyre die Bösen sind und dass ihr gekommen seid, um sie fertig zu machen, obwohl es Dutzende sind und ihr nur zu viert?«
»So könnte man es zusammenfassen«, bestätigte Vancha lächelnd. »Allerdings sind wir jetzt zu fünft, und das ist ein großer Unterschied.«
»Blödsinn«, murrte sie, dennoch streckte sie die Hand aus, ergriff ein langes Jagdmesser, prüfte die Schneide und nahm sich noch ein paar andere Messer. »Na gut«, sagte sie und stand auf. »Ich glaube euch zwar kein Wort, aber ich komme erst mal mit. Wenn wir tatsächlich diesen Vampyren begegnen und das stimmt, was ihr über sie erzählt habt, dann bin ich auf eurer Seite. Wenn nicht ...« Sie zeigte mit dem größten Messer auf Vanchas Kehle und zog es rasch durch die Luft.
»Deine Drohungen sind wirklich entzückend«, erwiderte Vancha lachend.
Anschließend vergewisserte er sich, dass alle bereit waren, zurrte seine Shuriken-Gurte fest und übernahm die Führung bei der Suche nach dem Versteck der Vampyre.

12 Das erste Hindernis ließ nicht lange auf sich warten. Die schwere Tür in der hinteren Wand war verriegelt und einfach nicht zu öffnen. Sie sah aus wie die Tür eines begehbaren Banktresors. In der Mitte war ein Handrad angebracht, darunter eine lange Reihe Zahlenkombinationsschlösser.

»Ich habe mich schon über eine Stunde damit herumgeplagt«, sagte Vancha und tippte mit dem Finger auf die kleinen Zahlenfenster. »Aber ich werde einfach nicht schlau daraus.«

»Lass mich mal sehen«, meinte Mr. Crepsley und trat näher. »Ich bin zwar kein Experte für diese Art Schlösser, doch ich habe schon einige Tresore geknackt. Vielleicht kann ich ...« Er betrachtete die Schlösser eingehend, fluchte dann unflätig und trat gegen die Tür.

»Was ist los?«, fragte ich ruhig.

»Hier können wir nicht durch«, sagte der Vampir schroff. »Die Zahlenkombination ist zu kompliziert. Wir müssen einen anderen Ausgang nehmen.«

»Leicht gesagt«, entgegnete Vancha. »Ich habe schon das ganze Gewölbe abgesucht. Der Raum ist eigens für diesen Zweck entworfen worden. Ich fürchte, es gibt keinen anderen Ausgang.«

»Was ist mit der Decke?«, warf ich ein. »Letztes Mal sind die Vampyre von oben gekommen.«

»In der Decke sind ein paar verschiebbare Platten, in den darüber liegenden Hohlraum gelangt man allerdings nur von hier aus, nicht durch den Tunnel.«

»Und wenn wir ... neben der Tür einen Durchbruch machen?«, schlug Harkat vor.

»Hab ich schon versucht«, sagte Vancha und deutete auf das Loch, das er ein paar Meter links von uns in die Wand geschlagen hatte. »Die Wand ist mit Stahl gepanzert. Mit *massivem* Stahl. Auch wir Vampire haben unsere Grenzen.«

»Was soll das alles?«, sagte ich mürrisch. »Die Vampyre wussten, dass wir herkommen. Sie *wollten*, dass wir herkommen. Was haben sie davon, wenn wir hier festsitzen? Es muss eine Möglichkeit geben, hier herauszukommen.« Ich kniete mich hin und musterte die kleinen Fenster über den Schlössern, von denen jedes eine zweistellige Zahl zeigte. »Bitte erklären Sie mir, wie das Ding funktioniert«, wandte ich mich an Mr. Crepsley.

»Das Ganze ist ein Zahlenkombinationsschloss. Eigentlich ganz einfach. Die Wählscheiben sind hier unten.« Er zeigte mir die flachen, runden Scheiben unter den Fensterchen. »Um eine höhere Zahl einzustellen, dreht man sie im Uhrzeigersinn, um eine niedrige einzustellen, andersherum. Wenn in allen fünfzehn Fenstern die richtige Zahl steht, lässt sich die Tür öffnen.«

»Und die Zahlen sind alle verschieden?«

»Das ist anzunehmen.« Er seufzte. »Fünfzehn Schlösser, fünfzehn zweistellige Zahlen. Vielleicht könnte ich den Code entschlüsseln, aber das würde ein paar Tage und Nächte in Anspruch nehmen.«

»Ich kapiere trotzdem nicht, was das soll«, wiederholte ich und betrachtete die nichts sagenden Zahlenpaare in den Fenstern. »Steve hat diese Falle mit entworfen. Er hätte nichts bauen lassen, wo wir nicht wieder herauskommen. Es muss ...« Ich hielt inne. Die letzten drei Fenster waren leer. Ich zeigte sie Mr. Crepsley und fragte ihn nach dem Grund.

»Offenbar gehören sie nicht dazu«, meinte er.

»Das heißt, wir müssen uns nur über zwölf Zahlen das Hirn zermartern?«

Der Vampir lächelte schief. »Dann dauert es eine halbe Nacht weniger.«

»Wieso ausgerechnet zwölf?«, dachte ich laut nach. Dann schloss ich die Augen und versuchte, mich in Steve hineinzuversetzen (keine besonders erfreuliche Erfahrung). Steve hatte viel Geduld dabei bewiesen, uns zu überlisten und ins Verderben zu locken, und ich konnte mir einfach nicht vorstellen, dass er uns jetzt, da er fast am Ziel war, einen Stein in den Weg legte, den zu beseitigen uns eine ganze Woche gekostet hätte. Im Gegenteil, er konnte es wahrscheinlich kaum abwarten, uns zu fassen zu kriegen.

Er musste sich einen Code ausgedacht haben, den wir relativ rasch entschlüsseln würden, das hieß, er musste ganz einfach sein, auf den ersten Blick hoch kompliziert, aber in Wirklichkeit so simpel wie …

Ich stöhnte auf, dann fing ich mit geschlossenen Augen zu zählen an. »Probieren Sie es mit den Zahlen, die ich Ihnen sage«, forderte ich Mr. Crepsley auf. »Neunzehn … zwanzig … fünf …«

Ich machte weiter, bis ich bei »Achtzehn … vier« angekommen war.

Ich öffnete die Augen wieder. Mr. Crepsley drehte die letzte Wählscheibe gegen den Uhrzeigersinn auf vier. Ein Klicken ertönte, und das Handrad sprang vor. Verblüfft griff der Vampir danach. Es ließ sich mühelos drehen, und die runde Tür schwang auf.

Meine drei Gefährten starrten mich ehrfürchtig an.

»Wie …«, japste Vancha.

»Herrgott noch mal!«, schnaubte Alice Burgess. »Das sieht doch ein Blinder mit dem Krückstock! Er hat einfach das Alphabet von eins bis sechsundzwanzig durchnummeriert, der simpelste Code, den es gibt. Kinderleicht!«

»Ach so«, sagte Harkat. »Jetzt hab ich's. A ist 1, B ist … 2 und so weiter.«

Ich lächelte. »Richtig. Ich habe ›Steve Leopard‹ eingegeben. Ich wusste, dass es etwas ganz Einfaches sein musste.«

»Ist Bildung nicht was Schönes, Larten?«, kommentierte Van-

cha ironisch. »Wenn wir das hier hinter uns haben, melden wir uns auf der Abendschule an.«
»Klappe!«, zischte Mr. Crepsley verärgert. Er spähte in den Tunnel hinter der Tür. »Denk dran, wo wir sind und mit wem wir es zu tun haben.«
»So spricht man nicht mit einem Fürsten«, brummte Vancha beleidigt, aber dann riss er sich zusammen und konzentrierte sich. »Wir gehen hintereinander«, befahl er und trat vor. »Ich zuerst, dann Harkat, Alice in der Mitte, danach Darren und zum Schluss Larten.«
Wir gehorchten. Ich hatte zwar den gleichen Rang wie Vancha, doch er war der Erfahrenere, und es war nur natürlich, dass er das Kommando übernahm.
Nacheinander betraten wir den Tunnel. Er war zwar nicht besonders hoch, dafür aber breit, und wir konnten bequem gehen. In regelmäßigen Abständen waren Fackeln an der Wand befestigt. Ich hielt nach Abzweigungen Ausschau, sah jedoch keine. Wir marschierten immer geradeaus.
Nach ungefähr vierzig Metern ertönte hinter uns ein lautes Klirren, das uns zusammenfahren ließ. Als wir uns umdrehten, sahen wir, dass neben der Tür, durch die wir eben gegangen waren, jemand stand. Er trat mit erhobenen Hakenhänden einen Schritt vor ins Fackellicht, und wir wussten sofort, wer es war: *R. V.!*
»Meine Dame, meine Herren!«, grölte er. »Herzlich willkommen! Die Betreiber der Kammer der Vergeltung begrüßen Sie und wünschen Ihnen einen angenehmen Aufenthalt. Bei Fragen oder Beschwerden wenden Sie sich bitte jederzeit an …«
»Wo ist Debbie, du Scheusal?«, schrie ich und wollte mich an Mr. Crepsley vorbeidrängen. Der Vampir hielt mich mit festem Griff zurück und schüttelte nachdrücklich den Kopf.
»Du weißt, was wir im Silo besprochen haben«, raunte er.
Ich wehrte mich kurz, dann trat ich in die Reihe zurück und

blickte den geisteskranken Vampyr hasserfüllt an, der von einem Bein aufs andere hüpfte und wie ein Irrer lachte.
»Wo ist sie?«, knurrte ich.
»Ganz in der Nähe«, gab er kichernd zurück. Seine Stimme hallte in dem niedrigen Tunnel wider. »Es ist nur ein Katzensprung. Bloß, dass *tote* Katzen nicht weit springen.«
»Wie originell«, höhnte Harkat.
»Originell vielleicht nicht, aber wahr«, konterte R. V. Dann hörte er auf herumzutanzen und musterte uns kalt. »Debbie ist ganz in der Nähe, Mann«, zischte er. »Und sie lebt. Allerdings nicht mehr lange, wenn du jetzt nicht sofort mitkommst, Shan. Vergiss deine fiesen Freunde und ergib dich. Dann lasse ich Debbie frei. Wenn du dagegen lieber bei ihnen bleiben und deine abscheuliche Mission fortsetzen willst, murkse ich sie ab!«
»Wenn du das tust ...«, sagte ich drohend.
»Ja?«, spottete er. »Dann murkst du mich auch ab? Dafür musst du mich erst mal kriegen, Shanny-Schätzchen, und das ist gar nicht so einfach. R. V. kann ganz schön schnell rennen, jawoll, schnell wie der Wind.«
»Er redet genau wie Murlough«, erinnerte mich Mr. Crepsley im Flüsterton an den durchgedrehten Vampyr, dem wir vor vielen Jahren den Garaus gemacht hatten. »Als wäre Murloughs Seele noch lebendig und hätte in R. V. eine neue Heimat gefunden.«
Ich dachte statt über Seelenwanderung lieber über R. V.s Vorschlag nach. Ich zögerte noch, da sprang der Vampyr zu einer Öffnung in der Tunnelwand (wir hatten sie im Vorbeilaufen nicht gesehen, weil eine Platte davor gesessen hatte), schlüpfte hinein und streckte breit grinsend den Kopf heraus. »Wie sieht's aus, Shanny? Dein Leben gegen Debbies? Nutze das Angebot, sonst ist dein Liebchen tot!«
Jetzt musste ich Farbe bekennen. Um Debbie zu retten, wäre

ich mit Freuden gestorben. Aber wenn uns der Lord der Vampyre in seine Gewalt bekam, würde sein Volk den gesamten Vampirclan ausrotten. Ich hatte gegenüber jenen, die ihr Vertrauen in mich gesetzt hatten, eine Pflicht zu erfüllen. Ich durfte nicht nur an mich selbst denken. Obwohl es mir fast das Herz brach, schüttelte ich den Kopf und sagte leise: »Nein.«
»Wie war das?«, grölte R. V. »Sprich lauter, ich kann dich nicht verstehen.«
»NEIN!«, brüllte ich, riss mein Messer heraus und schleuderte es nach ihm, obwohl mir bewusst war, dass ich zu weit weg stand.
R. V.s Gesicht verzerrte sich vor Wut. »Idiot!«, fauchte er. »Die anderen haben schon gesagt, dass du ablehnen würdest, aber ich hätte wetten können, dass du meinen Vorschlag annimmst! Dann eben nicht. Selber schuld, Mann. Jetzt gibt's halt gebratene Debbie zum Frühstück!«
Lachend zog er den Kopf zurück und schob von innen polternd die Platte zu.
Am liebsten wäre ich hingelaufen, hätte mit den Fäusten dagegen gehämmert und ihm nachgerufen, er solle Debbie zurückbringen. Aber das hätte sowieso keinen Zweck gehabt, deshalb beherrschte ich mich – mit Mühe.
Mr. Crepsley legte mir die Hand auf die Schulter. »Gut gemacht, Darren.«
Ich freute mich nicht über das Lob. »Was blieb mir anderes übrig?«, seufzte ich.
»War das einer von diesen Vampyren, mit dem du da gesprochen hast?«, erkundigte sich Burgess.
Sie zitterte.
»Unverkennbar einer unserer rotmäuligen Vettern«, erwiderte Vancha vergnügt.
»Sind die anderen auch so?«, fragte sie mit angstvoll aufgerissenen Augen und gesträubtem Weißhaar.

»O nein«, sagte Vancha mit Unschuldsmiene. »Die meisten sind noch viel, viel schlimmer!«

Mit einem Augenzwinkern wandte sich der Fürst ab und marschierte weiter, immer tiefer in den schwarzen Schlund des Tunnels, in die gigantische Falle der Vampyre, in der Tod und Verderben auf uns lauerten.

13 Der Tunnel führte fünf- oder sechshundert Meter abwärts und mündete in ein riesiges Gewölbe mit getäfelten Wänden und einer hohen Kassettendecke, von der drei schwere silberne Kronleuchter herabhingen, die mit unzähligen dicken, roten, brennenden Kerzen bestückt waren.

Als wir den Raum betraten, sah ich, dass er einen ovalen Grundriss besaß, in der Mitte breiter, vorn und hinten schmaler. Vor der gegenüberliegenden Wand war eine Plattform errichtet, die auf massiven, fünfzehn Meter hohen Stahlstützen ruhte. Wir schwärmten zu einem Halbkreis aus und näherten uns mit gezückten Waffen. Vancha ging ein paar Schritte voran, ließ den Blick unruhig nach rechts, links und oben schweifen und hielt Ausschau nach Vampyren.

»Halt«, sagte er kurz vor der Plattform. Wir blieben sofort stehen. Ich dachte, er hätte einen Vampyr gesehen, doch sein Blick war auf den Boden gerichtet. Er wirkte verwundert, aber nicht beunruhigt. »Seht euch das an«, murmelte er und winkte uns heran.

Als ich neben ihn trat, lief es mir kalt den Rücken herunter. Ich stand am Rand einer Grube, ebenso oval wie das Gewölbe, aus der ein Wald von zwei- bis drei Meter hohen Pfählen mit Stahlspitzen emporragte. Der Anblick erinnerte mich an die Grube in der Todeshalle im Vampirberg, nur dass diese hier viel größer war.

»Sollen wir da ... reinfallen?«, fragte Harkat.
»Unwahrscheinlich«, meinte Vancha. »Dann hätten die Vampyre die Grube zum Schein abgedeckt.« Er blickte auf. Die Plattform befand sich direkt über der Grube, und ihre Stützen waren zwischen die Pfähle versenkt. Jetzt sahen wir auch, dass ein langes Brett von der hinteren rechten Ecke der Plattform zu einer Öffnung in der Wand führte. Von der vorderen linken Ecke wiederum führte ein dickes Tau zu unserer Seite der Grube und war dort um einen großen Pfosten geschlungen.
»Anders kommt man offenbar nicht hinüber«, bemerkte ich. Das Ganze gefiel mir überhaupt nicht.
»Wir könnten außen herumgehen und uns an der Wand entlangschieben«, schlug Mr. Crepsley vor.
Vancha schüttelte den Kopf. »Sieh genau hin«, sagte er.
Der Vampir und ich starrten angestrengt auf die Wand. Mr. Crepsley bemerkte es zuerst und stieß eine unterdrückte Verwünschung aus.
»Was gibt's?«, fragte Harkat, dessen runde grüne Augen nicht so scharf waren wie unsere.
»Die Wand hat so viele Löcher wie ein Sieb«, sagte ich. »Prima geeignet, um Kugeln oder Pfeile durchzuschießen.«
»Man würde uns sofort abknallen, wenn wir versuchen würden, daran entlangzubalancieren«, bestätigte Vancha.
»Merkwürdig«, brummte Hauptkommissarin Burgess. Wir drehten uns nach ihr um.
»Warum stellt man uns erst hier eine Falle und nicht schon im Gang? Sie hätten doch genauso gut die Tunnelwände durchlöchern können. Dort konnten wir nirgendwohin ausweichen, und sie hätten bloß zugreifen müssen. Wieso haben sie bis jetzt gewartet?«
»Weil es gar keine Falle ist«, erklärte Vancha. »Es ist eine Warnung. Wir sollen nicht um die Grube herumgehen. Wir sollen den Weg über die Plattform nehmen.«

Die Kommissarin blickte skeptisch. »Ich dachte, man will euch töten?«
»Das schon«, entgegnete der Fürst, »aber zuerst will man Katz und Maus mit uns spielen.«
»Merkwürdig«, brummelte sie noch einmal und drehte sich, das große Messer an die Brust gedrückt, langsam um die eigene Achse, als könnten jederzeit Teufel aus Wänden und Boden herausspringen.
»Riecht ihr das auch?«, fragte Mr. Crepsley mit gekrauster Nase.
Ich nickte. »Benzin. Es kommt aus der Grube.«
»Geht lieber ein Stück zurück«, meinte Vancha, und das ließen wir uns nicht zweimal sagen.
Wir betrachteten das Tau, das an den Pfosten gebunden war. Es war dick, straff und fachmännisch geknotet. Vancha hangelte sich probehalber ein Stück daran entlang, wobei wir ihm mit gezogenen Waffen Rückendeckung gaben.
Als der Fürst wieder zurückkehrte, sah er nachdenklich aus. »Das Seil ist stabil«, sagte er. »Ich schätze, es hält uns auch alle auf einmal aus. Aber darauf lassen wir es lieber nicht ankommen. Wir hangeln uns einer nach dem anderen über die Grube, in derselben Reihenfolge, wie wir vorhin gelaufen sind.«
»Was ist mit der Plattform?«, wandte Harkat ein. »Vielleicht ist sie ja … so präpariert, dass sie zusammenbricht, wenn wir … alle draufstehen.«
Vancha nickte. »Wenn ich drüben bin, laufe ich über das Brett zu der Öffnung in der Wand. Du kommst erst nach, wenn ich es geschafft habe, und machst es genauso wie ich. Das gilt für euch alle. Wenn die Plattform plötzlich einstürzt, geht nur einer von uns dabei drauf.«
»Tolle Aussichten!«, schnaubte die Kommissarin. »Das heißt also, die Chancen stehen eins zu fünf, dass ich dieses Experiment überlebe.«

»Das ist doch gar nicht so übel«, erwiderte Vancha. »Immer noch besser als die Aussichten, wenn die Vampyre endlich zuschlagen.«
Der Fürst überprüfte, ob seine Wurfstern-Gurte fest genug saßen, packte das Seil, kroch ein paar Meter auf dem Bauch und hangelte sich dann mit dem Kopf nach unten Hand über Hand, Fuß über Fuß weiter. Das Seil führte steil nach oben, aber der Fürst war durchtrainiert und wurde nicht langsamer. Als er etwa die Hälfte geschafft hatte und mitten über der tödlichen Grube baumelte, tauchte in der Tunnelmündung hinter der Plattform eine Gestalt auf. Alice Burgess bemerkte es zuerst. »He!«, rief sie und zeigte hin. »Da oben ist jemand!«
Alle Blicke, auch Vanchas, folgten ihrem Finger. Es war ziemlich dunkel, und man konnte nicht erkennen, ob der Betreffende groß oder klein, Mann oder Frau war. Dann trat er auf das Brett, und das Rätselraten hatte ein Ende.
»*Steve!*«, zischte ich voller Abscheu.
»Hallo, Jungs!«, rief der Halbvampyr und schlenderte ohne ein Zeichen von Angst, er könnte in die Grube fallen und sich aufspießen, über das Brett. »Habt ihr gut hergefunden? Ich warte schon seit Stunden. Ich dachte, ihr hättet euch vielleicht verlaufen, und wollte gerade einen Suchtrupp losschicken.«
Steve hatte die Plattform erreicht und trat an das halbhohe Geländer, das ringsherum lief. Er spähte zu Vancha hinunter und strahlte ihn an wie einen lang vermissten Freund. »So trifft man sich wieder, Mr. March«, gluckste er und winkte ihm ironisch zu.
Vancha knurrte wie ein Tier und kletterte schneller. Steve beobachtete ihn einen Moment amüsiert, dann griff er in die Tasche, holte ein Streichholz heraus und hielt es hoch, damit wir es alle sehen konnten. Er zwinkerte uns zu, bückte sich und riss das Streichholz am Boden der Plattform an. Anschließend hielt er es einen Augenblick hinter der gewölbten Hand

dicht vors Gesicht, bis es richtig brannte, und schnippte es wie zufällig über das Geländer in die benzingefüllte Grube.
Es gab eine ohrenbetäubende Explosion. Flammen schossen wie riesige, gierige Finger aus der Grube. Sie leckten über den Rand der Plattform, aber das störte Steve nicht. Sein lachendes Gesicht schimmerte durch die gelbrote Feuerwand. Die Flammen schlugen an die hintere Wand und das Dach des Gewölbes – und verschlangen im Handumdrehen das Seil samt dem Vampirfürsten.

14 Als ich Vancha in den Flammen verschwinden sah, stürzte ich instinktiv vor, aber die Flammenwogen, die sich auf mich zuwälzten, trieben mich rasch wieder zurück. Sie brachen sich am Boden des Gewölbes, sprühten bis über unsere Köpfe, und die ganze Zeit hallte Steve Leopards Gelächter in meinen Ohren wider. Ich beschirmte die Augen mit der Hand, spähte zur Plattform hoch und sah, wie er herumsprang, ein großes Schwert über dem Kopf schwenkte und vor Schadenfreude juchzte und jubelte. »Tschüs, Vancha!«, frohlockte er. »Mach's gut, Mr. March! Lebt wohl, o mein Fürst! Adios, Vam…«
»Freu dich nicht zu früh, Leonard!«, dröhnte eine Stimme aus der Grube.
Steve fiel die Kinnlade herunter. Die Flammen wurden niedriger und enthüllten einen angesengten, kohlrabenschwarzen und sehr lebendigen Vancha March, der mit einer Hand am Seil hing und mit der anderen wie wild die Glut in seinem Haar und seinem Fellumhang ausschlug.
»Vancha!«, schrie ich begeistert. »Du lebst noch!«
»Klar doch«, erwiderte er mit schmerzverzerrtem Grinsen und erstickte die letzten Flammen.

Steve blickte zu dem Fürsten hinunter. »Bist ein ganz schön zäher Bursche, was?«, sagte er mürrisch.
Vancha funkelte ihn an. »Allerdings. Warte nur, bis du mich richtig kennen lernst. Dann dreh ich dir deinen dreckigen Hals um!«
»*Oooh*, da hab ich aber Angst!«, erwiderte Steve verächtlich. Als Vancha unbeirrt weiterkletterte, lief er dorthin, wo das Seil an der Plattform befestigt war, und tippte mit der Schwertspitze darauf.
»Dazu wirst du wohl keine Gelegenheit haben«, gluckste er. »Noch einen Zentimeter weiter, und ich schicke dich in die Hölle.«
Vancha machte Halt. Er betrachtete erst Steve und dann das Stück Seil, das er noch vor sich hatte, und versuchte, die Lage einzuschätzen. Steve lachte in sich hinein. »Nun gib schon auf, March. Sogar ein Hornochse wie du weiß, wann er verloren hat. Ich möchte das Seil nicht durchschneiden, jedenfalls jetzt noch nicht, aber wenn ich meine Meinung plötzlich ändere, kannst du mich nicht daran hindern.«
»Das werden wir ja sehen«, knurrte Vancha, riss einen Wurfstern aus dem Gurt und schleuderte ihn nach dem Halbvampyr.
Steve zuckte nicht einmal zurück, als sich das Geschoss in die Unterseite der Stahlplattform bohrte. »Falscher Wurfwinkel«, gähnte er gelangweilt. »Von da unten wirst du mich nicht treffen, egal, wie gut du zielen kannst. Kletterst du jetzt endlich zurück zu deinen Freunden, oder muss ich erst ungemütlich werden?«
Vancha spuckte nach Steve (verfehlte jedoch abermals sein Ziel), schlang dann Arme und Beine um das Tau und glitt rasch über die züngelnden Flammen hinweg an den Rand der Grube, wo wir warteten.
»So ist's recht«, lobte Steve. Vancha kam taumelnd auf die

Füße, und wir suchten seinen Rücken und sein Haar nach schwelenden Funken ab.

»Wenn ich eine Knarre hätte, würde ich diesen Klugscheißer abknallen«, brummelte Burgess.

»Offenbar kannst du dich allmählich in uns hineinversetzen«, bemerkte Vancha sarkastisch.

»Was euch vier betrifft, bin ich mir noch im Unklaren«, gab die Hauptkommissarin zurück, »aber einen Psychopathen erkenne ich auf tausend Meter.«

»Also dann«, verkündete Steve mit lauter Stimme, »wenn wir alle wieder auf unseren Plätzen sind, kann die Vorstellung ja beginnen.« Er steckte zwei Finger in den Mund und stieß drei schrille Pfiffe aus. In der Kassettendecke über uns wurden die Holzfüllungen aufgeschoben, und Vampyre und Vampets ließen sich an Seilen herab. Auch in der Wandvertäfelung glitten Paneele auf, denen weitere Feinde entstiegen. Ich versuchte mitzuzählen: zwanzig … dreißig … vierzig … und mehr. Die meisten waren mit Schwertern, Streitäxten und Keulen ausgerüstet, einige trugen jedoch auch Gewehre, Handfeuerwaffen und Armbrüste.

Sie kamen langsam auf uns zu, und wir stellten uns mit dem Rücken zur Grube auf, damit sie uns nicht von hinten angreifen konnten. Wir starrten auf die Reihen der mordgierigen Krieger und zählten stumm, und uns wurde immer mulmiger, je klarer uns wurde, dass wir ihnen hoffnungslos unterlegen waren.

Vancha räusperte sich. »Macht für jeden von uns zehn bis zwölf«, fasste er die Lage zusammen. »Hat jemand Sonderwünsche, oder überlassen wir die Aufteilung dem Zufall?«

»Nimm dir, so viele du willst«, sagte ich, als ich im Gedränge ein bekanntes Gesicht entdeckte. »Hauptsache, du überlässt mir den Kerl da drüben.« Ich zeigte auf den Mann.

Alice Burgess schnappte nach Luft. »*Morgan James?*«

»'n Abend, Boss«, grüßte der Polizisten-Vampet mit den stechenden Augen spöttisch. Er hatte sich umgezogen, trug jetzt statt der Uniform das braune Hemd und die schwarze Hose der Vampets und hatte sich die Augen blutrot umrandet.
»Gehört Morgan etwa zu *denen?*«, fragte die Kommissarin erschüttert.
»Ja«, bestätigte ich. »Er hat mir zur Flucht verholfen. Er wusste, dass Steve seine Kollegen umbringen würde, und hat nichts dagegen unternommen.«
Ihre Miene verfinsterte sich. »Shan«, knurrte sie, »um den da musst du dich mit mir prügeln. Der Dreckskerl gehört *mir!*«
Ich drehte mich um, aber als ich ihren entschlossenen Blick sah, wusste ich, dass es keinen Zweck hatte, mich mit ihr herumzustreiten. Mit einem kurzen Nicken willigte ich ein.
Vampyre und Vampets blieben etwa drei Meter vor uns stehen, schwangen die Waffen, ließen uns nicht aus den Augen und warteten auf den Befehl zum Angriff. Oben auf der Plattform gab Steve ein zufriedenes Brummen von sich, dann klatschte er in die Hände. Aus dem Augenwinkel sah ich in der Tunnelöffnung hinter der Plattform jemanden auftauchen.
Ich riskierte einen raschen Blick über die Schulter. Zwei Gestalten waren aus der Öffnung getreten und überquerten das Brett zur Plattform. Beide waren alte Bekannte: Gannen Harst und der Lord der Vampyre!
»Da!«, zischte ich meinen Gefährten zu.
Vancha stöhnte laut, als er die beiden sah, fuhr herum, zückte drei Shuriken, zielte und warf. Das Problem war diesmal nicht die Entfernung, doch wie zuvor, als er am Seil gehangen und auf Steve gezielt hatte, war der Winkel ungünstig, und alle drei Wurfsterne prallten an der Unterseite der Plattform ab.
»Sei gegrüßt, Bruder«, sagte Gannen Harst und nickte Vancha zu.

»Wir müssen da rauf!«, sagte Vancha knapp und sah sich suchend um.
»Wenn du weißt, wie, komme ich gern mit«, bemerkte Mr. Crepsley.
»Das Seil ...«, setzte Vancha an, unterbrach sich jedoch, als er sah, dass sich zwischen uns und dem Haltepfosten eine Gruppe Vampyre aufgebaut hatte. Sogar dem ungestümen, stets optimistischen Fürsten war klar, dass wir gegen eine solche Übermacht nicht ankommen konnten. Hätten wir sie überrumpelt, so hätten wir uns den Weg vielleicht freikämpfen können, doch seit unserem letzten Zusammenstoß waren sie auf Überraschungsangriffe vorbereitet.
»Außerdem können die auf der Plattform ... das Seil durchschneiden, bevor wir drüben sind«, meinte Harkat.
»Und was sollen wir jetzt machen?«, murrte Vancha enttäuscht.
»Wie wär's mit *sterben*?«, schlug Mr. Crepsley vor.
Vancha zuckte zusammen. »Ich fürchte mich nicht davor«, sagte er, »aber ich bin auch nicht gerade wild darauf. Noch sind wir nicht am Ende. Sonst würden wir nicht hier stehen und reden. Dann wären sie nämlich schon längst über uns hergefallen. Gebt mir Deckung.« Er wandte sich dem Trio auf der Plattform zu, das jetzt Seite an Seite vor dem Brett stand.
»Gannen!«, rief er. »Was ist? Warum greifen deine Leute nicht an?«
»Das weißt du genau«, antwortete Harst. »Sie haben Angst, dass sie euch im Eifer des Gefechts tödlich verwunden. Salvatore Schick hat gesagt, nur unser Lord darf die drei Verbündeten töten.«
»Heißt das, sie verteidigen sich nicht, wenn wir zuerst angreifen?«, fragte Vancha.
Steve stieß ein kurzes Lachen aus. »Träum weiter, du blöder alter ...«

»Schluss jetzt!«, schnitt Gannen Harst dem Halbvampyr unwirsch das Wort ab. »Unterbrich mich gefälligst nicht, wenn ich mich mit meinem Bruder unterhalte.« Steve warf dem Leibwächter des Lords einen wütenden Blick zu, senkte den Kopf und schwieg.

»Selbstverständlich verteidigen sie sich«, wandte sich Harst wieder an Vancha. »Aber wir möchten eine Auseinandersetzung möglichst vermeiden. Abgesehen von dem Risiko, euch versehentlich zu töten, haben wir schon zu viele gute Leute eingebüßt und wollen nicht noch mehr verlieren. Vielleicht können wir uns ja auf einen Kompromiss einigen.«

»Ich höre«, erwiderte Vancha.

Gannen Harst sah Steve an. Der wölbte die Hand vor den Mund und rief zur Decke hoch: »Lass sie runter, R. V.!«

Es dauerte einen Augenblick, dann wurde polternd eine Holzfüllung aufgeschoben und jemand an einem Seil durch die Öffnung heruntergelassen – *Debbie!*

Bei ihrem Anblick schlug mir das Herz bis zum Hals, und ich streckte die Arme aus, als könnte ich die Entfernung überwinden und sie an mich ziehen. Bis jetzt schien der wahnsinnige R. V. die Finger (besser gesagt die *Haken*) von ihr gelassen zu haben.

Trotzdem hatte sie eine klaffende Stirnwunde, ihre Kleider waren zerrissen, und sie sah furchtbar mitgenommen aus. Man hatte ihr die Hände auf dem Rücken gefesselt, aber ihre Beine waren frei, und sie trat nach Steve und den beiden anderen, als sie auf gleicher Höhe mit der Plattform war. Doch die drei lachten bloß, und R. V. ließ ein Stück Seil nach, bis sie zu tief hing, um Schaden anzurichten.

»Debbie!«, rief ich verzweifelt.

»Darren!«, schrie sie. »Lauf weg! Glaub ihnen kein Wort! Steve und R. V. machen, was sie wollen. Sie erteilen ihnen sogar Befehle. Lauf weg, bevor …«

»Wenn du nicht gleich ruhig bist, stopf ich dir das Maul«, fauchte Steve wütend. Er streckte das Schwert aus und berührte mit der flachen Klinge das dünne Seil um Debbies Taille – das Einzige, was ihren tödlichen Sturz in die Pfahlgrube verhinderte.
Debbie erkannte die Gefahr und biss sich auf die Lippen.
»Gut«, nahm Gannen Harst den Faden wieder auf, als es still geworden war. »Hier ist unser Angebot. Uns geht es nur um die drei Verbündeten. Debbie Schierling, Alice Burgess und der Kleine Kerl interessieren uns nicht. Zahlenmäßig sind wir euch überlegen, Vancha. Wir besiegen euch auf jeden Fall. Ihr könnt nicht gewinnen, ihr könnt uns höchstens Schaden zufügen und uns vielleicht einen Strich durch die Rechnung machen, indem ihr euch von jemand anderem als unserem Lord ins Jenseits befördern lasst.«
»Dagegen hätte ich nichts einzuwenden«, erwiderte Vancha hochmütig.
Harst nickte. »Mag sein. Ich bezweifle auch nicht, dass Larten Crepsley und Darren Shan genauso empfinden. Aber was ist mit den anderen? Sind auch sie bereit, sich für das Wohl des Vampirclans zu opfern?«
»Jederzeit!«, bekräftigte Harkat vernehmlich.
Gannen Harst lächelte. »Von dir habe ich nichts anderes erwartet, Grauer. Aber du und die Frauen, ihr braucht euch nicht zu opfern. Wenn Vancha, Larten und Darren die Waffen niederlegen und sich ergeben, lassen wir euch frei. Ihr könnt einfach gehen.«
»Kommt überhaupt nicht infrage!«, rief Vancha sofort. »Unter anderen Umständen hätte ich schon nicht kampflos aufgegeben, und jetzt, wo so viel auf dem Spiel steht, erst recht nicht.«
»Auch ich stimme diesem Vorschlag nicht zu«, sagte Mr. Crepsley.

»Was ist mit Darren Shan?«, fragte Harst. »Ist er mit unserem Vorschlag einverstanden, oder verurteilt er seine Freunde dazu, zusammen mit euch dreien zu sterben?«
Alle Köpfe wandten sich mir zu. Ich blickte zu Debbie hoch, die von der Decke baumelte, verängstigt, blutverschmiert, verzweifelt. Es war an mir, sie aus dieser Lage zu befreien. Ich brauchte nur auf den Kompromissvorschlag der Vampyre einzugehen, dann erwartete mich ein rascher Tod statt eines möglicherweise langsamen, qualvollen, und dazu rettete ich noch der Frau, die ich liebte, das Leben. Ein solches Angebot abzulehnen wäre unmenschlich von mir gewesen ...
... doch ich war kein *Mensch*. Ich war ein Halbvampir. Mehr noch, ich war ein Vampirfürst. Und Fürsten schließen keine Kompromisse, jedenfalls nicht, wenn es um das Schicksal ihres Volkes geht. »Nein«, sagte ich kläglich. »Wir kämpfen bis zum letzten Atemzug. Alle für einen und einer für alle.«
Gannen Harst nickte verständnisvoll. »Damit habe ich gerechnet, aber bei Verhandlungen soll man nicht gleich mit der Tür ins Haus fallen. Gut, ich mache euch einen anderen Vorschlag. Eine Abwandlung des ersten. Ihr legt die Waffen nieder, ergebt euch, und wir lassen die Menschen laufen. Dafür tritt Darren Shan gegen unseren Lord und Steve Leonard an.«
Vancha legte misstrauisch die Stirn in Falten. »Was soll das nun schon wieder heißen?«
»Wenn du und Larten euch kampflos ergebt, gestatten wir Darren, gegen unseren Lord und Steve Leonard anzutreten. Das ist zwar zwei gegen einen, aber er darf seine Waffen benutzen. Bleibt Darren Sieger, lassen wir euch alle drei zusammen mit den anderen frei. Unterliegt er, richten wir Larten und dich hin, die Menschen und Harkat Mulds können trotzdem gehen.
Denkt darüber nach«, drängte er uns. »Es ist ein gutes, faires Angebot, ein besseres, als ihr eigentlich erwarten könnt.«

Vancha drehte sich nach uns um und blickte Mr. Crepsley Rat suchend an. Ausnahmsweise wusste der Vampir einmal nicht, was er sagen sollte, und schüttelte bloß stumm den Kopf.
»Was meinst *du* dazu?«, wandte sich Vancha an mich.
»Da muss irgendwo ein Haken sein«, murmelte ich. »Warum sollten sie freiwillig das Leben ihres Lords aufs Spiel setzen?«
»Gannen lügt nicht«, sagte Vancha. Seine Miene wurde eisig. »Doch vielleicht hat er uns nicht die ganze Wahrheit gesagt. Gannen!«, brüllte er. »Wie wollt ihr uns einen fairen Kampf garantieren? Woher sollen wir wissen, dass sich R. V. und die anderen nicht einmischen?«
»Darauf gebe ich euch mein Wort«, sagte Gannen Harst leise. »Nur die beiden, die hier mit mir auf der Plattform stehen, kämpfen gegen Darren Shan. Niemand sonst wird sich einmischen. Ich töte jeden, der versucht, den Ausgang des Kampfes zu Gunsten der einen oder anderen Seite zu beeinflussen.«
»Das genügt mir«, sagte Vancha. »Ich glaube ihm. Nur – ist das wirklich der richtige Weg? Den Lord haben wir noch nie kämpfen sehen, wir wissen nicht, wozu er im Stande ist. Aber wir wissen, dass Leonard ein gefährlicher, hinterhältiger Gegner ist. Und beide zusammen ...« Er schnitt eine Grimasse.
»Wenn wir Gannens Angebot annehmen und Darren dort hinaufschicken, setzen wir alles auf eine Karte«, sagte Mr. Crepsley. »Wenn Darren siegt – alles bestens. Doch wenn er unterliegt ...«
Die beiden Vampire blickten mich lange und prüfend an.
»Nun, Darren?«, fragte mein ehemaliger Meister schließlich. »Das ist eine schwere Verantwortung, die du dir da auflädst. Traust du dir zu, ihr gerecht zu werden?«
»Ich weiß nicht«, seufzte ich. »Ich suche immer noch nach dem Haken. Wenn die Chancen fünfzig-fünfzig stünden, wäre ich sofort dabei. Ich fürchte bloß, das ist nicht der Fall. Ich glaube ...«

Ich unterbrach mich. »Das spielt jetzt keine Rolle. Sofern es keine bessere Möglichkeit gibt, müssen wir zugreifen. Wenn ihr beide es mir zutraut, nehme ich die Herausforderung an – und übernehme die Verantwortung, falls ich den Kampf verliere.«

»Du sprichst wie ein echter Vampir!«, sagte Vancha begeistert.

»Er *ist* ein echter Vampir«, erwiderte Mr. Crepsley, und glühender Stolz erfüllte mich.

»In Ordnung«, rief der grünhaarige Vampirfürst. »Wir sind einverstanden. Aber ihr müsst zuerst die Menschen und Harkat freilassen. Danach tritt Darren gegen Steve und euren Lord an. Erst wenn er im fairen Kampf unterliegt, liefern Larten und ich unsere Waffen ab.«

»Die Bedingungen lauten aber anders«, entgegnete Harst verschnupft. »Erst liefert ihr eure Waffen ab und ergebt euch, dann ...«

»Nein«, fiel ihm Vancha ins Wort. »Entweder so oder gar nicht. Du hast mein Wort, dass wir uns gefangen nehmen lassen, sofern Darren verliert. Wenn er einen *fairen* Kampf verliert. Wenn dir mein Wort nichts gilt, haben wir ein Problem.«

Gannen Harst schien unschlüssig, dann nickte er knapp. »Dein Wort genügt mir.« Er befahl R. V., Debbie wieder hochzuziehen und herunterzubringen.

»Nein!«, heulte der Halbvampyr. »Steve hat gesagt, ich darf sie totmachen! Er hat gesagt, ich darf sie in kleine Fitzelchen hacken und ...«

»Jetzt sage ich eben was anderes!«, brüllte Steve ihn an. »Mach gefälligst keine Faxen! Es gibt noch mehr Nächte und mehr Menschen, aber nur einen Darren Shan!«

R. V. brummelte etwas vor sich hin, doch schließlich holte er das Seil ruckartig ein, sodass Debbie tüchtig durchgeschüttelt wurde. Kurz darauf entschwand sie unseren Blicken.

Während wir darauf warteten, dass er sie zu uns zurückbrachte, machte ich mich für meinen Kampf mit den beiden auf der Plattform bereit: Ich wischte mir die Hände ab, überprüfte meine Waffen und verscheuchte alle Gedanken, die nichts mit dem bevorstehenden Kampf zu tun hatten.
»Wie fühlst du dich?«, fragte Vancha.
»Gut.«
»Denk dran: Nur das Ergebnis zählt. Zieh alle Register, auch die unfeinen. Treten und Spucken, Kratzen und Kneifen und unter die Gürtellinie schlagen.«
»Verlass dich drauf«, sagte ich grinsend. Mit gedämpfter Stimme fragte ich: »Wollt ihr euch wirklich ergeben, wenn ich verliere?«
»Ich habe es schließlich versprochen«, erwiderte Vancha, dann zwinkerte er mir zu und flüsterte noch leiser als ich: »Ich habe versprochen, dass wir die Waffen niederlegen und uns gefangen nehmen lassen. Dazu stehe ich auch. Aber ich habe nichts davon gesagt, dass wir Gefangene bleiben oder die Waffen nicht wieder aufnehmen!«
Die Vampyre vor uns machten Platz, als R. V. jetzt angestapft kam und Debbie an den Haaren hinter sich herschleifte.
»Hör auf!«, rief ich wütend. »Du tust ihr weh!«
R. V. fletschte lachend die Zähne. Er trug immer noch die eine rote Kontaktlinse und hatte die in der vergangenen Nacht verlorene nicht ersetzt. In seinem buschigen Bart hingen Moosstückchen, kleine Zweige, Schmutz und Blut. Er hätte einem Leid tun können, denn bevor ihm der Wolfsmann beim Cirque du Freak beide Hände abgebissen hatte, war er ein anständiger Kerl gewesen. Aber Mitgefühl war jetzt nicht angebracht. Ich rief mir in Erinnerung, dass er zu den Feinden gehörte, und verbot mir jegliches Mitleid.
Dicht vor mir versetzte R. V. Debbie einen so derben Stoß, dass sie hinfiel. Sie stieß einen Schmerzensschrei aus, kam

schluchzend auf die Knie und warf sich mir in die Arme. Ich drückte sie fest an mich und versuchte etwas zu sagen.

»Schsch«, murmelte ich. »Ganz ruhig. Jetzt ist alles gut. Nicht sprechen.«

»Ich ... muss aber«, weinte sie. »Hab dir ... so viel zu sagen. Ich ... ich liebe dich, Darren.«

Mir stiegen die Tränen in die Augen. »Natürlich liebst du mich«, brachte ich lächelnd heraus.

»Was für ein rührender Anblick«, höhnte Steve. »Hat jemand mal ein Taschentuch für mich?«

Ich beachtete ihn nicht weiter und schob Debbie sanft von mir. Ich gab ihr einen flüchtigen Kuss und lächelte sie an. »Du siehst furchtbar aus«, sagte ich.

»Wie charmant!«, gab sie halb lachend, halb weinend zurück. Dann blickte sie mich flehend an. »Ich will jetzt nicht gehen«, sagte sie heiser. »Nicht vor dem Kampf.«

»O nein«, erwiderte ich rasch. »Du musst gehen. Ich will nicht, dass du dableibst und zusiehst.«

»Du meinst, falls du umkommst?«

Ich nickte, und sie presste eigensinnig die Lippen zusammen.

»Ich will auch hier bleiben«, verkündete Harkat und trat zu uns. Seine grünen Augen blickten entschlossen.

»Das ist dein gutes Recht«, entgegnete ich. »Ich kann dich nicht daran hindern. Aber mir wäre es lieber, wenn du gehst. Wenn dir unsere Freundschaft etwas wert ist, nimmst du Debbie und die Kommissarin, führst sie ins Freie und sorgst dafür, dass sie sich in Sicherheit bringen. Ich traue diesen Barbaren nicht. Vielleicht drehen sie plötzlich durch und bringen uns alle um, wenn ich den Kampf gewinne.«

»In dem Fall sollte ich lieber dableiben und ... an deiner Seite kämpfen.«

»Nein«, lehnte ich ruhig ab. »Diesmal nicht. Tu's für mich und für Debbie. Bringst du sie bitte raus?«

Harkat rang sichtlich mit sich, doch er nickte widerstrebend.

»Na los jetzt«, ertönte eine harsche Stimme hinter uns. »Wenn ihr gehen wollt, dann raus mit euch!«

Ich blickte hoch und sah Morgan James, den falschen Polizeibeamten, mit langen Schritten auf uns zukommen. Er trug ein schlankes Gewehr und stieß seiner Vorgesetzten den Kolben in die Rippen.

Alice Burgess fuhr zornentbrannt herum. »Pfoten weg!«, fauchte sie.

»Ganz ruhig, Boss«, sagte Morgan gedehnt und grinste wie eine Hyäne. »Ich würde Sie nur ungern erschießen.«

»Wenn wir zurück sind, kannst du was erleben«, knurrte Burgess.

»Ich komme nicht zurück«, erwiderte er hämisch. »Ich bringe euch bis zum Gewölbe am Ende des Tunnels, schließe hinter euch ab, damit ihr keinen Ärger macht, und verschwinde nach dem Kampf zusammen mit den anderen von der Bildfläche.«

»So leicht kommst du mir nicht davon«, schnaubte Burgess. »Ich finde dich, und wenn ich dir bis ans Ende der Welt folgen muss. Und dann bezahlst du für deine Schandtaten!«

»Klar doch«, sagte Morgan lachend und stieß ihr wieder den Gewehrkolben in die Rippen, diesmal noch kräftiger.

Die Hauptkommissarin spuckte nach ihrem ehemaligen Untergebenen, schob ihn unsanft zur Seite und kniete sich neben Vancha hin, um sich die Schnürsenkel zu binden. Dabei zischte sie ihm aus dem Mundwinkel etwas zu: »Der Typ da mit dem Kapuzenumhang, das ist der, den ihr erledigen müsst, stimmt's?«

Vancha nickte stumm und mit unbewegtem Gesicht. »Gefällt mir nicht, dass der Junge gegen ihn antreten soll«, fuhr Burgess fort. »Wenn ich ein bisschen Platz schaffe und euch Feuerschutz gebe, glaubst du, Crepsley oder du können da raufkommen?«

»Möglich«, erwiderte Vancha mit einer kaum sichtbaren Lippenbewegung.
»Mal sehen, was sich machen lässt.« Burgess war mit ihren Schnürsenkeln fertig, stand auf und blinzelte.
»Kommt«, befahl sie Harkat und Debbie laut. »Hier drinnen stinkt's. Je schneller wir draußen sind, desto besser.«
Damit drängte sie sich an Morgan vorbei und marschierte zielstrebig los. Die Reihen der Vampyre teilten sich vor ihr und ließen sie durch. Nur wenige Feinde standen jetzt noch zwischen uns und dem Pfosten, an dem das Seil befestigt war.
Harkat und Debbie drehten sich bedauernd nach mir um. Debbie sah aus, als wollte sie etwas sagen, brachte aber kein Wort heraus. Tränenüberströmt schüttelte sie den Kopf und wandte sich ab. Ihre Schultern bebten, so heftig schluchzte sie. Harkat legte den Arm um sie und führte sie fort.
Alice Burgess hatte das Ende des Ganges, der aus dem Gewölbe herausführte, fast erreicht, als sie stehen blieb und einen Blick zurückwarf. Morgan, das Gewehr in der Armbeuge, war ihr dicht auf den Fersen, Harkat und Debbie trotteten mit ein paar Meter Abstand hinterdrein.
»Beeilt euch gefälligst!«, schnauzte Burgess die beiden Trödelnden an. »Wir sind hier nicht auf einer Beerdigung.«
Morgan grinste und drehte sich automatisch nach Harkat und Debbie um.
Darauf hatte die Kommissarin nur gewartet. Sie warf sich auf ihn, packte den Gewehrkolben und rammte ihn dem Vampet kräftig in den Magen. Morgan knickte in der Mitte ein, stieß vor Schmerz und Überraschung einen Schrei aus und griff nach der Waffe, als Burgess sie wegziehen wollte. Fast hätte er ihr das Gewehr wieder aus der Hand gerissen, doch sie hielt es fest, und im Nu wälzten sich die beiden auf dem Boden. Jetzt setzten sich Vampyre und Vampets in Bewegung, um einzugreifen.

Bevor sie heran waren, schaffte die Polizeibeamtin es, den Abzug zu betätigen und einen Schuss abzugeben. Es war reiner Zufall, denn sie hatte keine Zeit, um zu zielen, aber der Lauf der Waffe zeigte genau auf den Mund ihres Widersachers, des Vampets Morgan James!
Es gab einen Blitz und ein lautes Krachen. Dann fiel Morgan mit einem schrecklichen Schrei zur Seite. Seine linke Gesichtshälfte war eine einzige blutige Masse.
Er erhob sich taumelnd, beide Hände um die traurigen Reste seines Gesichts geklammert, da schmetterte ihm Burgess den Gewehrkolben an den Hinterkopf, sodass er bewusstlos zusammensackte. Als nun Vampyre und Vampets herandrängten, stützte die Hauptkommissarin das Knie auf den Rücken des falschen Beamten, hob das Gewehr, zielte sorgfältig und gab eine Salve auf die Plattform ab – auf Steve, Gannen Harst... und den Lord der Vampyre!

15 Kugeln hagelten auf Plattform, Geländer, Wand und Decke. Die drei Männer in der Schusslinie wichen geduckt zurück, reagierten jedoch nicht schnell genug. Eine Kugel traf den Vampyrlord in die rechte Schulter. Eine Blutfontäne spritzte auf, und der Lord der Vampyre stieß einen schrillen Schmerzensschrei aus!
Bei diesem Laut verloren seine Untergebenen völlig die Beherrschung. Wie Tiere stürzten sie sich alle zugleich brüllend und heulend auf die Hauptkommissarin, die immer noch Schuss um Schuss abfeuerte.
Jeder wollte der Erste sein, sie fielen förmlich übereinander, brachen wie eine tückische, schäumende Brandung über Burgess herein und begruben dabei auch Debbie und Harkat unter sich.

Mein erster Impuls war, Debbie zu Hilfe zu eilen und sie aus dem Gewühl herauszuziehen, aber bevor ich hinlaufen konnte, packte mich Vancha am Arm und zeigte auf das Seil. Es war unbewacht.

Ich begriff sofort, dass ich diese Chance nicht verschenken durfte. Debbie musste allein zurechtkommen.

»Wer von uns geht?«, fragte ich im Laufen.

»Ich«, sagte Vancha und griff nach dem Seil.

»Nein«, widersprach Mr. Crepsley und legte dem Fürsten die Hand auf die Schulter. »*Ich* muss gehen.«

»Jetzt ist nicht der richtige Moment, um …«

»Allerdings«, unterbrach ihn mein ehemaliger Lehrer. »Jetzt ist nicht der richtige Moment, um zu streiten. Lass mich einfach.«

»Larten …«, sagte der Vampirfürst drohend.

»Er hat Recht«, bemerkte ich leise. »Er muss gehen.«

Vancha glotzte mich an. »Wieso?«

»Steve war mal mein bester Freund, und Gannen ist dein Bruder«, erklärte ich ihm. »Von uns dreien ist Mr. Crepsley der Einzige, der sich ausschließlich auf den Lord konzentrieren kann. Du und ich würden die ganze Zeit auf Steve oder Gannen achten, ob wir wollen oder nicht.«

Vancha dachte darüber nach, nickte, ließ das Seil los und trat beiseite. »Zeig's ihnen, Larten!«, sagte er.

»Mach ich«, erwiderte Mr. Crepsley lächelnd. Er packte das Seil und machte sich an die Kletterpartie.

»Wir müssen ihm von hier aus Deckung geben«, sagte Vancha, zückte eine Hand voll Shuriken und spähte mit zusammengekniffenen Augen zur Plattform hinüber.

»Weiß ich«, erwiderte ich und beobachtete den Haufen sich balgender Vampyre, bereit, mich ihnen jederzeit in den Weg zu stellen, sobald sie Mr. Crepsleys kühnes Vorhaben bemerkten.

Einer der drei Männer auf der Plattform musste den Vampir entdeckt haben, denn Vancha schickte plötzlich ein paar Wurfsterne auf die Reise (von unserem jetzigen Standort aus konnte er besser zielen), und ich hörte von drüben einen Fluch, als sich jemand mit einem Sprung außer Reichweite brachte.

Nach einer kurzen Pause hallte eine donnernde Stimme durch das Gewölbe, die sogar die johlenden, wild um sich schlagenden Vampyre erreichte. »Diener der Nacht!«, rief Gannen Harst. »Seht auf euren Lord! Gefahr ist im Verzug!«

Alle Köpfe fuhren herum, alle Blicke richteten sich erst auf die Plattform, dann auf das Seil und Mr. Crepsley. Mit neuerlichem Kreischen und Rufen machten Vampyre und Vampets kehrt und rannten zum Rand der Grube, an dem Vancha und ich standen.

Wären es nicht so viele gewesen, hätten sie uns einfach niedergemäht, doch gerade ihre große Anzahl gereichte ihnen zum Nachteil. Zu viele griffen gleichzeitig an, was zu Durcheinander und Verwirrung führte. Statt einer geschlossenen Front gegenüberzustehen, konnten wir uns einzelne Gegner heraus-picken.

Ich schwang ungestüm mein Schwert, und Vancha hieb mit bloßen Händen um sich. Mit einem Mal sah ich, wie Gannen Harst mit einem spitzen Dolch in der Hand zu der Ecke der Plattform schlich, an der das Tau befestigt war. Seine Absicht war unschwer zu erraten.

Ich brüllte Vancha eine Warnung zu, aber er steckte mitten im Gewühl und konnte sich nicht umdrehen und werfen. Ich rief Mr. Crepsley zu, er möge sich beeilen, doch ihn trennte noch ein langes Stück Seil von seinem Ziel, schneller als jetzt konnte er ohnehin nicht klettern.

Als Harst das Tau erreichte und es kappen wollte, schoss jemand auf ihn. Er ließ sich auf den Boden fallen und rollte sich weg, Kugeln pfiffen ihm um die Ohren.

Ich stellte mich auf die Zehenspitzen und erblickte eine grün und blau geschlagene, arg mitgenommene, aber immer noch quicklebendige Alice Burgess, die mit dem Gewehr in der Hand dastand und es mit Munition nachlud, die sie Morgan James entrissen hatte. Dicht vor ihr waren Harkat Mulds und Debbie Schierling. Harkat schwang seine Axt, Debbie fuchtelte mit einem kurzen Schwert herum, und beide schützten die Hauptkommissarin vor dem Häuflein Vampyre und Vampets, die nicht zum Seil geeilt waren.

Bei diesem Anblick hätte ich am liebsten einen Freudenschrei ausgestoßen, da prallte ein Vampyr von hinten gegen mich und warf mich um. Ich rollte mich zur Seite, um den stampfenden Füßen auszuweichen, und der Angreifer stürzte sich auf mich. Er hockte sich auf meine Brust, krallte die Finger um meinen Hals und drückte zu. Ich schlug nach ihm, konnte aber nichts ausrichten. Ich war erledigt!

Doch wieder einmal war mir das Vampirglück hold. Bevor mir der Vampyr endgültig die Luft abdrücken konnte, empfing einer seiner eigenen Mitstreiter einen derben Hieb von Vancha, kippte hintenüber, fiel gegen den Vampyr auf meiner Brust und riss ihn um. Mein Peiniger stieß ein Wutgeheul aus. Ich sprang auf die Füße, schnappte mir eine Keule, die jemand fallen gelassen hatte, und drosch sie ihm mitten ins Gesicht. Er sank mit einem Aufschrei zu Boden, und ich stürzte mich wieder ins Getümmel.

Zufällig bemerkte ich, wie ein Vampyr über dem Pfosten mit dem Seil seine Axt schwang. Mit einem Schrei schleuderte ich die Keule nach ihm, aber es war zu spät. Die Axtklinge glitt mühelos durch die Stränge des Taus und durchtrennte es.

Mir wurde ganz schlecht, als ich zusehen musste, wie Mr. Crepsley an dem losen Seilende unter der Plattform hindurchsauste, mitten durch die roten Flammen, die immer noch hell aus der Grube loderten.

Es schien eine Ewigkeit zu dauern, bis das Seil auf unsere Seite zurückschwang. Zuerst sah ich den Vampir nicht mehr, und mir stockte der Atem. Dann wanderte mein Blick abwärts, und ich merkte, dass sich Mr. Crepsley immer noch festhielt und bloß ein Stück tiefer gerutscht war. Als die Flammen über seine Fußsohlen leckten, kletterte er wieder aufwärts; in Sekundenschnelle hatte er sich vor dem Feuer in Sicherheit gebracht und pendelte erneut auf die Plattform zu.

Ein aufmerksamer Vampet löste sich aus dem Tumult, hob seine Armbrust und feuerte einen Pfeil auf den Vampir ab, verfehlte ihn jedoch. Bevor er erneut anlegen konnte, griff ich mir einen Speer und schleuderte ihn auf den Schützen. Die Spitze traf den Vampet in den rechten Oberarm, und er ging ächzend in die Knie.

Ich blickte zu Alice Burgess hinüber, die immer noch schoss und Mr. Crepsley Deckung gab, während dieser höher kletterte. Debbie rang mit einem Vampet, der doppelt so groß war wie sie. Sie hielt ihn mit beiden Armen umklammert, damit er sein Schwert nicht benutzen konnte, und hatte ihm ein Messer ins Kreuz gebohrt. Dann zerkratzte sie ihm mit den Nägeln das Gesicht und machte etwas sehr Ungezogenes mit dem linken Knie. Nicht schlecht für eine Englischlehrerin!

Harkat seinerseits verarbeitete Vampyre und Vampets zu Hackfleisch. Der Kleine Kerl war ein erfahrener, äußerst gefährlicher Gegner, viel stärker und gewandter, als er aussah. Ein Vampyr nach dem anderen ging auf ihn los, um ihn wie eine lästige Fliege zu erschlagen – keiner blieb lange genug am Leben, um seinen Enkeln von dem Massaker zu erzählen.

Als Harkat gerade wieder einen Vampet mit einem fast nachlässigen Axthieb ins Jenseits beförderte, erscholl ein lauter, unartikulierter Schrei, und ein wutschnaubender R. V. stürzte auf ihn los. Bis dahin hatte er in einem Knäuel Vampyre festgesteckt und sich nicht am Kampf beteiligen können. Jetzt aber befreite er sich endlich daraus, steuerte zielsicher auf Harkat zu und stieß mit blitzenden Haken und knirschenden Zähnen auf den Kleinen Kerl herab. Tränen des Zorns triefen aus seinen ungleichen Augen. »Ich mach dich fertig!«, röhrte er. »Ich bring dich um! Ich mach dich alle!«

Er ließ die Haken der linken Hand auf Harkats Kopf niedersausen, doch der Kleine Kerl duckte sich darunter weg und wehrte sie mit der flachen Klinge seiner Axt ab.

R. V. zielte mit den Haken an seinem rechten Armstumpf auf Harkats Bauch. Dieser griff mit der freien Hand gerade noch rechtzeitig nach unten, packte R. V.s Arm über dem Ellenbogen und bremste die tödlichen Spitzen knapp über seinem Zwerchfell. R. V. schrie und spuckte ihn an, aber der Kleine Kerl griff gelassen nach den Bändern, mit denen die Haken an dem verstümmelten Arm befestigt waren, riss sie ab und schleuderte die Hakenhand weit weg.

Der Verstümmelte quietschte wie ein angestochenes Schwein und stieß den Stumpf nach seinem Gegner. Harkat kümmerte sich nicht darum, streckte erneut die Hand aus, ergriff R. V.s zweite Hakenprothese und riss sie ebenfalls ab.

»NEIN!!!«, kreischte R. V. und bückte sich hastig. »Meine Hände! Meine Hände!«

Es gelang ihm, die Prothesen wieder zu finden, aber ohne fremde Hilfe konnte er sie nicht anlegen. Vergeblich rief er seinen Kameraden zu, sie möchten ihm helfen, doch die hatten mit sich selbst genug zu tun. Er zeterte immer noch, da ließ Alice Burgess auf einmal das Gewehr sinken und blickte mit aufgerissenen Augen zur Plattform hoch. Ich drehte mich um, sah Mr. Crepsley über das Geländer klettern und hielt ebenfalls inne.

Nach und nach wandten sich alle Köpfe der Plattform zu, das Kampfgetümmel legte sich. Alle, die Mr. Crepsley dort oben stehen sahen, ließen die Waffen sinken und blickten zu ihm

auf, denn sie spürten genau wie ich, dass unser Handgemenge jetzt belanglos geworden war. Der einzige Kampf, der zählte, würde gleich hoch über unseren Köpfen ausgetragen.
Als sich alle beruhigt hatten, senkte sich eine seltsame Stille auf uns herab, die bestimmt eine Minute anhielt. Mr. Crepsley stand wie eine Statue am einen Ende der Plattform, seine drei Gegner ebenso regungslos am anderen.
Schließlich, als sich meine Nackenhaare allmählich wieder glätteten (seit Beginn der Schlacht hatten sie senkrecht abgestanden), trat der Lord der Vampyre ans Geländer, schob die Kapuze zurück, blickte auf uns herab und erhob die Stimme.

16

»Hört auf zu kämpfen«, sagte der Lord mit matter, ruhiger Stimme. »Das ist jetzt nicht mehr nötig.«
Zum ersten Mal erblickte ich sein Gesicht. Ich war überrascht, wie gewöhnlich er aussah. Ich hatte mir einen unbeherrschten, blindwütigen, glutäugigen Tyrannen ausgemalt, dessen bloßer Blick genügte, um Wasser zum Brodeln zu bringen. Aber hier stand einfach ein Mann Ende zwanzig oder Anfang dreißig, von normaler Statur, mit hellbraunem Haar und ziemlich traurigen Augen. Seine Schulterwunde war harmlos, das Blut war schon wieder getrocknet, und er beachtete sie beim Sprechen nicht weiter.
»Ich wusste, dass es so kommen würde«, fuhr der Lord der Vampyre leise fort, wandte den Kopf und blickte Mr. Crepsley an. »Sal Schick hat es vorausgesagt. Er sagte, ich müsse hier oben über den Flammen gegen einen der drei Verbündeten kämpfen, höchstwahrscheinlich gegen Larten Crepsley. Wir haben versucht, seine Prophezeiung zu verdrehen und stattdessen den Jungen heraufzulocken. Eine Zeit lang glaubte ich, es könnte uns gelingen. Aber im Grunde meines Herzens

wusste ich, dass du und ich einander gegenübertreten würden.«
Mr. Crepsley hob skeptisch die Augenbraue. »Hat Meister Schick auch gesagt, wer von uns beiden den Sieg erringt?«, fragte er.
Der Vampyrlord lächelte flüchtig. »Nein. Er meinte, der Ausgang sei offen.«
»Wie ermutigend«, bemerkte Mr. Crepsley trocken.
Er hielt eines seiner Messer in die Höhe, fing das Licht des Kronleuchters ein und betrachtete prüfend die Klinge. Kaum hob er die Hand, stellte sich Gannen Harst auch schon schützend vor seinen Lord.
»Das Angebot gilt nicht mehr«, sagte er schroff. »Es heißt nicht mehr zwei gegen einen. Hättet ihr uns wie vereinbart Darren Shan heraufgeschickt, hätten wir unseren Teil der Abmachung eingehalten. Jetzt, wo du an seiner Stelle kommst, kannst du nicht erwarten, dass wir dir dieselben großzügigen Bedingungen anbieten.«
»Von Verrückten und Verrätern erwarte ich überhaupt nichts«, sagte der Vampir zweideutig, und durch die versammelten Vampyre und Vampets ging ein zorniges Raunen.
»Pass bloß auf«, knurrte Gannen Harst erbost, »oder ich …«
»Ganz ruhig, Gannen«, sagte der Lord der Vampyre. »Die Zeit der Drohungen ist vorbei. Lasst uns nun ohne Groll mit wachem Geist und starker Hand die Klingen kreuzen.«
Der Lord trat hinter seinem Leibwächter hervor und zog ein gezacktes Kurzschwert. Harst zückte ein längeres Schwert mit glatter Schneide, Steve förderte fröhlich pfeifend einen goldenen Dolch und eine lange, mit Stacheln bewehrte Kette zu Tage.
»Bist du bereit, Larten Crepsley?«, fragte der Lord. »Hast du deinen Frieden mit den Göttern gemacht?«
»Schon längst«, erwiderte Mr. Crepsley mit wachsamem Blick.

Er hielt in jeder Hand ein Messer. »Doch bevor wir anfangen, wüsste ich gern, was hinterher geschehen soll. Werden meine Verbündeten freigelassen, wenn ich gewinne, oder müssen sie ...«

»Keine Bedingungen!«, schnitt ihm der Lord der Vampyre das Wort ab. »Wir sind nicht hier, um zu feilschen. Wir sind hier, um zu kämpfen. Das Schicksal der anderen, deiner Leute und meiner, wird sich klären, wenn wir die Klingen gekreuzt haben. Es geht jetzt nur um uns. Alles andere ist Nebensache.«

»Von mir aus«, brummte Mr. Crepsley, trat vom Geländer zurück und näherte sich tief geduckt seinen Widersachern.

Unten, auf dem Boden der Kammer, rührte sich niemand. Vancha, Harkat, Debbie, Burgess und ich hatten die Waffen gesenkt und waren blind für alles, was um uns herum vorging. Für die Vampyre wäre es ein Leichtes gewesen, sich unserer zu bemächtigen, doch sie waren von den Ereignissen oben auf der Plattform genauso gefesselt wie wir.

Als Mr. Crepsley näher kam, formierten sich die drei Vampyre zu einem ›V‹ und schoben sich ein paar Meter an ihn heran. Der Lord ging in der Mitte, Gannen Harst etwa einen Meter links, Steve Leopard im gleichen Abstand rechts von ihm. Es war eine wohl überlegte, wirkungsvolle Taktik. Mr. Crepsley musste in der Mitte angreifen. Er musste den Vampyrlord töten, nur darauf kam es an. Aber sobald er auf ihn losging, konnten Harst und Steve gleichzeitig von der Seite zuschlagen.

Der Vampir machte dicht vor den dreien Halt und streckte beide Arme aus, um Angriffe von der Seite abzuwehren. Sein Blick war fest auf den Lord der Vampyre geheftet, und er schien dabei nicht einmal zu blinzeln.

Die Spannung wurde unerträglich. Dann holte Steve mit seiner Kette nach Mr. Crepsley aus. Die Stacheln blitzten auf, als die

Waffe wie eine Schlange auf den Kopf des Vampirs zuschnellte, und hätte Steve getroffen, so hätte er seinen Gegner ernsthaft verletzt. Doch der Vampir war zu flink für den Halbvampyr. Er drehte den Kopf unmerklich zur Seite, sodass Kette und Stacheln dicht an seiner Wange vorbeizischten, und setzte mit der gleichen Bewegung zu einem Messerstoß auf Steves Magengrube an.

Sofort schwang Gannen Harst sein Schwert. Ich wollte dem Vampir schon eine Warnung zurufen, doch dann sah ich, dass ich mir keine Sorgen zu machen brauchte. Mr. Crepsley hatte mit dem Gegenschlag gerechnet, duckte sich gewandt unter der Klinge hindurch und kam dem Vampyrlord gefährlich nahe.

Mit dem Messer in der Rechten machte er einen Ausfallschritt und versuchte, dem Lord den Bauch aufzuschlitzen. Doch der Anführer der Vampyre kam ihm zuvor und parierte den Stoß mit seinem gezackten Schwert. Zwar ritzte die Messerspitze ihm die Hüfte auf, doch nur ein dünnes Blutrinnsal zeigte sich.

Bevor Mr. Crepsley erneut zustoßen konnte, bedrängte ihn Steve mit seinem Dolch, ging zwar zu ungestüm vor, um zu treffen, trieb den Angreifer jedoch zurück. Dann war Gannen Harst wieder zur Stelle, führte einen weit ausholenden Schlag mit dem Schwert aus, und Mr. Crepsley musste sich fallen lassen und blitzartig zur Seite rollen.

Mit funkelnden Klingen und peitschender Kette waren sie über ihm, bevor er wieder aufstehen konnte. Mr. Crepsley musste seine ganze Geschicklichkeit, Schnelligkeit und Kampfkunst aufbieten, um die Schwerter abzuwehren, sich unter der Kette hindurchzuducken und auf den Knien rutschend zurückzuweichen, bevor ihn die beiden überwältigten.

Als sich die Vampyre auf ihn stürzten, fürchtete ich schon, das letzte Stündlein des Vampirs hätte geschlagen, denn trotz seiner verzweifelten Bemühungen durchbrachen sie immer wieder seine Abwehr und fügten ihm eine Schnittwunde nach der anderen zu. Es waren keine lebensgefährlichen Verletzungen, aber es war nur eine Frage der Zeit, wann sich eine Klinge tiefer in seine Brust oder seine Eingeweide bohren oder sich die Stachelkette um seine Nase wickeln und ihm ein Auge ausstechen würde.

Es musste Mr. Crepsley bewusst sein, in welcher Gefahr er schwebte, doch er verfolgte weiter eine Defensivtaktik, griff nicht mehr an, sondern zog sich zurück, schützte sich, so gut er konnte, verlor dabei immer mehr Boden und ließ sich von seinen Gegnern ans Geländer der Plattform und damit in die Enge treiben.

»Das hält er nicht durch«, sagte ich leise zu Vancha, der neben mir stand und die Kämpfenden nicht aus den Augen ließ. »Er muss etwas riskieren, und zwar bald, bevor sie ihn endgültig festnageln.«

»Glaubst du, er weiß das nicht?«, erwiderte Vancha kurz angebunden.

»Warum schlägt er dann nicht ...«

»Still, Junge«, sagte der schmutzstarrende Fürst gelassen. »Larten weiß, was er tut.«

Ich war mir da nicht so sicher. Mr. Crepsley war ein erfahrener Kämpfer, aber diesmal hatte ich das Gefühl, dass ihm die Sache über den Kopf wuchs. Mann gegen Mann wurde er mit jedem Vampyr fertig. Auch bei zwei Angreifern zugleich konnte ich mir vorstellen, dass er die Oberhand behielt. Bei dreien jedoch ...

Ich sah mich nach einer Möglichkeit um, auf die Plattform zu gelangen. Wenn ich ihm beistand, konnte ich die Situation vielleicht noch retten. Doch in diesem Augenblick nahm das Gefecht eine entscheidende Wendung.

Mr. Crepsley war immer weiter zurückgewichen, nur noch ein

halber Meter trennte ihn vom Geländer. Die Vampyre merkten, in welcher Bedrängnis er war, und bestürmten ihn mit frischem Eifer, weil sie glaubten, den Sieg schon in der Tasche zu haben. Steve ließ zum x-ten Mal seine Kette nach Mr. Crepsleys Gesicht schnellen, doch diesmal duckte sich der Vampir nicht und wich auch sonst nicht aus.
Er warf ein Messer weg, hob die Hand und packte die Kette aus der Luft. Seine Finger schlossen sich um die Stacheln, und seine Lippen wurden weiß vor Schmerz, dennoch ließ er nicht los. Mit einem kräftigen Ruck riss er Steve an der Kette zu sich heran. Im letzten Moment senkte er den Kopf, und Steves Gesicht donnerte gegen die Stirn des Vampirs, dass die Knochen nur so krachten.
Steves Nase platzte auf, aus seinen Nasenlöchern quoll ein Blutstrom. Mit einem schrillen Schrei sank er zu Boden. Sogleich schleuderte Mr. Crepsley das andere Messer nach Gannen Harst und war nunmehr unbewaffnet. Harst duckte sich instinktiv, und der Vampyrlord drang mit seinem Schwert auf Mr. Crepsley ein.
Der Vampir warf sich zur Seite, die Schwertspitze stieß ins Leere. Er prallte gegen das Geländer, drehte sich rasch um, sodass er seinen Gegnern den Rücken zuwandte, packte das Geländer und schwang sich blitzschnell in den Handstand.
Während wir Zuschauer ihn noch ungläubig angafften, sprachlos über das unerwartete Manöver, winkelte Mr. Crepsley die Arme an, bis sein Kinn auf gleicher Höhe mit dem Geländer war, und stieß sich dann mit aller Kraft davon ab. Er segelte ausgestreckt durch die Luft, flog über den Vampyrlord und Gannen Harst hinweg, der sich wieder einmal schützend vor seinen Herrn gestellt hatte, ebenso über Steve Leopard, der immer noch am Boden lag.
Wie eine Katze landete der Vampir auf den Füßen, hinter dem ungeschützten Rücken des Lords. Bevor der Halbvampyr und

der Leibwächter reagieren konnten, packte Mr. Crepsley den Lord mit der einen Hand am Hemdkragen, mit der anderen am Hosenbund, hob ihn hoch, drehte sich um, hielt ihn über das Geländer und schleuderte ihn mit dem Kopf nach unten in die Pfahlgrube!

Der Lord der Vampyre hatte gerade noch Zeit, einen letzten Schrei auszustoßen, dann fiel er mit einem dumpfen Geräusch, das mich zusammenfahren ließ, auf die Pfähle. Die tödlichen Spitzen durchbohrten Herz und Kopf und ein Dutzend andere Stellen. Sein Körper zuckte noch ein paar Mal, dann rührte sich nichts mehr, und Haar und Kleidung fingen Feuer.

Alles ging so schnell, dass ich es erst gar nicht richtig begriff. Aber als die Sekunden verstrichen und die Vampyre bestürzt und verwirrt auf die brennende Leiche ihres Anführers hinabstarrten, erfasste ich die volle Bedeutung des Geschehenen: Mr. Crepsley hatte den Lord der Vampyre getötet ... ohne ihren Anführer waren sie dem sicheren Untergang geweiht ... der Krieg der Narben war zu Ende ... die Zukunft gehörte uns ... wir hatten GESIEGT!

17 Es war unglaublich. Es war großartig. Es war kaum zu fassen. Als sich die Zuversicht der Vampyre in Nichts auflöste wie die Rauchschwaden, die von der brennenden Leiche ihres Lords aufstiegen, schwoll die meine an, und es kam mir vor, als müsste meine Brust vor Freude und Erleichterung bersten. In unserer dunkelsten Stunde hatten wir den Feind trotz aller Widrigkeiten und entgegen allen Erwartungen mit seinen eigenen Waffen geschlagen und seine zerstörerischen Pläne zunichte gemacht. In meinen kühnsten Träumen hätte ich mir nichts Schöneres ausmalen können.

Als ich aufblickte, trat Mr. Crepsley an den Rand der Platt-

form. Der Vampir war blutverschmiert, schweißüberströmt und völlig erledigt, doch der Glanz in seinen Augen hätte das ganze Gewölbe erleuchten können. Als er mich zwischen den erschütterten Vampyren entdeckte, lächelte er, hob die Hand zum Gruß und öffnete den Mund, um mir etwas zuzurufen.
Im gleichen Augenblick warf sich Steve Leopard mit einem wilden Schrei von hinten gegen ihn.
Mr. Crepsley verlor das Gleichgewicht, ruderte mit den Armen und griff nach dem Geländer. Den Bruchteil einer Sekunde sah es so aus, als könnte er sich festklammern und hochziehen, dann siegte die Schwerkraft und zog ihn so rasch, dass mein Blick kaum folgen konnte, über das Geländer, weg von jedem Halt ... und hinab in die Grube zum Lord der Vampyre!

18 Zwar hatte Steve Mr. Crepsley ins Verderben gestürzt, doch er hatte ihm zugleich, ohne es zu wollen, eine dünne Rettungsleine zugeworfen. Denn als Mr. Crepsley vornübergekippt war, hatte sich Steve über das Geländer gelehnt, begierig zu sehen, wie der Vampir von den Pfählen aufgespießt wurde und starb. Dabei hatte er ein Ende der Kette losgelassen, die er als Waffe benutzt und noch immer um die Hand geschlungen hatte, und sie entrollte sich nun wie ein Seil vor Mr. Crepsleys Nase.
Mit dem Mut der Verzweiflung griff der Vampir danach und ignorierte wie zuvor den Schmerz, als sich die Stacheln tief in seine Handfläche bohrten. Die Kette spannte sich und bremste seinen Fall.
Oben auf der Plattform jaulte Steve auf, als Mr. Crepsleys Gewicht die dornige Kette um seine Hand straffte. Vergeblich versuchte er, den Hängenden abzuschütteln.

Während er noch mit dem Oberkörper über dem Geländer dastand und mit der Kette kämpfte, langte Mr. Crepsley hoch, packte Steve am Hemd und zog ihn mit sich, wild entschlossen, dem Feind ohne Rücksicht auf das eigene Überleben den Garaus zu machen.

Als das Paar fiel – Steve schrie, Mr. Crepsley lachte –, beugte sich Gannen Harst vor und erwischte Steves herumfuchtelnde Hand. Der Vampyr ächzte, als das Gewicht von zwei ausgewachsenen Männern an seinen Armmuskeln und -sehnen zerrte, aber er klammerte sich an einem senkrechten Stützpfeiler fest und hielt stand.

»Lass mich los!«, heulte Steve und trat nach Mr. Crepsley, um ihn abzuschütteln. »Du bringst uns beide um!«

»Genau das ist meine Absicht!«, brüllte der Vampir. Der Tod schien ihn nicht im Mindesten zu schrecken. Vielleicht war er im Siegesrausch, weil er den Lord der Vampyre getötet hatte, vielleicht zählte das eigene Leben für ihn nicht, wenn er auf diese Weise Steve beseitigen konnte. Wie auch immer, er hatte sich mit seinem Schicksal abgefunden und machte keine Anstalten, über Steve hinweg zum rettenden Geländer hochzuklettern. Im Gegenteil – er fing sogar an, an der Kette zu reißen, damit Gannen Harst losließ.

»Hör auf!«, schrie dieser. »Wenn du aufhörst, lassen wir dich laufen!«

»Zu spät!«, gellte Mr. Crepsley. »Zweierlei habe ich mir geschworen, als ich hier herunterkam. Erstens: Ich töte den Lord der Vampyre. Zweitens: Ich töte Steve Leonard! Und da ich meine Arbeit stets gründlich erledige …«

Er zog kräftiger. Oben auf der Plattform keuchte Gannen Harst und schloss gequält die Augen. »Ich … kann … euch gleich … nicht mehr halten!«, stöhnte er.

»Larten!«, rief Vancha. »Tu's nicht! Rettet euch beide. Wir kümmern uns später um ihn und machen ihn fertig!«

»Beim Schwarzen Blut von Harnon Oan – nein!«, donnerte Mr. Crepsley. »Jetzt habe ich ihn endlich, jetzt töte ich ihn auch. Und dann mag Schluss sein!«
»Was ... wird aus deinen ... Verbündeten?«, rief Gannen Harst. Als Mr. Crepsley der Sinn dieser Frage aufging, hörte er auf, an der Kette zu zerren, und blickte argwöhnisch zum ehemaligen Leibwächter des Vampyrlords hoch.
»*Du* hast Steve Leonards Leben in den Händen«, sprach Harst rasch weiter, »aber in *meinen* Händen liegt das Leben deiner Gefährten. Wenn du Steve tötest, ordne ich ihre Hinrichtung an!«
»Nein«, erwiderte der Vampir ruhig. »Leonard ist ein Wahnsinniger. Er verdient keine Schonung. Lass mich ...«
»*Nein!*«, schrie Gannen Harst. »Du verschonst Steve, und ich verschone deine Freunde. So lauten die Bedingungen. Sag ›ja‹, aber beeil dich, bevor ich euch beide nicht mehr halten kann und das Blutvergießen weitergeht.«
Mr. Crepsley schwieg und dachte nach.
»Ihn auch!«, rief ich dazwischen. »Verschont Mr. Crepsley, oder ...«
»Nein!«, fauchte Steve. »Grusel-Crepsley muss sterben. Ich erlaube nicht, dass er freigelassen wird.«
»Sei nicht dumm!«, blaffte Gannen Harst. »Wenn wir ihn nicht freilassen, stirbst du ebenfalls!«
»Na und?«, entgegnete Steve zynisch.
»Du weißt ja nicht, was du redest!«, zischte Harst.
»O doch«, erwiderte Steve leise. »Die anderen könnt ihr meinetwegen laufen lassen, aber Crepsley muss sterben, denn er hat behauptet, ich sei böse.« Steve sah hasserfüllt auf den schweigenden Vampir hinunter. »Und wenn ich mit ihm zusammen sterbe, dann sei's drum. Das ist es mir wert!«
Während Gannen Harst den Halbvampyr noch mit offenem Mund anglotzte, suchten Mr. Crepsleys Augen Vancha und

mich. Unsere Blicke trafen sich in grimmigem Einvernehmen, da stürzte Debbie plötzlich vor. »Darren!«, rief sie. »Wir müssen ihn retten! Wir dürfen nicht zulassen, dass er stirbt! Wir ...«
»Schsch«, flüsterte ich, küsste sie auf die Stirn und zog sie an mich.
»Aber ...«, schluchzte sie.
»Wir können nichts machen«, seufzte ich.
Jammernd barg Debbie das Gesicht an meiner Brust. Jetzt wandte sich Mr. Crepsley an Vancha. »Es scheint, dass sich unsere Wege trennen, Euer Gnaden.«
»So sei es«, erwiderte Vancha mit zugeschnürter Kehle.
»Wir beide haben schöne Zeiten zusammen verlebt.«
»Herrliche Zeiten«, berichtigte Vancha.
»Werdet ihr nach eurer Rückkehr in die Hallen des Vampirberges mein Loblied singen und einen Trinkspruch auf mich ausbringen, auch wenn es nur mit einem Glas Wasser ist?«
»Ich trinke ein Fass Bier auf dich und singe Totenlieder, bis ich heiser bin«, versprach ihm Vancha.
»Du hast schon immer zur Übertreibung geneigt«, gab Mr. Crepsley lachend zurück. Dann richtete er den Blick auf mich. »Darren«, sagte er.
»Larten«, erwiderte ich mit schiefem Lächeln. Am liebsten hätte ich geweint, aber es ging nicht. Ich fühlte mich innerlich schrecklich leer, als wären meine Gefühle abgestorben.
»Beeilt euch!«, rief Gannen Harst. »Ich kann nicht mehr. Noch ein paar Sekunden, und ich muss ...«
»Ein paar Sekunden sind völlig ausreichend«, unterbrach ihn Mr. Crepsley, der sich nicht einmal im Angesicht des Todes aus der Ruhe bringen ließ. Er lächelte mich traurig an und sagte: »Lass dein Leben nicht vom Hass vergiften. Mein Tod verlangt nicht nach Vergeltung. Lebe als freier Vampir, nicht als seelisch verkrüppeltes, rachedürstendes, elendes Geschöpf.

Werde nicht so wie Steve Leonard und R. V. Sonst findet mein Geist im Paradies keine Ruhe.«
»Sie wollen nicht, dass ich Steve töte?«, fragte ich verwirrt.
»O doch, auf jeden Fall!«, schrie Mr. Crepsley dröhnend. »Aber lass dich nicht von diesem Ziel beherrschen. Lass dich nicht ...«
»Ich kann ... nicht ... mehr!«, keuchte Gannen Harst. Er zitterte und schwitzte vor Anstrengung.
»Das brauchst du auch nicht«, erwiderte Mr. Crepsley. Noch einmal ging sein Blick von mir zu Vancha und wieder zurück, danach richtete er die Augen zur Decke. Sein Blick war starr, als könnte er durch die Schichten von Felsen, Beton und Erde geradewegs in den Himmel sehen. »Götter der Vampire!«, donnerte er. »Lasst mich siegreich sein noch im Tod!«
Und während dieser Ruf noch von den Wänden des Gewölbes widerhallte, ließ Mr. Crepsley die Kette los. Einen unwirklichen Augenblick schien er in der Luft zu schweben, als könnte er fliegen ... dann sauste er wie ein Stein auf die spitzen Pfähle.

19 In letzter Sekunde, als alles verloren schien, ließ sich plötzlich jemand an einem Seil von der Decke fallen, sauste durch die Luft, packte Mr. Crepsley um die Taille und schwang sich mit ihm zur Plattform hinüber, wo sie beide wohlbehalten landeten. Mit offenem Mund sah ich, wie sich Mr. Crepsleys Retter umdrehte. Es war Mika Ver Leth, einer meiner Mitfürsten!
»Jetzt!«, brüllte er, und auf diesen Ruf quoll eine ganze Vampirarmee aus den Deckenöffnungen, ließ sich auf den Boden fallen und landete zwischen den verdutzten Vampyren und Vampets. Bevor diese sich verteidigen konnten, stürzten sich

unsere Truppen auch schon auf sie, schwangen Schwerter, schleuderten Messer, ließen Äxte niedersausen.

Oben auf der Plattform heulte Gannen Harst verzweifelt »Nein!« und hastete auf Mr. Crepsley und Mika zu. Doch Mika stellte sich seelenruhig vor Mr. Crepsley, zog sein Schwert, holte weit aus und trennte dem heranstürmenden Vampyr mit einem sauberen Streich den Kopf vom Rumpf, sodass er wie eine verirrte Bowlingkugel durch die Luft segelte.

Als Gannen Harsts lebloser, kopfloser Körper über das Geländer kippte, jaulte Steve Leopard auf, drehte sich um und rannte über das Brett zum Tunneleingang hinter der Plattform. Er hatte ihn schon fast erreicht, da borgte sich Mr. Crepsley eines von Mikas Messern, zielte sorgfältig und schleuderte es nach dem Halbvampyr.

Die Klinge bohrte sich bis zum Heft zwischen Steves Schulterblätter. Der Getroffene schnappte nach Luft, blieb stehen, wandte sich mit bleichem Gesicht und hervorquellenden Augen langsam um, fingerte nach dem Messergriff und versuchte vergeblich, die Klinge herauszuziehen. Er hustete Blut, brach am Ende des Brettes zusammen, zuckte noch einmal kurz und lag still.

Um uns herum machten die Vampire ihren Gegnern den Garaus. Auch Harkat und Vancha beteiligten sich an dem Gemetzel und erledigten frohgemut einen Vampyr und Vampet nach dem anderen. Hauptkommissarin Alice Burgess beobachtete das Blutbad und fragte sich offenbar, wer die fremden Krieger waren. Sie schien zu begreifen, dass sie zu den Unseren gehörten, hielt aber für alle Fälle ihr Gewehr griffbereit.

Debbie schluchzte immer noch an meiner Brust. Sie hatte überhaupt nicht mitbekommen, was vor sich ging! »Ist schon gut«, tröstete ich sie und hob sanft ihren Kopf. »Mr. Crepsley ist gerettet. Er lebt. Die Kavallerie ist da.«

»*Die Kavallerie?*«, wiederholte sie verständnislos, sah sich um und trocknete sich die Augen. »Das verstehe ich nicht. Was ...? Wie ...?«

»Weiß ich auch nicht«, sagte ich vergnügt und packte Vancha am Arm, als er in Reichweite kam. »Was ist hier los?«, brüllte ich ihm ins Ohr. »Wo kommen die alle her?«

»Die habe ich mitgebracht!«, rief er ausgelassen zurück. »Als wir uns gestern getrennt haben, bin ich zum Vampirberg gehuscht und habe dort berichtet, was passiert ist. Dann sind wir alle zusammen zurückgehuscht. Sie mussten sehr vorsichtig zu Werke gehen, denn ich habe ihnen befohlen, sich nicht einzumischen, bevor der Vampyrlord nicht tot ist, doch sie lagen schon die ganze Zeit auf der Lauer.«

»Aber ... ich ... es ...«

Ich unterbrach mich, bevor ich nur noch dummes Zeug brabbelte. Ich kapierte nicht, wie sich die Verstärkung so unbemerkt hatte anschleichen können und wie Vancha so schnell zum Vampirberg gelangt und wieder zurückgekommen war. Selbst mit Huschen hätte er dafür eigentlich mehrere Nächte brauchen müssen. Aber was spielte das jetzt für eine Rolle? Hier waren sie nun und ließen die Fetzen fliegen, Mr. Crepsley war am Leben, und Steve Leopard und der Lord der Vampyre waren tot. Was gab's da noch groß zu fragen?

Als ich mich wie ein Kind an Weihnachten inmitten der tollsten Geschenke um mich selbst drehte, erspähte ich eine mir so angenehm vertraute Gestalt, die sich ihren Weg durch die Kämpfenden bahnte. Ein orangefarbener, blutbefleckter Haarschopf, ein paar frische Narben neben der langen, die quer über die linke Gesichtshälfte verlief, ein Nachziehen des rechten Fußes, doch sonst unversehrt und ungebeugt.

»Mr. Crepsley!«, jubelte ich laut und warf mich ihm in die Arme.

»Mr. Shan!«, erwiderte er lachend und drückte mich an sich. »Hast du etwa gedacht, es wäre aus mit mir?«

»Ja!«, schluchzte ich.

»Ha!«, gluckste er belustigt. »So einfach wirst du mich nicht los! Du musst noch viel über unsere Sitten und Gebräuche lernen. Und wer außer mir hätte die Geduld, es dir beizubringen?«

»Eingebildeter alter Affe!«, schniefte ich.

»Unverschämtes kleines Gör!«, konterte er und schob mich ein Stück von sich, um mir ins Gesicht zu sehen. Er hob die Hand, wischte mir Schmutz und Tränen von den Wangen, und dann ... dann ... dann ...

20 Nein. So war es nicht. Ich wünschte, es wäre so gewesen. Von ganzem Herzen und aus tiefster Seele wünschte ich, er wäre gerettet und unsere Feinde wären geschlagen worden. Während seines furchtbaren, scheinbar unendlichen Sturzes malte ich mir ein halbes Dutzend unwirklicher Szenen aus, in denen Mika, Pfeilspitze oder Meister Schick eingriffen, um den Lauf des Schicksals aufzuhalten, sodass am Ende noch alles gut wurde. Doch dem war nicht so. Es gab keine Kavallerie in letzter Minute. Keine wundersame Rettung. Vancha war nicht zum Vampirberg gehuscht. Wir waren ganz allein, wie es uns vorherbestimmt war.

Mr. Crepsley stürzte in die Tiefe. Er wurde von den Pfählen aufgespießt. Er starb.

Es war *grauenhaft*.

Ich kann nicht einmal behaupten, dass es wie bei dem Vampyrlord ein rascher, gnädiger Tod war, denn Mr. Crepsley starb nicht sofort. Die Pfähle töteten ihn nicht auf der Stelle, und obwohl seine Seele nicht mehr lange in seinem Körper verweilte, so werde ich doch seine Schreie, während er sich dort unten blutend und brennend in Todesqualen wand, bis zu

meinem eigenen Tod nicht mehr vergessen. Vielleicht verfolgen sie mich sogar noch danach.
Debbie weinte bitterlich. Vancha heulte wie ein Wolf.
Grüne Tränen tropften aus Harkats runden, grünen Augen. Sogar die Kommissarin wandte sich ab und schniefte jämmerlich.
Ich nicht. Es ging nicht. Meine Augen blieben trocken.
Ich stolperte zum Rand der Grube und starrte hinunter auf die Pfähle und die beiden Toten, deren sterbliche Hüllen von den gierigen Flammen verzehrt wurden.
Ich stand da wie ein Wachposten, rührte mich nicht und sah auch nicht weg, drehte mich nicht mal um, als Vampyre und Vampets leise einer nach dem anderen das Gewölbe verließen. Jetzt hätten sie uns ungestraft umbringen können, doch ihr Anführer war tot, ihre Träume waren zerstört, und sie hatten kein Verlangen mehr zu kämpfen, es gelüstete sie nicht einmal mehr nach Rache.
Ich war mir kaum bewusst, dass Vancha, Debbie, Harkat und Alice Burgess neben mich getreten waren.
»Lasst uns gehen«, murmelte Vancha schließlich.
»Nein«, erwiderte ich dumpf. »Ich nehme ihn mit, damit wir ihn ordentlich bestatten können.«
»Bis das Feuer aus ist, kann es noch Stunden dauern«, gab Vancha zu bedenken.
»Ich habe es nicht eilig. Unsere Mission ist erfüllt. Wir haben alle Zeit der Welt.«
Vancha seufzte schwer, dann nickte er. »Also gut. Wir warten.«
»Ich kann nicht«, schluchzte Debbie. »Es ist zu schrecklich. Ich kann nicht hier warten und ...« Wieder brach sie in Tränen aus. Ich hätte sie gern getröstet, aber mir fiel nichts ein, was ich hätte sagen können.
»Ich kümmere mich um sie«, bot sich Burgess an. »Wir gehen

durch den Tunnel in die kleinere Kammer und warten dort auf euch.«

»Danke, Alice«, sagte Vancha.

Bevor sie das Gewölbe verließen, drehte sich die Hauptkommissarin noch einmal um. »Ich weiß immer noch nicht, was ich von euch halten soll«, sagte sie, »ob ihr tatsächlich Vampire seid oder nicht. Und ich habe nicht die leiseste Ahnung, was ich meinen Leuten erzählen soll. Aber ich hoffe doch, dass ich Gut und Böse unterscheiden kann. Wenn ihr gehen wollt, stelle ich mich euch nicht in den Weg. Und wenn ich euch irgendwie helfen soll, braucht ihr nur Bescheid zu sagen.«

»Danke«, sagte Vancha noch einmal, und diesmal brachte er zumindest so etwas wie ein kleines Lächeln zustande.

Die Frauen gingen. Burgess stützte die schluchzende Debbie. Sie drängten sich durch die abziehenden feindlichen Truppen, die den beiden, die mit zum Sturz ihres Lords beigetragen hatten, bereitwillig Platz machten.

Die Zeit verging. Die Flammen loderten. Mr. Crepsley und der Lord der Vampyre verbrannten.

Irgendwann humpelte ein seltsames Paar auf uns zu: Der eine hatte keine Hände, dafür aber zwei Hakenprothesen um den Hals hängen, der andere hatte nur noch ein halbes Gesicht und stöhnte erbärmlich. Es waren R. V. und Morgan James.

»Wir kriegen euch noch, ihr Schweine!«, knurrte R. V. und richtete drohend einen Armstumpf auf uns. »Gannen hat versprochen, dass er euch laufen lässt, deshalb können wir jetzt nichts machen, aber eines Tages finden wir euch, und dann wird es euch noch Leid tun, dass ihr überhaupt geboren seid.«

»Dann üb mal in der Zwischenzeit noch ein bisschen, Hakenmann«, bemerkte Vancha gelassen. »Das wird nämlich eine *hand*feste Schlägerei.«

Bei dieser Anspielung zischte R. V. wütend und wollte auf den

Fürsten losgehen, aber Morgan hielt ihn zurück und stieß zwischen zusammengebissenen Zähnen, jedenfalls denen, die er noch besaß, hervor: »Lasch unsch gehn! Du verschwendescht blosch deine Tscheit!«
»Ha!«, gluckste Vancha boshaft. »Du hast gut reden!«
Diesmal war es R. V., der Morgan James davon abhalten musste, sich auf Vancha zu stürzen. Fluchend und miteinander rangelnd wandten sich die beiden ab, gesellten sich zu ihren niedergeschlagenen Mitstreitern und verschwanden, um sich zu berappeln und wüste Rachepläne zu schmieden.
Wieder waren wir allein an der Pfahlgrube. Es war still geworden.
Bis auf ein paar Nachzügler waren alle Feinde abgerückt.
Zu den Letzten gehörten auch Gannen Harst und der grinsende Steve Leopard, der es sich nicht verkneifen konnte, zu uns herüberzuschlendern, um eine abschließende spöttische Bemerkung loszuwerden.
»Was brutzelt ihr denn da Feines, Jungs?«, fragte er und streckte die Hände aus, als wollte er sich am Feuer wärmen.
»Verschwinde«, sagte ich ausdruckslos, »oder ich mach dich fertig.«
Steve zog ein langes Gesicht und warf mir einen wütenden Blick zu. »Selber schuld«, sagte er beleidigt. »Hättest du mich damals nicht hintergangen …«
Ich riss mein Schwert hoch, um ihn einen Kopf kürzer zu machen.
Vancha schlug die Klinge mit der flachen Hand zur Seite, bevor Blut floss. »Nicht!«, sagte er und ging dazwischen. »Wenn du ihn tötest, kommen die anderen zurück und töten uns. Lass es gut sein. Verschieb's auf später.«
»Ein weiser Rat, Bruder«, sagte Gannen Harst und trat zu Vancha. Er wirkte abgespannt. »Es hat genug Tote gegeben. Wir …«

»Verzieh dich!«, fauchte Vancha.
Harsts Miene verfinsterte sich. »Sprich gefälligst nicht mit mir wie ...«
»Ich sag's nicht noch mal«, knurrte der Vampirfürst.
Der ehemalige Leibwächter des Vampyrlords schnaubte zornig, hob dann die Hände und zog sich zurück.
Nicht so Steve.
»Ich erzähl's ihm«, sagte der Halbvampyr, den Blick fest auf mich geheftet.
»Nein!«, zischte Gannen Harst. »Tu's nicht! Noch nicht! Du ...«
»*Ich erzähl's ihm*«, wiederholte Steve mit Nachdruck.
Harst fluchte leise, blickte von einem zum anderen und nickte schließlich widerstrebend.
»Meinetwegen. Aber geht wenigstens da rüber, wo niemand zuhört.«
»Was soll denn das jetzt wieder?«, fragte Vancha misstrauisch.
»Das wirst du schon noch sehen«, kicherte Steve und nahm mich beim Ellenbogen.
Ich schüttelte ihn ab.
»Fass mich nicht an, du Scheusal!«, stieß ich wütend hervor.
»Na, na«, sagte Steve. »Nicht so stürmisch. Ich habe ein paar Neuigkeiten, die ich dir unbedingt mitteilen muss.«
»Ich will nichts hören.«
»O doch, ganz bestimmt. Du würdest dich später vor Wut in den Hintern beißen, wenn du jetzt nicht mitkommst und es dir anhörst.«
Ich hätte ihm nur zu gern gesagt, was er mit seinen Neuigkeiten machen konnte, aber etwas in seinem heimtückischen Blick machte mich stutzig. Nach kurzem Zögern stapfte ich außer Hörweite der anderen. Steve kam hinterher, Gannen Harst dicht auf den Fersen.

»Wenn ihr ihm auch nur ein Haar krümmt ...«, warnte Vancha die beiden.
»Machen wir nicht«, versicherte Harst und stellte sich so hin, dass er den anderen die Sicht auf Steve und mich nahm.
Steve grinste mich an.
»Also?«, fragte ich.
»Wir beide haben einen weiten Weg hinter uns, was, Darren?«, bemerkte er. »Vom Klassenzimmer zu Hause bis hierher, in die Kammer der Vergeltung. Erst als Mensch, dann als Vampir und Vampyr. Eine Reise vom Tag in die Nacht.«
»Sonst noch was Neues?«, brummte ich.
»Ich habe mich manchmal gefragt, ob es nicht anders hätte kommen können«, fuhr er leise fort und schien dabei in weite Ferne zu blicken. »Aber jetzt glaube ich, dass alles vorherbestimmt war. Es war dein Los, mich reinzulegen und dich mit den Vampiren zu verbünden, es war dein Schicksal, Vampirfürst zu werden und die Suche nach dem Vampyrlord anzuführen. Genauso, wie es mein Schicksal war, meinen eigenen Weg in die Nacht zu gehen und ...«
Er unterbrach sich, und sein Gesicht nahm einen listigen Ausdruck an.
»Halt ihn fest«, grunzte er, und Gannen Harst packte mich bei den Armen, sodass ich mich nicht mehr rühren konnte. »Bist du so weit, ihn ins Traumland zu befördern?«
»Ja«, erwiderte Harst. »Aber beeil dich, damit sich seine Freunde nicht einmischen.«
»Dein Wunsch sei mir Befehl«, sagte Steve grinsend, näherte seinen Mund meinem Ohr und flüsterte etwas Schreckliches ... etwas Grauenvolles ... etwas, das alles auf den Kopf stellte und mir von Stund an Tag und Nacht keine Ruhe mehr ließ.
Als Steve seine niederschmetternde Neuigkeit losgeworden war, trat er zurück. Ich riss den Mund auf, um Vancha etwas zuzubrüllen, doch bevor ich auch nur eine Silbe herausge-

bracht hatte, hauchte mich Gannen Harst mit dem betäubenden Atem der Vampire und Vampyre an. Das Gas drang in meine Lungen, die Welt um mich herum verschwamm, und ich fiel bewusstlos in den quälenden Schlaf der Verdammten. Das Letzte, was ich hörte, bevor alles schwarz wurde, war Steves hysterisches Lachen – das triumphierende Keckern eines Dämons.

21 Als ich wieder zu mir kam, wusste ich nicht, wo ich war. Ich schlug die Augen auf und sah hoch über mir eine Decke, aus der unzählige Kassetten herausgerissen waren. Drei Kronleuchter hingen herab, deren heruntergebrannte Kerzen ein trübes Licht verströmten.
Ich hatte wirklich keine Ahnung, wo ich mich befand. Ächzend setzte ich mich auf und sah mich nach Mr. Crepsley um, weil ich ihn fragen wollte, was geschehen war.
Da fiel mir alles wieder ein.
Ich stöhnte auf, als die qualvollen Erinnerungen zurückkehrten, erhob mich mühsam und blickte mich verzweifelt um. Das Feuer in der Pfahlgrube war fast erloschen. Mr. Crepsley und der Halbvampyr waren nur noch zwei Häufchen spröder, verkokelter Knochen. Vancha und Harkat hockten mit bedrückten Gesichtern in stiller Trauer am Rand der Grube.
»Wie lange war ich weg?«, rief ich, torkelte überstürzt auf den Gang zu, der aus der Kammer hinausführte, und plumpste dabei vor lauter Hast unbeholfen auf die Knie.
»Immer mit der Ruhe«, sagte Vancha und half mir auf.
Ich riss mich los und fuhr wie ein Rasender herum. »*Wie lange?*«, schrie ich.
Vancha sah mich nachdenklich an und zuckte die Achseln. »Mindestens drei Stunden.«

Entmutigt schloss ich die Augen und sank wieder zu Boden. Zu lange. Unterdessen waren sie längst über alle Berge.
»Was ist passiert?«, fragte ich weiter. »Das Gas wirkt doch höchstens fünfzehn, zwanzig Minuten.«
»Du warst völlig erschöpft«, erwiderte Vancha. »Es war eine lange Nacht. Erstaunlich, dass du schon so bald wieder aufgewacht bist. Draußen wird es Morgen. Wir haben erst gegen Abend mit dir gerechnet.«
Ich schüttelte stumm und angewidert den Kopf.
»Alles in Ordnung, Darren?«, fragte Harkat und hinkte zu uns herüber.
»Nein!«, fauchte ich. »Nichts ist in Ordnung. Überhaupt nichts!«
Ich stand auf, ließ meine verdutzten Gefährten einfach stehen und schleppte mich wieder zum Rand der Grube, um die schwelenden Überreste meines besten Freundes und Mentors zu betrachten.
»Er steht unter Schock«, hörte ich Vancha Harkat zuraunen. »Nimm ein bisschen Rücksicht auf ihn. Es wird eine Weile dauern, bis er sich davon erholt hat.«
»*Erholt?*«, kreischte ich, hockte mich hin und lachte wie ein Irrer.
Vancha und Harkat setzen sich neben mich, einer rechts, einer links, und legten beide stumm und tröstend eine Hand auf meine. Plötzlich saß mir ein Kloß im Hals, und ich dachte schon, ich müsste doch noch losheulen. Aber die Tränen wollten nicht kommen, und so starrte ich wieder in die Grube hinab und rief mir Steves erschütternde Enthüllung ins Gedächtnis.
Als die Flammen nach und nach erstarben, wurde es kalt in der Kammer und auch dunkler, denn die Kerzen verloschen eine nach der anderen.
»Wir müssen aufstehen ... und die Kerzen wieder anzünden«,

meinte Harkat, »sonst sehen wir nichts mehr ... wenn wir runterklettern und ... Mr. Crepsleys Knochen einsammeln.«
»Lasst ihn liegen«, sagte ich mürrisch. »Er liegt hier auch nicht schlechter als anderswo.«
Harkat und Vancha sahen mich verdutzt an.
»Aber *du* wolltest ihn doch unbedingt bestatten«, erinnerte mich Vancha.
»Das war, bevor mich Steve beiseite genommen hat«, seufzte ich. »Jetzt ist es egal, ob Mr. Crepsley hier bleibt. Jetzt ist alles egal.«
»Wie kannst du so was sagen, Darren?«, fuhr mich Vancha zornig an. »Wir haben gesiegt! Wir haben den Lord der Vampyre getötet. Der Preis dafür war hoch, doch es hat sich gelohnt.«
»Findest du wirklich?«, fragte ich bitter.
»Natürlich!«, rief er. »Was ist schon ein einzelnes Leben gegen Tausende? Wir haben gewusst, dass es so kommen würde. Jeder von uns hätte sich geopfert, wenn es nötig gewesen wäre. Mich schmerzt Lartens Verlust genauso sehr wie dich, schließlich war er schon mein Freund, bevor ihr euch kennen lerntet. Doch er starb ehrenvoll und für eine gerechte Sache. Wenn seine Seele auf uns herabblickt, würde er wollen, dass wir seinen großartigen Sieg feiern, nicht, dass wir seinen ...«
»Erinnerst du dich noch an unseren ersten Zusammenstoß mit dem Lord der Vampyre?«, fiel ich ihm ins Wort. »Weißt du noch, wie er sich als Diener verkleidet hatte, damit wir ihn übersahen und die anderen angriffen, sodass er selbst fliehen konnte?«
Vancha nickte zurückhaltend. »Klar. Und?«
»Damals haben sie uns reingelegt, Vancha. Und jetzt wieder. Wir haben nicht gesiegt. Mr. Crepsley ist umsonst gestorben.«
Vancha und Harkat sahen mich ungläubig an.

»Wie ...? Aber ... Heißt das ...? *Was?*«, japste Harkat schließlich.

»Der vermummte Halbvampyr auf der Plattform war ein Strohmann«, seufzte ich. »Es war nicht derselbe wie seinerzeit auf der Lichtung. Das war es, was mir Steve unbedingt noch erzählen musste. Das war sein Abschiedsgeschenk.«

»Nein!«, keuchte Vancha mit leichenblassem Gesicht. »Er hat gelogen! Es war der Lord! Die Verzweiflung der Vampyre, als wir ihn getötet haben ...«

»... war echt«, ergänzte ich. »Die meisten haben tatsächlich geglaubt, dass es sich um ihren Lord handelt. Sie wurden genauso hinters Licht geführt wie wir. Nur Gannen Harst und ein paar andere wussten die Wahrheit.«

»Heißt das, wir sind keinen Schritt weiter als zu Anfang?«, ächzte Vancha. »Der Lord der Vampyre lebt? Wir haben keine Ahnung, wie er aussieht? Wissen nicht, wohin er sich als Nächstes wendet?«

»Nicht ganz«, erwiderte ich mit gezwungenem Lächeln. »Es sind nur noch zwei seiner Verfolger übrig. So weit sind wir immerhin gekommen.« Ich stieß geringschätzig die Luft aus und blickte wieder in die Grube. Den Rest hätte ich den beiden gern verschwiegen, jetzt, da Mr. Crepsley gerade erst gestorben war und sie die Nachricht, dass der Lord entkommen war, noch verdauen mussten. Diesen letzten Schlag hätte ich ihnen gern erspart.

Aber ich musste sie warnen. Falls mir etwas zustieß, mussten sie Bescheid wissen, die Nachricht weitergeben und die Verfolgungsjagd notfalls allein fortsetzen.

»Ich weiß, wer er ist«, fuhr ich ungerührt im Flüsterton fort. »Steve hat es mir erzählt. Er hat das große Geheimnis gelüftet. Harst wollte ihn davon abhalten, aber Steve konnte es sich nicht verkneifen, mir zu guter Letzt noch eins auszuwischen, als wäre Mr. Crepsleys Tod nicht schon schlimm genug.«

»Er hat dir verraten, wer ... der Vampyrlord ist?«, stammelte Harkat.
Ich nickte.
»Wer?«, brüllte Vancha und sprang auf. »Wer von diesen miesen Kerlen schickt andere vor, damit sie die Drecksarbeit für ihn erledigen? Sag's mir, und ich ...«
»Es ist Steve«, sagte ich, und Vanchas Gebrüll verebbte. Er ließ sich auf den Boden fallen und stierte mich entsetzt an. Harkat ebenfalls. »Es ist Steve«, wiederholte ich. Ich fühlte mich leer und wie gelähmt vor Angst, und ich wusste, dass das so bleiben würde, bis ... bis Steve tot war, und wenn ich tausend Jahre alt würde. Ich befeuchtete meine Lippen, blickte starr in die Flammen und sprach die schreckliche Wahrheit aus: *»Steve Leopard ist der Lord der Vampyre.«*
Danach herrschten nur noch Stille, Rauch und Verzweiflung.

Willkommen beim Weltuntergang!

Timothy Carter

DÄMONENHUNGER

Roman

»Dies ist die Geschichte der Vernichtung der Welt. Es ist eindeutig keine Geschichte über irgendeinen Helden, der den Weltuntergang verhindert, obwohl natürlich Helden und Bösewichte darin vorkommen, ebenso wie phantastische Geschöpfe und Magie. Nicht zu vergessen Schlachten, Niederlagen und Siege.
Doch freue dich nicht zu früh, lieber Leser. Dieses Buch wird trotzdem mit dem Untergang unserer guten alten Mutter Erde enden. Das Spiel wird nicht in letzter Minute abgepfiffen, es gibt keine schicksalhafte Kehrtwende und auch keinen überraschenden Schlussgag à la ›Puh, das war jetzt aber knapp‹.
O nein. Das war's. Das Ende ist gekommen.«

Bis es aber so weit ist, hat der 14-jährige Vincent sich mit Elfen, Feen und der umtriebigen Chanteuse auseinanderzusetzen. Und natürlich mit jeder Menge Dämonen …

»Eine Achterbahnfahrt seltsamer Vorkommnisse
und Ideen, so rasant aufbereitet, dass der Leser das Buch
kaum aus der Hand zu legen vermag.«
phantastik-news.de

Knaur Taschenbuch Verlag

Timothy Carter

BÖSER ENGEL

Roman

Stuart ist ein ganz normaler Teenager, und zwar einer, der sich hin und wieder gerne ein bisschen selbst befriedigt. Macht doch jeder! Stuart ahnt nicht, dass er dadurch versehentlich einen Engel erzürnt, der das für eine Todsünde hält. Plötzlich schwebt der Junge in höchster Gefahr – und sein einziger Verbündeter ist ein übellauniger Dämon …

Knaur Taschenbuch Verlag

»Helden müssen selbst über ihr
Handeln entscheiden.«

Nick Lake

IM KÖNIGREICH DER KÄLTE

Roman

Als Light erfährt, dass ihr Vater entführt wurde, zögert sie nicht: Sie wird ihn retten, auch wenn sie dazu dem Herrn der Kälte, den noch keine Armee besiegen konnte, entgegentreten muss. Auf ihrer Reise in das Ewige Eis findet Light ungewöhnliche Freunde – einen rachsüchtigen Geist, einen weisen Inuit-Schamanen und Arnauyq, was in der Sprache seines Volkes »Junge, der aussieht wie ein Mädchen« bedeutet. Es mögen nicht die besten Verbündeten für ein so gefährliches Abenteuer sein – doch es sind genau die, die Light wirklich braucht …